먼 북으로 가는 좁은 길

THE NARROW ROAD TO THE DEEP NORTH
by Richard Flanagan

이 도서의 국립중앙도서관 출판예정도서목록(CIP)은
서지정보유통지원시스템 홈페이지(http://seoji.nl.go.kr)와
국가자료공동목록시스템(http://www.nl.go.kr/kolisnet)에서 이용하실 수 있습니다.
(CIP제어번호: CIP2017033999)

먼 북으로 가는 좁은 길

The Narrow Road
to the Deep North

리처드
플래너건
장편소설

RICHARD
FLANAGAN

김승욱 옮김

문학동네

일러두기

1. 이 책은 다음의 원서를 옮겼다.
   Richard Flanagan, *The Narrow Road to the Deep North*, London: Chatto & Windus, 2014.
2. 본문 주는 옮긴이 주다.
3. 단행본이나 신문 등은 『 』, 시나 논문은 「 」, 그림·노래·영화 등은 〈 〉로 표시했다.
4. 국립국어원 외래어표기법을 준수하되, 국가/지역 외래어표기 중 이차대전 당시 불리던 몇몇 명칭은 그대로 두었다. 예) 버마(현 미얀마), 시암(현 타이). 또한 인명의 경우 통례를 따른 경우도 있다. 예) 올리비아 드 하빌랜드
5. 작품의 시대상과 맥락을 고려해 도량형 단위를 야드파운드법에 따라 표기하되, 괄호 안에 미터법으로 환산한 근사치를 병기했다. 예: 80피트(24m). 참고로 오스트레일리아가 미터법을 쓰기 시작한 건 1970년대부터다.
6. 원문에서 이탤릭체로 강조한 곳은 이 책에서 고딕체로 표시했다.

335번 포로에게

어머니, 그들은 시를 써요.

파울 첼란

• 차례 •

벌 한 마리
모란에서
비틀비틀 나온다.

바쇼

1

왜 태초에는 항상 빛이 있는 걸까? 도리고 에번스에게 최초의 기억은 어머니, 할머니와 함께 앉아 있던 교회 안으로 햇빛이 쏟아지던 모습이었다. 나무로 지은 교회. 눈부신 빛. 자신을 반기는 그 초월적인 빛 속을 아장아장 들락거리다가 여자들의 품에 안기던 자신. 그를 사랑하던 여자들. 바다에 들어갔다가 해변으로 돌아오는 것과 비슷했다. 몇 번이나, 몇 번이나.

네게 축복이 깃들기를. 어머니가 그를 안았다가 다시 놓아주며 말한다. 네게 축복이 깃들기를, 아가야.

틀림없이 1915년이나 1916년이었을 것이다. 그의 나이는 아마 한 살이나 두 살. 그다음 기억에서는 누군가의 팔뚝이 올라가면서 그림자가 드리워져, 그 검은 윤곽이 등유 램프의 기름진 빛 속에 훌쩍 나타났다. 재키 매과이어가 에번스 일가의 작고 어두운 부엌에 앉아 울고 있었다. 그때는 아무도 울지 않았다. 아기들을 빼고는. 하지만 재키 매과이어는 나이가 많은 남자였다. 아마도 마흔 살쯤, 어쩌면 그보다 더 위. 그런 그가 손등으로 곰보 자국이 있는 얼굴에서 눈물을 닦아내려 애쓰고 있었다. 아니, 손등이 아니라 손가락이었나?

도리고 에번스의 기억 속에서 확실한 것은 그가 울었다는 사실뿐이었다. 마치 뭔가가 부러지는 소리 같았다. 그 느린 리듬에 그는 덫에 목이 졸린 토끼가 뒷다리로 바닥을 쿵쿵 치는 모습을 떠올렸다. 그가 들은 소리 중에 그 울음소리와 비슷한 것은 그것뿐이었다. 그의 나이는 아홉 살. 엄지에 피가 몰려 생긴 물집을 어머니에게 보여주려고 안으로 들어온 참이었다. 남자 어른이 우는 모습을 본 것은 전에 딱 한 번뿐이었는데, 형 톰이 프랑스에서 세계대전에 참전했다가 돌아와 기차에서 내렸을 때였다. 그는 그때 놀라서 어안이 벙벙했었다. 형은 배낭을 철로 측선側線의 뜨거운 흙바닥에 휙 내려놓고는 갑자기 눈물을 터뜨렸다.

도리고 에번스는 형을 지켜보면서 도대체 무슨 일이 있었기에 다 큰 남자가 우는 건지 궁금했다. 세월이 흐른 뒤 울음은 그저 감정을 확인하는 방법이 되었고, 감정은 인생의 유일한 나침반이 되었다. 감정은 유행이 되고, 사람들이 배우로 등장하는 연극이 되었다. 그때쯤 사람들은 이미 무대 밖의 자기 모습을 알지 못했다. 도리고 에번스는 오래도록 살아 이 모든 변화를 목격할 수 있었다. 그러면서 사람들이 우는 것을 부끄러워하던 시절을 기억했다. 울음으로 인해 자신의 약한 모습이 드러나는 것을 걱정하던 시절. 그로 인해 생겨난 골치 아픈 일들. 도리고 에번스는 나중에 사람들이 칭찬받을 만한 일이 아닌데도 칭찬받는 것 역시 보았다. 순전히 진실이 그들의 감정을 해칠 것처럼 보인다는 점 때문이었다.

톰이 돌아온 날 밤 식구들은 카이저를 모닥불에 태웠다. 톰은 전쟁에 대해서, 독일인들에 대해서, 휘발유와 탱크에 대해서, 이곳에서도 들을 수 있었던 참호에 대해서 한마디도 하지 않았다. 아예 아무 말도 하지 않았다. 한 사람의 감정이 항상 삶의 무게와 같은 것은 아니다. 때로는 이렇다 할 가치가 없을 때도 있다. 형은 그저 모닥불만 빤히 바라보았다.

2

행복한 사람에게는 과거가 없고, 불행한 사람에게는 과거만 있다. 노인이 된 뒤 도리고 에번스는 이것이 어디서 읽은 말인지 아니면 스스로 만들어낸 말인지 도무지 알 수 없었다. 만들어냈다가, 이것저것 뒤섞었다가, 다시 부숴버렸나? 가차없이? 바위가 자갈이 되고, 자갈이 흙이 되고, 흙이 진흙이 되고, 진흙이 바위가 되는 식으로 세상은 굴러간다. 그가 세상이 왜 이러저러한 모습인지 설명해달라고 다그칠 때 어머니가 하시던 말씀 그대로다. 세상은 그냥 그런 거야. 원래 그래, 아들. 어머니는 이렇게 말씀하시곤 했다. 그가 놀이를 위해 요새를 지으려고 땅 위로 드러난 돌을 뽑겠다고 용을 쓰다가 그보다 더 커다란 돌이 그의 엄지손가락 위로 떨어지는 바람에 손톱 밑에 커다랗게 피가 맺히고 손가락이 욱신욱신 아팠을 때도 그랬다.

어머니는 불이 가장 밝게 비치는 부엌 식탁 위에 도리고를 냉큼 들어올려놓고는 재키 매과이어의 이상한 시선을 피하며 아들의 엄지손가락을 불빛 속으로 들어올렸다. 재키 매과이어는 흐느끼는 틈틈이 몇 마디 말을 했다. 그의 아내가 전 주에 막내아이와 같이 기차를 타고 론서스턴으로 가서는 돌아오지 않았다는 얘기였다.

도리고의 어머니는 고기를 자르는 커다란 칼을 집어들었다. 칼날을 따라 양고기 지방이 굳어서 크림처럼 묻어 있었다. 어머니는 칼끝을 부엌 화덕의 석탄 속에 집어넣었다. 작게 연기가 피어오르며 부엌에 그을린 양고기 냄새가 퍼졌다. 어머니가 칼을 빼내자 붉게 달아오른 칼끝이 눈부시게 백열하는 불꽃처럼 빛을 냈다. 도리고의 눈에는 마법 같으면서도 동시에 무시무시한 광경이었다.

가만히 있어. 어머니가 아들의 손을 잡으며 말했다. 손아귀 힘이 어찌나 센지 그는 충격을 받았다.

재키 매과이어는 자신이 우편열차를 타고 론서스턴으로 아내를 찾으러 갔지만 아내가 어디에도 없더라고 말했다. 도리고 에번스의 눈앞에서 빨갛게 달아오른 칼끝이 손톱을 건드리자 연기가 피어오르기 시작했다. 어머니는 각피 부분을 칼로 지져서 작은 구멍을 냈다. 재키 매과이어의 목소리가 들렸다……

아내가 감쪽같이 사라져버렸어요, 에번스 부인.

곧 연기가 사라지고 엄지손가락에서 검은 피가 작게 뿜어져나오자 피 맺힌 손가락 통증도 빨갛게 달아오른 칼이 주는 무서움도 사라져버렸다.

이제 꺼져. 도리고의 어머니가 아들의 옆구리를 쿡쿡 찌르며 말했다.

얼른 가버려.

사라졌다고요! 재키 매과이어가 말했다.

이건 전부 세상이 넓고 태즈메이니아섬이 아직 온 세상이던 시절의 일이었다. 사람들이 잘 기억도 하지 못하는 이 섬의 많은 외진 마을들 중에서도 도리고 에번스가 살던 클리블랜드보다 더 외지고 이름 없는 곳은 거의 없었다. 주민이 마흔 명 남짓인 클리블랜드는 옛날에 죄수들이 살던 마을이었으나 어려운 시절을 만나 사람들의 기억 속에서 사라져버렸으며, 지금은 철로 측선, 다 부서져가는 조지 왕조시대*의 건물 몇 개, 눈썹 같은 베란다가 달려 있는 여기저기의 오두막들만 남아 있다. 추방과 상실의 세기를 견디며 살아온 사람들의 주거지다.

구불구불한 페퍼민트검†과 더위 속에서 춤추듯 흔들리는 실버와틀‡ 숲이 배경으로 드리워진 마을은 여름에는 더워서 힘들고 겨울에는 그냥 순전히 힘들었다. 전기와 라디오는 아직 없었으며, 1920년대가 아니라 1880년대나 1850년대라고 해도 될 것 같았다. 세월이 흐른 뒤 톰은, 그러니까 당시 도리고가 보기에 톰은 원래 비유를 잘 쓰는 사람이 아니었으므로 아마도 임박한 죽음과 그에 따른 노년의 공포(모든 삶은 비유에 불과하며 진짜는 여기에 있지 않다는 생각) 탓인지, 어쨌든 마을이 죽어가는 세계의 긴 가을 같다고 말했다.

아버지는 선로를 보수하는 일을 했으므로, 가족들은 철로 옆에 있는 태즈메이니아 정부철도 소속의 비막이판이 달린 오두막에서 살았다. 여

---

* 조지 1세부터 4세까지 집권한 1714~1830년.

† 오스트레일리아에서 자라는 유칼립투스 속의 나무.

‡ 아카시아 나무의 일종. 역시 오스트레일리아 수종.

름에 물이 떨어지면, 식구들은 증기기관차를 위해 만들어둔 물탱크에서 양동이로 물을 퍼왔다. 잘 때는 덫을 놓아 잡은 주머니쥐의 가죽을 덮었고, 역시 덫으로 잡은 토끼와 총으로 잡은 왈라비와 직접 기른 감자와 직접 구운 빵을 주로 먹었다. 1890년대의 불황을 겪으며 호바트의 거리에서 사람들이 굶어죽는 광경을 지켜보았던 아버지는 이런 노동자 천국에서 살게 된 행운을 기꺼워했다. 하지만 그런 기꺼움이 기세를 잃었을 때는 이런 말도 했다. '우린 개처럼 살고 개처럼 죽는 거야.'

도리고 에번스는 휴일에 가끔 톰과 어울린 덕분에 재키 매과이어를 알고 있었다. 톰 집에 가려면 조 파이크의 짐마차를 타고 클리블랜드에서 핑걸 계곡 갈림길까지 가야 했다. 조 파이크가 그레이시라고 부르는 늙은 말이 착하게 타각타각 걷는 동안 도리고는 앞뒤로 흔들리며 자신이 뱀처럼 구불구불한 페퍼민트검 가지로 변해 푸른 하늘을 찔러대며 날아다니는 모습을 상상했다. 길에서는 축축한 나무껍질과 말라가는 이파리 냄새가 나고, 저멀리 높은 하늘에서는 초록색과 빨간색 사향오색앵무들이 우쭐거리며 웃어대는 것이 보였다. 그는 굴뚝새와 꿀빨이새의 노래, 회색 딱새의 채찍 같은 소리를 흠뻑 들이마셨다. 그레이시의 꾸준한 발굽 소리와 그레이시를 묶은 가죽끈, 나무손잡이, 쇠사슬의 삐걱삐걱 철컹철컹 소리가 거기에 규칙적으로 끼어들었다. 꿈으로 돌아온 감각의 세계였다.

짐수레는 옛날 마차가 다니던 길을 따라가곤 했다. 가다보면 철로 때문에 망해버린 마차 호텔이 나왔다. 이제 거의 폐허와 다름없이 변한 그 건물에 여러 가난한 가족이 살았다. 재키 매과이어 가족도 그 하나였다. 며칠마다 한 번씩 자동차가 왔음을 알리는 먼지구름이 일면, 덤

불과 옛 마차보관소에서 나온 아이들이 허파가 불붙은 듯 따끔거리고 다리가 납처럼 무거워질 때까지 그 시끄러운 먼지구름을 따라다녔다.

핑걸 계곡 갈림길에서 도리고 에번스는 짐마차에서 미끄러져내려와 조와 그레이시에게 손을 흔들어 작별인사를 하고는, 클리블랜드보다도 작다는 점이 가장 눈에 띄는 특징인 마을 루엘린으로 걸어가기 시작했다. 마침내 루엘린에 들어서면 작은 방목장들을 지나 북동쪽으로 향했다. 눈에 뒤덮인 대산괴大山塊 벤로몬드를 바라보며 그 뒤편의 눈 덮인 시골 풍경까지, 덤불을 통과해서 나아가는 것이다. 톰은 그곳에서 이 주 일하고 한 주 쉬는 일정으로 주머니쥐를 잡는 덫 사냥꾼으로 일하고 있었다. 오후 중반쯤이면 톰이 집으로 삼은 동굴에 도착했다. 능선 아래에 개 뒷다리처럼 둥글게 구부러진 곳에 아늑하게 자리잡은 동굴이었다. 크기는 에번스 집에 별채로 지은 부엌보다 조금 작았고, 천장은 가장 높은 곳이라 해도 톰이 고개를 숙이고 서야 할 정도였다. 전체적인 모양은 양편이 좁아지는 달걀형이고, 입구에는 바위가 지붕처럼 돌출되어 있어서, 그곳에 밤새 불을 피워 동굴을 따뜻하게 덥힐 수 있었다.

이제 이십대 초반인 톰은 가끔 재키 매과이어를 데려와서 함께 일했다. 목소리가 좋아서 밤에 노래를 한두 곡 부를 때도 많았다. 그러고 나면 도리고는 모닥불 빛에 의지해 두 덫 사냥꾼이 그나마 갖고 있던 낡은 『불러틴』 잡지들과 『스미스 위클리』 신문*을 재키 매과이어와 톰에게 소리내어 읽어주었다. 재키는 글을 읽지 못했고 톰은 글을 읽을 수

* *The Bulletin*(1880~2008년 발행)과 *Smith's Weekly*(1919~1950년 발행)는 시드니에서 발행되던 유명 언론매체였다.

있다고 주장했다. 두 사람은 도리고가 읽어주는 로즈 아주머니의 고민 상담 칼럼을 좋아했다. 부시 발라드*도 멋지다며 좋아했다. 가끔 엄청 멋지다고 말할 때도 있었다. 얼마쯤 시간이 흐른 뒤 도리고는 학교에 있는 『영국 시인들』이라는 책에서 두 사람을 위해 시를 골라 외우기 시작했다. 두 사람은 테니슨의 「율리시스」를 아주 좋아했다.

모닥불 빛 속에서 빙긋 웃는 곰보 얼굴, 방금 만든 자두푸딩처럼 밝게 빛나는 얼굴로 재키 매과이어는 아, 옛날 사람들은 정말이지! 청동 올가미로 토끼 목을 죌 때보다 더 단단하게 단어들을 줄에 꿸 줄 안다니까! 하고 말하곤 했다.

도리고는 재키 매과이어 부인이 사라지기 일주일 전에 자신이 무엇을 보았는지 톰에게 말하지 않았다. 톰의 손이 부인의 치마 속으로 들어가 있고, 이국적으로 가무잡잡한 피부에 작고 강렬한 여인인 부인은 마차보관소 뒤편의 닭장에 기대어 있던 모습. 톰은 부인의 목에 얼굴을 파묻고 있었다. 도리고는 형과 부인이 키스하고 있다는 걸 알았다.

수년 동안 도리고는 재키 매과이어 부인에 대해 자주 생각했다. 부인의 진짜 이름은 알지 못했기 때문에, 그가 전쟁포로수용소에서 매일 꿈꾸던 음식과 같았다. 머릿속에 잔뜩 뭉쳐진 채 있으면서 또한 없는 것, 그가 손을 뻗으면 항상 사라져버리는 것. 조금 더 세월이 흐른 뒤에는 부인에 대해 덜 생각하게 되었다. 그리고 더 세월이 흐른 뒤에는 전혀 생각하지 않게 되었다.

* 오스트레일리아의 관목림에서의 삶과 인물을 배경으로 하는 민요 또는 시 양식.

3

도리고는 열두 살 때 학교를 마치면서 식구들 중 유일하게 능력시험에 합격해 장학금을 받고 론서스턴 고등학교에 진학했다. 학년에 비해서는 나이가 많은 편이었다. 등교 첫날 점심시간에 그는 이른바 '꼭대기 마당'이라는 곳에 가게 되었다. 죽은 풀과 흙먼지, 나무껍질과 나뭇잎이 널려 있고, 한편에 커다란 유칼립투스 나무 몇 그루가 있는 평평한 땅이었다. 그는 삼사 학년의 덩치 큰 소년들을 지켜보았다. 벌써 짧은 구레나룻이 나고 성인 남자처럼 근육이 생긴 소년들이 대충 두 줄로 늘어서서 원시부족 춤을 추듯이 난폭하게 밀치락달치락 움직였다. 그러다가 킥투킥이라는 마법이 시작되었다. 한 소년이 럭비공을 다른 줄의 소년들을 향해 차면 그 줄의 소년들이 모두 한꺼번에 달려들어 공을 잡는 게임이었다. 공이 높게 날아오면 소년들은 허공으로 펄쩍 뛰어오르기도 했다. 공을 차지하려는 싸움은 격렬했지만, 누구든 공을 잡기만 하면 바로 신성불가침의 존재가 되었다. 그는 보상으로 공을 다시 반대편 줄을 향해 차낼 수 있는 권리를 얻었고, 공을 차지하려는 싸움이 또다시 시작되었다.

이것이 점심시간 내내 계속되었다. 물론 공을 가장 많이 잡는 것도, 가장 많이 차는 것도 고학년 소년들일 수밖에 없었다. 어린 소년들 중에도 가끔 공을 잡아 차는 아이들이 있기는 했지만, 기껏해야 한 번 기회를 잡거나 아예 잡지 못하는 아이들이 많았다.

도리고는 첫날 점심시간에 그런 광경을 모두 지켜보았다. 한 일학년 소년이 그에게 적어도 이학년은 되어야 킥투킥에 참여할 기회가 생길 것이라고 말해주었다. 형들이 너무 강하고 너무 빠를 뿐만 아니라, 상대팀 선수를 떨쳐버리기 위해 팔꿈치로 머리를 때리거나 얼굴에 주먹질을 하거나 무릎으로 등을 차는 것쯤은 아무렇지도 않게 생각한다는 것이었다. 작은 소년들이 무리의 몇 걸음 뒤에서 어른거리며 가끔 지나치게 높이 떠서 스크럼 너머로 날아오는 공을 노리는 모습이 도리고의 눈에 띄었다.

둘째 날 그도 거기에 동참했다. 그리고 셋째 날 정신을 차리고 보니 무리 뒤편에 바짝 다가가 있었다. 앞에서 무리를 지은 소년들의 어깨 너머로 불안정한 드롭펀트*가 높이 날아오는 것이 보였다. 공이 순간적으로 햇빛 속에서 정지한 것처럼 보였을 때, 도리고는 그 공이 자기 것임을 깨달았다. 유칼립투스 나무에 사는 개미들의 냄새가 느껴지고, 그가 무리를 향해 달리기 시작하면서 밧줄처럼 늘어진 가지들의 그림자가 뒤로 떨어져나가는 것이 보였다. 시간이 느려졌다. 누구보다 덩치가 크고 강한 소년들이 몰려오는 바로 그 지점에 그가 들어가는 데 필요한 공간이 눈에 들어왔다. 도리고는 태양에 대롱대롱 매달린 공이 자기 것이며, 자신은 공중으로 뛰어오르기만 하면 된다는 것을 알았다. 눈은 오로지 공만 보고 있었지만, 지금 속도로 달리다가는 성공할 수 없음을 감지했기 때문에 그는 뛰어올랐다. 발로 한 소년의 등을 밟고, 무릎으로 또다른 소년의 어깨를 디디며 그는 눈을 뜰 수 없을 만큼 강렬한 태양을 향해 누구보다도 높이 올라갔다. 그 몸싸움의 정점에서 그의 팔이 높이 뻗어나갔다. 공이 손에 닿는 것이 느껴지자 그는 이제 태양에서

* 오스트레일리아식 럭비나 축구에서 손에서 공을 떨어뜨려 땅에 닿기 전에 차는 것. 일반적으로 펀트, 펀트킥이라고 한다.

벗어나 떨어져내려도 된다는 것을 깨달았다.

그는 양손으로 공을 단단히 감싸고 등부터 바닥에 떨어졌다. 충격이 어찌나 큰지 거의 숨을 쉴 수 없었다. 그는 기침과 함께 숨을 움켜쥐며 일어서서 달걀형 공을 들고 빛 속에 섰다. 그리고 더 큰 세상에 합류할 준비를 했다.

그가 비틀거리며 일어서자 난투를 벌이던 소년들이 그를 존경하듯 공간을 만들어주었다.

너 도대체 누구냐? 한 덩치 큰 소년이 물었다.

도리고 에번스인데요.

야, 끝내주게 멋졌다, 도리고. 네가 차.

유칼립투스 나무껍질의 냄새, 태즈메이니아 한낮의 강하고 푸른 빛, 눈을 베일 것 같아서 가늘게 떠야 할 만큼 날카로운 그 빛, 그리고 팽팽한 피부에 닿는 햇볕의 열기, 다른 소년들의 단단하고 짧은 그림자, 뭔가 문턱에 서 있다는 느낌, 과거의 세상을 아직 손에서 놓지 않은 채로 새로운 세상으로 즐거이 들어가게 되었다는 느낌, 이 모든 것을 그는 의식하고 있었다. 뜨거운 흙먼지, 다른 소년들의 땀, 웃음, 다른 아이들과 함께 있다는 묘하게 순수한 즐거움 또한 의식했다.

차! 누군가가 외치는 소리가 들렸다. 수업 종이 치면 전부 끝장이니까 빨리 차, 인마.

자기 존재의 가장 깊숙한 곳에서 도리고 에번스는 자신의 평생이 바로 이 순간을 향한 여정이었음을 알아보았다. 그는 그 한순간 태양을 향해 날아올랐고, 이제부터는 영원히 그 순간으로부터 멀어지는 여행을 할 터였다. 다시는 그 무엇도 그 순간만큼 생생하게 다가오지 않을 것이다. 인생이 다시는 그토록 의미를 품지 못할 것이다.

4

우리 진짜 똑똑하지 않아요? 에이미가 말했다. 그는 에이미와 함께 호텔 침대에 누워 있었다. 재키 매과이어가 어머니 앞에서 우는 것을 보았던 그날, 어머니를 위해 「율리시스」를 암송하는 그의 짧게 자른 곱슬머리를 어머니가 손가락으로 배배 꼬던 그날로부터 십팔 년 뒤, 낡아빠진 호텔의 삼층 방이었다. 저 아래 도로와 맞은편 바닷가가 전혀 보이지 않는 깊숙한 베란다 덕분에 남쪽 바다에 앉아 있는 것 같은 환상에 빠질 수 있었다. 바닷물이 저 아래에서 끊임없이 몰려왔다 몰려가는 소리가 들렸다.

그건 속임수입니다. 도리고가 말했다. 남의 귀에서 동전을 빼내는 마술처럼.

아니에요.

그래요, 아니죠. 도리고가 말했다.

그럼 뭐죠?

도리고는 딱히 확신이 없었다.

그리스랑 트로이가 다 뭐래요? 그 둘이 어떻게 달라요?

트로이인들은 한 가족이었어요. 싸움에서 졌고요.

그리스인들은?

그리스인?

아뇨. 포트애들레이드매그파이즈*요. 그래요, 그리스인. 그 사람들은 뭐예요?

폭력이죠. 그래도 그리스인들은 우리의 영웅입니다. 싸움에서 이겼으니까.

왜요?

그는 정확한 이유를 알지 못했다.

속임수를 썼죠, 당연히. 그가 말했다. 트로이의 목마. 신들에게 드리는 공물이라는 그 안에 죽음이 숨어 있었습니다.

그런데 왜 우리는 미워하지 않는 거예요? 그리스인들을?

그는 정확한 이유를 알지 못했다. 왜 이렇게 되어야 하는지, 트로이 일가가 왜 파멸했는지, 생각하면 할수록 더욱더 알 수 없었다. 신들이란 시간의 다른 이름에 불과하다는 것 정도는 알고 있었지만, 그런 말을 하는 것은 우리가 신들을 결코 이길 수 없다고 말하는 것만큼이나 멍청한 짓이라는 생각이 들었다. 하지만 스물여덟 살을 코앞에 둔 스물일곱의 나이에 그는 이미 다른 사람은 몰라도 자신의 운명에 대해서는 어느 정도 숙명론적인 생각을 갖고 있었다. 인생을 보여줄 수는 있어도 설명할 수는 없을 것 같았다. 그런데 말은, 그러니까 직접적이지 않은 모든 말은, 그에게 가장 진실한 것이었다.

그는 에이미의 알몸 너머, 그녀의 가슴과 엉덩이 사이에서 솜털을 후광처럼 이고 있는 초승달 같은 곡선 너머, 낡아서 하얀 페인트가 조각조각 떨어지고 있는 유리 여닫이문 너머, 달빛이 바다 위에 낸 좁은

---

* 본명 포트애들레이드풋볼클럽. 사우스오스트레일리아주의 항구도시 애들레이드에 연고지를 둔 축구팀 별명. 로고에 '까치Magpie'가 그려져 있다.

길을 바라보았다. 그 길은 그의 시선에서 도망쳐 날개를 활짝 편 구름들 속으로 이어졌다. 마치 그 길이 그를 기다리고 있는 것 같았다.

나의 목표는 이대로,
석양 너머로 항해하는 것, 그리고 서쪽 하늘
모든 별들 너머로 내가 죽을 때까지.*

말言을 왜 그렇게 좋아해요? 에이미의 목소리가 들렸다.

어머니는 그가 열아홉 살 때 결핵으로 돌아가셨다. 그는 임종을 지키지 못했다. 아예 태즈메이니아에 있지도 않았다. 장학금을 받아 멜버른대학에서 의학을 공부하는 중이었으니까. 사실 어머니와 그를 갈라놓은 바다는 단지 하나가 아니었다. 오먼드칼리지에서 그는 좋은 가문 사람들을 만났다. 오스트레일리아라는 나라가 세워지기도 전 영국의 유명 가문들에까지 이어져 있는 가문의 유래와 성취를 자랑스러워하는 사람들이었다. 그들은 몇 세대에 걸친 조상들 이름, 그들이 지낸 공직과 운영한 회사와 왕실과의 결혼, 저택과 양 목장을 읊을 수 있었다. 그는 노인이 된 뒤에야 그중 대부분이 19세기 소설가 앤서니 트롤럽의 작품보다 더 굉장한 허구였음을 알게 되었다.

어떤 면에서는 믿을 수 없을 만큼 지루했지만, 또다른 면에서는 매혹적이었다. 그렇게 확신에 찬 사람들을 만난 적이 없기 때문이었다. 유대인들과 가톨릭신자들은 그들보다 격이 떨어지고, 아일랜드인들은

---

* 테니슨의 「율리시스」 중 일부.

추하고, 중국인과 토착민들은 아예 인간이 아니었다. 그들에게 이런 주장은 단순한 생각이 아니라 확신이었다. 그는 이상한 데서 놀라움을 느꼈다. 돌로 지어진 그들의 집. 그들이 사용하는 식기의 무게. 다른 사람들의 삶에 대한 무지. 자연의 아름다움을 알아보지 못하는 눈. 그는 가족들을 사랑했지만, 자랑스러워하지는 않았다. 식구들이 가장 잘한 일은 살아남은 것이었다. 그것이 어떤 업적인지 그가 제대로 알아보기까지는 평생이 걸렸다. 하지만 대학에 다니던 그 시절에는 생전 처음으로 만난 사람들이 지닌 명예, 재산, 명성과 비교해보았을 때, 업적이 아니라 실패 같았다. 그는 부끄러운 마음을 드러내느니 차라리 그들과 거리를 두었다. 어머니가 돌아가실 때까지 그랬다. 그리고 어머니 장례식에서 그는 울지 않았다.

어서 말해봐요, 도리. 에이미가 말했다. 왜 그렇게 말을 좋아해요? 그녀가 손가락으로 그의 허벅지를 훑어올렸다.

나중에 그는 사방이 에워싸인 공간, 군중, 전차, 기차, 춤 등 자신을 안쪽으로 밀어넣고 빛을 가려버리는 모든 것을 두려워하게 되었다. 숨을 쉬기도 힘들었다. 꿈에 어머니가 그를 부르는 소리가 들렸다.

아들. 어머니가 말했다. 이리 와, 아들.

하지만 그는 가지 않았다. 시험에서는 거의 낙제점을 받았다. 그는 「율리시스」를 읽고 또 읽었다. 빛을 찾으려고 미식축구를 다시 했다. 그가 교회에서 보았던 그 빛을 찾으려고 태양을 향해 계속, 계속 오르다보니 그는 주장이 되고, 의사가 되고, 외과의가 되고, 이 호텔 방에 에이미와 함께 누워 계곡 같은 그녀의 배 위로 달이 뜨는 것을 지켜보게 되었다. 그는 「율리시스」를 읽고 또 읽었다.

긴 하루가 저문다. 느린 달이 올라온다. 깊은
신음에 많은 목소리가 섞여 있다. 오라, 친구들이여,
더 새로운 세상을 찾기에 너무 늦지는 않았으니.

그는 태초의 빛을 움켜쥐었다.

그는 「율리시스」를 읽고 또 읽었다.

그는 에이미를 돌아보았다.

내가 알게 된 최초의 아름다운 것이 말이었습니다. 도리고 에번스가 말했다.

5

한 시간 뒤 그가 깨어났을 때 그녀는 이미 입술을 버찌같이 빨간색으로 칠하고, 가스 불꽃 같은 눈에 마스카라를 바르고, 머리를 올려 얼굴을 하트 모양으로 남겨둔 다음이었다.

에이미?

이만 가봐야 돼요.

에이미……

게다가……

여기 있어요.

왜?

내가……

왜요? 그런 소리는 이미……

내가 당신을 원해요. 함께 있는 순간마다 당신을 원해요.

……몇 번이나 들었어요. 엘라랑 헤어질 거예요?

당신은 키스랑 헤어질 겁니까?

가야 돼요. 에이미가 말했다. 한 시간 뒤에 도착할 거라고 했어요. 저녁에 카드놀이를 하는 날이거든요. 웃기죠?

또 올게요.

그래요?

네.

그럼 그다음에는요?

원래 이건 비밀인데……

우리 일 말인가요?

아뇨. 그래요. 아니, 전쟁 말이에요. 군사기밀.

네?

출항합니다. 수요일에.

네?

사흘 뒤……

수요일이 언제인지는 나도 알아요. 어디로 가요?

전쟁터죠.

전쟁터 어디요?

그걸 우리가 어떻게 알겠어요?

당신이 어디로 가느냐고요.

전쟁터로요. 전쟁터는 사방에 있잖아요, 안 그래요?

다시 만날 수 있을까요?

나는……

그럼 우리는? 우리는?

에이미……

도리, 다시 만날 수 있을까요?

6

도리고 에번스는 냉장 장치 어딘가에서 오십 년의 세월이 천식환자처럼 숨을 몰아쉬고 몸을 부르르 떨며 지나가는 것을 느꼈다. 협심증 약이 벌써 효과를 발휘하는 중인지 가슴이 조이는 느낌이 점점 가라앉고, 팔이 얼얼한 증세도 사라졌다. 그의 떨리는 영혼에는 약으로 어쩔 수 없는 내적인 장애가 아직 남아 있었지만, 이제는 호텔 욕실에서 침실로 돌아가도 될 것 같았다.

그는 침대로 다시 걸어가면서 그녀의 벌거벗은 어깨를 보았다. 그 부드러운 살과 곡선은 언제나 그에게 짜릿한 흥분을 안겨주었다. 그녀가 잠결에 붉어진 얼굴을 조금 들어올리고 물었다.

아까 뭐라고 했어요?

그는 다시 침대에 누워 그녀를 끌어안으면서 그녀가 좀전의 대화에 대해 물었다는 것을 깨달았다. 그녀가 잠들기 전에 나눴던 대화. 이 호텔 방을 한들한들 드나들었던 이른 아침의 온갖 우울한 소리에 맞서려는 듯이 저멀리서 자동차 한 대가 마구 부르릉거렸다.

다키. 그는 그녀의 등을 향해 속삭였다. 마치 뻔히 알지 않느냐는 듯이. 하지만 뻔한 이야기가 아님을 깨닫고 말을 덧붙였다. 가디너. 말을 하는 동안 그의 아랫입술이 그녀의 살갗에 닿았다. 그 친구 얼굴이 생각나지 않아요. 그가 말했다.

당신 얼굴과는 달랐겠죠. 그녀가 말했다.

그건 무의미한 말이라고 도리고 에번스는 생각했다. 다키 가디너의 죽음에는 의미가 없었다. 이렇게 분명하고 단순한 사실을 왜 글로 쓸 수 없는지, 다키 가디너의 얼굴이 왜 보이지 않는지 의아했다.

그건 혹렬히 불가피한 일이에요. 그녀가 말했다.

그는 빙긋 웃었다. 그녀가 '혹렬히' 같은 단어들을 쓰는 것에는 도무지 익숙해질 수 없었다. 그녀가 천성적으로 천박한 사람이라는 건 그도 잘 알고 있지만, 가정교육 덕분에 그녀는 그렇게 고풍스럽고 기이한 단어들을 사용했다. 그는 늙고 바짝 마른 입술을 맨살이 드러난 그녀의 어깨에 댔다. 그는 도대체 여자들의 어떤 점 때문에 지금도 물고기처럼 퍼덕거리는 걸까?

텔레비전을 켜거나 잡지를 펼칠 때마다 당신의 그 코가 튀어나와요. 그녀가 자신의 우스갯소리에 점점 신이 나서 말을 이었다.

도리고 에번스가 보기에도 확실히 자신의 얼굴이 어디에나 있는 것 같았다. 애당초 대단한 얼굴도 아닌데. 그가 이십 년 전 자신의 과거를 다룬 텔레비전 프로그램으로 대중의 주목을 끈 뒤로, 그의 얼굴은 자선기관의 편지지 로고에서부터 기념주화에 이르기까지 어디서나 상대를 마주 노려보기 시작했다. 그는 코가 큰 얼굴에 망연한 표정을 짓고 있으며, 조금 난잡했다. 한때 검은색이던 곱슬머리는 이제 가느다란 백발이 되어 물결쳤다. 대부분의 경우 쇠퇴기라고 불리는 시기에 그는 다시 한번 환한 조명을 향해 오르고 있었다.

몇 년 전부터 자신이 전쟁영웅이 된 것을 그는 잘 이해할 수 없었다. 그는 유명한 외과의였으며, 세월과 비극의 대중적인 상징이었고, 전기와 연극과 다큐멘터리의 주인공이었다. 숭배의 대상, 위인전의 대상, 아첨의 대상이었다. 자신의 외모 중 일부, 그리고 습관과 과거사 중에 그 전쟁영웅과 비슷한 점이 있다는 것은 알고 있었다. 하지만 그는 그가 아니었다. 그는 죽음보다 삶에서 좀더 성공을 거뒀고, 이제는 전쟁포로들을 위해 활동할 사람이 그리 많이 남아 있지 않았다. 그 존경심을 부정하는 것은 이미 목숨을 잃은 사람들의 기억을 모욕하는 일 같아서 그럴 수 없었다. 게다가 그에게는 이제 그럴 기운도 없었다.

사람들이 그를 영웅이라고 부르든, 겁쟁이라고 부르든, 사기꾼이라고 부르든, 자신과는 점점 더 상관없는 호칭이 되어가는 것 같았다. 그런 호칭은 아련한 수증기 같은 세계에 속했다. 나라에서 그에게 찬사를 보낸다는 것은 알고 있었다. 하지만 나이 많은 외과의사인 그와 함께 일하는 동료들은 절망했고, 다른 전쟁포로수용소에서 그와 비슷한 일을 했던 다른 많은 의사들은 그를 조금 경멸했다. 어쩌면 부러워할 수도 있었다. 그의 성격에 남다른 점이 있어서 그가 국민들의 애정을 남들보다 월등히 많이 받게 되었다는, 반갑지 않은 깨달음 때문에.

그 망할 다큐멘터리. 그가 말했다.

하지만 그 당시에 그는 남들의 주목을 받는 것에 별로 신경을 쓰지 않았다. 어쩌면 속으로 조금은 즐겼을 수도 있다. 하지만 이제는 아니었다. 그도 자신을 비판하는 사람들에 대해 완전히 모르지는 않았다.

그리고 대개 그들의 말에 동의했다. 그가 보기에 자신의 명성은 다른 사람들의 인지장애로 빚어진 현상이었다. 그는 인생에서 틀림없는 실수라고 여겨지는 일들, 예를 들어 정치나 골프 같은 것들을 피해왔다. 하지만 대장암 제거를 위해 새로운 수술기법을 개발하려는 시도가 성공을 거두지 못했을 뿐만 아니라, 여러 환자의 죽음에 간접적으로 영향을 주었을 가능성마저 있었다. 메이슨이 자신을 살인자라고 부르는 걸 들은 적도 있었다. 지금 생각해보면 자신이 무모했던 것도 같았다. 하지만 만약 그 시도가 성공했다면, 사람들은 틀림없이 그의 대담함과 선견지명에 찬사를 보냈을 것이다. 좀처럼 꺼질 줄 모르는 그의 바람기와 거기에 반드시 동반하기 마련인 거짓말은 개인적으로는 추문이었지만 공적으로는 무시되었다. 자신이 그토록 주저 없이 편안하게 거짓말을 하고 남들을 조종하고 속일 수 있다는 사실은 그에게도 충격적이었다. 그래서 그는 자신에 대해 현실적으로 아주 낮은 평점을 매기고 있다고 생각했다. 그것은 그의 유일한 허세가 아니라, 더 어리석은 짓들 중 하나였다.

지금 이 나이에도(지난주에 그는 일흔일곱 살이 되었다) 그는 자신의 천성이 자신의 삶에 저질러놓은 일 때문에 혼란을 느꼈다. 수용소에서 그로 하여금 다른 사람들을 돕게 만들었던 바로 그 대담성, 관습을 그냥 받아들이지 않으려는 바로 그 태도, 게임을 하면서 느끼는 바로 그 즐거움, 자신이 상황을 어디까지 밀어붙일 수 있는지 보고 싶다는 바로 그 구제불능의 굶주림이 결국 그를 친한 동료인 릭 메이슨의 아내 리넷 메이슨의 품으로 밀어붙였다는 것을 그도 알고 있었다. 릭은 외과대학에서 그와 같은 위원회 소속이었으며, 머리가 몹시 뛰어나고 명성도 높지만 철저히 둔한 남자였다. 한두 명만 제외하면 그보다 더 둔한 사람은 없을 터였다. 그는 그날 쓰고 있던 머리말에서 굳이 불필요한 사실까지 밝히지는 않은 채, 겸손하고 정직한 태도로 마침내 일을 어느 정도 바로잡고 자신의 예전 역할, 즉 더도 덜도 아닌 의사의 역할을 되찾고, 망각 속에 묻혀버린 많은 사람에게 더 초점을 맞춰 그들의 기억을 제대로 회복시켜줄 수 있기를 바랐다. 잘못된 것을 바로잡고 회개하기 위해서는 이것이 반드시 필요한 일이라는 생각이 들었다. 이런 자기비하, 이런 겸양이 결국은 자신에게 이로운 결과로 돌아오게 될 것이라는 걱정 또한 그보다 더 깊은 마음속에 자리잡고 있었다. 그는 덫에 걸린 것이나 마찬가지였다. 그의 얼굴은 어디에나 있었지만, 이제 그는 그들의 얼굴을 볼 수 없었다.

난 그냥 이름이 되었어. 그가 말했다.

누구 이름요?

테니슨.

처음 듣는 이름이네요.

「율리시스」.

요새 그 사람 작품을 누가 읽는다고요.

요즘 사람들은 아예 아무것도 안 읽지. 브라우닝이 그냥 총 이름인 줄만 아니까.

당신한테는 로슨*뿐인 줄 알았는데요.

맞아. 키플링이나 브라우닝을 읽지 않을 때는.

---

* Henry A. Lawson(1867~1922). 1890년대 활발히 활동한 오스트레일리아의 시인이자 단편작가. 테니슨, 키플링, 브라우닝은 영국 시인들.

테니슨도.

난 내가 지금까지 마주친 모든 것의 일부야.

그건 당신이 지어낸 얘기잖아요. 그녀가 말했다.

아니야. 그건 아주…… 그 단어가 뭐지?

적절하다?

그래.

당신은 그걸 전부 암송할 수 있죠? 리넷 메이슨이 그의 시들시들한 허벅지를 한 손으로 훑으면서 말했다. 그것 말고 다른 것들도 많이. 그런데 한 남자의 얼굴은 기억하지 못한다고요?

응.

죽음 앞에서 셸리가 그를 찾아왔다. 셰익스피어도. 그들은 저절로 그를 찾아와 그의 인생 전체라고 해도 과언이 아닐 만큼 삶의 커다란 일부가 되었다. 마치 한 사람의 일생을 책 한 권, 문장 하나, 단어 몇 개에 전부 담을 수 있기라도 한 것처럼. 그렇게 간단한 단어들에. 그대는 죽음의 연회장에 도착했도다. 창백하고 차갑고 달빛 같은 미소. 아, 그대 옛 사람들이여.

죽음은 우리에게 의사지. 그가 말했다. 그는 그녀의 젖꼭지에 경탄했다. 그날 저녁 만찬 자리에서 한 기자가 그에게 히로시마와 나가사키 폭격에 대해 물었다.

혹시 한 번은 그럴 수 있을지도 모르죠. 그 기자가 말했다. 하지만 두 번씩이나? 왜 두 번이었을까요?

놈들이 괴물이니까. 도리고 에번스가 말했다. 이해할 수 없는 존재들이오.

기자는 여자들과 아이들도 괴물인지 물었다. 아직 태어나지 않은 아이들도 괴물인가요?

방사능은 후세에게 영향을 미치지 않습니다. 도리고 에번스가 말했다.

하지만 기자의 질문에 담긴 뜻은 그것이 아니었다. 게다가 방사능의 영향이 유전되는지 여부에 대해 그가 확실히 아는 것도 아니었다. 오래전 어떤 사람에게서 유전되지 않는다는 말을 들은 적은 있었다. 아니, 유전된다고 했던가? 기억이 잘 나지 않았다. 요즘 그는 언제나 자신의 말이 옳다는, 점점 더 힘을 잃어가는 그 가정에 의존하고 있었다.

기자는 자신이 생존자들을 만나 취재하면서 영상에 담았는데, 그들이 평생 동안 끔찍한 고통에 시달리고 있다고 말했다.

당신이 전쟁에 대해 아무것도 모른다는 얘기를 하려는 건 아니오, 젊은 양반. 도리고 에번스가 말했다. 단지 당신이 아는 게 하나뿐이라는 얘기지. 전쟁은 그렇게 단순하지 않아요.

그는 시선을 돌렸고, 나중에는 등을 돌렸다.

그건 그렇고 노래 좀 하시오?

지금 도리고는, 언제나 그렇듯이 한심하고 어색하고 솔직히 당황스러운 그 대화의 기억을 여자의 육체로 지워버리려고 애쓰고 있었다. 그는 리넷의 젖가슴 한쪽을 오목한 손으로 감싸고 젖꼭지를 손가락 사이에 끼웠다. 하지만 그의 머리는 여전히 다른 곳에 있었다. 그 기자는 틀림없이 앞으로 두고두고 저녁식사 자리에서 그 이야기를 할 것이다. 전쟁영웅이라지만 사실은 핵무기를 사랑하는 전쟁광이며 그에게 노래 좀 부르느냐는 질문을 마지막으로 던졌던 노망난 늙은 바보이야기를!

하지만 그 기자는 왠지 다키 가디너를 생각나게 했다. 정확히 무엇 때문인지는 알 수 없었다. 얼굴이나 태도 때문은 아닌데. 그럼 미소? 빰? 대담함? 도리고는 그 기자에게 짜증이 났지만, 도리고의 명성 앞에서 굽히지 않은 꿋꿋함에는 감탄했다. 내면이 단단한 사람인 모양이었다. 진실을 고집하는 태도였을까? 그건 알 수 없었다. 그와 비슷한 경련이나 몸짓이나 습관이 떠오르지도 않았다. 묘한 수치심이 속에서 고개를 들었다. 어쩌면 그가 바보같이 군 것인지도 모른다. 잘못을 저지른 것 같기도 했다. 이제 그 무엇도 확실하지 않았다. 어쩌면 다키가 죽도록 얻어맞은 그날부터 그 무엇도 확신할 수 없게 된 것인지도 모른다.

나는 썩은 고기를 먹는 괴물이 될 거야. 그는 산호 껍데기 같은 그녀의 귀에 대고 속삭였다. 그는 여자들의 귀를 볼 때마다 부드럽게 소용돌이치듯 움직이는 그 기관을 말로 표현할 수 없었다. 여자들의 귀는 항상 모험을 향해 그를 초대하는 듯했다. 그는 그녀의 귓불에 아주 부드럽게 입을 맞췄다.

당신 생각을 제대로 말해봐요. 리넷 메이슨이 말했다. 도리고 에번스다운 표현으로.

그녀는 쉰두 살이었다. 아이를 낳을 수 있는 나이는 지났지만 어리석지 않았으니, 이 늙은 남자에게 붙들려 있는 자신을 경멸했다. 그에게 아내뿐만 아니라 다른 여자가 있다는 건 그녀도 알고 있었다. 그 밖에 여자가 한두 명 더 있는 것 같다고 짐작했다. 그녀는 심지어 그의 유일한 내연녀라는 불쾌한 영광조차 누리지 못했다. 그녀는 자신을 이해할 수 없었다. 그에게서는 시큼한 노인 냄새가 났다. 가슴은 축 늘어지고 젖꼭지도 쭈글쭈글했다. 잠자리 능력도 믿음직스럽지 못했다. 그런데도 묘하게 건강해서 상식적인 판단이 먹히지 않았다. 그와 함께 있으면 사랑받는다는 안정감이 난공불락의 성처럼 단단해졌다. 그래도 그의 일부, 그녀가 가장 원하는 부분이자 그의 내면에서 빛이 되는 부분이 여전히 그녀의 손길을 피하며 미지의 세계로 남아 있다는 것을 그녀도 알고 있었다. 그녀의 꿈속에서 도리고는 언제나 그녀의 머리 위 몇 센티미터쯤 되는 곳에 떠 있었다. 낮에는 그에게 화를 내거나, 그를 비난하고 위협하거나, 차갑게 굴게 되기 일쑤였다. 하지만 밤에 그와 나란히 누워 있을 때는 아무런 아쉬움이 없었다.

하늘이 더러웠어. 그가 말했다. 그가 한번 더 일어설 준비를 하는 것이 느껴졌다. 그 하늘은 항상 멀어졌지. 그가 말을 이었다. 하늘도 그것을 견딜 수 없다는 듯이.

7

1943년 초 그들이 시암에 도착했을 때는 달랐다. 우선 하늘이 청명하고 광대했다. 친숙한 하늘이었다. 그가 생각하기에는 그랬다. 건기라서 나무에는 이파리가 없었고, 정글은 휑하니 뚫려 있었으며, 바닥에서는 흙먼지가 일었다. 또하나 다른 점은 먹을 것이 있다는 것이었다. 식량이 많거나 충분할 정도는 아니었지만, 아직 굶주림이 만연할 정도는 아니었고 사람들의 뱃속과 머릿속에서 허기가 날뛰지도 않았다. 일본인들도 그들을 파리처럼 죽여버릴 만큼 광기에 물들지 않았다. 힘든 환경이었지만, 처음에는 미친 환경까지는 아니었다.

도리고 에번스가 시선을 내린 것은 일본제국군의 기술자들이 그가 서 있는 지점, 즉 그를 필두로 전쟁포로들이 조용하게 서 있는 지점에서부터 철로 경로를 표시하기 위해 일직선으로 바닥에 쭉 박아둔, 측량용 못을 보기 위해서였다. 그들은 그 못들이 방콕 북쪽에서부터 버마까지 415킬로미터나 뻗어 있다는 사실을 일본인 기술자들에게서 들었다.

못들이 박힌 곳이 대규모 철로가 들어설 자리였다. 아직 일련의 도면에 불과한 그 철로는 일본군 사령부의 웅대하지만 불가능한 명령 같았다. 그것은 절망과 광신이 낳은 전설 같은 철로였으며, 수많은 신화와 비현실을 자아냈다. 그 부피는 그뒤 일 년 동안 철로를 짓는 데 들어간 나무와 철, 그리고 수천을 헤아리는 목숨에 비례했다. 하기야 현실이 언제 현실주의자들의 손으로 만들어진 적이 있던가?

그들의 손에는 무딘 도끼와 썩은 삼끈이 쥐어졌고, 그들이 그것을 가지고 가장 먼저 한 일은 철로가 들어설 길에서 자라는 거대한 티크나무들을 1킬로미터나 베어내고 파내서 땅을 정리하는 것이었다.

우리 아버지는 너희 젊은 것들이 제 몸무게도 못 든다고 항상 말씀하셨지. 지미 비글로가 이가 빠지고 무딘 도끼날을 집게손가락으로 톡톡 두드리며 말했다. 그 망할 아버지가 지금 이 자리에 있으면 좋겠네.

8

나중에 누구도 그것을 제대로 기억하지 못할 것이다. 최고의 범죄처럼 그 일도 없었던 일이 될 것이다. 그들의 고통, 죽음, 슬픔, 그토록 많은 사람이 겪은 엄청난 고통이 비참하고 한심할 정도로 무의미한 일이었다는 사실. 어쩌면 그 일은 지금 이 글을 비롯해서 몇 권의 책 안에만 존재하는 것인지도 모른다. 공포에 형태와 의미를 부여하면, 책 한 권에 가둬둘 수 있다. 하지만 현실 속의 공포에는 형식도 의미도 없다. 그저 공포가 존재할 뿐이다. 공포가 날뛰는 동안에는 이 우주에 공포가 아닌 것이 하나도 없는 것처럼 보인다.

이 책의 배경이 된 이야기는 1942년 2월 15일에 시작된다. 싱가포르의 함락으로 한 제국이 끝나고 다른 제국이 일어선 날이다. 하지만 1943년 무렵 능력 이상의 일을 벌인데다가 자원 부족에 시달리던 일본은 패색이 짙었으므로, 이 철로의 필요성이 크게 대두되었다. 연합군은 중국에 있는 장제스의 국민군에게 버마를 통해 무기를 제공해주고 있었고, 미군이 바다를 장악했다. 일본은 적군인 중국군과 이어진 이 주요 보급로를 차단하고 버마를 통해 인도를 손에 넣기 위해 양국 지도자들의 미친 꿈처럼 반드시 육로로 버마군에 인력과 물자를 제공해주어야 했다. 하지만 일본은 이를 위해 반드시 필요한 철로를 지을 만한 돈도 기계도 갖고 있지 않았다. 시간도 없었다.

하지만 전쟁에는 나름의 논리가 있다. 일본제국에게는 자국이 이길 것이라는 믿음이 있었다. 무적의 일본 정신, 서구에는 없는 바로 그 정신을 믿은 것이다. 그들이 천황의 뜻이라고 부른 이 정신이 최후의 승리까지 결코 힘을 잃지 않을 것이라고 그들은 믿었다. 이 불굴의 정신을 북돋우고 그들의 믿음을 부추긴 것은 제국이 보유한 수많은 노예였다. 아시아인과 유럽인을 막론하고 수십만 명에 이르는 노예. 그중에는 이만이천 명의 오스트레일리아인 전쟁포로도 포함되어 있었다. 그들은 대부분 전쟁이 제대로 시작되기 전, 싱가포르가 함락될 때 전략적인 필요에서 항복한 사람들이었다. 그들 중 구천 명이 철로 건설에 투입되었다. 1943년 10월 25일 증기기관차 C5631호가 일본인과 타이인 귀빈들이 탄 삼량 열차를 매달고 완성된 죽음의 철로를 처음으로 달렸을 때, 그 바퀴 밑에는 공사중에 스러진 사람들의 뼈가 한없이 깔려 있었고, 그중에는 오스트레일리아인 구천 명 중 삼분의 일의 유해도 포함되어 있었다.

현재 증기기관차 C5631호는 일본의 비공식적인 전쟁기념관인 도쿄의 야스쿠니신사에 자랑스레 전시되어 있다. 이 신사에는 증기기관차 C5631호 외에 봉안자 명단도 보관되어 있다. 1867년부터 1951년 사이 일본 천황을 위해 목숨을 바친 이백만 명 이상의 명단이다. 이 신성한 신사에 봉안되는 것은 모든 사악한 행동을 면죄받는다는 뜻이다. 그 많은 이름 중에는 이차대전 이후 전범으로 유죄판결을 받고 처형된 천예순여덟 명도 포함되어 있다. 그리고 이중 일부는 죽음의 철로공사에 관여했으며, 나중에 전쟁포로 학대 혐의로 유죄판결을 받았다.

증기기관차 C5631 앞에 붙어 있는 설명문에는 이런 사실이 전혀 언급되어 있지 않다. 철로공사 현장에 대한 설명도 마찬가지다. 그 철로를 건설하다 죽은 수십만 명의 이름은 어디에도 없다. 하기야 죽음의 철로에서 목숨을 잃은 사람 수가 얼마나 되는지에 대해서도 합의가 이루어지지 않은 상황이다. 연합군 전쟁포로는 그 파라오급 프로젝트에서 노예처럼 일한 사람들 중 일부(약 육만 명)였다. 그들과 함께 일한 사람들은 타밀인, 중국인, 자바인, 말레이인, 타이인, 버마인 등 총 이십오만 명이었다. 어쩌면 그보다 많을 수도 있다. 역사가들은 그 노예노동자 중 사망자 수를 제각각 오만, 십만, 이십만으로 추정한다. 확실히 아는 사람은 아무도 없다.

앞으로도 결코 알 수 없을 것이다. 그들의 이름은 이미 잊혔다. 그들의 영혼이 봉안된 명단도 없다. 그들에게 이 작은 책을 바친다.

도리고 에번스는 그날 가이 헨드릭스의 전쟁포로수용소 삽화책에 들어갈 머리말을 이렇게 끝맺었다. 몇 달 동안 질질 끄는 바람에 기일을 상당히 넘겨버린 이 원고를 작성하기 위해 비서에게 미리 세 시간 동안 절대 방해하지 말라고 지시해둔 뒤였다. 글을 완성했지만 그는 그때의 일을 이해하려는 자신의 시도가 또 실패했다는 생각이 들었다. 죽음의 철로를 단순히 설명하는 것처럼 보이는 소개글로 가장하다니.

자신의 어조가 지나치게 뻔하면서 또한 지나치게 개인적인 것 같았다. 글을 쓰다보니 평생 동안 해결하지 못한 의문들이 다시 떠올랐다. 머리가 이런저런 생각들로 가득했지만, 그중 어느 것도 종이에 제대로 표현하지 못했다. 수없는 일들, 수많은 이름들, 수많은 죽음들, 하지만 그는 단 하나의 이름도 쓸 수 없었다. 처음에 머리말을 쓸 때에는 가이 헨드릭스의 모습을 간략하게 묘사하고, 다키 가디너의 이야기를 포함해서 헨드릭스가 죽던 날의 사건들도 개략적으로 설명했다.

하지만 그날의 가장 중요한 일에 대해서는 아무것도 쓰지 못했다. 언제나 그렇듯이 그가 즐겨 쓰는 초록색 잉크로 쓴 머리말, 자신의 꿈과 실패 사이의 깊은 심연에 읽을 가치가 있고 진실이 느껴지는 뭔가가 있을지도 모른다는 소망, 비록 죄책감이 섞였을지언정 소박한 그 소망으로 적은 그 글을 그는 바라보았다.

9

전쟁포로들이 그뒤에 이어진, 서서히 광기 속으로 빠져들던 그 시기를 간단히 라인이라고 부르는 데에는 그럴 만한 이유가 있다. 그뒤로 영원히 그들에게 세상의 인간은 두 종류뿐이었다. 라인 위에 있던 인간들과 그렇지 않은 나머지 인간들. 아니, 어쩌면 한 종류뿐인 것 같기도 했다. 라인에서 살아남은 인간. 아니, 결국에는 이조차도 적절하지 않은 표현 같았다. 도리고 에번스는 라인에서 죽은 인간들밖에 없다는 생각에 점점 심하게 시달렸다. 오로지 그들에게서만 사람을 온전한 인간으로 만들어주는 고통과 지식을 무서울 정도로 완벽하게 찾아볼 수 있는 것 같아서 무서웠다.

철로의 경로를 표시한 그 못들을 다시 생각하며 도리고 에번스는 이해할 수 없고, 전할 수 없고, 알 수 없고, 예측할 수 없고, 설명할 수 없는 것이 거기에 너무 많다는 사실을 깨달았다. 그 못들을 간단히 설명할 수는 있었다. 하지만 그런 말로는 아무것도 전달할 수 없었다. 라인, 즉 선이란 무엇인가? 선이란 한 점에서 다른 점으로 나아가는 것이었다. 현실에서 비현실로, 삶에서 지옥으로 나아가는 것. 학교 때 기하학을 배우며 들은 유클리드의 설명으로는 '너비가 없는 길이.' 너비가 없는 길이, 의미가 없는 삶, 삶에서 죽음으로 가는 행렬. 지옥으로 가는 여행.

반세기가 흐른 뒤 도리고 에번스는 파라마타의 호텔 방에서 꾸벅꾸벅 졸고, 몸을 뒤척이고, 꿈에 카론을 보았다. 스틱스강에서 죽은 자들의 입속에 들어 있는 은화 한 개를 삯으로 받고 지옥으로 데려다주는 더러운 뱃사공 카론. 꿈에 그는 그 무서운 카론을 묘사한 베르길리우스의 시구를 입으로 달싹였다. 무시무시하고 더러운 얼굴은 희끗희끗하고 헝클어진 털로 뒤덮이고, 사나운 눈에서는 불길이 타오르며, 더러운 망토는 어깨에 묶은 매듭으로 고정되어 있는 모습.

어느 날 밤 리넷 메이슨과 함께 호텔 방에 누워 있을 때, 침대 옆에는 책이 한 권 놓여 있었다. 중년에 다시 독서 습관을 들인 그는 어디에 있든 항상 그렇게 책을 놓아두었다. 그 결과 그가 내린 결론은 좋은 책을 읽고 나면 그 책을 다시 읽고 싶은 생각이 들고, 위대한 책을 읽고 나면 반드시 자신의 영혼을 다시 읽어봐야만 할 것 같은 생각이 든다는 것이었다. 그가 읽은 책 중에 그런 책은 드물었고, 나이를 먹을수록 더 드물어졌다. 그래도 그는 찾아 헤맸다. 자신이 영원히 향하게 될 이타카를 한번 더 찾아내려고. 그는 오후 늦게 책을 읽었다. 밤에는 어떤 책이든 거의 바라보지 않았다. 그 시간에 책은 부적이나 행운처럼 물건으로 존재하기 때문이었다. 그가 꿈의 세계를 무사히 통과할 수 있게 지켜주는 친숙한 신과 같았다.

그날 밤 그가 놓아둔 책은 일본의 전쟁범죄를 사과하러 온 일본 여성 대표들이 선물한 것이었다. 그들은 비디오카메라를 들고 격식을 갖춰 찾아왔다. 선물들도 가져왔는데, 그중 한 가지가 묘했다. 일본 임종시들의 번역본이라니. 그 책은 일본 시인들이 죽음을 앞두고 최후의 시를 짓는 모습을 남에게 보여주는 전통에서 비롯된 것이었다. 그는 그 책을 어두운색 나무로 된 협탁에 베개와 나란히, 그러니까 자기 머리와 나란히 오도록 신경써서 놓아두었다. 그는 책들이 갖고 있는 아우라가 자신을 보호해주므로 옆에 책을 두지 않으면 자신이 죽을 것이라고 믿었다. 여자들이 없어도 행복하게 잠들 수 있지만, 책이 없으면 결코 잠들지 못했다.

10

그날 낮에 그 책을 훑어보다가 도리고 에번스는 한 작품에 사로잡혔다. 18세기의 하이쿠 시인인 시스이는 임종을 앞두고 마침내 임종 시를 써달라는 요청에 응해 붓을 들어 시를 그리고는 숨을 거뒀다. 충격에 빠진 그의 추종자들이 종이에서 발견한 것은 그가 그린 원이었다.

시스이의 시는 도리고 에번스의 잠재의식을 구르듯이 지나갔다. 갇힌 허공, 끝이 없는 불가사의, 길이가 없는 너비, 커다란 바퀴, 영원한 회귀. 원은 선의 안티테제였다.

뱃삯으로 망자의 입에 물려주는 은화.

11

라인으로 가는 길에 도리고 에번스는 자바섬 고지대에 있는 전쟁포로수용소를 지나갔다. 주로 오스트레일리아 군인들이 수용된 그곳에서 대령인 그는 포로 천 명의 부사령관 역할을 맡았다. 그곳에서 그들은 도무지 끝날 것 같지 않은 시간을 보냈다. 운동경기, 교육프로그램, 콘서트로 인생을 질질 흘리고 있는 것 같았다. 그들은 고향의 추억을 노래로 불렀고, 중동의 이야기들을 반짝반짝 갈고 다듬는 필생의 작업을 시작했다. 어스름녘에 사암을 싣고 가는 낙타 행렬, 로마시대의 유적과 십자군의 성, 가장자리를 은색으로 덧댄 검은색 긴 외투를 입고 검은색의 높은 아스트라한 모직 모자를 쓴 체르케스족* 용병들, 목에 장화를 걸고 걸어가던 덩치 큰 세네갈 병사들. 그들은 또한 다마스쿠스의 프랑스 아가씨들을 회상하며 그리워했다. 팔레스타인에서 트럭 뒷칸에 타고 가다가 아랍인들과 마주치면 못된 유대인 놈들!이라고 고함을 지르고, 유대인들과 마주치면 못된 아랍인 놈들!이라고 고함을 지르

* 캅카스산맥 일대에 살던 소수민족. '아스트라한'은 러시아 아스트라한 지방과 중근동 지방에서 나는 까만 새끼 양의 털가죽이나 이를 본떠 짠 직물을 가리킴.

던 것도 회상했다. 하지만 예루살렘에서 일하는 아랍인 아가씨들과 마주치거나 키부츠*의 유대인 아가씨들이 보이면 더이상 소리를 지르지 않았다. 유대인 아가씨들은 파란 반바지에 하얀 블라우스를 입고, 오렌지가 든 봉지들을 그들에게 안겼다. 그들은 얘비† 버로스 이야기에 또 웃음을 터뜨렸다. 마치 가시두더지한테서 빌려온 것 같은 머리 모양을 한 그는 카이로 유곽에서 신나게 놀고 돌아와서는, 사타구니를 격하게 긁고 아래를 내려다보며 이 깜둥이 얘비들은 뭐야? 그 망할 변기에서 묻어왔나? 하고 묻는 바람에 그런 별명을 얻었다.

아이고, 얘비, 가엾기도 하지. 그들은 이렇게 말했다. 아, 진짜, 그 자식.

오랫동안 이렇다 할 일이 없었다. 도리고는 손님들이 흘리고 간 아라크 술‡ 때문에 끈적거리는 카이로 카페 탁자에서 친구들에게 사랑의 편지를 썼다. 한결같이 불을 뿜는 총구의 빛에 의지해 이 편지를 쓴다……는 말로 시작되는 편지의 영웅적인 허풍에서는 인간적인 욕망이 스며나왔다.

그러다가 시리아로 출진하면서 바위와 마른 염소똥과 마른 올리브 이파리들을 만났다. 중무장을 한 채 부풀어오른 세네갈인들의 시체 옆을 가끔 미끄러지듯 지나가던 그들은 저마다 자기만의 생각에 잠겼고, 멀리서는 전투의 소음이 두두두, 우지끈, 쾅쾅 들려왔다. 시체와 그들의 무기와 장비가 돌멩이처럼 사방에 흩어져 있었다. 어쩔 수 없는 일이었다. 부풀어오른 시체들을 밟지 않게 조심하는 일을 빼면 말할 것도

* 이스라엘의 자급자족의 농업 및 생활 공동체.

† 오스트레일리아의 민물에 사는 가재의 일종. 여기서는 버로스의 별칭.

‡ 쌀과 야자즙으로 만든 독주.

생각할 것도 없었다. 키프로스인 노새몰이꾼 세 명 중 한 명이, 도리고 에번스에게 정확히 어느 방향으로 가는 중이냐고 물었다. 그도 아는 바가 전혀 없었지만, 그때 이미 그들의 사기를 위해 자신이 뭔가 말을 해야 한다는 생각이 들었다.

가까이에서 노새 한 마리가 울어댔고, 그는 눈가에 포탄처럼 묻어 있는 모래 알갱이를 긁어내며 자신들이 서 있는 수수밭을 한 번 휘둘러본 뒤 다시 두 개의 지도, 그러니까 자신의 지도와 노새몰이꾼의 지도로 시선을 돌렸다. 하지만 두 지도는 중요한 지점에 대해 도무지 일치하는 구석이 없었다. 나침반 바늘 또한 두 지도 중 어느 것과도 일치하지 않았다. 그는 결정을 내릴 때 대개 그렇듯이 자신의 본능을 믿기로 했다. 본능이 옳은 경우가 대부분이었을 뿐만 아니라, 그렇지 않은 경우라 해도 최소한 어디로든 움직일 수 있게는 해주기 때문이었다. 그는 그 점이 더 중요할 때가 많다는 사실을 이제 잘 알고 있었다. 전선 근처에서 오스트레일리아 제국군 2/7 희생자 수습기지의 부소장으로 있던 그는, 전술적인 후퇴의 혼란 속에서 야전병원의 짐을 꾸리라는 명령을 받았다. 전술적인 후퇴가 다음날이면 전략적인 진군이라는 혼란이 될 터였다.

희생자 수습기지의 나머지 인원들은 트럭을 타고 전선에서 한참 멀리 떨어진 곳으로 소개되었지만, 그는 눈에 확 띄는 보급품들과 함께 남아 마지막 트럭을 기다렸다. 하지만 트럭 대신 그가 맞닥뜨린 것은 스무 마리 규모의 노새 행렬이었다. 키프로스인 몰이꾼 세 명이 그에게 새로운 전선에 있는 마을로 보급품을 가지고 가라는 새로운 명령을 전달했다. 마을의 위치는 노새몰이꾼들의 지도로는 남쪽으로 20마일

(32km), 그의 지도로는 서쪽으로 26마일(약 42km) 지점이었다. 작고 수다스러운 키프로스인들은 시리아에서 비시 프랑스 군대와 싸우는 연합군의 또다른 일부였다. 그곳에서 벌어진 싸움은 훨씬 더 커다란 전쟁의 복판에서 벌어지는 작은 전쟁, 그뒤로 아무도 기억해주지 않은 전쟁이었다.

12

원래 이틀이면 되었을 길이 거의 일주일이나 걸렸다. 둘째 날, 산속으로 이어진 가파른 길에서 도리고와 세 노새몰이꾼은 트럭이 망가져서 발이 묶인 태즈메이니아 출신의 기관총 사수 일곱 명과 마주쳤다. 다키 가디너라는 젊은 부사관이 이끄는 그들 역시 도리고와 목적지가 같았다. 그들은 비커스 기관총, 삼각대, 탄띠가 들어 있는 금속 상자 등을 여분의 노새에게 옮긴 뒤 함께 길을 나섰다. 바위산 비탈과 바위 더미를 넘는 동안 다키 가디너는 간혹 나지막한 목소리로 노래를 불렀다. 그들은 고갯길과 부서진 마을을 통과하면서 썩어가는 시체와 반쯤 무너져 휘청거리는 돌담을 몇 번이나 지나쳤다. 바닥에 쏟아진 올리브유 냄새, 죽은 말에게서 나는 냄새, 흩어진 의자들과 부서진 탁자들과 침대들의 냄새, 부서진 집의 무너진 지붕 냄새가 났다. 앞뒤에서는 적의 75밀리 포가 계속 쿵쿵거렸다.

다시 저지대까지 내려온 그들은 바싹 마른 돌담들을 지나갔다. 여기저기 흩어진 부서진 장비와 무기와 프랑스제 철모 사이에 이제 평화롭게 누워 있는 남자들에게 25파운드(11kg) 포를 막는 데 이 담들이 전혀 도움이 되지 못한 모양이었다. 그들은 시체들 사이를 계속 걸었다. 반원형으로 돌을 쌓아 만든 방벽 안에도 시체가 있었다. 죽음을 막는 데는 무용지물이었던 방벽. 고대의 석조 수로가 포탄에 부서지면서 물이 쏟아져나오는 바람에 섬뜩한 습지가 되어버린 수수밭에는 가스가 차서 뚱뚱하게 부풀어오른 시체들이 있었다. 사람들이 죽음을 피해 도망친 마을에는 집이 일곱 채뿐이었지만 시체는 열다섯 구였다. 회교 사원의 부서진 뾰족탑 앞에 죽어 있는 여자. 그녀의 작은 보퉁이는 거리의 먼지 속에 흩어져 있고, 치아는 호박에 박혀 있고, 포탄에 날아간 살점 조각들은 과열된 트럭 안에서 악취를 풍겼다.

나중에 도리고 에번스는 하얗고 빨간 꽃무늬가 그려진 그 보퉁이가 무척 예뻤다고 기억했다. 그 밖에는 그다지 기억나는 것이 없다는 사실이 묘하게 부끄러웠다. 부서진 시골집들 주위에 떠 있던 돌가루의 알싸한 맛, 앙상한 당나귀 시체의 냄새, 비참하게 죽은 염소의 냄새, 부서진 테라스의 냄새, 박살난 올리브숲의 냄새, 고성능 폭약의 시큼한 악취, 쏟아진 올리브유의 진한 냄새, 이 모든 것이 하나로 뒤섞여, 그가 곤경에 빠진 인간을 생각하면 떠오르는 냄새가 되었다. 그들은 죽음의 냄새를 막으려고 담배를 피우고, 죽음이 머릿속으로 비집고 들어오는 것을 막으려고 농담을 주고받고, 자신이 살아 있음을 되새기려고 음식을 먹었다. 다키 가디너는 자신이 목숨을 잃을 가능성을 계산하면서 매번 자신의 운이 좋아지고 있다고 믿었다.

한밤중에 옥수수밭을 통과하던 그들은 녹색 조명탄 덕분에 부서진 마을을 발견했다. 프랑스군이 격렬한 전투 끝에 오스트레일리아군에게서 빼앗은 뒤 무슨 이유에서인지 버리고 간 마을이었다. 프랑스군이 공격할 때 사용했던 박격포가 오스트레일리아 군인들을 인간이 아닌 다른 물건으로 만들어버렸다. 수분을 잃고 말라가는 검붉은 고기 조각, 포탄에 날아간 창자, 박살난 뼈, 드러난 이를 악물고 있는 얼굴. 도리고 에번스는 그 무서운 죽음의 이빨들을 모든 이의 미소에서 보기 시작했다.

마침내 그들은 목적지 마을에 도착했지만, 그 마을은 아직 프랑스군이 점령하고 있어서 영국 해군이 맹렬한 포격을 가하는 중이었다. 바다 저멀리서 전함들이 격하게 숨을 내뿜고, 그들의 대포는 헛간에서 그 옆의 석조 주택으로, 그다음에는 그 뒤의 별채로 체계적으로 움직이며 마을의 집들을 한 번에 한 채씩 파괴했다. 도리고 에번스, 노새몰이꾼들, 기관총 사수들은 마을이 폐허와 먼지로 변해가는 모습을 안전한 거리에서 지켜보았다.

거기에 죽지 않은 것이 하나라도 남아 있을 것이라고는 생각하기 힘들 정도인데도 포탄이 계속 비처럼 쏟아졌다. 정오가 되자 뜻밖에 프랑스군이 철수했다. 오스트레일리아군은 포탄 폭발로 타버린 누런 땅 위를 진군하며 무너진 테라스 벽들을 통과하고 부서진 타일 더미들을 타넘고, 나무는 파괴됐지만 아직 멀쩡히 남아 있는 뿌리와 뒤틀린 총과 대포 조각들 옆을 빙 둘러 지나갔다. 벌써 가스가 차서 부풀어오르는 바람에 칼로 베어버린 포병대원들 옆도 지나갔다. 개중에는 한낮의 햇빛을 받으며 자는 것처럼 보이는 사람들도 있었다. 눈알이 튀어나온 자리에서 젤리 같은 것이 흘러나와 수염 자국이 있는 뺨에 더러운 반죽처럼 묻어 있지만 않았다면 그렇게 보였을 것이다. 모두들 허기와 피로 외에는 아무것도 느끼지 못했다. 염소 한 마리가 옆구리에 창자를 매단 채 앞에서 소리 없이 휘청거렸다. 갈비뼈가 드러난 녀석은 고개를 높이 든 채 아무 소리도 내지 않았다. 불굴의 정신만 있으면 살아남을 수 있다는 듯이. 어쩌면 정말 그랬는지도 모른다.

이거야 완전히 망할 보 제스트*잖아. 빨간 머리의 홀쭉한 기관총 사수가 말했다. 무조건 쐈어. 그의 이름은 갈리폴리 폰케슬러. 후온 계곡에서 사과 과수원을 하던 사람으로, 나른한 나치식 경례로 다른 사람들에게 인사하는 데 푹 빠져 있었다. 독일인인 그의 아버지는 자신이 구세계에서 괜찮은 사람인 척하느라고 원래 농민의 성姓인 케슬러에 귀족을 뜻하는 '폰'을 덧붙였다고 한다. 지난 세계대전 때 신세계에서 반독反獨 히스테리 때문에 그의 헛간이 불타면서 모든 것을 잃을지도 모른다는 두려움에 떨던 마음 역시 그 이름에 반영되어 있었다. 그들이 다른 독일 이민자들과 함께 살던, 호바트 뒤편의 산속 마을은 원래 비스마르크이던 이름을 즉시 콜린스베일로 바꿨으며, 카를 폰케슬러는 자기 아버지 이름을 따서 지은 아들 이름을 갈리폴리로 바꿨다. 그가 태어나기 전해에 오스트레일리아가 재앙으로 끝난 터키 침공에 관여했던 것을 기리는 이름이었다. 오래된 사과 속처럼 생긴 얼굴에는 지나치게 거창한 이름이기도 했다. 그래서 사람들은 그를 간단히 케스라고 불렀다.

마을에 들어선 그들은 불에 타서 새빨갛게 달아오른 프랑스군 탱크 한 대, 뒤집어진 트럭들, 박살난 장갑자동차, 총알로 벌집이 된 평범한 자동차 등을 지나갔다. 탄약 더미, 종이, 옷가지, 탄피, 총 등이 거리에

---

* 프랑스 외인부대에 합류한 삼형제 이야기를 그린 1924년작 모험소설 제목으로, 동명의 영화들도 있음.

흩어져 있었다. 이 혼란과 폐허 속에서 상점들은 문을 열고 장사를 했으며, 사람들은 자연재해를 수습하듯이 어지러운 것들을 정리했다. 비번인 오스트레일리아 군인들은 거리를 어슬렁거리며 기념품을 사거나 빼앗았다.

그들은 시체를 뜯어먹으러 오는 자칼들이 짖어대는 소리를 들으며 잠들었다.

13

해가 뜨자마자 일어난 도리고는 다키 가디너가 마을의 중앙로 한복판에 불을 피워놓은 것을 발견했다. 그는 모닥불 앞에 화려한 안락의자를 놓고 앉아 있었다. 은색 물고기 무늬가 있는 파란색 비단 문직紋織으로 감싸인 의자에서 그는 한쪽 다리를 팔걸이에 걸쳐놓고 으스러진 프랑스 담배상자를 만지작거리는 중이었다. 바닷속을 연상시키는 의자에 더러운 카키색 옷을 입고 앉아 있는 그의 검고 빼빼 마른 몸을 보고 도리고는 낯선 해변으로 밀려온 해초를 떠올렸다.

다키 가디너의 배낭은 다른 사람 것의 절반밖에 안 되어 보였지만, 거기서 나오는 식량과 담배는 한이 없는 것 같았다. 그가 암시장에서 구하거나, 징발하거나, 훔친 물건들일 터였다. 그 작은 기적 덕분에 그는 검은 왕자라는 별명을 하나 더 얻었다. 그가 막 도리고 에번스에게 포르투갈 정어리 통조림 하나를 던져주는데, 비시 프랑스군이 75밀리포와 중기관총으로 마을을 두드려대기 시작했다. 비행기도 한 대 날아와 기총소사를 퍼부었다. 하지만 이 모든 일이 어딘가 다른 곳에서 벌어지는 것만 같아서 그들은 지미 비글로가 찾아낸 프랑스 커피를 마시고 가벼운 이야기를 나누며 명령을 기다렸다. 아니면 전쟁이 그들을 찾아내기를 기다린 것인지도 모르겠다.

잘 맞지 않는 틀니를 한 단단한 체격의 토끼 헨드릭스가 다마스쿠스의 엽서 뒷면에 스케치를 마무리하고 있었다. 도마뱀 브랜쿠시의 아내 메이지의 닳아빠진 사진을 대신할 물건이었다. 사진 속 메이지의 얼굴은 거미줄처럼 갈라져버렸고, 그나마 남은 부분도 수많은 작은 낙엽처럼 돌돌 말려버렸기 때문에 이제는 그녀의 얼굴을 어림짐작해서 보는 수밖에 없었다. 토끼 헨드릭스의 연필이 사진 속 여인과 똑같은 포즈, 똑같은 목선을 포착해냈지만, 눈은 실제보다 메이 웨스트*를 조금 더 닮았고, 가슴 언저리는 메이 웨스트를 훨씬 더 많이 닮아서 메이지가 한 번도 자랑해보지 못한 가슴골이 언뜻 보였다. 표정은 원래 사진보다 좀더 솔직하고 유혹적이었으며, 메이지가 거의 드러내지 않는 감정을 드러내고 있었다.

설명해봐. 지미 비글로가 말하고 있었다. 프랑스군 편에서 싸우는 아프리카 흑인들한테 우리가 기관총질을 하는 이유가 뭔지. 우리가 걔들을 죽이려 드는 것처럼 걔들도 이 중동에서 영국을 위해 싸우는 우리 오스트레일리아인들을 죽이려고 혈안이 돼 있어.

토끼 헨드릭스의 스케치가 (아마도 가짜일 가능성이 있으므로 묘한 배신처럼 여겨져) 도마뱀 브랜쿠시의 마음에 걸렸다. 하지만 다들 그

---

* 20세기 초에 섹스 심벌로 유명했던 미국 여배우.

의 아내 모습이 멋지게 그려졌다고 말했으므로, 그는 토끼 헨드릭스에게 자기 시계를 내주며 그림 속 여자가 자기 여자라고 단언했다. 토끼는 시계를 거절하고 스케치북을 꺼내 아침 커피를 마시고 있는 부대원들을 그리기 시작했다.

여긴 씨발 오스트레일리아의 씨발 동쪽도 아니야. 잭 레인보우가 말했다. 그의 얼굴은 은둔생활을 하는 종교인 같았지만, 혀는 부두노동자 같았다. 하지만 실제 직업은 홉을 재배하는 농부였다. 여긴 북쪽이야. 그가 말했다. 그러니 다음 마을이 어디에 있는지 우리가 모를 수밖에. 아예 지금 여기가 어딘지도 모르잖아. 씨발, 멀고 먼 북쪽이라고.

넌 항상 빨갱이였지, 잭. 다키 가디너가 말했다. 내가 아침식사 때까지 죽는다에 십이 대 일 배당률로 건다. 이보다 더 공정할 수는 없어.

잭 레인보우는 차라리 이 자리에서 당장 그를 쏘겠다고 말했다.

도리고 에번스는 가디너가 전쟁이 끝날 때까지 살아남는다에 이십 대 삼 배당률로 10실링을 걸었다.

좋았어. 지미 비글로가 말했다. 나도 같은 생각이야. 넌 살아남을 거야, 다키.

너희는 동전 두 개를 공중으로 던지면서 그 결과를 놓고 내기하지. 다키 가디너가 발치의 가방에서 코냑 병을 꺼내서 모두의 커피 잔에 가득 따라주며 말했다. 하지만 말이야, 둘 다 세 번 연속 앞면이 나온다 해도, 통계적으로는 그뒤에 똑같은 결과가 나올 가능성이 얼마든지 있어. 그러니까 사람들은 두 개 모두 앞면이 나온다에 또 돈을 걸지. 동전을 던질 때마다 처음 던질 때랑 확률이 같아. 정말 멋지지 않아?

잠시 뒤 전쟁이 마침내 그들한테도 찾아들었다. 도리고 에번스는 안락의자 옆에 서서 커피를 따르고 있었고, 애비 버로스는 야전주방에서 아침식사가 든 뜨거운 상자를 들고 막 도착한 참이었다. 그때 75밀리 포탄이 날아오는 소리가 들렸다. 다키 가디너가 의자에서 벌떡 일어나 도리고 에번스의 팔을 잡고 바닥으로 잡아당겼다. 폭발이 우주파처럼 그들을 훑고 지나갔다.

도리고 에번스는 눈을 뜨고 주위를 둘러보았다. 작은 은색 물고기가 그려져 있던 파란 안락의자가 보이지 않았다. 안개처럼 자욱한 흙먼지 속에는 아랍 소년 하나가 서 있었다. 부대원들은 청년에게 몸을 숙이라고 고함을 질렀다. 그가 들은 척을 하지 않자 애비 버로스가 궁둥이를 대고 앉은 채 허리를 들어 그에게 몸을 숙이라고 손짓했다. 그 방법도 소용이 없자 애비 버로스가 소년에게 뛰어갔다. 그 순간 포탄이 또 떨어졌다. 폭발의 충격으로 아랍 소년이 그들에게 날아왔다. 파편에 목이 베어져 있었다. 그는 누가 다가가기도 전에 벌써 시체가 되었다.

도리고 에번스는 아직도 자신을 붙들고 있는 다키 가디너에게 시선을 돌렸다. 옆에서 토끼 헨드릭스가 먼지투성이 치아 두 개를 입안으로 다시 밀어넣고 있었다. 애비 버로스는 흔적도 남지 않았다.

아슬아슬한 내기가 좋네요. 검은 왕자가 말했다.

도리고가 막 대꾸를 하려는데 적기 한 대가 또 날아와 이쪽 진영의 측면에 기총소사를 퍼부으려고 했다. 그런데 머리 위로 날아오던 비행기가 갑자기 검은 연기로 변했다. 거기서 떨어진 한 점이 낙하산으로 피어났다. 조종사가 탈출했음이 분명했다. 조종사가 바람에 날려 다가오는 동안 수탉 맥니스가 키프로스인들의 303구경 라이플을 들고 그를 조준했다. 도리고 에번스는 멍청한 짓 하지 말라며 총신을 옆으로 밀어버렸다.

그럼 애비는요? 수탉 맥니스가 고함을 질렀다. 입술은 돌가루 범벅이고, 눈에서는 흰자위가 번득였다. 그게 멍청한 짓이었습니까? 그럼 그애는요? 예?

그는 언뜻 보면 미남인 것 같았지만, 잭 레인보우의 지적처럼 가까이서 들여다보면 마치 남는 부품으로 얼굴을 만든 것 같았다. 그에게 따라다니는, 무능한 군인이라는 평가가 워낙 강렬해서 그가 다시 303구경 라이플을 들어 어깨에 메고 조준한 뒤 발사했을 때 다들 깜짝 놀랐다. 그가 목표를 맞혔기 때문에. 낙하산에 매달린 사람은 심한 돌풍에 휘말린 것처럼 움찔거리다가 갑자기 축 늘어졌다.

그날 늦게야 그들은 애비 버로스가 가져온 뜨거운 상자에 들어 있던 포리지*를 먹었다. 이미 다 식어버린 포리지를 먹으며 아무도 수탉 맥니스 옆에 앉지 않았다.

14

그렇게 시간이 흘렀다. 그들은 서로 우스갯소리와 이야기를 주고받았고, 어떤 놈들은 끝내 돌아오지 못했다. 트리폴리궁전은 오스트레일리아 제국군의 레크리에이션 센터로 징발되었다. 동전 던지기 내기와 주사위로 하는 도박, 맥주와 동료들, 동전 던지기 내기로 운을 시험해

* 밀가루에 물을 부어 끓인 죽.

보려고 내려오는 아가씨들, 시리아 청년들과 산속 마을에서 하던 축구. 그다음 자바에서 그들이 항복한 뒤에는, 땔감을 구하러 나갔다가 젖은 사롱 치마를 두른 여인들이 찻잎을 따는 광경을 가끔 보기도 했다. 여자들이 마른 사롱으로 갈아입고 서로의 머리카락에서 서캐를 골라내는 모습이 얼마나 아름다웠는지. 젠장. 갈리폴리 폰케슬러가 그 옆을 지나가며 말했다. 벌이 따로 없네.

하지만 그들의 벌은 이제 막 시작이었다. 여섯 달 뒤 그들은 트럭에 실려 해안으로 이동했다. 시암의 새로운 프로젝트를 위해서였다. 병사 천 명이 기름에 절고 낡아빠진 배에 사흘 동안 정어리 통조림처럼 갇혀서 싱가포르까지 갔고, 거기서 창이감옥까지 행군했다. 쾌적한 곳이었다. 이층짜리 흰색 막사는 예쁘고 바람이 잘 통했으며, 잔디밭도 깔끔했다. 옷을 잘 차려입은 오스트레일리아 병사들은 건강했고, 장교들은 빨간 장식이 붙은 양말을 신고, 멋으로 지팡이를 들었다. 조호르 해협을 굽어보는 풍경도 근사했다. 채소밭도 있었다. 비쩍 마른데다가 오스트레일리아와 네덜란드 군복이 잡다하게 뒤섞인 옷을 입고, 신발도 없는 사람이 많은 도리고 일행은 눈에 띌 수밖에 없었다. 창이의 오스트레일리아 전쟁포로 지휘관인 일명 쇠지레 캘러건 준장은 그들에게 자바 찌꺼기라는 이름을 내려주었지만, 도리고 에번스의 간청에도 불구하고 옷과 군화와 식량은 내주지 않았다. 도리어 캘러건에게 창고를 열라고 요구할 때 태도가 불손했다는 이유로 도리고 에번스를 일행의 지휘관 자리에서 끌어내리려 시도했다가 실패했다.

자그마한 워트 쿠니가 탈출 계획을 들고 첨 파히를 찾아왔다. 싱가포르 부두에서 일하는 사람들 무리에 끼어든 다음 화물상자 같은 것

안에 들어가 숨어 있으면, 상자가 배에 실려 시드니로 돌아갈 수 있을 것이라는 계획이었다.

계획은 근사한데, 워트. 첨 파히가 말했다. 실제로는 아니야.

그들은 창이수용소의 최고 팀과 축구를 해서 여덟 골 차이로 졌다. 그런데 경기가 3쿼터까지 진행됐을 때 양머리 모턴이 연설을 했다. 그의 첫마디는 그들 사이에서 두고두고 불멸의 어록이 되었다.

네 놈들한테 내가 할 말은 딱 한 가지뿐이다. 그중 첫째는……

이 주 뒤 자바 찌꺼기는 처음 왔을 때와 똑같은 누더기 차림으로 그곳을 떠났다. 상자에 숨지 못한 워트 쿠니도 그들 일행이 되어 있었다. 이제 공식적으로 에번스의 J부대가 된 그들은 철도역으로 끌려가서 좁은 강철 차량에 빽빽하게 실렸다. 원래 쌀을 운반하던 기차 한 량당 스물일곱 명이 들어갔으므로, 너무 좁아서 앉을 수도 없었다. 그들은 열대의 더위 속에서 터널을 이룬 고무나무들과 정글을 지나가며 살짝 열린 미닫이문과 땀을 줄줄 흘리는 포로들 틈새로 바깥 풍경을 언뜻언뜻 보았다. 잔뜩 뒤엉킨 초록색 이파리들이 머리 위에 한없이 뻗어 있고, 사롱을 입은 말레이인들, 인도인들, 중국 여성 노동자들이 뒤로 멀어져 갔다. 모두 회색 천을 머리에 쓰고 나와 논에서 일하고 있었다. 포로들은 좁고 어둡고 잔인한 오븐 같은 기차 안에 있었다. 그들도 낯모르는 다른 청년들과 똑같은 젊은이들이었다. 그들은 이 길을 달려가 앞으로 많은 것을 만나게 될 터였다.

기차 아래에서는 철로가 계속 박자를 맞췄다. 땀에 흠뻑 젖은 병사들의 팔다리는 서로 닿으면 주르르 미끄러졌다. 사흘째 하루가 끝나갈 무렵, 논과 사탕야자 수풀이 휙휙 지나가기 시작했다. 검은 피부에 몸이 포동포동하고, 새까만 머리와 예쁜 미소를 지닌 타이 여자들도 보였다. 그들은 차례를 정해 번갈아 앉아서 다리를 옆 사람에게 걸친 채 잠을 잤다. 오래된 토사물, 서로의 몸, 배설물에서 풍기는 지독한 악취에 둘러싸인 채 계속 시간이 흘렀다. 때가 반질반질한 몸과 비탄에 잠긴 마음으로 1000마일(1600km). 닷새 동안 먹을 것은 전혀 없었고, 기차는 여섯 번 멈췄으며, 세 명이 죽었다.

닷새째 오후에 반퐁에서 그들은 기차에서 내렸다. 방콕에서 40마일(64km) 떨어진 곳이었다. 그들은 곧 높이 울타리가 쳐진 트럭에 실렸다. 가축처럼 한 대에 서른 명씩 빽빽하게 실려서 원숭이처럼 서로에게 달라붙은 채 고운 흙먼지가 6인치(15cm)나 쌓인 길을 따라 정글을 통과했다. 선명한 파란색 나비 한 마리가 머리 위에서 팔랑거렸다. 그리고 오스트레일리아 서부 출신의 전쟁포로 한 명이 자기 어깨에 내려앉은 그 나비를 눌러버렸다.

밤이 내렸어도 길은 계속 이어졌다. 그날 저녁 늦게 그들은 오물로 뒤덮이고 흙먼지를 덕지덕지 묻힌 채 타르사우에 도착했다. 그들은 흙바닥에서 잠을 잔 뒤 동틀 무렵 다시 트럭을 타고 황소나 다닐 법한 길을 따라 한 시간 동안 산속으로 들어갔다. 그 길이 끝난 뒤에는 트럭에서 내려 오후 늦게까지 행군했다. 그러다 마침내 강가의 작은 공터에서 걸음을 멈췄다.

그들은 축복 같은 강물 속으로 뛰어들어 물장난을 했다. 강철 상자에서 닷새, 트럭에서 이틀을 지냈으니 물이 얼마나 아름다웠을까. 육체의 지복이자 저승의 축복. 깨끗해진 살갗, 몸무게가 사라진 듯 가벼운 느낌, 차분히 졸졸 흐르는 물의 우주. 그들은 넝마를 입고 통나무처럼 자다가 동틀 무렵 원숭이들이 울어대는 소리에 깨어났다.

경비병들은 그들을 데리고 정글 속으로 3.5마일(5.6km)을 행군했다. 어떤 일본군 장교가 나무 그루터기에 올라가 그들에게 연설을 했다.

천황 폐하를 위해 철로 건설을 도우려고 먼 길을 와줘서 고맙다. 그가 말했다. 포로로 잡힌 것은 수치스럽기 짝이 없는 일. 좋다! 천황 폐하를 위해 철로를 건설해서 명예를 되찾아라. 굉장한 명예다. 굉장해!

그는 측량사들이 철로가 건설될 자리를 표시하려고 꽂아둔 못들을 가리켰다. 정글에서 그 못들은 금방 사라졌다.

그들은 철로의 첫번째 구간 건설을 위해 티크 숲을 베어냈다. 사흘에 걸쳐 이 작업이 끝난 뒤에야 몇 마일 떨어진 위치에 그들의 막사를 지어야 한다는 지시가 떨어졌다. 80피트(24m) 높이의 커다란 대나무 숲들, 커다란 나무들, 가지가 수평으로 뻗은 케이폭수, 히비스커스와 그보다 낮은 덤불. 그들은 이 모든 것을 베어내고 파내고 태워 땅을 평평하게 골랐다. 거의 벌거벗다시피 한 남자들이 연기와 불꽃 속에서 보이다 말다 했다. 스무 명이 한 팀이 되어 무시무시하게 뾰족한 대나무 더미들을 끌어내느라 밧줄 하나를 붙들고 황소처럼 힘을 썼다.

그다음에는 목재를 찾아다니다가 1마일(1.6km) 떨어진 영국군 막사를 지나갔다. 악취가 풍기는 그곳은 환자들 천지였으며, 장교들은 부하들을 위해 해주는 일이 거의 없이 자기 몸만 챙기고 있었다. 영국군 준위들이 부하들의 낚시질을 막으려고 강을 순찰했다. 낚싯대를 갖고 있는 일부 영국군 장교들이 자기 것이라고 맡아놓은 물속 고기들을 평범한 병사들이 몰래 잡지 못하게 막으려는 방책이었다.

오스트레일리아 포로들이 막사를 지으려고 땅을 고른 곳으로 돌아오자 늙은 일본군 경비병이 모가미 겐지라고 자기소개를 하며 가슴을 쿵 쳤다.

퓨마라는 뜻이야. 그는 이렇게 말하고 빙긋 웃었다.

그는 그들이 무슨 일을 해야 하는지 시범을 보여주었다. 파랑*으로 나무를 자르고 홈을 새겨 지붕틀을 짜는 법. 히비스커스 속껍질을 길게 벗겨내서 지붕의 이음매를 묶는 법. 야자 이파리를 엮어 지붕을 덮고, 바닥에는 납작하게 쪼갠 대나무를 까는 법. 어디에도 못은 사용되지 않았다. 첫번째 막사를 짓느라 몇 시간 동안 일하고 난 뒤 그 늙은 일본군 경비병이 말했다. 이제 됐어. 야스미.†

그들은 바닥에 앉았다.

저 친구 아주 나쁜 놈은 아닌걸. 다키 가디너가 말했다.

놈들 중에서 뽑힌 놈이지. 잭 레인보우가 말했다. 그런데 그거 알아? 작은 틈만 있어도 내가 뭉툭한 면도날로 저놈을 눈에서 똥구멍까지 쪼개버릴 텐데.

모가미 겐지가 또 가슴을 쿵 치며 선언했다. 퓨마 빙 크로스비. 그러고 나서 퓨마가 읊조리듯 노래를 시작했다.

너는 그러타고 마해요
아니라고 뽀바
그러타를 때려
중간 아가씨를 건드리지 마
노오오오오 중간 아가씨를 건드리지 마!

---

* 말레이시아와 인도네시아 등지에서 사용하는 크고 무거운 단도.

† 일본어로 '휴식'이라는 뜻.

15

라인에서 일하기 시작한 초창기에 그들은 아직 그런 것들을 할 수 있었다. 양편에 불을 피워 조명을 밝힌 작은 대나무 무대에서 저녁 콘서트를 연출하는 일 같은 것. 도리고 에번스와 함께 서서 공연을 지켜보는 사람은 그들의 지휘관인 렉스로스 대령이었다. 푸주한의 몸에 노상강도의 머리, 밸러랫의 실패한 포목상 아들다운 말투와 그 밖의 모든 특징을 지닌 그는 도무지 어울리지 않는 것들로만 구성된 연구대상 같은 남자였다. 그는 오스트레일리아인이지만 영국인으로 보이려고 애썼으며, 살면서 줄곧 손에 넣지 못한 기회를 잡으려고 1927년에 군대로 주의를 돌렸다. 그와 도리고 에번스는 계급이 같았지만, 서로 경험에 차이가 나고 군인과 군의라는 차이도 있어서 렉스로스가 도리고의 선임이 되었다.

렉스로스 대령이 도리고 에번스에게 시선을 돌려, 우리의 영국적인 장점만으로 충분할 것임을, 우리의 영국적인 단결심은 무너지지 않을 것임을, 우리의 영국적인 정신은 꺾이지 않을 것임을, 우리 영국인의 피 덕분에 우리 모두 이 시련을 이겨낼 것임을 믿는다고 말했다.

키니네*를 조금 사용하는 것도 나쁘지 않겠죠. 도리고 에번스가 말했다.

영국인 몇 명이 그쪽 막사에서 건너와 세계대전 때의 독일인 전쟁포로 이야기를 다룬 단막극을 선보이고 있었다. 밤공기 속에 벌레떼가 어

* 말라리아 특효약으로 쓰이는, 기나나무 껍질에서 얻는 약물.

찌나 많은지 무대에 선 사람들의 모습이 조금 흐릿하게 번져 보일 정도였다.

렉스로스 대령은 부정적인 면만 보는 그의 태도가 마음에 들지 않는다고 말했다. 지금은 긍정적인 생각이 필요하다, 국민성에 찬사를 보낸다, 등등 그런 식의 생각이.

난 국민성을 치료한 적이 없는데요. 도리고 에번스가 말했다.

오스트레일리아 군인들은 독일인 포로를 응원하고 있었다.

하지만 영양실조로 인해 끔찍한 병에 걸린 사람들은 많이 보이는군요. 그가 말을 이었다.

지금 상황이 그렇죠. 렉스로스 대령이 말했다.

말라리아, 이질, 열대성 궤양은 말할 것도 없습니다. 도리고 에번스가 말했다.

연극은 야유와 휘파람 속에서 끝났다. 도리고는 렉스로스 대령을 볼 때마다 떠오르는 것이 무엇인지 마침내 생각해냈다. 엘라의 아버지가 자주 먹던 서양배. 그러자 허기가 몰려왔다. 녹이 슨 것 같은 색의 껍질이 있는 그 서양배를 자신이 한 번도 좋아한 적이 없다는 사실, 하지만 지금은 그 배를 하나 먹을 수만 있다면 거의 무엇이든 내놓을 것 같다는 사실도 깨달았다.

굶주림으로 인한 질병들. 도리고 에번스가 말을 되풀이했다. 약이 있으면 좋겠죠. 하지만 먹을 것과 휴식이 훨씬 더 좋습니다.

일본군을 위해 철로를 건설하는 작업이 아직은 목숨을 앗아갈 정도로 광기에 물들지 않았지만, 벌써 그들의 몸에 엄청난 영향을 미치고 있었다. 무대에서는 펠라그라병으로 손가락 여러 개를 잃은 레스 휘틀이 썩어가는 아코디언을 연주했다. 부서지지 않게 물소가죽 조각들을 바느질로 꿰매 붙여놓은 아코디언을 손목에 묶은 대나무 막대로 연주하는 중이었다. 그 반주에 맞춰 가수로 나선 잭 레인보우는 시력을 잃었다. 도리고 에번스는 그를 지켜보면서 그 원인이 비타민결핍증인지 아니면 여러 질병의 복합적인 영향인지 모르겠다고 생각했다. 원인이 무엇이든, 그는 식량만 있다면 잭 레인보우뿐만 아니라 지금 눈에 보이는 거의 모든 환자들의 몸이 나을 수 있다는 사실을 아프게 인식하고 있었다. 은둔 종교인 같은 잭 레인보우의 얼굴이 지금은 호박처럼 부풀어올랐고, 쇠약한 몸도 각기병 때문에 기묘하게 부어오른 상태였다. 그 탓에 부어오른 정강이에서 골수까지 뻗은 궤양이 기괴한 모습의 전쟁포로들을 지그시 바라보는 맹인의 분홍색 홍채처럼 보였다. 마치 꿈꾸던 관객을 마침내 볼 수 있기를 소망하는 것처럼 보이기도 했다.

무대에 선 두 사람이 이번에는 영화 〈워털루 다리〉의 한 장면을 연기했다. 레스 휘틀이 로버트 테일러 역이고, 잭 레인보우는 비비언 리 역이었다. 그들은 대나무 다리 위에서 서로를 향해 걸어가고 있었다.

다시는 당신을 만나지 못할 줄 알았소. 손가락이 없는 레스 휘틀로 변장한 로버트 테일러가 말했다. 대단히 과장된 영국식 발음이었다. 당신을 마지막으로 본 것이 전생의 일 같군.

저도 못 만날 줄 알았어요. 눈멀고, 몸이 붓고, 궤양이 생긴 잭 레인보우로 변장한 비비언 리가 말했다.

내 사랑. 레스 휘틀이 말했다. 당신은 정말 예전 그대로군.

왁자하게 웃음이 터졌고, 두 사람은 이어 이 영화의 대표적인 노래 〈올드 랭 사인〉을 연주했다.

보세요. 렉스로스 대령이 말을 계속했다. 저것이 우리가 지닌 정신입니다.

뭐라고요?

영국식 극기정신.

저건 미국 영화였습니다.

용기예요. 렉스로스 대령이 말했다.

우리 장교들은 일본군이 지급하는 임금을 받습니다. 하루에 25센트. 그걸 그들은 자기한테 쓰죠. 일본군은 장교들한테 노동을 기대하지 않습니다. 그래야 하는데도 말이에요.

그래야 한다니, 뭘 말입니까, 에번스?

여기 막사에서 일해야 한단 말입니다. 땅을 파서 변소를 만들고, 병원에서 환자를 보살피고, 잡일도 하고, 환자들이 쓸 장비도 만들고. 목발 같은 것 말입니다. 새로운 거처도 짓고, 극장도 운영하고.

그는 깊이 숨을 들이쉬었다.

그리고 자기들이 임금으로 받는 돈도 내놔야 합니다. 우리가 그걸로 환자들에게 먹일 음식과 약을 살 수 있게.

또 그 얘기군요, 에번스. 렉스로스 대령이 말했다. 우리를 끝까지 이끌어주는 것은 모범적인 사람들의 모범적인 행동입니다. 볼셰비키 같은 행동이 아니에요.

맞는 말입니다. 제대로 된 모범이라면 말이죠.

하지만 렉스로스 대령은 벌써 무대로 올라가고 있었다. 그는 출연자들에게 감사한 뒤, 대영제국이 멋대로 나뉘어 여러 나라가 된 것은 허구에 불과하다고 말했다. 옥스퍼드에서부터 우드나다타*에 이르기까지 모두 한 민족이라는 것이었다.

그의 목소리는 가늘고 날카로웠다. 그는 감동적인 웅변에는 전혀 재주가 없었지만, 자신의 계급이 그런 재능을 부여해준다는 잘못된 생각을 갖고 있었다. 갈리폴리 폰케슬러의 말처럼, 그의 목소리는 마치 똥구멍으로 플루트를 연주하는 소리 같았다.

렉스로스 대령은 계속 말을 이었다. 따라서 대영제국의 일원으로서, 영국인으로서, 우리는 질서와 절제를 반드시 지켜나가야 한다. 그것이 바로 제국의 생명이다. 우리는 영국인으로서 고난을 겪을 것이고, 영국인으로서 승리할 것이다. 이상.

나중에 그는 도리고 에번스에게 강을 굽어보는 곳에 제대로 된 묘지를 지으려는데, 그 계획에 동참하겠느냐고 물었다. 죽은 사람들을 그곳에 묻겠다는 것이었다.

그보다는 차라리 검은 왕자에게 일본군 창고에서 생선통조림을 몇 통 더 훔쳐오라고 시키겠습니다. 살아 있는 사람들이 죽지 않게요. 도리고 에번스가 말했다.

검은 왕자는 도둑입니다. 렉스로스 대령이 대꾸했다. 하지만 그 묘지는 아름다운 최후의 안식처가 될 테니, 우리 병사들의 복지를 위해 합심해서 노력을 기울일 가치가 있습니다. 그냥 숲속으로 들어가 아무데나 시신을 묻는 지금의 방식보다 훨씬 낫기도 하고.

검은 왕자는 내가 생명을 구할 수 있게 돕고 있습니다.

렉스로스 대령은 묘지의 위치와 무덤의 배치도를 개략적으로 그린

---

* 사우스오스트레일리아주의 지명.

커다란 도면을 꺼냈다. 계급에 따라 서로 다른 지역이 배정되어 있었다. 그는 콰이강을 굽어보는 아주 목가적인 곳을 장교들에게 배정해주었다고 도리고에게 자랑스레 말했다. 그리고 병사들이 하나둘씩 죽어가고 있다면서, 시신을 처리하는 문제가 현재 최우선 과제라고 지적했다.

내 말에 반박할 수 없을 겁니다. 그가 말했다. 이 일을 여기까지 추진하는 데에도 힘이 많이 들었어요. 당신도 동참하기를 바랍니다.

근처의 대나무 숲에서 원숭이가 째지는 소리를 질러댔다.

순전히 병사들을 위해서 하는 일입니다. 렉스로스 대령이 말했다.

16

나무에 이파리가 돋기 시작하더니, 이파리들이 하늘을 덮었고, 하늘은 검은색으로 변했고, 검은색이 세상을 점점 더 집어삼켰다. 먹을 것은 점점 더 귀해졌다. 우기가 왔다. 처음에, 그러니까 비가 무엇의 전조인지 알아차리기 전에, 그들은 다행이라며 좋아했다.

그러고 나서 속도전이 시작되었다.

그건 이제 더이상 휴식일이 없다는 뜻이었다. 각자에게 할당된 작업량이 계속 많아졌고, 작업시간도 계속 늘어났다. 속도전으로 인해 그렇지 않아도 건강한 사람과 환자를 구분하기가 모호하던 상황이 환자와 죽어가는 사람을 구분하기가 더 모호한 상황으로 바뀌었다. 또한 속도전 때문에 포로들에게 밤낮을 가리지 않고 교대시간을 넘겨 두 몫의 일을 하라는 지시가 더욱더 빈번히 떨어졌다.

빗줄기가 폭우로 변하고, 티크나무와 대나무가 사방에서 그들을 죄어들었다. 렉스로스 대령은 이질로 세상을 떠나 다른 사람들과 마찬가지로 정글에 묻혔다. 그리고 도리고 에번스가 지휘관이 되었다. 검은 하늘까지 닿아 있는 묵직한 빗줄기가 그들을 검은 진흙 속으로 꾹꾹 눌러대는 상황에서, 도리고는 환자를 위한 음식과 약을 사기 위해 장교들의 임금을 징발했다. 장교들도 작업에 나서야 한다고 설득하기 위해 감언이설을 늘어놓기도 하고 고집을 부리기도 했다. 끊임없이 쏟아지는 비의 공포가 그들의 옴투성이 몸과 휘청거리는 속을, 열에 들뜬 머리와 궤양이 생긴 더러운 다리를, 쉼없이 똥을 줄줄 쏟아내는 똥구멍을 점점 더 강하게 압박해왔다.

병사들은 도리고 에번스를 면전에서는 대령이라고 부르고, 다른 데서는 큰형님이라고 불렀다. 하지만 그들이 원하는 만큼 짐을 짊어지기에 큰형님의 몸이 너무 작게 느껴지는 순간들이 있었다. 큰형님은 도리고 에번스와 똑같은 얼굴, 습관, 말투를 지닌 다른 사람이었다. 큰형님이 고결한 행동을 할 때 도리고는 그렇지 못했고, 큰형님이 자기희생을 할 때 도리고는 이기적으로 굴었다.

그는 자신이 이 역할 속으로 더듬더듬 들어가고 있다는 느낌이 들었다. 이런 상황이 길어질수록, 주위의 병사들은 그가 맡은 역할을 더욱 강하게 확인해주었다. 마치 그들의 의지가 그를 새로운 존재로 변화시키고 있는 것 같았다. 반드시 큰형님이라는 인물이 존재해야 하는 것 같았다. 그런 인물이 정말 절박하게 필요했기 때문에 점점 커지는 병사들의 존경심, 속삭이는 목소리로 늘어놓는 혼잣말, 그의 평판 등이 덫처럼 그를 죄어들어 그로 하여금 전혀 자신답지 않은 행동을 하게 만들었다. 그가 모범을 보여 병사들을 이끈다기보다, 병사들이 분에 넘치는 찬사로 그를 이끌고 있는 형국이었다.

이렇게 그를 붙잡은 그들은 휘청거리며 하루하루를 보냈다. 결코 끝나지 않는 비명처럼 시간이 쌓였다. 도리고 에번스는 초록색 정글 속의 그 비명이 키니네로 인한 무감증과 말라리아를 품은 안개로 인해 제멋대로 증폭되고 있음을 깨달았다. 일 분이 마치 평생 같았고, 어떤 때는 비참함과 공포가 가득한 일주일을 어떻게 보냈는지 기억이 나지 않았다. 모든 것이 결코 오지 않을 모종의 대단원을 기다리는 것 같았다. 그와 그들이 모두 이 상황을 이해할 수 있게 해줄 어떤 사건, 그들을 이 지옥에서 해방시켜줄 카타르시스 같은 것을.

그래도 가끔 오리알이나 손가락 크기의 야자당糖 한두 개를 구경할 수 있는 날도 있었다. 가끔 주고받는 우스갯소리는 몇 번이나 되풀이되면서 아름답게 다듬어졌고, 그들은 귀하고 아름다운 것을 대하듯이 자신들이 살아남을 수 있게 해주는 물건을 대하듯이, 그 우스갯소리를 음미했다. 아직 희망이 있었다. 그들이 쓰고 다니는, 챙이 늘어진 모자는 점점 커지기만 했고, 몸집이 점점 줄어들기만 하는 포로들은 그 모자 밑에서 여전히 혼잣말이나 욕설을 내뱉었다. 그들은 다른 우주로 휩쓸려와서 개미처럼 살고 있는 것 같았다. 이 우주에서 중요한 것은 철로뿐이었다. 그들은 라인의 담당구역에서 벌거벗은 몸으로 노예처럼 일했다. 그들에게 도구라고는 밧줄과 장대, 망치와 쇠지레, 짚바구니와 괭이뿐이었다. 그들은 등과 다리와 팔과 손으로 라인이 들어설 자리의 정글을 베어내고 바위를 부수고 흙을 옮기고 침목과 레일을 운반했다. 벌거벗은 노예인 그들은 굶주린 채 얻어맞으며 탈진 지경을 넘어설 때까지 일을 했다. 그리고 벌거벗은 노예로서 라인을 위해 죽어가기 시작했다.

아무도 헤아릴 수 없었다. 약한 사람도 튼튼한 사람도. 사망자가 쌓이기 시작했다. 지난주에는 세 명, 이번주에는 여덟 명. 오늘은 몇 명일지 하느님만 아시지. 병원 오두막, 아니 병원이라기보다는 상태가 최악인 사람들이 썩은 내를 풍기는 오물 속에서 긴 판자에 누워 있는 장소라고 해야 옳을 오두막에 이제 죽어가는 사람들이 가득했다. 건강한 사람은 더이상 존재하지 않았다. 아픈 사람, 심하게 아픈 사람, 죽어가는 사람이 있을 뿐이었다. 갈리폴리 폰케슬러가 여자를 만질 수 없어서 벌을 받는 기분이라고 말하던 시절은 이미 오래전에 지나갔다. 여자를 생각이라도 할 수 있는 시절 또한 오래전에 지나갔다. 지금 그들이 생각하는 것이라고는 오로지 먹을 것과 휴식뿐이었다.

굶주림이 오스트레일리아 병사들을 은밀히 따라다녔다. 병사들의 모든 행동, 모든 생각 속에 그것이 숨어 있었다. 그것을 상대로 그들이 내밀 수 있는 것은 오스트레일리아의 지혜뿐이었지만, 사실 그 지혜는 그들의 배보다 더 텅 빈 말에 불과했다. 그들은 오스트레일리아인다운 건조함과 오스트레일리아의 욕설과 오스트레일리아의 추억과 오스트레일리아인다운 동료애로 힘을 합쳐 이겨내려고 노력했다. 하지만 오스트레일리아는 이와 굶주림과 각기병 앞에서, 도둑질과 매질과 점점 늘어나기만 하는 노동시간 앞에서 갑자기 의미를 잃어버렸다. 오스트레일리아는 졸아들고 쪼그라들었다. 쌀 한 톨이 오스트레일리아 대륙보다 더 컸고, 매일매일 커지는 것은 챙이 늘어지고 낡아빠진 모자뿐이었다. 병사들의 수척한 얼굴과 공허하고 어두운 눈 위로 모자가 밀짚모자처럼 드리워졌다. 병사들의 눈은 벌써부터 구더기가 나타나기를 기다리는 검은 눈구멍에 지나지 않았다.

그리고 사망자는 계속 쌓여갔다.

17

입에 침이 너무나 가득해서 도리고 에번스는 침을 흘리지 않으려고 손등으로 몇 번이나 입을 닦아야 했다. 직사각형 양철 반합 안에 놓여 있는, 잘린 모양도 형편없고 연골이 많고 지나치게 바싹 구워진 스테이크와 검댕 섞인 기름기가 녹슨 양철에 번져 있는 모습을 빤히 내려다보고 있자니 세상에 이보다 더 귀한 물건이 있을까 싶었다. 그는 저녁식사로 이것을 가져온 취사병을 올려다보았다. 취사병은 전날 밤 검은 왕자가 이끄는 한 무리가 타이 상인들에게서 소 한 마리를 훔쳐 덤불 속에서 도살한 뒤, 경비병에게 안심을 뇌물로 주고 나머지를 막사 주방에 몰래 넘겼다고 설명해주었다. 스테이크…… 스테이크라니! 주방에서 그 고기를 이렇게 잘라 구워서 도리고에게 저녁식사로 가져왔다는 얘기였다.

도리고 에번스는 취사병이 환자임을 알 수 있었다. 그렇지 않고서야 그가 주방에서 일할 이유가 없지 않은가? 그는 굶주림으로 인해 질병을 한 가지 이상 앓고 있었으므로, 도리고 에번스는 이 스테이크가 지금 이 순간 저 취사병에게도 우주에서 가장 귀하고 굉장한 물건임을 이해했다. 그는 이것을 야전병원으로 가져가 가장 증세가 심한 환자에게 나눠주라고 말하며 바삐 손짓했다. 취사병은 도리고 에번스의 말이 진심인지 확신할 수 없어서 전혀 움직이지 않았다.

다들 대령님께 이것을 드리고 싶어합니다. 취사병이 말했다.

왜? 도리고 에번스는 속으로 생각했다. 나는 왜 스테이크를 먹지 않겠다고 말하는 건가? 그는 정말이지 절박할 정도로 이것을 먹고 싶었고, 병사들도 그에게 일종의 공물로 이것을 바치고 싶어했다. 누구도 그에게 이 고기를 주는 것을 아까워하지 않을 터였다. 그건 알고 있었지만, 그는 이 스테이크가 또한 일종의 시험이라는 사실도 깨달았다. 그는 이 시험을 통과해야 했으며, 이 시험은 모두에게 이야깃거리를 제공해주기 위해 반드시 필요한 일이었다.

가져가. 도리고 에번스가 말했다.

그러고는 입안에 넘쳐흐르는 침을 꿀꺽 삼키려고 애썼다. 이러다 미쳐버리든지, 아니면 정신이 나가서 무시무시한 짓을 저지르거나 굴욕을 자초하게 될까봐 무서웠다. 그는 자신의 영혼이 진정되지 않았음을, 저들이 자기한테서 원하는 많은 것, 그러니까 성인이 성인답게 살아가는 데 필요한 물건들이 손에 없음을 느꼈다. 하지만 이제 그는 병사 천 명을 이끄는 지도자였으며, 이 병사들은 묘하게 그를 이끌어 원래의 그와는 거리가 먼 일들을 하게 만들려고 했다.

그는 다시 침을 꿀꺽 삼켰지만 입안에는 여전히 침이 가득 고여 있었다. 그는 자신이 렉스로스처럼 스스로 강하다는 사실을 아는 강한 사람이라고는 생각하지 않았다. 그가 생각하기에 렉스로스는 자신의 권리라도 되는 것처럼 이 스테이크를 먹고는 굶주리는 부하들 앞에서 노상강도 같은 자신의 이를 기꺼이 쑤셨을 것이다. 도리고 에번스는 그와 반대로 자신이 약한 사람이며, 자신에게 당연한 권리 같은 것은 없다는 사실을 알고 있었다. 병사들 천 명이 약한 사람인 그를 자신들이 기대하는 모습으로 다듬어 강하게 만드는 중이었다. 얼빠진 짓이었다. 그들은 일본군의 포로였고, 도리고는 그들이 품은 희망의 포로였다.

당장! 그는 머릿속에서 뭔가가 뚝 끊어져 거의 이성을 잃을 뻔했다.

취사병은 여전히 움직이지 않았다. 도리고의 말을 농담으로 치부했을 수도 있고, 잘못 이해했을까봐 걱정하고 있을 수도 있었다. 그동안 내내 도리고 에번스는 이 스테이크가 한순간만이라도 더 자기 앞에 남아 있다가는 자신이 양손으로 그것을 움켜쥐고 통째로 집어삼키게 될까봐 두려웠다. 그렇게 시험에 실패하고 나면, 그가 사실은 어떤 인간인지 훤히 드러나버릴 것이다. 병사들이 자신을 조종하려 한다는 사실과 자신의 약한 모습에 격노한 그는 갑자기 벌떡 일어서서 분노에 찬 고함을 질러대기 시작했다.

어서! 이건 너희 것이다! 내 것이 아냐! 가져가! 나눠 먹어! 나눠 먹으라고!

그러자 취사병은 이제 자신도 스테이크를 한입 먹을 수 있을지도 모른다는 안도감과 다들 말하듯이 대령이 정말 큰형님 같은 사람이라는 기쁨에 들떠서 살그머니 다가와 스테이크를 야전병원으로 가져갔다. 그리고 이와 더불어 자신들의 지도자가 정말 훌륭한 사람임을 보여주는 이야기가 하나 더 생겨났다.

18

도리고 에번스는 미덕을 싫어하고, 미덕이 찬양받는 것도 싫어하고, 그에게 미덕이 있는 것처럼 구는 사람들도 싫어하고, 덕이 있는 척 행세하는 사람들도 싫어했다. 나이를 먹으면서 덕이 있다는 칭찬 아닌 칭찬을 들을수록 그는 미덕이 더욱더 싫어졌다. 그는 미덕을 믿지 않았다. 미덕은 잘 차려입고서 갈채를 기다리는 허영이었다. 그는 고상함과 가치를 따지는 태도에는 이미 진력이 났기 때문에, 리넷 메이슨의 결점 속에서 오히려 가장 인간적인 면모를 발견하고 감탄했다. 그는 그녀의 부정한 품속에서, 모든 것이 지나간다는 기묘한 진리를 충실히 실감했다.

그녀는 특권을 누리며 살아온 사람이었으므로 단 하룻밤도 근심으로 괴로워하지 않았다. 배가 조용히 정지하고 나면 배가 움직이며 일으킨 물살이 점점 사라지듯이 그녀에게서 미모가 가시자 그가 그녀를 필요로 하는 마음보다 그녀가 그를 필요로 하는 마음이 훨씬 더 커졌다. 두 사람 모두 알아차리지 못했지만, 그녀는 그에게 또다른 의무가 되어버렸다. 하기야 지금 그의 인생은 온통 의무 천지였다. 아내에 대한 의무. 자식들에 대한 의무. 일과 위원회와 자선을 위해 수행해야 하는 의무. 리넷에 대한 의무. 다른 여자들에 대한 의무. 진이 빠졌다. 이런 의무들을 수행하려면 체력이 필요했다. 때로는 그 자신도 놀라울 정도였다. 그래서 이런 업적을 누가 인정해줘야 한다는 생각이 들곤 했다. 그 의무들을 전부 수행하는 데에는 묘한 용기가 필요했다. 역겨워서 자신이 싫어졌지만, 렉스로스 대령과 있을 때처럼 지금도 본연의 모습을 드러낼 수가 없었다. 게다가 그에게 계속 나아갈 분별력과 방향감각과 능력을 주는 것, 즉 모든 의무를 앞서는 의무는 바로 그 막사에서 함께 보낸 사람들에 대한 의무였다. 그는 자신이 그들에게 빚을 졌다고 믿었다.

그 여자를 생각하고 있군요. 그녀가 말했다.

이번에도 그는 아무 말도 하지 않았다. 다른 의무들을 수행할 때와 마찬가지로 그는 스스로 남자답다고 느끼는 태도로 리넷을 견뎠다. 다시 말해서, 둘 사이에 점점 멀어지는 거리를 감추려고 더 많은 애정을 보여주었다는 뜻이다. 그녀는 점점 지루한 존재가 되었다. 여전히 그녀가 모험을 대변하는 존재가 아니었다면, 벌써 몇 년 전에 그녀와 헤어졌을 것이다. 두 사람의 정사는 산만했고, 그는 이제 둘 사이가 예전 같지 않다는 사실을 자신과 그녀에게 모두 인정하는 수밖에 없었다. 하지만 리넷은 개의치 않는 것 같았다. 솔직히 그도 마찬가지였다. 그녀의 등에서 체취를 맡고, 부드러운 허벅지 사이에 손을 놓을 수 있는 것만으로 충분했다. 그녀는 때로 질투를 하고 이기적으로 굴었다. 그로서는 손을 쓸 수 없는 일이었지만, 그녀의 좁은 마음이 그를 만족시켰다.

그녀가 부편집장으로 일하고 있는 잡지사의 뒷소문과 정치적 인간관계에 대해, 자기보다 열등한 상관들에게 당한 굴욕에 대해, 일을 하면서 거둔 승리에 대해, 마음속 깊은 곳에 있는 두려움과 욕망에 대해 재잘재잘 떠들어대는 동안 그는 속도전이 벌어지던 때의 하늘을 또다시 보았다. 항상 더러웠던 하늘. 오랫동안 다키 가디너를 생각하지 않았다는 생각이 들었다. 어제 그의 구타사건을 글로 쓰려고 했을 때에야 비로소 그를 떠올렸으니까.

그는 라인에서 죽은 전쟁포로인 가이 헨드릭스의 스케치와 삽화를 모은 책에 머리말을 써달라는 요청을 받았다. 도리고는 헨드릭스의 스케치북을 가지고 다니며 전쟁이 끝날 때까지 숨겨두었다. 하늘은 항상 더러웠고, 항상 움직이며 허둥지둥 멀어졌다. 그의 눈에는 그렇게 보였다. 그 어떤 이유로도 사람들이 죽지 않고, 행운 너머의 뭔가가 삶을 좌우하는, 더 나은 곳으로 달음질치는 것처럼. 다키 가디너의 말이 옳았다. 모든 것이 동전 던지기 게임이었다. 그 멍든 하늘. 퍼런 채찍 자국이 나고 피가 고여 있던 하늘. 도리고는 다키 가디너를 기억해내고 싶었다. 그의 얼굴, 그가 부르던 노래, 의뭉스럽게 갈라지던 그 미소. 하지만 그의 모습을 떠올리려고 아무리 애를 써도 보이는 것이라고는 그 끔찍한 곳에서 줄달음질쳐 달아나던 더러운 하늘뿐이었다.

동전을 던질 때마다 처음 던지는 것과 같아요. 다키가 이 말을 하던 것이 기억났다. 정말 멋지지 않습니까?

맞아요. 하지만 당신은 인정하지 않겠죠. 리넷 메이슨이 말했다. 말해봐요. 그렇죠? 그 여자 생각을 하는 거죠?

난 끝내 그 돈을 주지 않았어, 알지? 10실링 말이야.

알아요.

그 내기, 기억나.

당신이 그 여자를 생각할 때면 금방 알 수 있어요.

그거 알아? 그는 리넷 메이슨의 통통한 어깨를 향해 속삭였다. 오늘 나는 머리말을 쓰다가 속도전에서 막혔어. 우기 동안 내내 놈들이 우리를 몰아붙이는 바람에 하루도 쉬지 못하고 밤낮없이 칠십 일 동안 일을 했지. 나는 놈들이 다키 가디너를 두들겨팬 일을 떠올리려고 했어. 우리가 가엾은 가이 헨드릭스를 화장한 그날이었는데. 그날에 대해 내가 기억하는 것들을 글로 쓰려고 했어. 끔찍하면서 동시에 고귀하게 들리는 이야기지만, 사실은 전혀 그렇지 않았어.

난 진짜 알아요.

비참하고 멍청했어.

이리 와요.

아마 놈들이 지루해졌던 것 같아. 두들겨패는 일에. 일본 놈들 말이야.

이리 와요. 이제 그만 자요.

나카무라라는 놈이 있었어. 꼭두각시 인형처럼 으쓱거리며 걷는, 고아나*라는 고약한 놈도 있었고. 그리고 일본 놈 기술자 두 명이 더 있었지. 아니, 세 명이었나? 그것도 기억이 안 나네. 무슨 이런 증인이 다 있어? 처음에는 놈들이 다키를 정말로 해칠 생각이 있었던 것 같아. 하지만 이내 지겨운 표정을 지었지. 우리가 망치질을 지겨워하듯이. 상상해봐. 오로지 일만 하는 생활. 그것도 지루하고 따분한 일만.

그만 자요.

힘들어서 땀이 줄줄 흐르는 일. 도랑을 파는 일 같은 것. 셋 중 한 놈이 잠시 멈추는 것을 보고 나는 생각했지. 아, 이제 끝났구나. 천만다행이다. 구타를 멈춘 놈은 이마로 손을 가져가 땀방울을 튕겨낸 뒤 코를 킁킁거리더군. 하지만 그뿐이야. 그러고는 다시 다키를 두들겨패기 시작했으니까. 거기에는 아무런 의미가 없었어. 그때도 지금도. 하지만 글에 그런 말을 쓸 수는 없겠지, 안 그래?

그래도 썼잖아요.

---

* 오스트레일리아산 큰도마뱀. 뒤에 나오는 일본군 소속의 조선인 간수 최상민의 별명.

썼지. 뭔가를. 맞아.

당신의 진심을 썼어요.

아니.

진심이 아니었다고요?

내 글은 정확했어.

밤이 내린 바깥에서, 도저히 찾을 가망이 없는 분실물을 찾아 헤매듯이, 트럭 한 대가 후진하면서 쓸쓸하게 삑삑 소리를 냈다.

당신이 왜 유독 그 일을 생각하는지 모르겠어요. 그녀가 말했다.

아니야.

정말 모르겠어요. 그때는 어차피 수많은 사람이 고생했잖아요.

그랬지. 그가 맞장구를 쳤다.

그런데 왜 유독 그 사건이에요?

그는 아무 말도 하지 않았다.

왜죠?

파라마타의 호텔 방에 누워서 그는 이 방 너머, 좋은 일들로 가득한 세상을 생각해야 할 것 같은 기분이 들었다. 몇 시간만 지나면 다시 모습을 드러내려고 기다리는 푸른 하늘, 그의 마음속에서 항상 유년시절의 잃어버린 자유와 함께 연상되는 그 위대한 푸른 하늘이 있는 세상을. 하지만 그의 머릿속에서는 검은 줄이 죽죽 가 있던 막사의 그 하늘이 끝내 사라지지 않았다.

말해봐요. 그녀가 말했다.

그 하늘은 언제나 기름에 흠뻑 젖은 더러운 걸레를 연상시켰다.

알고 싶어요. 그녀가 말했다.

아니, 모르는 게 나을걸.

그 여자는 죽었죠? 난 살아 있는 사람만 질투해요.

바닷가
그 여자에게서 어스름이 쏟아져나와
저녁 파도를 가로지른다.

잇사

1

도리고 에번스는 애들레이드에 있었다. 지독하게 더웠던 1940년 말 워러데일 육군기지에서 2/7 희생자 수습기지 인원들과 함께 마지막 훈련을 하는 중이었다. 이 훈련이 끝난 뒤 어디로 배치될지는 아직 아무도 알지 못했다. 어느 날 그는 반차 휴가를 얻었다. 사실 아무짝에도 쓸모없는 휴가였지만, 톰이 시드니에서 전보를 보내 애들레이드 바로 외곽의 해안에서 주점을 하는 키스 고모부가 도리고를 무척 보고 싶어 한다고 말했기 때문이었다. 톰은 키스가 너를 왕처럼 돌봐줄 거야라고 썼다. 도리고는 키스 멀베이니를 한 번도 본 적이 없었다. 그에 대해 아는 것이라고는, 그가 아버지의 막내 여동생과 결혼했다는 사실뿐이었다. 그 막내 고모는 몇 년 전 자동차 사고로 세상을 떠났다. 그뒤 고모부는 재혼했지만, 톰에게 보내는 크리스마스카드를 통해 첫번째 아내의 가족들과 계속 연락을 주고받았다. 그래서 톰이 키스에게 도리고가 애들레이드에 주둔하고 있다고 알려주게 된 것이다. 도리고는 반차를 얻은 날 고모부를 만나러 갈 생각이었지만, 빌리려고 했던 자동차가 고장나는 바람에 그날 밤 시내 적십자 댄스파티에서 2/7 기지의 동료 군의관들과 만나기로 했다.

멜버른컵 경마가 있는 날이라서 거리에서 나른한 흥분이 느껴졌다. 경주가 벌어질 때까지 시간을 보내기 위해 도리고는 거리를 걸어다니다가 런들 거리 근처에 있는 오래된 서점에 발을 들여놓았다. 초저녁에 걸맞은 행사가 진행중이었다. 어떤 잡지의 창간기념회 비슷한 행사 같았다. 머리는 제멋대로 뻗치고 커다란 타이를 느슨하게 맨 당당한 젊은이가 잡지를 낭송하고 있었다.

> 우리는 절망의 해독제를 모른다
> 술에 취한 자라서, 밤의 성난 펭귄이라서,
> 광장의 자갈 바닥에 다리를 벌리고 서서
> 안개처럼 흐릿한 가로등 불빛에 구두끈을 매고 있는.

도리고 에번스는 도대체 무슨 소리인지 알 수 없었다. 어차피 그의 취향은 사춘기 때 고전의 세계로 멀리 여행을 떠난 뒤 다른 곳으로 여행하는 일이 드문 사람들 특유의 편견으로 이미 딱딱하게 굳어지고 있었다. 그래서 현대문학을 대부분 이해하지 못했으며, 반세기 전의 문학을 더 좋아했다. 특히 그가 좋아하는 것은 빅토리아시대의 시인들과 고대의 작가들이었다.

행사를 위해 모인 소규모 군중 때문에 길이 막힌 그는 서점 반대편 끝의 나무 계단 쪽으로 향했다. 그곳에 뭔가가 있을 것 같았다. 이층은 사람이 없는 자그마한 사무실 두 개, 역시 사람이 없는 커다란 방 하나로 구성되어 있었다. 바닥에는 대충 톱질한 널찍한 판자들이 거리에 면한 천창이 있는 곳까지 쭉 깔려 있었다. 어디를 봐도 책이 있었다. 위태롭게 쌓여 있는 책들, 상자에 들어 있는 책들. 바닥에서 천장까지 반대편 벽을 가득 채운 서가에는 중고책들이 기강이 형편없는 민병대원들처럼 어긋난 각도로 빽빽하게 꽂혀 있었다.

실내가 더웠지만, 시를 낭송하는 아래층 분위기보다는 훨씬 덜 숨이 막혔다. 그는 여기저기서 책을 빼서 살펴보았다. 하지만 계속 그의 주의를 끈 것은 천창을 통해 들어온 햇빛이 만들어놓은, 비스듬한 빛의 터널들이었다. 사방에서 풀썩 솟아오른 먼지가 마구 날뛰는 그 빛 속에서 연하게 반짝이며 가늘게 몸을 떨었다. 그는 여러 서가에서 고전이 된 작가들의 옛날 책이 가득 꽂힌 곳을 발견하고 대충 책을 훑어보기 시작했다. 베르길리우스의 『아이네이스』 염가판을 찾을 수 있다면 좋겠다는 생각이 들었다. 그 작품을 빌린 책으로만 읽어보았기 때문이었다. 하지만 사실 도리고 에번스가 원하는 것은 고대의 위대한 시가 아니라, 그런 책들에서 느낄 수 있는 분위기였다. 책이 발산하는 그 분위기는 그를 안으로 끌어들여 다른 세상으로 데려다주었으며, 그 세상은 그에게 혼자가 아니라고 말해주었다.

이런 느낌, 이런 영적인 소통의 느낌에 그는 때로 압도당했다. 그럴 때면 우주에 오로지 그 책 하나뿐이라는 느낌이 들었다. 다른 책들은 모두 영원히 살아 있는 그 위대한 작품으로 통하는 문에 불과한 것 같았다. 그 책 속에는 상상 속의 존재가 아니라 진정한 모습으로 존재하는, 아름답고 지칠 줄 모르는 세계가 있었다. 그런 책에는 시작도 끝도 없었다.

계단을 통해 크게 외치는 목소리들이 들려오더니, 시끄러운 남자들 한 무리와 여자 두 명이 나타났다. 두 여자 중 한 명은 몸집이 크고, 검은 베레모를 쓴 빨간 머리였고, 다른 여자는 몸집이 작고 귀 뒤에 밝은 진홍색 꽃을 꽂은 금발이었다. 가끔 그들은 반은 노래 같고 반은 구호 같은 소리를 반복하면서, 갈라진 목소리로 합창하듯 소리쳤다. 달려, 올드 로울리, 달려!

남자들은 오스트레일리아 공군, 오스트레일리아 해군, 오스트레일리아 제국군의 군복을 입은 사람들이 뒤죽박죽 뒤섞인 집단이었다. 도리고가 보기에 약간 취한 듯한 그들은 모두 어떤 식으로든 자그마한 여자의 관심을 끌려고 애쓰는 중이었다. 하지만 그 여자는 남자들에게 전혀 관심이 없는 것 같았다. 여자가 뭔가 동떨어진 분위기였기 때문에, 남자들이 그녀에게 가까이 다가갈 방법을 강구하려고 그렇게 애를 쓰는데도 누구 하나 그녀의 팔에 손을 올리지 못했다. 군복을 입은 다리가 그녀의 다리를 스치는 일도 없었다.

도리고 에번스는 이 모든 것을 한눈에 분명하게 알아차렸다. 그리고 지루해졌다. 남자들은 자그마한 여자의 장식품에 지나지 않았으며, 도리고는 결코 그들의 것이 될 수 없음이 뻔히 보이는 상대에게 목을 매는 남자들을 비웃었다. 그 여자 때문에 남자들이 모두 침을 흘리는 개와 다름없는 존재로 변해버린 것 같아서, 그 여자의 그 힘도 그 여자 자체도 마음에 들지 않았다.

그는 그들에게서 시선을 떼어 다시 서가를 바라보았다. 아무튼 그는 엘라를 생각하는 중이었다. 멜버른에서 외과 공부를 마치는 동안 만났던 여자. 엘라의 아버지는 멜버른의 저명한 변호사였고, 어머니는 목장을 경영하는 유명한 가문 출신이었으며, 할아버지는 연방 헌법을 만든 입안자 중 한 명이었다. 엘라 본인은 교사였다. 비록 이따금 따분하게 굴기는 해도, 엘라의 세계와 외모는 지금도 도리고의 눈앞에서 밝게 타오르고 있었다. 그녀는 언제나 기계적으로 암기한 것 같은 진부한 말들을 아주 결연한 표정으로 반복했기 때문에 실제 그녀의 생각이 무엇인지는 잘 알 수 없었지만, 그래도 그는 그녀가 상냥하고 헌신적이라고 생각했다. 또한 그녀를 만나면서 도리고는 단단하고, 당당하고, 세월을 초월해서 변하지 않는 것처럼 보이는 세상을 접할 수 있었다. 어두운색 나무로 장식된 거실과 클럽, 셰리 백포도주와 싱글몰트 위스키가 담긴 크리스털 디캔터, 반짝반짝 닦아놓은 오래된 것들의 지겹기도 하고 조금 취하는 것 같기도 하고 조금 갑갑하기도 한 냄새로 이루어진 세계였다. 엘라의 집안은 자기들보다 낮은 계급 출신이지만 기대가 큰 젊은이를 그 세계로 반가이 맞아들일 만큼 자유로웠고, 그 환영 조건이 전적으로 그 세계의 기준에 따른 것임을 분명히 할 만큼 전통적이었다.

젊은 도리고 에번스는 그들을 실망시키지 않았다. 이제 그는 외과의사였으므로 엘라와 결혼하리라고 생각했다. 비록 서로 터놓고 말한 적은 없었지만, 그녀 역시 같은 생각임이 분명했다. 그는 엘라와의 결혼을 의학박사 학위취득이나 장교임관처럼 계속 앞으로, 앞으로 나아가는 걸음 중 하나라고 생각했다. 톰의 동굴에서 글읽기의 힘을 발견한 뒤로 도리고가 앞으로 내딛는 발걸음은 모두 그러했다.

그는 서가에서 책 한 권을 꺼냈다. 그가 그것을 가슴 쪽으로 가져오자 책은 어둠을 벗어나 햇빛 속으로 들어왔다. 그는 빛 속에서 책을 들고, 그 책과 빛과 먼지를 바라보았다. 마치 두 개의 세계가 존재하는 것 같았다. 그가 있는 이 세상과, 늦은 오후의 햇빛이 순간적으로 형성한 빛줄기가 있어야만 실제 세계처럼 모습을 드러내는 숨은 세계. 그곳은 정신없이 빙글빙글 돌고, 은은한 빛을 발하고, 서로 아무렇게나 부딪쳐서 완전히 새로운 방향으로 날아가는 입자들로 이루어진 세계였다. 그 늦은 오후의 햇빛 속에 서 있으려니, 자신이 내딛는 발걸음 중에 나쁜 결과를 가져오는 것이 있으리라고는 믿을 수가 없었다. 그는 어디로 갈지, 무엇을 할지 결코 생각하지 않았다. 이유도 결코 생각하지 않았다. 앞으로 나아가는 대신에, 햇빛 속의 먼지 입자들처럼 충돌한다면 어떻게 될지 한 번도 생각해보지 않았다.

맞은편 벽 근처에 작게 무리를 지은 사람들이 다시 그를 향해 몰려오기 시작했다. 움직이는 모습이 마치 물고기떼나 어스름녘의 새떼 같았다. 그들과 가까워질 생각이 전혀 없는 도리고는 거리 쪽 창문을 향해 서가를 따라 걷기 시작했다. 하지만 사람들 무리는 새떼나 물고기떼와 마찬가지로 갑자기 멈춰서더니 그 서가에서 몇 걸음 떨어진 곳에 모였다. 도리고는 그중 몇 명이 자신을 힐끔거리는 것을 느끼며 더욱더 열심히 책을 바라보았다.

그러다 다시 시선을 든 뒤에야 그는 사람들이 왜 움직였는지 깨달았다. 빨간 꽃을 꽂은 여자가 그가 서 있는 곳까지 걸어와, 어둠과 빛의 줄무늬 속에서 그의 앞에 서 있었다.

2

그녀의 눈이 파란 가스 불꽃처럼 타올랐다. 사나운 눈이었다. 그는 순간적으로 오로지 그녀의 눈밖에 보이지 않았다. 그 눈이 그를 바라보고 있었지만, 그 안에는 시선이 없었다. 마치 그녀가 그를 모조리 빨아들이고 있는 것 같았다. 지금 그를 평가하는 중일까? 이리저리 재어보고 있나? 그는 알 수 없었다. 그가 분노와 불안을 동시에 느낀 것은 이런 느낌 때문인 것 같았다. 이 모든 것이 모종의 정교한 장난이 아닌지, 여자가 곧 웃음을 터뜨리며 자신을 따라다니던 남자들까지도 함께 웃게 만들지 않을지 불안해졌다. 그는 한 걸음 뒤로 물러나다가 책꽂이에 부딪히는 바람에 더이상 물러날 수 없게 되었다. 그는 서가와 자신의 몸 사이에 한 손이 낀 채로 그냥 서 있었다. 몸을 그녀 앞에서 어색하게 비튼 모습으로.

당신이 서점 안으로 들어오는 것을 봤어요. 여자가 방긋 웃으며 말했다.

만약 나중에 누가 그에게 그 여자의 생김새를 물어보았다면, 그는 당황했을 것이다. 그는 마침내 꽃 때문이었다는 결론을 내렸다. 커다란 빨간색 꽃을 귀 뒤에 꽂은 그 대담함이 그녀를 간결하게 설명해주었다. 하지만 그것만으로는 그녀에 대해 아무것도 알 수 없다는 사실 또한 그는 알고 있었다.

당신 눈이요. 여자가 느닷없이 말했다.

그는 아무 말도 하지 않았다. 아니, 솔직히 무슨 말을 해야 할지 아무 생각이 나지 않았다. 이렇게 웃기는 소리는 생전 처음이었다. 눈이라니? 그는 자기도 모르게 강렬한 눈빛으로 그녀를 마주 바라보며, 그녀가 하는 것처럼 자기도 그녀를 빨아들였다. 여자는 개의치 않는 것 같았다. 기묘하고 거슬리는 친밀감이 느껴졌다. 지금 이 상황에 대한 설명할 수 없는 깨달음이 충격적이었다. 그는 여자를 훑어보는데도 여자는 상대가 그라는 것을 알고는 전혀 개의치 않는다는 깨달음.

당혹스러운 동시에 머리가 어질어질했다. 여자의 입술 오른쪽 위에 찍힌 애교 점 속에 일련의 사소한 결점들이 최고의 모양으로 표현되어 있는 것 같았다. 그 모든 결점이 합쳐져서 아름다움이 되었음을 그는 이해했다. 그 아름다움에는 힘이 있었고, 그 힘은 의식적인 동시에 무의식적인 것이었다. 어쩌면 저 여자는 미모 덕분에 무엇이든 자신이 원하는 것을 손에 넣을 권리를 갖게 되었다고 생각하는지도 모른다는 생각이 들었다. 하지만 그를 손에 넣지는 못할 것이다.

진짜 까매요. 여자가 다시 방긋 웃으면서 말했다. 물론 이런 말은 아주 많이 들었겠죠.

아니요. 그가 말했다.

전적으로 진실은 아니었지만, 따지고 보면 방금 여자가 한 말과 정확히 똑같은 말을 한 사람은 없었다. 무슨 이유에서인지 그는 여자에게서, 여자의 묘한 말투에서 시선을 돌리고 그 자리를 떠날 수 없었다. 그는 서가의 반대편 끝에 둥글게 모여 있는 남자들을 흘깃 바라보았다. 여자의 말이 진심이며, 오로지 그에게만 한 말이라는 느낌이 들어서 차분해질 수 없었다.

당신의 꽃 말인데…… 도리고 에번스가 말했다. 그건……

그는 그것이 무슨 꽃인지 전혀 알지 못했다.

훔친 거예요. 여자가 말했다.

여자는 세상의 모든 시간이 자기 것인 양 느긋하게 그를 평가해보고는, 마음에 든다는 결론을 내린 모양이었다. 여자가 웃음을 터뜨리는 모습을 보며 그는 여자가 자신에게서 세상에서 가장 매력적인 것들을 죄다 찾아낸 것 같다는 느낌이 들었다. 마치 여자의 미모, 여자의 눈, 그 밖에 여자의 모든 매력과 놀라운 점들이 이제는 그에게도 존재하는 것 같았다.

마음에 들어요? 여자가 물었다.

대단히.

동백나무에서 가져왔어요. 여자는 이렇게 말하고는 다시 웃었다. 언뜻 꽥꽥거리는 소리 같기도 하고, 목이 쉰 것 같기도 하고, 왠지 몹시 친밀한 것 같기도 한 그 웃음은 금방 멎었다. 여자가 앞으로 몸을 기울이자 향수 냄새가 났다. 술냄새도. 하지만 여자는 그가 불편해하는 것을 알아차리지 못했고, 그에게 매력을 과시할 생각도 없음을 그는 알 수 있었다. 추파를 던지는 것도 아니었다. 비록 그가 원한 일은 아니었지만, 여자와 자신 사이에서 뭔가 일이 벌어지고 있음을 느낄 수 있었다. 부정할 수 없었다.

그는 등뒤에 끼어 있던 손을 아래로 떨어뜨린 뒤, 여자를 향해 정면으로 돌아섰다. 두 사람 사이 창문을 통해 빛줄기가 들어오고, 그 안에서 먼지들이 솟아올랐다. 마치 감방 창문을 통해 여자를 보고 있는 것 같았다. 그는 빙긋 웃으며 뭐라고 말을 했다. 하지만 무슨 말을 했는지 그 자신도 알지 못했다. 그는 빛 기둥 너머에 모여 있는 남자들을 보았다. 여자의 친위대인 그들은 그림자 속에서 기다리고 있었다. 그는 그들 중 한 명이 이기심을 이기지 못하고 이쪽으로 다가와 그가 어색해하는 틈을 타서 여자를 휙 데려가기를 바랐다.

당신은 어떤 군인이에요? 여자가 물었다.

군인이라고 할 것도 없습니다.

그는 들고 있는 책으로 견장을 가리켰다. 갈색 삼각형 안에 초록색 원이 있는 모양이었다.

2/7 희생자 수습기지에 있습니다. 난 의사예요.

그는 조금 화가 나는 동시에 약간 불안해졌다. 이 미인이 내게 무슨 볼일이 있는 걸까? 여자의 표정, 목소리, 옷차림, 그 밖의 모든 것이 여자에게 어느 정도 지위가 있음을 알려주었다. 비록 그는 의사이고 장교였지만, 타고난 출신에서 그리 멀리 떨어진 것이 아니었으므로, 아직은 이런 상황에서 느긋해질 수 없었다.

내가 혹시 불청객은 아닌지……

잡지 창간기념식 말인가요? 어머, 아니에요. 맥박이 뛰는 사람이라면 누구든 환영받을걸요. 어쩌면 맥박이 없는 사람까지도. 저쪽에 있는 티피는(여자는 함께 온 다른 여자를 손짓으로 가리켰다), 티피 말로는, 아까 직접 자작시를 낭송한 시인이 오스트레일리아 문단에 혁명을 일으킬 거래요.

용감한 사람이군요. 나는 오로지 히틀러를 잡으려고 입대했을 뿐입니다.

그 시에서 한 단어라도 이해가 가던가요? 여자가 말했다. 흔들림 없이 상대를 탐색하는 시선이었다.

펭귄?

여자가 활짝 웃었다. 마치 아주 힘들게 다리를 하나 건넌 것 같았다.

저는 구두끈이 더 마음에 들었는데요. 여자가 말했다.

무리 지어 서 있는 여자의 찬미자들 중 한 명이 폴 로브슨*처럼 노래를 부르고 있었다. 늙은 말 로울리, 계속 달리기만 한다네.

우리 모두 티피의 꼬임에 넘어가서 여기에 온 거예요. 여자의 말투가 조금 전과는 달리 친숙해서, 마치 오래전부터 알던 친구 같았다. 나랑, 티피 오빠랑, 그 오빠의 친구들이랑. 티피는 아래층에 있는 시인의 제자예요. 우린 어떤 장교클럽에서 경마 중계를 듣고 있었는데, 티피가 맥스의 시를 들으러 가자고 했어요.

맥스가 누구죠? 도리고가 물었다.

저 시인이요. 하지만 그런 건 별로 중요하지 않아요.

로울리는 누굽니까?

말이에요. 그것도 별로 중요하지 않아요.

그는 말문이 막혔다. 무슨 말을 해야 할지 알 수 없었다. 여자의 말은 앞뒤가 맞지 않았고, 지금 둘 사이에서 벌어지는 일과도 전혀 상관이 없었다. 말과 시인이 모두 중요하지 않다면, 무엇이 중요할까? 여자에게는 묘한 분위기가 있어서 (강렬함? 솔직함? 야성?) 그는 도무지 차분해질 수 없었다. 여자는 무엇을 원하는 걸까? 방금 한 말은 무슨 뜻이지? 여자가 빨리 가주었으면 싶었다.

남자의 목소리가 들려와서 도리고는 고개를 돌렸다. 무리를 지어 모여 있던 남자들 중에서, 공군 장교의 연한 파란색 군복을 입은 남자가

* Paul Robeson(1898~1976). 미국의 흑인 배우 겸 가수.

바로 옆까지 다가와 여자에게 일부러 꾸며낸 영국식 말투로 말하고 있었다. 경마 결과에 대해 설왕설래하고 있으니 여자가 와서 정리를 해주면 좋겠다는 내용이었다. 여자는 도리고의 시선을 따라가다 파란색 군복을 발견하자, 표정이 완전히 변했다. 마치 다른 사람이 된 것 같았다. 도리고를 볼 때는 생생히 살아 있던 눈이 옆에 다가와 선 남자를 향하면서 순식간에 죽어버렸다.

파란 군복은 여자의 그 시선을 무시하고 싶었는지, 도리고에게 눈을 돌렸다.

그녀가 그를 골랐습니다. 그가 말했다.

고르다니, 누구를요?

올드 로울리. 배당률이 백 대 일입니다. 멜버른컵 역사상 가장 높은 배당률이죠. 그녀도 알고 있었습니다. 어떤 말인지 죽이게 잘 알고 있었어요. 저쪽에 있는 해리는 20파운드를 벌었습니다.

도리고가 미처 대답하기도 전에 여자가 공군 장교에게 말했다. 도리고가 보기에 매력적이지만 아무런 감정도 들어 있지 않은 말투였다.

여기 내 친구에게 딱 하나만 더 물어보면 돼요. 여자가 도리고를 가리키며 말했다. 그러고 나서 저쪽에 가서 돈 얘기를 해요.

이 말을 마친 여자가 다시 도리고에게 시선을 돌렸다. 그녀가 파란 군복을 완전히 냉담하게 무시해버린 탓에 그는 곧 일행에게 돌아가버렸다.

3

물어볼 것이 뭡니까?

뭘 물어봐야 할지 모르겠어요. 여자가 말했다.

여자가 장난을 치는 건가 하는 생각이 들었다. 본능은 그에게 이 자리를 벗어나라고 말했지만, 뭔가가 그의 발목을 잡았다.

그건 무슨 책이에요? 여자가 그의 손을 가리키며 물었다.

카툴루스*입니다.

정말요? 여자가 또 방긋 웃었다.

도리고 에번스는 여자에게서 벗어나고 싶었지만, 그럴 수가 없었다. 여자의 눈, 저 빨간 꽃. 그는 믿고 싶지 않았지만, 여자가 그에게만 보여주는 것 같은 저 미소. 그는 한 손을 등뒤로 밀어넣고 서가에 꽂힌 책들을 손가락으로 두드렸다. 루크레티우스와 헤로도토스와 오비디우스를. 하지만 그들은 아무 대답도 하지 않았다.

로마의 시인이죠. 그가 말했다.

그 사람 시를 한 편 읽어주세요.

그는 책을 펼치고 이리저리 훑어보았다.

진심입니까?

그럼요.

아주 건조한 시인데요.

애들레이드도 그런 걸요.

---

* 로마 공화정 말기의 서정시인.

그는 다시 책으로 시선을 내리고 시를 읽었다.

허기가 또 찔러대는 것이 느껴진다
내 튜닉과 겉옷
그 사이를.

그는 책을 덮었다.

나한테는 라틴어랑 다를 것이 없네요. 여자가 말했다.

나도 마찬가지입니다. 도리고 에번스가 말했다. 그는 그 시를 읽어 여자에게 굴욕감을 줄 수 있을지도 모른다고 희망했지만, 실패했음을 깨달았다. 여자는 또 방긋 웃고 있었다. 어찌 된 영문인지 여자는 굴욕을 주려는 그의 태도조차 작업을 거는 것처럼 만들어버렸다. 결국은 그도 자신이 정말 작업을 걸려던 것이 아닌지 궁금해졌다.

그는 도움을 청하려고 창문 쪽을 바라보았지만 그곳에는 아무도 없었다.

더 읽어줘요. 여자가 말했다.

그는 급히 책장을 넘기다가 잠시 멈췄다가, 또 몇 장을 더 넘기다가 멈추고는 시를 읽기 시작했다.

우리가 살고 사랑하게 하라
못마땅한 표정으로 잔소리를 늘어놓는
늙은이들에게는 신경쓰지 말고.
태양은 졌다가 다시 떠오를 수 있으나,

우리는……

묘하게 화가 치솟았다. 왜 하필이면 이 시를 읽고 있는 걸까? 여자의 신경을 긁을 다른 시도 있을 텐데. 하지만 뭔가 다른 힘이 그를 붙들고 길을 인도하고 있었다. 그래서 그는 나직하고 강한 목소리로 계속 시를 읽었다.

우리는, 우리의 짧은 불빛이 반짝인 뒤,
긴 밤을 자고 또 자야 한다.

여자는 엄지와 검지로 블라우스 윗부분을 잡고 위로 잡아당겼다. 그러는 동안 내내 그녀는 사실은 블라우스를 아래로 잡아당기고 싶다고 말하는 듯한 눈으로 그를 바라보았다.

그는 책을 덮었다. 무슨 말을 해야 할지 알 수 없었다. 많은 생각이 그의 머릿속을 획획 지나갔다. 재미난 생각들, 악의 없는 생각들, 잔인한 생각들 때문에 그는 서가에서, 여자에게서, 그 무서운 시선에서, 파란 불꽃이 사납게 타오르는 여자의 눈에서 멀어졌다. 하지만 그런 생각들 중 어느 것도 입에 담지는 않았다. 어쩌면 그가 바보 같은 소리를 할 수도 있고, 자신이 느끼기에 무례하지만 꼭 필요하다 싶은 말을 할 수도 있었지만, 그는 어느덧 이렇게 말하고 있었다.

당신 눈은……

우린 사랑이 얼마나 터무니없는 소리인지 이야기하고 있었어요. 낯선 목소리가 끼어들었다.

그쪽으로 고개를 돌린 도리고의 눈에 여자의 무리 중에서도 가장 불운한 사람, 즉 여자의 절친한 친구가 다가와 있는 것이 보였다. 아마도 이 파란 눈의 여자를 다시 데려가려고 온 모양이었다. 그는 도리고도 상대해주어야 한다고 느꼈는지 미소를 지어 보였다. 도리고가 느끼기에는 도리고 에번스가 어떤 사람인지, 이 여자와의 분위기가 어떤지 가늠해보려고 애쓰는 것 같았다. 그는 이제 다 틀렸다고 남자에게 말해주고 싶었다.

대부분의 사람들은 사랑 없이 살아갑니다. 그 친구가 말했다. 그렇게 생각하지 않습니까?

난 잘 모르겠습니다. 도리고가 대답했다.

친구는 미소를 지었다. 도리고 편에서 보면 입꼬리를 비트는 미소, 여자 편에서 보면 입이 서서히 벌어지는 미소였다. 그것은 여자에게 자신의 일행, 자신의 세계, 수벌 무리에게로 돌아오라고 권하는 공범의 미소였다. 여자는 어깨의 방향을 틀어 친구를 무시해버리고는 곧 돌아가겠다고 말했다. 자신이 도리고와 함께 있고 싶으니 친구가 자리를 비켜주었으면 좋겠다는 뜻이 분명히 드러났다. 이거야말로 엄격히 말하면 여자와 도리고 두 사람의 일이었으므로. 하지만 도리고는 여자가 침묵으로 자신의 뜻을 분명히 전달하는 것을 보면서, 자신은 이런 것을 바라지도 않았고 여기에 동의하지도 않았음을 깨달았다.

사랑에 대한 이야기들은 죄다 헛소리예요. 친구가 말을 계속했다. 사랑은 필요 없습니다. 서로 어울리는 사람들끼리 하는 결혼이 최고죠. 과학적인 증명에 따르면, 우리는 모두 전자기장을 만들어냅니다. 그러다 그 전자기장 안에서 자신과는 반대의 이온들이 딱 알맞은 방향으로 늘어선 사람을 만나면 매력을 느끼죠. 하지만 그것이 사랑은 아닙니다.

그럼 뭡니까? 도리고가 물었다.

자성磁性이죠. 친구가 말했다.

4

나카무라 소령은 카드놀이에 재주가 없었지만, 마지막에 승리를 거뒀다. 그와 게임을 한 부하장교들과 오스트레일리아 전쟁포로들이 모두 그에게 패배를 안기지 않는 편이 좋겠다는 생각을 하고 있었기 때문이다. 나카무라는 통역인 후쿠하라 중위를 통해 오스트레일리아인 대령과 소령에게 즐거운 저녁시간을 보냈다고 인사를 건넸다. 그러고는 일어서다가 하마터면 쓰러질 것처럼 뒤로 휘청거렸지만, 곧 균형을 잡았다. 얼굴을 땅에 박고 납작하게 넘어질 뻔했는데도 묘하게 원기왕성하게 보였다.

그가 가져온 메콩 위스키는 두 오스트레일리아 장교에게도 위력을 발휘했으므로, 도리고 에번스는 조심스럽게 일어섰다. 지금 자신이 큰형님으로서 해야 할 역할이 있음을 그는 알고 있었다. 밤새 그 일을 뒤로 미루고 있었지만, 지금이야말로 행동해야 할 때라는 판단이 들었다.

속도전이 삼십칠 일째 쉼없이 진행중입니다, 소령. 도리고 에번스가 입을 열었다. 나카무라는 빙긋 웃으며 그를 바라보았다. 도리고 에번스도 마주 미소를 지었다. 천황의 뜻을 이루어드리기 위해, 우리의 자원을 잘 이용해야겠지요. 최고의 철로를 건설하려면, 우리 병사들을 망가뜨릴 것이 아니라 쉬게 해줘야 합니다. 하루만 쉬면 병사들이 기운을 낼 수 있을 뿐만 아니라 병사들의 몸도 망가지지 않게 하는 데 엄청난 효과가 있을 겁니다.

그는 틀림없이 나카무라가 벌컥 화를 내면서 자신을 때리거나 위협할 것이라고 생각했다. 하다못해 고함이라도 지를 것 같았다. 하지만 그는 후쿠하라 중위의 통역을 들으며 웃음을 터뜨릴 뿐이었다. 그리고 재빨리 뭐라고 한마디하고는, 후쿠하라가 도리고에게 그 말을 통역하는 동안 벌써 비틀비틀 자리를 떴다.

나카무라 소령님은 포로들이 운이 좋다고 말씀하십니다. 천황 폐하를 위해 목숨을 바쳐 명예를 회복할 수 있으니까요.

나카무라는 걸음을 멈추고 돌아서서 그들에게 뭐라고 말을 했다.

이 전쟁이 잔혹한 것은 사실이다. 후쿠하라 중위가 통역했다. 어떤 전쟁이 그렇지 않겠나? 하지만 전쟁은 곧 인간이다. 전쟁이 우리의 본모습이며, 우리의 일이다. 철로가 인간을 죽일지도 모르지만, 내가 짓는 것은 인간이 아니라 철로다. 전진에 자유는 필요하지 않다. 자유는 전혀 필요하지 않다. 나카무라 소령님은 전진이 다른 이유로 이루어질 수 있다고 말합니다. 의사 양반은 자유 없음을 외치지만, 우리는 정신력, 나라, 천황 폐하를 말한다. 의사 양반은 잔인하다지만, 우리가 보기에는 운명이다. 우리가 있든 없든, 이것이 미래다.

도리고 에번스는 고개를 숙여 인사했다. 그의 부관인 스퀴지 테일러 소령도 똑같이 인사했다.

하지만 나카무라 소령의 말은 끝난 것이 아니었다. 그가 다시 뭐라고 하자 후쿠하라가 통역했다.

나카무라 소령님은 이렇게 말씀하십니다. 당신들의 대영제국, 그 나라에 자유 없음이 필요하지 않았다고 생각하나, 대령? 그 나라의 침목 하나하나, 다리 하나하나가 모두 자유 없음으로 지어진 것이다.

나카무라 소령은 몸을 돌려 자리를 떴다. 도리고 에번스는 자신의 잠자리가 있는 전쟁포로 장교 오두막으로 휘청휘청 돌아갔다. 하지만 그의 침상은 그의 키에 비해 너무 짧았다. 그래도 이 터무니없는 특권이 마음에 들었다. 사실은 전혀 특권이 아니기 때문에. 그는 시계를 확인했다. 열두시 사십분이었다. 그는 앓는 소리를 냈다. 긴 다리를 얹어놓을 곳을 마련하고자 그가 대나무를 엮어 만든 삼각대 위에 납작하게 밟아서 역시 대나무로 묶어둔 등유 깡통이 있었다. 그가 잠결에 몸을 뒤척이면 깡통이 자주 굴러떨어졌기 때문에 취한 조치였다.

그는 침상 옆의 몽당 양초에 불을 붙이고 침상에 누웠다. 그리고 귀퉁이가 접힌 책을 들었다. 막사에서 책은 귀한 물건이었다. 그는 잠들기 전 이 로맨스 소설을 읽으며 이곳에 대한 생각을 머릿속에서 비워내곤 했는데, 책이 거의 끝나가고 있었다. 하지만 지금은 술기운도 돌고, 몸도 지치고 아파서 책 읽을 기운도 움직이고 싶은 생각도 없었다. 벌써 잠기운이 몰려오는 것을 느낄 수 있었다. 그는 책을 다시 내려놓고 촛불을 껐다.

5

노인은 젊은이가 되어 전쟁포로 막사에서 잠을 자는 꿈을 꾸고 있었다. 꿈은 지금의 도리고 에번스에게 가장 생생한 일이었다. 그는 인간이 생각할 수 있는 극단의 한계 너머까지, 침몰하는 별처럼 지식을 따라갔다.*

그는 일어나 앉았다.

몇시지?

세시가 다 됐어요.

가야겠군.

그는 감히 엘라의 이름을 말하지 못했다. 아내라는 말도, 집이라는 말도.

그 킬트†는 어디 있지?

또 그 여자 생각하죠?

내 킬트.

난 마음이 아파요.

망할 놈의 킬트.

그는 파라마타 번즈 모임의 연례 만찬을 마친 뒤, 킬트를 입고 이곳에 왔다. 그는 1974년에 일 때문에 시드니로 온 뒤 줄곧 그 모임에 속해 있었으며, 후원자 역할을 했다. 아무리 생각해봐도 후원의 이유는 아마도 그가 공개적인 자리에서 탐닉하는 악덕인 위스키와 비밀스럽게 탐닉하는 악덕인 여자인 것 같았다. 그런데 지금 킬트가 없었다.

엘라는 아니에요. 여자가 말했다. 그건 사랑이 아니니까.

그는 아내를 생각했다. 결혼생활은 지독히 고독했다. 자신이 왜 결혼

---

* 테니슨의 시 「율리시스」 중의 한 구절.

† 스코틀랜드 남자들이 입는 스커트.

했는지, 여러 여자들과 자는 것이 왜 나쁜 짓으로 치부되는지, 그 모든 것이 왜 점점 의미를 잃어가는지 이해할 수 없었다. 위장 아래쪽에서 점점 자라나는 묘한 통증의 정체가 무엇인지, 자신이 왜 리넷 메이슨의 등에서 나는 체취를 그토록 절박하게 원하는지, 왜 자신의 삶에서 생생한 것이라고는 꿈밖에 없는지도 알 수 없었다.

그는 냉장고를 열어 마지막으로 남은 글렌피딕 미니어처 병을 꺼냈다. 그 와중에 일단 그가 병을 꺼내기만 하면 그 사실을 곧장 기록으로 남기는 터치패드를 발견하고 고개를 절레절레 저었다. 지금보다 더 깔끔하고, 더 얌전한 세계가 다가오고 있음을 느낄 수 있었다. 경계선과 감시가 있는 세계, 모든 것이 알려져 있어서 그 무엇도 직접 경험할 필요가 없는 세계일 것이다. 그의 공적인 모습, 그러니까 동전과 우표에 실려 있는 모습은 다가오는 시대에 잘 융합되겠지만 개인적인 모습은 점점 더 이해하기 어렵고 혐오스럽게 변해갈 것이다. 그래서 다른 사람들이 그의 이런 모습을 숨기려고 공모할 터였다.

모든 사물, 모든 감정이 유순해지는, 다가오는 시대와 그 모습은 맞지 않았다. 서로의 몸을 지나치게 만져대고, 인생을 어떻게든 규정하면 삶의 수수께끼가 설명되거나 혼란이 부정되기라도 하는 것처럼 자기들의 문제에 대해 이야기해대는 요즘 사람들이 그는 당황스러웠다. 뭔가가 시들어가는 것이 느껴졌다. 사람들은 점점 위험부담을 평가해서 최대한 제거한 뒤, 지루한 새 세상으로 바꿔놓을 것이다. 그 세상에서는 시를 읽는 일보다 음식의 조리과정을 지켜보는 일이 더 감동적으로 느껴질 것이며, 직접 뜯어온 풀로 끓인 수프에 돈을 내면서 사람들은 기분이 들뜰 것이다. 그는 막사에서 직접 뜯어온 풀로 끓인 수프를 먹어보았다. 결론은 보통 음식이 더 좋다는 것이었다. 그의 머릿속에서 피난처를 찾은 오스트레일리아 지도에는 죽은 자들의 이야기가 가득했다. 살아 있는 자들의 오스트레일리아가 그에게는 언제나 낯설었다.

도리고 에번스는 시 이미지를 따라, 또는 시 한 편의 그림자 속에서 인생을 꿈꾸고 살 수 있었던 시대에 어린 시절을 보냈다. 요즘 그는 후자의 경우를 점점 더 많이 경험하고 있었다. 텔레비전이 등장하고 뒤이어 유명인이라는 개념이 나왔다. 도리고가 생각하기에 유명인이라는 사람들은, 별로 알고 싶지 않은 다른 세계의 사람들이었다. 하지만 그들의 등장으로 그가 어린 시절에 경험한 시대가 끝났다. 새로운 시대가 과거 시대를 가끔 먹이로 삼기는 했다. 삶에서도 시의 우아한 신비로움을 따르는 사람들의 투명함 속에서 생각이 거의 없는 이미지에 적합한 소재를 찾을 수 있기 때문이었다.

1972년 앤잭 기념일*에 라인을 다시 찾은 도리고를 다룬 다큐멘터리가 국민들의 마음속에 처음 그를 각인시켰다. 그뒤 그가 토크쇼 등에 출연하면서 그의 위치는 더욱 굳어졌다. 토크쇼에서 그는 보수적인 휴머니스트라는 또다른 가면을 썼다.

그는 자신이 지나치게 오래 살고 있음을 깨달았다. 미니어처 위스키 병뚜껑을 따면서 더 무모하게 살아보고 싶다는 영원한 욕망을 느꼈다. 술을 한 모금 마시는 그의 발끝에 냉장고 근처에 있는 킬트가 만져졌다. 그것을 입으며 침대 쪽을 바라보니, 디지털 시계와 초록색 불이 들어온 화재경보기의 기묘한 야간조명 때문에 리넷이 마치 물속에 있는

* 4월 25일. 일차대전 때인 1915년에 앤잭 군단이 갈리폴리에 상륙한 것을 기념하는 오스트레일리아와 뉴질랜드의 공휴일.

것처럼 보였다. 그녀가 팔로 눈을 가린 것이 보여서 그는 그 팔을 들어 올렸다. 그녀는 울고 있었다. 소리 없이, 미동도 없이.

리넷?

괜찮아요. 여자가 말했다. 가세요.

그는 이 말을 하고 싶지 않았지만, 하지 않을 수 없었다.

무슨 일이야?

아무것도 아니에요.

그는 몸을 숙여 이끼 같은 빛깔을 띤 그녀의 이마에 입술을 살짝 댔다. 분 맛이 났다. 그에게 언제나 도망치고 싶다는 욕망을 일깨우는, 그를 가둬버릴 것 같은 재스민 냄새.

힘들어요. 여자가 말했다. 자신이 원하는 걸 가질 수 없다는 게.

그는 자동차 열쇠를 움켜쥐었다. 후미진 도로에서 술에 취해 차를 모는 것은 대단히 즐거운 일이었다. 그것은 자신이 잡히지 않았음을, 이번에도 도망칠 수 있음을 확인하는 게임이었으므로. 그는 재빨리 옷을 입고, 남은 글렌피딕을 모두 마신 뒤, 스포런*을 찾지 못해 오 분 동안 갑갑해하다가 일본의 임종 시집 밑에서 그것을 찾아내 방을 나섰다. 책도 가져가야 한다는 사실은 기억하지 못했다.

* 킬트 앞에 다는 모피 주머니.

6

도리고는 그다음주에 마흔여덟 시간의 휴가를 얻어 군용 비행기를 얻어 타고 멜버른으로 돌아갔다. 그리고 거기서 조용하고 공허한 일박이 일을 엘라와 함께 보내며 최대한 시끄럽게, 최대한 많이 움직이려고 애썼다. 그는 그녀에게 어느 때보다 필사적이었다. 곧 죽음을 향해 발길질을 당할 처지의 남자가 발밑의 진흙에라도 필사적으로 매달리는 것과 같았다.

그는 애들레이드의 서점에서 자신에게 말을 걸었던 여자에 대해 엘라에게 몇 번이나 말하려고 했다. 하지만 무슨 말을 한단 말인가? 아무 일도 없었는데. 그는 엘라와 춤을 추었다. 함께 술도 마셨다. 그래서 어떻게 됐느냐고? 아무 일도 없었다.

그는 엘라를 구명대처럼 붙잡았다. 그녀와 함께 침대에 들어 그녀와 자신을 새로이 발견하게 되기를 바랐다. 어느 순간 그가 보기에도 설명할 수 없는 간통의 징조처럼 보이는 것을 그녀가 모른 척하는 것이 고마웠다. 검은 머리, 짙은 색의 눈, 풍만한 몸매를 지닌 그녀는 아름다웠지만 그는 아무런 느낌이 없었다.

그래서 어떻게 됐느냐고? 그는 머리카락이나 눈이 아니라, 아무 의미도 없이 허공에서 춤추는 수많은 먼지 조각처럼 당혹스러운 감정을 생각하고 있었다. 묘한 죄책감에 그는 풀이 죽었다. 하지만 그가 무슨 짓을 했다고? 아무 짓도 하지 않았다. 기껏해야 몇 분 동안 이야기하다가 돌아서서 서점을 나왔을 뿐이었다. 그 여자의 이름조차 알지 못했다. 그때 그가 그 여자에게 무엇을 물었던가? 그 여자가 그에게 무슨 말을 했던가? 아무것도 없었다! 아무것도. 그는 그 여자의 이름조차 알지 못했다.

아주 안정적이고 확실하고 편안해서 그가 속하고 싶어했던 엘라의 세계가 도리고의 눈에 갑자기 핼쑥하고 창백하게 보였다. 그는 그 세계에서 분명히 정의내릴 수 없는 편안함, 완전히 뽑아낼 수 없는 권력과 특권의 냄새를 찾아보려고 했지만, 전에는 그토록 매력적이던 그것들이 지금은 아무런 의미가 없었다. 아니, 혐오스럽게 보이기까지 했다.

엘라를 비롯한 여러 사람은 도리고가 예전과 달리 어색하게 구는 것은 그 당시에 전쟁 때문이라고 생각해버렸다. 전쟁은 그 시대에 모든 문제를 해결해주는 존재였다. 압박감도 전쟁 때문, 혼란도 전쟁 때문, 파괴도 전쟁 때문. 전쟁은 언제나 핑계가 되었다. 도리고는 전쟁이 대안이라면, 하루빨리 전쟁이 왔으면 좋겠다고 생각했다.

마침내 그는 그냥 기묘한 만남에 지나지 않는 것처럼 엘라에게 그 이야기를 했다. 하지만 말을 하다보니 왠지 자기 귀에도 부정을 저지른 것처럼 들렸다. 그는 말로 전달할 수 없는 수치심을 느꼈다. 어째서 그는 엘라를 원하는 마음이 생기지 않을까? 그는 서점에서 만난 낯선 여자를 지나치게 열정적이어서 다소 부적절한 사람이었던 것처럼 묘사하면서, 그녀는 물론 자신까지도 배신한 것 같은 느낌이 들었다. 그래서 이야기를 마치면서 그는 부르르 떨었다.

예쁜 여자였어요? 엘라가 물었다.

그는 별로 눈에 띄지 않는 여자였다고 말했다. 하지만 이 말만으로는 부족한 것 같아서 여자의 치아가 괜찮았다고 말했다. 전혀 기억나지 않는 여자의 특징들 중 부적절하지 않게 보일 것 같은 특징을 찾으려

애쓴 결과였다. 치아가 괜찮았습니다. 그가 말했다. 대충 그 정도였어요, 진짜로.

그보다는 엄니라는 말이 어울리겠죠. 엘라가 말했다. 목소리가 조금 높았다. 그리고 머리에는 붉은 동백꽃? 다시 말하자면, 그 여자 괴물 같아요.

하지만 그녀는 괴물이 아니었다. 그 여자가 거기에 서 있는 동안 뭔가가 벌어졌다. 둘 사이에서. 그런 일이 없었으면 좋았을 것이라고 그가 얼마나 바랐는지. 지금의 엘라가 일면식도 없는 낯선 사람처럼 보이기 때문이었다. 그녀가 재잘재잘 떠드는 이야기가 예전에는 즐겁게 들렸지만, 지금은 철없고 가장된 것처럼 들렸고, 그녀가 오로지 그만을 위해 사용하는 향수는 악취가 되었다. 그는 그녀에게 상처를 입혀서 그녀가 스스로 떠나가게 만들고 싶은 생각이 간절했다.

내가 질투해야 하나요? 엘라가 물었다.

뭘? 그가 말했다. 내가 그 서점에서 드디어 나왔을 때 얼마나 무지무지하게 기뻤는지 압니까?

그리고 곧 그는 엘라와 키스하고 있었다. 엘라는 상냥해. 그는 이렇게 속으로 되뇌었다. 하지만 마음속 어딘가에는 엘라가 가엾다고 생각하는 마음이 있었고, 그보다 더 깊은 곳에는 그녀의 상냥함과 자신의 동정심 때문에 두 사람이 모두 힘들어질 것이라는 깨달음이 파묻혀 있었다. 그는 그녀의 상냥함을 증오하고 자신의 동정심을 두려워했다. 오로지 여기서 영원히 도망치고 싶은 마음뿐이었다. 증오와 두려움과 도망치고 싶은 마음이 커질수록 그는 더 많이 키스했다. 그들의 포옹이 점점 더 열정적으로 변하고, 시간이 흘러 하루하루가 가고, 삶이 삶으로 가득 찼을 때, 그의 쓸쓸함도 사라졌다. 그래서 빨간 동백꽃을 꽂은 그 여자를 완전히 생각하지 않게 될 뻔했다.

그는 점점 유쾌해졌다. 휴가가 너무 빨리 지나가는 것 같았지만, 동시에 파티와 우연한 만남과 새로운 사람이 한없는 소용돌이처럼 이어지고 있는 것 같다는 생각도 들었다. 모든 사람이 엘라의 남자를 만나고 싶어하는 것 같았다. 그녀의 친구들도, 그녀의 부모의 친구들도 모두. 그 덕분에 그는 멜버른 사교계 사람들을 많이 만났으며, 자신을 그들의 이미지에 빗대어 생각하게 되었다. 전쟁이 끝난 뒤 위대한 자리까지 올라가게 될 청년으로. 이 완벽한 인생에 모든 것이 딱딱 들어맞았다. 그와 엘라, 엘라의 가족, 그들의 지위. 그도 곧 그들과 같은 자리에 서게 될 터였다. 예전에는 엘라를 대할 때 무척 힘들다고 느꼈던 부분들이 지금은 뜻밖에도 아주 편해졌다. 두 사람 사이에는 이제 장벽이 존재하지 않았으며, 두 사람의 관계 또한 예전 모습으로 돌아갔다. 아니, 예전보다 훨씬 더 좋아진 것 같았다. 그는 그 서점과 자신이 품은 회의를 완전히 잊어버렸다.

애들레이드로 돌아온 뒤 그는 평소 몹시 싫어하던 일반적인 서류 작업에 푹 빠졌다. 그를 비롯한 몇몇 의료 관계자 사무실이 있는, 조립식 막사로 지은 워러데일 기지 행정처 앞 연병장에서는 먼지가 바람에 휘말려 소용돌이 모양으로 날렸다. 숨이 막히게 더운 날씨 속에서 그는 막사 안에 앉아 출발 준비에 정신을 집중하려고 했다. 아예 존재하지 않거나 아무도 미처 생각하지 못한 물품과 장비를 챙기는 동시에, 목적을 알기 힘든 엄청난 양의 서류도 처리해야 했다. 밤이 되면 날이 조금 서늘해지고, 차가운 맥주와 얼음을 넣은 럼펀치가 나오는 파티가 열릴 것이라는 희망이 있었다. 그는 그런 파티에도 몸을 던졌으며, 가끔은 원하는 대로 망각을 얻기도 했다.

키스 멀베이니는 엽서를 보내 자신의 호텔인 킹오브콘월에 한번 들르라는 말을 되풀이했다. 손으로 색을 입힌 호텔 사진이 엽서 전면을 장식하고 있었는데, 호텔은 웅장한 사층짜리 석조건물이었다. 층마다 갖춰진 삼면 베란다는 인적 없는 긴 해변을 곧장 바라보고 있었다. 엽서에 따르면, 이 호텔은 1886년에 지어진 건물이라고 했다. 호텔 앞에 있는 남자들의 콧수염과 밀짚모자를 보아 하니, 엽서 속 사진 역시 그보다 조금 나중에 찍힌 것 같았다. 이 엽서는 도리고의 실수로 사무실 서류철과 뒤섞여버렸다.

어디서나 모두들 점점 속을 끓이고 있었다. 런던 대공습에 대한 보도와 더불어, 오스트레일리아 군대가 리비아에서 이탈리아 군대와 맞붙었다는 첫 보도가 들어왔기 때문이었다. 하지만 그들은 여전히 애들레이드 기지에 남아 있었다. 출발이 임박했다는 소문과 목적지에 대한 추측들(그리스, 영국, 북아프리카, 노르웨이 침공)이 나타났다가 사라졌다.

도리고는 일상에 푹 빠져서 미친 듯이 일을 하고 광적으로 파티를 즐겼으며, 다른 것들은 모두 멀리멀리 쓸려가게 내버려두었다. 어느 날 오후 늦게 들것 신청서 더미 밑에서 그는 우연히 키스 멀베이니의 엽서를 발견했다. 바닷가 호텔 사진이 있는 그 엽서였다. 그다음 주말에 열두 시간의 휴가를 얻은 그는 달리 할일이 없었으므로 석탄을 때는 스튜드베이커사社 트럭을 몰고 해안을 달렸다. 트럭은 당번병의 형제에게서 빌린 것이었다.

거의 어스름이 내릴 무렵, 그는 애들레이드 사람들의 휴양지 역할을 하는 작은 마을에 도착했다. 바다에서 불어오는 산들바람과 파도 소리 덕분에, 더위가 그저 참을 만한 정도가 아니라 관능적이고 반가운 것으로 바뀌었다. 해변은 엽서 속 사진에 찍힌 것과 마찬가지로 넓게 쭉 뻗어 있었지만, 킹오브콘월은 사진보다 더 웅장하면서 또한 더 낡아 보였다. 호텔은 힘든 세월에 쓰러진 옛것의 마법 같은 매력을 지니고 있었다.

안으로 들어가니 사우스오스트레일리아 스타일의 길고 어두운 바가 있었다. 천장이 높은 이 술집의 어두운 조명이 쾌적했다. 조금 전까지 사우스오스트레일리아의 지독한 여름 태양 밑에 있었던 덕분이었다. 손때 묻은 나무의 색깔과 암갈색 장식들이 바깥의 이글거리는 빛에 시달린 눈을 편안히 달래주는 것 같았다. 천장에서는 선풍기가 나직하게 이어지는 손님들의 대화를 규칙적으로 스치고 지나갔다. 도리고는 여종업원이 뒤쪽 선반의 술병들을 정리하고 있는 바로 다가갔다. 그는 등을 돌리고 서 있는 여종업원에게 키스 멀베이니를 찾고 있다고 말했다.

저는 키스 고모부의 조카입니다. 그가 말을 덧붙였다.

그럼 당신이 도리고겠네요. 여종업원이 돌아서면서 말했다. 그녀는 금발을 하나로 땋아서 틀어올린 모습이었다. 나는……

바를 비추는, 원뿔 모양의 흐릿한 전깃불 덕분에 여자의 푸른 눈이 반짝였다. 순간적으로 그 눈 속에 뭔가가 있는 것 같았지만, 곧 아무것도 없는 눈이 되고 말았다.

나는 키스의 아내예요. 여자가 말했다.

7

그의 시선이 럼과 위스키가 있는 맨 위 선반, 다른 손님들, '킹오브콘월'이라는 글자가 찍힌 수건을 바삐 훑었다. 어떤 여자의 손이 그 위에서 젖은 행주를 쥐고 있었다. 손톱에 포도주색 매니큐어를 칠한 손가락이 우아했다. 그는 그 손가락을 입으로 느껴보고 싶다는 미친 욕망에 사로잡혔다. 자신이 여자 앞에서 팽팽 돌면서 가물거리고 있는 것 같았다.

키스 고모부에게……

그래요.

제 휴가가 단축되어서 오래 있을 수 없게 됐다고 전해주십시오.

그럼 당신은……

조카입니다……

도리?

그는 자신의 이름이 기억나지 않았지만, 맞는 것 같았다.

당신이 도리? 도리고? 그 이름 맞죠?

음, 네. 네.

조금…… 드문 이름이네요.

할아버지가 거기서 태어나셨습니다. 벤 홀과 어울리셨다고 하더군요.

벤 홀?

산적 말입니다.

터핀과 듀발*의

시대에

서민들의 친구가 무법자였던 것처럼

용감한 벤 홀도 그러했다네.

원래 이름은 안 써요? 여자가 물었다.

도리고는 제 미들네임이지만……

이름으로 굳어졌다?

그런 것 같습니다.

키스는 여기 없어요. 당신을 못 만난 걸 알면 무척 실망할 텐데.

전쟁 때문이죠.

맞아요. 그 히틀러라는 사람.

나중에 다시 들르겠습니다.

그래요, 도리. 남편이 무척 아쉬워할 거예요.

그는 그 자리를 떠났다. 마음속 깊은 곳에서 흥분과 배신감이 무섭게 난리를 피웠다. 마치 그가 그녀의 사람이었는데 그녀가 그를 버리고 떠나기라도 한 것 같았다. 여기에 짝을 이루듯, 그녀가 그의 것이므로 되찾아야겠다는 생각마저 들었다. 그는 문 앞에서 몸을 돌려 바를 향해 두 걸음 다가갔다.

우리 혹시……? 그가 말했다.

여자는 엄지와 집게로 블라우스 어깨를 살짝 붙잡아 블라우스를 위로 잡아당겼다. 매니큐어가 반짝이는 손톱이 날개를 펼친 풍뎅이 같

---

* 18세기에 활동한 영국의 노상강도인 딕 터핀과 클로드 듀발.

았다.

그 서점?

맞아요. 여자가 말했다.

그는 다시 바로 돌아갔다.

나는…… 그가 말했다. 그때 그 사람들이……

누구요?

그는 자신과 그녀 사이에 있는 그 무엇을 느꼈지만, 그것이 무엇인지 알지 못했다. 어떻게 할 도리가 없었다. 그것을 이해할 수는 없었지만, 느낌은 분명했다.

그 남자들. 그 사람들이……

그 사람들이?

당신과 일행이라서……

그래서요?

그 사람들이…… 당신의…… 당신의 구애자인 줄 알았습니다.

무슨 말을 하는 거예요? 장교클럽에서 만난 친구의 친구들일 뿐이에요. 그 친구도 오랜만에 만난 거였고요. 게다가 친구의 친구의 친구들도 몇 명 있었어요. 그래, 그 영리한 젊은 의사라는 사람이 당신인가요?

뭐, 젊다는 말은 맞죠. 그건 당신도 마찬가지고요.

점점 나이를 먹고 있는 걸요. 키스에게 당신이 왔었다고 전할게요.

여자는 바를 닦기 시작했다. 손님 한 명이 그녀를 향해 가장자리에 거품이 묻은 빈 잔을 살짝 기울였다.

잠시만요. 여자가 말했다.

도리고는 밖으로 나와 트럭을 몰고 도시로 돌아와서 술집을 찾아 들어갔다. 그리고 아예 모든 것을 잊어버리기로 작정하고 술을 마셨기 때문에 트럭을 어디에 세워뒀는지 기억이 나지 않았다. 하지만 아침에 깨어났을 때도 여자에 대한 기억이 전혀 지워지지 않고 남아 있었다. 욱신거리는 머리, 몸을 조금이라도 움직이거나 머리로 생각을 할 때마다 느껴지는 통증의 원인이자 치료제가 바로 그 여자인 것 같았다. 오로지 그 여자뿐, 오로지 그 여자뿐, 오로지 그 여자뿐이었다.

그뒤 몇 주 동안 그는 보병대의 한없는 행군에 군의관으로 참가해서 모든 생각을 지워버리려고 했다. 그들은 계곡의 포도원에서 수통에 머스캣 포도주와 적포도주를 가득 채우고 출발해서 하루에 최대 20마일(32km)을 걸어 해변까지 갔다. 거기서 수영을 즐긴 뒤 다시 행군해서 돌아와, 또 같은 길을 행군했다. 더위가 어찌나 강렬한지, 날씨가 곧 적인 것 같았다. 도리고는 지쳐 쓰러진 병사들의 배낭을 함께 들어주었으며, 어처구니가 없을 정도로 몸을 혹사했다. 마침내 부대장이 그에게 조금 물러나라고 명령했다. 그래야 자기가 부하들에게 바보처럼 보이지 않을 것 같다는 것이었다.

밤에는 엘라에게 편지를 쓰면서, 문학작품에서 배운 사랑의 구절들과 표현에 푹 빠지려고 애썼다. 편지는 길고 따분하고 거짓이었다. 책에서 읽은 적이 없는 생각들과 감정들이 그를 괴롭혔다. 그래서 이것이 사랑일 리 없다고 생각했다. 그는 키스의 아내를 향해 소용돌이치는 증오와 욕망을 느꼈다. 그 여자의 몸을 차지하고 싶었다. 다시는 그 여자를 만나고 싶지 않았다. 경멸과 묘한 거리감이 느껴지고, 범죄의 공범이 된 것 같았다. 마치 알아서는 안 되는 것을 알게 된 것 같았다. 묘하게도 그 여자 역시 그것을 알고 있는 것 같았다. 그는 일단 부대가 해외로 출정하면, 다시는 그녀를 생각하지 않는 기분좋은 나날이 이어질 것이라고 마음을 다잡았다. 그래도 그 여자 생각이 머리에서 떠나지 않았다.

음식을 거의 먹지 않은 탓에 체중이 빠지고, 그의 생각이 어딘가 다른 곳에 가 있는 것 같았기 때문에, 도리고의 엄청난 열의에 감탄과 약간의 걱정을 함께 품고 있던 부대장이 그에게 스물네 시간의 특별휴가를 주었다. 엘라가 전에 그에게 멜버른까지 올 시간이 부족할 만큼 짧은 휴가를 얻는다면 자신이 애들레이드로 오겠다고 말한 적이 있었다. 그는 이 휴가를 온전히 그녀와 보낼 생각으로 함께 갈 식당까지 골라놓았지만, 어찌 된 영문인지 엘라에게 보낸 수많은 편지와 엽서에서는 자신이 곧 휴가를 얻을 것이라는 말을 하지 않았다. 휴가 날이 점점 가까워지자, 엘라에게 말하는 것이 옳지 못한 일이라는 생각이 들었다. 이미 너무 늦어서 그녀가 여행 준비를 하기 힘들 터이니 실망감에 마음만 무너질 것이라는 게 그 이유였다. 그래서 입을 다물기로 한 그는 다시는 킹오브콘월에 가지 않겠다고 엄숙히 맹세한 뒤, 키스 고모부에게 전화를 걸었다. 고모부는 와서 하룻밤 자고 가라며, '우리 에이미'(그는 아내를 이렇게 불렀다)가 도리고를 보면 자기만큼 반가워할 것이라고 말했다.

우리 에이미라. 도리고 에번스는 수화기를 내려놓으며 생각했다. 우리 에이미란 말이지.

8

나카무라 소령은 오스트레일리아 장교들과 카드놀이를 한 뒤 술기운에 깊이 잠들었다. 그리고 어두운 방에서 길을 잃고 코끼리 다리를 더듬거리며 이런 기둥이 있는 방이 어디인지 생각해보려고 애쓰는 기묘한 꿈을 꾸었다. 덩굴손들이 쏜살같이 뻗어나오고 이파리들이 숨통을 조이며 안대처럼 눈을 가리는 바람에 그는 앞을 볼 수 없었다. 사방에서 생기가 느껴졌지만, 지성이 있는 생명체는 어디에도 없는 것 같았다. 이 방의 모든 것이 야만적이고 뜻밖이었다. 그것이 한없는 정글이든 벌거벗은 것이나 다름없는 오스트레일리아인 포로들이든 똑같았다. 그는 포로들이 거대하고 텁수룩하고 위협적인 유인원 무리처럼 자신을 에워싸고 있다는 확신이 들었다.

이 방은 뭐지? 어떻게 해야 여기서 나갈 수 있는 거야? 푸른 덩굴손들과 이파리들이 눈에 이어 이제는 목구멍까지 에워싸고 그의 숨통을 막았다. 심장이 두근거렸다. 바짝 마른 입안에서 구리 숟가락 맛이 나고, 등에는 퀴퀴한 땀이 끈적끈적하고 서늘하게 굳어 있고, 갈비뼈가 심하게 가렵고, 자신의 몸에서 나는 고약한 냄새를 자신도 맡을 수 있었다. 그는 부들부들 떨다가 누가 자신을 깨우려고 몸을 흔들고 있음을 깨달았다.

뭐야? 나카무라가 고함을 질렀다.

요즘 그는 잠을 잘 이루지 못했으므로, 한밤중에 꿈을 꾸다 느닷없이 억지로 깨어나고 보니 혼란스럽고 화가 났다. 우기의 비냄새가 먼저 그에게 다가오고, 곧이어 빗줄기가 땅바닥을 후려치는 소리가 들려왔다. 그 사이로 들리는 것은 자신의 이름을 불러대는 후쿠하라 중위의 듣기 싫은 목소리였다.

뭔가? 나카무라가 다시 고함을 질렀다.

눈을 뜨자 펄쩍 뛰듯이 움직이는 그림자들과 부르르 떠는 불빛이 보였다. 그는 자기 몸을 긁기 시작했다. 고무를 씌운 짓은 우비 망토가 후쿠하라의 어두운 얼굴을 향해 원뿔 모양을 그리며 검게 번들거렸다. 아무리 힘든 상황에서도 언제나 깔끔한 후쿠하라는 머리를 짧게 깎았으며, 물방울이 맺힌 뿔테 안경을 쓰고 콧수염을 길렀다. 뒤에서 등유 램프를 내밀고 있는 것은 도모카와 상등병이었다. 물에 푹 젖은 군모와 목 여밈 부분 때문에 무처럼 생긴 그의 머리가 도드라져 보였다.

도모카와 상등병이 보초를 서고 있었습니다, 소령님. 후쿠하라가 말했다. 그런데 어떤 트럭 운전수와 제9철도연대의 대령님이 막사로 걸어들어왔습니다.

나카무라는 눈을 비빈 뒤 팔꿈치를 긁었다. 힘이 너무 들어갔는지 그곳에 있던 딱지가 뜯어져서 피가 흐르기 시작했다. 눈에 보이지는 않지만, 자신의 온몸이 진드기투성이라는 것을 그는 알고 있었다. 사람을 무는 진드기들. 그들이 그의 겨드랑이, 등, 옆구리, 사타구니 등 사방을 물어댔다. 그는 계속 긁어댔지만, 진드기들은 더 깊이 파고들 뿐이었다. 아주 작은 진드기들이었다. 워낙 작아서 살갗 밑으로 들어가 물어댈 수 있을 정도였다.

도모카와! 그가 고함을 질렀다. 이것 보이나? 보이냐고!

그는 한쪽 팔을 올렸다.

도모카와는 후쿠하라를 몰래 흘깃 바라보고는 앞으로 나서서 램프를 들어올리고 나카무라의 팔을 살펴보았다. 그리고 뒤로 물러났다.

보이지 않습니다, 소령님.

진드기들 말이야!

보이지 않습니다, 소령님.

진드기들이 워낙 작아서 다른 사람은 아무도 보지 못했다. 그것이 녀석들의 지독한 특징 중 하나였다. 어떻게 살갗 속까지 파고들었는지 확실히 알 수는 없었지만, 놈들이 모공에 알을 낳으면 알이 살갗 밑에서 자라다가 부화하고, 그렇게 태어난 새끼들이 그곳에서 살다가 죽는 것 같았다. 그러니 긁어서 녀석들을 쫓아내야 했다. 시암의 진드기들은 과학자들도 모르는 존재였다.

그는 전에도 도모카와 상등병을 시켜 돋보기로 자기 몸을 조사한 적이 있었다. 그때도 이 바보 같은 놈은 아무것도 보이지 않는다고 말했다. 나카무라는 그것이 거짓말임을 알고 있었다. 후쿠하라는 진드기가 존재하지 않는다고, 진드기에 물린 것 같은 느낌은 필로폰 부작용이라고 말했다. 제가 알면 뭘 안다고. 이 정글에는 일찍이 아무도 보거나 경험하지 못한 것들이 수두룩했다. 언젠가 과학자들이 이 진드기들을 발견해서 이름을 붙이겠지만, 지금은 그저 참고 견디는 수밖에 없었다. 다른 많은 것들을 참고 견디듯이.

고타 대령님이 철도사령부에서 새로운 명령서를 가져왔습니다. 시암-버마 사이에 있는 스리파고다패스 구간으로 넘어가기 전에 소령님께 전달해야 한답니다. 후쿠하라가 말을 이었다. 고타 대령님은 지금 식당에서 식사중입니다. 최대한 빨리 소령님께 명령을 전하라는 지시를 받으셨다고 합니다.

나카무라는 침상 옆의 작은 야전탁자를 향해 떨리는 집게손가락을 흔들었다.

샤부.* 그가 중얼거렸다.

도모카와는 지휘관의 얼굴을 비추던 등유 램프를 휙 돌려서 탁자 위의 도면과 보고서와 작업지시서 위에서 흔들리는 거무스름한 그림자들을 찾아보았다. 많은 서류에 검은 곰팡이꽃이 피어 있었다.

후쿠하라, 열성적이고 젊은 후쿠하라, 나카무라에게 그 열성이 점점 부담스럽게 느껴지는 후쿠하라가 계속 말을 이어갔다. 오늘 온 트럭은 거의 통과하기 힘든 길을 열흘 만에 처음으로 지나온 트럭이라느니, 비가 내리고 있으니 아무래도 그 트럭이 마지막이 될 것 같다느니……

그래, 그래. 나카무라가 말했다. 샤부!

트럭은 3킬로미터 떨어진 곳에서 수렁에 빠져 있고, 고타 대령님은 토착민들이 트럭에 실린 보급품을 훔쳐갈지도 모른다고 걱정하고 있습니다. 후쿠하라 중위가 말을 마쳤다.

샤부! 나카무라가 이를 악물고 말했다. 샤부!

도모카와는 탁자 옆 의자 위에서 필로폰 병을 발견해 나카무라에게 건네주었다. 요즘 나카무라는 군대가 지급하는 메스암페타민† 외에 다른 것은 거의 섭취하지 않았다. 나카무라가 병을 살짝 기울여 흔들었지만 아무것도 나오지 않았다. 나카무라는 침상에 앉아 손에 쥔 빈 병만 빤히 바라보았다.

투지 함양을 위해서. 나카무라가 필로폰 병의 라벨에 군대가 적어놓

---

* 일본어로 '각성제'의 은어.

† 필로폰의 원래 이름.

은 설명을 멍하니 읽었다. 지금 자신에게 그 무엇보다 필요한 것은 잠이라는 사실을 그도 알고 있었지만, 지금 잠을 자는 것은 불가능한 일이라는 사실 또한 알고 있었다. 그는 밤새 한숨도 자지 못하고 고타를 만나 트럭을 가져올 방법을 찾는 한편, 그 와중에 본부가 정해준 불가능한 일정에 맞춰 자신이 맡은 구간의 철로공사 또한 마쳐야 했다. 그에게는 샤부가 필요했다.

그는 갑자기 오두막의 열린 문 밖으로 필로폰 병을 홱 던져버렸다. 병은 다른 것들과 마찬가지로 진흙과 정글과 무한한 밤이 있는 허공 속으로 아무 소리 없이 사라졌다.

도모카와 상등병!

예! 상등병은 이렇게 대답하고는 상관 두 명이 아무 말도 하지 않았는데도 바깥의 어둠 속으로 나갔다. 키가 작은 그의 몸이 살짝 절룩거렸다. 나카무라는 이마를 문질렀다.

그는 매일 공사를 진척시키기 위해 반드시 끌어모아야 하는 의지력을 생각했다. 처음에, 그러니까 최고사령부가 시암과 버마를 잇는 철로를 건설하겠다고 발표했을 때는 상황이 달랐다. 일본제국군 제5철도연대의 장교로서, 나카무라는 그 발표를 듣고 마음이 들떴다. 전쟁 전 영국과 미국이 모두 그 철로를 지으려고 조사해본 뒤 불가능하다고 발표했기 때문이었다. 일본군 최고사령부는 최대한 짧은 시간 안에 철로를 건설할 것이라고 발표했다. 나카무라는 이 역사적인 사업에서 자신이 작지만 의미 있는 역할을 한다는 사실에 기쁨을 느꼈고, 국가와 제국의 운명에 자신의 삶을 바친다는 사실에 자부심을 느꼈다. 엄청난 기쁨이고 엄청난 자부심이었다.

하지만 1943년 3월 수수께끼 같은 이 땅의 중심부에 발을 들여놓은 나카무라는 자신을 지금의 모습으로 만들어준 기반인 도시와 군중을 생전 처음으로 벗어나, 그런 곳에서 사람들이 지켜야 하는 기묘한 규칙들로부터 멀리 떨어져 있게 되었음을 깨달았다. 이곳에는 기술자, 군인, 경비병만 있었다. 그들은 군대의 규칙에 따라 움직였으며, 천황의 뜻의 화신이었고, 계획과 꿈과 의지로 화한 일본 정신이었다. 그들이 바로 일본이었다. 하지만 그들은 소수인 반면, 하급 인부들과 전쟁포로들은 다수였다. 정글은 날마다 조금씩 그들을 향해 좁혀 들어왔다.

나카무라는 이곳에서 자신의 삶이 미처 예상하지 못했던 기묘한 고독에 물들었음을 점점 더 강하게 느꼈다. 그리고 그 고독이 점점 더 신경에 거슬렸다. 이런 불안한 감정에 종지부를 찍기 위해 그는 일에 온몸을 던졌지만, 열심히 일할수록 일은 정신나간 방정식처럼 변할 뿐이었다. 우기가 와서 크게 불어난 강물은 급류가 되었다. 나무들이 잔뜩 떠가는 강을 통해 무거운 짐을 싣고 상류로 여행하는 것은 너무 위험한 일이었다. 도로는 고타 대령이 직접 보았듯이 거의 통행이 불가능한 상태였으므로, 보급품도 점점 줄어들어 이제는 거의 아무것도 오지 않는 상황이 되었다. 기계라고는 하나도 없고, 오로지 간단한 공구들뿐이었는데 그나마도 상태가 한심하기 그지없었다. 처음부터 부족해도 한참 부족하던 포로들은 이제 이미 죽어버렸거나 아니면 형편없는 상태로 죽어가고 있었다. 설상가상으로 일주일 전 콜레라까지 발생해서 시체 처리조차 쉽지 않은 일이 되었기 때문에, 철로공사에 투입해야 할 건강한 인력이 그쪽으로 빠져나갔다. 먹을 것은 그 어느 때보다 줄어들었고, 의약품은 거의 없었다. 그런데도 철도사령부는 그에게 계속 더 많은 것을 기대했다.

나카무라는 일본의 지도, 일본의 도면, 일본의 차트를 기반으로 의미도 목적도 없는 정글에, 병들어 죽어가는 포로들에게 일본의 질서와 일본의 의미를 확립하려고 애썼다. 그의 일은 인과가 분명치 않은 소용돌이, 점점 몸집을 불리며 속도를 높여 휭휭 돌아가는 커다란 소용돌이 같았다. 그 소용돌이에서 명령들이 날아왔다. 노무자와 포로들도 한없이 졸졸 흐르는 개울처럼 나타났다가 사라졌다. 콰이강이나 콜레라균처럼 앞으로 어떻게 될지 도무지 예측할 수 없었다. 가끔 일본군 장교가 하룻밤 머물면서 술을 마시며 가벼운 잡담과 새로운 소식을 알려줄 때도 있었다. 그럴 때면 그들은 일본의 명예와 결코 무너지지 않는 일본 정신과 곧 다가올 일본의 승리를 이야기하며 서로를 격려했다. 그러고 나면 이 막사를 찾은 장교들 역시 점점 길어지기만 하는 이 광기의 철로 어딘가에 있는 자기만의 지옥으로 사라져버렸다.

습기를 품은 바람이 오두막을 휩쓸고 지나가면서 야전탁자 위의 축축한 서류들을 헝클어놓았다. 나카무라는 손목시계의 야광바늘을 보았다. 공삼시였다. 기상신호가 울리기 두 시간 반 전. 그는 안달했다. 진드기들이 점점 더 심하게 그를 괴롭혔기 때문에 그는 점점 더 사납게 가슴을 긁어댔다. 후쿠하라는 명령을 기다리고 있었다. 나카무라는 도모카와 상등병이 상관을 대할 때 항상 그렇듯이 아첨에 가까울 만큼 공손한 태도로 다시 돌아와 꾸벅 인사하며 필로폰이 가득한 병을 내밀 때까지 아무 말도 하지 않았다.

그는 그 병을 움켜쥐고 필로폰 네 알을 꿀꺽 삼켰다. 예전에 두번째로 말라리아를 앓고 난 뒤, 여전히 기운이 전혀 없는데도 계속 일을 해야 하는 상황에서 그는 기운을 내려고 샤부를 몇 알 먹었다. 지금은 샤부가 음식보다도 더 필요한 물건이 되었다. 기계 하나 없이 황무지에 이런 철로를 건설하는 것은 초인간적인 임무였다. 샤부에서 기운을 얻은 그는 날이 갈수록 몸이 허약해지는데도 매일 훨씬 더 열성적으로 작업에 임할 수 있었다. 그는 병을 내려놓고 고개를 들어 자신을 바라보는 두 부하를 보았다.

필로폰 덕분에 이 열병을 이겨낼 수 있지. 나카무라는 갑자기 어색해졌다. 아주 좋은 약이야. 살갗을 물어대는 그 망할 진드기들도 막아주거든.

이른 아침의 멍한 기분이 벌써 마법처럼 사라지고 기민함과 활기가 솟는 것을 느끼며 나카무라는 두 부하가 시선을 떨어뜨릴 때까지 강렬하게 바라보았다.

필로폰은 그냥 진정제일 뿐이다. 나카무라가 말했다. 중국인이나 유럽인이나 인도인처럼 열등한 종족들만 진정제에 중독되는 거야.

후쿠하라가 맞장구를 쳤다. 후쿠하라는 정말 따분한 놈이었다.

필로폰은 우리가 발명한 겁니다. 후쿠하라가 말했다.

그래. 나카무라가 말했다.

필로폰에는 일본 정신이 표현되어 있습니다.

맞아.

나카무라는 자리에서 일어선 뒤 자신이 옷도 갈아입지 않고 잠자리에 들었음을 깨달았다. 심지어 진흙투성이 각반조차 종아리에 단단히 묶여 있었다. 비록 한쪽 다리의 고정 테이프가 풀려 있기는 했지만.

일본제국군은 천황 폐하의 일을 하는 데 도움이 되라고 우리에게 샤부를 주는 겁니다. 도모카와가 말을 덧붙였다.

그래, 그래. 나카무라는 이렇게 말하고 나서 후쿠하라에게 시선을 돌렸다. 포로 스무 명을 데리고 가서 트럭을 꺼내와라.

지금 말씀이십니까?

물론 지금이지. 나카무라가 말했다. 필요하다면 막사까지 줄곧 밀어서라도 가져오라고.

그다음에는요? 후쿠하라가 물었다. 포로들에게 하루 휴가를 줍니까?

그다음에는 철로로 가서 오늘의 일을 해야지. 나카무라가 말했다. 자네도 일어났고 나도 일어났으니 일을 계속하는 거야.

피부를 긁고 싶다는 생각이 점점 사라져갔다. 나카무라의 바지 속에서는 그의 물건이 부풀어오르고 있었다. 힘이 돌아오는 것 같아서 기분이 좋았다. 나카무라는 이미 밖으로 나가려고 몸을 돌린 후쿠하라를 불렀다.

자네는 기술자지. 나카무라가 말했다. 그러니 저들 모두를 천황 폐하에게 봉사하는 기계로 취급해야 한다는 걸 알 것이다.

나카무라는 샤부 덕분에 감각이 날카로워지고, 힘이 들어가지 않던 몸에 힘이 돌아오고, 의심과 불안이 자주 공격하던 곳에 확신이 생겨나는 것을 느꼈다. 샤부는 두려움을 없애주었다. 자신의 행동과 꼭 필요한 만큼 거리를 둘 수 있게 해주었다. 그를 총명하고 단단하게 만들어주었다.

만약 기계가 멈춘다면, 나카무라가 말했다. 그러니까 끊임없이 무력을 사용해야만 저들에게 일을 시킬 수 있다면, 그렇다면 무력을 사용하라.

진드기들이 살갗을 물어대는 느낌이 마침내 사라졌음을 그는 깨달았다.

9

그를 향해 걸어오는 남자는 거대한 무無의 윤곽선, 실루엣처럼 보였다. 그리고 그 무를 향해 도리고 에번스는 손을 내밀어 악수를 청했다.

키스 고모부시죠?

그의 커다란 몸이 쨍쨍 내리쬐는 한낮의 햇빛을 가리고, 머리는 어쿠브라* 모자의 암갈색 그림자 속에 숨어 있었다. 나이는 마흔 살이 조금 넘은 것 같았고, 전체적인 분위기는 위협적인 면이 없지 않았다. 위험하게 휘청거리는 전신주 같은 느낌이었다. 하지만 무엇이든 겉모습을 그대로 믿을 수는 없는 일이었다. 모든 것이 낡은 유리창을 통해 언뜻 보이는 모습처럼 구부러지고 휘어져 부르르 떨리고 있었다. 아스팔트 도로와 시멘트 도로 턱이 잔물결처럼 흔들리게 만드는 더위 때문이었다. 워러데일 연병장에서는 흙먼지가 날리고, 도리고 에번스는 함석 기둥을 세워 만든 반원형 막사 앞에서 키스를 기다리고 있었다.

고모부의 자동차인 신형 포드캐브리올레 오픈카에 올라탄 뒤 도리고 에번스는 키스 고모부의 덩치가 엄청 크다는 것, 얼굴이 아마도 쉰 살에 더 가까워 보인다는 것을 알 수 있었다. 그의 옆에는 자그마한 책

* 오스트레일리아의 모자 상표명.

러셀테리어 종의 개가 한 마리 있었는데, 그는 이 개를 미스 비어트리스라고 불렀다. 개는 키스 멀베이니의 덩치를 강조하기 위해 존재하는 것 같았다. 키스의 널찍한 등, 넉넉한 허벅지, 커다란 발 뒤에서 개는 쓰러진 샤무아*처럼 축 늘어져 있었다.

담배를 피우기에는 날이 너무 더운데도 그는 파이프 담배를 피웠다. 연기가 기묘한 미소를 짓고 있는 키스의 얼굴을 화환처럼 장식했다. 도리고는 그 미소가 그린 듯이 고정된 것이었음을, 인생이 결코 즐겁지 않다는 온갖 증거에도 불구하고 이 세상에서 유쾌함을 찾아내고야 말겠다는 결연한 표정이었음을 나중에야 깨달았다. 키스의 목소리가 조금 높은 편이라서 도리고의 귀에 십대 소년처럼 들렸다는 점만 아니라면, 키스의 모든 것이 위협적으로 느껴졌을지도 모른다. 그런데 그 목소리는 참을 수 없이 강렬한 애들레이드의 더위처럼 도무지 그칠 줄을 몰랐다. 도리고 에번스는 키스 멀베이니가 자기만의 세상에서 살고 있으며 그 세상의 중심은 그의 호텔, 시의원이라는 그의 지위, 그리고 그의 아내, 이렇게 세 가지임을 분명히 알 수 있었다.

해안을 향해 가면서 키스는 자신의 호텔에 대해 한탄을 늘어놓았다. 도리고가 보기에는 자신의 일을 사랑해서 열정을 쏟는 사람들이 그 일에 대해 한탄하는 것 같은 태도였다. 그는 한숨처럼 바람이 새는 소리를 내며, 자동차 여행자들이 자신에게는 성공의 요인이자 고민의 원인이기도 하다고 말했다. 자동차 여행자들은 화장실과 식사에 대해 투덜투덜 우는소리를 하고, 어느 날은 팔십 명이 한꺼번에 나타나 식사를

* 남유럽과 서남아시아에 사는 영양의 일종.

요구하는가 하면, 그다음주 일요일에는 아프간 비스킷을 몇 개만 팔아도 운이 좋을 만큼 발길을 끊는다는 것이었다. 그놈의 자동차 여행자들은 항상 우는소리를 해. 자기네 자동차협회나 그 엄청나게 잘나빠진 자동차클럽에 대고 호텔 화장실 상태가 안 좋다는 둥, 비누가 더럽다는 둥 한다고. 자동차를 타고 다니는 놈들은 항상 징징거려. 놈들보다 더 나쁜 것들을 꼽으라면 딱 하나밖에 없어. 외판원들. 오늘도 어떤 사람이 브롬화물과 아스피린을 파는 일을 한다며 방을 사무실로 빌리고 싶다고 했는데, 내 생각에는 섹스 일인 것 같아.

섹스 일이요?

그 왜, 여자들 몸이 어쩌고저쩌고, 애를 안 낳는 게 어쩌고저쩌고 하는 것 말이야. 프랑스어 문서들이랑, 영국의 자유사상 팸플릿 같은 것. 알잖아.

그렇죠. 하지만 조카 도리고 에번스의 말투에 믿음이 없었기 때문에, 고무부 키스는 킹오브콘월에 대한 다른 사람들의 평가를 들려줘야 한다고 생각했다. 그 호텔은 도덕의 소용돌이가 아니라는 평가.

뭐, 난 마음이 넓은 사람이다, 도리고. 키스 멀베이니가 말을 이었다. 하지만 킹오브콘월이 멜버른의 주간지 『트루스』와 애들레이드 법원을 통해 애들레이드의 그런 장소로 알려지는 건 싫어. 점잖은 척하려는 게 아니야. 손님이 아내가 아닌 여자와 방에 있을 때는 반드시 방문을 열어두어야 한다고 고집을 피우는 미국 호텔들과는 달라.

그런데 말이다. 그가 불쑥 말했다. 불륜과 호텔 숙박업이라는 주제에 흥이 돋은 모양이었다. 미국에서는 고향에 이런 광고가 나붙을 위험이 있어. 관계자분께, 아무개씨가 왓스토리아에 있는 위스테리아 호텔의 한 방에서 아내가 아닌 여자분을 즐겁게 해주셨다는 이유로 퇴거 요청을 받았습니다. 말이 되나, 이게? 남녀를 자기네 호텔 방에 들여놓고는 나중에 이렇게 동네방네 알리겠다고 협박을 하다니. 거기 호텔들은 스탈린이 이끄는 망할 놈의 소련과 비슷해.

그는 이어서 도리고의 가족들에 대해 이야기했지만, 그가 크리스마스카드에 톰이 적은 내용에서 알아낸 사실들은 대부분 한참 지난 소식이었다. 다행히 미스 비어트리스가 쌩쌩 스쳐가는 바람을 물어뜯으려다가 창밖으로 떨어질 뻔하는 바람에, 도리고는 어머니가 이미 돌아가셨다는 사실을 뒤늦게야 알리는 난처한 일을 피할 수 있었다. 키스는 질풍에 쓰러진 나무처럼 운전대 위로 몸을 기울인 채 앉아 있었다. 그의 커다란 손은 점쟁이의 수정구를 만지듯이 끊임없이 운전대를 위아래로 쓰다듬었으며, 뭘 찾기라도 하려는 것처럼 애들레이드의 길고 곧고 평탄한 도로를 계속 바라보았다. 어쩌면 자신을 계속 살게 해줄 환상을 찾고 싶은 것인지도 몰랐다.

도로에는 다른 차가 거의 없었다. 곧고 평탄하게 뻗은 도로와 아지랑이처럼 이글이글 피어오르는 더운 공기뿐이었다. 키스 멀베이니는 끊임없이 이야기를 했다. 침묵이 두렵거나, 아니면 도리고의 질문이 두려운 사람 같았다. 그는 도리고에게 질문을 던졌을 때도 곧바로 자기가 대답하곤 했다. 그리고 자신이 시의회에서 하수시설에 관한 시장의 제안 때문에 계속 싸움을 벌이고 있다는 이야기를 자주 꺼냈다. 결국 도리고는 창밖을 빤히 바라보며 젖은 손을 내밀어 바람을 맞았고, 키스는 도리고가 흥미를 잃었다는 사실을 까맣게 모른 채 그에게 질문을 던지고는 곧바로 스스로 대답하기를 반복했다. 그가 대답을 내놓을 때마다 짓는 미소는 반대 의견을 결코 참지 않겠다고 말하는 것 같았다. 에이미의 이름은 가끔 연주에 끼어드는 클라리넷 독주처럼 주기적으로 등장했다.

현대적인 여자야. 아주 현대적이지. 활달하고. 일을 정말 잘해. 하지만 전쟁 때문에 이제 모든 게 달라졌다. 모든 게 무너지고 있어, 전쟁 때문에. 전쟁 전에는 이런 걸 한 번도 못 봤지? 안 그래?

글쎄요……

그래, 못 봤을 거야. 런던 공습만 문제가 아니야. 그럼. 일 년 전만 해도 스캔들이 되었을 일을 지금은 사람들이 두 번도 생각 안 해. 난 현대적인 사람이다. 그래도 가족들이 있어서 에이미가 점잖은 사람들과 어울릴 수 있다는 게 고마워.

그린 듯 고정된 미소를 짓고 있는데도 그는 엄청나게 불행해 보였다.

며칠 전 밤에 에이미가 티피라는 빨간 머리 여자랑 같이 있었는데, 정말 참을 수 없는 여자야.

티피요?

그래, 티피. 아는 여자니?

뭐……

내가 뭘 물은 거람. 그건 잉꼬한테나 붙이는 이름이잖아. 하필이면 망할 시의회 회의가 있는 날이라서 난 밤에 집을 비워야 돼. 몇 시간 거리에 있는 골러까지 가야 하니까. 오늘밤에. 같이 있어주지 못해서 정말 미안하구나. 이런 일이 생길 줄이야. 시장이 나더러 우리 대표로 나서달라지 뭐냐. 왜 그러는 건지.

제 생각에는……

도무지 이유를 모르겠다. 어쨌든 에이미가 널 맞아줄 거야. 아니, 솔직히 너한테 에이미를 맡길 수 있어서 다행이지 싶다. 괜찮지?

대답이 무의미한 일이었으므로, 도리고는 마침내 대답하려는 시도를 포기했다.

어쨌든 좀 쉴 수는 있을 거다. 키스 멀베이니가 말했다. 군대 침상보다 좋은 침대에서.

킹오브콘월에 도착한 뒤 키스는 도리고를 사층에 있는 방으로 데려갔다. 해진 융단이 깔려 있는 웅장한 계단을 오르던 그들은 더러운 침대보가 든 가방을 들고 위에서 내려오는 에이미와 마주쳤다. 도리고는 묘하게 마음이 들뜨는 것을 느꼈다. 부정할 수 없는 사실이지만 또한 부적절한 일이기도 했다. 에이미는 남편을 흘깃 보았다. 도리고는 그 시선에 보통 다른 사람들에게는 내보이지 않는 친밀한 순간들이 복잡하게 엉켜 있는 것을 언뜻 보았다. 함께 나눈 잠자리, 서로의 체취와 소리, 사랑스럽거나 갑갑한 버릇들, 크고 작은 기쁨과 슬픔…… 두 사람을 마침내 하나로 만들어주는 평범한 재료들이었다.

뒤로 넘겨서 하나로 묶은 그녀의 머리카락이 안마당의 햇빛을 받아 루비가 섞인 황금색을 띠었다. 고모부가 도리고를 에이미에게 소개하는 동안, 아무것도 공모한 적이 없는 두 사람 사이에 공범자 의식이 자리를 잡았다. 그는 에이미의 얼굴이 부자연스러울 정도로 빛나고 있음을 한눈에 알아차렸다. 흘러내린 머리카락이 오른쪽 귀 앞으로 송어처럼 날아와 내려앉았다. 도리고는 자신과 에이미가 서점에서 만난 그날의 일에 대해 한마디도 하지 않기로 말없이 동의했음을 이해했다.

저, 에이미. 키스가 말했다. 우리 손님을 즐겁게 해줄 준비는 돼 있지?

에이미는 어깨를 으쓱했다. 도리고는 수레국화 같은 파란색 블라우스 속에서 살짝 움직인 그녀의 젖가슴을 의식했다.

비비언 리 좋아하세요? 에이미가 말했다. 비비언 리가 나온 새 영화 〈워털루 다리〉가 시내에서 상영되고 있어요. 그걸 보고……

이미 봤습니다. 도리고가 말했다. 하지만 실제로는 보지 않았기 때문에 자신이 정말 못된 남자라는 생각이 문득 들었다. 머릿속이 와글와글 소란했다. 저 여자와 둘이 있는 것이 무서운가? 저 여자에게 자신이 영향을 미칠 수 있음을 증명하려는 건가?

그것 안타깝군. 키스가 말했다. 하지만 영화가 그것밖에 없겠어?

도리고는 이제 자신을 이해할 수 없었다. 자신이 왜 그런 말을 했는지도. 하지만 이미 그 말을 해버렸고, 곧이어 그의 귀에 뜻밖의 말을 하는 자신의 목소리가 또 들려왔다.

하지만 다시 봐도 좋을 것 같군요.

밀고, 당기고. 앞으로도 이런 패턴이 이어질 터였다.

에이미는 또 어깨를 으쓱했다. 도리고는 그녀에게서 억지로 눈을 떼어 계단을 바라보았다. 곧 한 층 아래에서 에이미가 다시 그의 시야에 들어왔다. 그녀의 손가락들이 니스를 칠한 난간을 쓸 듯이 움직이고 있었다. 그녀가 계단을 다 내려가 허공 속으로 사라지는 동안, 도리고의 눈은 출렁거리는 그녀의 머리채를 따라갔다.

10

그날 저녁 도리고 에번스가 혹시나 하고 짐작했던 많은 일 중에, 힌들리 거리 근처에 있는 나이트클럽으로 끌려가는 일은 포함되어 있지 않았다. 에이미는 그에게 이미 본 영화라면 다음에 어떤 장면이 나올지 모두 알고 있을 테니 영화를 보는 재미가 도통 없을 것이라고 말했다. 도리고는 군복 차림이었고, 에이미는 동양식 살구색 셔츠에 헐렁한 검은색 실크 바지를 입었다. 마치 물이 흐르는 듯한 느낌을 주는 옷차림이었다. 그의 눈에 그녀의 몸은 아주 뚜렷하고 강하게 보였다. 그리고 항상 미끄러지듯이 움직이는 것 같았다.

절대 다음을 모르는 게 중요한 거예요. 에이미가 말했다. 안 그래요?

그는 아무 생각이 없었다. 아는 것도 없었다. 나이트클럽은 커다란 방에 온통 암막 커튼을 치고 흐릿한 조명을 켜둔 곳이었다. 그림자들과 군복들이 가득했다. 도리고는 효모와 비슷한 냄새가 나는 것을 알아차렸다. 봄철 잡초의 살짝 취한 것 같은 냄새였다. 두 사람은 스윙 악단의 연주를 들으며 마티니를 마셨다. 묘한 흥분이 공기중에 섞여 있었다. 얼마 뒤 집안의 불들이 모두 꺼지고, 악단원들이 각자 악보대에 양초를 켰다. 웨이터들은 테이블 위의 양초에 불을 붙였다.

왜 양초를 켜는 겁니까? 도리고가 물었다.

두고보면 알아요. 에이미가 말했다.

그녀는 자신에 대해 이야기했다. 나이는 그보다 세 살 어린 스물네 살이고, 시드니의 백화점에서 일하다가 몇 해 전 이곳으로 옮겨와 킹오브콘월의 바에서 일하다가 키스와 만났다고 했다. 그는 엘라에 대해 이야기해주었다. 그런데 단어 하나하나가 자신의 진정한 감정에 반하는 변명이자 자신의 모든 것에 대한 배신처럼 들렸다. 하지만 그는 이런 느낌을 무시해버렸다.

도리고는 자신과 에이미 사이의 선이 절대적이라고 속으로 되뇌었다. 두 사람은 친구 사이였으며, 그녀의 남편이자 그의 고모부인 키스와 그의 약혼녀가 될 엘라가 양편에서 이 관계를 기둥처럼 지탱하고 있었다. 그는 이 점에 크게 마음이 놓여서 에이미 앞에서 긴장을 풀 수 있는 것 같았다.

그녀와 함께 있는 것이 말로 설명할 수 없을 만큼 즐거웠다. 아주 오랫동안 이렇게 행복했던 적이 없는 것 같았다. 그는 점점 더 호기심을 불러일으키는 상대의 얼굴에서 촛불 그림자들이 뛰어오르는 것을 지켜보았다. 아주 기묘한 느낌이었다. 서점에서 그녀를 처음 만났을 때 그의 머릿속에 그토록 깊은 흔적을 남긴 것은 그녀의 외모가 아니었지만, 지금은 그녀보다 더 아름다운 여자가 있을 것 같지 않았다. 에이미와 가까이 있는 것이 즐거웠다. 다른 남자들이 그녀를 그의 여자로 크게 착각하고는 부러운 듯이 탐욕스럽게 그녀를 바라보는 시선도 마음에 들었다. 물론 그는 그녀가 자신의 것이 아니라고 속으로 되뇌었지만, 기분은 나쁘지 않았다. 우쭐한 기분이었다.

어쩌다보니 두 사람은 해군 장교들과 이야기를 나누게 되었지만, 그 장교들은 나중에는 두 사람만 남겨두고 테이블의 반대편 끝으로 자리를 옮겨 다른 사람들과 대화를 시작했다. 에이미가 앞으로 몸을 기울여 그의 손을 자신의 손으로 덮었다. 그는 그 손을 내려다보았다. 이것이 무슨 의미인지 알 수 없었다. 지극히 어색했지만, 그는 자신의 손을 빼내지 않았다.

무슨 뜻입니까? 도리고가 물었다.

이제 보니 그녀도 손을 내려다보고 있었다.

아무것도 아니에요. 그녀가 말했다.

그녀의 손길에 그는 전기에 감전된 듯 꼼짝도 하지 못했다. 소음과 담배 연기와 부산한 분위기 속에서 그가 확실히 느낄 수 있는 것은 오로지 그 손뿐이었다. 이 우주와 세상, 그의 인생과 몸, 모든 것이 그녀의 손과 닿은 그 지점, 전기가 통한 것 같은 그 지점에 집중되었다. 그는 그녀와 함께 자신들의 손을 빤히 바라보았다. 하지만 여기에 아무 의미도 없을 것이라고 짐작했다. 반드시 아무 의미도 없어야 하기 때문이었다. 그의 손을 덮은 그녀의 손. 그녀의 손에 쥐어진 그의 손. 이것을 다른 눈으로 바라보는 건 잘못이었다. 내일이 되면 그는 다시 약혼을 앞둔 그녀의 조카가 될 것이고, 그녀는 고모부의 아내가 될 것이다. 하지만 틀림없이 의미가 있을 텐데…… 그는 필사적으로 생각했다.

아무것도 아니라고요? 그녀의 말을 되풀이하는 자신의 목소리가 들렸다.

그는 느긋해지려고 했지만, 그녀의 손길에 들뜬 마음을 가라앉힐 수 없었다. 그녀가 집게손가락으로 그의 손등을 훑었다.

난 키스의 여자예요. 그녀가 말했다.

그러고는 그의 손을 또 멍하니 바라보았다.

그렇죠. 그가 말했다.

하지만 그녀는 그의 말을 듣고 있지 않았다. 자신의 손가락과 그 손가락의 긴 그림자를 지켜보았다. 그는 그녀를 지켜보았다. 그녀가 자신의 말을 듣고 있지 않다는 사실은 이미 알고 있었다.

그렇죠. 그가 말했다.

그녀의 손길이 느껴졌다. 그 느낌이 그의 온몸을 훑고 지나가자 그의 머릿속에는 다른 생각이 하나도 남지 않았다.

그리고 당신은. 그녀가 말했다. 당신은 내 것이에요.

그는 화들짝 놀라서 시선을 들었다. 그녀 때문에 이렇게 놀란 것이 벌써 두번째였다. 그리고 역시 두번째로 그는 묘한 두려움을 느꼈다. 그녀가 결코 그를 놀리려는 것이 아니라, 묘하게 솔직한 태도로 진심을 내보이고 있다는 사실이 서서히 머릿속에 들어왔다. 그 의미가 그를 두렵게 했다. 하지만 그녀는 여전히 자신의 손가락을, 반쯤 비운 잔들 사이에 함께 있는 두 사람의 손을, 자신이 그린 원들을 바라보고 있었다.

뭐라고요?

그제야 그녀가 시선을 들었다.

내 말은, 당신이 엘라의 사람이라는 뜻이에요. 그녀가 말했다. 하지만 오늘밤은 아니에요. 오늘밤 당신은 내 것이에요.

그녀가 가볍게 웃었다. 이 모든 것에 아무런 의미도 없다는 듯이.

말동무로서요.

그녀는 손을 들어 어이없다는 듯 귀 뒤에서 흔들어댔다.

내 말이 무슨 뜻인지 알잖아요.

아니, 몰랐다. 그는 짐작도 할 수 없었다. 흥분과 두려움이 동시에 느껴졌다. 그녀의 말에 아무런 의미도 없다는 흥분, 그녀의 말에 모든 의미가 들어 있다는 두려움. 그녀의 말은 교묘했고, 그는 길을 잃었다.

테이블 위의 양초들을 웨이터들이 끄는 동안 악단이 〈올드 랭 사인〉

을 스윙왈츠로 연주했다. 만났다 헤어지고, 원이 만들어졌다가 다시 갈라지는 기억이 만들어지는 순간이었다. 악단원들은 연주를 하면서 몇 마디마다 차례로 앞으로 몸을 기울여 악보대 위의 촛불을 껐다.

도리고는 자신이 에이미와 춤을 추고 있음을 깨달았다. 무도장이 서서히 어둠에 잠기는 동안 어찌 된 영문인지 그녀가 그의 어깨에 머리를 기댔다. 그녀의 몸이 나긋나긋하게 함께 춤을 추자고 그의 몸에게 권유하는 것 같았다. 그의 몸이 조심스레 그녀의 몸속으로 녹아들어가는 동안 그는 또다시 이건 아무것도 아니라고, 아무 의미도 없다고, 아무 일도 없을 것이라고 속으로 되뇌었다.

뭘 그렇게 중얼거려요? 그녀가 물었다.

아무것도. 그가 속삭였다.

두 사람의 몸은 원을 그리고 돌면서 서로에게 기대어 묘한 평화를 얻었지만, 그것은 또한 무엇보다 무서운 기대와 긴장이기도 했다. 그는 자신의 목에 아주 약한 산들바람처럼 와닿는 그녀의 숨결을 느꼈다.

마지막 촛불이 꺼지고 어둠이 내리자 창문의 커튼들이 갑자기 아래로 확 떨어졌다. 사람들이 놀라서 숨을 집어삼키는 가운데, 보름달이 방안으로 흘러들어왔다. 이제 왈츠는 대단원을 향했다. 도리고는 이 모든 일이 결코 자신의 것이 되지 못할지도 모른다고 모두가 두려워하는 미래에 대한 기묘한 향수鄕愁였음을 깨달았다. 내일은 이미 예언되었으므로, 변할 수 있는 것은 오늘밤뿐인 것 같았다.

수은 같은 달빛과 파란 잉크 같은 그림자 속에서 커플들이 서서히 떨어져 박수를 쳤다. 잠시 그녀와 눈을 마주친 도리고는 그녀와 키스를 할 수도 있음을 깨달았다. 그녀의 그림자 속으로 조금만 몸을 기울이면 그는 영원히 그곳에 빠질 것이다. 하지만 그는 이내 자신들의 위치를 기억해내고, 키스를 하는 대신 그녀에게 술을 한잔 더 하겠느냐고 물었다.

집에 가요. 그녀가 말했다.

11

호텔에 도착한 뒤 그녀는 자신이 키스와 함께 살고 있는 방으로 그를 데려갔다. 그는 적갈색 안락의자에 앉았다. 의자의 등받이 덮개에서는 키스의 포마드 냄새가 났고, 무늬를 넣어 짠 천으로 만든 의자 커버에서는 그의 파이프 담배 냄새가 났다. 에이미는 그에게 들려주고 싶다던 레코드를 축음기에 놓고 바늘을 올린 뒤 도리고의 의자 팔걸이에 앉았다. 피아노가 노닐고 색소폰은 바다에서 불어오는 산들바람과 함께 밀려왔다 밀려갔다. 바람이 레이스 커튼을 흐트러뜨린 뒤 노래가 시작되었다.

> 아파트 옆집에서 맑게 울리는 피아노 소리
> 내 마음을 당신에게 말해주는
> 비틀거리는 단어들
> 그림이 그려진 장터의 그네들
> 이 한심한 것들이
> 당신을 떠올리게 해.

레슬리 허친슨*이에요. 그녀가 말했다. 아무래도 이 사람은, 그러니까, 왕실의 숙녀들과 친숙한 모양이에요.

친숙하다고요?

그녀는 미소를 지었다.

네. 그녀가 그를 바라보며 아주 조용히 말했다. 친숙해요.

그녀가 목구멍에서 울려나오는 소리로 다시 웃음을 터뜨렸다. 그는 저렇게 온몸으로 웃는 것 같은 느낌, 커다란 영혼의 느낌이 정말 좋다는 생각이 들었다.

노래가 끝났다. 그는 일어서서 방을 나가려고 했다. 그녀가 다시 레코드를 올렸다. 그는 작별인사를 했다. 그리고 문간에서 몸을 기울여 그녀의 뺨에 예의바르게 입을 맞췄다. 그런데 그가 물러나려고 하자 그녀가 그의 목에 얼굴을 기댔다. 그는 그녀의 고개가 멀어지기를 기다렸다.

가봐야 되죠? 그녀가 속삭이는 소리가 들렸다. 하지만 그녀는 얼굴을 떼지 않았다.

축음기 바늘이 레코드 끝 부분을 빙빙 돌면서 칙칙 소리를 냈다.

네. 그가 말했다.

그리고 기다렸지만 아무 일도 일어나지 않았다.

바늘은 여전히 레코드의 홈에 갇힌 채 모래가 긁히는 것 같은 소리를 어두운 밤공기 속으로 흘려보냈다.

네. 그가 말했다.

그리고 기다렸지만 그녀는 움직이지 않았다. 얼마 뒤 그가 한 팔로

---

* 1920~1930년대 카바레 스타로, '허치Hutch'로 불리며 피아노 가수로서 명성을 떨쳤다.

그녀를 가볍게 감쌌다. 그녀는 몸을 떼지 않았다.

곧 가야죠. 그가 말했다.

그리고 숨을 죽이고 있자니 그녀가 아주 살짝 몸을 밀착하는 것이 느껴졌다. 그는 움직이지 않았다.

에이미?

네?

그는 감히 대답할 수 없었다. 숨을 내쉬며 균형을 제대로 잡으려고 발을 움직였다. 무슨 말을 해야 할지 도무지 알 수 없었다. 무슨 말이든 한마디만 더 하면 이 섬세한 균형이 망가질까봐 걱정스러웠다. 그는 손을 아래로 내려 허리를 더듬으며 그녀가 손을 밀어내기를 기다렸다. 하지만 그녀는 이렇게 속삭였다.

아미. 프랑스어로 친구라는 뜻이에요.

그의 다른 손이 멋진 곡선을 그리고 있는 그녀의 엉덩이를 찾아냈다.

내가 어렸을 때 어머니가 가르쳐주셨어요. 그녀가 말했다.

그녀는 엉덩이에 닿은 손도 밀어내지 않았다.

에이미, 아미, 아무르. 어머니는 날 이렇게 불렀어요. 에이미, 친구, 사랑.

승리의 공식이군요. 도리고가 말했다.

그녀가 고개를 움직여 그의 목에 입술을 댔다. 그의 살갗에 그녀의 숨결이 느껴졌다. 그는 이제 단단해진 자신의 몸으로 그녀의 몸을 느낄 수 있었다. 그녀도 틀림없이 그것을 느끼고 있을 것이라고 생각하니 당황스러웠다. 이 마법 같은 상태가 깨질까봐 어느 쪽으로도 감히 움직일 수 없었다. 이것이 무슨 의미인지, 자신이 어떻게 해야 할지 분명하지 않았다. 키스는 엄두가 나지 않았다.

12

도리고는 따뜻한 손이 그의 다리를 슬슬 기어오르는 것을 느끼고 불에 덴 듯이 화들짝 정신을 차렸다. 이른 아침의 햇빛이 자신의 방을 가로지르고 있음을 깨달은 것은 조금 뒤의 일이었다. 문 아래에서 발견한 에이미의 쪽지에는 오후 중반까지 호텔 일 때문에 바쁠 거라고 적혀 있었다. 점심시간에 결혼피로연이 있어서 작별인사를 할 수 없을 것 같다는 내용이었다.

그는 몸에 수건을 감고 넓은 발코니로 나가 담배에 불을 붙인 뒤 의자에 앉아 빅토리안 아치를 통해 잔물결을 일렁이며 한없이 뻗어 있는 남극해를 바라보았다.

아무 일도 없었던 거예요. 그가 어젯밤 방을 나설 때 그녀가 한 말이었다. 정확히 이렇게 말했다. 둘이서 포옹을 했는데, 그녀는 그것이 아무 일도 아니라고 말했다. 그러니 그에게도 의미 있는 일이 될 리 없었다. 포옹 외에는 아무 일도 없었다. 그건 사실이었다. 서점에서도 아무 일도 없었다. 포옹을 하지 않았느냐고? 사람들은 장례식에서 그보다 더한 행동도 한다.

에이미, 아미, 아무르. 그는 작게 속삭였다.

아무 일도 없었지만 모든 것이 변했다.

그는 추락하고 있었다.

파도가 부서지는 소리와 희미하게 반짝이는 모래사장 소리에 귀를 기울이며 추락하고 있었다. 약한 산들바람이 이른 아침의 긴 그림자들 속에서 솟아올랐지만 그는 여전히 추락하고 있었다. 추락하고 또 추락해서 구속 없는 자유를 얻은 것 같았다. 그것이 무엇이든 그녀만큼이나 정체를 알 수 없고 당혹스러웠다. 거기까지는 그도 알 수 있었다. 하지만 이 끝이 어딘지는 알지 못했다.

그는 흥분, 혼란, 결의를 느끼며 일어섰다. 그리고 담배를 던져버리고 옷을 입으려고 안으로 들어갔다. 아무 일도 없었지만 뭔가가 시작되었음을 그는 알고 있었다.

13

그는 부대로 돌아와 질서와 규율을 지키는 생활을 다시 시작했다. 하지만 도리고에게 이 생활은 이제 껍데기에 불과했다. 좀처럼 현실감이 없었다. 사람들이 다가와 많은 이야기를 했지만 그 어느 것도 흥미롭지 않았다. 그들은 히틀러, 스탈린, 북아프리카, 런던 대공습을 이야기했다. 에이미를 이야기하는 사람은 아무도 없었다. 그들은 군수품, 전략, 지도, 일정표, 사기士氣, 무솔리니, 처칠, 힘러를 이야기했다. 그는 에이미! 아미! 아무르!를 외치고 싶어 미칠 지경이었다. 그들의 목덜미를 붙들고 무슨 일이 있었는지, 자신이 그녀를 얼마나 갈망하는지, 그녀 때문에 무엇을 느꼈는지 말하고 싶었다.

하지만 모두에게 들려주고 싶은 마음이 아무리 간절하다 해도, 감히 누구에게도 알릴 수 없었다. 그들의 지루한 대화, 그들이 에이미를 모른다는 사실, 그와 그녀가 서로에게 느낀 열정이 그의 경솔함을 막아준 보험이었다. 그들이 그와 에이미의 일을 입에 담기 시작하는 날이 곧 둘 사이의 은밀한 열정이 공개적인 비극으로 변하는 날이었다.

그는 책을 읽었다. 하지만 마음에 드는 책이 하나도 없었다. 그는 책에서 에이미를 찾으려고 했다. 그녀는 거기에 없었다. 파티에도 갔지만 지루하기만 했다. 그는 거리를 걸으며 낯선 사람들의 얼굴을 지그시 바라보았다. 에이미는 거기에도 없었다. 무한한 경이를 지닌 세상이 그에게는 따분했다. 그는 에이미를 찾으려고 자기 인생의 구석구석을 뒤졌다. 하지만 어디서도 에이미를 찾을 수 없었다. 그러다가 그는 에이미가 고모부와 결혼한 여자이므로 자신의 열정은 미친 짓이며 미래가 없음을 깨달았다. 자신의 감정이 무엇이든 반드시 끝내야 했다. 반드시 그가 끝내야 했다. 이것이 이성적인 결론이었다. 자신의 감정을 어떻게 할 도리가 없으므로, 감정을 행동으로 옮기는 일은 반드시 피해야 한다는 것. 그녀를 만나지만 않으면, 그가 잘못된 행동을 할 위험이 없었다. 그래서 그는 다시는 에이미를 만나러 가지 않기로 결심했다.

그다음에 육 일간 휴가를 얻었을 때 그는 고모부의 호텔로 가는 대신 야간열차를 타고 멜버른으로 가서 엘라를 위한 선물과 나들이에 가진 돈을 전부 썼다. 그녀에게 푹 빠져서 에이미와의 기묘한 만남에 대한 기억을 몰아내고 싶었다. 엘라는 그의 얼굴과 눈을 탐욕스럽게 바라보곤 했다. 그녀가 그의 얼굴과 눈에서 자신과 똑같은 허기를 찾아내려고 애쓰는 것이 눈에 보였기 때문에 그는 내심 걱정이 점점 커지다 못해 때로는 거의 두려움을 느꼈다. 예전에는 아름답고 이국적으로 보이던 얼굴이 지금은 상상조차 할 수 없을 만큼 지루하게 보였다. 처음에 매혹적이라고 생각했던 그녀의 검은 눈이 지금은 암소처럼 경솔하게 남을 믿어버리는 것처럼 보였다. 그는 그런 생각을 하지 않으려고 애썼지만 그래도 자꾸 생각이 났기 때문에 점점 더 심한 자기혐오에 빠졌다. 그래서 새로이 결심을 다지고 그녀의 품에, 그녀와의 대화에, 그녀의 두려움과 농담과 이야기에 자신을 던졌다. 이런 친밀함이 궁극적으로 에이미 멀베이니에 대한 모든 기억을 짓눌러주면 좋을 텐데.

마지막 밤에 두 사람은 엘라의 아버지가 속한 클럽에 저녁식사를 하러 갔다. 거기에서 만난 공군 소령은 농담과 이야기로 엘라를 몇 번이나 웃게 했다. 그가 근처 나이트클럽에 가겠다며 일어서자 엘라는 그가 정말 재미있는 사람이라며 도리고에게 함께 가자고 간청했다. 도리고는 질투도 감사도 아니고, 이 둘이 묘하게 뒤섞인 감정을 느꼈다.

난 사람들과 같이 있는 게 좋아요. 엘라가 말했다.

난 곁에 있는 사람들이 많을수록 더 외로워지는데. 도리고는 속으로 생각했다.

14

이제는 포로들이 깨어나기도 전, 경비병과 기술자들 대부분이 깨어나기도 전, 심지어 해도 뜨기 몇 시간 전부터 하루가 시작되었다. 나카무라가 젖은 밤공기를 들이마시며 진흙탕 속을 성큼성큼 걷다보면 악몽이 점차 사라지고 메스암페타민이 그의 심장과 머리에 시동을 걸면서 기분좋은 기대가 밀려왔다. 오늘, 이 막사, 이 세상을 좌지우지하는 사람이 그였다. 그는 후쿠하라의 말대로 빈 식당에서 대나무 식탁에 앉아 생선 통조림을 먹고 있는 고타 대령을 발견했다.

대령은 키가 거의 오스트레일리아인만큼 크고 몸이 건장한 사람이었지만, 얼굴은 딴판이었다. 나카무라가 보기에는 상어 지느러미처럼 생긴 코 양편에서 얼굴이 꺼지듯이 축 처져서 주름진 뺨까지 자글자글 흘러내리는 것 같았다.

고타는 가벼운 인사말은 생략해버리고 곧바로 본론으로 넘어가서 아침에 교통편이 마련되는 대로 떠나겠다고 말했다. 그리고 물에 흠뻑 젖은 가죽 가방에서 기름 먹인 방수 서류철을 꺼내 타자기로 작성한 한 장짜리 명령서와 여러 장의 도면을 내놓았다. 서류들이 어찌나 물기를 먹었는지 서류를 읽는 나카무라의 손가락에 돌돌 감길 정도였다. 명령서는 복잡하지도 반갑지도 않았다.

첫번째 명령은 기술적인 것으로, 길닦기 작업이 이미 절반쯤 끝났는데도 철도사령부가 나카무라의 원래 계획을 바꿨다는 내용이었다. 본부는 철로 건설을 위해 깎고 있는 길의 폭을 삼분의 일 정도 확대하기를 원했다. 다음 구간과의 경사도 문제 때문이었다. 이렇게 폭을 넓히려면 삼천 세제곱미터에 달하는 바위를 더 잘라내서 운반해야 할 터였다.

도모카와가 두 사람에게 시큼한 차를 따라주는 동안 나카무라는 몸을 숙여 각반 끈을 다시 묶었다. 정글을 개간하는 데 필요한 톱과 도끼가 충분하지 않았다. 포로들이 망치와 정만으로 바위를 잘라내고 있는 형편이었다. 심지어 정도 제대로 된 것이 없고, 끝이 무뎌지더라도 연료가 모자라서 그것들을 불에 달궈 다시 날카롭게 벼릴 수 없었다. 나카무라는 다시 허리를 폈다.

압축기가 딸린 드릴이 있으면 도움이 될 겁니다. 그가 말했다.

고타 대령은 축 처진 자신의 뺨을 어루만졌다.

기계?

그가 이 말 한마디만 툭 던져놓았기 때문에 나카무라는 머릿속으로 문장을 마저 완성해야 했다. 기계가 없다는 사실, 자신이 간청을 했다는 수치심, 놀림당한 듯한 느낌이 문장의 여백을 메웠다. 나카무라는 고개를 수그렸다. 고타가 다시 입을 열었다.

여분이 전혀 없어. 어쩔 수 없다.

나카무라는 이런 이야기를 꺼낸 것이 잘못임을 알고 있었지만, 고타 대령이 이해를 해주는 것 같아 고마웠다. 그는 두번째 명령을 읽었다. 철로 완공 시한이 12월에서 10월로 앞당겨졌다는 내용이었다. 절망이 나카무라를 압도했다. 이건 불가능한 일이었다.

난 귀관이 해낼 수 있다는 걸 알아. 고타 대령이 말했다.

지금은 4월이 아닙니다. 나카무라는 본부가 최종계획을 승인한 시기를 자신이 에둘러 언급했음을 고타가 알아주기를 바랐다. 8월입니다.

고타 대령은 나카무라와 마주친 시선을 떼지 않았다.

노력을 배가하겠습니다. 나카무라가 마침내 기세를 누그러뜨리며 말했다.

난 귀관에게 거짓말을 할 수 없다. 고타 대령이 말했다. 기계나 연장이 계획 변경에 맞게 추가로 보급될 가능성은 매우 적어. 인부를 더 보내줄 수는 있겠지만 그것도 확실히 말할 수는 없지. 우리는 이 철로공사에 이십오만 명이 넘는 인부들과 육만 명의 포로들을 투입하고 있다. 영국인과 오스트레일리아인이 게으르다는 건 나도 알아. 피곤하다느니 배가 고프다느니 하며 일을 할 수 없다고 불평하는 것도 알고. 고작 삽질을 한 번 하고는 쉬겠다며 일을 멈추지. 망치질도 한 번만 하고 끝이고. 그러면서 빰을 맞았네 어쩌네 하고 중요하지도 않은 일로 불평을 늘어놔. 일본 군인이라면 일을 게을리했을 때 맞는 걸 당연히 여기는데 말이야. 겁쟁이들 주제에 빰을 맞지 않을 권리가 어디 있다고. 버마인과 중국인 인부들은 계속 도망치든지 아니면 죽어나가지. 말라야가 너무 멀어서 타밀 놈들이 도망칠 엄두를 내지 못하는 게 다행이지 뭔가. 하지만 이제는 그놈들도 사방에서 콜레라로 죽어나가고 있어. 그래서 지금 수천 명이 새로 공급되고 있는데도 여전히 인력이 부족한 형편이야. 나도 모르겠군. 전부 어쩔 수 없는 일이야.

나카무라는 타자기로 작성된 서류를 다시 읽기 시작했다. 세번째 명령은 이곳 막사의 포로들 중 백 명을 스리파고다패스 구간 근처의 캠프로 보내라는 내용이었다. 버마 국경을 따라 북쪽으로 약 150킬로미터 떨어진 곳이었다.

포로를 백 명이나 보낼 여유는 없어. 나카무라는 속으로 생각했다. 주어진 기간 안에 이 구간의 공사를 마치려면 포로를 보내는 게 아니라 새로운 포로 천 명이 필요해. 그는 고개를 들어 고타 대령을 바라보았다.

백 명을 거기까지 행군시키라고요?

우기라서 다른 길이 없다. 그것도 어쩔 수 없는 일이야.

나카무라는 거기까지 가는 도중에 많은 사람이 죽어나갈 것임을 알고 있었다. 어쩌면 대부분이 죽을 수도 있었다. 하지만 이건 철로를 위해 필요한 일이었다. 천황 폐하가 철로를 지으라고 명령하셨고, 철로를 이런 식으로 건설하는 것도 이미 결정된 일이었다. 그리고 현실적으로, 그러니까 그가 매일 겪어내야 하는 꿈이나 악몽 같은 이 현실 속에서는 철로를 건설할 수 있는 다른 방법이 없었다. 그래도 그는 물러서지 않았다.

이해해주십시오. 나카무라가 말했다. 저는 지금 현실적인 문제를 말씀드리는 겁니다. 연장도 없고 사람도 매일 줄어드는데 어떻게 철로를 건설합니까?

대부분의 인력이 탈진해서 죽더라도 귀관은 일을 완수해야 한다. 고타 대령이 어깨를 으쓱하며 말했다. 설사 모두가 죽는 한이 있어도.

나카무라는 천황 폐하의 뜻을 실현하기 위해 이런 희생을 감수하는 것 외에 다른 방법이 없다는 사실도 알 수 있었다. 어차피 전쟁포로라는 것이 무엇인가? 철로 건설에 이용되는 원료에 불과한 인간 이하의 존재, 티크 침목이나 강철 레일이나 레일을 고정하는 대못과 비슷한 존재가 아니던가. 일본군 장교도 적의 손길을 허락해서 포로로 잡힌다면 나중에 고향으로 돌아갔을 때 처형당할 존재에 불과했다.

두 달 전까지 나는 뉴기니에 있었다. 고타 대령이 말했다. 부건빌섬에. 사람들 말로 자바는 천국이고 버마는 지옥이지만 뉴기니에서는 아무도 돌아오지 못한다고 하지.

대령이 빙긋 웃자 처진 얼굴이 위로 올라갔다가 다시 처졌다. 나카무라는 계단처럼 층이 진 산비탈을 떠올렸다.

나는 늙은 군인들의 말이 항상 진리는 아니라는 것을 보여주는 증거야. 그래도 거기 상황이 아주 가혹하긴 하지. 미국의 공군력은 믿을 수 없을 정도니까. 놈들의 록히드 전투기가 우리를 매일 두드려대더군. 밤이나 낮이나 폭탄이 떨어지고 기총소사가 날아왔어. 우리는 일주일치 식량을 지급받은 뒤 한 달을 싸워야 했다. 전투구역에서 소금과 성냥만 있으면 우리는 어떤 상황이든 헤쳐나갈 수 있었어. 하지만 말이야, 미국인이나 오스트레일리아인이 다 뭔가? 놈들은 고작해야 우월한 장비, 기계, 기술을 자랑할 수 있을 뿐이야. 두고봐! 우리가 놈들을 멸절시킬 테니. 우리의 장교들과 병사들 모두가 미국인과 오스트레일리아인을 죄다 죽여버리고 싶다는 욕망으로 들끓고 있다. 우리가 이길 것이다. 놈들과 달리 우리의 정신은 굳건하니까.

대령이 말하는 동안, 나카무라의 눈에는 계단식 산비탈 같은 그의 얼굴이 그가 일본의 옛 지혜를 아주 많이 품고 있는 것처럼 보였다. 고국에 있을 때 아주 훌륭하게 여기던 것들. 나카무라는 부드러운 목소리를 지닌 대령의 말에 또다른 의미가 숨어 있음을 이해했다. 그는 나카무라가 그 어떤 적의를 만나도, 연장과 인력이 아무리 부족해도 그 모든 어려움을 이겨내고 철로를 건설할 것이며, 전쟁은 일본의 승리로 끝날 것이고, 일본의 정신이 이 모든 것을 가능하게 해줄 것이라고 말하고 있었다.

하지만 정신이란 무엇인지, 그 말의 정확한 의미가 무엇인지 누가 묻는다면 나카무라는 쉽게 대답할 수 없을 것이다. 일본의 정신은 훌륭하고 순수했으며, 나카무라에게는 가시대나무나 티크보다, 비와 진흙보다, 그들이 매일 작업하는 바위와 침목과 강철 레일보다 훨씬 더 생생하고 강렬했다. 일본의 정신은 그의 정수가 되었지만, 말로 표현하기가 힘들었다. 나카무라는 자신의 이런 기분을 설명하기 위해 자기도 모르게 이야기를 시작했다.

어젯밤 오스트레일리아인 의사와 이야기를 나눴습니다. 그가 말했다. 의사는 일본이 왜 전쟁을 시작했는지 궁금해했습니다. 그래서 제가 사해동포주의라는 숭고한 이상이 우리를 이끌고 있다고 설명하면서 대동아공영권이라는 우리의 가치를 말해주었습니다. 하지만 제 뜻이 제대로 전달된 것 같지는 않습니다. 그래서 간단히 말하면, 일본이 아시아의 지도자가 돼서 아시아인이 아시아를 다스리게 하자는 것이라고 말해주었습니다. 우리가 유럽의 식민지가 된 아시아를 해방시키고 있다고 말해주었지만 몹시 힘들었습니다. 그 의사가 계속 자유에 대해 말했기 때문입니다.

사실 나카무라는 그 오스트레일리아인 의사의 말을 전혀 이해하지 못했다. 그가 말하는 단어야 알아들었지만, 그가 말하고자 하는 뜻은 도무지 말이 되지 않았다.

자유? 고타 대령이 말했다.

그리고 두 사람은 함께 웃음을 터뜨렸다.

네, 자유입니다. 나카무라가 말했다. 그리고 두 사람은 또 쿡쿡 웃어댔다.

나카무라 자신의 생각도 그에게는 미지의 정글과 같았다. 어쩌면 영영 알 수 없는 정글일 수도 있었다. 게다가 그는 자신의 생각이 무엇이든 상관하지 않았다. 그에게 중요한 것은 확신을 갖는 것이었다. 고타의 말은 그의 병든 마음에 샤부처럼 작용했다. 나카무라는 철도, 명예, 천황 폐하, 일본을 소중히 여겼으며, 자신이 훌륭하고 명예를 아는 장교라고 생각했다. 그래도 그는 자신이 느끼는 혼란을 가늠해보려고 했다.

처음에, 그러니까 포로들이 아직 콘서트를 열던 시절 어느 날 밤에 콘서트를 구경하던 기억이 납니다. 정글, 모닥불, 노래하는 포로들, 〈월칭 마틸다〉라는 노래, 이런 것들이 감상적인 분위기를 자아냈습니다. 심지어 포로들에게 공감까지 느낄 정도였습니다. 그런 분위기에서 감동을 받지 않고 버티기는 힘들었습니다.

하지만 철로는 버마 전선 못지않은 전장이야. 고타 대령이 말했다.

맞습니다. 나카무라가 말했다. 인간적인 행동과 비인간적인 행동은 구분이 잘 가지 않습니다. 여기 이 사람은 인간이고 저기 저 사람은 악마라고 꼭 집어서 단언할 수 없습니다.

맞는 말이다. 고타 대령이 말했다. 이건 전쟁이고, 전쟁에서는 그런 것들이 통용되지 않는다. 시암-버마 철로는 군사용이야. 하지만 그보다 더 중요한 점이 있지. 이 철로가 우리 세기의 위대하고 획기적인 작품이라는 것. 유럽의 기계 같은 것 없이, 놀라울 만큼 짧은 기간 안에 우리는 유럽인들이 몇 년이 걸려도 불가능하다고 말하던 일을 해낼 것이다. 이 철로를 통해 우리와 우리의 사고방식이 세상을 진보시키는 새로운 힘이 될 거야.

두 사람은 시큼한 차를 조금 더 마셨다. 고타 대령은 전선에 나아가 천황 폐하를 위해 죽고 싶다는 소망을 점점 더 강하게 내비쳤다. 두 사람은 정글, 비, 시암을 저주했다. 나카무라는 오스트레일리아인들을 계속 건설 현장으로 내모는 일이 정말 힘들다고, 그들이 운명적으로 맡게 된 이 놀라운 역할을 조금만 더 순순히 받아들인다면 자신도 그렇게 가혹하게 그들을 몰아붙이지 않아도 될 것이라고 말했다. 그는 원래 이렇게 냉혹한 사람이 아니었다. 하지만 오스트레일리아인들의 비타협적인 태도 때문에 그도 어쩔 수 없었다.

놈들은 정신이 제대로 박혀 있지 않아. 고타 대령이 말했다. 뉴기니에서 그걸 확실히 보고 왔지. 우리가 몰아붙이면 놈들은 바퀴벌레처럼 뿔뿔이 흩어져.

놈들에게 정신이 제대로 박혀 있다면, 포로가 되는 굴욕을 감수하느니 죽음을 선택했을 겁니다. 나카무라가 말했다.

내가 처음 만주국에 갔을 때가 기억나는군. 사관학교를 갓 졸업했을 때인데. 고타 대령이 손잡이 같은 것을 잡듯이 주먹을 꽉 쥐며 말했다. 풋내기 소위 시절 이야기야. 오 년 전. 아주 오래전 일인 것 같은데 말이지. 그때 우리는 특수 야전훈련을 받아야 했다. 어느 날은 우리 모두 감옥으로 끌려가 용기를 시험당했지. 거기 갇힌 중국인 포로들은 며칠 동안 음식을 먹지 못해서 뼈만 앙상했어. 우리는 놈들을 결박하고 눈을 가린 뒤 커다란 구덩이 앞에 무릎을 꿇렸지. 그리고 담당 중위가 칼을 뽑았다. 그러고는 양동이에서 손으로 물을 떠서 칼날 양편에 쏟더군. 그때 칼에서 물이 뚝뚝 떨어지던 모습이 지금도 생생해.

잘 봐라. 중위가 이렇게 말했지. 머리는 이렇게 베는 거다.

15

그다음 토요일 오후가 되자 더위가 참을 수 없을 만큼 지독해졌다. 에이미 멀베이니는 점심시간이 끝난 뒤 저녁식사 시간을 위한 준비가 모두 끝났는지 확인하고는, 옷을 갈아입고 수영을 하러 가기로 했다. 킹오브콘월과 도로 하나를 사이에 둔 바닷가에 아주 많은 사람이 여기저기 몰려 있었다. 그녀는 파도 소리와 사람들의 새된 목소리를 들으며 모래사장을 따라 걸었다. 밀짚모자를 쓰고 파란색 반바지와 하얀 삼베 블라우스를 입은 그녀는 남녀 모두 자신을 바라보고 있음을 의식했다.

믿을 수 없을 만큼 덥고 긴 여름 낮, 관능적인 밤, 갑갑한 침실, 키스의 체취와 그가 내는 소리 때문에 에이미 멀베이니는 이상하기 짝이 없는 초조감을 느꼈다. 마음속에 갈망이 가득했다. 이곳을 떠나 어딘가 다른 곳에서 다른 사람이 되고 싶다는 갈망, 이렇게 가만히 있지 말고 어떻게든 움직이고 싶다는 갈망. 하지만 마음속 깊은 곳의 목소리가 움직이라고 소리를 질러댈수록, 그녀는 자신이 한곳에 붙잡혀 발이 묶였음을 더욱더 인식했다. 에이미 멀베이니가 원하는 삶의 종류는 헤아릴 수 없이 많았지만, 지금의 이런 삶은 원한 적이 없었다.

때로 그녀는 키스의 너그러운 성격과 전쟁을 이용해서 이곳을 벗어나 하룻밤 동안 여기저기를 돌아다녔다. 그러면서 몇 번 사소한 모험도 즐겼다. 어떤 공군 장교가 하룻밤 춤을 같이 추고 난 뒤 그녀를 벽으로 밀어붙였던 일 같은 것. 하지만 그가 거칠게 키스하며 몸을 조금 더듬는 수준에서 그쳤기 때문에 그녀는 커다란 안도감과 함께 미약한 실망을 느꼈다. 가끔 호텔의 뒤쪽 바에 나타나는 외판원을 어느 날 밤 시내 영화관 밖에서 만나 잠자리를 한 적도 있었다. 끔찍한 기분이었다. 일단 시작하고 난 뒤에는 그 일이 정해진 단계를 모두 밟을 때까지 그녀가 그 일을 중단시킬 방법이 없었다. 그 외판원은 키스에 비해 젊고 튼튼해서 힘이 넘쳤으며 상냥했다. 지나칠 정도였다. 그래서 그녀는 알몸으로 그와 함께 침대에 든 순간 경악했다. 그의 손길, 그의 체취, 그의 몸을 견딜 수가 없어서 이대로 사라지고 싶었다.

일이 끝난 뒤 그녀는 구토를 하고 엄청난 공허감을 느꼈다. 그래서 다시는 이런 짓을 하지 않겠다고 단단히 결심했다. 그것이 죄책감을 다스리는 데 도움이 되었다. 이상하기 짝이 없는 논리이기는 해도, 그녀는 자신이 이렇게 부정을 저지른 덕분에 앞으로 키스에게 확실히 정조를 지키게 되었다고 생각했다. 게다가 그녀가 그 외판원을 사랑했던 것이 아니므로, 사실 진짜 부정을 저지른 것도 아니라는 생각까지 하게 되었다. 키스를 사랑하는 그녀의 마음이 그리 대단한 것은 아니더라도 확실히 사랑이었다. 그녀는 여전히 그를 아끼고, 그로 인해 즐거움을 느끼고, 그의 부드러움과 그가 헤아릴 수도 없을 만큼 자주 보여주는 사소한 상냥함을 고맙게 생각했다. 그 재앙 같은 밤 이후 몇 달 동안은 어떤 의미에서 두 사람에게 최고의 시간이었다. 하지만 오랫동안 숙면을 취하고 고요한 마음으로 깨어나 키스가 침대까지 가져다준 차를 마시면서도, 에이미 멀베이니는 뭔가 다른 것을 원했다. 자신이 무엇을 원하는지 분명히 알지 못하면서도 그랬다. 그녀는 차를 마시며 무겁게 문밖으로 나가는 그의 커다란 등을 지켜보았다. 그럴 때면 자신이 도대체 무엇을 원하는 건지 모르겠다는 마음을 금할 수 없었다. 그 갈망이 그녀의 위장을 갉아먹고, 가끔 자기도 모르게 몸을 부르르 떨게 만들었다. 눈에 보이지도 않고, 이름도 없는 그 무시무시한 갈망이 자기 인생의 핵심이 되어버릴까봐 두려웠다.

대략 지난 한 해 동안 이런 상태였다. 그녀는 남자들에게 추파를 던지면서도 조심성을 잃지 않았다. 친구로 사귀지 않는 편이 나을 것 같은 사람들과 친구가 되었지만, 이때도 역시 자신이나 다른 사람들에게

나 완전히 부적절한 처신처럼 보이지 않게 주의를 기울였다. 이렇게 누구를 사귀더라도 절대 귀찮은 일이 벌어지지 않게 하겠다는 결심 덕분에 묘한 자유는 물론 안정감까지 느꼈으므로, 그녀는 가끔 대담해져서 서점에서 만난 키 큰 의사에게 했던 것과 같은 말과 행동을 남자들에게 보여주었다. 이번에도 그녀는 아마 궁극적으로 자신의 행동에 전혀 잘못된 점이 없는 것 같다는 결론을 내렸다. 근본적으로 그녀는 그 남자들 중 아무도 사랑하지 않았고, 여전히 키스를 사랑하기 때문이었다. 그녀는 사랑을 더 강하게 만들어줄 균형을 찾았다고 생각했다. 하지만 서점에서 그 키 큰 의사에게 걸어갈 때 자신이 왜 결혼반지를 슬쩍 빼버렸는지 알지 못했다.

이런 생각을 하다가 에이미는 자신이 다른 사람에게는 한 번도 하지 않았던 말을 그 키 큰 의사에게 했음을 깨달았다. 이해할 수 없는 일이었다. 자신이 클럽에서 그의 손 위에 자신의 손을 올린 이유도, 그가 방을 나가려고 할 때 자신이 그를 붙잡은 이유도, 역시 이해할 수 없었다. 그저 다시는 그런 어리석은 짓을 하지 않겠다고 결심을 다질 뿐이었다. 그녀는 그와의 사이에 있었던 일은 이미 끝났다고 열심히 자신을 설득했다. 하지만 내심 뭔가 다른 것을 두려워하고 있었으므로, 그 두려움이 말이나 생각으로 드러나지 않게 하려고 안간힘을 썼다.

햇빛을 받아 눈부시게 반짝이는 모래사장에 수건과 모자를 차례로 던진 뒤, 그녀는 폴짝폴짝 옷을 벗으며 자신의 젊음과 몸이 곧 힘이라는 생각을 했다. 에이미는 그다지 중요한 위치에 있는 사람이 아닌데도, 잠깐이나마 자신이 그럭저럭 특별하고 중요한 인물이 되었음을 이해했다. 그녀는 물속으로 뛰어들었다. 무릎 높이의 물속에서 꾸물거리고 있는 다른 여자들과 달리, 에이미 멀베이니는 자신의 몸에 닿아 막 부서지려는 파도 속으로 몸을 던졌다. 그리고 입에서 짠맛을 느끼며 참을 수 없을 만큼 눈부신 하늘 아래로 다시 휙 솟아올랐을 때, 혼란은 모두 사라지고 자신이 인생의 새로운 중심점으로 솟아나왔다는 기묘한 감각이 그 자리를 차지했다. 한순간 모든 것이 균형을 이루고 숨을 죽였다.

에이미는 물에 떠 있었다. 저 먼바다의 고요한 수면에 작은 요트 한 척이 나른하게 앉아 있었다. 해변으로 돌아가려고 몸을 돌리던 그녀의 눈에 구식 모직 수영복을 입고 그녀를 빤히 바라보는 중년남자가 보였다. 머리카락이 하나도 없고, 피부는 오븐에 들어가기 직전의 닭이나 칠면조 같았다. 그가 갑자기 시선을 피했다.

그녀를 가만두려 하지 않는 그 기묘한 감정이 다시 느껴졌다. 그래도 자신이 무엇을 원하는지 여전히 알 수 없었다. 그녀는 팔을 몇 번 저어 더 멀리 헤엄쳐나갔다. 바다, 태양, 가벼운 산들바람이 모두 그녀에게 뭘 좀 해보라고 마음으로 권하고 있는 것 같았다. 무엇이든 의미 있는 일을 해보라고. 파도를 따라 시선을 위아래로 움직이면서 그녀는 자신과 함께 늘어선 다른 사람들을 보았다. 아주 많은 사람이 기대와 희망에 차서 그녀처럼 다음 파도가 밀려오기를 기다리고 있었다. 파도를 타고 그 힘을 빌려 해변까지 갈 수 있기를 희망하면서. 끝없이 밀려오는 파도로 바닷물이 등뒤에서 벽처럼 일어설 때, 에이미는 그 꼭대기에서 노란 눈의 은색 물고기들이 길게 줄지어 함께 달리고 있음을 알아보았다.

그녀의 시야에 들어온 물고기들은 모두 파면波面을 따라 같은 방향을 향하고 있었으며, 부서지는 파도의 손에서 탈출하려고 미친 듯이 헤엄치고 있었다. 그래도 파도는 항상 그들을 힘으로 붙들고 제가 원하는 곳으로 데려갔다. 물에 젖어 번들거리는 그 물고기들이 예정된 운명을 바꾸기 위해 할 수 있는 일은 하나도 없었다. 에이미는 부풀어오르는 파도를 따라 자신 또한 솟아오르는 것을 느끼고 기대와 흥분으로 긴장했다. 자신이 파도를 제대로 잡을 수 있을지, 만약 잡아낸다면 자신과 물고기들이 어디로 실려갈지 알 수 없었다.

16

고타 대령이 쥐었던 손을 풀고 말했다.

중위가 다리를 넓게 벌리고 서서 칼을 들어올리더니 기합 소리와 함께 아래로 휘둘렀다. 머리가 펄쩍 뛰어 달아나는 것 같더군. 우리가 그를 따라 할 차례가 되었을 때에도 두 곳에서 여전히 피가 분수처럼 솟구치고 있었다. 숨을 쉬기가 힘들었어. 나는 바보 같은 짓을 할까봐 무서웠다. 몇 명은 손으로 머리를 감싸 숨겼고, 한 명은 칼질을 하면서 심각한 실수를 저지르는 바람에 머리 대신 허파가 반쯤 튀어나왔지. 머리가 아직 붙어 있었기 때문에 중위가 그 난장판을 수습해야 했다. 나는 내내 지켜보았어. 어떤 것이 좋은 칼질이고 어떤 것이 나쁜 칼질인지, 포로 옆의 어느 자리에 서야 하는지, 어떻게 하면 포로가 차분하게 가만히 있는지. 지금 생각해보면, 그렇게 지켜보는 동안 내내 내가 배우고 있었다는 걸 알겠다. 단순히 목을 베는 기술만 배운 것이 아니야.

내 차례가 왔을 때 나는 모든 일을 차분하게 해치우는 나 자신을 믿을 수가 없었다. 속으로는 죽도록 겁에 질려 있었으니까. 그래도 아버지가 주신 칼을 떨지 않고 뽑아서 바닥에 떨어뜨리는 일도 없이 중위가 시범을 보여준 것처럼 물을 적셨지. 그러고는 물방울들이 함께 천천히 또르르 굴러서 도망치는 걸 잠시 지켜보았다. 그렇게 물을 지켜보는 게 내게 얼마나 도움이 되었는지 자네는 결코 모를 거야.

나는 포로 뒤에 서서 균형을 잡고 조심스레 포로의 목을 살펴봤다. 비쩍 마르고 늙은 목인데, 주름 사이에 때가 끼어 있더군. 그 목을 지금도 잊을 수가 없어. 일은 시작도 하기 전에 끝나버렸다. 나는 사람들이 건네준 종이로도 닦을 수 없는 작은 기름 덩어리들이 왜 내 칼에 묻어 있는지 궁금했지. 내 머릿속에는 그 생각밖에 없었다. 그렇게 비쩍 마른 남자의 비쩍 마른 목 어디에서 이런 기름이 나왔을까? 그자의 목은 더럽고 잿빛이었다. 우리가 오줌을 갈기는 흙바닥처럼. 하지만 일단 자르고 나니 색깔이 어찌나 생생하게 살아나던지. 피는 빨갛고, 뼈는 하얗고, 살은 분홍색이고, 기름은 누렇고. 생명! 그 색깔들이 바로 생명 그 자체였다.

모든 일이 정말 쉬웠다는 생각이 들었다. 색깔들이 아주 밝고 예쁘다는 생각도 들었고. 그러다가 그 일이 이미 끝나버렸다는 사실에 말문이 막혔다. 다음 차례의 수습 장교가 앞으로 나왔을 때에야 나는 포로의 목 두 곳에서 아직도 피가 뿜어져나오고 있다는 걸 알아차렸어. 중위가 벤 자와 똑같았지만, 피가 아주 조금만 나오는 걸 보니 내가 그를 죽인 뒤 시간이 좀 흐른 모양이었다.

난 이미 그 남자에게 아무 감정도 느끼지 않았다. 솔직히 그렇게 얍전히 운명을 받아들이는 그가 한심해서 도대체 왜 싸우려고 하지 않는지 모르겠다는 생각이 들었지. 하긴 누군들 그와 다르겠나. 그래도 나는 자신을 죽이는 나를 제지하지 않은 그에게 화가 났다.

나카무라는 고타가 이야기를 하는 동안 그가 검을 쥘 때 쓰는 손이 계속 주먹을 쥐었다 폈다 하는 것을 알아보았다. 마치 연습을 하는 것 같았다.

내가 그때 뭘 느꼈냐면 말이야, 나카무라 소령. 대령의 이야기는 계속되었다. 뱃속에 뭔가 아주 커다란 것이 들어차서 내가 다른 사람이 되어버린 것 같은 기분이었다. 내게 뭔가가 새로 생겼구나, 그런 기분이었다고. 굉장하면서도 무서운 느낌이었지. 나 역시 죽어서 다시 태어난 것 같은 기분.

전에는 부하들이 자기들 앞에 선 나를 어떤 눈으로 바라볼지 걱정스러웠다. 하지만 그 일 이후에는 그냥 부하들을 바라보기만 했어. 그걸로 충분했으니까. 더이상 신경을 쓰지도, 겁을 먹지도 않았다. 그냥 부하들을 빤히 바라보면서 속을 꿰뚫어보았다. 녀석들의 두려움도, 죄도, 거짓말도, 모든 것을 보고 모든 것을 알았어. 어느 날 밤 어떤 여자가 내게 당신 눈은 사악하다고 말하더군. 내가 바라보기만 해도 사람들이 겁을 먹으니까.

하지만 얼마쯤 지난 뒤 그런 기분이 사그라들기 시작했다. 대신 혼란스러워졌지. 길을 잃고 헤매는 것 같았어. 부하들은 내 등뒤에서 다시 숨죽여 건방진 소리들을 하기 시작했다. 난 알 수 있었어. 이제는 아무도 날 두려워하지 않는다는 걸. 필로폰과 같다. 한 번 맛을 본 뒤에는 그 때문에 기분이 아주 고약해지더라도 또 그 맛을 보고 싶어진다는 점에서.

뭐 하나 말해줄까? 포로들은 언제나 있었다. 몇 주가 지나도록 목을 벨 일이 없을 때면, 나는 이 세상을 별로 원하지 않고 내가 꿈꾸는 목을 가진 포로를 찾아나섰지. 그리고 놈에게 스스로 제 무덤을 파게 한 뒤……

나카무라는 대령의 끔찍한 이야기에 귀를 기울이면서 또다시 깨달았다. 천황 폐하의 뜻을 실현하려면 다른 방법이 없다는 것을.

고타 대령은 열린 문으로 비에 휩쓸린 밤 풍경이 보이는 곳으로 시선을 돌리며 말을 이었다. 내가 지금 사람들을 볼 때 정말로 눈에 들어오는 건 목뿐이야. 이런 식으로 생각하는 건 옳지 않겠지? 나도 모르겠다. 어쨌든 지금 내가 이래. 낯선 사람을 새로 만나면 그의 목을 보면서 가늠해보지. 자르기 쉬운지 어려운지. 내가 사람들에게 원하는 건 그것뿐이다. 그들의 목, 칼질, 생명, 다채로운 색깔들, 빨간색, 하얀색, 노란색.

귀관도 마찬가지야. 고타 대령이 말했다. 내가 가장 먼저 본 게 바로 귀관의 목이라고. 정말 훌륭한 목이군. 정확히 어디에 칼을 대야 하는지 알겠어. 아주 굉장한 목이야. 귀관의 목은 1미터쯤 날아갈 거다. 당연히 그래야 하고. 가끔 목이 너무 가늘거나 너무 뚱뚱해서, 아니면 놈들이 겁에 질려 꿈틀거리거나 소리를 질러대서, 귀관도 그런 모습은 상상할 수 있겠지, 그래서 어설픈 칼질이 되는 바람에 화가 나서 놈들이 죽을 때까지 마구 난도질을 하게 될 때가 있거든. 자네의 상등병은 좀 달라. 목이 짧고 굵은데다가 그런 태도라니. 그놈을 빨리 죽이려면 칼을 휘두를 때 어느 자리를 겨냥할지 정신을 집중해야 할 거다.

이야기를 하는 동안 내내 고타 대령은 손을 쥐었다 펴기를 반복했다. 그리고 손을 쥐었을 때는 또 목을 자르려고 칼을 들어 준비하듯이 손을 들어올렸다가 내렸다.

단순히 철로만 중요한 게 아니야. 고타 대령이 말했다. 물론 철로는 반드시 건설해야 하지만. 전쟁도 마찬가지다. 물론 전쟁도 반드시 이겨야 하지만.

유럽인들에게 자신이 우월한 인종이 아니라는 걸 가르쳐주는 것이 중요합니다. 나카무라가 말했다.

그리고 우리는 자신이 우월한 인종이라는 걸 배워야지. 고타 대령이 말했다.

잠시 두 사람 다 침묵을 지키다가, 고타 대령이 시를 읊었다.

교토에 있을 때도
뻐꾸기 소리가 들리면
나는 교토가 그립다.

바쇼*군요. 나카무라가 말했다.

이야기를 더 나누면서 나카무라는 고타 대령이 일본 전통문학을 자신만큼 좋아한다는 사실을 깨닫고 기뻐졌다. 두 사람은 잇사†의 하이쿠

---

* 마쓰오 바쇼(松尾芭蕉, 1644~1694). 일본 에도시대의 하이쿠 시인.

† 고바야시 잇사(小林一茶, 1763~1827). 일본 에도시대에 고유한 시형식인 하이카이, 즉 유머러스한 내용의 시를 짓던 사람인 하이카이시(俳諧師)다.

에 들어 있는 순박한 지혜, 부손*의 위대함, 바쇼의 위대한 하이분†인 『오쿠로 가는 좁은 길』‡의 경이로움에 대해 이야기하면서 점점 감상적인 기분이 되었다. 고타 대령은 『오쿠로 가는 좁은 길』 한 권에 일본 정신의 천재성이 요약되어 있다고 말했다.

두 사람은 다시 침묵에 잠겼다. 나카무라는 철도가 인도 침공을 승리로 이끌 것이라는 생각, 바쇼의 아름다운 시와 더불어 온 세계가 하나가 될 것이라는 생각을 하며 공연히 기분이 들떴다. 오스트레일리아인 대령에게 설명하려고 했을 때는 알맹이도 없고 혼란스럽게만 보였던 이 모든 생각이 지금은 아주 분명하고 명백하고 조리 있게, 아주 상냥하고 착하게 보였다. 고타 대령처럼 상냥하고 착한 사람과 이야기하고 있기 때문이었다.

철도를 위하여. 고타 대령이 찻잔을 들어올리며 말했다.

일본을 위하여. 나카무라가 자신의 잔을 들어올리며 말했다.

천황 폐하를 위하여! 고타 대령이 말했다.

바쇼를 위하여! 나카무라가 말했다.

잇사!

부손!

그들은 도모카와가 가져다준 시큼한 차를 모두 마신 뒤 찻잔을 내려

---

* 요사 부손(與謝蕪村, 1716~1784). 에도시대 그림의 대가이자 바쇼 사후 하이카이 혁신기의 대표 시인.

† 俳文. 하이쿠와 결합된 간결한 산문.

‡ 奥の細道. 1689년 제자 가와이 소라와 함께 일본 동북부의 오지를 여행한 바쇼의 기행문. 이 소설의 영어 제목 'The Narrow Road to the Deep North'는 이 작품의 영어판 제목이기도 하다.

놓았다. 하지만 둘이 아직 잘 모르는 사이라서 이제 무슨 말을 해야 할지 몰랐으므로, 다시 돌아온 침묵이 나카무라에게는 서로에 대한 심오한 이해처럼 느껴졌다. 대령은 중국국민당의 상징인 하얀 태양이 화려하게 그려진 검푸른 담배 케이스를 열어 나카무라에게 내밀었다. 두 사람은 담배에 불을 붙인 뒤 편안히 늘어졌다.

그리고 서로에게 자신이 가장 좋아하는 하이쿠를 읊어주었다. 시 자체보다는 시에 대한 서로의 감수성이, 시에 깃든 천재성보다는 시를 이해하는 서로의 지혜가 두 사람의 심금을 울렸다. 자신이 시를 안다는 사실보다는 시가 자신들과 일본 정신의 고귀한 측면을 보여준다는 사실을 안다는 점이 더 감동적이었다. 그 일본 정신은 이제 곧 철로를 따라 매일 버마까지 이동할 것이고, 버마에서부터 인도까지 나아갈 것이며, 거기에서 다시 세계를 정복하게 될 터였다.

그러니까 지금은 일본 정신이 바로 철로고 철로가 바로 일본 정신인 거야. 나카무라는 속으로 생각했다. 바쇼의 아름다움과 지혜를 더 넓은 세상에 알리게 될, 저 먼 북으로 가는 좁은 길인 거지.

두 사람은 렌카, 와카,* 하이쿠에 대해, 버마와 인도와 철로에 대해 이야기하면서 서로 뜻을 공유하고 있다는 벅찬 기분을 느꼈다. 하지만 정확히 무엇을 공유했는지는 둘 다 나중에 대답할 수 없었다. 고타 대령은 가토†의 또다른 하이쿠를 읊었고, 두 사람은 자신들이 철로공사를 통해 (삶을 이토록 간결하고 절묘하게 묘사해낸) 뛰어난 일본의 재능

* 렌카(連歌)는 두 사람 이상이 와카의 상구上句와 하구下句를 번갈아 부르는 고전시가의 한 양식이고, 와카(和歌)는 중국 한시와 대조되는 일본 고유의 정형시의 일종.

† 가토 교타이(加藤曉台, 1732~1792).

을 온 세상에 알리는 데 일조하고 있다는 데에 의견이 일치했다. 계속 서로 맞장구를 치며 이어진 이 대화 덕분에 두 사람은 궁핍한 현실과 지독하게 힘든 철로공사에 대해 상당히 마음이 누그러졌다.

나카무라가 손목시계를 확인했다.

이만 실례해야겠습니다, 대령님. 벌써 공삼시 오십분입니다. 기상신호 전에 새로운 목표 달성을 위해 일정을 조정해야겠습니다.

대령은 자리를 뜨려고 몸을 움직이는 나카무라의 어깨에 한 손을 올렸다.

자네와 시를 이야기하며 밤을 새우라고 해도 할 수 있을 것 같군. 덩치 큰 대령이 말했다.

오두막의 어둠과 공허함 속에서, 나카무라는 자신을 한 팔로 감싸고 상어 지느러미 같은 얼굴을 바짝 들이대는 대령의 강렬한 감정을 느낄 수 있었다. 그에게서는 상한 안초비 냄새가 났다. 그의 입술이 열렸다.

다른 세상에서는, 남자들이…… 남자들이 사랑을 하지. 고타 대령이 말했다.

그는 말을 이을 수 없었다. 나카무라가 뒤로 몸을 빼냈다. 고타 대령은 그가 자신의 말을 오해하지 않았기를 바라며 허리를 똑바로 세웠다. 뉴기니에서 그들은 미국인 포로와 자기네 부하들을 가리지 않고 죽여서 살을 먹었다. 굶주림으로 인해 죽음을 앞두고 있었기 때문이다. 그는 시체의 허벅지에서 뼈가 드러나 누군가가 갉아먹은 닭다리처럼 삐죽 튀어나와 있던 것을 기억했다. 색깔은 갈색, 초록색, 검은색이었다. 그 달큰한 냄새도 기억했다. 그는 누군가 다른 사람에게 알리고 싶었다. 굶주림에 지쳐 달리 방법이 없었다고. 누군가가 그에게 잘못이 아니라고 말해주고, 안아주면 좋겠다고 생각했다……

그건 어쩔 수 없는 일입니다. 나카무라가 말했다.

그렇지. 고타 대령이 뒤로 물러나며 대답하고는, 국민당 상징이 그려진 담배 케이스를 휙 열어서 다시 나카무라에게 담배를 권했다. 물론 그렇겠지.

소령이 담배에 불을 붙이는 동안 고타 대령은 말했다.

만주국에 있을 때도
목을 보면
나는 만주국이 그립다.

그는 담배 케이스를 휙 닫고 빙긋 웃더니 주먹을 쥐고는 돌아서서 나갔다. 기묘한 웃음소리가 그와 함께 소란스러운 우기의 밤 풍경 속으로 사라졌다.

17

에이미 멀베이니는 거짓말이 이렇게 쉬워졌다는 사실에 깜짝 놀랐다. 자신의 새로운 능력에 수치심과 기쁨이 함께 느껴졌다. 저녁식사 때 키스가 시의회의 정치싸움에 대해 또 과장되게 떠들어대기 시작했지만, 그녀는 그의 말을 자르고 내일 옛 여자친구를 만나 함께 시간을 보내기로 했다고 말했다. 멀고 한적한 해변으로 가서 소풍과 수영을 즐길 예정이니 포드캐브리올레를 빌리고 싶다고.

얼마든지. 키스는 이렇게 말하고 나서 곧바로 시의회의 새 서기가 하수시설에 대해 낡아빠진 생각을 갖고 있다는 이야기로 돌아갔다.

뭔가 진짜 이야기를 좀 해봐요! 에이미는 하마터면 이렇게 외칠 뻔했다. 하지만 진짜 이야기가 무엇인지, 그런 이야기가 어떻게 들릴지는 그녀도 알지 못했다. 게다가 애당초 그의 관심을 원하는 것도 아니었다. 키스가 하수시설과 현대적인 도시계획 규제와 수세식 화장실의 보급과 국가적인 체제에 대해, 규제와 과학적인 행정에 대해 중구난방으로 줄줄 이야기를 늘어놓을수록, 그녀는 어둠 속에서 자신을 스치고 지나갔던 도리고 에번스의 손가락을 갈망했다.

그날 밤 그녀는 잠을 이루지 못했다. 키스가 두 번이나 깨서 그녀에게 어디 아프냐고 물었지만, 그녀가 미처 대답하기도 전에 다시 잠들어 버렸다. 그의 입술 아래의 주름 속에는 거품이 말라붙어 아주 작은 염전 같은 것이 생겨나 있었다.

다음날 그녀는 아침부터 두 번이나 화장을 한 뒤에야 비로소 만족하고, 옷을 여러 번 갈아입은 뒤에야 처음 입었던 옷으로 결정했다. 어두운색 반바지와 가벼운 면 블라우스인데, 숄과 비슷한 모양으로 재단된 블라우스가 그녀의 모습을 돋보이게 해줄 것 같았다. 하지만 그녀는 곧 그 블라우스를 벗어던지고 목이 깊이 파인 빨간 블라우스를 선택했다. 올리비아 드 하빌랜드가 영화 〈해적 블러드의 역습〉에서 입은 옷과 비슷한 것 같았다. 하지만 그 블라우스에 어울리는 치마가 없었다. 열시 조금 지나서 그녀가 막사 바깥의 경비초소 앞에서 도리고 에번스를 태웠을 때(그녀는 도리고 에번스의 미소와 코, 일반적인 남자들보다 조금 긴 머리카락이 정말로 영화배우 에럴 플린과 다르지 않다고 생각했다) 그녀는 다소 비실용적이지만 자신의 눈에는 매혹적으로 보이는 밝은 파란색 꽃무늬 치마와 크림색 홀터톱 차림이었다.

도리고를 옆에 태우고 나니, 전에는 따분하고 멍청하게만 보이던 모든 일이 즐겁고 흥미로웠다. 어제는 모든 것이 점점 더 갑갑하게 조여드는 감옥 같아서 도망치고 싶은 생각뿐이었는데, 오늘은 자신의 인생이라는 무대에 드리워진 멋진 배경 같았다. 하지만 긴장이 지나친 나머지 그녀가 계속 차의 시동을 꺼뜨렸기 때문에 결국 도리고가 운전석에 앉게 되었다.

어떡해. 그녀는 속으로 생각했다. 저 사람을 정말 원해. 말로 표현할 수도 없고 꼴사납게 보일 정도로 저 사람을 원해. 자신이 수치도 모르는 사람이 된 것 같고, 마음속에 못된 생각이 들어찬 것 같고, 온 세상이 그녀에게 벌을 내릴 것 같았다. 하지만 이런 생각은 머릿속에 떠오르자마자 곧바로 다른 생각에 밀려났다. 수치심도 모르고 못된 내 심장이 온 세상 사람들보다 더 용감해. 순간적으로 자신이 맞서서 물리치지 못할 것은 이 세상에 하나도 없는 것 같았다. 이것이 어리석기 짝이 없는 생각임을 알면서도 그녀는 더욱더 들뜨고 용감해졌다.

자동차 상태는 형편없었다. 엔진은 시끄럽게 우르릉거리고, 도리고가 기어를 바꿀 때마다 무시무시하게 부서지는 것 같은 소리가 났다. 그런 소음 속에서 그녀는 자유로이 떠들어댈 수 있었다. 그녀의 말은 아무것도 아니었다. 지금 이 상황이 무엇보다 중요했다.

그 사람은 좋은 사람이에요. 그녀가 말했다. 얼마나 상냥한지 짐작도 못할 거예요. 내 말은, 내가 키스를 사랑한다는 거예요. 아주 많이. 누군들 안 그러겠어요? 좋은 사람인데.

최고의 남자죠. 도리고 에번스가 말했다. 완전히 빈말은 아니었다.

맞아요. 에이미가 말했다. 좋은 사람이에요. 그런데 시의회의 그 서기는 정말! 하수시설에 대해 아무것도 모른대요.

에이미는 자신이 지금 쓸데없는 소리를 지껄이고 있음을 알고 있었다. 도리고에게 정말로 하고 싶은 말은, 키스가 마음속의 진심을 그녀에게 한 번도 말해주지 않는다는 점이었다. 모든 말이 가면이었다. 그녀는 키스가 진짜 이야기를 해주기를 정말 바란다고 도리고에게 말하고 싶었다. 단 한 가지라도 좋으니 진짜 이야기를 해주면 좋겠다고.

하지만 진짜 이야기가 무엇인지는 에이미도 몰랐다. 수세식 화장실이나 공원도시나 튼튼한 하수설비 계획의 필요성에 관한 이야기는 에이미 멀베이니가 듣고 싶은 이야기가 아니라는 점만 확실했다. 그녀는 자신이 바라는 것들이 서로 모순적임을 알고 있었다. 사실 그녀는 남편이 아예 이야기를 하지 않기를 바랐다. 하지만 도리고에게서는 많은 이야기를 듣고 싶었다. 그러면서도 혹시나 지금의 마법이 깨질까 두려워서 그가 아무 말도 하지 않기를 바랐다. 그가 이건 그냥 가벼운 놀이에 불과하다든가, 그에게 그녀는 그저 지난 일의 일부로서, 집에서 이렇게 멀리 떨어진 곳에서 만난 친척으로서 의무 같은 존재일 뿐이라고 말할까봐 두려웠다. 그녀는 이렇게 이상하고 모순적인 갈등, 남편이 아닌 남자에게 느끼는 온갖 감정을 남편에 대한 한마디로 표현했다.

키스는 키스예요.

바닷가로 이어진 길의 초입에서 도리고는 담배에 불을 붙였지만 담배를 입에서 떼어내지는 않았다. 에이미는 축 늘어진 가시철망 울타리를 넘으며 자신의 품위와 치맛자락을 동시에 보호하기 위해 어색하게 몸을 쭉 뻗다가 허벅지를 긁혀서 비명을 질렀다. 다리를 비틀어서 빼낸 뒤 살펴보니 작은 핏방울들이 허벅지 안쪽에서 일렬로 천천히 솟아나오고 있었다. 반들거리는 빨간 볼베어링 세 개 같았다.

도리고 에번스가 담배를 내던지더니 쪼그리고 앉았다.

실례하겠습니다. 그가 아주 정중하게 말하고는 손가락으로 밝은 파란색 치마의 아랫단을 에이미의 허벅지 위로 조금 밀어올렸다. 그리고 손수건으로 상처를 톡톡 닦아낸 뒤 동작을 멈추고 지켜보았다. 핏방울 세 개가 또 솟아났다.

그가 몸을 기울이며 균형을 잃지 않기 위해 한 손으로 그녀의 다른 쪽 종아리를 감싸쥐었다. 바다 냄새가 났다. 그가 시선을 들어 그녀를 올려다보자, 그녀는 의미를 알 수 없는 표정으로 그를 빤히 바라보고 있었다. 그의 얼굴이 그녀의 허벅지와 몹시 가까웠다. 갈매기 한 마리가 칵칵 울어댔다. 그는 다시 그녀의 다리로 시선을 돌렸다.

그리고 가장 아래쪽 핏방울에 입술을 댔다.

에이미가 손을 뻗어 그의 뒤통수 위에 놓았다.

뭘 하는 거예요? 그녀가 단도직입적이고 딱딱한 목소리로 물었다.

하지만 그녀의 손가락은 묘하게도 모순적으로 그의 머리카락 속으로 파고들어가 어루만지고 있었다. 그는 그녀의 목소리에 깃든 긴장, 자신의 머리에 닿은 손가락의 가벼움, 압도적인 체취를 가늠해보았다. 그녀의 살갗에 뾰족하게 닿아 있기만 하던 그의 입술이 아주 천천히 키스하며 가장 아래쪽 핏방울을 없앴다. 그녀의 허벅지에는 진홍색으로 피가 번진 자국이 남았다.

그녀의 손은 여전히 그의 머리 위에 놓여 있고, 손가락은 머리카락 속에 있었다. 그는 방향을 틀어 그녀에게 조금 더 다가가서 손을 들어 허벅지 뒤쪽을 오목하게 살짝 쥐었다.

도리고?

다른 핏방울들은 계속 커지고, 그가 지워버린 핏방울도 다시 생겨났다. 그는 그녀가 반항하기를, 다리를 흔들어 그를 밀어내고 심지어 발길질까지 하기를 기다리며 감히 시선을 들지 못했다. 그는 완벽한 공 모양의 핏방울들을 지켜보았다. 욕망을 담은 세 그루 동백나무처럼 핏방울들이 계속 부풀어올랐다. 그녀의 몸은 암기할 수 없는 시였다. 그는 두번째 핏방울에 키스했다.

그의 머리카락을 파고든 그녀의 손가락이 긴장했다. 그가 혀로 훔쳐낸 세번째 핏방울은 허벅지가 점점 굵어지는 곳, 치마의 그림자 선을 바로 지난 곳에 있었다. 에이미의 손끝이 그의 머릿속으로 파고들었다. 그는 그녀의 다리에 다시 입을 맞췄다. 이번에는 그녀의 몸에서 짠 맛이 났다. 그는 눈을 감고 입술을 허벅지에 댄 채 그녀의 체취와 따스한 온기를 느꼈다.

그러다가 천천히, 마지못해서, 그녀의 다리를 놓고 일어섰다.

18

그뒤 십오 분 동안, 두 사람은 갑자기 밀려든 어색한 침묵 속에서 풀이 웃자란 길을 따라 해변으로 갔다. 날이 점점 더워져 두 사람 모두 땀을 흘렸기 때문에 텅 빈 해변과 바다, 그곳에서 나는 소리와 거기서 느껴지는 고독이 반가웠다. 모래언덕들 사이에서 서로 예의바르게 거리를 두고 옷을 갈아입은 뒤, 두 사람은 함께 바다로 뛰어들었다.

에이미는 물이 자신을 온전하고 강한 존재로 바꿔놓는 것 같았다. 어제만 해도 자신의 중심에 있는 것 같던 일들이 흐물흐물 녹아서 하찮은 일로 변하더니 완전히 쓸려가버렸다. 다음주 식당 메뉴, 호텔 방에 비치할 새 모직 담요 확보의 어려움, 바텐더의 몸에서 나는 냄새, 키스가 저녁때 담뱃대에 불을 붙이고 빨아들이면서 내는 역겨운 소리 등에 대한 고민들.

파도 뒤에서 그들은 눈을 다이아몬드처럼 반짝이며 젖은 얼굴로 돌아섰다. 무한히 펼쳐진 바다에 두 사람의 머리만 불쑥 나와 있었다. 두 사람은 서로를 응시하며 물속을 걸었다. 그가 물속에서 헤엄쳐올라와 그녀의 몸을 스치며 수면으로 모습을 드러냈다. 바다표범처럼, 남자답게.

얼마 뒤 두 사람은 모래언덕의 갈라진 틈새에서 휴식을 취했다. 우렁차게 부서지는 파도 소리도 조용하게 들리고, 바람도 들어오지 않는 곳이었다. 몸이 마르자 더위가 다시 느껴지면서 정신을 차릴 수 없을 만큼 묵직하게 두 사람을 짓눌렀다. 에이미가 몸을 쭉 펴고 엎드리자 도리고도 따라 했다. 에이미는 머리 아래의 그늘 속에 얼굴을 묻고, 등에 햇볕을 듬뿍 받았다. 얼마 뒤 그녀는 몸을 돌려 그에게 슬금슬금 다가와서 그의 배에 머리를 얹었다. 그는 또 담배에 불을 붙였다.

도리고는 하얀 줄무늬가 있는 하늘을 향해 한 팔을 들어올리고, 이렇게 완벽한 광경은 처음 보는 것 같다고 생각했다. 그는 한쪽 눈을 감은 뒤, 다른 눈으로 자기 손가락이 아름다운 구름을 건드리는 모습을 지켜보았다.

우리는 왜 구름을 기억하지 않는 걸까요? 그가 말했다.

아무 의미가 없으니까 그렇겠죠.

아냐, 구름은 모든 것이야. 도리고는 속으로 생각했다. 하지만 너무 거창한 것 같기도 하고 터무니없는 것 같기도 해서 이 생각이 구름과 함께 흘러가버리게 내버려두었다.

시간이 천천히 흐르는지 빠르게 흐르는지 잘 알 수 없었다. 두 사람은 서로의 품으로 파고들었다.

도리?

도리고가 뭐라고 중얼거렸다.

키스랑 둘이 있을 때면 도저히 참을 수가 없어서 날 미워하게 돼요. 그녀가 말했다. 왜 그럴까요?

도리고 에번스는 대답할 말이 없었다. 그는 모래언덕을 향해 담배꽁초를 튕겼다.

당신과 같이 있고 싶기 때문이에요. 그녀가 말했다.

시간이 흘러갔고 모든 것이 멈췄다.

그래서예요. 그녀가 말했다.

두 사람이 가까워지지 못하게 막아주던 것, 두 사람의 몸을 구속하던 것이 무엇인지는 몰라도 지금은 모두 사라져버렸다. 지금은 지구의 자전조차 느려지고, 바람조차 숨죽이고 기다리고 있었다. 손이 서로의 몸을 찾아냈다. 그는 자신의 속눈썹에 닿는 그녀의 속눈썹이 믿을 수 없을 만큼 무겁다고 생각했다. 그는 그녀의 몸에 난 장밋빛 고무줄 자국에 입을 맞췄다. 무릎 아래까지 오는 반바지 때문에 생긴 고무줄 자국이 지구를 한 바퀴 휘감은 적도처럼 그녀의 배를 한 바퀴 돌았다. 두 사람이 서로의 몸을 일주하는 데 한창 몰두하던 중에 어딘가 가까운 곳에서 날카로운 비명이 들리더니 곧 묵직하게 울부짖는 소리로 변했다.

도리고는 시선을 들었다. 커다란 개 한 마리가 모래언덕 꼭대기에 서 있었다. 피가 섞인 침을 질질 흘리고 있는 입에는 요정펭귄 한 마리가 꽉 붙잡혀 움찔거리고 있었다. 도리고는 갑자기 에이미가 아주 멀어진 것 같은 묘한 기분이 들었다. 자신이 그녀의 알몸 위 허공에 떠 있는 것 같았다. 그의 감정이 순식간에 바뀌었다. 조금 전만 해도 그는 그녀의 체취와 촉감과 몸의 곡선에 취할 것만 같았다. 몸을 하얗게 덮은 소금기도 달콤했다. 그녀가 자신의 또다른 일면이 된 것 같았다. 하지만 지금은 아주 멀게 느껴졌다. 그들은 조금 전까지만 해도 서로를 하느님보다 더 깊게 이해하고 있었는데, 지금은 그 모든 것이 사라져버렸다.

개의 머리가 옆으로 툭 기울었다. 축 늘어진 펭귄이 바닥에 탁 떨어지고, 개는 몸을 돌려 가버렸다. 하지만 펭귄이 으스스한 소리로 길게 울부짖다가 갑자기 조용해진 기억이 그의 머릿속에 계속 남았다.

날 봐요. 에이미가 속삭이는 소리가 들렸다. 나만 봐요.

그가 다시 아래쪽을 내려다보니, 에이미의 눈이 달라져 있었다. 접시만큼 커다래진 눈동자가 넋을 잃은 것 같았다. 그는 그녀가 자신에게 넋을 잃었음을 깨달았다. 그녀의 욕망이 무서운 중력처럼 자신을 다시 끌어들이는 것이 느껴졌다. 자신의 것이 아닌 이야기 속으로. 그는 최근 며칠 동안 꿈꾸던 모든 것을 손에 넣었으므로, 이제 최대한 빨리 도망치고 싶었다. 이러다 자신을 잃고, 자유와 미래를 잃어버릴까봐 무서웠다. 조금 전까지만 해도 그토록 강렬하게 그를 흥분시키던 것이 이제는 매력도 없고 평범해 보여서 그는 달아나고 싶었다. 하지만 그는 달아나는 대신 눈을 감았다. 그가 그녀의 몸 안으로 들어갔을 때 그녀의 입술에서 새어나온 신음은 그가 알지 못하는 낯선 사람의 목소리였다.

거칠다 못해 폭력적인 강렬함이 두 사람의 정사를 지배하며 낯선 두 육체를 하나로 만들었다. 그는 짧고 날카롭게 들려온 조금 전의 비명, 한없는 고독에 대한 두려움, 이름 없는 자로 살아가게 될지도 모른다는 걱정을 잊었다. 그녀의 몸이 다시 그를 위해 변했다. 이제는 욕망이나 반감 같은 것이 아니라, 그를 구성하는 요소 중 하나였다. 그것이 있어야만 그가 완전해질 수 있었다. 그녀의 몸 안에서 그는 가장 강렬하고 필연적인 회귀를 느꼈다. 그녀가 없다면 그의 삶은 더이상 삶으로 느껴지지 않을 터였다.

하지만 그 순간에도 그의 기억이 두 사람 사이의 진실을 먹어치우고 있었다. 나중에 그는 오로지 그녀와 자신의 몸만을 기억했다. 부서지는 파도와 함께 올라갔다 내려오던 몸. 바다에서 불어온 산들바람은 두 사람의 몸을 스치고 지나가 모래언덕 꼭대기를 흐트러뜨리고, 그가 버린 담배를 먹어치운 재를 헤집어놓았다.

19

죽어가는 바람이 킹오브콘월의 복도에서 꾸벅꾸벅 졸았다. 흐릿한 불빛에 피로가 배어 있었다. 호텔 주방에서는 가스 냄새가 났다. 새는 곳은 전혀 발견되지 않았는데도. 위의 층들과 먼지 낀 융단이 깔린 정교한 계단에서는 에이미에게 실망으로 인식되는 냄새들이 강해졌다가 잦아들었다. 만족스럽지 못한 음식에 늘어진 기름기 냄새, 권태에 지쳤거나 절망적이거나 권태와 절망 모두에 시달리는 여자들과 외판원들의 불운한 밀회 냄새에 먼지 덩어리와 건조한 실내 냄새가 섞여 있었다. 나도 그런 여자들 중 하나인 건가? 에이미는 맨 꼭대기 층으로 올라가면서 속으로 생각했다. 나도 그런 여자야?

하지만 두 사람 모두 이제 자기들 방이라고 생각하게 된 구석진 방, 경첩이 덜렁거리고 자물쇠에도 녹이 슨 베란다 유리문이 바다를 향해 삐걱거리며 열리고 길 건너편에서 끊임없이 빛이 들어오는 그 방, 바다 냄새가 나고 공기가 축축하고 모든 것이 가능해 보이는 그 방에 일단 들어서면 자신이 그런 여자가 아니라는 확신이 들었다. 그녀는 그를 위해 맥주 두 병과 얼음을 미리 준비해두었지만, 맹렬한 더위 속에서도 그는 그녀가 도착할 때까지 맥주를 따지 않았다.

도리고 에번스가 벽난로 위의 초록색 플라스틱 시계를 가리켰다. 분침이 언제인지 모르게 사라져버렸지만, 시침은 그녀가 오겠다고 약속한 시간으로부터 세 시간이 지났음이 보였다.

주간 근무조가 퇴근할 때까지 기다리느라 늦었어요. 그녀가 말했다. 그래야 남들 몰래 이 방에 안전하게 올 수 있거든요.

지금은 누가 남아 있습니까?

바의 여종업원 두 명, 수석 바텐더, 요리사가 남아 있어요. 웨이트리스 밀리도 있고요. 전부 위층으로는 절대 올라오지 않는 사람들이에요.

여기에 묵는 손님들이 없는 것 같은데요.

오늘은 없어요. 우리 둘만 있으려고 예약 손님들을 전부 이 아래 두 층으로 배치했거든요.

두 사람은 깊숙이 자리잡은 베란다로 나가서 녹슨 철제 의자에 앉아 맥주 한 병을 나눠 마셨다.

당신이 경마 내기를 아주 잘한다면서요. 도리고가 말했다. 키스에게서 들었습니다.

하. 에이미가 말했다. 저 새들을 보세요. 그녀는 바닷새들이 시체처럼 바다를 향해 갑자기 뚝 떨어지는 모습을 연출하고 있는 곳을 가리켰다. 그리고 철세공 난간으로 다가갔다. 페인트가 이미 오래전에 전부 벗겨졌기 때문에 남은 것은 황토색 녹뿐이었다. 그녀가 오래된 바위처럼 붉은색을 띤, 꺼끌꺼끌한 녹을 한 손으로 쓸었다.

새들은 물고기를 부리에 물고 다시 솟아올랐다. 에이미가 모래알 같은 녹을 손끝으로 집었다. 그리고 긴 해변으로 시선을 돌렸다. 해변은 아주 오래전부터 침식되어 삐죽 튀어나온 땅이 있는 곳까지 몇 마일이나 이어졌다. 그 땅에는 단단하기 그지없는 덤불 말고는 아무것도 없었다. 그녀의 머릿속에 지금과는 동떨어진 생각들이 가득한 것 같았다. 그가 다가가서 그녀의 손을 잡았지만 그녀가 손을 빼냈다.

키스가 그랬어요?

당신이 항상 경마장과 말의 무게와 돈을 걸 최고의 말에 대해 잘 안다고 했습니다.

하. 그녀는 이렇게 말하고 나서 다시 생각에 잠겼다. 저 아래 거리에서 개 한 마리가 요란하게 짖어대는 소리가 올라오자 그녀는 화들짝 놀라서 불안하게 두리번거렸다.

그 사람이에요. 그녀가 말했다. 그녀의 목소리에 점점 긴장이 차올랐다. 그 사람이 하루 일찍 온 거예요. 가봐야겠어요. 그 사람이……

저건 큰 개예요. 도리고가 말했다. 잘 들어봐요. 큰 개라고요. 미스 비어트리스 같은 똥개가 아니에요.

그녀는 조용해졌다. 개 짖는 소리가 멈추고, 남자의 목소리가 개에게 말을 걸더니 사라져버렸다(키스는 아니었다). 얼마 뒤 그녀가 입을 열었다.

난 그 개가 싫어요. 아니, 대개는 개를 좋아하지만요. 그런데 그 사람은 우리가 식사를 마친 뒤에 그 개가 식탁에 올라오는 걸 내버려둬요. 그 흉측한 혀가 끔찍한 뱀처럼 휙 튀어나온다고요.

도리고는 웃음을 터뜨렸다.

침을 줄줄 흘리면서 헐떡거려요. 에이미가 말했다. 식탁에 올라오는 개라니. 상상이 가요?

식사 때마다요?

뭐 하나 얘기해줄까요? 당신한테만?

그래요.

미스 비어트리스 얘기가 아니에요. 아무한테도 말하면 안 돼요.

그럼요.

약속해요.

물론입니다.

약속한다고 말해요!

약속합니다.

그녀는 베란다 그늘 속으로 다시 돌아와 의자에 앉았다. 그리고 맥주를 한 모금, 그다음에는 길게 쭉 한 모금 더 마신 뒤 잔을 내려놓고 그를 흘깃 올려다보더니 물방울이 맺힌 유리잔으로 다시 시선을 돌렸다.

임신한 적이 있어요.

그녀는 물기에 젖어버린 손끝의 녹을 비비며 자신의 손가락을 바라보았다.

키스의 아이예요.

당신은 키스의 아내니까 당연하죠.

옛날 일이에요. 우리가 결혼하기 전.

그녀는 말을 멈추고 목을 쭉 빼서 주위를 둘러보았다. 그늘이 진 긴 베란다에 다른 사람이 없는지 찾아보는 것 같았다. 마침내 아무도 없음을 확인한 그녀가 다시 그에게 시선을 돌렸다.

그래서 우리가 결혼한 거예요. 그 사람은 순전히, 정말 끔찍한 소리처럼 들리겠지만, 그 사람은 순전히 결혼하지 않고 아이를 낳는 게 옳지 않다고 생각했을 뿐이에요. 이해가 가요?

글쎄요. 두 사람이 결혼하는 거야 얼마든지 가능한 일이었고, 실제로도 결혼했잖습니까.

그 사람은 좋은 남자예요. 정말이에요. 하지만, 내가 임신했을 때, 그 사람은 결혼을 원하지 않았어요. 내가 원했지. 아기를 지키려고. 나는……

그녀가 다시 말을 멈췄다.

그 사람을 사랑하지 않았어요. 그래요, 사랑하지 않았어요. 게다가……

게다가?

날 나쁜 여자로 보지 않을 거죠?

왜요?

못됐다고 볼 건가요? 난 못되지 않았어요.

왜요? 내가 왜 그런 생각을 하겠습니까?

내가 멜버른컵을 보러 멜버른에 가겠다고 했으니까요. 사람들한테 내가 항상 거기에 간다고 말했어요. 어차피 난 여기 온 지 얼마 안 된 사람이니까 다른 사람들이 나에 대해 뭘 알겠어요? 하지만……

하지만 안 갔군요.

아뇨, 그게 아니라, 갔어요. 하지만……

그녀의 손가락이 녹을 비벼서 털어내려고 빠르게 움직이고 있었다. 그러다 갑자기 원피스 자락에 손가락을 닦는 바람에 빨간 얼룩이 남았다.

거기서 어떤 남자도 만났어요. 의사요. 멜버른에서 만날 수 있게 키스가 주선해줬거든요. 키스는 그게 최선의 방법이라고 말했어요. 11월이었는데, 음, 그 사람이 문제를 해결해줬어요.

침묵이 입을 벌렸다. 부서지는 파도 소리조차 그 침묵을 메우지 못했다.

난 원래 경마에는 아무 관심이 없었어요. 에이미가 말했다.

하지만 올드 로울리를 선택해서 경마에 이겼잖습니까. 백 대 일의 배당률로. 틀림없이 뭔가 아는 게 있는 겁니다, 그건.

내가 그 말을 고른 건 배당률이 백 대 일이었기 때문이에요. 지려고 그 말을 고른 거라고요. 출발점에서 그 말이 쓰러질지도 모른다는 생각까지 했어요. 그 망할 놈의 멜버른컵이 지긋지긋해서 고른 말이에요. 난 그 경기의 모든 게 싫어요.

그녀가 다시 일어섰다.

여기서는 그 이야기를 하고 싶지 않아요.

두 사람은 안으로 들어가서 침대에 누웠다. 그녀는 그의 가슴을 베고 누웠지만 날이 너무 더웠기 때문에 얼마 뒤 그녀가 그에게서 떨어졌다. 두 사람은 손끝만 맞닿은 채로 나란히 누웠다.

그 사람이 거기 앉아 있었어요. 키스 말이에요. 키스가 무릎에 미스 비어트리스를 앉힌 채 거기 앉아서 자기가 멜버른에서 날 돌봐줄 사람을 준비해두었다고 말했어요. 남자라고요. 그게 무슨 소리예요? 남자라니?

순간적으로 그녀는 이 질문에 온 정신을 빼앗긴 것처럼 보였지만 곧 다시 입을 열었다.

그러고는 개를 쓰다듬었어요. 난 그 개만큼 뭘 싫어한 적이 없어요. 그 사람은 나한테 손도 안 대는데, 거기 앉아서 개를 어루만지고 있었다고요.

그래서 어떻게 됐어요?

그냥 그렇게 됐죠. 난 멜버른에 가서 남자를 만났고, 그 사람은 그 망할 개를 계속 쓰다듬으며 얼러댔어요.

20

저멀리 아래쪽에서 가끔 들려오는 도로와 해변의 소음이 천장에서 천천히 시간의 껍질을 벗기고 있는 선풍기 날에 휘말려 소용돌이쳤다. 그는 자기도 모르게 그녀의 숨소리, 파도 소리, 벽난로 위의 시계 소리에 귀를 기울이고 있었다. 그러다 어느덧 에이미의 머리가 다시 자신의 가슴 위에 올라와 있고, 그녀가 잠들었음을 깨달았다. 얼마 뒤에는 그 역시 잠이 들었다. 늦은 오후에 바다에서 불어오는 산들바람이 조금 더 속도를 내자 커튼이 하품하듯 안을 향해 입을 벌렸다. 바람과 함께 더위가 조금 떨어져나가면서, 황혼녘의 어스름한 빛이 간헐적으로 들어왔다. 얼마 뒤 몸을 뒤척이던 그는 밤이 되었음을 깨달았다. 램프가 켜져 있고, 에이미는 깨어서 그를 바라보고 있었다.

그래서 그다음에는? 그가 속삭였다.

그다음이라니요?

멜버른에서 그 남자를 만난 다음에는?

아. 그녀는 말을 멈추고 천장을 바라보았다. 어쩌면 그 너머를 보는 것 같기도 했다. 당혹감과 체념이 동시에 배어 있어서, 마치 자신이 보고 있는 천장의 어느 지점 또는 그 너머의 별들이 곧 세상의 전부라고 생각하는 것 같았다. 그렇죠. 그녀는 계속 천장을 바라보며 이 말을 여러 번 반복한 뒤에 마침내 다시 그에게 시선을 돌렸다.

나는 경마를 보러 멜버른에 가는 척해야 했어요. 그래서 말이니 돈 걸기니 하는 것에 대해 벼락치기로 공부를 했죠. 조금 재미가 생겼던 것 같기도 해요. 뭔가 생각할 거리가 생긴 거니까. 그리고 일이 끝난 뒤에는 아무려면 어떠랴 싶었어요. 경마랑 똑같아요. 내가 그냥 그런 척했다는 점에서. 나도 모르겠네요. 난 어쨌든 그래서 내가 가끔 술렁거리게 된 거예요.

그럼 키스는요?

내가 돌아온 뒤 그 사람이 날 아주 친절하게 대해줬죠. 정말 친절하게. 아마 죄책감을 느꼈나봐요. 난 어찌나 속이 상하던지. 그 사람은 나랑 결혼하고 싶다고 했어요. 이미 아이는 없는데도…… 보상하고 싶었던 거겠죠. 어쩌면 나보다 더 부끄러웠던 건지도 모르고. 잘 모르겠어요.

그래서 사랑에 빠졌어요?

그냥 빠졌죠. 모든 게 눈雪이었어요. 머릿속의 모든 게. 그런 거 느껴본 적 있어요? 모든 생각이 눈으로 변해버리는 거요. 키스는 정말 친절했는데, 난 눈이었어요. 부끄러웠던 건지도 모르죠. 내가 그냥 하찮은 먼지 같다고 생각한 건지도 모르고요. 정말 먼지라고 생각했어요. 내가 노처녀로 늙어가고 싶지 않았던 건 확실해요. 어쩌면 난 우리가 잘못을 바로잡을 수 있을지도 모른다고 생각한 것 같아요. 다시 임신을 해서 이번에는 잘못을 바로잡을 수 있을 거라고. 하지만 모두 틀린 생각이었어요. 나는 친절한 그 사람이 싫었어요. 내가 계속 미워했더니 결국 그 사람도 날 미워하게 됐죠. 나더러 자길 속여서 결혼하게 만들었다고 하더라고요. 그런데 정말로 그런 것처럼 보여요. 그 사람은 내가 자기를 속였고, 끔찍한 짓들을 해서 임신했다고 말했어요. 지금은 진심으로 그런 생각을 하지 않을지도 모르지만, 한 번 내뱉은 말이 그냥 말로 끝나지 않을 때가 있잖아요. 그 사람이 상대를 어떻게 생각하는지 한 문장에 모두 드러날 때가 있잖아요. 단 한 문장에. 넌 날 속였어. 그래서 결혼한 거야. 그 사람은 이렇게 말했어요. 아무리 많은 말을 해도 아무런 의미가 없다가, 단 한 문장이 모든 걸 의미하게 된 거예요.

에이미는 옆으로 누워서 바다를 물끄러미 바라보고 있었다. 그는 그녀의 등뒤에 누워 그녀의 베개를 질투했다. 두 사람은 오랫동안 말없이 함께 누워 있었다. 그는 그녀의 얼굴로 흘러내린 머리카락을 손가락 하나로 걷어올려 귀 뒤로 넘겨주었다. 귓바퀴 모양이 언제나 그의 마음을 움직였다. 그는 끝이 없는 거대한 소용돌이 속으로 휩쓸려들어가기라도 하는 것처럼 끔찍한 현기증을 느꼈다. 초록색 플라스틱 시계에서 보이는 것이라고는 야광 시침과 숫자들, 유령처럼 떠 있는 둥근 틀뿐이었다. 그 원이 두 사람 위에 둥둥 떠서 째깍거리고 있는 것 같았다. 그녀가 몸을 돌려 그에게 파고들자 숨결이 그의 가슴을 스쳤다. 그녀의 눈이 열리더니 아주 멀리 있는 어떤 것을 바라보듯 그의 몸 너머를 강렬하게 바라본 뒤 다시 감겼다.

한참 시간이 흐른 뒤 그는 그녀의 목소리에 잠에서 깼다.

저 소리 들려요? 그녀가 말했다.

열린 창문을 통해 파도 소리, 사층 아래에서 술집을 나서며 축구 이야기를 하는 남자들의 목소리가 들렸다. 발소리, 대개 텅 비어 있는 느긋한 해안도로를 가끔 지나가는 자동차 소리, 어떤 여자와 아이가 이야기하는 소리, 함께 있는 사람들 소리, 함께 있어도 된다고 허락받은 사람들 소리.

파도 소리. 그녀가 말했다. 시계 소리. 파도 소리, 시계 소리.

그는 다시 귀를 기울였다. 얼마 뒤 그의 귀가 적응되고 저 아래 도로가 조용해지자, 서서히 밀려와 부서지는 파도 소리와 벨벳처럼 부드럽게 째깍거리는 시계 소리가 들렸다.

바다의 시간이에요. 파도가 또다시 밀려올 때 그녀가 말했다. 이건 인간의 시간. 이번에는 째깍거리는 소리에 맞춰서 그녀가 말했다. 우리는 바다의 시간에 맞춰서 움직여요. 그녀는 이렇게 말하고 나서 웃음을 터뜨렸다. 내 생각에는 그래요.

키스와 있는 것이 그렇게 끔찍하다면, 왜 떠나지 않는 겁니까?

그 사람이 끔찍하지 않으니까요. 어쩌면 내 나름대로 그 사람을 사랑하는 건지도 몰라요. 우리 때문이 아니에요.

하지만 사랑은 사랑이죠.

그런가요? 가끔은 사랑이 저주라는 생각이 드는데요. 아니면 처벌이거나. 난 그 사람이랑 같이 있을 때 외로워요. 그 사람이랑 마주보고 앉아 있을 때도 외로워요. 그 사람이랑 나란히 누워 자다가 한밤중에 깨어나면 너무나 외로워요. 난 외로운 게 싫어요. 그 사람은 나를 사랑하니까 나는 그런 말을 할 수가 없어요…… 너무 잔인하잖아요. 그 사람은 날 가엾게 여기는 것 같아요. 하지만 그걸로는 충분하지 않아요. 어쩌면 내가 그 사람을 가엾게 여기는 건지도 모르죠. 이해하겠어요?

그는 이해하지도 않았고, 이해할 수도 없었다. 자신이 왜 그녀를 원하는지도 이해가 가지 않았다. 그녀를 원하면 원할수록 그는 엘라에게 매이는 자신을 방치했다. 그녀가 키스에게 느끼는 것이 사랑인데 왜 그것이 그녀를 비참하고 외롭게만 만드는지 이해할 수 없었지만, 그 두 사람의 유대는 그녀를 행복하게 해주는 자신과의 사랑보다 어쩐지 더 강해 보였다. 그녀의 이야기가 이어지는 동안, 자신들이 지금 겪고 있는 모든 일이 처음부터 자신들이 결정할 수 있는 일이 아니었다는 생각이 들었다. 그들은 많은 사람과 많은 유대관계로 이루어진 세상에서 살고 있었으며, 그중 어느 것도 두 사람이 함께 있는 것을 허락해주지 않았다.

우리 두 사람만 세상을 사는 게 아닙니다. 그가 말했다.

어머, 그렇지 않아요. 우리 둘만 있는 게 아니라면 우린 아무것도 아닌 걸요. 에이미가 말했다. 우리 두 사람만 사는 게 아니라니, 무슨 뜻이에요?

하지만 그는 자기가 무슨 뜻으로 그 말을 했는지 알지 못했다. 그 순간 자신이 다른 사람들의 생각과 감정과 말 속에 존재하는 것 같은 느낌이 들었다. 자신이 누구인지 전혀 알 수 없었다. 자신들이 어떤 사람이고 앞으로 어떻게 될지 할 수 있는 말도, 생각나는 것도 전혀 없었다. 단순히 세상이 어떤 것은 허락하고 어떤 것은 처벌하는 것 같았다. 거기에는 이유나 설명도, 정의나 희망도 없었다. 그저 지금이 있을 뿐이니, 그냥 받아들이는 편이 나았다.

그래도 그녀는 계속 이야기를 늘어놓으며 해석할 수 없는 세상을 해석하려고 애썼다. 계속 그의 의도, 그의 생각, 그의 욕망에 대해 물었다. 그는 그녀가 자신을 함정에 빠뜨려 약속의 말을 하게 만든 뒤 절대 불가능한 일이라고 대놓고 거절해버릴 것 같다는 생각이 계속 들었다. 자신들 사이에 있는 것이 무엇이든 그가 거기에 이름을 부여해주기를 그녀가 바라고 있는 것 같았다. 하지만 만약 그가 그렇게 한다면, 두 사람 사이의 그것이 죽어버릴 터였다.

희미한 불빛 속에서 그녀가 맹세하듯 말하는 소리가 들렸다.

언젠가 난 떠날 거예요. 언젠가 내가 떠나고 나면 그 사람은 결코 날 찾지 못할 거예요.

그녀의 말을 믿기가 힘들어서 그는 아무 말도 하지 않았다. 그녀도 조용했다. 그는 자신이 뭔가 말을 해야 할 것 같았다.

왜 나한테 그런 얘기를 하는 겁니까?

내가 키스를 사랑하지 않으니까 그렇죠. 모르겠어요?

이 말이 새로우면서 동시에 마음을 불안하게 흔드는 계시처럼 두 사람을 후려쳤다.

한동안 두 사람 모두 말이 없었다. 맞은편에서 시간을 품고 있는 초록색 원을 제외하면, 사방이 완벽한 어둠이었고, 두 사람의 몸이 그 속에 녹아들었다. 두 사람은 어둠 속에서 서로를 찾지 않고, 자신들과는 다른 전체를 이루는 조각들을 찾았다. 그는 자신을 붙든 그녀의 팔과 몸만 없으면, 자신의 몸이 수백만 개의 조각으로 부서져 날아가버릴 것 같았다.

잘 들어요. 그녀가 말했다. 우린 바다의 시간이에요.

하지만 파도 소리가 이미 사라진 뒤였기 때문에, 들리는 것이라고는 시침밖에 없는 플라스틱 시계 소리뿐이었다. 그는 알고 있었다. 자신이 그녀의 귓바퀴에 입을 맞췄을 때 그녀가 잠들어 있지 않았음을, 이 순간 이 우주에서 유일하게 진실한 것은 이 침대에 함께 누운 자신들밖에 없다는 생각이 틀렸음을. 그는 평화를 느끼지 못했다.

21

해가 제대로 뜨기도 전인데 아침 공기가 벌써 오븐처럼 뜨거웠다. 그녀는 객실 종업원이 두 사람의 부정을 알아차리지 못하게 도리고를 도와 침대를 정리했다. 그리고 몸을 씻는 그를 지켜보았다. 그의 양손은 젖은 그릇이 되었고, 그 손에서 떨어져나온 번들거리는 얼굴은 김을 피워올리는 푸딩 같았다. 무엇보다 그녀의 눈에 들어온 것은 그의 가무잡잡한 팔이었다. 그가 물건을, 그러니까 차가운 물병이나 면도용 솔이나 안전면도날 같은 것을 집어들거나 잡고 있을 때의 움직임. 그의 팔은 무자비한 힘이 아니라 부드러운 힘을 품고 있었다. 그는 단정했다. 다른 사람들과 달랐다.

그는 양팔을 어린 양의 위태로운 다리처럼 벌린 채 몸을 아래로 기울여 세면대에 머리를 파묻고 있었다. 하지만 그는 어린 양과는 거리가 멀었다. 그렇게 단단하게 자세를 유지하고 있는 모습이 오히려 늑대와 비슷하다는 생각이 들었다. 뭔가를 기다리는 검은 늑대. 겨드랑이의 멋진 검은 털이 비누에 젖어 반질거렸다. 그의 가슴. 뭔가를, 자동차나 기차나 그녀의 마음을 막으려는 것처럼 그가 한 팔을 들어올렸다가 아무것도 아니라는 듯이 다시 떨어뜨릴 때 그 어깨의 움직임.

그녀는 당장 그의 겨드랑이에 얼굴을 묻고 맛을 보고 싶었다. 이로 깨물고, 그 겨드랑이와 하나가 되고 싶었다. 아무 말 없이 얼굴로 그의 온몸을 훑고 싶었다. 무늬가 있는 원피스를 입지 말걸 그랬다는 생각이 들었다. 형편없는 초록색의 싸구려 원피스. 그녀를 전혀 돋보이게 하지 못하는 옷. 가슴이 아예 사라져버린 것처럼 보이는 대신 당당하게 솟아 있으면 좋을 텐데. 그녀는 그를 지켜보았다. 살짝 숨겨진 근육이 그의 등을 가로질러 뛰어가는 짐승 같았다. 그녀는 그가 움직이는 것을 지켜보며 그 등에, 팔에, 어깨에 입을 맞추고 싶었다. 그녀는 그가 시선을 들어 자신을 보는 것을 지켜보았다.

저 눈, 저 검은 눈. 보지 않으면서 보는 눈.

그녀는 그 눈을 서둘러 피하려고 뭔가 말했지만 몸은 그냥 그 자리에 남아 있었다. 그가 무슨 생각을 하는지 도무지 알 수 없었다. 그녀가 한 번 직접 물어보았더니 그는 자기도 전혀 모르겠다고 말했다. 나중에 조금 시간이 흐른 뒤에는 그가 겁에 질린 것 같다는 생각이 들었다. 그는 미남이었다. 그녀는 그것도 마음에 들지 않았다. 자신감이 지나치고, 아는 것도 너무 많은 것 같았다. 하지만 그녀는 나중에 자신의 생각이 틀렸음을 또다시 깨달았다. 알면서 모르는 것.

그를. 똑바로.

그는 그녀가 여전히 자신을 빤히 바라보는 것을 알고 시선을 피하며 아래를 내려다보았다. 얼굴이 발갛게 달아올라 있었다.

그녀는 그에 대해 모든 것을 알고 싶었다. 그에게 자신에 대해 모든 것을 말해주고 싶었다. 하지만 뭐라고 말할까? 그녀는 애들레이드에 가족이 있는 친구를 만나러 시드니에서 이곳으로 왔다가 그대로 여기에 남아 킹오브콘월의 술집에 취직했다. 그리고 거기서 키스 멀베이니를 만났다. 그는 따분한 남자였지만 나름대로 친절했으며, 이런저런 일들이 일어났다. 이런 것이면 되나? 아버지는 밸메인에서 간판을 그리는 일을 했으나, 그녀가 열세 살 때 세상을 떠났고, 그녀의 형제 여섯 명은 최선을 다해 자기 앞가림을 하려고 애썼다. 그녀가 만난 남자 중에 도리고 같은 사람은 처음이었다.

거기 바닥이 나보다 더 흥미로워요? 그녀가 말했다.

이건 도대체 무슨 소리인가? 그녀는 짓궂은 여자였고, 부끄러운 줄 모르는 여자였다. 그녀도 아는 사실이었다. 때로는 온 세상이 이 사실을 다 알든 모르든 상관하지 않기도 했다. 지금 당장 죽음이 닥친다 해도 후회는 없을 것 같았다. 아무것도 후회스럽지 않았다. 그녀는 그에게 셔츠를 건넸다.

아닙니다. 그가 말했다.

그리고 빙긋 웃었다. 그의 미소, 그리고 그가 그녀에게서 수건을 받아 미소를 숨길 때 피부 밑에서 공처럼 앞뒤로 움직이는 이두박근. 움직이면서 움직이지 않는 것.

하지만 그는 머뭇거리고 있는 것 같았다. 남자들은 모두 거짓말쟁이고, 그도 틀림없이 다르지 않을 것이다. 혀는 하나뿐인데 거기서 나오는 이야기는 무수히 많았다. 그녀가 모두 이미 겪은 일이었다. 그녀는 당장 그의 멋진 물건을 입에 물고 싶었다. 식당에서 모든 사람이 보는 앞에서. 그러면 커피에 넣을 크림이 조금 생길 텐데.

갑자기 그가 그냥 사라져버렸으면 좋겠다는 생각이 들었다. 그를 밀쳐버리고 싶었지만, 그의 몸에 손을 대면 무슨 일이 일어날지 무서웠다.

도리?

의문과 욕망.

그럴 리 없는데도 그랬다. 이런 느낌, 이렇게 잘 아는 것 같은 기분, 이런 우리가 계속 이어질지 궁금했다.

도리?

네.

도리, 그럴까요?

그럴까요라니, 뭐가요?

겁이 날 것 같아요? 에이미가 말했다. 내가 사랑한다고 말하면?

도리고는 아무 말 없이 시선을 돌렸고, 에이미는 파란 침대보에서 실 한 가닥, 한 가닥을 찾아내 잡아당겼다.

아, 그녀는 짓궂은 여자고, 자신과 키스에게 거짓말을 했지만 그 모든 것의 결과가 이것이라면 하나도 후회스럽지 않았다. 그녀는 사랑을 원하지 않았다. 그녀는 함께 있는 것을 원했다.

아직 아침인데도 두 사람은 방금 정리한 침대에 다시 함께 누웠다. 그의 팔뚝이 그녀의 젖가슴을 가로지르고, 손이 그녀의 턱 밑을 둥지처럼 받쳤다. 그리고 코로 그녀의 목을 위아래로 문질렀다. 그녀는 몸을 뒤척였다. 그의 입술이 열리고, 그녀의 목이 올라갔다.

그렇지 않아요. 그가 말했다.

그가 잠들자 그녀는 일어섰다. 잠시 휘청거리다가 균형을 잡은 뒤 몸을 쭉 펴고 발코니의 그늘 속으로 나갔다. 저멀리 바닷가에서는 아이들이 파도 속에 들어가 꺅꺅거리며 놀고 있었다. 더위가 무서운 어머니처럼 그녀에게 앉으라고 명령했다. 그녀는 한참 동안 앉아서 쏴 몰려왔다가 철썩하고 부서지는 파도 소리에 귀를 기울였다. 쭉 뻗은 다리에 걸린 그림자가 점점 짧아지는 것을 알아차린 그녀는 마침내 남편과 함께 살고 있는 삼층 아래의 방으로 내려갔다.

어디서나 도리고의 냄새가 났다. 목욕을 해도 소용없었다. 그가 그녀의 세계에 냄새를 입혀놓았다. 그녀는 남편과 함께 쓰는 침대에 누워 해가 진 뒤까지 잠을 잤다. 그러다 깨어났을 때 코에 닿는 냄새라고는 그의 냄새뿐이었다.

22

반차, 하루 휴가, 자유로운 밤 시간. 어떤 식으로 휴가를 내든 도리고는 이제 항상 에이미와 함께 시간을 보냈다. 승합차를 손에 넣어서 움직이기도 편해졌다. 동료 장교가 카드게임으로 그 차를 땄으나 이미 차를 가지고 있었으므로, 도리고에게 필요할 때마다 흔쾌히 빌려주기로 한 것이다. 키스는 도리고가 찾아오는 것을 몹시 반가워하며, 자신이 이런저런 일로 집을 비울 때 조카가 에이미를 돌봐주게 되어 다행이라고 단언했다. 여름이 깊어갈수록 그가 집을 비우는 날이 점점 더 늘어나는 것 같았다.

킹오브콘월에서 도리고는 한 번에 겨우 몇 시간밖에 머무를 수 없었으므로 그 시간을 다 합해봤자 겨우 몇 주에 불과했지만, 그에게는 유일하게 사는 것처럼 살 수 있는 시간인 것 같았다. 에이미는 우리가 다시 진짜 생활로 돌아갔을 때라든가 꿈이 끝날 때 같은 말을 했지만, 그에게는 그녀와 함께 보내는 시간만이 진짜였다. 다른 모든 것은 환상이었으므로, 그는 아무 관심 없이 그림자처럼 지나쳐버렸다. 그래서 그 세계, 그러니까 에이미가 없는 세계가 그에게 소유권을 주장하며 에이미가 아닌 어떤 것에 대한 행동이나 생각을 요구하면 그저 화가 날 뿐이었다.

한때 그의 전부를 차지했던 군대생활이 이제는 설렘은커녕 흥미도 불러일으키지 못했다. 환자들을 보아도 창문을 보는 것 같을 뿐이었다. 그 창문을 통해 보이는 사람은 오로지 에이미뿐이었다. 그가 수술을 위해 메스를 놀리는 모든 순간, 모든 손놀림과 바느질이 서투르고 어색하고 무의미해 보였다. 그는 에이미와 떨어져 있을 때도 그녀의 모습을 보고, 그녀의 목에서 나는 사향 냄새를 맡고, 그녀의 밝은 눈을 지그시 바라보고, 갈라진 목소리로 터뜨리는 그녀의 웃음소리를 듣고, 살짝 묵직한 그녀의 허벅지를 손가락으로 더듬고, 그녀의 머리카락 중에서 조금 결점이 있는 부분을 바라볼 수 있었다. 그녀의 팔은 왠지 신비로운 여성적인 풍만함을 지니고 있어서 팽팽하지도 늘어지지도 않았다. 그의 눈에는 그저 놀라울 뿐이었다. 그가 그녀를 바라볼 때마다 자꾸만 늘어나는 그녀의 결점들은 그를 점점 더 짜릿하게 흥분시켰다. 그는 마치 새로운 땅에 들어선 탐험가가 된 기분이었다. 그 땅에서는 모든 것이 거꾸로 뒤집혀 있었는데, 그 때문에 그 땅이 더욱더 놀라웠다.

엘라에게 찬사를 안겨주고 다양한 할리우드 스타들과 비견되게 만들어주는 얌전한 모습이 그녀에게는 없었다. 에이미는 살도 혈기도 지나치게 넘쳤다. 그는 그녀와 떨어져 있을 때 그녀의 완벽한 결점들을 더 많이 떠올리려고 했다. 그 결점들이 자신을 얼마나 흥분시키고 얼마나 기쁘게 해주는지. 그런 생각을 하면 할수록 그런 결점들이 늘어났다. 입술 위의 애교 점, 덧니가 드러나는 매혹적인 미소, 살짝 어색한 걸음걸이. 특히 걸음걸이는 생각에 잠긴 듯하면서도 마치 으스대는 것 같아서, 그녀가 억제할 수 없는 것을 억제하고 여성적인 동시에 동물적인 어떤 것을 드러내지 않은 채 새침한 척하려고 애쓰는 것 같았다. 그녀는 항상 무심코 블라우스를 잡아당겨 가슴골을 가리려고 했다. 그렇게 하지 않으면 젖가슴이 언제든 탈출할지도 모른다고 생각하는 사람 같았다.

도리고는 그녀가 자신의 타고난 모습을 회피하고 가리려고 하면 할수록 오히려 시선을 끌어서 그 본연의 모습이 시선 속에서 난동을 피우는 것을 자주 떠올렸다. 그녀는 자신이 줄줄 흘리듯 내보이는 바로 그것 때문에 당황하면서도 신을 내는, 살아 움직이는 역설이었다. 웃을 때는 깔깔거리고, 움직일 때는 몸을 흔들었으며, 몸에서는 항상 사향 냄새와 변덕스러운 바닷바람 냄새가 났다. 호텔 베란다를 통해 불어와서 열린 베란다 유리문을 부드럽게 흔들어대는 바람. 침대에서 그녀는 가끔 손으로 자신의 몸을 쓸며 묘하게 당황한 표정으로 자신의 엉덩이나 허벅지를 빤히 바라보았다. 그와 마찬가지로 그녀도 자신의 몸을 답을 찾을 수 없는 수수께끼로 보는 모양이었다. 그녀는 자신을 결점 많은 구조물이라고 불렀다. 다리의 모양, 허리의 폭, 눈 모양이 전부 문제라는 것이었다.

도리고는 처음에 자신을 생각하는 그녀의 감정을 믿지 않으려고 했다. 나중에는 육체적 욕망이라고 무시했다. 그러다 더이상 그 감정을 부정할 수 없게 되자 그 동물적인 느낌과 힘과 믿기 힘든 사나움에 점점 당황했다. 도리고 에번스는 자신처럼 스스로를 비하하는 남자에게 이런 생기가 너무 커다랗고 너무 설명하기 힘든 것으로 느껴지면, 그것으로부터 도망치지 못하고 압도당하게 된다는 것을 점차 깨달았다. 그리고 그 생기에 굴복했다.

이제 욕망이 두 사람을 가차없이 지배했다. 그래서 무모해진 두 사람은 기회가 생길 때마다 사랑을 나눴으며, 어쩌면 갑작스럽게 남에게 들킬 수도 있는 그늘진 곳이나 짧은 짬을 놓치지 않았다. 온 세상을 향해 볼 테면 보라고 도전장을 던지는 것 같았다. 어떤 때는 일부러 들킬 만한 행동을 하고, 어떤 때는 들키기를 바라고, 어떤 때는 들키지 않으려고 피하고, 어떤 때는 숨기도 했지만 거기에서 짜릿한 흥분을 느끼는 것만은 항상 변함이 없었다. 킹오브콘월의 두꺼운 청회색 사암 벽을 통해 파도가 밀려와 부서지는 소리가 들렸다. 벽 안에서는 두 사람이 격렬히 몸을 움직이며 서서히 하나가 되었다. 땀으로 미끄러운 두 몸이 땀을 뚝뚝 흘리며 결합했다. 두 사람은 해변에서, 바다 속에서 사랑을 나눴다. 그보다 불편하기는 하지만 캐브리올레 차 안에서도, 킹오브콘월의 뒷길에서도, 서늘한 포도주 창고의 쿠퍼스레드 맥주통 위에서도 사랑을 나눴다. 한번은 아주 늦은 밤에 부엌에서 사랑을 나눈 적도 있었다. 그는 그녀의 마음속 숨은 뜻에 저항할 수 없었다.

정사가 끝나면 그는 무표정한 그녀의 얼굴 때문에 괴로웠다. 그렇게 가까운데도 멀기만 한 그 얼굴이 그를 올려다보고, 그를 투과하고, 그의 너머를 보았다. 그런 때면 그녀가 모종의 무아지경에 빠져 있는 것 같았다. 눈썹이 몹시 선명하고 강렬했다. 밤의 불빛 속에서 은빛으로 타오르는 그녀의 푸른 눈은 그에게 초점을 맞추고 있는 것이 아니라, 그냥 그를 똑바로 빤히 바라보는 것 같았다. 살짝 벌어져 있지만 웃음기는 없는 그녀의 입술, 서서히 가라앉는 숨소리에 그는 몸을 기대고 뺨을 기댔다. 그 숨결을 아주 조금이라도 살갗에 느껴보려고. 그러면 이것이 환상이 아니라고 확신할 수 있을 것 같았다. 그녀가 정말로 그와 함께 누워 있다고. 그러면 그는 기쁨이나 자부심이 아니라 놀라움을 느꼈다. 어두한 호텔 방에서 그는 이토록 아름다운 것을 처음 보는 것 같다고 생각했다.

한번은 키스가 회합 때문에 아침 일찍 시내로 떠난 뒤 그녀가 그의 방으로 왔다. 그리고 가벼운 수다를 떨다가 나가려던 순간 그와 포옹하고, 입을 맞추고, 침대로 쓰러졌다. 그녀는 침대 위에서 다리를 벌리고, 그는 반은 웅크리고 반은 선 자세로 그녀의 안으로 들어갔다. 그리고 나서 그녀의 얼굴을 내려다보았을 때, 그녀는 어딘가 다른 곳에 가 있는 사람 같았다. 아예 그를 의식하지도 못하는 것 같았다.

그녀의 눈이 점점 밝게 빛났지만, 묘하게 초점이 없었다. 입술은 얕게 헐떡이는 숨결이 빠져나올 수 있을 만큼만 벌어져 있었다. 짧은 숨이 연달아 폭포처럼 쏟아지는 것 같은 그녀의 숨소리는 그에 대한 반응이기도 했고, 오로지 그녀만의 황홀경에 대한 반응이기도 했다. 그녀의 얼굴이 어딘가에 완전히 몰두한 것 같아서 그는 겁이 났다. 이러한 망각이야말로 그녀가 그에게서 진심으로 구하는 것인 듯싶었다. 그렇다면 두 사람의 열정은 그녀가 이 세상에서 지워지는 결과만 낳을 것이다. 마치 그는 그녀가 아주 먼 미지의 장소로 타고 가는 교통수단에 불과한 것 같았다. 둔탁한 분노가 그의 마음속에서 솟았다. 그녀가 그를 격렬하게 붙들고 자신의 안으로 잡아당기기 시작하자, 그는 잘 알 수는 없지만 자신의 몸 또한 그녀와 같은 여행을 하고 있음을 이해했다. 그녀는 이 모든 것이 바로 그라고 생각하는 건가? 그는 궁금했다. 이 모든 것은 그가 아니었다. 그도 잘 모르는 수수께끼였다.

그렇게 계속 시간이 흘렀다. 끝이 없을 것 같던 그해 여름은 어느 일요일 밤 키스가 에이미에게 다 알고 있었다고, 처음부터 알고 있었다고 말하면서 끝났다. 멋대로 훔쳐 탄 자동차로 신나게 달리다가 충돌사고를 냈을 때와 흡사했다.

23

키스 멀베이니는 처음부터 이야기를 시작했다. 그가 아무것도 놓치지 않았음이 분명했다. 그는 평소보다 훨씬 더 천천히 차를 몰았다. 등화관제법에 따라 가로등도 없고, 주택에서 새어나오는 빛도 없고, 모든 자동차의 헤드라이트 또한 가늘고 길게 구멍을 낸 덮개로 가려져 있는 탓이었다.

알고 있어. 그가 말했다. 처음부터 알고 있었어.

자동차 바닥이 에이미의 발밑에서 부르르 떨었다. 그녀는 그 진동에 몰두해 자신을 잊어보려고 했지만, 그 진동이 자꾸만 그녀에게 도리…… 도리…… 도리라고 말하는 것 같았다. 차마 남편을 바라볼 수 없어서 그녀는 앞에 펼쳐진 어두운 밤 풍경만 계속 바라보았다.

처음부터 알았어. 그가 말했다. 그애가 처음 날 만나러 왔을 때부터.

문장과 문장 사이로 몇 마일이 흘러가는 것 같았다. 자동차가 한없이 펼쳐져 덜컹거리는 암흑 속에서 길을 잃은 것 같았다. 그녀는 생각을 밀어내려고 했지만, 느껴지는 것이라고는 키스에게서 새어나오는 슬픔뿐이었다. 그 슬픔이 세상을 텅 비워버리는 것 같았다. 자동차는 계속 부르르 떨었지만, 그녀의 주위에는 온통 침묵과 고독, 그리고 무엇보다 무서운 적막뿐인 것 같았다. 그녀가 그의 이런 모습을 본 것은 그가 사랑하는 누이가 작년 여름 결핵으로 세상을 떠났을 때뿐이었다.

어쩌면 이것도 일종의 슬픔일까. 그녀는 속으로 생각했다. 기쁨도, 놀라운 일도, 웃음도, 기운도, 빛도, 미래도 없어. 희망과 꿈은 이미 불길이 죽어버리고 차갑게 남은 재일 뿐이야. 대화도 언쟁도 없어. 사실 할말이 뭐 있겠어? 이건 죽음이야. 사랑의 죽음. 에이미는 속으로 생각했다. 키스는 앞으로 몸을 기울인 자세로 앉아 있었다. 수많은 절망의 조각들이 자루처럼 몸에 잘 맞지 않는 그의 옷과 가방에서 막대기처럼 튀어나와 있었다. 갈색 옥스퍼드 가방, 초록색 능직 셔츠, 충충한 색의 모직 넥타이.

뻔뻔스럽다는 생각이 들었어. 키스가 말했다.

에이미 멀베이니는 사실을 감추면서 최대한 반발했다. 아무 일도 없었다고. 그녀는 당시 자신과 그가 우연히 한 번 만난 적이 있을 뿐 생면부지의 남이나 마찬가지였다고 말했다. 그리고 그와 서점에서 우연히 만난 일에 대해서는 이미 이야기하지 않았느냐고 키스의 기억을 일깨워주었다. 그 말은 사실이었다. 그녀는 서점에서 아무 일도 없었다고 말했다.

아무 일도? 키스 멀베이니가 말했다. 그는 언제나 그렇듯이 미소를 짓고 있었지만, 그녀는 그 미소를 보며 두려움과 수치심을 동시에 느꼈다. 가슴이 덜컹하지 않았어? 그가 말을 이었다. 그 녀석과 이야기하면서 흥분이나 설렘을 느끼지 않았어?

그녀는 거짓말을 하고 싶지 않았으므로 입을 다물었다. 침묵은 곧 죄를 시인하는 행동임을 알고 있었지만, 말을 하는 편이 더 나쁠 것 같았다.

봐, 나는 당신을 잘 알아, 에이미. 그러니까 그때 당신이 설렜다는 것도 알아.

이 사람이 어떻게 알았을까? 에이미는 속으로 자문했다. 그때는 두 사람도 미처 모르던 일을 이 사람이 어떻게 알았을까?

키스가 아닌 다른 사람이었다면, 그의 말을 허세로 생각했을지도 모른다. 하지만 키스 멀베이니는 술수를 부릴 줄 모르는 사람이었다. 그는 진실과 불행한 관계를 맺고 있었다. 반면 그녀는 도리고를 만난 이후 그 관계를 스스로 잃어버렸다. 절대로 가장 먼저 떠오르는 생각을 말하지 않고, 세번째나 네번째 생각을 기다렸다. 그러고도 그 생각에 결점이 없는지 시험하고 확인한 뒤에야 입을 열었다. 하지만 키스는 언제나 자신의 생각을 정확히 말로 옮겼다. 그는 처음부터 알고 있었다. 이 끔찍한 사실을 알면서도 아무런 말도 불평도 없이 참을성 있게 많은 일을 했다. 그런데 그날 밤 로버트슨의 집에서 돌아오는 길에 앞에 펼쳐진 암흑 속에서 뭔가가 입을 벌리는 바람에 그는 더이상 그 사실을 속에 품고만 있을 수 없게 되었다.

두 사람은 여름 내내 편안한 결혼생활을 유지했다. 에이미가 다시 생각해보니, 그동안 훨씬 더 편안해진 것 같기도 했다. 결혼한 뒤 그녀가 바꿔달라고 요구했지만 그가 거부했던, 에드워드 양식의 말총가구와 비슷한 느낌이었다. 딱딱한 곳을 피해서 부드러운 부분에 아늑하게 자리를 잡으면 축 늘어지면서 편안해진다는 점에서. 그는 이기적이지 않고 상냥한 사람이었다. 하지만 그는 도리고가 아니었다. 그리고 그녀는 이것이 사랑이라고 자신을 속이기가 계속 힘들어지고 있음을 점차 깨달았다. 결혼생활이 고목처럼 말라가는 것이 느껴졌다. 그녀는 키스에게로, 둘이 함께 쓰는 침대로 주의를 돌렸다. 밤에도 여전히 더운 날씨 때문에 그녀는 낡아서 점점 얄팍해지는 노란색 코듀로이 침대커버를 매일 조용히 상냥하게 뒤로 접어 젖히곤 했다. 하지만 그녀를 어딘가 다른 곳으로 데려가는 마음속의 소용돌이는 그에게 숨겼다.

때로 그녀는 무릎을 꿇고 고백하고 싶은 강렬한 충동을 느꼈다. 낮에는 죄책감을 견딜 수 있었지만, 밤과 새벽에는 죄책감이 뱃속을 가득 채우고 가슴을 세게 압박해대는 통에 숨을 느리게 쉬어야만 그 무게를 견딜 수 있었다. 그녀는 그에게서 면죄를 원하지 않았다. 오로지 그녀의 진실과 삶을 인정해주는 순수성, 그리고 일어서서 몸을 돌려 영원히 떠나주는 순수성을 원할 뿐이었다.

24

에이미는 킹오브콘월에서 처음 일하기 시작한 몇 달 동안 나이가 좀 있고 곰처럼 덩치가 큰 주인의 관심과 선물, 찬사를 한편으로는 즐기면서도(어쩌면 무의식적으로 그녀가 그의 관심을 부추겼을 가능성도 있었다), 다른 한편으로는 차츰 불편을 느끼게 되었다. 어느 날 밤 바의 문을 닫은 뒤 그녀는 키스와 단둘이 남게 되었다. 그에게 공연한 관심을 그만두라고, 그래봤자 아무 소용 없을 것이라고, 부드럽게 말할 수 있는 적당한 기회를 마련하기 위해 그녀가 일부러 원한 자리였다. 하지만 생각했던 말을 하는 대신 그녀는 자신을 어루만지는 손길의 미로에 빠져버리고 말았다. 언제 어떻게 그를 피해 도망쳐야 할지 알 수 없어서 결국은 그냥 그에게 장단을 맞춰주면서 다른 기회를 기다리는 편이 더 편하고 현명할 것 같다는 생각을 하게 되었다.

하지만 일은 자연스럽게 다음 단계로 이어지지 않고 아예 세상을 산산이 부숴버렸다. 그런 일이 가끔 일어나곤 한다.

낙태를 한 뒤 키스가 죄책감에 사로잡혀 결혼을 생각했을 때, 에이미는 너무 정신이 없고 낙담해서 무엇이든 결정을 내릴 수 있는 상태가 아니었다. 그리고 키스는 자신과 이 호텔의 세계로 그녀를 완전히 끌어들이려고 주도면밀하게 움직였으므로, 그녀는 다른 생각을 할 시간이 거의 없었다. 우습게도 그의 청혼이 모양새가 나쁘지 않고 확실하다는 점에서 수렁을 빠져나갈 유일한 탈출구인 것 같았다. 그녀는 그와 자신의 다른 점들이 아주 도드라져 보이지만 사실은 다른 부부들에 비해 더하지도 덜하지도 않은 수준일지 모른다고 속으로 되뇌었다.

그 생각이 맞는 것 같기도 했다. 그녀는 그가 점잖고, 너그럽고, 자상한 남자임을 알게 되었다. 평생 처음으로 그럭저럭 풍족하고 안정적인 생활을 할 수 있었다. 키스는 그녀와의 나이 차이(약 스물일곱 살)를 감안해서 그녀에게 마음대로 돌아다닐 수 있는 자유를 어느 정도 허용해주었고, 그녀는 그 고마움을 모르지 않았다. 그래, 지옥 같은 생활은 아니었다.

그녀는 키스에게 호감 가는 부분이 많다는 것을 알고 있었다. 함께 있으면 편안했으며, 호텔 관리에 정성을 쏟았고, 그녀가 부족함을 모르게 해주었으며, 겨울이면 장작을 충분히 마련해두고, 여름이면 주방에 얼음을 채워두었다. 그는 그녀를 아껴주었다. 그녀는 그에게 자신이 호텔과 같은 존재임을 느꼈다. 필요한 것을 제공해주고, 그가 관심은 있지만 근본적인 열정은 없는 삶의 일부분. 그는 결혼생활의 공허함을 부지런함으로 메우기 위해 호텔에서 열심히 일했고, 얼마 되지도 않는 여가 시간에는 여러 스포츠클럽의 총무와 시의원으로 활동했다.

하지만 에이미는 단순한 보살핌, 편안함, 장작, 차가운 우유 이상의 것을 원했다. 몇 년 동안이나 똑같은 방식으로 접는 바람에 접힌 자리에 영구적인 주름이 생겨서 그 자국을 따라 저절로 구겨지는 색바랜 노란색 코듀로이 침대커버 이상의 것을 원했다. 그녀는 관리 부족으로 인한 황폐함, 모험, 불확실성을 원했다. 편안함이 아니라 지옥을 원했다.

밤에 가끔 그가 그녀의 등뒤에 누워 그녀의 엉덩이와 허벅지를 어루만질 때가 있었다. 젖가슴에 그의 손이 느껴지면, 그녀는 살찐 큰 거미를 떠올렸다. 조금 있으면 그의 손가락이 그녀의 다리 사이로 들어가 그녀에게 쾌감을 안겨주려고 했지만 그녀는 한 번도 반응을 보이지 않았다. 그녀는 그의 관심에 대처하는 최선의 방법은 아무것도 하지 않는 것임을 알게 되었다. 그래서 반항하지도 받아들이지도 않았다. 그가 한쪽 다리를 올리든, 그녀의 몸 안으로 들어오든, 그녀는 아무 말 없이 그저 장단을 맞춰주었다. 하지만 입맞춤은 항상 거부했다. 그녀의 입은 그녀만의 것이었다.

이것이 가끔 그의 분노를 부채질했다. 그래서 그는 그녀의 턱을 쥐고 얼굴을 자신에게로 돌린 뒤 그녀의 입술에 자신의 입술을 문지르며 꽉 다물린 입술을 뱀 같은 혀로 핥았다. 그녀는 그가 틀림없이 문 자물쇠를 핥는 것 같은 기분일 거라고 상상했다. 그는 한동안 그러다가 그녀의 얼굴을 놓아주고는, 가끔 신음 소리를 냈다. 낯설고 무서운, 짐승이 우는 소리 같았다.

시간이 흐르면서 그는 그녀의 태도를 받아들였다. 일이 끝나면 그녀는 침대보를 휙 젖히고 그에게 한마디 말도 몸짓도 없이 뚱하니 화를 내며 욕실로 성큼성큼 가버리곤 했다.

그에게 상처를 입히면서 그녀도 상처를 입었지만, 이것이 왠지 진실하고 필요한 일이라는 생각이 들었다. 그가 먼지나 더러운 점액, 혐오스럽고 비열한 존재가 된 것 같은 기분을 느끼는 데에는 다 이유가 있었다. 기묘하고 모순적인 이유가. 그녀는 그가 모든 것을 알아주기를 바라면서도, 도리고와의 관계를 그에게 비밀로 하기 위해 자신이 할 수 있는 일이라면 무엇이든 할 생각이었다. 그에게 그렇게까지 상처를 주고 싶지 않기 때문이었다. 그녀는 이 모든 것에 종지부를 찍어줄 위기를 원하면서도 또한 아무것도 변하지 않기를 바랐다. 그를 도발할 필요가 있다고 생각하면서도 그가 결코 도발당하지 않기를 필사적으로 소망했다.

욕실에서 돌아온 뒤 그녀는 그의 몸에 손을 대지도 그에게 말을 걸지도 않고 그에게 등을 돌린 채 침대에 눕곤 했다. 그러면 그는 그녀에게로 몸을 기울여 몇 번이나 이마에 입을 맞추려고 했다. 어쩌면 당황했기 때문일 수도 있고, 어쩌면 그녀에게서 어떤 신호를 원했기 때문일 수도 있다. 자신이 착각한 것이 아니며 그녀가 정말로 그를 사랑한다는 신호, 그가 그녀를 생각하듯 그녀도 그를 생각한다는 신호. 하지만 그런 신호는 전혀 없었다.

에이미는 등뒤에서 숨을 가쁘게 몰아쉬는 그의 몸을 느끼며 사랑은 선善도 행복도 아니라는 것을 깨달았다. 키스와 함께 있을 때 반드시 항상 불행하기만 한 것은 아니었다. 도리고에 대한 감정이 항상 딱히 행복하기만 한 것도 아니었다. 에이미에게 사랑은 우주에 닿는 것, 한 사람 안에서 폭발하는 것, 그리고 그 사람이 우주 안으로 폭발해 들어오는 것이었다. 그것은 세상을 파괴하는 멸절이었다.

그녀는 누워서 등뒤에서 조용히 흐느끼는 키스를 느끼며, 사랑은 기쁨과 즐거움만큼이나 불행과 잔인함과 망각에 힘을 소진한 뒤에야 비로소 끝난다는 것을 이해했다. 그녀는 밤마다 그렇게 누워 뱃속에서 깨진 유리 파편들이 굴러다니며 베고, 베고, 또 베는 것을 느꼈다.

25

에이미에게는 이런 일들을 이야기할 만한 상대가 없었다. 그녀의 한 친구는 카드로 500점 놀이를 하면서 사랑은 공개적인 것이라고 말했다. 그렇지 않으면 사랑이 아니라는 것이다. 에이미와 키스는 지금 그 카드놀이를 마치고 집으로 돌아가는 중이었다. 친구는 다른 사람들과 사랑을 나누지 않으면 사랑이 죽는다고 말했다.

키스와 에이미는 매달 첫째 일요일 밤에 로버트슨 부부와 함께 카드놀이를 했다. 오늘의 화제는 최근 유명한 변호사가 아내를 버리고 어떤 의사의 딸에게 간 이야기였다. 이어서 무섭게 버림받은 이야기와 경멸스러운 간통 이야기가 여러 개 더 나왔다. 탁자에 둘러앉은 사람들은 한결같이 버림받은 사람에게 연민을 표했다. 다른 상대를 찾은 배우자는 경멸, 조롱, 타도의 대상이었다. 그중에서도 타도의 비중이 가장 컸다. 그 사람을 무리에서 몰아내는 것.

에이미는 그런 것을 갈망했다. 다시 돌이킬 수 없는 그 극적인 결말을 원했다. 하지만 현실 속에서는 피가 흘렀다. 피가 흐르고 또 흘러 도무지 멈추질 않았다. 극적인 결말은 없으리라는 것을 그녀는 깨달았다. 키스의 누이가 결핵으로 비참하게 죽어갈 때처럼 서서히 시들어가기만 할 것이다. 피를 흘리고 또 흘리면서.

그녀는 묻고 싶은 것, 알고 싶은 것이 아주 많았다. 정말로 그렇게 생각해요? 그녀는 이렇게 묻고 싶었다. 숨은 사랑은 아예 사랑이 아니에요? 그런 사랑은 정말로 결코 존재할 수 없는 운명인가요? 죽을 때까지 계속 피를 흘려야 해요?

그녀는 카드 테이블을 뒤집어엎어 카드를 바람에 흩어버리고 일어서서 진정한 속마음을 털어놓으라고 사람들에게 요구하고 싶었다. 대답해요. 이렇게 말하고 싶었다. 이름이 없는 사랑은 사랑이 될 수 없는 거예요? 그게 더 위대한 사랑일 수도 있잖아요. 난 다른 사람을 사랑해요. 그녀는 모두에게 이렇게 말하고 싶었다. 카드들이 팔랑팔랑 떨어지고, 모두 아무 가치도 없는 패를 쥐고 있었음이 밝혀지고, 각자가 얻은 점수가 무의미한 속임수에 불과했음이 드러나는 가운데, 그녀는 자신이 사랑하는 그 사람이 얼마나 굉장한지 말하고 싶었다. 앞으로 삼십 년 동안 그를 만나지 못한다 해도 계속 그를 사랑할 것이라고, 그가 죽더라도 자신이 죽을 때까지 계속 그를 사랑할 것이라고 말하고 싶었다.

하지만 그녀는 그냥 해리 로버트슨이 으뜸패를 내놓는 것을 지켜보았다. 항상 게임에서 짝을 이루는 키스와 그가 승리했다.

상대를 속이는 건 아주 쉽죠. 엘지 로버트슨이 카드를 한데 모아 다음 게임을 위해 섞으면서 말했다. 한심한 일이에요. 거짓말로 상대의 신뢰를 악용하는 거니까요.

에이미는 이것이 사랑에 대한 이야기라고 생각했다. 속이는 건 쉽지 않았어. 그녀는 속으로 생각했다. 힘들었어. 아주, 아주 힘들었어. 그녀의 성격 탓이라기보다는 그냥 힘들었다. 애당초 속임수라고 할 것도 없었다. 만약 그것이 자신에게 진실해지는 방법이라면, 우리가 배우자와 함께 펼치는 가식이 진정한 속임수가 아닐까? 그리고 로버트슨 부부를 비롯한 온 세상이 원하고 반기는 것은 바로 이런 진정한 속임수가 아니던가?

그녀는 신호를 기다렸다. 엘지 로버트슨이 그녀에게 당신만 그런 생각을 하는 것이 아니라고 알려주는 모종의 신호나 단어를 말해주기를 기다렸다. 하지만 그런 것은 없었다. 바로 그날 오후에 도리고는 부대가 수요일에 출항한다고 그녀에게 말했다. 어쩌면 전쟁터에서 그가 죽을 수도 있고, 죽지는 않더라도 그녀에게 두 번 다시 돌아오지 않을 수도 있었다. 그녀는 그가 그리스인과 트로이인에 대해 한 말을 다시 생각해보았다. 그리스인들이 또 이길까?

그녀는 궁금해졌다. 그녀의 사랑은 보통의 사랑과는 완전히 다른 위대한 사랑일까? 그녀는 오로지 다른 사람을 통해서만 자신의 존재를 느낄 수 있을 때 왜 이토록 끔찍한 고독을 경험하는 걸까?

에이미는 자신이 외롭다는 사실만은 확실히 알고 있었다.

카드놀이를 끝내고 나왔을 때, 에이미는 키스가 평소와 달리 조용하다고 생각했다. 보통 그는 쉴새없이 떠들어대는 편이었지만, 최근에는 말수가 점점 줄어들었다. 카드놀이를 하는 동안에도 내내 거의 말이 없었다. 키스에게서 새어나오는 슬픔이 온 세상을 텅 비워버리는 것 같았다. 그녀는 캐브리올레의 덜컹거리는 창문, 도로의 소음, 가볍게 덜컹거리는 엔진 소음 속에 묻히려고 해보았지만, 키스가 안으로 깊이 들어가버렸다는 것만 느껴질 뿐이었다. 차가 덜컹거리는 소리는 그냥 그런 소리일 뿐이었다.

마법은 사라졌어. 그가 말했다.

시의회에서도 당신 주장에 일리가 있다는 걸 알게 될 거예요. 에이미는 초저녁에 하던 이야기를 계속 이어갔다.

시의회? 키스가 말했다. 식료품점에 들어와서 상식을 한 봉지 달라는 이해 불가의 주문을 한 손님을 바라보는 식료품점 주인 같은 표정이었다. 시의회는 아무 상관이 없어. 그가 다시 도로로 시선을 돌리며 말했다.

그녀는 그러지 말아야 한다는 것을 알면서도 밝은 표정으로 말했다. 그럼 누가 상관이 있는데요?

그것은 일종의 거짓말이었다. 이제는 모든 것이 크고 작은 거짓말이었다.

키스가 고개를 돌려 그녀를 잠깐 바라보았다. 어둠 속에서 잘 보이지는 않았지만, 그녀는 그가 분노한 표정도 비난하는 표정도 아님을 알아볼 수 있었다. 그가 분노했다면 충분히 이해할 수 있는 반응이고, 비난했다면 그녀가 상황을 파악하는 데 도움이 되었을 것이다. 하지만 그는 무서운 판결을 내리는 것 같은 표정을 하고 있어서, 그녀는 그가 자신을 바라보는 동안 계속 그 시선에서 도망칠 수 없었다. 그의 시선에는 어둠도 숨겨주지 못한 연민, 경악, 상처가 섞여 있었다. 그녀는 그 시선이 앞으로 영원히 자신에게 머물까봐 무서웠다. 갑자기 몹시 겁이 났다.

난 몰랐어, 알아? 그가 말했다. 자세히는 몰랐어.

난 저 사람을 사랑할 수 없어. 그녀는 속으로 되뇌었다. 저 사람을 사랑할 수 없고, 사랑해서도 안 돼. 절대로, 절대로 사랑할 수 없어.

그는 결코 언성을 높이지 않은 채 말을 이었다. 내가 모두 잘못 안 거면 좋겠군. 그런 끔찍한 생각을 하는 내가 질투밖에 모르는 형편없는 늙은이라고 당신이 증명해주면 좋겠어. 그런 생각을 하는 내가 파렴치하다는 생각이 들게 해준다면 좋을 텐데. 하지만 이제, 그래, 이제는 내가 알지. 모든 것이…… 분명해.

얼마 동안 그는 생각에 잠긴 것 같았다. 배신의 방정식을 계산하는 것 같았다. 그러다가 그가 모호하고 느릿한 목소리로 말했다.

당신이 뭔가 말을 하면 그건 마치…… 마치……

그는 도로로 다시 시선을 돌렸다.

마치 라이플의 공이치기가 찰칵하고 뒤로 돌아가는 소리가 들리는 것 같았다.

그녀는 그를 안고 싶었지만 그렇게 하지 않았다. 그런 짓은 하지 않을 것이다.

어쩌면 내가 뭔가 해야 했던 건지도 모르지. 뭔가 말을 하거나. 키스가 말을 이었다. 하지만 내 생각에는, 글쎄, 할말이 뭐가 있나, 싶었어. 그리고 두 사람은 비슷한 또래라고 혼잣말을 했어. 나는 늙고 뚱뚱한 바보구나. 나는……

그가 잠시 말을 멈췄다. 눈이 젖어 있는 건가? 그가 울지 않으리라는 것을 그녀는 알고 있었다. 그는 그녀보다 더 용감한 사람이었다. 더 나은 사람이기도 하고. 하지만 그녀가 원하는 건 그런 미덕이 아니었다. 오로지 도리고만 원할 뿐이었다.

의심을 했어. 맞아. 키스가 말했다. 마치 무릎에 앉은 미스 비어트리스에게 말을 건네는 것 같은 말투였다. 그리고 생각했지. 자, 키스, 이 늙은이야, 그애가 오면 넌 자리를 비워줘야 해. 둘이 같이 있을 수 있게. 그러다보면 감정이 다 타서 사라지고 아내가 내게 돌아올 거야. 내가 또 실수를 저지른 거지.

군용 트럭이 옆을 지나갔다. 아주 잠깐 흐릿하게 나타난 빛 속에서 그녀는 키스를 언뜻 훔쳐보았다. 하지만 그늘진 표정으로 저멀리 길고 곧게 뻗은 애들레이드 거리를 열심히 바라보는 그의 얼굴에서는 아무것도 읽을 수 없었다.

당신이 그 아이를 낳게 내버려둘 걸 그랬어. 그가 말했다.

그가 기어를 바꾸자 에이미의 발에 닿은 자동차 바닥이 부르르 떨렸다. 그 진동이 그녀에게 도리! 도리! 도리! 하고 외치는 것 같았다.

나는 나름대로 생각이 있었던 것 같아. 키스가 말을 이었다. 당신과 내가…… 그의 혀가 휘청거렸다. 단어 하나하나가 영원히 알 수 없는 무한한 우주였다. 우리가…… 그가 말을 이었다.

그녀는 그를 향한 깊은 감정이 자신 안에 있음을 깨달았다. 하지만 아무리 깊은 감정이라도 사랑은 아니었다.

아무 일도 없어요, 키스.

그래, 그래. 그가 말했다. 물론이지. 물론 아무 일도 없어.

내가 어떻게 하면 좋겠어요?

어떻게 하냐고? 어떻게? 뭘 할 수 있는데? 그가 말했다. 마법은 사라졌어.

아무 일도 없었어요. 그녀는 또다시 거짓말을 했다.

우리가…… 그는 이렇게 말하고 나서 그녀에게 시선을 돌렸다. 우리라고? 그가 물었다. 하지만 그는 자신이 없는 것 같았다. 프랑스만큼이나 패배자 같은 몰골이었다. 우리가 뭔가를 이룩해낼 수도 있었어. 맞아. 키스가 말했다.

맞아요. 그녀가 말했다.

그럴 수도 있었지만, 그럴 수 없었어. 그렇지, 에이미? 내가 아기를 죽인 것이 우리를 죽여버렸으니까.

26

월요일 아침 도리고 에번스는 애들레이드 힐즈로 도보 행군을 이끌고 떠나려던 참에 집에서 온 급한 전화가 있다며 연대 행정처로 오라는 연락을 받았다. 사무실은 커다란 골함석으로 지은 반원형 조립식 막사였는데, 그 안의 온도는 빵 굽는 화덕이나 도자기 가마에 들어가지 않는 한 경험하기 힘들 정도였다. 그렇지 않아도 막사 안에 갇힌 지옥 같은 열기가 칸막이들 때문에 더욱 짓눌려서 사무실은 사람이 도저히 일을 할 수 없는 상태였다. 막사 외벽은 더러운 겨자색이 칠해진 메이소나이트 파이버보드* 한 장뿐이었다. 모두들 짜증 때문에 담배를 평소보다 더 많이 피우는 듯했다. 그래서 안개처럼 뿌옇게 변한 실내공기에서는 담배연기, 땀, 좁은 공간에 지나치게 꽉꽉 들어찬 동물들 특유의 퀴퀴한 암모니아 냄새가 뒤섞인 냄새가 나서 모두들 끊임없이 기침을 해댔다.

전화기는 당직 장교의 책상 맞은편 벽에 걸려 있었다. 그 책상 너머에는 어떤 핑계를 대서라도 밖으로 나가고 싶어하는 사람들이 흘러넘쳤다. 도무지 개인적인 통화가 불가능한 이 참을 수 없는 환경을 무색하게 하는 것은 타자기 두드리는 소리와 타자기 캐리지가 제자리로 돌아가는 소리, 전화벨 소리, 고함소리와 기침소리, 여기저기서 붕붕 돌아가며 참을 수 없는 더위를 참을 수 없을 만큼 뜨거운 바람으로 바꿔놓는 선풍기 소리가 뒤섞인, 정신없는 불협화음이었다.

---

* 단열용 섬유판의 상표명.

도리고는 수화기를 들고 송화구를 향해 몸을 기울이며 자신이 전화를 받았음을 알리기 위해 기침을 했다. 잠시 아무 소리도 없더니 결코 잘못 들을 수 없는 그녀의 목소리가 세 마디를 내뱉었다.

그 사람이 알아요.

그는 자신의 몸이 우주에서 걷잡을 수 없이 추락하는 것 같은 기분이 들었다. 저멀리 까마득한 곳으로 떨어진 그의 몸은 수화기와 연결돼 있고, 수화기는 전선과 연결돼 있고, 전선은 다른 전선들을 거쳐 에이미 멀베이니가 서 있는 킹오브콘월까지 연결되어 있었다. 그는 자신의 몸이 다른 남자들에게 등을 돌리는 것을 보았다. 다시 기침이 나왔다. 이번에는 무의식적인 기침이었다.

뭐라고요? 도리고는 손을 오므려 수화기 끝에 갖다 댔다. 에이미의 말을 더 똑똑히 듣기 위해서이기도 하고, 다른 사람이 이 대화를 듣지 못하게 하기 위해서이기도 했다.

우리 일이요. 에이미가 말했다.

도리고는 젖은 옷깃과 목 사이를 손가락으로 쓸었다. 더위를 참을 수가 없었다. 그는 공기를 충분히 들이마시기 위해 길게 숨을 들이쉬었다.

어떻게요?

나도 몰라요. 그녀가 말했다. 어떻게, 무엇을 아는 건지 모르겠어요. 하지만 키스가 알아요.

도리고는 에이미가 이제 키스와 헤어지겠다고 말할 것임을 깨달았다. 아니면 키스에게 쫓겨났다고 말할 것 같기도 했다. 어쨌든 그와 에이미는 이제 함께 새로운 삶을 시작할 것이다. 이렇게 생각을 정리한 뒤 그는 자신이 동의하리라는 것도 알았다. 그래, 그는 엘라 랜즈베리와의 관계를 끝낼 것이다. 그래, 그는 에이미와 진짜 부부가 될 수 있도록 즉시 일을 정리할 것이다. 이 모든 것이 그에게는 필연적이고 불가피한 일 같았다.

에이미. 도리고가 속삭였다.

돌아가요. 그녀가 말했다.

뭐라고요?

그녀에게 돌아가요.

도리고는 자신이 데굴데굴 구르듯이 떨어져 오븐 같이 뜨거운 사무실로 다시 돌아오는 것을 느꼈다. 여기가 아니라 다른 곳에서 그녀와 이야기하고 싶은 마음이 가득했다. 먼지로 가득한 서점이나 바닷가, 또는 이제 그가 자신과 그녀의 방이라고 생각하는 그 구석진 방이라면 좋을 텐데. 칠이 벗겨지고 있는 유리문과 산들바람과 살짝 녹이 슨 철세공 발코니가 있는 그 방.

엘라에게 돌아가요. 에이미가 말했다.

그는 최대한 단조롭고 감정이 없는 목소리를 냈다. 뒤에 앉아 있는 당직 장교가 그의 말을 알아듣지 못하게 일부러 말을 딱딱 끊기도 했다.

무슨. 뜻입니까. 돌아가라니.

그녀에게 가요. 그런 뜻이에요. 그래야 해요, 도리.

이건 그녀가 원하는 일이 아니라는 생각이 들었다. 그녀가 이런 걸 원할 리가 없었다. 그러면 왜 이런 말을 하는 거지? 도무지 짐작이 가지 않았다. 그의 얼굴이 벌겋게 달아올랐다. 몸이 너무 뜨겁고 너무 커져서 군복이 맞지 않는 것 같았다. 그는 화가 났다. 할말이 너무 많은데 한마디도 할 수 없었다. 겨자색 메이소나이트 벽이 그에게 죄어들고, 카키색 군복들이 그를 짓누르고, 규율과 규칙과 권위의 무게가 그를 압박하는 것 같았다. 숨이 막혔다.

엘라에게 돌아가요. 그녀가 명령했다.

그의 몸은 이 끔찍한 오븐 같은 방에서 도망칠 생각뿐이었다. 여기서 도망쳐서 어디로……

에이미. 그가 말했다.

돌아가요. 그녀가 말했다.

나는……

나는 뭐요? 에이미가 말했다.

내 생각에는…… 그가 대답했다. 그러니까……

그러니까 뭐요? 에이미가 말했다.

모든 것이 뒤집혀 있었다. 그가 그녀를 원하면 원할수록 그녀는 그를 밀어냈다. 그러다가 에이미는 키스가 오는 소리가 들린다며 미안하지만 전화를 끊어야 한다고 말했다. 그 사람이 좋아할 거예요. 그녀가 말했다.

도리고 에번스는 기분이 좋지 않았지만, 뜻밖에도 엄청난 안도감을 느꼈다. 조금만 있으면 그는 이 용광로 같은 사무실에서 나갈 수 있을 것이다. 에이미 멀베이니가 그의 삶 속으로 가져다놓은, 거의 마비에 가까운 압도적인 혼란을 더이상 느끼지 않아도 될 것이다. 앞으로는 원래 자신의 성격대로, 엘라 랜즈베리와 함께 곧고 정직하게 살아갈 수 있을 것이다. 그는 이제 자신이 자유로워질 것이며, 거짓과 속임수가 소용돌이치는 혼란 속에서 허우적거리지 않아도 되고, 엘라 랜즈베리에게서 사랑을 찾는 임무에 온 마음을 다 바칠 수 있을 것임을 이해했다. 그래서 그는 그다음 순간 자신이 한 말을 나중에도 이해하지 못했다. 다만 그 말이 속속들이 진심이었다는 사실을 알 뿐이었다. 그는 단 한 문장으로 자유를 포기했으며, 사랑을 가꿔나갈 수 있을 것이라는 합리적인 희망 또한 함께 사라졌다.

난 돌아올 겁니다. 도리고 에번스가 말했다. 전쟁이 끝난 뒤에. 당신에게 돌아올 거예요, 에이미. 그때 결혼합시다.

그는 그것이 불행으로 향하는 길임을, 심지어 파멸에까지 이를 수 있는 길임을 알고 있었다. 조금 전까지만 해도 한 번도 생각해보지 못한 일이 이제는 필연적으로 보였다. 마치 처음부터 이렇게 정해져 있었던 것 같았다. 두 사람이 먼지 조각들이 멋대로 떠다니는 서점에서 마주친 것, 바닷바람에 게으른 커튼이 흔들리고 페인트가 조각조각 벗겨지는 침실, 훈제 작업실만큼이나 뜨거운 이 함석 막사, 이 모든 것들이. 땀으로 흥건히 젖은 수화기가 그의 귀에서 미끄러졌다. 그는 조금 뒤에야 그녀가 이미 전화를 끊었기 때문에 방금 자신이 한 말을 아마 듣지 못했을 것 같다는 생각이 들었다.

그녀를 만나야 한다는 생각이 머리를 가득 채웠다. 반드시 그녀를 만나야 했다. 앞으로 남은 이틀 밤 중에 틈을 내서 어떻게든 몰래 막사를 빠져나가 그녀를 만나서 이야기를 나눠야 했다.

제정신이 아니군요, 에번스. 뒤에서 누군가의 목소리가 들렸다. 고개를 돌려보니 2/7 기지의 장교가 클립보드를 들고 서 있었다.

도리고는 어떻게 하면 허락 없이 워러데일 기지를 빠져나갈 수 있을지, 어디서 자동차를 구할지, 그녀와 어디서 몰래 만나면 될지 생각하느라고 정신이 없었다.

2/7 희생자 수습기지는 오늘밤 기차를 타고 시드니로 향할 겁니다. 도착하면 어떤 배를 타게 될지 알 수 있을 거예요. 최종 목적지는 아마 그 망할 태평양 한복판 어딘가에서 통보될 거고요. 계획했던 일들을 모두 취소하고 십칠시에 출발할 준비를 하라는 지시가 떨어졌습니다.

도리고의 머릿속이 정신없이 요동쳤다. 방금 들은 말의 의미가 차츰 머리에 들어왔다.

하지만…… 수요일인 줄 알았는데?

장교는 어깨를 으쓱했다.

저는 마침내 떠나게 돼서 오히려 엄청 마음이 놓입니다. 그가 말했다. 다섯 시간 남았어요. 장교는 손목을 들어 시계를 보았다. 아니, 시간이 더 줄어들었군요. 그가 말했다.

도리고는 에이미를 영원히 다시 볼 수 없을지도 모른다는 것을 깨달았다. 그리고 이와 함께 자신이 가서 제대로 할일을 하고 잠자리에 들었다가 일어나서 살아가야 한다는 것, 자신이 가슴속 가장 깊은 곳에 무엇을 품고 있는지 아무에게도 알리지 못한 채 어디든 전쟁이 이끄는 곳으로 가야 한다는 것도 깨달았다.

27

밤에도 더위는 끝나지 않는 것 같았다. 하지만 이 년 전 여름 같지는 않았다. 전쟁은 질질 끌며 이어졌고, 해변에 나와 있는 가족들에게는 대개 아버지가 없었으며, 술집에는 정장이나 셔츠보다 군복을 입은 사람들이 더 많았다. 그들의 대화 또한 킹오브콘월 주위 사람들에게는 그때까지 전혀 알려지지 않았던 이름들이나 낯선 단어들로 가득했다. 엘알라메인, 스탈린그라드, 과달카날……* 혹서가 시작된 지 열하루째 되는 날 킹오브콘월의 술집들은 전쟁 전 경마의 날만큼이나 북적였다. 부지깽이로 아내를 죽인 남자는 자신의 행동을 더위 탓으로 돌렸고, 에이미는 바닷가에서 저녁 산책을 하다가 깨진 맥주병에 발을 베이는 바람에 집으로 일찍 돌아온 참이었다. 그녀는 욕실에서 발을 씻고 붕대를 감은 뒤 자신과 키스가 응접실로 쓰는 호텔 방으로 들어왔다. 라디오 앞에 서 있던 키스 멀베이니가 스위치를 껐다.

오늘 방송이 재미있었어. 라디오 잡음이 부드럽게 잦아드는 가운데 키스가 말했다. 당신도 들었으면 좋아했을 거야.

에이미도 옛날에는 그 방송을 꽤 좋아했지만 지금은 남편이 집에 있을 때 판에 박힌 듯이 따르는 일상을 참을 수 없었다. 그가 가장 좋아하는 주간 라디오드라마에 말없이 귀를 기울이는 이 시간이 특히 힘들었다. 이 시간의 침묵을 깨뜨리는 것이라고는 그가 성냥을 긋는 소리와 담뱃대를 빠는 소리, 개가 침을 흘리는 소리뿐이었다. 그래서 에이미는 가능한 한 이 시간을 피해서 도망치려고 했다. 라디오드라마도, 그의 담뱃대도, 노인 같은 그의 움직임도 싫었다. 그와 함께 숨쉴 수밖에 없는 공기도 싫었다. 숨이 막히고 악취를 풍기는 이 공기 속에서 그녀는

* 엘알라메인은 이집트 북부의 해안 도시고, 스탈린그라드는 러시아 볼가강 하류에 있는 중공업 도시 볼고그라드의 옛 이름이며, 과달카날은 태평양 서부의 솔로몬제도 동남부에 있는 화산섬이다. 모두 이차대전 당시 격전지였다.

매일 죽어가고 있었다.

키스가 안락의자에 앉자 미스 비어트리스가 그의 무릎으로 펄쩍 뛰어올라가 헉헉거리며 침을 줄줄 흘려댔다. 키스는 담뱃대에 담배를 쟀다. 창문이 모두 열려 있는데도, 바닷가에서 바람을 쐬고 온 에이미는 숨이 막히는 것 같았다. 그녀는 의자에 앉았다. 발이 아팠다. 저녁 바닷바람이 방안까지 들어왔지만, 그래봤자 의자 등받이 덮개에 밴 포마드 냄새, 적갈색 안락의자에서 나는 퀴퀴한 파이프 담배 냄새만 더 강해지는 것 같았다. 에이미는 여기서 곧장 걸어나가 영원히 떠나버리고 싶다는 충동을 항상 자극하는, 퀴퀴한 개 냄새를 떠올렸다.

오늘밤 시의회 회의가 끝난 다음에 말이야…… 키스 멀베이니가 입을 열자 에이미는 융단에 묻은 개털을 내려다보았다. 또 지겨운 시정市政 이야기가 나올 것 같았다.

시의회 서기인 론이…… 키스 멀베이니가 말했다. 론 기억나?

아뇨. 에이미가 말했다.

기억할 텐데. 론 자비스. 론 자비스 기억하지?

아뇨.

론 자비스 말이, 자바에 있는 우리 군인들에 대해서 아주 나쁜 소식을 들었다는 거야.

에이미는 시선을 들었다. 키스의 일그러진 미소에서는 아무것도 읽을 수 없었다. 반쯤 광기에 물든 비현실적인 표정이라는 생각이 들었다. 하지만 그 순간 그녀는 그가 언제나 자신이 아는 것보다 더 많은 것을 보았음을 깨달았다.

난 론 자비스라는 이름을 들은 적이 없어요. 에이미가 말했다. 하지만 경주용 개를 닮은 작은 얼굴이 이제 생각났다. 키스는 최악의 일을 몇 가지 좋은 일로 얼버무려 넘기려는 걸까? 그는 담뱃대에 불을 붙이고 담배가 잘 익은 숯이 될 때까지 폭폭 빨아대다가, 한순간도 미소를 잃지 않은 채 안락의자에서 몸을 앞으로 기울였다. 그의 무릎 위에서 샌드위치처럼 낀 신세가 된 미스 비어트리스는 새된 소리로 울어대면서 키스의 출렁이는 배에 적응했다.

내가 물었지. 키스 멀베이니가 말했다. 아니, 그 정도가 아니라 내가 론에게 말했어. 도리고 에번스라는 조카가 있는데, 그애의 소식이나 그 애의 부대 소식을 알아봐줄 수 있느냐고. 그리고 자세한 정보를 알려주었지. 그 론이 어제 날 찾아왔어. 그런데 말이야, 에이미, 론이 가져온 소식이 별로 좋지 않아.

에이미는 움찔하며 일어서서 내리닫이창 쪽으로 절룩절룩 걸어갔다.

그래. 그가 말을 이었다. 정말 좋지 않아. 아주 어두운 소식이야. 그래서 그렇게들 쉬쉬하는 거지. 아주 쉬쉬하고 있어.

에이미는 창가에 섰다. 밤공기가 실내보다는 시원했지만, 바깥의 더위는 여전히 야만적이고 위협적이었다. 풀, 나무, 그 밖에 하느님만 아실 여러 가지 것들이 말라비틀어져서 갈라지고 부러지는 작은 소리가 거슬리게 들려왔다. 저 위의 지붕을 덮은 골함석이 낮에 햇빛을 잔뜩 받아 팽창했다가 이제 다시 수축하면서 소란스럽게 고통스러워하는 소리도 들렸다. 그녀는 다친 발에 강하게 체중을 실어 날카로운 통증이 몸을 타고 올라오게 했다.

어두운 소식이라고요? 에이미 멀베이니가 말했다. 그게 어떤 소식인데요? 포로가 된 건 우리도 알잖아요. 일본 놈들이 야만인이라는 것도.

그래도 무사할 거예요.

독일에 있는 오스트레일리아 포로들과는 편지를 주고받을 수 있지. 어쩌면 휴가를 받은 것 같을지도 몰라. 하지만 아시아에 있는 전쟁포로들은, 음, 상황이 그리 좋지 않아. 뉴스도 없고 믿을 만한 증언도 없어서 싱가포르 함락 이후 제대로 된 소식을 전혀 듣지 못했잖아. 도리고의 부대 소식을 구 개월 동안 전혀 듣지 못했다고. 포로 수천 명이 거기서 목숨을 잃은 것 같대.

그럴지도 모르죠. 하지만 도리고가 죽었다는 증거는 없어요.

그 사람들이 들은 소식으로는……

누가 들려준 건데요? 누가 말했어요? 누구예요, 키스?

나는…… 그쪽에서 나온 정보 같아. 내 말은……

누구예요, 키스?

나도 몰라. 하지만 론은…… 그래, 론이 좀 알아. 사람들을.

사람들?

그런 정보를 알 만한 사람들. 국방부 사람들 말이야.

키스 멀베이니는 말을 멈췄다. 그의 가면 같은 미소가 뭔가 다른 말을 하고 있는 것 같았다. 동정인가? 자신이 없는 건가? 아니면 분노? 그는 이내 가차없이 느껴질 만큼 강한 말투로 말을 이었다.

그쪽 사람들은 거기서 살아남을 사람이 거의 없을 거라고 본다더군.

에이미는 그가 대답 대신 질문을 던지던 평소의 습관을 버리고 곧장 대답을 내놓았음을 깨달았다. 그는 지금 언쟁에서 이기려는 것이 아니라 그녀에게 뭔가를 말하려 하고 있었다. 이미 그가 싸움에서 이기기라도 한 것 같았다.

그 사람이 우리에게 편지를 보냈어요. 에이미가 말했다. 하지만 자신의 목소리가 날카롭게 찢어지는 소리처럼 나온다는 것을 그녀도 알 수 있었다.

그 엽서 말이야?

네, 엽서요. 그리고 그 사람 형인 톰이 그다음에 태즈메이니아의 가족들한테도 엽서가 왔다고 편지로 알려줬잖아요.

그녀의 목소리는 그녀 자신의 귀에도 약하고 설득력이 없었다.

그애가 우리한테 보낸 엽서는 말이야, 에이미, 1942년 5월에 보낸 건데 우리는 11월에 받았어. 그리고 그게 석 달 전이야. 그러니까 그애한테서 소식을 한마디라도 들은 지 일 년이 다 되어간다는 얘기야. 그동안 소식이라고는 한마디도……

있었어요. 에이미 멀베이니가 말했다. 있었어요, 있었어요. 재빨리 단호하게, 마치 이 말이 자신의 주장을 무너뜨리기보다는 오히려 증명해준다는 듯이 그녀가 말했다.

한마디도 없었어.

있었어요. 에이미 멀베이니가 말했다. 그녀가 발에 점점 더 힘을 주고 있는데도 발이 아프다는 느낌이 별로 들지 않았다. 익숙한 환경, 결혼이 주는 안정감만으로는 이제 충분하지 않았다. 그는 키스와 헤어질 것이다. 하지만 이렇게 쓰라린 생각을 하던 그녀는 곧 혼란에 빠졌다. 어떻게? 어디로 갈 건데? 뭘 해서 먹고 살지?

12월에 도리고의 가족들이 받은 엽서의 날짜는 4월이었다.

있었어요, 키스. 에이미 멀베이니가 말했다. 있었어요, 있었어요, 있었어요.

그녀의 몸이 이리저리 거칠게 흔들렸다. 그녀는 몸의 균형을 잡아줄 단어들을 찾아 헤맸다. 도리고가 포로로 잡혔다는 소식을 들은 뒤 자신이 그에게 백 통이 넘는 편지를 썼다는 말은 하지 않았다. 그중에 한 통 정도는 틀림없이 전해졌을 거야. 에이미 멀베이니는 속으로 생각했다.

론 자비스 말로는 다른 소식통이 전해온 소식도 있다고 했어. 그런데 그게 좋지 않아. 포로들이 뼈만 남아서 굶어죽고 있다더군.

신문에는 그런 얘기가 전혀 없었어요.

있었어. 잔혹행위나 학살 얘기.

그런 건 선전선동이잖아요, 키스. 에이미 멀베이니가 말했다. 우리가 놈들을 미워하게 만들려는 선전.

그녀가 다친 발에 체중을 모두 실었는데도 발은 조금 아프기만 할 뿐이었다.

만약 그게 선전이라면. 키스 멀베이니가 말했다. 아주 나쁜 선전이지.

하지만 그뒤로 후속기사가 전혀 없었어요.

이건 전쟁이야, 에이미. 나쁜 소식은 뉴스가 되지 못하고 사라진다고. 오스트레일리아 군대가 거의 오분의 일은 사라졌는데, 우리가 믿을 만한 소식통을 통해 종적을 찾아낸 건 몇 명밖에 안 돼.

그것만으로 그 사람이 죽었다고 볼 수는 없어요, 키스. 당신은 그 사람이 죽었기를 바라는 것 같네요. 그 사람은 안 죽었어요. 난 알아요. 안다고요.

바닷바람이 그쳤음을 그녀는 깨달았다. 세상조차 숨을 제대로 쉬지 못해 몸부림치고 있었다. 밖에서 마른 이파리가 바스러지는 소리가 들린 것 같았다. 키스가 기침을 했다. 그의 말은 아직 끝난 것이 아니었다.

론 자비스가 날 위해서 소식을 좀더 알아봤대. 그가 손수건으로 입술을 훔치며 말했다. 탈출에 성공한 전쟁포로가 한 명 있는데, 당국이 가족들한테는 아직 알리지 않았다는군. 국민들의 사기 때문이겠지, 아마. 또다른 경로를 통해 정보를 확인하는 중이기도 할 거고. 적십자사 같은 곳을 통해서 말이야.

가족들한테 뭘 말해요, 키스?

당신이 그걸 궁금해할 줄 알았지, 에이미. 나라도 차마 그애 가족들한테는 말하지 못할 거야. 어차피 내가 할 일도 아니고. 비밀을 지키겠다는 약속을 깨는 일이 될 테니까. 국가안보는 말할 것도 없고. 이건 절대 당신과 나만 알아야 돼.

할말이 뭐가 있다고 그래요, 키스. 뭘 그렇게 중얼거리는 거예요?

도리고 에번스가 수용소에서 죽었다고 그 탈출자가 확인해주었대.

에이미의 머리가 먼 곳에서 기묘한 생각들을 하고 있는 것 같았다. 키스가 그녀를 사랑한다는 생각이 들었다. 아주 오랫동안 해본 적이 없는 생각이었다.

에이미, 내 말을 믿어. 도리고는 죽었어. 육 개월 전에 죽었다고.

키스 멀베이니의 말, 그의 소년 같은 목소리가 흑백의 사각형 모양 타일들이 깔린 복도 바닥으로 쏟아졌다.

당신이 궁금해할 줄 알았어. 그가 말했다.

그의 말이 텅 빈 복도와 해진 코코넛 깔개 위를 달리며 에이미를 찾으려 했다. 하지만 그녀는 이미 방안에 없었다.

키스 멀베이니는 먹기 위해 뭔가를 죽인 것 같은 기분이 들었다. 원래는 다른 말도 하고 싶었다. 너무나 확실한 진실이라서 자신이 방금 한 끔찍한 거짓말을 정당화해줄 말. 그는 당신을 사랑한다고 말하고 싶었다. 하지만 그는 그 말을 하는 대신 휘파람을 불어 미스 비어트리스를 무릎에 앉혔다.

그거면 될 거야. 키스 멀베이니는 개의 귀밑을 간질이며 말했다. 그래, 그거면 될 거야.

그는 자신이 딱히 거짓말을 하지는 않았다는 데에서 위안을 찾았다. 도리고의 죽음이 아직 확인되지 않은 것은 사실이었지만, 론 자비스는 분명히 말했다. 탈출한 전쟁포로가 당국에 제출한 명단에 D. 에번스 소령이 포함되어 있다고. 그는 자신과 에이미가 행복해질 수 있을 것 같았다. 노력과 시간의 문제였다.

틀림없어. 그는 미스 비어트리스에게 말했다. 틀림없어.

그날 저녁 늦게 그는 에이미가 혼자서 식당에 딸린 주방을 청소하고 있는 것을 발견했다. 식당에서 항상 나는 냄새가 더 강렬해진 것 같았지만, 젖은 크림색 타일과 강철 도구들이 전깃불을 받아 반짝였다. 그녀는 무감한 목소리로 아직 할일이 남았다면서, 문간에 서서 지켜보는 그를 내버려둔 채 또 바닥을 닦기 시작했다.

그가 사라진 뒤에야 그녀는 걸레를 놓아버리고 풀썩 주저앉았다. 그리고 아이처럼 바닥에서 몸을 웅크렸다. 발로 타일 바닥을 쿵쿵 내리쳤다. 하지만 아무것도 느낄 수 없었다. 아무 존재한테나 기도를 드리고 싶었지만, 그는 이미 죽었고 그녀는 세상이 기적을 허락하지 않는다는 사실을 알고 있었다. 사람들은 죽게 마련이었다. 그녀의 힘으로는 죽음을 막을 수 없었다. 떠난 사람을 더 많이 사랑하게 된다 해도, 그녀의 힘으로는 죽음을 막을 수 없었다.

거실의 적갈색 안락의자에 앉아 잠자리에 들기 전 담배를 한 대 피울 요량으로 담뱃대를 채우며 등받이에 머리를 대고 있던 키스 멀베이니는 왼쪽 관자놀이를 타고 땀이 작은 시내처럼 흐르는 것을 느꼈다. 그는 폭발음을 전혀 듣지 못했다. 폭발에 이어진 화재로 우아한 사층짜리 석조 호텔은 연기를 피워올리는 폐허로 변해버렸다. 남은 것은 검게 그을린 들보들과 두 면만 남은 외벽이었다.

이슬의 세계
모든 이슬방울 안에는
투쟁의 세계.

잇사

1

한 방울이 똑 떨어졌다.

타이니. 다키 가디너가 속삭였다.

우기의 빗줄기가 대나무로 기둥을 세운, 벽이 없는 A자 모양의 긴 캔버스 천막 지붕을 후려치는 소리 때문에 다키 가디너는 자신의 목소리도 제대로 들을 수 없었다. 시끄러운 빗소리는 이런 밤을 더욱 황량하게 만들 뿐이었다. 어떤 의미에서는, 단지 살아남기 위해 애쓸 뿐이지만 그래도 함께할 동료가 있는 낮보다는 더 힘들었다. 막처럼 사방을 가득 채운 소음 속에서 부들부들 떠는 정글, 줄기차게 떨어지는 빗줄기가 끊임없이 진흙탕을 두드리고 휘젓는 소리, 눈에 보이지 않는 빗물이 여기저기를 찰싹찰싹 퍽퍽 두드려대는 묘한 소리, 이 모든 것이 그에게는 우울했다.

또 한 방울이 똑 떨어졌다.

칸, 어이. 다키 가디너가 잇새로 소리쳤다. 저리 좀 가.

다키 가디너는 버려진 일본군 트럭을 가져오는 작업에 참여했다가 천막으로 돌아온 지 얼마나 지났는지 짐작이 가지 않았다. 그는 이가 들끓는 대나무 평상 두 개 위에서 이리저리 포개져 잠을 자는 포로 스무 명 사이에 들어갈 자리를 찾아 누웠지만, 그의 오른쪽에 누운 포로 타이니 미들턴이 돌아누우면서 그의 자리를 거의 모두 차지해버렸다. 그래서 다키는 타이니 옆에 모로 누운 채 좁은 공간에 끼어 있는 신세가 되었다. 그의 몸 바로 옆에 있는 대나무 기둥을 타고 물방울들이 흐르다가 그의 얼굴로 떨어졌다. 타이니는 그를 향해 무너지는 벽돌담 같았다. 하지만 다키의 생각에 그의 몸무게가 6스톤(38kg)이나 되면 다행이다 싶었다. 타이니는 온몸이 백선투성이였으므로, 다키는 그의 몸에 닿는 것이 싫어서 또다시 잇새로 소리쳤다.

아, 젠장, 타이니.

타이니 미들턴은 분명히 아무 소리도 듣지 못하는 것 같았다. 다키 가디너는 시간을 확인하려고 손목을 얼굴 위로 들어올렸다. 하지만 볼 것이 없었다. 조명이 들어오는 손목시계를 몇 달 전 포르투갈 정어리 통조림 한 개와 바꿨기 때문이다. 그는 팔을 떨어뜨렸다. 그래도 아직 어두우니 다행이라는 생각이 들었다. 몸이 축축하게 젖고 피곤했지만, 아직 몇 시간 더 쉴 수 있었다. 다키는 항상 아무리 작은 것이라도 긍정적인 면을 찾으려고 했으므로 그런 것들을 자주 찾아냈다. 비록 지금 그가 자다가 깨긴 했지만, 당장 일어나서 철로공사를 하러 나가는 대신 더 잘 수 있으니 다행이었다. 타이니를 조금만 움직일 수 있다면, 그 잠을 즐길 수 있을 것이다. 백선에 대한 생각을 옆으로 제쳐둔 채 그는 옆에 누운 타이니의 몸을 밀었다.

저리 좀 가, 이 뚱보 자식아.

얼마 뒤 다키는 포기하고 타이니를 등진 채 옆으로 누웠다. 머리는 떨어지는 빗방울을 간신히 피할 수 있게 자기 몸속에 파묻었다. 잘은 모르겠지만 몸 앞쪽보다는 뒤쪽에 백선이 잘 옮지 않을 것 같다고 생각했다. 바보 같은 확신이 있었다. 자신만의 어둠 속에 웅크린 채 아무도 모르는 지식에서 위안을 느끼며 다키는 머리맡 배낭으로 손을 뻗어 가슴까지 끌어내렸다. 그리고 어둠 속에서 서투르게 배낭을 뒤진 끝에 작은 기적이나 다름없는 물건 두 개를 꺼냈다. 삶은 오리알과 연유 한 통이었다.

우유냐 오리알이냐? 그는 고민했다. 뭘 먹지?

결국 그는 우유라면(그는 일본군 트럭에서 이 우유를 훔쳤다) 아주 오랫동안 보관해두어도 상하지 않을 것이라는 결정을 내렸다. 따라서 다만 며칠이라도 더 아껴두는 편이 좋았다. 오리알은 다키가 버마 전선으로 가는 길에 이 막사를 거쳐간 일본군 장교의 야전배낭에서 훔친 붓을 토끼 헨드릭스에게 주고 얻은 것이었다. 그의 도둑질 수법은 신속함과 신중함이 기반이었다. 그는 절대 수사가 시작될 만큼 대량으로 물건을 훔치지 않고, 딱 그럭저럭 지낼 수 있을 만큼만 훔쳤다.

토끼 헨드릭스가 그에게 준 오리알은 막사의 일본군 지휘관과 그의 친구들 그림을 엽서에 스케치해주고 받은 두 개 중 하나였다. 일본인들은 아마도 엽서를 일본에 있는 애인들과 가족들에게 보내려는 모양이었다. 일본인들은 토끼의 재주를 가끔 이런 식으로 이용하면서도, 만약 막사의 일상(어마어마한 중노동, 구타, 고문)을 묘사한 그의 스케치와 수채화를 본다면 십중팔구 그를 죽일 터였으므로, 토끼 헨드릭스는 아주 조심스레 그림을 숨겨두었다. 하지만 그도 이제 끝을 향해 다가가고 있었다. 전날 저녁 그는 작업을 마칠 즈음 갑자기 배가 심하게 아파서 곧장 볼일을 봐야 했다. 하지만 그가 미처 일어서기도 전에, 근처에서 일하던 침 파히가 그를 빤히 바라보고 있었다. 토끼 헨드릭스는 고개를 돌렸다. 그리고 자신의 창자가 몸 아래에 쌀뜨물 색깔의 똥 웅덩이를 만들어 자신의 운명을 결정지었음을 깨달았다. 포로들은 아흐레 전 콜레라가 유행하기 시작한 뒤로, 이것을 일본인보다 더 두려워했다.

침 파히와 다른 두 명이 다키를 거들어 토끼를 조잡한 임시 들것에 실어서 돌리(5.6킬로미터 떨어진 막사와 라인을 이어주는 정글 속의 길)로 보냈다. 그렇지 않아도 고통스러울 정도로 느릿느릿 움직여야 하는 판에, 토끼가 격렬하게 구역질을 해대는 바람에 의치를 잃어버려 어둠 속에서 찾는 일까지 해야 했다. 그들은 밤의 정글을 힘들게 움직였다. 유일한 길잡이는 진흙 속에 남은 바퀴자국과 저멀리 앞에서 들려오는 병든 포로들의 신음 소리였다. 그들은 진흙과 물 같은 토사물을 온몸에 뒤집어쓴 채, 자정 조금 전 막사에 도착했다. 토끼 헨드릭스는 수채화 세트, 스케치북, 비밀 그림들과 함께 콜레라 병동으로 사라졌다. 그곳으로 보내지는 사람은 점점 늘어나는데 돌아오는 사람은 한 줌밖에 되지 않았다. 그러니 검게 변한 오리알만이 토끼의 유일한 흔적이었다. 다키 가디너는 오리알 껍질을 아주 능숙하게 세 조각으로 벗겨냈다.

비가 또다시 거세게 내리면서, 축축한 바람이 새로이 불어와 막사 역할을 하는 이 한심한 천막 안을 순식간에 훑고 지나가며 두 개의 긴 대나무 평상 위에서 이리저리 포개져 자고 있는 남자들의 배설물 냄새와 썩은 내를 씻어갔다. 다키는 이 바람에서 일종의 희망을 느끼고, 이것 역시 다행한 일이라고 생각하려 애썼다. 하지만 빗방울이 다시 그의 얼굴에 뚝뚝 떨어지기 시작해서 몸을 굴려 피하려 했지만, 타이니가 그 자리에 그대로 있었다. 그를 다시 밀어보려고 해도 그는 코를 골며 죽은 듯 잠만 잘 뿐 꿈쩍도 하지 않았다.

제발 좀 옆으로 가줄래, 타이니?

아, 젠장, 염병할, 다키. 누군가가 저 아래쪽에서 고함을 질렀다.

다키는 타이니를 어쩔 수 없었다. 그에게서도 악취가 났다. 빗줄기가 다시 강해졌고, 열에 들뜬 머리와 소음 때문에 자신의 머릿속에서 들려오는 목소리와 밖에서 들려오는 소리를 때로는 구분하기 힘들었다. 그는 황소 같은 덩치의 타이니를 처음 만났을 때를 생각했다. 그는 옷을 죄다 벗고 그 건장한 몸의 근육을 보란 듯이 움찔거리며 의기양양하게 돌아다녔다. 첨 파히는 그 모습을 보며 일요일 아침에 땅바닥을 헤집고 다니는 수탉 같다고 말했다.

배급되는 식량이 기근 수준인데도 타이니는 체중이 빠지면서 오히려 건장한 체구가 더 도드라지는 것 같았다. 체격이 무너지기보다는 더 다듬어지는 느낌이었다. 타이니의 몸은 모든 것을 이겨냈다. 말라리아, 이질, 펠라그라, 각기병. 다른 포로들을 허약하게 만들고 목숨까지 빼앗아 가는 이 질병들 중 그 무엇도 그에게는 영향을 미치지 못하는 듯했다. 마치 그의 건장한 몸 자체가 면역력의 한 형태인 것 같았다. 막사 생활도 그를 약하게 만들지 못했고, 일본인들도 그를 무너뜨리지 못했다.

타이니가 맡은 일은 강철막대를 바위에 대고 대형 쇠망치로 천천히 두드려 필요한 깊이만큼 구멍을 뚫는 것이었다. 구멍을 필요한 개수만큼 뚫고 나면, 일본인 기술자들이 그 안에 폭약을 채워넣어 그 일대를 날려버렸다. 다키는 강철막대를 붙들고 있다가 망치질이 한 번 끝날 때마다 반의반 바퀴씩 돌려 구멍이 더 잘 뚫리게 하는 보조역할을 맡았다. 타이니는 다른 포로들에게서 볼 수 없는 힘찬 움직임을 보여주었으며, 자신이 맡은 일을 누구보다 빨리 끝낼 수 있다는 사실을 자랑스러워했다. 그는 그것으로 일본인들에게 승리를 거둔다고 생각하는 모양이었다.

저 노랑둥이 새끼들한테 백인이 어떤 존재인지 보여줘. 그는 이렇게 말하곤 했다.

그가 그렇게 일을 하고 나면, 일본인들이 다른 포로들에게도 모두 같은 성과를 요구한다는 사실은 알아차리지 못하는 것 같았다.

저 망할 타잔 때문에 우리 모두 죽을 거야. 양머리 모턴은 이렇게 말했다.

타이니가 원하는 대로 열심히 작업 신기록을 세우면, 일본인 기술자들은 그것을 새로운 일일 작업 할당량으로 정했다. 그래서 타이니보다 튼튼하지 못한 다른 포로들은 그 할당량을 채우느라 곤욕을 치렀다.

아, 젠장, 씨발, 그놈한테 말해. 양머리 모턴이 다키에게 말했다.

말하다니, 뭘?

아, 씨발, 안 된다고. 안 된다고.

안 된다고 안 된다고, 아니면 그냥 안 된다고?

닥쳐.

어이. 다키가 나중에 타이니에게 말했다. 조금 천천히 하는 게 어때?

타이니는 빙긋 웃었다.

조금만. 모든 사람이 너처럼 일할 수 있는 건 아니잖아. 다키가 말했다.

타이니는 독실한 가스펠 가수였다. 그가 으스스한 미소를 지으며 말했다. 주님이 우리에게 이 몸을 주신 건, 이 몸으로 일을 하며 즐거움을 누리라는 뜻이야.

요즘 들어 그 주님이라는 작자 소식이 좀 뜸하던데. 어차피 네가 좀 천천히 하지 않으면 우리 모두 곧 그 작자를 만나게 될걸. 너 때문에 모두 죽을 테니까 말이야, 타이니.

주님은 우리를 지켜보고 계셔. 난 그렇게 생각해.

근육질의 기독교인 타이니는 110야드(100m) 경주를 마친 육상선수처럼 양손을 엉덩이에 얹고, 몸에서 살짝 긴장을 풀어 폭발적으로 힘을 발휘하는 상태와 느긋한 상태의 중간쯤 되는 자세를 취했다. 그렇게 팽팽하고 완벽한 모습으로 사람을 미치게 만드는 옮은 미소를 지으며 다키 가디너를 물끄러미 바라보았다.

다키는 서서히 타이니를 미워하게 되었다. 일본인 기술자들이 낯선 미터법으로 매일 새로운 작업 할당량을 정할 때마다(처음에는 하루에 1미터였다가, 2미터로, 3미터로 늘었다), 타이니는 일본인들이 정한 시간보다 더 빨리 그 일을 해냈다. 그러면 모두들, 몸에서 열이 나든 굶주림에 지쳤든 죽음을 목전에 두고 있든 상관없이 그 미친놈과 같은 성과를 내야 했다. 다른 포로들은 모두 느릿느릿 일하면서 작업량을 줄여 그렇지 않아도 줄어든 기운을 생존에 꼭 필요한 활동을 위해 보존하려고 했다. 하지만 타이니는 배근육을 잔물결처럼 움직이고, 가슴을 크게 부풀리고, 육중한 팔근육을 울룩불룩 움직였다. 그는 예전에 양털깎기 일을 할 때와 똑같이 모든 것을 일종의 어이없는 경쟁으로 생각했으므로, 저녁이 되면 또다시 종을 울리는 사람이 되고 싶어했다. 하지만 그의 이러한 공명심은 일본인들에게만 좋은 일일 뿐, 다른 포로들을 모두 죽이고 있었다.

속도전이 시작되었다. 일본인들이 갈수록 적어지는 식량과 갈수록 심해지는 구타로 포로들을 몰아붙였으므로, 포로들은 더욱더 오랜 시간 동안 더욱더 힘들게 일해야 했다. 포로들이 일본인들이 정한 일정을 맞추지 못하자, 그들을 다그치는 기세가 더욱 맹렬해졌다. 어느 날 밤 기진맥진한 포로들이 대나무 평상에 쓰러져 자려는 순간, 절단 작업장으로 돌아가라는 명령이 떨어졌다. 이것이 야간작업의 시작이었다.

절단작업이란 폭 6미터, 높이 7미터, 길이 500미터인 바위를 길게 자르는 일이었다. 대나무에 누더기를 쑤셔넣고 등유를 적셔 만든 조악한 횃불 빛 속에서, 몸도 씻지 못한 알몸의 노예들은 불꽃이 춤추고 그림자들이 미끄러지듯 움직이는 기묘한 지옥 같은 세상에서 일했다. 망치질을 맡은 사람은 그 어느 때보다 집중력을 발휘할 필요가 있었다. 망치를 내리치는 순간 강철막대가 그림자 속으로 사라져버리기 때문이었다.

야간작업이 시작된 첫날, 타이니가 생전 처음으로 힘든 기색을 보였다. 말라리아 증세가 나타나서 몸이 부들부들 떨리고, 망치를 휘두르는 동작은 아름답지 않았다. 망치질을 위해 그는 고통스럽게 의지력을 동원해야 했다. 타이니가 망치를 제대로 휘두르지 못했기 때문에 다키 가디너는 몇 번이나 화들짝 놀라서 망치를 피해야 했다. 한 시간도 채 안 되어서(어쩌면 몇 시간일 수도 있었다. 다키는 시간이 정확히 얼마나 흘렀는지 기억하지 못했다), 타이니는 망치를 반쯤 들어올리다가 바닥으로 떨어뜨렸다. 다키는 타이니가 반원을 그리며 춤을 추듯 휘청휘청 걷다가 푹 쓰러지는 모습을 아연실색한 얼굴로 지켜보았다.

땅딸막한 근육질 몸에 얼룩덜룩한 얼굴의 경비병이 다가왔다. 고아나였다. 어떤 사람들은 그가 백반증에 걸렸기 때문에 제정신이 아니라고 했고, 또 어떤 사람들은 그가 제정신이 아니므로 무슨 일이 있어도 피하는 게 최선이라고 말했다. 그가 바로 악마라고 말하는 사람도 몇 명 있었다. 이해 불가에, 피할 수도 없고, 무자비한 존재인데, 가끔 이상하게도 마치 단말마의 고통을 겪는 사람처럼 미치도록 친절해지기도 한다는 것이 그 이유였다. 하지만 라인에서 일하는 사람들은 이제 신을 별로 믿지 않았으므로, 악마 역시 믿기 힘들었다. 고아나는 많은 사람들이 원하지 않는 그 모습 그대로 존재할 뿐이었다.

그가 잠시 일하는 포로들을 보다가 아주 천천히 시선을 돌렸다. 뭔가 생각에 잠긴 것 같았다. 그러더니 또 천천히 포로들에게로 시선을 되돌렸다. 이 기묘하고 과장된 동작은 폭발적인 폭력을 예고하는 전조였다. 그는 일이 분 동안 길고 무거운 대나무 막대로 타이니를 후려치다가 머리와 배를 거의 변덕처럼 몇 번 걷어찼다. 고아나의 매질이 계속되는 동안 다키는 그리 심하지 않다고 생각했다. 평소와 다른 것은 타이니 미들턴이었다.

원래 그는 몸에 힘을 주고 거의 건방지게 보이는 태도로 매질과 발길질을 받아들이는 사람이었다. 마치 아무리 때려도 몸이 끄떡없다고 말하는 것 같았다. 하지만 지금은 폭발한 바위 조각들 위에서 누더기나 밀짚으로 만들어진 물건처럼 이리저리 굴렀다. 매를 맞는 그의 몸이 마치 자루 같았다. 구타가 끝난 뒤, 타이니는 놀라운 반응을 보였다. 흐느껴 울기 시작한 것이다.

고아나도 말문이 막혔다. 그도 다키처럼 기겁한 얼굴로 그를 지켜보았다. 라인에서 울음을 터뜨린 사람은 하나도 없었다. 설마 매질이 아프거나 굴욕적이라서 우는 것은 아닐 거라고 다키는 생각했다. 그렇다고 절망이나 두려움 때문도 아닐 터였다. 모두들 그런 감정을 견디며 살고 있었으니까.

타이니가 고개를 흔들어대자 땀과 기름 범벅인 더러운 몸에 불꽃 그림자들이 들러붙었다. 이제 타이니는 그림자들을 떼어내려는 것처럼 제 가슴을 후려치듯 후벼파고 있었지만 소용없었다. 다키가 보기에는 그가 자신의 몸을 비난하고 있는 것 같았다. 이 건장한 몸은 그동안 줄곧 승리를 거두며 마음과 머리가 모두 좁은 이 남자를 이끌고 왔는데, 지금 이곳, 불꽃과 그림자와 고통으로 이루어진 이 기묘한 지옥 같은 곳에서, 뜻밖에도 잔인하게 그를 배반하고 있었다. 이렇게 몸이 흔들리고 있으니 타이니는 패배자였다.

내가! 그가 자신을 후려치고 후벼파면서 소리쳤다. 내가! 내가!

하지만 그 말이 무슨 뜻인지 아무도 알지 못했다.

내가! 그가 계속 외쳤다. 내가! 내가!

다키는 타이니를 부축해서 일으켜세웠다. 그리고 한 눈으로 고아나를 살피며 망치를 들고는 타이니에게 강철막대를 건넸다. 타이니는 쪼그리고 앉아서 다키와 함께 두드리고 있던 구멍에 막대를 세웠다. 그가 물기가 고인 눈을 막대에 단단히 고정시키자 다키는 망치를 들어 내리쳤다. 그리고 다시 망치를 들어올리면서 타이니에게 막대를 반의반 바퀴 돌려야 한다고 말했다. 망치가 떨어졌다가 다시 올라가도 타이니는 움직일 줄을 몰랐다. 강철막대를 닻처럼 붙들고 있을 뿐이었다. 다키는 또다시 타이니에게 막대를 반의반 바퀴 돌리라고 말했다. 아장아장 걷는 아이에게 손을 잡자고 말할 때처럼 부드러운 말투였다. 그는 밤새도록 같은 목소리로 타이니에게 말했다. 돌려. 돌려, 친구. 돌려. 이런 식으로 두 사람은 일을 계속했다. 마치 아무 일도 없었던 것처럼. 돌려. 돌려, 친구. 다키 가디너가 주문처럼 말했다. 돌려.

하지만 뭔가가 달라져 있었다.

다키는 그것을 알아차렸다. 그뒤 몇 주 동안 그는 타이니의 건장한 몸이 시들어가는 것을 지켜보았다. 일본인들도 이제 그것을 알아차리고 타이니에게 일상적으로 매질을 하는 것 같았다. 게다가 매질은 매번 더욱더 잔인해졌다. 그래도 타이니는 별로 신경쓰지 않는 것 같았다. 이들도 그것을 알아차린 모양이었다. 누구나 몸에 이가 있었지만, 다키는 그날부터 녀석들이 타이니에게 몰려들기 시작한 것을 알아차렸다. 타이니는 몸에 이가 들끓는 것에도 신경을 쓰지 않는 듯했다. 게다가 몸을 씻는 일이나 대변 보는 장소를 가리는 일에도 더이상 주의를 기울이지 않았다. 그러다가 백선에 걸렸다. 곰팡이들도 그의 상태를 알아차린 것 같았다. 그가 이미 자포자기 상태라서 썩어서 흙으로 돌아가는 시체나 마찬가지임을 곧바로 감지한 모양이었다. 타이니도 제 상태를 알고 있었다. 앞으로 닥칠 일을 막을 기운이 자신에게 조금도 남지 않았음을 알고 있었다.

다키는 타이니에게 의리를 지켰지만, 한때 건장하던 이 남자에게 왠지 반감이 일었다. 당당하던 그가 이제는 별 볼일 없는 해골이 되어 있었다. 타이니가 모든 것을 놓아버렸다는 생각, 그의 성격에 문제가 있기 때문에 일이 이렇게 되었다는 생각을 왠지 떨쳐버릴 수 없었다. 이런 생각은 순전히 자신의 마음을 달래기 위한 것임을 그도 알고 있었다. 이런 생각을 하다보면, 그가 자포자기 상태를 스스로 선택할 수 있을 만큼 아직 기운이 남아 있으므로 죽지 않고 살아남을 것 같은 생각이 들었다. 하지만 속으로는 그에게 그런 힘이 없다는 것을 알고 있었다. 타이니의 고약한 입냄새에서 진실의 냄새가 났기 때문이다. 그 악취의 정체가 무엇인지는 몰라도, 그는 그 냄새가 자신에게도 묻을까봐 그저 도망치고 싶은 마음뿐이었다. 하지만 그는 타이니를 도와야 했다. 왜 그를 돕느냐고 묻는 사람은 한 명도 없었다. 다들 알기 때문이었다. 그가 친구라는 것을. 다키 가디너는 타이니를 싫어했으며, 그를 바보 취급하면서도 그를 살리기 위해 무엇이든 할 수 있었다. 용기, 생존, 사랑, 이런 것들을 어떤 한 사람만 갖고 있는 것이 아니기 때문이었다. 그들 모두 이런 것들을 갖고 있었다. 그렇지 않았다면 그들 모두 죽었을 것이다. 그들은 자기들 중 한 명을 버리는 것은 곧 스스로를 포기하는 행위라고 믿게 되었다.

2

오리알 껍질을 다 까서 축축하고 창백한 알맹이가 손에 쥐어지자, 그 냄새가 다키 가디너를 압도하는 게 느껴졌다. 너무나 풍요로워서 살짝 메스꺼울 정도였다. 그는 오리알을 거의 입술까지 가져갔다가 그대로 동작을 멈추고 잠시 생각해본 뒤 한숨을 내쉬었다. 그러고는 잠든 타이니를 흔들었다. 힘을 많이 주지는 않았지만 끈질기게 흔들었다.

마침내 타이니가 깨어나자 다키는 그의 코 근처에 오리알을 들이밀며 조용히 하라는 시늉을 했다. 타이니는 불퉁한 소리를 냈고, 다키는 숟가락으로 오리알을 반으로 갈랐다. 타이니는 부스러지기 쉬운 노른자가 떨어지지 않게 양손을 오목하게 오므려서 내밀었다. 마치 성체를 받는 것 같았다. 다키는 타이니의 오목한 손 안에 볶음밥으로 만든 작은 주먹밥 반쪽도 놓아주었다. 점심때 담요 밑에 숨겨둔 것이었다.

아무도 그들을 보지 못하고 소리도 듣지 못하는 축축한 어둠 속에서, 어떻게 그런 여분의 음식을 손에 넣었느냐고 물을 사람이 아무도 없는 어두운 고독 속에서, 두 사람은 몰래 음식을 먹기 시작했다. 다키는 한 입 두 입 맛을 음미하며 천천히 먹었다. 입에 침이 어찌나 고이는지 커다랗게 찰박거리는 소리가 나서 걱정이었다. 하지만 그가 내는 소리는 밤의 축축한 소음 속에 묻혀버렸다.

그는 검댕과 기름이 묻은 손가락을 핥았다. 오리알과 주먹밥은 뱃속에 불쾌한 덩어리가 되어 앉아 있었다. 목구멍에는 시큼하고 기름진 불꽃같은 맛이 남았다. 그는 죽지 않을 것이다. 이제는 타이니가 자신의 공간을 대부분 차지해버린 것도 신경쓰이지 않았다. 입술에 밥알이 닿던 느낌이 아직도 남아 있고, 입에서는 기름지고 풍성한 노른자의 찬란한 맛이 계속 느껴졌다. 머리가 어질어질하더니 졸음이 몰려왔다. 자신이 물에 빠져 죽어가고 있는 건지, 아니면 침대에 누워 있는 건지 확실하지 않았다. 침대는 가재, 사과, 살구 조각, 구운 양다리가 가득한 식탁이기도 했고, 발치에 불이 피워져 있고 깨끗한 담요가 덮인 보송보송한 침대이기도 했다. 이 작은 침실의 창문을 진눈깨비가 후려치는 소리가 들렸다. 음식을 먹었지만 더 먹고 싶었다. 그는 점점 깊이 가라앉아 식탁에 앉았다가 잠이 들었다.

잠에서 깨었을 때는 뱃속에 주먹이 하나 들어앉아 있는 것 같았다. 아직 날이 어두웠다. 입에서 비누 냄새가 나고, 엄청난 통증에 비쩍 마른 배가 뒤틀렸다. 그는 숨을 헐떡이고 신음 소리를 내며 힘겹게 일어나 앉아서 잠자리 발치에 항상 물을 가득 채워 놓아두는 등유 깡통을 들고 맨발로 어둠과 진흙과 비 속을 걸어 일본인들이 벤조라고 부르는 곳, 그러니까 변소로 향했다.

막사에서 조금 떨어져 있는 벤조는 20야드(18m) 길이의 참호였다. 깊이가 2.5야드(2m) 되는 이 참호에서 사람들은 미끄러운 대나무 막대기 위에 위태롭게 쪼그리고 앉아 볼일을 보았다. 아래에서 출렁거리는 배설물에는 꿈틀거리는 구더기들이 가득했다. 첨 파히는 래밍턴*에 말린 코코넛을 뿌려놓은 것 같다고 말했다. 정말 기겁할 만큼 역겨운 광경이었다. 포로들은 가장 싫은 경비병을 혼내주는 방법을 서로 경쟁하듯 떠들어댈 때, 언젠가 고아나를 벤조에 빠뜨리겠다는 농담을 했다. 그보다 더 끔찍한 죽음은 생각하기 힘들었다.

일본인들이 밤새 꺼지지 않게 하라고 지시한 불은 끊임없이 내리는 비 때문에 이미 오래전에 꺼져 있었다. 우기의 구름들이 별빛과 달빛을

---

* 사각형 카스텔라에 초콜릿을 바르고 코코넛을 뿌린 것.

많이 가려버렸으므로, 세상이 온통 어두웠다. 정글은 그나마 남은 빛을 대부분 흡수해버렸다. 다키 가디너는 한 손으로 배를 움켜쥐고 어색하게 통통 뛰듯이 움직였다. 갑자기 크게 움직이면 창자가 뒤틀려서 너무 빨리 풀려버릴 것 같았다. 그는 몸을 반쯤 구부린 채로, 흐릿하고 검게 보이는 건물 윤곽선들에 의지해 위태로운 대나무 천막들로 이루어진 허름한 막사를 가로질렀다. 안에서 다른 포로들의 신음, 코 고는 소리, 갑자기 숨을 헉하고 들이쉬는 소리가 들렸다. 아마 몸이 아프거나, 슬픔에 잠겼거나, 기억을 떠올렸거나, 죽어가고 있는 모양이었다. 아니면 이 모든 것을 한꺼번에 겪고 있거나. 기진맥진한 피로와 고통과 희망이 빚어내는 모든 소리를 진흙탕으로 씻어내리는 것은 끊임없이 내리는 폭우의 단조로운 소리였다.

뱃속을 비틀어대는 통증 때문에 완전히 잠이 깬 다키는 설사를 막으려고 힘들게 걷느라 숨을 몰아쉬고 있었지만 벤조까지는 아직 거리가 좀 남아 있었다. 그때 길가 쪽에서 발이 미끄러지는 바람에 진흙이 고인 길 복판 쪽으로 넘어진 그는 발목까지 더러운 진흙탕에 잠겼다. 순간적으로 머릿속이 하얗게 변했다. 덜 질척거리는 곳으로 올라가려고 갑자기 격렬하게 힘을 쓰다보니 창자에도 힘이 들어갔기 때문이다. 강하게 막고 있던 힘이 갑자기 쭉 빠지면서 그는 자신이 막사의 중앙대로 한복판에서 똥을 싸고 있음을 깨달았다.

엄청난 탈력감이 그를 덮치고, 엉덩이는 불이 붙은 것처럼 화끈거리고, 머리는 빙빙 돌아서 그는 이대로 진흙 속에 누워 똥을 싸고 영원히 잠들어버리고 싶은 마음뿐이었다. 하지만 그는 애써 충동을 참았다. 그의 위장이 교수대처럼 다시 죄어들고 있기 때문이었다. 악취를 풍기는 그레이비소스 같은 것이 다시 터져나왔다. 이제 그는 힘들어서 숨을 몰아쉬고 있었다. 속을 완전히 비워냈는데도, 금방 창자가 가득찬 것 같았다.

그는 몸에 자신을 맡기고 다시 힘을 주며 이런 꼴이 된 자신을 증오했다. 벤조까지 가지도 못하고, 아침이면 다른 사람들이 걸어다닐 이곳에 자신의 오물을 퍼질러놓다니. 그는 위생을 철저히 지키라는 큰형님의 지시를 생각했다. 모두들 청결을 생존의 필수요소로 생각하고 있다는 사실도 떠올랐다. 물론 청결이 가능할 때의 얘기지만. 이건 그가 어떻게 해볼 수 없는 일인데도, 그는 수치심과 좌절감을 느꼈다.

진흙탕에서 개울처럼 흐르는 설사를 분리해낼 수 있는 방법은 없었다. 멈추지 않고 한없이 흐르는 진흙과 똥의 세계였다. 벌써 빗줄기가 거기에 고랑을 파서 그것을 뭔가 다른 모습으로 바꿔놓고 있었다. 썩은 내를 풍기는 그 치명적인 물질에서 도망칠 길은 없었다. 이 막사 안의 모든 사람, 모든 것이 곧 그 물질과 같았다. 다음에는 무슨 일이 있어도 그 망할 놈의 변소까지 가겠다고 그는 속으로 다짐했다. 마침내 창자가 불만스럽게 움직였다. 그것은 이제 기름진 핏자국이 줄무늬처럼 난 점액 같은 것만 몸에서 흘러나올 것이라는 신호였다.

볼일이 끝나자 다키는 너무 힘들어서 현기증을 느끼며 서서히 몸을 일으켜 똑바로 섰다. 그리고 휘청거리며 길에서 짧게 몇 걸음 떨어져 등유통 속의 물로 최대한 몸을 씻기 시작했다. 양쪽 엉덩이는 기껏해야 밧줄을 몇 가닥 모아놓은 것 같은 몰골이었다. 그는 시간을 들여 항문을 씻었다. 앙상한 몸에서 묘하게 도드라진 항문에 그는 깊은 혐오감을 느꼈다. 갑자기 한기가 들더니 그가 씻고 있는 허벅지와 종아리가 와들 와들 떨렸다. 그는 침을 꿀꺽 삼켜 비명을 참으며, 다리에 생긴 찻잔 크기의 열대성 궤양에 물을 부었다. 그리고 이 상처를 깨끗하게 유지하는 것이 좋은 일이라고 자신을 위로했다. 상처를 반드시 깨끗하게 관리해야 했다. 머리가 제대로 돌아가지 않았다. 아마 말라리아 때문인 것 같았다. 감각이 지나치게 예리한 것 같으면서 동시에 지나치게 흐릿했다. 하지만 그런 와중에도 생생하고 강렬하게 느껴지는 것이 있었다. 그가 확실히 아는 것이 있었다. 포기는 쉬운 일이라는 것. 열에 들뜬 머리로 생각해봐도, 포기는 그냥 나쁜 일이 아니라 최악의 일인 것 같았다. 생존을 위해서는 아무리 작은 것도 포기하지 말아야 했다. 벤조에 가는 것도 포기할 수 없었다. 다음에는 아무리 힘들어도 꼭 거기까지 가겠다고 그는 맹세했다.

진흙에 빠진 발은 더러운 오물 속에서 살아갈 운명이었으므로, 씻을 만큼 씻은 그는 다시 똥과 진창 속을 걸어 자신의 천막, 자신의 자리로 돌아갔다. 그리고 똥이 묻은 발을 대나무 평상 위로 끌어올리며 더럽고 악취가 풍기는 담요 밑으로 기어들어갔다. 더럽고 기진한 몸이 까무룩 잠이 들기 전에 그가 마지막으로 생각한 것은 다시 배가 고파졌다는 것이었다.

3

지미 비글로가 나팔로 연주하는 '기상신호'의 마지막 음이 축축한 새벽공기 속으로 추적추적 사라질 때, 수탉 맥니스는 눈을 떴다. 회색빛이 점점 영역을 넓히며 그가 자고 있던 벽 없는 천막과 악취를 풍기는 진흙, 오물, 절망만이 자리한 포로들의 정글 막사를 쇠와 검댕의 단조로운 색으로 물들였다. 그 너머에는 티크 우림이 검은 벽처럼 펼쳐져 있었다.

수탉은 잠이 완전히 깨기도 전에 매일 아침 그랬듯이 아침을 시작했다. 정신적으로, 육체적으로, 도덕적으로 자신의 생존을 보장해줄 것이라고 확신하는 자기단련 과정을 되풀이한 것이다. 먼저 그는 숨죽인 소리로 어젯밤 암기한 히틀러의 『나의 투쟁』 한 페이지를 읊조렸다. 그는 그 책에서 대부분을 차지하는 유대인 관련 부분들이 가장 쉬운 것 같았다. 빠르게 질주하는 것 같은 리듬 덕분에 암기하기가 비교적 쉬웠고, 유대인이라는 단어가 반복적으로 등장하는 합창 같아서 도움이 되었다. 하지만 지금 암송하는 부분은 바바리아에서 나치당이 만들어진 초기 역사를 다루고 있어서 힘들었다. 정작 필요할 때 유대인들은 어디 있는 거지? 그는 속으로 생각했다.

버킹엄궁에 폭탄이 떨어졌대. 가까이에서 누군가의 목소리가 들려왔다. 왕이랑 그레이시 필즈*가 당했다는데.

수탉 맥니스는 대나무 평상 가장자리로 몸을 움직이며 처음에는 허벅지를 긁다가 나중에는 사타구니를 더 격렬하게 긁어댔다. 그러면서 나치당 초창기 돌격대원들의 용맹을 묘사한 글을 작은 소리로 계속 중얼거렸다. 사타구니에서 단단한 껍질 같은 것이 느껴져서 손으로 눌러 부숴버렸다. 그런데 단단한 껍질이 하나 더, 또 하나 더 있었다. 그제야

* 1898~1979년. 영국의 가수 겸 코미디언.

그는 대나무 판자에 살면서 사람을 물어대고 가렵게 하는 이의 존재를 느꼈다.

일본 놈들에 대해 한 가지는 확실해. 그가 몸을 긁는 것을 보고 한 노인이 말했다. 놈들이 사람을 하도 알뜰하게 부려먹어서 이들이 우리 불알을 아침식사로 먹는 와중에도 잠을 잘 수 있게 만들어준다는 것.

수탉은 이것이 양머리 모턴의 목소리임을 깨달았다. 말라빠진 칠십대 노인처럼 보였지만, 실제 나이는 기껏해야 스물셋이나 스물넷일 터였다.

그레이시 필즈가 남유럽 사람이랑 어울린다는 소리를 들은 것 같은데. 지미 비글로가 우그러진 나팔을 손에 들고 천막 안으로 돌아오면서 말했다. 무솔리니한테 도망친 것 아니었어?

그건 그냥 소문이야. 첨 파히가 말했다. 이번에는 일전에 막사를 지나간 네덜란드 친구들한테서 좋은 기름을 얻었어. 나도 네덜란드 사람이지만, 놈들은 대부분 이탈리아 혼혈이지. 그 친구들 말로는 러시아 놈들이 스탈린그라드에서 졌대. 양키들은 시칠리아로 쳐들어갔고, 무솔리니가 쫓겨나서 새로 들어선 이탈리아 정부가 평화를 외치고 있다는군.

수탉 맥니스는 정신을 집중할 때 텁수룩한 빨간색 턱수염을 입안으로 빨아들여 잘근잘근 씹는 습관이 있었다. 그렇게 수염을 씹으며 그는 지난주에 러시아인들이 스탈린그라드에서 이겼다는 소문이 돈 것을 기억해냈다. 그건 틀림없이 볼셰비키의 선전이었을 거야. 그는 속으로 생각했다. 십중팔구 다키 가디너가 퍼뜨린 소문이었을걸. 그런 소리를 할 만한 녀석이니까. 수탉 맥니스는 볼셰비키를 싫어했지만, 다키 가디너를 그보다 더 싫어했다. 그는 평범하고 더러운 인간이었고, 혼혈들이 대개 그렇듯이 믿을 수 없는 놈이었다. 가디너의 습관도 견딜 수 없었다. 속도전 때문에 일하고 잠자는 것 외에는 아무것도 할 수 없게 되기 전, 가디너는 포로들이 라인에서 일을 마치고 절룩거리며 돌아오는 밤 시간에 막사 가장자리의 티크 그루터기 위에 서서 〈노래 없이〉라는 노래를 불렀다. 다른 사람들은 좋아하는 것 같았지만, 수탉 맥니스는 몹시 싫었다.

증오는 수탉 맥니스에게 강력한 힘이 되었다. 마치 음식과 같았다. 그는 아랍 놈들, 이탈리아 놈들, 날품팔이들, 남유럽 놈들을 싫어했다. 중국 놈, 일본 놈, 아시아 놈도 싫었다. 그는 또한 공정한 사람이었으므로, 영국 놈과 양키도 싫어했다. 자신의 동포인 오스트레일리아인들에게 우러러볼 만한 부분이 거의 없었기 때문에 그는 때로 오스트레일리아인들이 정복당해 마땅하다고 주장하기도 했다. 그는 다시 숨죽인 소리로 『나의 투쟁』을 암송하기 시작했다.

이번엔 뭘 저주하는 거야, 수탉? 지미 비글로가 물었다.

수탉 맥니스는 최근에 이쪽 천막으로 옮겨왔기 때문에 그의 아침 행사에 대해 전혀 모르는 나팔수에게 시선을 돌렸다. 지미 비글로가 빅토리아시대 사람 같다는 생각이 들었으므로, 그는 그에게 아무런 거리낌 없이 말했다. 전과자 조상을 두고, 카드놀이를 즐기고, 축구를 숭배하고, 경마에 중독된 태즈메이니아 출신들 틈에서(두 사람 모두 어쩌다보니 태즈메이니아 사람들의 천막으로 오게 되었지만, 그들은 결코 오스트레일리아인의 바람직한 모습이 아니었다) 자신의 지성이 정체되는 것을 막기 위해 책 한 권을 하루에 한 페이지씩 암기하기로 결심했다고.

좋았어. 지미 비글로가 말했다. 자신이 태즈메이니아의 후온 계곡 출신이며 갈리폴리 폰케슬러와 함께 입대했다는 말은 차마 하지 못했다. 하지만 전쟁을 견뎌내는 방법으로는 넷이서 하는 크리비지 카드놀이가 나아. 그가 말을 이었다.

그런 정신머리라니! 수탉 맥니스가 말했다. 그런 정신머리라니, 제임스!

갈리폴리 폰케슬러가 그에게 500점 놀이를 해볼 생각을 한 적이 있느냐면서, 500점 놀이가 크리비지보다 더 머리를 쓰는 게임인지도 모른다고 말하는 사람들도 있다고 말했다. 자신은 딱히 그런 의견에 동의하지는 않지만, 수탉의 취향에는 더 맞을지 모르겠다는 말도 했다. 누구와 해도 좋은 브리지 게임과 같다는 것이었다.

물론 다른 녀석들한테도 책이 도움이 될지는 나도 모르겠어. 수탉 맥니스는 폰케슬러와 눈을 마주치지 않으려고 천막 안의 다른 사람들을 둘러보며 말했다. 놈들은 치명적인 오점을 갖고 있거든.

그렇군. 지미 비글로가 말했다. 하지만 그는 수탉이 지금 무슨 말을 하는 건지 하나도 이해하지 못했다. 수탉은 그냥 말을 계속했다. 『나의 투쟁』이 너무나 싫다는 이야기, 히틀러가 너무나 싫다는 이야기, 소시지나 먹는 이 인간의 헛소리를 매일 한 페이지씩 암기하는 것도 너무나 싫다는 이야기. 하지만 자바의 포로수용소에서 정신수양을 위해 이런 암기를 시작했을 때, 그가 구할 수 있는 책이 『나의 투쟁』뿐이었다. 게다가, 하고 말을 잇는 그의 턱수염이 살짝 침이 묻어 번들거렸다. 적의 주장을 알아두는 것도 좋을 것 같았지. 그리고 어쨌든 무의미한 내용이니 그냥 암기하면 되잖아. 그는 히틀러의 선언 중 많은 부분이 일리 있게 들려서 깜짝 놀랐다는 말은 하지 않았다.

네덜란드 놈 하나도 이 책을 팠어. 첨 파히가 말했다. 믿을 만한 친구야. 내가 그 친구한테 내 외투를 팔았지.

수탉 맥니스는 외투 값으로 무엇을 받았느냐고 물었다.

3달러랑 종려당糖 조금. 그리고 책 한 권.

외투 한 벌 값은 적어도 10달러야. 수탉 맥니스가 말했다. 그는 네덜란드 사람들도 무조건 싫어했다. 무슨 책인데?

재밌는 서부극.

수탉 맥니스는 분노했다.

『붉은 농장의 살인』이나 『목장의 황혼』 같은 책을 말하는 거로군. 그런 게 오스트레일리아의 정신이라면, 신이여 저희를 도우소서.

첨 파히는 수탉 맥니스에게 자신의 책과 『나의 투쟁』을 교환할 용의가 있느냐고 물었다. 그리고 손때가 잔뜩 묻어 더러운 『지는 해, 떠오르는 수족族』을 들어 보였다.

싫어. 수탉 맥니스가 말했다. 안 바꿀 거야.

아침햇빛이 아직 희미하기는 해도 천막 안을 쪽빛으로 서서히 물들였다. 포로들이 잠에서 깨어나면서 점점 시끄럽게 대화를 나누던 소리가 갑자기 뚝 끊기더니 모두들 한 방향을 바라보았다. 수탉 맥니스의 어깨 너머였다. 억눌린 웃음소리가 평상들 위로 퍼져나가고, 포로들은 지금 눈에 보이는 것이 헛것이 아닌지 확인하려고 저마다 눈을 비볐다. 수탉 맥니스는 고개를 돌렸다. 그 무엇보다 기묘하고, 전혀 예상하지 못했던 것이 거기 있었다. 그는 수염을 다시 입속으로 빨아들였다.

굶주림과 질병 때문에 욕망이 완전히 사라져버린 포로들은 전쟁이 끝난 뒤에도 영원히 욕망을 느끼지 못하게 되는 것은 아닌지 걱정하고 있었다. 의사들은 순전히 먹는 것이 부족한 탓이라면서, 음식 문제만 해결되면 괜찮을 것이라고 말해주었다. 그래도 포로들은 이 시련이 끝난 뒤 남자로서 기능할 수 있을지 고민했다. 마지막으로 발기를 경험한 것이 언제인지 다들 기억조차 나지 않았다. 어떤 사람들은 집에 돌아간 뒤 예전처럼 아내를 행복하게 해줄 수 있을지 모르겠다고 걱정했다. 갈리폴리 폰케슬러는 몇 달 동안 주위에서 발기를 경험한 놈이 하나도 없었다고 말했고, 양머리 모턴은 일 년이 넘도록 그것이 서지 않았다고 주장했다.

그러므로 그들이 지금 보고 있는 것은 무엇보다 기적적인 광경이었다. 너무 놀라워서 도저히 놓칠 수 없는 광경이기도 했다.

타이니 저 자식. 갈리폴리 폰케슬러가 말했다. 죽음의 문을 두드리고 있는 타이니. 그는 마치 빗속에 솟아난 대나무 같았다.

해골처럼 앙상한 몸으로 아직 잠에 빠져 있는 타이니 미들턴. 한때 근육질의 기독교인이었던 그는 자신을 바라보는 주위의 시선들을 까맣게 모른 채 똑바로 누워서 죄 많은 꿈을 즐겁게 꾸고 있는 모양이었다. 굶주림과 질병에도 굴하지 않은 타락한 욕망이라니. 마치 부대의 깃발을 꽂아두는 깃대처럼 거대한 것이 발기해 있었다.

참으로 희망을 주는 광경이라고 다들 동의했다. 몇 주 전부터 타이니 미들턴이 심하게 무너졌다고 해서 그 의미가 퇴색하는 것은 아니었다. 워낙 놀라운 광경이라 모두들 작은 소리로 잠든 동료들을 깨워 타이니를 보라고 손짓했다. 그 광경이 불러온 나지막한 웃음소리, 음탕한 농담, 널리 퍼진 기쁨 속에서 한 사람만이 반발했다.

우리가 기껏 이것밖에 안 돼? 수탉 맥니스가 물었다. 쓰러진 사람을 비웃기나 하다니.

첨 파히는 타이니가 그렇게 무너진 것처럼 보이지 않는다고 말했다.

다들 예의가 전혀 없군. 수탉 맥니스가 투덜거렸다. 남을 존중할 줄 몰라. 옛날에는 오스트레일리아인들이 이렇지 않았어.

거슬리는 모양이니까 내가 덮어줄게, 수탉. 다키 가디너가 이렇게 말하고는 자신의 허벅지 옆에서 커다란 오리알 껍질 조각을 들어 발기한 성기 위에 조심스레 올려놓았다.

타이니는 잠에서 깰 줄을 몰랐다. 오리알 껍질 모자를 쓴 그의 물건이 숲속의 신선한 버섯처럼 솟아올라 이른 아침의 산들바람 속에서 아주 살짝 흔들렸다.

이렇게 놀리는 건 옳지 않아. 수탉 맥니스가 말했다. 이런 짓을 하면 저 고약한 일본 놈들하고 다를 게 없어.

다키 가디너가 오리알 껍질을 가리켰다. 마치 주교들이 쓰는 모자와 비슷하게 보였다.

교황으로 승진하셨네, 수탉. 다키 가디너가 말했다.

시끄러, 가디너. 수탉 맥니스가 말했다. 그 가엾은 녀석을 놀리지 말고 예의를 지켜줘.

그는 완전히 일어나 앉았다가 일어서더니 타이니 미들턴이 자고 있는 곳으로 걸어갔다. 그리고 타이니의 벌어진 다리 사이로 몸을 기울여 수치스러운 장난이라고 여겨지는 오리알 껍질을 떼어내려고 손을 뻗었다.

그의 손가락이 막 오리알 껍질을 잡았을 때 타이니 미들턴이 눈을 떴다. 두 사람의 눈이 마주치는 순간 수탉 맥니스의 손은 오리알 껍질을 잡은 채로 굳어버렸다. 어쩌면 껍질을 살짝 부순 것 같기도 했다. 타이니 미들턴은 불같이 화를 내며 그렇게 앙상한 몸에서 나온다고는 믿을 수 없을 만큼 엄청난 힘으로 벌떡 일어나 앉았다.

이 망할 변태 같으니, 수탉.

수탉 맥니스가 모두의 조롱과 특히 다키 가디너의 웃음소리 속에서 굴욕을 느끼며 평상의 자기 자리로 돌아왔을 때 골치 아픈 일이 기다리고 있었다. 자신이 책을 제대로 외웠는지 확인하기 위해 『나의 투쟁』을 찾아 배낭을 뒤지다가 자신의 오리알이, 그러니까 사흘 전에 사서 배낭에 숨겨뒀던 오리알이 사라졌음을 알게 된 것이다. 그는 자신이 잃어버린 오리알과 다키 가디너가 타이니 미들턴에게 씌워준 오리알 껍질을 생각해본 뒤, 검은 왕자가 자신의 오리알을 훔쳐갔음을 깨달았다.

물론 그가 어떻게 할 수 있는 일은 아니었다. 가디너는 도둑질을 하지 않았다고 주장할 것이고, 다른 사람들은 더욱 크게 웃어댈 것이다. 심지어 도둑질이라는 말 자체를 즐겁게 생각할 수도 있었다. 하지만 그 순간 그는 자신에게서 훔쳐간 물건으로 자신에게 굴욕을 안겨준 가디너를 증오했다. 그가 일본인들에게 품은 반감을 훨씬 뛰어넘을 만큼 강렬하고 흉폭한 감정이었다. 그리고 증오심은 수탉 맥니스에게 모든 것이었다.

4

다키 가디너는 옷을 입었다. 다른 사람들과 마찬가지로 옷이라고 해봤자 챙이 늘어진 중절모와 밤낮으로 입고 다니는 거시기 천(간신히 거시기만 가려주는 더러운 티팬티)밖에 없었기 때문에 옷을 입는 데는 시간이 전혀 걸리지 않았다. 침대를 정돈했지만, 사실 그의 잠자리는 침대가 아니었으므로 역시 시간이 전혀 걸리지 않았다. 그는 일본제국 군식으로 규정에 맞춰 담요를 접은 뒤, 일본제국군 규정에 따라 정해진 장소, 그러니까 대나무 평상에서 그가 자는 자리의 발치에 놓았다. 비가 그쳤다. 정글에서 빗방울이 뚝뚝 떨어지는 소리가 사라지고, 정글의 새들이 작은 물방울 소리처럼 지저귀는 소리가 들려왔다.

그는 남아 있는 여덟 가지 소지품 중에서 반합 세트를 들었다. 쭈그러진 양철 그릇 두 개를 겹쳐놓은 이 반합 세트는 접시 겸 컵 겸 음식 상자 역할을 했다. 그가 철사로 된 반합 손잡이를 거시기 천에 머리집게처럼 고정시키고 있는데 고함소리가 들려왔다. 경비병 몇 명이 기습 검열을 위해 오고 있었다. 모두들 후다닥 움직이며 필사적으로 담요를 개고, 배낭을 통통하고 깔끔하게 만들고, 몰래 가지고 있던 여러 물건은 최대한 숨겼다.

고아나가 이끄는 경비병 두 명이 천막 중앙통로를 걷는 동안, 포로들은 양편의 공동 침상 앞에 차렷 자세로 섰다. 고아나는 배낭 하나를 뒤집어 천막 밖의 진흙탕 속에 쏟아버리고, 아무런 이유 없이 포로 한 명의 빰을 때리더니 다키 가디너 앞에서 걸음을 멈췄다.

고아나는 어깨에 메고 있던 라이플을 내려 총신 끝으로 다키 가디너의 담요를 천천히 들어올려서 질척한 땅바닥에 떨어뜨렸다. 그리고 잠시 그 더러운 담요를 내려다보다가 다시 시선을 들었다. 그는 고함을 지르며 다키 가디너의 옆통수를 개머리판으로 있는 힘껏 후려쳤다.

가디너는 쓰러졌다. 그리고 다른 경비병의 발길질을 미처 팔로 막지 못해 얼굴을 그대로 얻어맞았다. 그는 옆으로 쓰러져 꿈틀거리며 대나무 평상 밑으로 간신히 몸을 피했지만, 그 와중에 고아나가 그의 머리에 발길질을 제대로 한번 더 먹였다. 그러고는 시작할 때와 마찬가지로 갑작스레 구타를 멈춰버렸다.

고아나는 기묘하게 으스대는 특유의 걸음으로 계속 통로를 걸어가다가 이렇다 할 이유 없이 첨 파히의 뺨을 때리고는 부하들과 함께 반대편 끝의 출구로 사라져버렸다. 다키 가디너가 조금 비틀거리며 일어섰다. 머리는 여전히 멍하고, 입에서는 피 때문에 짠맛이 나고, 몸은 평상 밑의 더러운 진흙으로 뒤덮여 있었다.

잘못 갰어. 지미 비글로가 말했다.

그렇게 심하진 않았어. 다키가 말했다.

심하게 맞지 않았다는 뜻이었다. 그는 핏덩어리를 뱉었다. 이렇게 앙상한 몸에서 나온 피치고는 지나치게 짜고 지나치게 풍성한 맛이 났다. 머리가 어지러웠다. 그는 손가락을 입안에 넣어 발길질의 충격을 받은 어금니를 만져보았다. 이가 흔들거렸지만 운이 좋으면 빠지지 않고 버텨줄 것 같았다. 머리가 제대로 돌아가지 않았다.

개는 걸 잊어버렸어. 양머리 모턴이 말했다.

내가 그 망할 담요를 분명히 갰어. 다키 가디너가 말했다.

지미 비글로가 방금 불을 붙여 연기가 피어오르는 담배꽁초를 엄지와 집게손가락으로 잡고 자신의 담요를 가리켰다.

봐. 그가 말했다.

접은 부분이 밖을 향하고 있었다.

넌 이게 안쪽을 향했어. 양머리 모턴이 말했다. 일본 놈들 규칙에 어긋났다고. 너도 알잖아.

고아나는 네가 자기를 놀린다고 생각했을 거야. 지미 비글로가 담배를 한 모금 빨면서 말했다. 자. 그가 축축한 담배 끄트머리를 다키에게 내밀었다.

지미 비글로의 손은 온통 갈라진 딱지투성이이고, 염증이 심해서 노랗고 빨간 색이었다. 다키 가디너는 병이 무서웠다. 한번 병에 걸리면 벗어날 길이 없었다.

자. 지미 비글로가 말했다. 받아.

다키 가디너는 움직이지 않았다.

여기서 옮는 건 죽음뿐이야. 지미 비글로가 말했다. 그리고 난 죽음에 걸리지 않았고. 알았어?

다키 가디너는 담배를 받아서 입술에 대지 않은 채 벌린 입 앞으로 들어올렸다.

아직은. 지미 비글로가 말했다.

다키는 담배를 한 모금 빨았다. 그리고 남자 네 명이 휘청거리며 대나무 들것을 병동 쪽으로 들고 가는 것을 지켜보았다.

저거 아마 날품팔이 놀런일 거야. 첨 파히가 말했다.

연기가 다키의 입속으로 굴러들어갔다. 시큼하고 알싸하고 좋은 맛이었다.

우리 크리비지 멤버 하나가 꼴깍거리며 쓰러졌네. 양머리 모턴이 말했다. 그러고는 수탉 맥니스를 바라보았다. 저놈 자리에 들어올래?

뭐? 수탉 맥니스는 여전히 오리알 껍질로 인한 굴욕 때문에 분개하고 있었다.

날품팔이 말이야. 그놈은…… 그놈은…… 음, 죽었어. 그런데 그놈이 크리비지를 좋아했거든. 그놈은 그냥 이렇게 죽어버리는 걸……

싫어할 거라고?

뭐, 그런 셈이지. 저게 바보 같은 놈인지는 몰라도, 카드놀이를 진짜 좋아했거든. 그게 내가 기억하는 그 녀석이야. 그러니까 우리가 게임을 계속하기를 원할 거야.

크리비지를 하자고?

안 될 것 없지. 날품팔이가 브리지에서는 도통 운이 없었거든.

다키 가디너는 담배꽁초를 또 한번 천천히 길게 빨아들여 연기를 깊숙이 몸에 담은 채 가만히 있었다. 순간적으로 세상이 적막해졌다. 풍요롭고 기름진 연기와 함께 평화가 찾아왔다. 세상이 이대로 멈춰버린 것 같았다. 연기가 그의 입과 가슴 속에 이대로 남아 있는 한 세상이 계속 멈춰 있을 것 같았다. 그는 눈을 감고 지미 비글로에게 담배꽁초를 다시 내밀면서 그 풍요로운 연기와 함께 그의 몸에 스며든 무無에 자신을 맡겼다. 하지만 머리가 이상해진 것 같았다.

난 카드가 싫어. 수탉 맥니스가 말했다.

비가 다시 시작되었다. 그것은 위안이 없는 소음이었다. 티크나무와 대나무 사이를 희미하게 지나가는 소리도 아니고, 한숨을 내쉬는 소리도 아니고, 고요하게 숨죽인 듯한 분위기를 만들어내지도 않았다. 그보다는 가시 같은 대나무를 부수듯이 파고들어갔다. 그렇게 범람하는 소리가 다키 가디너에게는 많은 것이 부러지고 깨지는 소음처럼 들렸다. 빗소리가 너무 커서 이야기를 나눌 수 없었다.

그는 밖으로 나가 진흙을 씻어내기 위해 폭우 속에 섰다. 더러운 물이 흘러내려 그의 발치에서 여러 줄기의 개울을 이루었고, 비는 개천이 되어 막사 안을 흘렀다. 그는 반합 한 개가 오두막 옆에서 출렁거리는 것을 지켜보았다. 잠시 뒤 대나무 목발을 짚은 외다리 서西오스트레일리아인이 반합 뒤를 쫓아 깡충깡충 뛰어가는 것이 보였다.

하지만 머리가 이상해진 것 같았다.

5

매일 아침 도리고 에번스는 면도를 한다. 그들을 위해 외모를 유지해야 한다고 믿기 때문이다. 그도 더이상 외모에 신경쓰지 않는 것처럼 보인다면, 그들이 왜 외모에 신경쓰겠는가? 작은 거울을 보면, 더이상 그 자신이 아닌 남자의 얼굴이 흐릿하게 거울에 비친다. 그가 알던 얼굴보다 더 나이를 먹었고, 더 앙상하게 말라서 뼈가 튀어나왔으며, 한 번도 본 적이 없는 단단한 모습을 하고 있다. 예전보다 더 냉담하고, 한심한 소도구들에 점점 더 의존하고 있는 얼굴이다. 삐뚜름하게 각진 장교 모자, 목에 반다나처럼 묶은 빨간 스카프 같은 소도구들. 이런 집시풍 장식은 어쩌면 그들보다 그 자신을 위한 것인지도 모른다.

석 달 전 그는 약을 받으려고 하류 쪽 막사까지 걸어가다가 누더기 같은 빨간색 사롱을 입은 타밀인 강제노무자가 개울가에 앉아 죽음을 기다리는 모습과 우연히 마주쳤다. 그 노인은 도와주겠다는 도리고 에번스의 말에도 관심을 보이지 않았다. 여행자가 버스를 기다리듯이 죽음을 기다릴 뿐이었다. 한 달 전 같은 길을 따라 막사로 돌아오다가 그는 그 노인과 또 우연히 마주쳤다. 노인은 짐승들과 곤충들이 깔끔하게 살을 발라먹은 해골로 변해 있었다. 그는 유해에서 빨간 사롱을 가져와 깨끗하게 빤 뒤 반으로 찢어서 그중 나아 보이는 조각을 목에 묶었다. 자신에게 죽음이 다가온다면 그 타밀인 노무자처럼 죽음을 맞이할 수 있기를 바라지만, 그럴 수 있을 것 같지는 않다. 삶의 권위를 받아들이지 않았으니, 죽음의 권위 또한 받아들이지 않을 것이다.

그는 자신의 부하들 또한 여기서 살아남아 나이를 먹는다 해도 도달할 수 없을 만큼 부쩍 늙어버렸음을 알아차린다. 그들의 마음속 깊은 곳 어디에선가 자신들은 그저 고통을 당하기만 할 뿐 고통을 줄 수는 없음을 알고 있는 걸까? 그는 그리스도 숭배가 고통을 미덕으로 만들고 있음을 안다. 이 문제에 대해 밥 목사와 언쟁을 벌인 적도 있었다. 그리스도의 말이 옳으면 좋겠지만, 그는 그에게 동의하지 않는다. 동의하지 않는다. 그는 의사다. 고통은 고통일 뿐, 미덕이 아니다. 고통이 미덕을 만들어내는 것도 아니고, 고통에서 반드시 미덕이 흘러나오는 것도 아니다. 밥 목사는 공포와 고통과 절망 속에서 비명을 질러대며 세상을 떠났다. 그를 돌봐준 사람은 도리고 에번스가 알기로 전쟁 전 달링허스트 갱단에서 잔인한 협박을 일삼던 남자였다. 미덕은 미덕이며, 고통과 마찬가지로 설명할 수 없고, 단순화할 수 없고, 이해할 수 없다. 밥 목사가 죽은 밤에 도리고 에번스는 하느님과 함께 구덩이에 빠진 꿈을 꿨다. 둘 다 대머리라서 가발 하나를 놓고 싸우고 있었다.

도리고 에번스는 포로들의 인간적인 면을 모르지 않는다. 그들은 거짓말과 속임수를 쓰고 남의 것을 강탈한다. 그들은 신나게 그런 짓을 저지른다. 최악의 종자들은 아픈 척하고, 자존심이 강한 자들은 건강한 척한다. 고귀함은 대개 그들을 비껴간다. 전날 그는 너무 아파서 앞으로 엎어진 남자와 우연히 마주쳤다. 돌리의 끝에 있는 바위 발치에 엎어져 진흙탕 밖으로 코만 간신히 나와 있는 그는 겨우 몇백 야드 떨어진 목적지까지 가지 못했다. 두 남자가 옆을 지나쳐갔지만 너무 지쳐서 그를 돕지 못했다. 얼마 남지 않은 기운을 자신의 생존을 위해 아껴두어야 하기 때문이었다. 그래서 도리고는 그 벌거벗은 남자를 병원까지 데려갈 수 있게 도와달라고 그 두 사람에게 명령을 내려야 했다.

매일 그는 그들을 데려가 보살피고 안아주고 배를 갈랐다가 다시 꿰매고 그들의 영혼을 위해 카드놀이를 하고 한 생명이라도 더 구하려고 죽음에 도전한다. 그도 거짓말과 속임수를 쓰고 남의 것을 강탈하지만, 그것은 그들을 위한 일이다. 언제나 그들을 위한 일. 그는 그들을 사랑하게 되었으므로. 그리고 매일 그는 자신의 사랑이 실패하고 있음을 깨닫는다. 날이 갈수록 점점 더 많은 사람들이 죽어가고 있기 때문이다.

그가 여자 생각을 한 것은 아주 오래전의 일이다. 하지만 그녀 생각은 지금도 하고 있다. 이곳을 제외한 그의 세상은 그녀 하나로 좁아들었다. 엘라가 아니라 그녀다. 그녀의 목소리, 그녀의 미소, 그녀의 갈라진 웃음소리, 잠들었을 때의 체취. 그는 머릿속에서 그녀와 대화를 나눈다. 그가 그들을 사랑하는 것은 그녀를 가질 수 없기 때문인가? 그는 그녀를 가질 수 없다. 그는 자신의 의문에 답할 수 없다. 답할 수 없다.

도리고 에번스는 전형적인 오스트레일리아인이 아니며, 그들도 그 점은 마찬가지다. 그 광대한 나라의 변두리, 빈민가, 어두운 세계에서 군대에 자원한 자들. 가축상인, 덫 사냥꾼, 항만 노동자, 캥거루 사냥꾼, 사무직 직원, 딩고* 덫 사냥꾼, 양털깎이. 은행원과 교사, 점원, 노동자, 실업수당 수급자, 기회주의자, 무뢰한, 건달, 관광객을 상대하는 사기꾼, 범죄자, 멍청이. 대공황 때문에 전기도 없는 판잣집에서 자라다가 쏟아져나온 거친 놈들. 그들의 아버지는 세계대전에서 죽었거나 불구자가 되었거나 광인이 되었고, 어머니는 영세민 구호단지나 빈민가나 판자촌에서, 비틀거리며 20세기 중반까지 넘어온 19세기의 세계에서, 아스피린과 희망만으로 힘들게 견뎌냈다.

매일 죽어나가는 사람들 때문에 수가 줄었지만, 처음에 에번스의 J부대로 싱가포르 창이를 떠난 포로 천 명(자바에서 항복한 태즈메이니아주 사람과 웨스턴오스트레일리아주 사람, 싱가포르에서 항복한 사우스오스트레일리아주 사람, 침몰한 구축함 HMAS뉴캐슬 호의 생존자, 기타 실패한 군사작전에서 잡힌 소수의 빅토리아주 출신과 뉴사우스웨일스 출신 포로들, 그리고 공군 몇 명)은 여전히 에번스의 J부대다. 처음 이곳에 도착했을 때도 그랬고, 이곳을 떠날 때도 그럴 것이다. 천 명으로 구성된 에번스의 J부대. 무슨 일이 있어도, 마지막에 이 막사에서 걸어나가는 사람이 단 한 명뿐이라도. 그들은 더이상 쪼갤 수 없는 최소한의 것, 그러니까 서로에 대한 믿음만 남은 채 모질고 힘든 세월을 이겨낸 생존자들이다. 죽음이 가까워지면 그들은 서로에 대한 믿

* 오스트레일리아에 분포하는 들개.

음에 더욱더 강하게 매달린다. 산 자들이 죽은 자들을 놓아버리면, 그들의 삶 또한 의미가 없어지기 때문이다. 그들의 생존을 위해서는 반드시 그들이 영원히 하나여야 한다.

6

오스트레일리아에서 온 우편 행낭이 수렁에 빠진 트럭에 실려 있었다. 참으로 드물고 기대하지 못했던 기쁨이었다. 포로들은 일본인들이 거의 모든 우편물을 압수해버린다는 사실을 알고 있었으므로 완전히 들떠 있었다. 그래서 아침식사가 채 끝나기도 전에 행낭이 개봉되어 내용물이 분배되었다. 도리고는 거의 일 년 만에 처음으로 편지를 받고 몹시 기뻤다. 필체를 보기도 전에 그는 빳빳한 마분지 편지봉투를 보고 그것이 엘라의 편지임을 알아차렸다. 그는 어딘가 다른 곳에서 여기보다 더 나은 세상이 계속 존재하고 있다는 느낌, 그 세상에 자신의 자리가 있으며 언젠가 자신이 그곳으로 돌아갈 것이라는 느낌을 계속 느끼고 싶어서, 편지 개봉을 저녁때까지 미루기로 결심했다. 하지만 편지를 받자마자 그의 마음이 반란을 일으켰기 때문에 그는 봉투를 찢어서 열고 잔뜩 들뜬 손짓으로 두 장의 편지지를 펼쳤다. 편지지가 일부 찢어질 정도였다. 그는 탐욕스럽고 맹렬하게 편지를 읽기 시작했다.

하지만 첫번째 편지지의 삼분의 이쯤 되는 지점에서 그는 읽기를 멈췄다. 더이상 읽을 수 없었다. 마치 차에 올라 벽을 향해 가속페달을 곧장 밟은 것 같았다. 엘라의 가늘고 우아한 필체가 자꾸만 먼지 조각들처럼 편지지 밖으로 솟아올라 흩어졌다. 점점 더 많은 먼지 조각들이 서로 부딪혀 이리저리 튕겨나갔다. 그녀의 얼굴을 떠올리기가 힘들었다. 그녀의 얼굴이 지나치게 생생한 동시에 전혀 현실 같지 않았다.

자신이 말라리아에 걸렸다가 아직 회복중이기 때문인지, 탈진했기 때문인지, 거의 일 년 만에 처음으로 편지를 받은 충격 때문인지 알 수 없었다. 그는 편지를 다시 읽었지만 분명하면서도 분명하지 않은 기억 속에서 다시 길을 잃었다. 먼지 조각들은 더 밝고 더 거칠어졌고, 늦은 오후의 햇빛은 그 어느 때보다 눈이 부셨다. 하지만 그는 그녀의 얼굴을 분명하게 떠올릴 수 없었다. 머릿속으로는 이런 생각을 했다. 세상은 존재한다. 그냥 존재해.

승합차를 몰고 해안으로 가던 기억이 났다. 말총으로 짠 좌석커버와 상한 밀가루 냄새가 생생하고, 고모부의 호텔을 자주 방문하기 시작하면서 애들레이드의 열기를 받은 차가 아플 정도로 뜨겁게 달아올랐던 것도 생생했다. 뱃속은 불안감으로 날뛰고, 입안은 바짝 마르고, 셔츠는 너무 꽉 끼고, 심장은 쿵쿵거렸다. 지금 다시 그 호텔 앞에 서 있는 것 같았다. 깊고 어두운 베란다, 녹이 슬어서 껍질이 벗겨지는 철세공, 바람이 갈퀴처럼 훑고 지나간 뒤 황옥이 흩어져 있는 것처럼 보이던 바다, 멀리서 직직거리는 소리와 함께 들려오던 레슬리 허친슨의 노래 〈이 어리석은 것들〉. 마치 얕은 파도에서 보디서핑을 하면서 그 소리를 듣고 있는 것 같았다. 하지만 에이미의 얼굴은 전혀 기억나지 않았다.

오로지 그녀하고만 함께 있고 싶다는 이 욕망은 무엇일까? 밤이나 낮이나 그녀와 함께하며 아무리 지루한 이야기라도, 아무리 뻔한 소리라도 모두 들어주고, 그녀의 등을 코로 문지르고, 자신의 허리를 감싸는 그녀의 다리를 느끼고, 그녀가 신음하듯 그의 이름을 읊조리는 소리를 듣고 싶은 욕망, 인생의 다른 모든 것을 압도하는 이 욕망은 무엇일까? 그녀 때문에 느끼는 뱃속의 통증, 가슴이 죄어드는 느낌, 이 압도적인 현기증에 어떤 이름을 붙여야 할까? 그가 지금 본능에 더 가깝다고 느껴지는 한가지 생각에만 사로잡혀 있음을 뻔하지 않은 말로 어떻게 표현해야 할까? 그가 그녀 옆에, 오로지 그녀 옆에만 있어야 한다는 말을.

그녀는 애정의 표현을 갈망했다. 아무리 흔해빠진 선물에도 그녀는 항상 감동했고, 자신을 생각하는 그의 감정이 날아가버리지 않았다는 확신을 얻었다. 그녀에게는 선물이 사랑의 선언으로서 꼭 필요했다. 두 사람의 관계를 증명하는 물건이 그녀에게 달리 무엇이 있었겠는가? 부부가 될 가능성이 처음부터 없었으니, 그녀가 한때 이러한 기쁨을 누렸음을 지금이든 나중에든 증명할 수 있는 증거는 그런 선물뿐이었다. 어쩌면 에이미는 도리고와 달리 현실주의자였는지도 모른다. 도리고는 그렇게 생각했다. 그래서 두 사람이 시내에서 만난 어느 날 그가 저축한 돈을 거의 모두 찾아서 그녀에게 진주 목걸이를 사주었다. 은줄에 진주알 하나가 아름답게 달려 있는 목걸이였다. 그 목걸이를 보면, 그녀의 허리 너머로 달빛이 바다에 만들어놓은 길을 바라보던 기억이 떠올랐다. 그녀는 그에게 어리석은 짓을 했다고 한탄하며 목걸이를 반품하고 오라고 두 번이나 말했다. 하지만 기뻐하는 기색은 감추지 못했다. 그렇게 해서 그녀는 원하던 것을 손에 넣었다. 비록 공개적으로 걸고 다닐 수는 없었지만 어쨌든 관계를 증명하는 물건을 얻은 것이다. 지금도 그 목걸이가 눈에 보이는 듯했다. 하지만 그녀의 얼굴은 전혀 떠오르지 않았다.

서점에서 날 처음으로 봤을 때 말인데…… 그는 목걸이의 삼각형 걸쇠를 잠그고 그녀의 목덜미에 입을 맞추며 이렇게 말했다. 기억납니까?

물론이죠. 그녀가 손가락 하나를 진주에 댄 채 말했다.

지금 생각해보니 궁금한데, 당신이 우리와 함께하게 된 것이 그때인가요?

그게 무슨 소리예요?

그도 자기 말이 무슨 뜻인지 알지 못했다. 자신의 생각이 향하는 방향이 무섭기도 했다. 만약 그의 생각이 옳다면, 그가 자신의 삶을 거의 통제하지 못한다는 뜻인가? 어느 날 아침 바닷가에서 헤엄치며 시내에 간 그녀가 돌아오기를 기다리던 기억이 났다. 바다로 물러나는 저류에 붙잡히는 바람에 그는 몇백 야드나 끌려간 뒤에야 벗어날 수 있었다.

저류 말이에요. 그가 말했다. 우리의 저류.

그녀는 웃었다. 목걸이가 아름다워요. 그녀가 말했다.

지금도 작은 달 같은 그 목걸이가 상점의 전깃불을 잔물결처럼 반사하던 모습이 눈에 보이는 듯했다. 그녀의 목덜미에 놓인 삼각형 걸쇠도 눈에 보였다. 그 무엇보다 매혹적이고 연한 솜털을 그 걸쇠가 에워싸고 있었다. 하지만 갑자기 사방에 먼지 조각들이 나타나고 빗소리가 커져서 그는 그녀의 얼굴을 볼 수 없었다. 그녀의 목소리도 들을 수 없었다. 보녹스 베이커가 옆에서 덴코點呼 시간이라고 말했다. 에이미는 거기에 없었다.

지금 안 가면 늦습니다. 보녹스 베이커가 말했다. 놈들이 어떤 불쌍한 놈을 일하라고 내보낼지는 그리스도만이 아시죠.

순간적으로 도리고 에번스는 여기가 어딘지 몰라 당황했다. 아직 완전히 확신하지 못한 채로, 그는 편지를 침대 옆에 내려놓고 빗속으로 나갔다.

그리고 생각했다. 세상은 존재한다. 그냥 존재해.

7

수탉 맥니스는 이 나락에 떨어진 자들의 마을에서 비와 진흙을 뚫고 취사장으로 향하는 지친 무리에 늦게 합류했다. 대부분 거시기 천과 오스트레일리아 제국군의 챙이 늘어진 모자 외에는 알몸이었다. 옷을 적게 입은 사람일수록 몸이 앙상하고 형편없었으며, 불량스러운 멋쟁이처럼 모자를 쓰고 있었다. 마치 팔레스타인에서 또다시 맥주와 여자가 있는 밤을 즐기러 나온 사람들처럼. 하지만 옛날처럼 허세를 부리는 사람은 없었다.

나무에서 피어오르는 연기 냄새, 진흙으로 조잡하게 만든 아궁이 주위에서 건조하고 따뜻한 흙이 만들어낸 작은 피난처, 이제 곧 음식을 받을 사람들의 편안한 모습, 낮게 울리는 말소리, 웬만한 상황에서는 이 모든 것이 낯설고 호의적이지 않은 세상에서 가정적이고 호의적인 분위기를 자아냈을 것이다. 하지만 그날 아침에는 취사장 안으로 폭우가 쏟아지고 있었다. 야자잎을 엮은 지붕에서 작은 개울 여러 줄기가 쏟아져 아궁이와 부딪히며 김을 피워올렸다. 그래서 그 빗줄기들이 검게 변색된 서까래에서 끌어낸 검댕이 가마솥 안의 밥을 장식했다. 바닥은 족히 2인치(5cm) 깊이의 물에 잠겨 있었다.

수탉 맥니스는 물을 헤치고 나아가며 반합의 걸쇠를 풀었다. 그리고 자기 차례가 되자 그릇 두 개를 모두 내밀었다. 진흙탕처럼 질척거리는 밥 한 컵이 한쪽 그릇에 철벅 담겼다. 이것이 아침식사였다. 다른 그릇에는 점심으로 먹을 더러운 주먹밥이 담겼다.

안 움직여? 뒤에서 누군가가 말했다.

수탉 맥니스는 허리를 곧게 폈다. 그리고 철벅철벅 물을 헤치며 우기의 빗줄기 속으로 다시 나갔다. 이제 이 물밥을 들고 미끄러운 비탈길을 걸어 비교적 비를 피할 수 있는 천막으로 돌아가서 아침식사를 먹을 것인지, 아니면 많은 포로들과 마찬가지로 빗속에 서서 최대한 빨리 밥을 삼킬 것인지 결정해야 했다. 어차피 이건 음식이 아니라 생존 그 자체였다.

그는 다키 가디너가 자기 옆을 지나 천막으로 돌아가는 모습을 지켜보았다. 다키 가디너는 식사를 작은 의식처럼 만드는 포로들 중 하나였다. 마치 겨우 몇 숟가락밖에 안 되고 맛도 고약한 밥이 아니라 일요일의 구이 요리를 위해 상을 차리는 것 같았다. 반면 수탉 맥니스는 돼지 사료 같은 음식을 급히 먹어치우지 않으려고 열심히 노력해보지만 항상 실패했다. 식사를 일이 분쯤 미루는 데서 즐거움을 느끼는 것은 그도 충분히 이해할 수 있었다. 이제 음식을 먹을 수 있다는 사실에서 기쁨을 느끼고, 실제로 먹는 행위뿐만 아니라 그 기대감 또한 그에 못지않게 즐기는 일. 천천히 음식을 먹으며 몇 입 되지도 않는 그 맛을 음미하고, 서너 입 만에 전부 꿀꺽 삼켜버리는 대신 숟가락으로 조금씩 떠서 심지어 음식의 양을 늘리기까지 하는 일. 하지만 그는 결코 그렇게 할 수 없었다.

그래서 수탉 맥니스는 자기 몫의 밥을 급히 삼킨 뒤 시선을 들었을 때 다키 가디너 같은 놈들이 아직 느리고 고요한 동작으로 식사를 하는 모습이 보이는 순간을 몹시 싫어했다. 그럴 때면 수탉 맥니스는 그들을 보지 않으려고, 빈속을 고통스럽게 부풀리는 시기심을 무시하려고, 멋대로 날뛰는 머릿속을 헤집는 분노를 떨쳐내려고 애썼다. 그리고 다음번에는 자기도 현명하게, 조심스럽게, 천천히 먹겠다고 맹세하곤 했다. 다음번에는 수탉 맥니스도, 그 한심한 해골 같은 얼굴들과 뼈만 앙상한 주둥이들과 꿈꾸는 듯한 커다란 눈이 절박한 표정으로 부러운 듯 바라보는 인간들 중 하나가 되겠다고. 다음번에는 돼지 사료 같은 음식을 먹는 일을 용기 있는 일로, 심지어 반항으로까지 만드는, 그 기묘한 품위를 지닌 사람이 되겠다고.

하지만 그는 한 번도 해내지 못했다.

그의 굶주림은 야생동물 같았다. 그의 굶주림은 절박하고 미친 듯이 날뛰며, 무엇이든 음식이 손에 들어오면 최대한 빨리 삼켜버리라고 명령했다. 무조건 먹어. 그의 굶주림이 비명처럼 소리를 질렀다. 먹어! 먹어! 먹어! 하지만 그는 굶주림이 자신을 좀먹고 있음을 처음부터 알고 있었다.

누군가 외치는 소리가 들렸다. 시선을 들어보니 다키 가디너가 진흙탕에서 미끄러져 넘어져 있고, 쌀죽이 사방에 쏟아져 있었다. 그는 절망에 빠진 다키 가디너의 눈을 생각보다 조금 오래 바라보다가 시선을 내렸다. 갈색 진흙 속에서 굵은 빗줄기가 벌써 쌀죽을 분해해 번들거리는 회색 얼룩으로 바꿔놓고 있었다.

수탉 맥니스는 다키에게 등을 돌려 자신의 그릇에 남은 돼지 사료를 마저 먹어치웠다. 음식은 순식간에 사라졌다. 이건 아무것도 아니야. 그는 속으로 생각했다. 사람은 아침식사로 이보다 열 배는 되는 음식을 먹어야 한다고.

저 더러운 노란색 돼지들은 우릴 모두 굶겨 죽일 작정이야. 그는 딱히 누구에게라고 할 것 없이 중얼거렸다.

식사를 마치고 다시 몸을 돌리자 타이니 미들턴이 보였다. 기괴할 정도로 말라서 양쪽 엉덩이가 코끼리귀처럼 도드라졌다. 그는 서툴게 다키 가디너를 일으켜세우고 있었다. 수탉 맥니스는 반합을 깨끗이 핥아 먹으면서 해골 같은 타이니가 다키 가디너의 양철 그릇을 들어 자신의 쌀죽 절반을 숟가락으로 퍼담은 뒤 돌려주는 모습을 지켜보았다.

수탉 맥니스는 자신의 반합을 주먹밥 점심이 든 채로 탁 닫아 거시기 천에 걸쇠로 고정했다. 굴욕을 당하는 인간이 자기 음식의 절반을 희생해가면서 자신을 괴롭히는 자를 돕다니 이해할 수 없는 일이었다. 그런 자들은 틀림없이 수치심도 자존심도 없을 것이다. 자신이 아침식사를 나눠줄 필요가 없었다는 사실에 승리감에 가까운 묘한 안도감을 느끼면서, 그는 두 사람에게 다가가 다키 가디너의 진흙투성이 어깨를 한 손으로 짚었다.

도와줄까, 가디너?

난 괜찮아, 수탉.

다른 사람들이 아침 사열을 하러 가는 것이 보였으므로 수탉 맥니스는 막사의 서쪽 경계선 쪽으로 향하는 그 비루한 행렬에 서둘러 합류했다. 죽마 위에 대나무로 벽을 세우고 야자잎으로 지붕을 얹어 만든 방 두 개짜리 창고가 그쪽에 있었다. 일본인 기술자들이 행정 사무실로 쓰는 그 창고 앞의 질척한 땅이 사열을 받는 곳이었다. 일본인들은 여기서 아침 덴코點呼를 하며 포로들의 수를 헤아린 뒤 그날의 작업조를 짰다.

창고 앞에 도착한 수탉 맥니스는 사방에서 다른 사람들이 다가오는 모습을 지켜보았다. 절룩거리는 사람도 있고, 동료들의 부축을 받는 사람도 있고, 등에 업혀오는 사람도 있고, 기어오는 사람도 있었다. 그는 어쩌다보니 지미 비글로 옆에 서게 되었는데, 비글로는 세상과 신을 저주했다.

아름답군. 수탉 맥니스가 말했다. 그는 고운 생각만이 소리내어 말할 가치가 있다고 생각했다. 하지만 고운 생각이 지금처럼 함께 있는 사람들을 낙심시키는 효과를 가끔 발휘하기도 한다는 사실을 그는 알고 있었다. 포로들은 같은 천막을 쓰는 사람들끼리 뭉치는 경향이 있었다. 좋은 시절에도 수탉 맥니스에게는 그런 동료애가 별로 도움이 되지 않았다(그리고 지금은 결코 좋은 시절이 아니었다). 게다가 아침에 굴욕을 당한 뒤로는 동료애가 더욱더 무의미해졌다. 그는 피할 수 없다면 부숴버리려고 애쓰는 사람이었다.

자연이 만들어낸 성당인걸. 수탉 맥니스는 높이 자란 대나무 숲을 가리키며 말했다.

지미 비글로는 푹 꺼진 눈을 들어 하늘을 바라보았지만, 아직 어둑한 새벽하늘과 그 아래의 캄캄하고 들쭉날쭉한 정글이 보일 뿐이었다.

맞아. 지미 비글로가 말했다.

나무들이 서로 몸을 기대듯이 해서 훌륭한 고딕 아치를 만든 걸 봐.

수탉 맥니스가 말했다. 그 뒤로는 티크나무들이 납을 씌운 유리처럼 섬세한 선을 그리고 있잖아.

지미 비글로는 어두운 나무들의 선을 빤히 바라보았다. 그리고 수탉에게 혹시 〈킹콩〉 같은 걸 말한 거냐고 물었다. 자신이 없는 목소리였다.

아름다움은 비타민 같은 거라고 생각해. 수탉 맥니스가 말했다.

지미 비글로는 비타민은 비타민이라고 말했다.

아름다움이라니까. 수탉 맥니스가 말했다.

그도 이런 말을 믿지 않았지만, 토끼 헨드릭스가 이런 헛소리를 한없이 늘어놓는 것을 들은 적이 있었다. 이런 고상한 감상은 설혹 다른 사람에게서 훔쳐온 것이라 해도 훌륭한 성품의 증거가 되므로, 그가 비천한 인간들과는 다른 존재임을 보여주고 그의 생존을 보장해줄 것이라고 그는 생각했다.

검은 먹구름이 미친 듯한 속도로 하늘을 뒤덮었다. 대나무 사이로 쏟아지던 햇빛이 갑자기 희미해지고, 티크 가지들이 다시 회색으로 사라져버렸다. 굵은 빗방울 몇 개가 땅을 향해 더듬더듬 떨어지나 싶었는데 순식간에 포효를 내지르는 폭우로 변해버렸다. 정글은 사위를 짓누르는 하나의 존재 속으로 빠져들었다. 무거운 물줄기가 나무 꼭대기에서 우당탕 떨어져 사열장 옆 바닥에 닿아 튀어올랐다. 땅조차 비가 지긋지긋해져서 가버리라고 쫓아내는 것 같았다. 하지만 비는 사라지려 하지 않았다. 마치 비가 모든 것을 지배하려는 것 같았다. 비가 더욱더 쏟아졌다. 더 무겁고 더 심하게. 소리가 어찌나 큰지 사람들은 최악의 빗줄기가 조금 가라앉을 때까지 고함을 지르는 것조차 포기해버렸다.

포로들은 계속 불어났다. 그 어느 때보다 환자가 많았다. 제 발로 설

수 없는 사람들은 앉거나 사열장 옆의 커다란 티크 목재 옆에 나란히 누웠다. 통곡의 벽이라고 불리는 곳이었다. 장막 같은 빗줄기 속에서 수탉 맥니스는 병사 한 명이 사열장을 향해 진흙 속을 기어오는 모습을 지켜보았다. 옆에서 다른 포로 한 명이 걸으며 길동무를 해주고 있는 모습이 마치 둘이서 경마를 보러 가는 것 같았다. 기고 있는 남자는 도움을 원하지 않는 듯했고, 옆에서 걷는 남자 역시 그를 도와줄 생각을 전혀 하지 않았다. 하지만 폭우 속에서 두 사람의 모습이 흐릿해져 하나처럼 보이게 되었을 때, 수탉 맥니스는 뭔가가 둘을 하나로 묶어준 것 같다는 생각이 들었다.

그들이 가까이 다가왔을 때 그는 바닥을 기는 사람이 타이니 미들턴이고 옆에서 함께 걷는 사람은 다키 가디너임을 알아보았다. 그들은 이것이 세상에서 가장 자연스러운 일인 것처럼 굴었다. 그는 가디너가 미들턴에게 두 번 손을 내미는 것을 보았지만, 미들턴은 혼자 힘으로 목적지까지 가려고 열심이었다.

그가 온 마음을 다해 무시하는 두 사람의 모습, 제대로 걷지도 못하는 남자와 그를 조롱할지언정 버리지는 않을 친구의 모습, 아무리 비천한 자라도 가지고 있을 것 같지만 수탉 맥니스 자신은 갖고 있지 않은 이 모습을 도무지 이해할 수가 없어서, 맥니스는 순간적으로 그 어느 때보다 무시무시한 증오로 가득 찼다. 그래서 대나무 숲을 향해 돌아서서 다시 한번 고딕 아치를 상상하려고 했다. 자신이 갇혀 있는 이곳을 성당이라고 상상하며 마음을 아름다움으로 가득 채우려고 했다.

8

포로들이 도리고를 필두로 폭우 속에서 모여드는 동안, 일본인들은 행정동 안에서 기다리다가 최악의 빗줄기가 가라앉은 뒤에야 밖으로 나왔다. 도리고 에번스는 나카무라가 그들과 함께 있는 것을 보고 깜짝 놀랐다. 보통은 후쿠하라 중위가 일꾼 선발을 감독했다. 언제나 완벽한 모습으로 사열하는 후쿠하라와 달리 나카무라의 군복은 더러웠으며, 셔츠에는 검은 곰팡이가 피어 있었다. 그는 걸음을 멈추고 진흙 속에 끌리는 각반 끈을 묶었다.

기다리는 동안 도리고 에번스는 옛날 축구장에서 그랬던 것처럼 몸의 이곳저곳을 움직이며 나카무라를 만나기 위한 준비운동을 했다. 지루한 덴코를 위해 포로들은 일본인들이 부여한 번호를 크게 외쳐야 했다. 포로들의 지휘관이자 상급 군의관으로서 도리고 에번스는 나카무라 소령에게 전날 네 명이 죽고 밤사이에 두 명이 죽어 현재 838명의 포로가 남아 있다고 보고했다. 이 838명 중 67명은 콜레라에 걸려 콜레라 병동에 있었고, 179명은 중병에 걸려 병동에 누워 있었다. 또한 가벼운 일밖에 할 수 없을 만큼 아픈 사람도 167명이나 되었다. 그는 티크 목재에 기대어져 있는 포로들을 가리키며 오늘 아침에 아픈데도 사열에 나온 62명이 저기 있다고 말했다.

따라서 철로공사를 할 수 있는 인원은 363명입니다. 도리고 에번스가 말했다.

후쿠하라가 그의 말을 통역했다.

고햐쿠五百. 나카무라가 말했다.

나카무라 소령님께서 500명이 필요하다고 하신다. 후쿠하라가 통역했다.

건강한 사람이 500명이 안 됩니다. 도리고 에번스가 말했다. 콜레라가 우리를 쓰러뜨리고 있어요. 그래서……

오스트레일리아인도 일본인 병사처럼 씻으면 돼. 매일 뜨거운 목욕을 해라. 후쿠하라가 말했다. 깨끗하면 콜레라는 없어.

목욕탕이 없었다. 설사 목욕탕이 있다 해도 물을 데울 시간이 없었다. 후쿠하라의 말이 에번스의 귀에는 그 무엇보다 지독한 조롱으로 들렸다.

고햐쿠! 나카무라가 폭발했다.

도리고 에번스는 이런 일을 미처 예상하지 못했다. 지난주 그들은 400명을 요구했고, 연극 같은 흥정이 오간 뒤에는 보통 380명 선에서 합의가 이루어졌다. 하지만 매일 죽는 사람과 환자가 늘어나서 일할 수 있는 사람은 줄어들었다. 거기에 콜레라까지 돌고 있었다. 그는 다시 처음으로 돌아가 일할 수 있는 사람이 363명밖에 없다고 되풀이했다.

소령님이 병동에서 사람을 더 데려오라신다. 후쿠하라가 말했다.

그 사람들은 환자입니다. 도리고 에번스가 말했다. 일을 시키면 죽을 겁니다.

고햐쿠. 후쿠하라가 통역도 하기 전에 나카무라가 말했다.

363명입니다. 도리고 에번스가 말했다.

고햐쿠!

380명. 도리고 에번스는 이것으로 합의를 볼 수 있기를 바랐다.

상하치. 후쿠하라가 통역했다.

용하쿠 규쥬고. 나카무라가 말했다.

495명. 후쿠하라가 통역했다.

쉽게 합의하기가 힘들 듯했다.

그들은 계속 옥신각신했다. 십여 분쯤 더 입씨름을 한 끝에 도리고 에번스는 만약 환자들 중에서 일할 사람을 골라야 한다면, 나카무라의 정신나간 요구가 아니라 자신의 의학지식을 바탕으로 결정해야겠다고 마음을 다졌다. 그는 다시 한번 환자 수를 언급하고, 그들의 다양한 병을 자세히 설명하며 400명을 제시했다. 하지만 도리고 에번스는 자신의 의학지식이 주장도 방패도 될 수 없음을 내심 알고 있었다. 그는 지독하게 무기력해졌다. 그 역시 굶주림에 속에서부터 파먹히고 있었으므로, 그토록 경솔하게 거절했던 스테이크를 생각하지 않으려고 애썼다.

400명 이상을 데려가봤자 천황 폐하를 위해 아무 일도 못 합니다. 그가 결론짓듯이 말했다. 몸이 좋아지기만 하면 훨씬 쓸모 있을 사람들이 죽을 겁니다. 400명이 우리가 끌어모을 수 있는 최대한이에요.

후쿠하라가 미처 통역하기도 전에 나카무라가 어떤 상등병에게 고함을 질렀다. 굽은 나무로 만든 하얀 의자가 행정동에서 급히 운반되어 나왔다. 나카무라는 그 위에 올라서서 포로들에게 일본어로 연설을 시작했다. 그렇게 짤막한 연설을 끝내고 그가 내려가자 후쿠하라가 올라왔다.

나카무라 소령님은 너희를 철로 건설현장으로 이끌고 가는 것을 기뻐하신다. 후쿠하라가 말했다. 건강 문제가 심각하다는 것을 아시고 유감스럽다고 하셨다. 소령님은 이것이 일본식 신념의 부재 때문이라고 보신다. 건강은 의지를 따른다! 일본군에서 건강 때문에 목표에 도달하지 못하는 자는 무엇보다 수치스러운 존재다. 죽음에 이를 때까지 헌신하라.

후쿠하라가 내려오자 나카무라 소령이 다시 의자에 올라서서 말하기 시작했다. 이번에는 말을 끝낸 뒤에도 내려가지 않고 계속 의자 위에 서서 줄지어 늘어선 포로들을 훑어보았다.

일본의 정신을 이해하라. 후쿠하라가 아래쪽에서 고함을 질렀다. 그의 목이 뭔가를 토해낼 것처럼 출렁거렸다. 나카무라 소령님이 말씀하신다. 일본은 일할 준비가 되어 있다. 오스트레일리아인은 반드시 일해야 한다. 일본이 적게 먹으면, 오스트레일리아인도 적게 먹는다. 일본 몹시 미안하다. 나카무라 소령님이 말씀하신다. 사람이 많이 죽을 수밖에 없다고.

나카무라가 의자에서 내려왔다.

저놈들은 좋겠네. 양머리 모턴이 지미 비글로에게 속삭였다.

뭔가가 쓰러졌다. 아무도 움직이지 않았다. 아무도 입을 열지 않았다.

앞줄에 있던 포로 하나가 쓰러져 있었다. 나카무라는 줄을 맞춰 늘어선 포로들 사이를 성큼성큼 걸어 쓰러진 남자에게 다가갔다.

쿠라! 나카무라가 소리를 질렀다.

그가 같은 말을 한번 더 외쳤는데도 아무 반응이 없자 그는 쓰러진 남자의 배를 발로 찼다. 포로는 휘청거리며 일어섰다가 다시 쓰러졌다. 나카무라가 또 발길질을 했고, 포로는 다시 일어섰다가 다시 쓰러졌다. 황달이 든 그의 커다란 눈이 더러운 골프공처럼 툭 튀어나와 있었다. 다른 세상에서 온 이상한 물건 같았다. 이제는 나카무라가 아무리 발길질을 하고 고함을 질러도 그를 움직일 수 없었다. 앙상한 얼굴과 푹 꺼진 뺨 때문에 턱이 지나치게 커 보였다. 멧돼지 주둥이 같았다.

영양실조로군. 도리고 에번스는 속으로 생각했다. 그는 나카무라의 뒤를 따라가서 그와 포로 사이에 앉아 있었다. 남자는 진흙 속에 누워 움직이지 않았다. 몸에는 곪고 헌 상처가 가득했으며, 피부가 벗겨지고 있었다. 펠라그라, 각기병, 그 밖에 또 무슨 병에 걸렸는지는 그리스도만 아시겠지. 도리고는 속으로 생각했다. 남자의 엉덩이는 초라한 밧줄 같은 몰골이었고, 항문은 더러운 밧줄의 매듭처럼 툭 튀어나와 있었다. 악취를 풍기는 까만색 점액이 스며나와 가느다란 끈 같은 정강이뼈 위로 흘렀다. 아메바 이질. 도리고 에번스는 똥이 지저분하게 묻은 남자를 들어 품에 안고 다시 일어서서 나카무라를 바라보았다. 아픈 남자는 그의 품에 진흙투성이의 부러진 막대기 묶음처럼 매달려 있었다.

399명입니다. 에번스가 말했다.

나카무라는 일본군인치고는 키가 큰 편이라서 아마 5피트 10인치(178cm)쯤 되는 것 같았다. 몸도 건장했다. 후쿠하라가 통역을 시작했지만 나카무라는 손을 들어올려 그의 말을 막았다. 그리고 다시 도리고 에번스에게 돌아서서 손등으로 따귀를 때렸다.

이 사람은 병이 심해서 일본을 위해 일할 수 없습니다, 소령님.

나카무라가 또 따귀를 때렸다. 에번스는 그에게 계속 뺨을 맞으면서 환자를 떨어뜨리지 않는 일에만 정신을 집중했다. 키가 6피트 3인치(191cm)인 도리고 에번스는 오스트레일리아인치고도 큰 편이었다. 처음에는 이런 신장 차이가 구타를 견디는 데 도움이 되었지만, 서서히 매질 효과가 나타나기 시작했다. 그는 양발에 똑같이 체중을 싣는 데에,

다시 날아올 따귀에, 몸의 균형을 유지하는 데에, 고통에 무릎 꿇지 않는 데에 정신을 집중했다. 마치 이것이 일종의 게임인 것처럼. 하지만 이것은 게임이 아니었다. 결코 게임이 아니었다. 그도 잘 알고 있었다. 그리고 어떤 의미에서는 자신이 이렇게 벌을 받아 마땅하다는 생각이 들었다.

거짓말을 했으니까.

363명은 실제로 존재하는 숫자가 아니었으니까. 399명도 마찬가지였다. 실제 숫자는 0이었다. 그 어떤 포로도 일본인들의 기대를 충족시킬 수 없었다. 모두 정도만 다를 뿐 굶주림과 질병에 시달리고 있었다. 도리고 에번스는 진짜 게임을 할 때처럼 그들을 위해 게임을 했다. 그것이 그에게는 최선이었다. 도리고 에번스는 0 말고 실제로 존재하는 숫자가 있기는 하다는 것을 알고 있었다. 그는 지금 그 숫자를 계산해야 했다. 가장 병세가 약한 362명에 가장 죽을 것 같지 않은 사람의 수를 더하는 계산. 매일 이 끔찍한 계산이 그의 몫으로 떨어졌다.

이제 그는 숨을 가쁘게 몰아쉬고 있었다. 계속 나카무라에게 뺨을 맞으면서 그는 병동에 들어온 사람들을 다시 훑어보는 데 정신을 집중했다. 회복중인 사람들, 가벼운 일을 맡고 있는 사람들. 나카무라가 또 뺨을 때리자 그는 병동에 있는 환자의 수를 다시 계산했다. 아마 40명쯤. 제대로 처치하기만 하면, 가벼운 일을 맡을 수 있는 사람들. 아주 가벼운 일만. 그러면 가벼운 일을 맡은 사람들 중 가장 상태가 좋은 자들을 그만큼 골라내서 작업조에 배치할 수 있었다. 그렇게 합한 숫자가 406명이었다. 그래, 이게 내가 내놓을 수 있는 최대치야. 406명. 그는 속으로 생각했다. 하지만 오늘은 그것으로 충분하지 않았다. 나카무라는 계속 그를 때리고 또 때렸다. 그는 나카무라에게 더 많은 사람들을 내놓아야 할 터였다.

느닷없이 그를 때리기 시작했던 나카무라 소령은 역시 느닷없이 구타를 멈추고는 물러났다. 그리고 머리카락을 밀어버린 머리를 긁적이며 오스트레일리아인 의사를 올려다보았다. 그의 눈을 강하게 깊숙이 들여다보았다. 오스트레일리아인 의사도 그의 시선을 맞받았다. 그 시선 교환을 통해 그들은 후쿠하라가 통역한 말속에 담겨 있지 않은 모든 것을 표현했다. 나카무라는 무슨 일이 있어도 자신이 이길 것이라고 말했고, 도리고 에번스는 자신이 그와 동등한 인간이므로 굴복하지 않겠다고 대꾸했다. 이 소리 없는 대화를 통해 비로소 삶과 죽음을 거래하는 이 기묘한 시장의 흥정이 다시 시작되었다.

나카무라는 430명을 부르고는 꿈쩍도 하지 않았다. 에번스는 허세를 부리며 굳게 고집을 부리다가 좀더 허세를 부렸다. 하지만 나카무라는 팔꿈치를 미친 듯이 긁어대며 강압적으로 말했다.

천황 폐하의 뜻이다. 후쿠하라가 통역했다.

압니다. 도리고 에번스가 말했다.

후쿠하라는 아무 말도 하지 않았다.

429명. 도리고 에번스는 이렇게 말하고 나서 고개 숙여 인사했다.

이렇게 협상이 끝나고 하루 일이 시작되었다. 도리고 에번스는 자신이 이겼는지 졌는지 순간적으로 판단이 서지 않았다. 그는 최선을 다해 게임을 했지만 매일 좀더 많은 것을 잃었다. 그가 잃은 것은 다른 사람들의 목숨이었다.

그는 통곡의 벽으로 가서 목재 옆 환자들 옆에 자신이 데려온 환자를 눕혔다. 그러고는 작업에 내보낼 사람을 고르기 위해 병동으로 가려다가 자신이 뭔가를 잃어버렸거나 잘못 놓아두었다는 느낌이 들었다.

그는 다시 돌아섰다.

목재, 침목, 쓰러진 대나무, 쇠로 된 철로 등 무생물을 뒤덮을 때와 똑같이, 빗줄기가 타이니 미들턴의 시체를 뱀처럼 구불구불 휘감고 있었다. 비가 계속 내렸다.

9

네 거지? 양머리 모턴이 포로들이 공구를 가지러 오는 창고에서 다키 가디너에게 커다란 쇠망치를 내밀며 말했다. 그의 손은 바이스처럼 커다랗고, 머리는 그 자신이 로즈버리를 빠져나오는 도로보다 거칠다고 말할 정도였다. 그의 이름은 생김새 때문에 붙은 것이 아니라, 퀸즈타운에서 어린 시절을 보냈다는 사실 때문에 붙은 것이었다. 태즈메이니아의 서해안에 있는 외진 구리광산 마을인 퀸즈타운은 우림과 신화가 반반씩 섞여 있는 곳인데, 모턴의 가족들은 한때 너무나 가난한 나머지 사먹을 수 있는 것이 양머리밖에 없었다. 술에 취하지 않았을 때 아주 점잖은 성격인 그는 술에 취하면 딱 그만큼 폭력적으로 변했다. 그는 싸움을 좋아했으므로, 술에 취하면 카이로에서 휴가를 마치고 돌아오는 버스에서 그 안에 탄 사람 전원에게 덤벼보라고 도전할 정도였다. 누군가가 그에게 닥치고 가만히 앉으라고 말하자 그는 지미 비글로에게 시선을 돌리고 정말 싫어죽겠다는 듯 고개를 절레절레 저으며 자신의 경멸을 한 문장으로 요약해서 말해주었다. 생쥐가 큰 쥐가 될 수는 없지, 지미.

타이니 거야. 다키 가디너가 말했다.

타이니는 자신이나 다키가 매일 아침 쉽게 찾아낼 수 있게, 캠프에서 가장 좋은 망치의 자루 꼭대기에 T자를 새겨서 자기 것이라고 표시해두었다.

이게 최고의 망치야. 양머리 모턴은 이런 것을 중요하게 생각하는 사람이었다. 자루가 좀 갈라지기는 했지만, 머리는 족히 1파운드(450g)쯤 더 무거운걸.

타이니에게 아직 힘이 있고 그들이 정해진 분량만 일을 하면 되었던 시절에는 그것이 가장 좋은 망치였다. 한 번 내려칠 때마다 무게만큼 더 힘이 가해져서 송곳을 더 세고 더 깊게 박아넣었으므로, 타이니와 다키는 맡은 일을 일찍 끝낼 수 있었다. 타이니처럼 계속 정확하게 망치를 들어올렸다가 내려칠 수 있는 힘과 체력만 있으면 되었다.

타이니는 이게 도움이 되었다고 생각했지. 양머리 모턴이 말했다. 그는 다키 가디너가 망치를 받기를 기다리고 있었다.

하지만 이제는 일을 해내는 것이 문제가 아니라 하루하루 살아남는 것이 모두에게 중요했다. 다키 가디너는 이 무거운 망치를 들어올렸다가 정확한 지점에 깔끔하게 내리치는 일을 몇 시간 동안 계속할 수 있는 힘이 없었다. 요즘 그는 가벼워서 쓸모없는 망치만 찾아다녔으며, 송곳을 잡은 사람과 자신이 다치지 않게 가볍게 망치질을 했다. 다음 망치질을 위한 힘을 축적하고, 또 하루를 살아남기 위해서였다.

그 녀석이 무덤에 들어가는 데 도움이 되었지. 다키 가디너는 머리

부분이 느슨하고 가벼운 망치를 고르면서 말했다.

요즘은 다들 가벼워서 들고 다니기 쉽고 들어올리기 쉬운 것을 원했으니, 그래야 또 하루를 살아남기가 더 쉽기 때문이었다. 다키 가디너는 망치 머리에 대나무를 좀 끼워넣어도 될 것 같다는 생각이 들었다. 그러면 하루 일을 마쳤을 때 몸이 조금 덜 지칠 터였다. 그는 망치 자루를 쇄골에 균형 맞춰 올려놓아 몸이 가장 편안하게 무게를 지탱하게 했다. 망치가 가볍게 느껴져서 잘하면 행복한 기분마저 들 것 같았다. 머리가 무겁지만 않았다면 그랬을 것이다.

나지막하게 웅성거리는 소리가 산들바람처럼 포로들을 한번 휩쓸고 갔다. 말할 것이 뭐가 있다고? 그들은 발을 질질 끌며 돌리를 따라 라인으로 걸어가기 시작했다. 일본인 경비병 두 명이 앞에 서고 여러 명이 뒤에서 따라오는 가운데, 그들은 한 줄로 늘어섰다. 가장 덜 아픈 포로들이 맨 앞에 서고, 걸을 수 없을 만큼 아픈데도 일본인들이 일할 수 있다고 판단한 사람들을 태운 들것 일곱 개를 든 포로들이 그 뒤를 따랐다. 그들이 다른 사람들의 발목을 잡지 않으면서 계속 나아갈 수밖에 없는 자리였다. 그들 뒤에는 쇠약의 다양한 단계를 보여주는 사람들이 걸어갔다. 임시 목발을 짚은 사람들이 가장 후미를 차지했다.

젠장할 크리스마스 행렬이구먼. 다키 가디너의 뒤에서 누군가가 말했다.

그는 자기 앞에서 움직이는 다리에만 정신을 집중했다. 더럽고 해골처럼 앙상한 다리의 종아리근육과 허벅지의 탈진한 힘줄이 엉덩이가 있어야 하지만 사라진 자리로 이어졌다.

이 기괴한 행렬이 캠프의 맨 가장자리에 있는 작은 절벽에 도착하면 포로들은 철사로 묶어놓은 대나무 사다리를 타고 올라가야 했다. 사다리가 워낙 위태로워서 결코 방심하지 않고 매번 발판을 확인할 필요가 있었다. 하지만 그곳에 도달하기도 전에 다키 가디너는 이대로 드러누워 영원히 잠을 자고 싶은 마음이 들었다. 사다리 위에는 발을 디딜 곳이 차례로 마련되어 있었는데, 똥이 섞여서 악취를 풍기는 진흙과 비 때문에 미끄러웠다. 알몸이나 마찬가지인 포로들이 이른 아침부터 사다리를 올라가느라 힘을 쓰다보면 필연적으로 몸이 반응하기 때문이었다.

그들은 합심해서 인간사슬을 만들어 공구들을 위로 올리고, 약한 사람들을 끌어올리고, 들것까지 사고 없이 무사히 끌어올렸다. 이렇게 다 같이 힘을 발휘하는 모습을 보면서 다키 가디너는 피로가 좀 가시고 힘이 조금 나는 기분으로 절벽 꼭대기에 다다랐다. 오늘 그는 정말로 힘을 내야 했다. 병사 육십 명을 책임지는 부사관 역할을 맡았기 때문이었다.

햇빛은 아직 흐릿했다. 그래서 그들이 절벽을 떠나 정글로 들어서자 세상이 암흑으로 변했고 오솔길은 다키 가디너가 기억하던 것보다 더 어둡고 혼란스러워 보였다. 다키 가디너는 훌륭한 조장 역할을 하려고 최선을 다했다. 최대한 경비들의 눈을 피해가며, 작업량을 속일 방법을 찾아내려고 했고, 가치 있는 물건을 들키지 않고 훔칠 수 있는 기회가 생기면 마다하지 않았다. 구타를 줄이려고 했고, 조원들이 하루를 또 살아남을 수 있게 도우려고 했다. 하지만 오늘 그는 평소의 그가 아니었다. 몸에 열이 심했지만, 뎅기열인지 말라리아인지 쯔쯔가무시인지 뇌말라리아인지 알 수 없었다. 어차피 그게 중요한 문제도 아니었다.

그래서 그는 조원들을 돕는 데 정신을 집중하려고 애썼다. 그는 어린 첨 파히가 메고 있던, 무겁고 축축한 삼끈 다발을 대신 짊어졌다. 첨 파히의 정강이는 온통 피부가 헐어서 엉망이었다. 첨은 사촌의 출생증명서를 빌려서 입대한 뒤 군대에서 삼 년을 보냈지만 아직 열여덟 살도 되지 않았다. 다키는 첨 같은 소년들이 한번 인생의 굴곡을 겪은 뒤 막대기처럼 뚝 부러지는 모습을 본 적이 있었다. 그는 둥글게 만 삼끈을 왼쪽 어깨에 둘러메서 오른쪽 망치와 균형을 맞췄다.

오솔길을 걷는 동안 다키 가디너는 눈앞의 길을 읽는 일과 지칠 대로 지친 몸을 다스려 다치지 않게 발을 놀리는 데에 온 정신을 쏟았다. 그는 항상 민첩한 사람이었다. 금방 쓰러질 것 같은 기분이 들고 몸이 약해졌어도 아직은 균형을 다시 회복할 능력이 남아 있었다. 허벅지와 종아리에는 장애물을 피해 살짝 뛰어오르거나 방향을 틀 수 있는 힘, 기운을 빼먹는 웅덩이나 가시처럼 변해 쓰러진 대나무를 피해 바위나 통나무를 밟을 수 있는 힘이 남아 있었다.

그는 오늘이 좋은 날이며 아직 몸에 힘이 남아 있어서 살아남을 수 있으니 행운이라고 또다시 자신을 타이르려 했다. 다키 가디너는 약해진 사람은 더 약해질 뿐이며, 한번 걸음을 잘못 내디디면 그것이 수천 번의 잘못으로 이어진다는 것을 알고 있었다. 거친 석회암 조각 위에서 발가락으로 균형을 잡을 때마다 다음번 바위나 미끈거리는 통나무의 어디에 발을 놓을 것인지 정신을 집중해야 넘어지거나 다치지 않는다는 것도 알고 있었다. 그래야 내일도, 그리고 그뒤로도 계속 이 길을 가며 똑같은 일을 반복할 수 있을 터였다. 하지만 그는 타이니 미들턴이 그랬던 것처럼 자기 몸이 자신을 구해줄 것이라고는 믿지 않았다. 자기

가슴을 쥐어뜯으며 내가!를 외치는 신세는 되고 싶지 않았다. 다키 가디너는 믿는 것이 많지 않았다. 자신이 독특한 존재라는 믿음도, 자신에게 모종의 운명이 있다는 믿음도 없었다. 그런 생각은 모두 순전히 헛소리일 뿐이라는 것이 그의 내심이었다. 그는 이곳에서 수많은 사람을 앗아가고 있는 죽음이 언제든 자기한테도 찾아올 수 있다고 생각했다. 인생은 생각으로 이루어지는 것이 아니었다. 운이 어느 정도 작용했다. 하지만 대개 인생은 누가 미리 농간을 부려둔 카드와 같았다. 그러니 그저 다음 걸음을 제대로 내딛는 것이 중요할 뿐이었다.

누군가 욕설을 뇌까리는 소리가 들리더니 한 줄로 걷던 행렬이 멈춰섰다. 시선을 들어 뒤를 돌아보자 다키 가디너의 부츠 한 짝이 석회암의 갈라진 틈새에 끼여 있었다. 다키는 몸을 이리저리 비틀어 결국 발을 빼냈다. 웃음이 터져나왔다. 부츠 윗부분은 다키의 발에 남아 있는데, 밑창이 완전히 떨어져 바위 틈새에 끼여 있었다. 임시로 바느질한 부분이 찢어진 모양이었다.

다키가 손을 뻗어 잡아당기자 밑창이 둘로 찢어졌다. 그는 밑창 조각들을 놓아버리고는 어깨를 늘어뜨렸다. 욕설을 퍼붓는 것 같기도 하고 아닌 것 같기도 했다. 각자 자기 문제로 정신이 없어서 알아차릴 수 없었다. 모두들 다시 출발해야 했다. 다키 가디너도 몸을 부르르 떨면서 휘청휘청 걸었다. 발등에 남은 부츠 조각이 발목을 찰싹찰싹 쳤다. 그러다 그가 비명을 지르며 다리를 뒤로 홱 잡아당기더니 쓰러져서는 일어나지 못했다.

완전 망한 것 같은데. 첨 파히가 말했다.

신발이 망한 거지. 양머리 모턴이 말했다.

그게 그거지. 첨 파히가 말했다.

부츠나 신발이 없는 사람들은 대부분 오래 버티기 힘들었다. 부츠나 신발이 없으면 며칠 또는 몇 시간 만에 대나무 가시나 바위에 발이 베여 상처를 입었다. 끊임없이 이어지는 발파작업 때 튀어나오는 날카로운 바위 조각들도 마찬가지였다. 때로는 몇 시간 만에 상처가 감염되어서 며칠 만에 썩어들어가기 시작하고, 일주일도 안 되어 열대성 궤양이 되기도 했다. 이 궤양 때문에 목숨을 잃은 사람이 아주 많았다. 평생 오지에서 산 사람들은 이런 것에도 별로 영향을 받지 않고 잘 살아남는 것 같았다. 심지어 맨발로 다니는 걸 더 좋아하는 사람들도 있었다. 하지만 다키 가디너는 황소 허버트처럼 웨스턴오스트레일리아주 출신의 목장 인부도 아니고 로니 오언 같은 오스트레일리아 토착민도 아니었다. 그는 호바트의 부두 노동자였으므로 발이 부드럽고 약했다.

사람들은 걸음을 멈추고, 잠시 쉴 수 있게 된 것에 안도하며 기다렸다. 다키 가디너는 전에 먹었던 파이, 파삭파삭한 페이스트리와 풍성한 처트니소스를 곁들인 스테이크와 콩팥 요리를 생각했다. 이 정글에서 다른 곳으로 그를 데려다줄 수 있는 것이라면 무엇이든 좋았다. 입에 침이 고였다. 처트니소스는 살구로 만든 것이었고, 그레이비소스에는 후추가 뿌려져 있었다. 하지만 그는 가쁜 숨을 멈출 수 없었다.

어이. 양머리 모턴이 말했다.

응. 다키 가디너가 말했다.

좀 괜찮아?

그럼.

반드시 좋아져야 돼.

응. 다키 가디너가 말했다.

그는 족히 삼십 초 동안 더 헉헉거리며 숨을 고르려고 애쓰면서 원숭이 한 마리를 지켜보았다. 녀석은 오솔길을 따라 몇 야드 떨어진 곳에서 나지막한 나뭇가지에 웅크리고 앉아 떨고 있었다. 머리가 온통 빗물에 젖어 있었다.

저 불쌍한 놈 좀 봐. 마침내 다키 가디너가 말했다.

그래도 저놈은 자유롭기라도 하지, 이 멍청아. 양머리 모턴이 자신의 젖은 머리를 소시지 같은 손가락으로 가르고 챙이 늘어진 모자를 다시 쓰면서 말했다. 내가 자유로워지면 고향 퀸즈타운으로 곧장 돌아갈 거야. 그리고 술을 잔뜩 마실 거야. 백 병을 채울 때까지.

그래.

퀴니에 가봤어?

비가 계속 내렸다. 두 사람 모두 한동안 말이 없었다. 다키 가디너의 숨소리가 거칠었다.

아니.

거기 큰 산이 하나 있어. 양머리 모턴이 말했다. 진짜 산이야. 그 산 한편에 퀴니가 있고, 반대편에는 고먼스톤이 있지. 오지야. 둘 다 광산 마을이거든. 옛날에는 우림이었고. 광산 때문에 땅이 죽었어. 똥구멍을 닦을 고사리 이파리 하나 안 남았으니까. 세상에 그런 데가 없어. 저 망할 달처럼 보일 정도야. 토요일 밤이면 코가 삐뚤어지게 취해서 산을 넘어가 고미 놈들이랑 한바탕 싸운 다음에 퀴니에 있는 집으로 돌아올 수 있어. 그런 걸 할 수 있는 데가 세상에 또 있을 것 같아?

10

기다리는 동안 이야기는 별로 이어지지 않았다. 이야기할 것이 거의 없기 때문이었다. 다들 휴식을 취하면서 곧 닥쳐올 노동에 대비해서 최대한 몸을 쉬게 해주려고 애썼다. 일을 견딜 수 있는 힘도 기운도 남아 있지 않기 때문이었다. 양머리 모턴이 이 지역에서 나는 담뱃잎을 일본군 지침서 한 페이지로 돌돌 말아서 만든 담배에 불을 붙이고 깊이 연기를 빨아들인 뒤 담배를 옆사람에게 넘겼다.

이거 뭐야?

카마수트라.

그건 중국 책이잖아.

그래서?

그 친구 발은 좀 어때? 뒤편에서 누군가가 물었다.

좋지 않아. 양머리 모턴이 다키의 발을 들어올려 진흙을 털어내면서 말했다. 그는 위치를 파악하려고 항해 도구를 움직이는 사람처럼 그의 발을 얼굴 주위에서 움직였다.

엄지발가락이랑 그다음 발가락 사이의 살이 갈라졌어. 아주 안 좋아.

저녁에 막사로 돌아가서 밑창을 새로 만들면 어떻겠느냐고 누군가가 제안했다.

다행이다. 다키 가디너가 말했다. 나한테 부츠가 아직 남아 있는 게, 응?

아무도 입을 열지 않았다.

어디서 새 밑창 하나만 찾아내면 난 다시 멀쩡해진다는 거지.

그런 것 같네, 다키. 첨 파히가 말했다.

막사에 가죽이나 고무라고 할 만한 것이 전혀 없다는 사실을 다들 알고 있었다. 하루 동안의 노동은 고사하고 라인까지 걸어가는 거리나마 견딜 수 있는 밑창조차 만들 수 없을 터였다.

잘 생각해보면 무슨 일에든 좋은 점이 있어. 다키 가디너가 말했다.

물론이지, 다키. 양머리 모턴이 반합을 열어 점심에 먹을 주먹밥을 반으로 가르더니 한쪽을 입에 넣었다.

그걸로 끝이었다. 달리 방법이 없었으므로 모두들 곧 다시 움직여야 할 터였다. 다키 가디너는 자리에 누워 양철 반합이 옆구리를 심하게 누르는 것을 느끼며 자신이 지금 얼마나 굶주려 있는지 다시 떠올렸다. 이 작은 양철 상자에 들어 있는 골프공 크기의 밥을 지금 당장 먹을 수도 있었다. 아까 넘어진 탓에 밥에 진흙이 묻어 있었지만, 그래도 음식이었다. 게다가 막사에는 연유도 있었다. 그는 밤에 그것을 꼭 먹어야겠다고 마음을 다졌다. 그것 역시 좋은 일이었다.

그는 억지로 일어나 앉았다. 좋은 일이 아주 많네, 정말로. 속으로 이런 생각을 했다. 발의 통증과 두통만 아니라면, 음식을 먹을 수 있다는 생각을 하면 할수록 허기가 심해진다는 점만 아니라면, 모든 점을 감안해봤을 때 이만하면 최선이었다.

옆에서 양머리 모턴이 밥을 삼키는 소리가 들렸다. 다른 사람들도 몇 명 따라서 밥을 꺼내 먹었다. 주먹밥에서 밥알을 몇 개만 떼어 먹은 사람도 있고, 주먹밥을 통째로 입에 넣고 꿀꺽한 사람도 있었다.

시간이 몇시지? 다키 가디너가 도마뱀 브랜쿠시에게 물었다. 브랜쿠시가 어떻게든 손목시계를 아직 갖고 있기 때문이었다.

아침 일곱시 오십분. 도마뱀 브랜쿠시가 말했다.

다키 가디너는 속으로 생각했다. 지금 주먹밥을 먹으면, 앞으로 열두 시간 동안 계속 굶어야 할 텐데. 지금 참으면 짧은 점심시간까지 다섯 시간이 남아 있었다. 그리고 그 다섯 시간 동안 적어도 음식을 먹을 수 있을 것이라는 기대를 품을 수 있었다. 하지만 지금 밥을 먹어버리면 음식도 희망도 사라질 터였다.

마치 그의 마음속에서 두 사람이 다투고 있는 것 같았다. 한 사람은 분별과 조심성, 희망을 이야기했다. 아무것도 아닌 걸 조금씩 아껴가며 쓰는 건 생존의 희망을 아직 갖고 있기 때문이잖아? 하지만 다른 한 사람은 욕망과 절망을 단언하듯 이야기했다. 점심때까지 기다린다 해도, 그뒤로 일곱 시간을 또 먹을 것 없이 견뎌야 하잖아? 열두 시간 동안 굶는 것과 일곱 시간 동안 굶는 게 뭐가 달라? 어차피 둘 다 굶기는 마찬가지인데 뭐가 다르냐고? 만약 지금 밥을 먹는다면, 오늘 하루 동안 경비병들의 구타를 피해가며 살아남을 가능성이 더 높아지지 않겠어? 기운이 생길 테니 발을 잘못 디디거나 망치질을 잘못해서 생명이 위험한 부상을 입을 가능성도 줄지 않겠어?

욕망을 외치는 악마가 다키 가디너의 마음속에서 강해졌다. 그의 손이 거시기 천에 걸어둔 반합을 잡으려고 뻗어나가는 순간, 양머리 모턴이 그를 일으켜세웠다. 다른 사람들도 일어섰다. 도마뱀 브랜쿠시는 다키가 어깨에 메고 있던 망치를 가져갔다. 동정심 때문이 아니라, 그들이 지금 어떻게든 함께 살아남아야 하는 한 마리의 신기한 짐승과 같은 처지이기 때문이었다. 지금도 그랬고, 다른 여러 면에서도 그랬다. 다키 가디너는 잔인하게 먹을 것을 강탈당했다는 생각에 화가 치밀면서도, 또한 점심때 먹을 주먹밥이 아직 남아 있다는 생각에 안도했다. 이렇게 분노와 안도감이 공존하는 이상한 상태로 그는 다시 터벅터벅 걷기 시작했다.

그러다 다키 가디너가 또 넘어졌다.

잠깐만. 자신을 일으켜세우려고 다가오는 사람들을 향해 그가 말했다.

사람들은 멈춰 섰다. 어떤 사람들은 들고 있던 공구를 내려놓았고, 어떤 사람들은 쪼그리고 앉았다.

있잖아. 다키가 비에 젖은 어둠 같은 정글 바닥에 누워 말했다. 난 항상 그 가엾고 망할 물고기를 생각해.

그게 뭔 소리야, 다키? 양머리 모턴이 물었다.

그는 니키타리스 생선식당에 대해 이야기하고 있었다. 호바트에 있는 식당. 예전에는 토요일에 영화를 본 뒤 에디를 데리고 거기에 가서 식사를 하곤 했다.

쿠타앤드칩스. 그가 말했다. 플레이크도 괜찮지만 쿠타가 더 달콤해. 거기 큰 수족관이 하나 있었는데, 헤엄치는 물고기들이 그 안에 가득했어. 금붕어가 아니라 진짜 물고기 말이야. 숭어, 호주연어, 납작한 물고기처럼 우리가 생선으로 먹는 것들. 우린 그 녀석들을 지켜봤어. 다키 가디너가 말했다. 에디는 그때도 녀석들을 위해 슬퍼했지. 바다에서 끌려나와 이렇게 끔찍한 수족관에서 기름에 튀겨지길 기다리는 신세라면서 말이야.

저 녀석은 항상 니키타리스 생선식당 얘기만 해. 도마뱀 브랜쿠시가 말했다.

난 물고기한테는 거기가 감옥일 거라는 생각을 미처 못했어. 다키 가디너가 말했다. 지금은 니키타리스의 수족관 안에 있던 그 지독하게 불쌍한 물고기들을 생각하면 속이 뒤집힐 것 같아.

다키 가디너는 그들에게 고아나가 들이닥치기 전에 가보라고 말했다. 자신은 천천히 혼자 가겠다면서.

하지만 아무도 움직이지 않았다.

어서 가봐. 그가 말했다.

아무도 움직이지 않았다.

그는 몇 분 더 여기에 누워 에디의 가슴을 생각하겠다고 말했다. 아름다운 가슴이므로 오붓한 시간을 보내고 싶다는 말도 했다.

사람들은 그를 두고 가지 않겠다고 말했다.

그는 자신이 부사관이니 명령을 들으라면서 가라고 말했다.

가! 그가 갑자기 고함을 질렀다. 이건 젠장할 명령이야. 가!

젠장할 명령? 양머리 모턴이 물었다. 아니면 그냥 명령?

아, 그래, 재미있다. 다키 가디너가 말했다. 수탉 맥니스가 『나의 투쟁』을 암송하는 것만큼 재미있어. 얼른 가. 꺼져버려.

앉아 있던 사람들은 일어서고, 서 있던 사람들은 허리를 곧추세우며 다시 천천히 움직이기 시작했다. 다키의 모습은 순식간에 시야와 머릿속에서 모두 사라졌다. 길이 점점 질척질척하고 힘들게 변했다. 뾰족뾰족한 석회암의 미끌미끌한 틈새를 지나갈 때는 발을 심하게 베일 때가 많았다. 그들은 재빨리 흩어지기 시작했다. 그들 각자의 위치는 대략 병세에 따라 정해졌다. 기껏해야 십여 명 정도인 작은 무리, 그러니까 기적적으로 아직 건강을 유지하고 있는 무리가 맨 앞에 서고, 반대편 끝에는 자꾸만 쓰러지거나 휘청거리다 못해 간혹 엉금엉금 기기도 하는 사람들이 섰다. 그리고 중간에는 돌아가며 병자의 들것을 드는 사람들이 있었다. 그 밖에 몸은 건강하지만 친구 옆에 머물러 절대 포기하지 않고 그들을 부축해주는 사람들이 있었다.

이 가여운 행렬은 정글의 커다란 티크나무와 가시 같은 대나무 사이로 자신들이 직접 만든 좁은 통로를 따라 계속 나아갔다. 숲이 너무 울창해서 다른 방식으로는 통과할 수 없었다. 그들은 터벅터벅 걷다가 넘어지기를 반복하며 나아갔다. 휘청거리기도 하고, 미끄러지기도 하고, 음식을 생각하며 욕설을 중얼거리기도 했다. 아니면 아무 생각 없이 엉금엉금 기어서 나아가며 똥을 지리고 깡충깡충 뛰었다. 아직 시작하지도 않은 하루를 앞두고 그렇게 계속 나아갔다.

11

단테의 첫번째 지옥. 도리고 에번스는 혼잣말을 했다. 그는 궤양 환자들의 오두막에서 나와 개울을 건너서 콜레라 막사의 아침 회진을 위해 언덕을 내려가는 중이었다. 사방에 벽이 없고 지붕에 썩어가는 캔버스 천을 덮어놓은 콜레라 막사에는 이미 포기한 사람들이 모여 있었다. 콜레라 환자들을 격리해둔 이곳에서는 대부분이 죽어나갔다. 그는 비참한 이곳의 여러 장소에 고전에서 따온 이름을 붙여주었다. 라인으로 가는 길은 비아 돌로로사*였는데, 포로들은 이 이름을 돌리로즈로 바꿔

* '슬픔의 길' '고난의 길'이란 뜻. 예수가 십자가를 짊어지고 간 길.

부르다가 나중에는 그냥 돌리라고 불렀다. 도리고는 길을 걸으면서 아이처럼 맨발로 진흙을 헤집고, 아이처럼 고개를 숙이고, 아이처럼 자신의 목적지나 다음에 일어날 일 대신 그저 자신의 발이 진흙 속에 만들어놓은 고랑이 금방 사라지는 것에만 흥미를 품었다.

하지만 그는 아이가 아니었다. 그는 깜짝 놀란 사람처럼 고개를 들고 꼿꼿이 걸었다. 단호하고 확신 있는 모습을 보일 필요가 있었다. 속으로는 전혀 그렇지 않을지라도. 그래도 살아난 사람이 몇 명은 있잖아. 그는 속으로 생각했다. 어쩌면 자신이 그저 형편없는 배우인 것만은 아니라고 스스로를 납득시키려는 것 같았다. 그래도 살아난 사람이 몇 명은 있어. 그래, 그래. 그는 생각했다. 환자들을 격리한 덕분에 다른 사람들은 살아날 거야. 그래! 그래! 그래! 적어도 다른 사람들 중 일부는. 모든 것이 상대적이었다. 자신을 왕으로 생각해도 될 것 같았다. 하지만 그는 생각하고 싶지 않았다. 자신은 남南이 아닌 곳의 북북서였으니까. 생각나는 것이라고는 말도 안 되는 이런 말뿐이었다. 심지어 그의 생각조차 그의 것이 아니었다. 톱질을 당하는 매였다. 솔직히 그는 이제 무슨 생각을 해야 하는지 알 수 없었다. 그가 사는 곳은 비유조차 불가능한 광기의 집이었다. 이성이나 생각은 말할 것도 없었다. 할 수 있는 것은 행동뿐이었다.

콜레라 막사의 경계선 너머로 들어갈 수 있는 것은 그 무서운 병에 걸린 사람들과 그들을 돌보는 사람들뿐이었다. 그 경계선에서 그는 보녹스 베이커를 만났다. 병동의 일꾼을 자청한 그는 다른 일꾼 두 명이 또 콜레라에 걸려 쓰러졌다고 알려주었다. 병동 일꾼으로 자원하는 것은 그 자체로서 일종의 사망선고였다. 도리고는 그것을 의사로서 감수해야 하는 위험이라고 받아들였지만, 이 위험을 충분히 피할 수 있는 사람들이 왜 이런 운명을 선택하는지는 결코 이해할 수 없었다.

자네 여기에 얼마나 있었지, 상등병?

삼 주입니다, 대령님.

보녹스 베이커의 풋내 나는 몸이 어이가 없을 정도로 크기가 크고 어느새 많이 낡아버린 투박한 신에서 우뚝 솟아 있었다. 그가 싱가포르 부두에서 일본인 인부들과 함께 일할 때 구한 신발이었다. 신발 외에 깡통에 든 보녹스* 가루도 얻었지만 그것은 하루도 안 돼서 사라져버렸고, 대신 평생 사라지지 않을 새로운 별명을 얻었다. 모든 사람이 한꺼번에 십 년씩 후딱후딱 나이를 먹어 열여섯 살짜리가 칠십대 노인처럼 변하는 와중에, 보녹스 베이커는 반대 방향으로 나아가고 있었다. 스물일곱 살인데 겉모습은 열아홉 살이었다.

보녹스 베이커는 일본이 전쟁에서 실패했기 때문에 자신이 회춘하는 것이라고 생각했다. 시암 정글 깊숙한 곳에 있는 이 전쟁포로 캠프의 사람들과는 달리, 보녹스 베이커는 일본의 실패가 뻔히 보인다고 말했다. 그는 독일과 일본이 자신에게 맞서서 전쟁이라는 거대한 개인적 공격을 시작했으며, 이 전쟁의 유일한 목표는 자신을 죽이는 것이라고 보았다. 그런데 지금까지는 그가 아직 살아 있으므로 그의 승리였다. 전쟁포로수용소는 별로 중요하지 않은 특이현상에 지나지 않았다. 보녹스 베이커를 볼 때마다 도리고 에번스는 묘한 호기심을 느꼈다.

콜레라가 시작된 뒤로 줄곧인가, 보녹스? 그가 물었다.

---

* 쇠고기 추출물로 만든 양념의 상표명. 물에 타서 음료수로 마시기도 한다.

그렇습니다.

두 사람은 첫번째 천막으로 걸어갔다. 가장 최근에 들어온 환자들이 있는 곳이었다. 여기서 두번째 천막, 그러니까 병을 이기고 살아남은 사람들이 최대한 몸을 회복할 수 있는 천막으로 옮겨가는 사람은 거의 없었다. 많은 사람이 첫번째 천막에서 몇 시간 만에 숨을 거뒀다. 이곳은 에번스에게 언제나 가장 절망을 안겨주었지만, 또한 그가 정말로 일을 해야 하는 장소이기도 했다. 그는 보녹스 베이커에게 시선을 돌렸다.

이만 가봐도 좋다, 보녹스.

보녹스 베이커는 아무 말도 하지 않았다.

중앙 막사로 돌아가. 자네는 이미 자네 몫을 했다. 아니, 그 이상이었지.

계속 여기 있고 싶습니다.

보녹스 베이커가 천막 입구에서 걸음을 멈추자 도리고 에번스도 덩달아 걸음을 멈췄다.

대령님.

그가 고개를 들고 처음으로 도리고 에번스를 똑바로 바라보았다.

그러고 싶습니다.

왜?

누군가는 해야 하는 일입니다.

그는 낡아서 부스러질 것 같은 캔버스 천 입구를 들췄다. 도리고 에번스는 그의 뒤를 따라 벌름거리는 콧구멍 같은 그 입구를 통과해 안으로 들어갔다. 안초비 페이스트와 똥을 연상시키는 악취가 너무나 강렬해서 입안이 타는 것 같았다. 등유 램프의 불쾌한 빨간색 불꽃 때문에 검은 어둠이 펄쩍 뛰어올라 기묘하고 공허한 춤을 추듯 뒤틀리는 것 같았다. 그리고 그들은 콜레라균의 뱃속에서 움직이며 살아가고 있는 것 같았다. 천막 반대편 끝에서 유난히 비참한 몰골의 해골이 일어나 앉더니 빙긋 웃었다.

난 맬리로 돌아간다네.

부드럽게 활짝 웃는 그의 표정 때문에 원숭이 같은 얼굴이 더욱더 기괴하게 보였다.

옛 친구들을 만날 때가 됐어. 맬리 출신의 청년이 말했다. 꽃줄기 같은 양팔이 흔들리고, 노랗게 헌 입에서는 꽃이 피었다. 죽여주는군! 레니가 고향에 돌아온 걸 보면 다들 조금은 울고 웃을 거야!

저 녀석 원래 되다 만 불량소년이었는데, 그리 똑똑한 편은 아니었습니다. 보녹스 베이커가 도리고 에번스에게 말했다.

그렇겠지? 응?

꿈꾸듯 웃고 있는 원숭이 얼굴의 맬리 청년에게 아무도 대답해주지 않았다. 설사 대답을 했다 해도, 낮게 신음하는 소리와 비명소리뿐이었을 것이다.

원래 빅토리아주에서는 저런 놈들을 안 받는데. 보녹스 베이커가 말했다. 저놈이 도대체 무슨 속임수를 써서 군대에 들어왔는지 모르겠습니다.

맬리 청년은 어머니가 침대에 눕혀줄 때처럼 행복한 표정으로 다시 누웠다.

다음 달에 열여섯 살이 되는 아이입니다. 보녹스 베이커가 말했다.

진흙과 똥이 섞인 진탕 한가운데에 긴 대나무 평상이 있고, 그 위에 질병의 다양한 단계를 보여주는 사람들 마흔여덟 명이 누워 있었다. 아니, 그렇게 보였다. 도리고 에번스는 이상하게 나이를 먹고 쪼그라들어 껍데기만 남은 사람들을 하나씩 차례로 진찰했다. 나무껍질처럼 변한 피부는 검은 그림자가 드리운 진흙색을 띤 채 뒤틀린 뼈를 꽉 움켜쥐고 있었다. 몸이 맹그로브 뿌리 같군. 도리고 에번스는 속으로 생각했다. 순간적으로 콜레라 천막 전체가 등유 램프의 불꽃 속에서 헤엄치는 것 같은 모습이 눈앞에 나타났다. 보이는 것이라고는, 악취를 풍기는 맹그로브 늪을 가득 메운 뿌리들이 몸을 뒤틀고 신음하면서 자신이 들어가 살 수 있는 진흙을 영원히 찾아 헤매는 모습뿐이었다. 도리고 에번스는 눈을 한 번, 두 번 감았다가 떴다. 혹시 뎅기열의 초기 증상인 환각이 찾아온 건지 걱정스러웠다. 그는 손등으로 콧물을 닦고 일을 서둘렀다.

첫번째 환자는 회복하고 있는 것 같았지만, 두번째 환자는 죽어 있었다. 도리고와 보녹스는 더러운 담요로 그를 둘둘 말아서 장례 팀이 가져가 불태울 수 있게 놓아두었다. 세번째 환자인 레이 헤일은 상당히 많이 회복되었기 때문에, 도리고는 그날 밤 이곳을 떠나 내일부터 가벼운 일을 할 수 있을 것이라고 말해주었다. 네번째와 다섯번째 환자 역시 도리고 에번스에 의해 사망자로 판명되었다. 그와 보녹스 베이커는 이 두 사람의 시체 역시 악취를 풍기는 담요로 둘둘 말았다. 여기에서 죽음은 아무것도 아니었다. 오히려 죽음에서 일종의 안도감을 느끼지. 도리고는 속으로 생각했다. 하지만 그 안도감 또한 동정심의 뒤틀린 한 형태라는 생각이 들었다. 사는 것은 곧 두려움과 고통 속에서 몸부림치는 것을 뜻했다. 그래도 살아야지. 그는 속으로 되뇌었다.

그는 옆자리에 몸을 잔뜩 웅크리고 누워 있는 해골에게도 맥박이 없는지 확실히 확인하기 위해 손을 뻗어 주름진 손목을 들어올렸다. 악취를 풍기는 종기와 뼈 무더기로만 보이는 그의 몸이 펄쩍 뛰더니 시체 같은 고개가 움직였다. 유리알처럼 툭 튀어나와 반쯤 멀어버린 기묘한 눈이 도리고 에번스에게 초점을 맞추는 것처럼 보였다. 목소리는 조금 날카로운 것이, 죽어가는 노인의 몸 속 어딘가에서 길을 잃어버린 소년의 목소리 같았다.

죄송해요, 선생님. 오늘 아침에는 안 되겠어요. 실망시키고 싶지 않은데.

도리고 에번스는 더러운 가슴 피부 위에 손목을 부드럽게 놓아주었다. 그의 가슴은 마치 말리려고 널어놓은 천처럼, 툭툭 튀어나온 갈비뼈 사이사이로 축 처져 있었다.

이런 거다, 상등병. 그가 부드럽게 말했다.

하지만 도리고는 순간적으로 눈을 들었다가 보녹스 베이커의 시선에 붙들렸다. 보녹스는 용감무쌍한 상관의 눈에서 잠시나마 두려움과 비슷한 기묘한 무기력을 본 것 같았다. 에번스가 갑자기 시선을 다시 아래로 내렸다.

무조건 그러겠다고만 하지 마. 그가 죽어가는 남자에게 말했다.

해골은 천천히 고개를 굴려 아까처럼 기묘한 자세로 꼼짝도 하지 않았다. 단 몇 마디를 나눈 것만으로 온몸이 텅 비어버린 모양이었다. 도리고 에번스는 손가락 끝으로 그의 주름진 이마 위의 부드럽고 축축한 머리카락을 더듬어 눈을 찌르지 않게 넘겨주었다.

나한테도 다른 놈한테도.

뼈만 앙상한 두 사람은 이런 식으로 계속 나아갔다. 키가 큰 의사도 키가 작은 조수도 모두 거의 벌거벗은 거나 다름없는 몰골이었다. 보녹스는 발에 비해 지나치게 커서 웃기게 보이는 투박한 신을 신고 군대에서 지급한 챙 모자를 썼다. 퀭한 얼굴에 비해 챙이 터무니없이 넓어 보였다. 때가 덕지덕지 낀 빨간색 반다나를 두르고 장교 모자를 비스듬하게 쓴 의사는 여자를 손에 넣으려고 금방이라도 마을을 습격할 사람처럼 보였다. 지금 자신들이 하고 있는 모든 일이 도리고에게는 거대한 속임수 같았고, 도리고 자신은 여기서 가장 잔인한 역을 맡은 사람이었다. 사실은 아무 희망도 없는 곳에서 희망을 내미는 사람. 이곳의 병원은 병원이 아니라 대나무틀 위에 누더기천을 씌웠기 때문에 물이 줄줄 새는 천막이었고, 침대는 침대가 아니라 해충들이 들끓는 대나무 평상이었다. 바닥은 오물 그 자체였고, 의사인 그에게는 환자를 치료하기 위해 반드시 필요한 물품들이 거의 없었다. 그가 가진 것은 때묻은 빨간색 반다나, 비스듬히 기울어진 모자, 수상쩍은 의사의 권위뿐이었다.

그래도 이 일이나마 계속하지 않는다면, 매일 회진을 계속하면서 어떻게든 이들을 도울 방법을 계속 찾아보지 않는다면, 지금보다 더 힘들어진다는 것을 그는 알고 있었다. 병든 잭 레인보우가 비비언 리 역할을 맡아 다리 위에서 평생 동안 헤어져 있던 연인을 만나는 장면을 연기하던 모습이 아무 이유 없이 머릿속에 떠올랐다. 그는 병사들이 전에 하던 공연을 생각했다. 병사들은 놀라운 독창성을 발휘해서 대나무와 낡은 쌀자루로 무대장치와 의상을 만들어 영화나 뮤지컬을 흉내냈었다. 지금 이곳의 병원과 그가 하고 있는 의사 노릇에 비하면 병사들의 공연이 차라리 더 현실 같았다. 하지만 연극과 마찬가지로 그의 의사

노릇에도 어느 정도 현실감은 있었다. 연극과 마찬가지로 도움이 되기도 했다. 그 덕분에 가끔 죽지 않는 사람들이 나왔다. 그는 사람들을 돕는 일을 그만두지 않겠다고 마음을 다졌다. 그는 훌륭한 외과의사도, 훌륭한 의사도 아니었다. 또한 훌륭한 사람도 아니라고 스스로 확신하고 있었다. 그래도 노력을 그만둘 생각이 없었다.

일꾼 하나가 새로운 링거 장치를 만들려고 애쓰고 있었다. 다키 가디너가 어젯밤 일본군 트럭에서 훔쳐온 고무 튜브에 초록색 대나무를 연결한 조잡한 카테터였다. 그 장치와 연결된 낡은 병에는, 등유 깡통과 대나무로 만든 증류기로 물을 소독해서 만든 식염수가 가득 들어 있었다. 일꾼은 존 머나뉴 소령으로, 엄밀히 말하면 이 캠프의 전쟁포로들 중 세번째로 높은 사람이었다. 그는 은막의 아이돌 같은 외모에 트라피스트회* 수도사 같은 말솜씨를 갖고 있었기 때문에 억지로 말을 시키면 대개 말을 더듬었다. 그는 일꾼으로서 명령에 따르는 지금의 상태를 가장 좋아했다.

일본인들은 위계를 존중하기 때문에 계급이 낮은 병사들은 모두 일터로 내몰면서도 장교들에게는 그런 요구를 하지 않았다. 장교들은 캠프에 머물면서 묘하게도 일본제국군으로부터 쥐꼬리만 한 월급을 받았다. 에번스는 자신에게 도움이 될 때를 빼고는 위계를 전혀 존중하지 않았다. 그래서 그는 장교들이 받은 봉급을 징발했을 뿐만 아니라, 캠프 안에서 환자들을 돌보고, 새로운 변소를 짓고, 상하수도 시설을 만드는 등 여러 가지 일을 그들에게 시켰다. 캠프의 전반적인 유지보수도

* 기도·침묵·정진·노동을 강조하는 엄격한 수도회. 1664년 프랑스 노르망디주 라트라프 수도원이 세운 분파다.

그들의 몫이었다.

존 머나듀는 대나무 카테터를 삽입하기 위해 발목에서 혈관을 찾는 중이었다. 메스로는 날카롭게 날을 세운 조지프 로저스 주머니칼을 사용했다. 발목은 사실상 뼈나 다름없어서 머나듀는 피부를 바짝 당긴 뒤 앞뒤로 손을 움직이며 혈관을 찾았다.

아플까봐 걱정할 필요 없어. 도리고 에번스가 말했다. 잘 봐.

그는 머나듀의 손에서 칼을 가져와 정확하고 단호하게 살을 베는 시늉을 한 뒤, 똑같은 동작을 능숙하게 반복해 툭 튀어나온 뼈 바로 위의 살을 갈라 혈관을 드러냈다. 그리고 임시변통으로 만든 카테터를 재빨리 삽입했다. 콜레라 환자가 움찔했지만, 그가 워낙 신속하고 자신 있게 손을 놀렸기 때문에 처치는 시작하자마자 끝나버렸다.

이제 환자가 좀 버틸 수 있을 거야. 도리고 에번스가 말했다.

위생에 대한 철저한 강조 외에 이런 식의 수분 보충 또한 그의 가장 커다란 성과였다. 지난 이틀 동안만 따져도 이 조치가 여러 생명을 구했다. 장례용 장작더미로 옮겨지는 대신 콜레라 병동을 살아서 벗어나 걸어다니는 사람도 몇 명 있었다. 이것이 모두에게 희망이 되고 있다는 느낌이 들었다.

여기서는 죽거나 아니면 그냥 버티는 수밖에 없어. 누군가가 속삭였다.

난 아직 안 죽었어, 젠장. 방금 카테터가 삽입된 남자가 잔뜩 갈라진 목소리로 말했다.

의사 일행이 대나무 평상 옆을 지나가며 환자들과 식염수병을 살피고, 카테터를 조절하는 동안 콜레라 환자들은 그들에게서 몸을 움츠리는 것처럼 보였다. 의사 일행은 때로 운좋은 소수의 환자들을 훨씬 더 작은 회복용 천막으로 옮기기도 했다. 도리고가 가까이 다가가보면 모든 환자는 차마 사람이라고 하기 힘든 몰골을 하고 있었다. 무서운 질병이 몇 시간 만에 몸을 공격해 앙상하게 만들어버리기 때문이었다. 그 몇 시간 만에 목숨을 잃는 사람도 많았다. 산 채로 몸이 해체되는 것 같은 복통 때문에 신음하는 사람이 있는가 하면, 작고 단조로운 목소리로 물을 달라고 애원하는 사람도 있었다. 푹 꺼져서 그림자가 드리운 눈으로 돌덩이처럼 허공만 빤히 바라보는 사람도 있었다. 어머니와 아버지가 있는 집에 갈 거라고 중얼거리던 원숭이 얼굴의 병사 앞에 의사 일행이 다다랐을 때, 그는 죽어 있었다.

가끔 이런 녀석들이 있습니다. 보녹스 베이커가 말했다. 행복한 표정을 짓죠. 버스를 타고 집에 가거나 엄마를 만나러 가고 싶다면서요. 그런 녀석들을 보면, 아, 곧 마지막이 오겠구나 하는 생각이 듭니다.

내가 도와주지. 도리고 에번스는 모두들 셔그스라고만 알고 있는 일꾼에게 말했다. 너덜너덜하고 곰팡이까지 슨 비튼 부인의 요리책을 정글 깊숙한 곳까지 가져온 것으로 유명한 그가 들것을 들고 나타났기 때문이었다. 커다란 대나무 막대 두 개 위에 낡은 쌀자루 여러 장을 걸쳐서 만든 임시 들것이었다.

이제 일이 끝난 도리고 에번스는 셔그스와 보녹스 베이커를 도와 앙상하게 마른 레니의 몸을 들것에 올렸다. 그의 몸무게가 죽은 새와 거의 비슷할 것 같다는 생각이 들었다. 아무것도 아닌 일이었지만 그래도 뭔가 도움이 된 것 같았다. 자신이 뭔가 일을 하고 있는 것 같았다. 그나마 쌀자루가 부족했는지 들것의 길이가 충분하지 않아서 레니의 다리가 질질 끌렸다. 하기야 여기에 충분한 것이 하나라도 있던가? 도리고 에번스는 속으로 생각했다.

그들이 그 저주받은 자들의 집에서 나오는 동안 레니의 시체가 자꾸만 미끄러져내려갔다. 그들은 시체가 들것에서 떨어지지 않게 하려고 시체를 뒤집어 앙상한 다리를 벌려서 양쪽 대나무 막대기 위로 걸쳐놓아야 했다. 다리가 워낙 말라서 항문이 거북하게 톡 튀어나와 있었다.

레니가 마지막으로 한 번 뿜어내는 일은 없어야 할 텐데요. 들것 뒤쪽을 잡은 셔그스가 말했다.

12

콜레라가 돌기 시작한 뒤로 지미 비글로는 캠프에서 일하게 되었다. 이제는 일상사가 되어버린 장례식에서 나팔을 부는 것이 그의 임무였다. 그는 콜레라 막사에서 사람들이 들것을 가지고 나올 때면 그쪽으로 불려가 막사 외곽에서 기다렸다. 맨 마지막 시체를 도리고 에번스와 보녹스 베이커가 들고 나오는 중이었다. 도리고 에번스는 멋들어진 모자를 쓰고 빨간 반다나를 맨 차림이었고, 보녹스 베이커는 그 우스꽝스러운 신발을 신고 있었다. 지미 비글로는 그 신발을 볼 때마다 미키마우스가 생각났다. 맨 뒤에서는 셔그스가 머리를 이상한 각도로 젖힌 채 걷고 있었다.

지미는 이 안쓰러운 장례행렬을 따라 빗물이 뚝뚝 떨어지는 어두운 정글로 들어갔다. 나팔은 어깨에 걸친 채였다. 원래 나팔에는 가죽끈이 달려 있었지만 썩어버렸기 때문에, 매듭을 지은 누더기천을 대신 달아 두었다. 그는 나팔이 정말 마음에 든다는 생각을 하고 있었다. 이 정글 안의 모든 것(대나무, 옷, 가죽, 음식, 사람의 살) 중에서 오로지 나팔만이 썩지 않는 것처럼 보이기 때문이었다. 그는 평범하고 지루한 성격인데도 자신의 소박한 황동 나팔이 왠지 불멸의 것처럼 느껴진다는 생각이 들었다. 실제로 나팔은 이미 수많은 죽음을 초월해온 존재였다.

전쟁포로의 화장용 장작더미를 쌓는 사람들이 축축한 공터에서 기다리고 있었다. 그들은 사람 한 명을 태우는 데 많은 장작이 필요하다는 것을 이미 경험으로 터득하고 있었다. 그래서 대나무를 커다란 직사각형 모양으로 가슴 높이까지 쌓아놓았다. 꼭대기에는 이미 콜레라로 죽은 시체 한 구와 그의 보잘것없는 소지품, 그리고 담요가 올려져 있었다. 지미는 시체가 토끼 헨드릭스임을 알아보았다. 이럴 때 감정이 별로 느껴지지 않는 것이 항상 놀라웠다.

콜레라균이 닿았던 물건은 절대 다른 사람이 만질 수 없었다. 장작 쌓는 인부들만 예외였다. 콜레라의 전염을 막기 위해 환자의 소지품은 모두 불에 태웠다. 사람들이 새로 가져온 시체 세 구와 그들의 소지품을 장작더미 위로 올리는 동안, 인부 한 명이 토끼 헨드릭스의 스케치북을 들고 도리고 에번스에게 다가왔다.

태워. 도리고 에번스가 손사래를 치며 말했다.

인부는 기침을 했다.

결정을 내리기가 힘듭니다, 대령님.

왜?

이건 기록이라서요. 보녹스 베이커가 말했다. 헨드릭스의 기록입니다. 미래에 사람들이 이걸 보고 이곳에 대해 알고 기억하는 것, 그것이 토끼의 소망이었습니다. 여기서 우리에게 일어난 일을 사람들이 기억해주는 것이요.

기억?

네, 대령님.

결국은 모든 것이 잊히게 돼 있다, 보녹스. 지금은 살아남는 것이 더 중요해.

보녹스 베이커는 납득하지 못한 표정이었다.

잊지 않기 위해서라고 사람들은 말합니다. 보녹스 베이커가 말했다. 그렇지 않습니까, 대령님?

그렇지, 보녹스. 주문처럼 외우기도 하지. 어쩌면 그건 상당히 다른 이야기인지도 모르겠다.

그러니까 이걸 남겨두어야 합니다. 이곳이 잊히지 않게요.

그 시를 아나, 보녹스? 키플링의 시. 기억이 아니라 망각에 대해 이야기하는 시다. 모든 것이 어떻게 잊히는지를 들려주지.

멀리 불려나간 우리의 해군이 녹듯이 사라진다
모래언덕과 곶 위로 불길이 가라앉는다
보라, 화려하던 어제의 우리가
이제 니네베와 티루스*를 닮았다!
국가들의 판관이여, 아직은 우리를 봐주소서,

---

* 각각 고대 아시리아, 페니키아의 옛 도시.

우리가 잊지 않게—우리가 잊지 않게!

도리고 에번스는 인부에게 고갯짓을 해서 불을 붙이라고 지시했다.

니네베, 티루스, 하느님조차 버리신 시암의 철로. 도리고 에번스가 말했다. 불꽃의 그림자들이 그의 얼굴에 호랑이 같은 줄무늬를 만들었다. 키플링의 시가 모든 것은 잊힌다는 내용임을 기억하지 못한다면, 우리가 다른 것을 어찌 기억할 수 있을까?

시는 법칙이 아닙니다. 운명이 아니에요, 대령님.

그렇지. 도리고 에번스가 말했다. 하지만 그 순간 그는 자신에게는 시가 대략 운명과 같은 것임을 깨닫고 충격을 받았다.

저 그림 말입니다. 보녹스 베이커가 말했다. 그림 말이에요, 대령님.

그림이 뭐, 보녹스?

토끼 헨드릭스는 자신에게 무슨 일이 생기든 그림들은 살아남을 거라고 확신했습니다. 보녹스 베이커가 말했다. 그래서 세상이 알게 될 거라고요.

그래?

기억이 진정한 정의입니다, 대령님.

아니면 새로운 공포의 창조자일 수도 있지. 기억은 정의와 비슷할 뿐이야, 보녹스. 사람들에게 자신이 옳다는 확신을 심어주는 또하나의 잘못된 생각이니까.

보녹스 베이커는 인부를 시켜 스케치북을 펼치게 했다. 일본군이 싱가포르를 점령한 뒤 중국인들의 목을 잘라 장대에 꿰어서 줄줄이 세워놓은 모습을 먹으로 그린 그림이 나왔다.

여기에 만행이 그려져 있습니다, 보세요.

도리고 에번스는 고개를 돌려 보녹스 베이커를 바라보았다. 하지만 도리고 에번스의 눈에 보이는 것은 연기와 불길뿐이었다. 그녀의 얼굴이 보이지 않았다. 연기 속에서 잘린 머리들이 살아 있는 것처럼 보였지만, 그들은 이미 죽어서 사라진 존재들이었다. 등뒤에서 불길이 더 크게 솟아올랐다. 오로지 불길만이 살아 있었다. 그는 그녀의 머리와 얼굴과 몸과 머리에 꽂은 빨간 동백을 생각했다. 하지만 아무리 열심히 애써도 그녀의 얼굴이 기억나지 않았다.

어느 것도 오랫동안 살아남지 못한다. 모르겠나, 보녹스? 키플링이 하려던 말이 바로 그거야. 제국도 기억도. 우리는 아무것도 기억하지 못해. 한두 해쯤은 기억할지도 모르지. 우리가 살아남는다면, 그 일생 중 대부분의 기간 동안 기억할지도 모르지. 하지만 우리는 결국 죽을 거다. 그뒤에는 누가 이런 이야기를 이해할 수 있을까? 어쩌면 우리가 심장에 양손을 얹고 잊지 않겠다고 애써도 대체로 기억하지 못할 수도 있어.

여기에는 고문이 그려져 있습니다, 보세요. 보녹스 베이커가 말했다.

그가 넘긴 페이지에 펜과 잉크로 그린 그림이 있었다. 오스트레일리아인이 경비병 두 명에게 구타당하는 장면이었다. 그다음에는 궤양 병동을 그린 수채화. 그다음에는 해골 같은 남자들이 바위를 부수며 일하는 모습을 연필로 그린 드로잉. 도리고 에번스는 점점 기분이 나빠졌다.

상자형 카메라 브라우니*보다 우리 토끼가 더 낫습니다. 보녹스 베이

---

* 1900년 이스트맨코닥사에서 대중 보급용으로 만든 상자형 카메라 이름.

커가 미소를 지었다. 어떻게 물감을 구했는지 정말 모르겠습니다.

나중에 이 그림들의 의미를 누가 알겠나? 도리고 에번스가 쌀쌀맞게 말했다. 이게 뭔지 누가 알겠어? 어떤 사람은 노예제도의 증거라고 해석할지도 모르지. 선전물이라고 해석할지도 모르고. 상형문자를 보면 채찍을 맞으며 피라미드를 건설하는 삶에 대해 우리가 무엇을 알 수 있던가? 우리가 그런 것들을 입에 올리던가? 그래? 아니, 우리는 그저 이집트 문명의 위대함과 장엄함만 이야기할 뿐이다. 로마에 대해서도, 상트페테르부르크에 대해서도 마찬가지야. 그 도시들 밑에 묻힌 수십만 노예들의 뼈에 대해서는 아무 말도 안 해. 어쩌면 일본군도 나중에 그렇게 기억될지 모르지. 어쩌면 헨드릭스의 그림이 모두 그런 식으로 이용될지도 몰라. 이 괴물들의 위대함을 합리화하는 데 사용될 수도 있다고.

우리가 죽는다 해도, 이 그림들은 우리가 어떻게 됐는지 보여줄 겁니다. 보녹스 베이커가 말했다.

그럼 네가 살아야겠군. 도리고 에번스가 말했다.

이제 그는 화를 내고 있었다. 너무나 화가 나서 그는 부하 한 명에게 이성을 잃는 모습을 보이고 말았다. 불꽃이 솟아오르기 시작할 때, 그는 자신이 이미 그녀를 잊었음을, 지금 이 순간에도 그녀의 얼굴과 머리카락과 입술 위의 애교점이 잘 떠오르지 않음을 알 수 있었다. 이런저런 조각들, 밝은 깜부기불, 춤추는 불꽃들은 기억할 수 있지만, 그녀는 아니었다. 그녀의 웃음도, 귓불도, 빨간 동백꽃까지 단번에 이어지던 미소도……

서둘러. 도리고 에번스가 말했다. 불길이 완전히 일어나기 전에 저 친구를 올려야지.

13

그들은 토끼 헨드릭스와 똥이 묻은 그의 더러운 담요를 함께 들어 다른 시체들과 나란히 놓았다. 반합 하나, 숟가락 하나, 붓 세 개, 연필 여러 자루, 어린이용 수채화 세트, 틀니, 이곳에서 나는 퀴퀴한 담배만이 들어 있는 그의 배낭도 옆에 놓아주었다. 스케치북도 함께 놓았다. 콜레라 환자들은 항상 으스스할 정도로 가벼웠다. 밥 목사가 죽은 이후로 장례예배를 주재하는 사람은 린지 터핀이었다. 전직 성공회 신부인 그는 확실히 알 수 없는 부도덕 행위로 성직을 박탈당했다고 했다. 하지만 오늘은 그가 보이지 않았다. 불길에 시체들이 벌써 검게 그슬리기 시작했다.

대령님? 셔그스가 말했다.

시간이 부족하고 할일도 남아 있고 계급도 높았기 때문에 도리고 에번스는 임시변통으로 장례예배를 이끌었다. 예배 때마다 항상 지루했던 탓에 공식 예배가 어떻게 진행되었는지 별로 기억나지 않아서, 그는 예배를 주재하며 자신의 연기가 적절하게 보이기를 희망했다. 먼저 예배를 시작하기 전에 그는 자신이 알지 못하는 두 시체의 이름을 물었다.

믹 그린, 포병대원입니다. 웨스턴오스트레일리아주 출신이고요. 셔그스가 말했다. 재키 미러스키는 뉴캐슬 출신의 화부입니다.

도리고 에번스는 이들의 이름을 누구도 침범할 수 없는 기억 속에 집어넣고, 두 번 그 기억을 떠올렸다. 두 번 모두 중요한 시기였다. 첫번째는 그가 예배를 이끈 바로 그 순간이었고, 두번째는 세월이 흐른 뒤 그 자신이 죽음을 맞는 순간이었다. 그는 이 선량한 네 남자를 하느님께 맡긴다는 말로 예배를 끝맺었다. 하지만 하느님이 이 일과 무슨 상관이 있는지는 알 수 없었다. 요즘은 하느님을 입에 올리는 사람이 별로 없었다. 심지어 린지 터핀도 마찬가지였다.

도리고 에번스가 고개를 숙여 인사한 뒤 불길에서 뒤로 물러나자, 지미 비글로가 앞으로 나서서 나팔을 흔들었다. 그동안 전갈이나 지네가 그 안에서 둥지를 틀었을 가능성이 있기 때문이었다. 그는 나팔을 입술에 갖다 댔다. 입천장이 너덜너덜하게 헐어 있어서 그의 입안은 엉망이었다. 입술도 부어 있고, 입안의 혀는 (심하게 붓고 아파서 밥알이 뜨거운 포도탄 같았다) 제대로 움직이지 않는 끔찍한 나무판자 같았다. 큰형님은 비타민 부족으로 펠라그라에 걸려 그렇다고 말해주었다. 그가 아는 것이라고는 입으로 나팔에 공기를 불어넣을 때 혀가 방해가 된다는 것뿐이었다.

그래도 이제는 너무나 친숙해진 노래를 연주하려고 나팔을 입에 댔을 때, 그는 그 기묘한 멜로디 속에 푹 빠질 수 있었다. 처음에는 아주 느릿느릿 간신히 연주하다가 이내 속도가 빨라졌다. 그 순간이 오면 이 '장례식 나팔 연주'가 항상 무시무시한 힘을 얻는 것 같았다. 그래서 그는 멜로디를 따라 필요한 순간에 잠깐씩 연주를 쉬다가 서서히 소리를 줄여 끝내기 위해서 온몸으로 엄청난 노력을 기울여야 했다. 연주하는 동안에는 혀가 사라지고 대신 각목 조각이 마우스피스를 두드리는 것 같았다. 그는 이걸로 연주에 마법 같은 효과를 불어넣을 수 있기를 필사적으로 바랐다.

어둡고 음산한 정글세계의 모든 것이 그렇듯이, 지미 비글로는 이번에도 고래처럼 변해버린 혀를 비껴 숨을 쉬며 임시변통으로 연주하는 수밖에 없었다. 비명을 질러대는 신경을 속이기 위해서는 그저 음표를 하나하나 연주하는 데에만 정신을 집중했다. 집으로 돌아가는 길을 끝내 찾아내지 못하고 이 정글에 남아 있게 된 사람들을 위해 한번 더 힘을 내야 했다. 그런데 연주를 하면서 눈물이 흘러나와서 그는 당황했다. 어제나 그저께 다섯 번이나 장례식 연주를 할 때와 마찬가지로 오늘 역시 무슨 감정을 느끼지는 않았다. 다만 연주를 하면서 몸이 느끼는 고통 때문이었다. 그는 간단한 곡을 하나 연주하는 것이 힘든 시련이 되었음을 다른 사람들이 알아차리거나 자신이 이상할 정도로 나약해 보이는 것이 싫어서 재빨리 돌아섰다.

나팔로 끔찍한 죽음의 음악을 연주하는 동안 온몸이 타는 듯이 아픈데도 그는 계속 연주했다. 매번 노래가 새롭게 들렸지만, 노래의 의미는 이해할 수 없었다. 그는 사람들이 죽었다는 사실이 싫었고, 자신이 무엇보다 싫어하는 이 노래를 계속 연주해야 한다는 사실을 알고 있었다. 하지만 절대 연주를 멈출 생각이 없었다. 그 노래는 사람들이 하는 말, 그러니까 병사들이 이제 일을 모두 마치고 쉴 수 있게 되었다는 말과 상관이 없었다. 일은 무슨 일? 왜? 어떻게 사람이 쉴 수 있지? 지금 그가 연주하는 노래는 이런 것이었다. 그는 죽을 때까지 이런 질문들을 계속 연주했다. 앤잭 기념일에, 전쟁포로들의 모임에서, 공식적인 자리에서, 때로는 늦은 저녁시간에 집에 있다가 기억에 압도당해서. 그는 자신의 연주가 사람들에게 있는 그대로 이해되기를 바랐다. 하지만 사람들은 그의 연주를 다르게 해석했고, 그는 아무것도 할 수 없었다. 음악은 질문에 대해 질문을 던졌다. 그리고 이 질문들은 끝이 없었다. 지미의 모든 호흡이 황동관 안에서 증폭되어 사람들이 함께 품고 있는 초월의 꿈을 향해 빙글빙글 돌아나왔다. 하지만 그 꿈은 손이 닿을락 말락 한 위치에서 밖으로 나오자마자 스러져버리고, 곧 다음 음, 다음 마디가 이어졌다……

전쟁 직후에는 이 노래가 순식간에 전쟁 때랑은 달라졌다. 가끔 한밤중에 매트리스 속의 커다란 이물질처럼 그 멜로디가 솟아나서 그에게 불쾌감을 안겨줄 뿐이었다. 나중에 셔그스가 말한 것처럼, 그 노래는 사실 그리 지긋지긋하게 긴 편이 아니었다. 다만 지긋지긋하게 끝나지 않는 것처럼 보일 뿐이었다. 그런데 노래가 끝났다. 한동안은 그 노래에 대해 이렇다 할 기억을 떠올리기가 힘들었다. 모두들 그보다 훨씬 더 굉장한 이야기들을 지니고 있었다. 엘알라메인, 투브루크, 보르네오섬에서 싸운 이야기, 북해에서 군함을 탔던 이야기. 게다가 이제는 생활도 있었다. 전쟁은 진짜 세계와 진짜 생활을 잠시 방해하고 중단시켰다. 직장, 여자, 집, 새로운 친구, 가족, 새로운 삶, 아이들, 승진, 약탈, 질병, 죽음, 은퇴…… 지미 비글로는 호바트에 있던 때가 수용소와 라인에 가기 이전이었는지 이후였는지, 그러니까 전쟁 이전이었는지 이후였는지 잘 기억나지 않았다. 자신이 겪은 그 모든 일이 실제로 일어났다는 사실을, 자신이 본 모든 것이 실제로 존재했다는 사실을 믿기가 힘들었다. 때로는 자신이 전쟁에 나간 것이 사실인지조차 믿기 힘들었다.

그는 손주들도 보고 잘 살다가 서서히 쇠약해졌다. 그러자 전쟁 생각이 더 많이 나면서 나머지 구십 년의 세월이 서서히 흐릿해졌다. 결국 그는 거의 항상 전쟁만 생각하고 전쟁만 이야기했다. 다른 일들은 대부분 실제로 일어난 일이 아니라고 생각하게 되었기 때문이다. 한동안 그는 전쟁중에 그랬던 것처럼 장례식 나팔 연주를 할 수 있었다. 병사로서 자신이 수행해야 하는 임무라고 생각했기 때문에 개인적인 감정은 전혀 생기지 않았다. 그러다가 몇 년 동안, 몇십 년 동안 그는 그 노래를 전혀 연주하지 않았다. 아흔두 살이 될 때까지. 세번째 심장발작을 겪은 뒤 병원에서 죽어가던 그는 아직 멀쩡한 한 팔로 나팔을 입술에 댔다. 눈앞에 연기가 나타나고 살이 타는 냄새가 다시 느껴졌다. 그 순간 그는 이것이야말로 자신이 실제로 겪은 유일한 일임을 문득 깨달았다.

나는 하느님한테 아무런 이의가 없다. 도리고 에번스는 보녹스 베이커와 함께 장작을 밀고 쑤셔서 시체들이 불길에 골고루 감싸이게 하며 말했다. 하느님의 존재를 놓고 다른 사람들과 논쟁하는 것도 귀찮아. 내가 지긋지긋하게 싫은 건 바로 나 자신이니까. 이런 식으로 끝을 내는 게.

이런 식이라니요?

하느님 방식. 하느님이 이랬네 하느님이 저랬네 하는 것.

사실 그가 하고 싶은 말은 씨발 놈의 하느님이었다. 이런 세상을 만든 씨발 놈의 하느님. 그 씨발 놈의 이름. 앞으로도 영원히 씨발. 평생 동안 씨발 놈. 우리를 구해주지 않은 씨발 놈. 여기를 돌아보지 않고, 저 씨발 놈의 대나무 위에서 불에 타고 있는 사람들을 구해주지 않은 씨발 놈.

하지만 그는 인간이었고, 전통을 무시하는 사람들 중에서는 가장 전통을 지키는 편이었기 때문에 장례예배중에 할말이 없을 때마다 그냥 '하느님 하느님 하느님'이라고 재빨리 지껄였다. 아무 의미도 없이 어린 나이에 죽어버린 사람들에 대해 할말이 별로 없을 때도 마찬가지였다. 사람들은 만족한 표정이었지만, 도리고 에번스는 그뒤로 입안에서 굴러다니는 두꺼비 같은 역겨움을 참을 수 없었다. 그는 하느님이 싫었다. 이런 장작불도 싫었다. 그는 에이미를 원했다. 그런데도 보이는 것이라고는 불길뿐이었다.

아직도 하느님을 믿나, 보녹스?

모르겠습니다, 대령님. 저는 요즘 사람이 궁금해지고 있습니다.

시체들은 타면서 탁탁 펑펑 소리를 냈다. 열기 때문에 신경이 팽팽해지면서 팔 하나가 번쩍 올라오기도 했다.

인부 한 명이 답례하듯 손을 흔들었다.

잘 가라, 재키. 넌 이제 여기서 탈출했구나.

아마 저런 거겠죠. 보녹스 베이커가 말했다.

꼭 이렇게 돼야 하는지 난 아직 잘 모르겠다. 도리고 에번스가 말했다.

다른 사람들한테는 뭔가 의미가 있는 것 같습니다. 대령님한테는 아닐지라도요.

그런가? 도리고 에번스가 말했다.

그는 카이로의 한 카페에서 들은 우스갯소리가 생각났다. 사막 한복판에서 어떤 예언자가 갈증으로 죽어가는 여행자에게 물만 있으면 된다고 알려준다. 물이 없습니다. 여행자가 대답한다. 그렇지. 여행자가 맞장구를 친다. 하기야 물이 있었다면 당신은 갈증에 시달리지 않았을 테고 죽지도 않을 테지요. 그럼 내가 죽는 거군요. 여행자가 말한다. 물만 마시면 괜찮습니다. 예언자가 대답한다.

불길이 높이 뛰어오르면서 연기와 소용돌이치는 재가 허공을 가득 메우자 도리고 에번스는 한 걸음 뒤로 물러났다. 달큰하고 역겨운 냄새가 났다. 그는 자신이 군침을 흘리고 있음을 깨닫고 경악했다.

토끼 헨드릭스가 일어나 앉아서 양팔을 모두 들어올렸다. 자신의 얼굴을 태우고 있는 불길을 끌어안기라도 하려는 듯이. 그러다가 그의 몸속에서 뭔가가 뻥 터져버리는 바람에 모두들 불덩이와 불붙은 대나무 조각을 피해 뒤로 훌쩍 뛰어야 했다. 대나무 장작이 온통 불꽃으로 화해 점점 더 사납게 날뛰었다. 토끼 헨드릭스는 마침내 옆으로 쓰러져 불길 속으로 사라져버렸다. 다른 시체 하나가 또 폭발하면서 커다랗게 빵 소리가 났고, 모두들 몸을 피했다.

큰형님이 일어섰다. 그는 대나무 장대를 잡고 인부들을 도와 시체들을 다시 불길 한가운데로 밀어넣었다. 그래야 시체들이 더 빨리 완전하게 탈 터였다. 모두 힘을 합해 대나무를 찌르고 때리고 틈새를 비집어 열어서 불꽃을 더욱더 크게 키웠다. 모두 땀을 흘리며 헉헉 숨을 몰아쉬었지만 노동을 멈추지 않았다. 멈추고 싶지 않았다. 조금만 더 치솟는 불길 속에서 모든 것을 잊어버리고 싶었다.

일이 끝나고 돌아가려던 순간 도리고 에번스는 진흙 속에서 뭔가를 발견했다. 토끼 헨드릭스의 스케치북이 약간 그슬었을 뿐 고스란히 남아 있었다. 자그마한 폭발에 휘말려 불길 밖으로 날아온 모양이었다.

마분지 표지는 사라졌고, 앞쪽 몇 장도 마찬가지였다. 그래서 다키 가디너가 시리아 어떤 마을의 파괴된 거리에서 작은 물고기 무늬가 있는 사치스러운 의자에 앉아 커피를 마시고 있는 그림이 맨 앞장이 되었다. 뒤에 다른 사람들이 몇 명 서 있었는데, 그중에는 뜨거운 식사가 들어 있는 상자를 든 애비 버로스도 있었다. 애비가 폭발에 날아간 뒤 토끼 헨드릭스가 그를 그려넣은 모양이었다. 이제 그의 흔적은 이 그림뿐이었다.

도리고 에번스는 스케치북을 집어들고 가서 다시 불길 속에 던져넣으려 했지만, 마지막 순간에 마음을 바꿨다.

14

사람들이 다키 가디너를 앞질러가기 시작했다. 볼품없이 텅 빈 막대기 같은 그들은 입술을 험상궂게 찡그리거나 입을 크게 벌린 모습이었다. 눈은 말라붙은 진흙 같았고 걸음걸이는 이제 물 흐르듯 자연스럽지 않고 홱홱 발작하는 것 같았다. 다키 가디너는 계속 행렬 뒤쪽으로 처졌다. 모든 것이 사라졌다. 남은 것이라고는, 머릿속과 몸속에서 강렬하게 타는 듯한 병뿐이었다. 여기저기가 헌 다리는 나뭇잎에 살짝 스치기만 해도 통증이 밀려와서 몸이 이상하게 진동하며 쪼개지는 듯했다.

그래도 다키 가디너는 자신이 행운아라고 생각했다. 부츠가 있잖아. 그는 속으로 되뇌었다. 비록 밑창 한 짝이 일시적으로 날아가버렸지만, 그는 밤에 어떻게든 신발을 고칠 생각이었다. 틀림없어. 다키 가디너는 속으로 생각했다. 아주 기진맥진했을 때도 부츠가 있으면 다행이야. 이렇게 막막한 순간에 이런 행운을 생각하며 마음을 다진 그는, 두꺼운 삼끈 두루마리를 다시 쇄골 위로 둘러메고, 어깨를 으쓱여 목에서 떨어지지 않게 자리를 잡은 다음 계속 움직였다.

행렬에서 계속 뒤로 처지면서도 그는 어떻게든 정글 깊숙한 곳으로 들어갈 수 있었다. 하루가 극복할 수 없는 전투의 연속이지만, 자신은 그래도 이겨낼 거라고 생각했다. 먼저 라인까지 가자. 그다음에는 라인에서 점심때까지 일을 하는 거야. 점심을 먹은 뒤에는…… 이런 식이었다. 이제는 이런 전투 하나하나가 불가능해보이지만 그가 실행할 다음 발걸음 정도로만 여겨졌다.

그는 가시 같은 대나무 수풀 속으로 넘어지면서 허우적거리다가 손을 베였다. 다시 일어섰을 때는 이제 한 바위에서 다음 바위로 뛰어넘을 수 있는 힘과 민첩함이 남아 있지 않았다. 모든 것이 잘못되기 시작했다. 그는 계속 휘청거렸다. 흔들리는 몸의 균형을 잡느라 그나마 아껴두었던 기운을 모두 잃어버렸다. 그는 자꾸만 넘어졌다. 그리고 그때마다 다시 일어서기가 점점 더 어려워졌다.

삭막한 초록색 풍경 속으로 돌진하듯 들어가면서 다시 시선을 들었을 때, 그는 자신이 혼자임을 깨달았다. 앞에 있던 사람들은 오르막길 너머로 사라졌고, 혹시 뒤에 처진 사람이 있다면 한참 멀리 뒤처진 모양이었다. 삼끈이 빗물에 더욱 흠뻑 젖어 점점 더 무거워졌다. 말아놓은 것이 자꾸 풀려서 길이가 들쭉날쭉해지는 바람에 끈이 바닥의 뿌리에 걸려 자꾸만 그를 휘청거리게 만들었다. 그때마다 그는 걸음을 멈추고 끈을 다시 감은 뒤 어깨에 다시 메고 균형을 잡았다. 그때마다 끈은 더 무겁고 더 어색해졌다.

그는 휘청거리며 계속 나아갔다. 몸에 기운이 전혀 없고, 머리가 멍했다. 끈이 또 어딘가에 걸려서 그는 발을 헛디디며 진흙 속으로 고꾸라졌다. 그리고 그대로 옆으로 돌아누워 가만히 있었다. 일이 분만 쉬면 괜찮아질 것이라고 속으로 되뇌었지만, 그러고는 곧바로 정신을 잃었다.

깨어보니 엉망으로 헝클어진 삼끈 뭉치와 함께 어두운 정글에 쓰러져 있었다. 그는 휘청거리며 일어나 손가락으로 한쪽 콧구멍을 막고는 콧김을 뿜어 콧물과 진흙을 내보냈다. 그리고 안개가 낀 것 같은 머리를 흔들었다. 더듬더듬 앞으로 나아가던 그는 튀어나온 바위에 걸려 넘어졌다. 그 바람에 머리 위에 튀어나와 있던 석회암에서 부스러기가 떨어져나와 그의 어깨를 때렸다.

계속 움직여야 돼. 그는 속으로 생각했다. 아니, 이렇게 생각했다고 생각했다. 머릿속이 완전히 너덜너덜해져서 이제는 머리가 별개의 존재가 되어 바위처럼 그를 짓누르는 것 같았다. 확실한 것은 그가 완전히 당황했으며, 순간적으로 정신을 잃었다는 사실뿐이었다.

그는 균형을 잡으면서 바위와 세상과 자신의 인생에 화가 났다. 그래서 몸을 기울여 석회암 한 조각을 들고는, 보잘것없는 분노의 힘을 열에 들뜬 몸에서 끌어내 정글로 던져버렸다.

작게 퍽 하는 소리와 함께 욕설이 들려왔다. 그의 몸이 긴장했다.

젠장, 가디너. 친숙한 목소리가 이를 갈듯이 말했다.

다키 가디너는 주위를 둘러보았다. 수탉 맥니스가 손으로 머리를 만지며 대나무 숲에서 나왔다.

우리랑 같이 갈 거야, 아님 우리가 여기 있다고 광고할 거야?

수탉 맥니스의 뒤에서 그가 얼굴을 모르는 포로 여섯 명이 또 나타났다. 그리고 그들 뒤에서 갈리폴리 폰케슬러가 다키에게 왠지 태평해 보이는 친숙한 나치식 경례를 했다.

우린 네가 우릴 쫓아오는 줄 알았어. 케스가 말했다.

쫓다니 뭘? 다키 가디너가 물었다.

네가 다 알면서도 조심하느라 잠시 쓰러진 척하는 줄 알았다고. 수탉 맥니스가 말했다.

알다니 뭘? 다키 가디너가 말했다.

우리의 휴식일. 일본 놈들이 휴식일을 안 주니 우리라도 챙겨야지.

다키 가디너는 다시 길을 바라보았다.

오늘 아침에 덴코가 끝났잖아. 일본 놈들은 저녁에 캠프로 돌아갈 때까지 다시 덴코를 안 해. 수탉 맥니스가 말을 이었다. 라인에서는 덴코도 안 하고, 눈치도 못 챈다고. 그러니까 우리는 어디 숨어서 쉬다가, 다들 캠프로 돌아갈 때 슬쩍 끼어드는 거지. 그렇게 끼어들어서 덴코를 받으면 되는 거야. 식은 죽 먹기라고.

다른 사람들이 너희를 감싸줄 것 같아? 다키 가디너가 말했다. 생각대로 안 될걸.

지난주에도 했는데, 그 뱁새눈 새끼들은 찍소리도 안 했어. 그래서 오늘도 그렇게 할 거야.

너희는 오늘 내 조잖아. 다키 가디너가 말했다.

그래서? 수탉 맥니스가 말했다.

다른 사람들한테 불공평하다고.

케스는 0.5마일(800m)쯤 떨어진 곳에 지붕처럼 튀어나온 절벽이 있어서 비를 피할 수 있다고 말했다. 아무도 그들의 소리를 듣거나, 그들의 모습을 보지 못할 것이다. 게다가 그들에게는 다이아몬드 잭만 빼고 다 있는 카드 한 벌이 있었다. 500점 놀이 어때?

놈들이 가죽이 벗겨져라 매질을 해댈 거야. 다키 가디너가 말했다.

놈들이 어떻게 알고? 수탉 맥니스가 말했다.

어떻게든 알아내고 매질을 할 거야.

네가 우릴 감싸주면 되겠네. 수탉 맥니스가 말했다. 네가 오늘 우리 조의 책임자잖아. 지난번에 미키도 아무 말 않고 그렇게 해줬어. 작업 배분을 좀 다르게 해서 구멍이 안 생기게 했다고. 조마다 한 명씩만 줄이면 돼.

케스는 다이아몬드 잭이 없기 때문에 500점 놀이가 훨씬 더 흥미로워졌다고 말했다. 그리고……

그게 중요한 게 아니야. 수탉 맥니스가 말을 잘랐다. 전혀 아니야. 우린 일본 놈들한테 협조하지 않고 저항하려는 거야. 언젠가 어딘가에서는 버티고 서 있어야지. 이게 바로 그거야.

다키 가디너는 잠시 생각해보았다. 잠시만.

난 500점 놀이가 싫어. 다키 가디너가 말했다.

케스는 솔직히 달리 할일이 별로 없다고 말했다. 500점 놀이가 아니면 자는 것밖에 없어. 아니면 그냥 참을성 있게 가만히 있는 것? 그게 무슨 의미가 있는데?

젠장. 다키 가디너가 말했다. 잠이라는 말이 반가워서 머리가 또 욱신거렸다. 난 기운이 없어서 입씨름도 못하겠다. 하지만 이건 명령이야. 너희가 빈둥거리는 건 상관없지만, 다른 사람들이 너희 때문에 고생하는 건 안 돼.

아무도 고생 안 해. 수탉 맥니스가 말했다.

네가 할 거야. 다키가 말했다. 내 명령을 따르지 않으면. 가자.

하지만 그가 끈을 들어 다시 말아서 어깨에 멘 뒤 공사현장을 향해 불행한 행진을 다시 시작했을 때, 함께 나선 사람은 갈리폴리 폰케슬러뿐이었다.

가디너는 너무 약한 부사관이라 말발이 안 서. 수탉 맥니스가 다른 사람들에게 말하며 돌아서서 길을 벗어나 정글로 들어갔다. 옛날 지도자들 같은 지도자가 아냐.

15

고타 대령은 자신이 두려워하던 일이 현실이 된 것에 대해 그리 놀라지 않았다. 타이인들은 믿을 수 없는 민족이었고, 타이인 하나하나는 엄청난 실력을 지닌 도둑이었다. 그가 운전병과 함께 트럭을 정글 한복판에 놓아두고 갔을 때부터 포로들이 와서 트럭을 밀고 캠프로 돌아올 때까지 밤중 네 시간 동안, 타이인 강도들이 호스 여러 개를 훔쳐가는 바람에 트럭은 움직일 수 없는 상태가 되어 있었다. 그는 경비병이 가장 가까운 캠프에 가서 새 호스를 가지고 돌아올 때까지(어스름 무렵까지는 돌아올 터였다) 캠프에 남아 있을 수밖에 없었다.

하루 동안 발이 묶였으므로 고타 대령은 철로공사 현황을 살펴보기로 했다. 그는 고아나를 안내인으로 삼아 라인으로 가다가 포로 두 명과 마주쳤다. 한 명은 앉아 있고, 다른 한 명은 진흙탕 속에 누워 있었다. 앉아 있던 포로는 벌떡 일어났지만, 길을 가로막듯 누운 포로는 움직임이 없었다. 아무것도 의식하지 못하는 듯했다. 다들 그가 죽은 줄 알았지만, 고아나가 발로 그를 굴린 뒤 잘못 생각했음을 알아차리고 그에게 고함을 질러댔다. 하지만 그 방법도 소용이 없어서 고아나가 그를 호되게 찼지만, 남자는 그저 끙끙거릴 뿐이었다. 다들 그가 위협이나 매질로 움직일 수 있는 상태가 아님을 알 수 있었다.

고타 대령은 절망스러웠다. 일터까지 걸어가지도 못하는 사람들을 데리고 어떻게 철로를 놓을 수 있을까? 그는 속으로 생각하다가 다키 가디너의 목에 눈길을 주었다.

그는 고아나에게 다키 가디너를 일으켜 고개를 숙인 채 무릎 꿇리라고 지시했다. 그리고 이 오스트레일리아인 포로의 목을 자세히 살펴보았다. 앙상하게 마른 목의 주름 속에는 때가 끼어 있었다.

이거다. 고타 대령은 생각했다. 땅에 오줌을 쌌을 때 질척해진 땅처럼 포로의 목은 진흙이 묻어 잿빛으로 변해 있었다. 이거야, 이거야. 고타 대령은 생각했다. 묘하게 파충류를 닮은 주름과 검은 무늬가 왠지 그의 기억을 헝클어뜨려 옛날에 했던 일을 반복하고 싶다는 갈망을 일으켰다. 이거야! 이거야! 고타 대령은 자신이 뭔가 비인간적이고 광적인 것에 홀렸음을 알고 있었다. 아시아 전역에서 그것은 이미 종말의 흔적들을 남긴 적이 있었다. 그가 아주 태평하게, 아주 즐겁게 사람을 죽이면 죽일수록, 자신의 종말 또한 스스로 통제할 수 없는 죽음이 될 것임을 알 수 있었다. 다른 사람들의 죽음을 통제하는 것, 그러니까 죽음을 확실히 보장해주는 기술이 언제 어디서 깔끔하게 허공을 갈라 종말을 만들어낼지 통제하는 것은 가능했다. 조금 묘하기는 해도, 그런 살인은 자신의 남은 삶마저 통제하고 있는 것 같았다.

고타 대령은 차분히 생각했다. 어쨌든 아픈 놈을 캠프로 데려가는 건 다른 포로들의 귀한 힘을 낭비하는 짓이고, 캠프에서는 어차피 곧 죽을 놈한테 먹을 것을 또 낭비하게 되겠지.

그는 칼집에서 칼을 빼내면서 고아나에게 물병을 달라고 손짓했다. 자신의 손이 떨리는 것이 보였다. 이상한 일이었다. 두려움도 양심의 가책도 없는데.

오로지 달
그리고 나만이 추위에 식어간다,
우리가 만나기로 한 다리에서.

고타 대령은 비구니 기쿠샤*의 하이쿠를 두 번 외웠다. 그런데도 손이 계속 떨렸다. 그는 수통의 뚜껑을 열고, 수통이 눈앞에서 덜덜 떨리는 것을 보며 칼에 물을 부었다. 그리고 물방울들이 밝게 빛나는 칼 표면에서 함께 구르는 것을 지켜보았다. 젖은 채찍 뱀이 사사삭 사라졌다. 그 아름다운 모습에 그는 침착해졌다.

그는 고개를 들고 정신을 집중해서 숨을 고른 다음 신중하게 칼날을 내려 다키의 목에 대고 잠시 가만히 있었다. 자신의 의도를 분명히 하

---

* 菊舍尼. 본명은 다가미 기쿠샤(田上菊舍, 1753~1826). 여성 하이쿠 시인.

고, 자신의 몸을 준비시키기 위해서였다.

눈 감아! 고아나가 다키 가디너에게 고함쳤다. 눈 감아!

고아나는 담배에 불을 붙이면서 자신의 뜻을 분명히 하려는 듯 눈을 두 번 꿈벅거렸다.

고타 대령은 다리를 벌리고 서서 균형을 잡은 뒤, 기합 소리와 함께 칼을 높이 쳐들고는 비구니 키쿠샤의 하이쿠를 마지막으로 한번 더 외웠다. 하지만 중간 행이 정확히 기억나지 않아서 머릿속으로 계속 시구를 찾아 헤맸다.

모두가 기다렸다. 고타 대령은 무릎 꿇은 포로의 머리 위에 칼을 쳐든 채로, 고아나는 입술 옆에 담배를 든 채로. 갈리폴리 폰케슬러는 꼼짝도 못하고 지켜보기만 했다. 혼자서만 앞을 볼 수 없는 다키 가디너는 담요처럼 축축한 열기와 감은 눈꺼풀에 맺힌 땀을 느낄 뿐이었다. 넝마처럼 망가지고 두려움에 뒤틀린 몸으로 느낄 수 있는 것은 자신과 태양 사이에 자리잡은 칼의 존재뿐이었다.

그는 감히 침도 삼키지 못했다.

고타 대령의 체취가 느껴졌다. 코를 찌르는 썩은 생선 냄새 같았다. 공중에 떠 있는 칼날의 허기가 느껴졌다. 핏소리가 들렸다. 자신의 피. 그들의 피. 그 소리가 점점 커졌다.

그런데 모든 것의 좌우균형과 질서를 믿는 고타 대령이 점점 혼란에 빠졌다. 그의 머리가 자신의 약함을 향해 마구 욕을 퍼붓고 있었다. 당혹스러웠다. 일의 순서에 대한 통제를 잃어버리는 바람에, 지금 이곳에서 펼쳐져야 할 종말에 대한 통제도 잃어버렸다. 그리고 자신의 삶에 대한 통제 역시 잃었다. 조금 이상하기는 해도 그에게는 이것이 완벽하게 논리적인 일이었다. 그리고 그는 이것을 가만히 두고볼 수 없었다.

다키 가디너의 목이 그에게 악을 써대고 있는 것 같았다. 다키는 차라리 일이 빨리 끝났으면 좋겠다는 심정이었다. 칼이 벌써 내려오고 있는 게 아닐까. 내 머리가 벌써……

놈이 갔어. 케스의 목소리가 들렸다.

멀어지는 누군가의 발소리, 짧은 침묵, 그리고 다시 돌아오는 발소리가 들렸다.

날라버렸어. 케스가 말했다. 내가 확인했어. 너도 한번 봐, 다키.

다키 가디너는 눈을 떴다.

고타와 그의 검이 보이지 않았다. 고아나도 없었다. 케스만이 남아 애플파이 같은 눈으로 그를 내려다보고 있었다. 다키는 근처 절벽 꼭대기에 검은 선처럼 늘어선 대나무들과 그 너머의 티크나무 윤곽들을 둘러보았다.

아이고, 깜짝 놀랐네. 케스가 말했다. 저기서 엿보는 놈들 좀 봐.

원숭이들이 깩깩거리는 소리가 들렸다.

정글의 진흙에서 풍기는 악취도 느껴졌다.

주위를 둘러싼 이 모든 생기 속에서 다키 가디너는 생전 처음으로 자신의 죽음을 감지했다. 주위의 다른 것들은 모두 계속 살아가겠지만 그는 흔적조차 남지 않을 것이다. 가족들과 친구들 몇 명이 몇 년 동안, 어쩌면 몇십 년 동안 그의 기억을 간직해주겠지만, 그 기억도 결국 사라져 쓰러진 대나무나 발 딛는 곳마다 있는 진흙만큼 의미 없는 존재가 될 것이다. 다키 가디너는 길을 위아래로 훑어보면서 겨우 1마일(1.6km)쯤 떨어진 곳에서 벌거벗은 채 노예처럼 힘들게 일하고 있는 사람들을 생각했다. 그러자 무시무시한 분노가 그를 사로잡았다. 주위의 모든 것이 계속, 계속 살아갈 텐데 오로지 자신만 사라진다니. 사방에 보이는, 생기 넘치는 세상은 그를 필요로 하지 않았다. 그가 사라져도 단 한순간도 그를 생각하지 않을 것이고, 그를 기억하지도 않을 터였다. 세상은 그가 없이 계속 돌아갈 것이다.

괜찮아? 케스가 물었다.

다키 가디너의 눈동자가 바쁘게 이리저리 움직였다. 어디를 보아도 그는 이 세상에서 의미 없는 존재였다. 세상은 그를 필요로 하지 않았다. 사람들은 그를 대나무 장작불 위에 던져놓고 뭔가 한마디를 하거나 아예 아무 말도 하지 않을 것이다. 그리고 지미 비글로가 나팔을 연주할 것이다. 그러고 나서 십 년이나 이십 년이 지나면 여기서 살아남은 사람들은 새로운 일본제국 어딘가에서 모두 노예가 되어 있을 것이다. 그렇게 오십 년이나 백 년이 흐르면 모두들 그것을 지극히 정상적인 일로 받아들일 것이고, 지금보다 좋을 것도 나쁠 것도 없는 삶이 이어질 것이다. 유일한 차이점은 그가 그곳에 존재하지 않는다는 것뿐. 그는 갑자기 잠이 몰려왔다. 반드시 잠을 자야 했다. 그는 바닥에 똑바로 누웠다. 몸이 풀려서 진흙 속으로 섞여들어가는 것 같았다.

움직여야 돼. 케스가 말했다. 이렇게 있으면 놈들이 널 죽일 거야.

케스는 다키 가디너를 일으키려고 몸을 굽히다가 목구멍에서 나오는 고함소리를 들었다. 고아나가 다시 성큼성큼 걸어오고 있었다. 그는 케스를 옆으로 밀어버리고 가디너에게 다시 발길질을 하며 고함을 질렀다. 뵤키病氣 집, 뵤키 집. 그러고는 캠프 쪽을 가리켰다. 다키는 정신이 멍한 와중에도 그의 말을 믿을 수 없는 것 같았다.

뵤키 집? 다키 가디너가 믿을 수 없다는 표정으로 캠프에서 병동을 뜻하는 말을 되풀이했다.

뵤키 집! 고아나가 다시 고함을 지르며 자신의 말을 강조하려는 듯 또 발길질을 했다.

다키 가디너는 남은 기운을 모두 끌어모아 네 발로 엎드리듯 몸을 일으켰다. 그러고는 고아나가 마음을 바꾸기 전에, 지친 개처럼 방향을 돌려 캠프로 기어가기 시작했다. 케스는 재빨리 반대쪽의 철로공사 현장 쪽으로 향했다. 고아나는 그를 앞질러 대령이 있는 곳으로 쏜살같이 달려갔다. 그의 모습이 시야에서 사라지자 케스는 걸음을 멈췄다.

그가 놀라워하는 동안 왼쪽 다리가 아무 이유 없이 격렬하게 경련하기 시작했다. 마치 어딘가의 송전선에 닿기라도 한 것 같았다. 이어서 몸 전체가 몇 분 동안 건잡을 수 없이 덜덜 떨렸다. 그 경련이 멈췄을 때 그는 다시 라인을 향해 걸음을 뗄 수 있었다.

16

정오가 막 지난 시각, 셔그스는 때가 묻어 회색이 된 주먹밥을 점심으로 먹고 취사장으로 가는 길이었다. 망가진 증류기를 고치기 위해 등유용 양철 그릇을 다시 훔쳐야 했다. 잘하면 취사병에게서 채소 껍질이나 누룽지를 얻을 수 있을지 모른다는 생각도 들었다.

셔그스는 대부분의 병사들보다 훨씬 나이가 많았다. 어쩌면 거의 서른 살에 가까운 것 같기도 했다. 누가 봐도 꽁초가 수북한 재떨이를 연상시키는 그의 눈은 과묵하고 보기 드문 성격과 더불어, 그가 몇몇 사람에게서 좀 제정신이 아닌 것 같다는 평을 얻는 데 일조했다. 전쟁 전 그는 덫 사냥꾼으로 태즈메이니아 고지대를 떠돌아다녔다. 그래서 그는 아무것도 들고 다니지 않았다. 심지어 군용 배낭도 없었다. 그가 처음으로 속옷을 입어본 것은 군에 입대해서 군복의 일부로 팬티 두 벌을 받았을 때였다. 그는 사치스러운 군대생활에 끝내 적응하지 못했다. 군대가 그에게 얼마나 이국적인 곳인지 한눈에 보여주는 것은 자바에서 카드놀이로 딴 요리책이었다. 그는 다키 가디너가 사열장 한복판의 진흙탕 속에 쓰러진 것을 발견했을 때 비튼 부인의 돼지고기 룰라드* 요리법을 몽상하고 있었다고 말했다.

그 녀석이 어떻게 돌리를 거슬러 돌아왔는지는 그리스도만이 아시지. 셔그스는 나중에 다른 포로들에게 이렇게 말했다.

그들 역시 다키 가디너가 어떻게 네 발로 기어서 바위와 나무뿌리들을 타넘고, 진흙과 웅덩이를 지나고, 절벽을 내려왔는지 궁금했다. 그러면서 짐짓 놀란 척했지만, 사실은 두려워하고 있었다. 다음날, 다음 주에는 자기들이 그런 처지가 될 수도 있기 때문이었다. 그러니 다키 가디너의 재주가 무엇이든 자신에게도 있는지 찾아보아야 했다.

속이 완전히 뒤집어졌는지 온몸이 똥 범벅이었어, 가엾은 녀석. 셔그스가 말했다. 계속 똥을 뿌직뿌직 갈겨대면서 그 빌어먹을 길을 기어온 모양이야.

모두들 셔그스에게 집중했다.

---

* 잘게 다진 고기를 얇게 저민 고기로 둘둘 말아서 만드는 요리.

아이고, 불쌍한 놈, 정말이지, 녀석이 거기에 도대체 얼마나 있었는지 도무지 알 수가 없어. 열이 높아서 정신이 하나도 없는 게, 바람이 심한 날 벌레 먹은 이파리 같더라고. 처음에는 죽은 줄 알았어. 그 정도로 몰골이 심했다니까. 그러다 녀석이 아직 숨을 쉬고 있다는 걸 알게 됐지. 그래서 그냥 일본 놈들이 안 보는 곳으로 치워놓기만 하자 싶었어. 죽은 사람도 그 망할 놈의 환자 명단에 이름이 올라 있지 않으면 일본 놈들은 일을 빼먹고 게으름을 피운 줄 알잖아. 그래서 그 똥 범벅 해골을 들어올렸지. 그렇게 서로 몸을 기댄 자세로 반은 휘청거리고 반은 낡아빠진 빗자루를 끌듯이 다키를 끌면서 대나무 샤워기로 데려갔어. 거기서 물이랑 걸레를 구해서 녀석을 깨끗이 씻겼지. 얼굴도 닦아주고, 더러운 똥구멍도 닦아줬다고.

포로들은 대나무 샤워기 밑에서 셔그스가 다키를 받치고 서 있는 모습이 눈에 보이는 듯했다. 얼마나 어색했을지 짐작이 갔다. 두 남자가 알몸으로 서로에게 기대고 있는 꼴이라니. 개울에서 끌어온 물이 대나무 파이프에서 쏟아지는 모습도 눈에 보이는 것 같았다. 셔그스가 계속 말하고 있었다. 깨끗해지니까 좋았어. 다키가 셔그스의 품에 안긴 채 비틀비틀 돌아다니는 모습이 보이는 것 같았다. 다키의 어깨와 닭갈비처럼 갈비뼈가 불거진 가슴의 헌 상처들 위로 물줄기가 뿌리처럼 흐르는 모습도 눈에 보이는 것 같았다. 셔그스가 말하고 있었다. 이 지독한 냄새 좀 빨리 씻어내. 그들은 자기들이 저 입 더럽고 반쯤 정신이 나간 셔그스의 절반만큼이라도 인간다운 행동을 할 수 있을지 생각해보았다.

셔그스는 큰형님의 부관인 스퀴지 테일러가 도착했을 때 다키가 조금 정신을 차렸다고 말해주었다. 그는 깡패처럼 한달음에 달려왔지만,

정말로 깡패 같은 면은 전혀 없었다. 다키는 그에게 일본군 장교가 자신의 목을 베려다가 그만두었으며, 고아나가 자신을 돌려보냈다고 말해주었다.

일본 놈들은 일관성이라는 게 없어. 스퀴지 테일러가 깡패 같은 커다란 머리를 흔들며 이렇게 말하고는 그 깡패 같은 손을 내밀어 진찰을 시작했어. 이제 다키는 헛소리를 하는 상태였지. 셔그스가 계속 말을 이었다. 전쟁 전에 노스호바트에 있는 니키타리스의 생선식당에 여자를 데려가서 피시앤드칩스를 먹었다고 주절주절 떠들더라고. 거기 진열창의 수족관에서 헤엄치던 물고기들 생각이 머리를 떠나지 않는다나. 납작한 물고기들, 숭어, 호주연어. 특별한 건 별로 없었다고 다키가 말했어. 스퀴지는 다키를 조금 찔러보고, 눈꺼풀을 조금 까뒤집어보고, 가슴을 두드려봤지. 의사들이 괜히 하는 짓들 있잖아.

그냥 물고기뿐이었나? 스퀴지가 물었지.

응. 다키가 말했어. 그냥 물고기뿐. 젠장, 불쌍한 놈들. 그 유리상자에 갇혀서 밖을 내다보는 신세라니.

혀 좀 내밀어봐, 다키. 스퀴지가 말했어.

아발론에서 조조 영화를 본 뒤에. 다키는 계속 수다를 떨었어. 항상 니키타리스의 생선식당에 갔어. 쿠타 두 개…… 칩스…… 가리비튀김…… 버터 바른 빵.

처음에는 놈들이 모두를 죽음의 문 앞에 세워놓고 일을 시키더니, 이번에는 이 불쌍한 녀석을 돌려보냈네. 스퀴지가 말했어. 혀 내밀어, 다키.

다키는 에디가 그걸 얼마나 좋아했는지 계속 떠들어댔어. 영화를 본 뒤 생선을 먹는 걸 좋아했다고.

그다음에는? 난 이렇게 물어보고 싶었지. 셔그스가 말했다. 하지만 다키는 니키타리스의 수족관 안에서 헤엄치던 그 물고기들 생각을 도무지 멈출 수가 없다고 계속 떠들어댔어. 정말 부자연스러운 모습이었다고. 그 녀석들도 전쟁포로였다고. 고향에 돌아가면 니키타리스의 생선식당에 갈 거라고 했지. 거기 있는 물고기들을 전부 떠내서 부두로 데려가 놓아줄 거라나. 니키타리스 영감이 뭐라든 상관없어. 다키가 말했어. 내가 물고기들을 사버릴 거니까. 그 망할 가게를 털어버릴 거니까. 무슨 짓이든 해서 그 물고기들을 다시 바다로 돌려보낼 거야.

스퀴지는 다키한테 너무 흥분하지 말라고 했지. 몸에 온갖 병이 있으니 병동에 한참 동안 있어야 할 것 같다고. 다키가 병동에서 나간 뒤에는 물고기도 아가씨도 긴장해야 할 거라고.

다키는 풀줄기처럼 휘청거렸어. 셔그스가 말했다. 도대체 무슨 생각을 하는지, 여기가 어디인지 알고는 있는 건지 알 수가 없었지. 어쩌면 에디랑 같이 저녁에 아발론에서 영화를 보고 식사를 하러 그 식당에 가 있는 상상을 했는지도 몰라. 셔그스가 말했다. 어쩌면 수족관 안에 있는 물고기들을 비웃고 있었는지도 모르지. 물고기들의 존재를 아예 알아차리지 못했을 수도 있고, 그냥 에디의 가슴만 바라보았을 수도 있고, 에디가 물고기는 그만두고 자신한테 신경을 더 써달라고 말했을 수도 있어. 아니면 말고. 어쩌면 에디가 뭘 그렇게 보느냐고 말했을지도 모르지. 그래서 다키는 엄청 부끄러워하면서 물고기를 봤을 거야. 어쩌면 자기도 저 수족관 안에서 헤엄치는 물고기인지도 모른다는 생각을 하면서. 아니면 포로가 되어 정글 속에서 알몸으로 날 끌어안고 있다는 생각을 했는지도 모르지. 옆에서는 스퀴지 테일러가 나더러 그를 병동으로 데려가라고 말하고 있고 말이야.

어떻게든 키니네를 긁어모아서 먹이라고 해. 테일러가 말했어. 설사에는 에메틴*을 쓰고. 테일러는 깡패 같은 커다란 눈으로 나를 바라보면서 숨죽인 소리로 말했어. 키니네도 없고 에메틴도 없어. 먹을 것도 거의 없는 거나 마찬가지야. 하지만 적어도 쉴 수는 있지.

그뒤에 무슨 일이 벌어졌는지 다들 못 믿을 거야. 셔그스가 말했다. 다키가 웃기 시작했거든. 이 망할 정글 한복판에 우리랑 같이 있는 게 아니라, 전쟁 전 니키타리스의 생선식당으로 돌아가 있는 것 같았어. 키니네도 없고 에메틴도 없단 말이지. 다키가 말했지. 쿠타 두 개, 열두들이 가리비튀김, 버터 바른 빵. 스퀴지가 무슨 소리를 하는 거냐고 내게 묻기에 내가 말해줬지. 쿠타 두 개, 열두들이 가리비튀김, 버터 바른 빵이라고 말했습니다.

그랬더니 스퀴지가 웃기 시작했어. 셔그스가 말했다. 나도 웃었지. 다키도 웃었어. 웃음을 멈출 수가 없었어. 쿠타 두 개, 열두들이 가리비튀김, 버터 바른 빵. 다키가 말했지. 망할 진흙탕 한복판에서 서로에게 매달려 머리가 터지도록 웃어댔어. 난 돼지고기 룰라드가 무슨 맛인지 전혀 몰라. 하지만 짭짤하고 뜨겁고 기름진 그 가리비튀김은? 그건 아무도 못 잊지.

* 이질과 디스토마에 특효로, 식물 뿌리에서 추출한 알칼로이드.

17

궤양 천막이 가까워지자 생선 썩는 냄새가 도리고를 에워쌌다. 썩은 고기 냄새가 어찌나 지독한지 에번스를 도와 간호사 역할을 하려고 콜레라 막사 밖에서 회진에 합류한 지미 비글로는 가끔 밖으로 나가 토하고 들어와야 했다.

천막 안에 들어서자 악취가 더 지독해졌다. 도리고 에번스는 코에 손을 가져갔다가 재빨리 떼어냈다. 이미 너무 많은 고통을 겪은 환자들에게 또다시 모욕을 주는 행동 같아서였다. 그는 대나무 평상 두 개 사이의 통로를 걸어갔다. 평상에는 살이 썩어가는 환자들이 가득했다. 이제 악취가 좀 달라졌다. 더욱더 지독해지고 더욱더 강렬해졌다. 어찌나 독한지 도리고의 눈에 눈물이 고일 정도였다. 벌거벗은 남자들이 이상하게 무리를 지어 돌아다니다가 죽어가는 대벌레들처럼 줄줄이 누워 있었다. 대나무를 짜서 만든 평상 위에 수많은 매미 허물이 오르락내리락 숨을 쉬고 있는 것 같기도 했다. 서로 나란히 누운 것이 아니라 이상한 각도로 엉켜 있는 그들의 탁하고 텅 빈 눈은 곤충의 눈처럼 툭 튀어나와 있었으며, 닭의 사체 같은 가슴이 오르락내리락하는 것만이 겉으로 드러나는 유일한 생명의 징후였다. 가끔 그들의 눈에서 뭔가를 본 것 같았지만, 그래봤자 그것은 무시무시한 감정들이었다. 부러움이나 무서운 체념, 또는 그들이 점점 더 깊숙이 빠져들고 있는 어질어질한 두려움. 그들의 표정을 보기도 힘들었지만, 보지 않는 것은 더 힘들었다. 주위 상황을 전혀 알아차리지 못하는 사람이 많았고, 알더라도 아무 관심이 없는 사람이 대부분이었다. 말없이 조용한 사람이 있는가 하면 고개를 좌우로 흔들어대며 헛소리를 하는 사람도 있었다. 중얼중얼 투덜거리는 사람이 있는가 하면 대나무 숲에 내리는 빗줄기처럼 몸을 훑고 지나가는 통증 때문에 끊임없이 신음하는 사람도 있었다.

도리고는 평상들 사이를 걸으면서 토요일 오후 시골 주점에서 오랜 친구들을 만나기라도 한 것처럼 가벼운 이야기들을 건넸다. 하지만 일꾼 두 명이 잭 레인보우를 들고 들어오는 것을 보았을 때, 좋은 기분은 도망치듯 사라져버리고 뱃속이 뒤틀리듯이 아파왔다. 일꾼 한 명이 걸레처럼 더러운 천으로 피를 막으려고 애썼다. 잭 레인보우의 오른쪽 다리가 사라진 자리에서 스며나오는 피였다. 도리고 에번스는 이미 그를 두 번 수술한 적이 있었다. 첫번째 수술에서는 정강이와 발목뼈까지 썩어들어간 다리를 무릎 아래에서 잘랐다. 두번째 수술에서는 다리를 절단한 자리가 또 썩어들어가는 바람에 허벅지 위쪽까지 다리를 잘라내야 했다. 그것이 석 주 전인데 그가 또 실려온 것이다. 일꾼들이 그를 대나무 탁자에 올려놓았다. 환자들의 썩은 살을 날카롭게 간 숟가락으로 긁어내는 처치를 할 때 사용하는 곳이었다. 도리고 에번스가 다리를 살펴보려고 다가왔다.

하지만 상처를 보기 전에 냄새가 먼저였다.

구역질이 밀려오는 것을 간신히 참았다.

또 똑같은 일이 벌어지고 있었다. 상처가 낫지 않고 감염되어 시커멓게 썩어들어가고 있었다. 작은 막대기처럼 뭉툭한 상처에서 피가 심장박동에 맞춰 울컥울컥 흘러나왔다. 도리고 에번스는 넙다리동맥을 봉합한 자리가 잘못되었음을 깨달았다.

괴저로군. 그는 딱히 누구에게라고 할 것도 없이 중얼거렸다. 코가 있는 사람이라면 이미 모두 아는 사실이기 때문이었다. 지혈대.

아무도 움직이지 않았다.

지혈대라고 했나? 아, 이런, 아니지. 도리고 에번스는 자신이 지금 궤양 천막에 있으며 지혈대 같은 장비는 존재하지 않는다는 사실을 이제야 깨닫고 급히 자신의 반바지 허리띠를 풀어 잭 레인보우의 남은 허벅지에 둘렀다. 허벅지라고 해봤자 굵기가 배수관과 별로 다르지 않은 정도였다. 역한 역청으로 만든 종이컵 같았다. 그는 허리띠를 조심스럽지만 단단하게 조였다. 잭 레인보우가 작게 신음하고 출혈 속도가 느려졌다.

환자를 앉혀.

일꾼들이 잭 레인보우를 품에 안고 일으켜 앉혔다. 한 명이 깡통에 든 물을 주었지만 잭 레인보우의 떨리는 입술이 깡통 테두리를 제대로 붙들지 못했기 때문에 물이 쏟아졌다.

지금부터 널 수술장으로 데려갈 거다, 레인보우 상등병. 도리고 에번스가 말했다. 그때 일꾼 한 명이 코를 긁으려고 잠시 머뭇거리자 도리고 에번스는 조용히 말했다. 서둘러.

일꾼들은 그의 목소리가 낮아질수록 더 시급한 상황임을 알고 있었다. 그래서 서둘러 들것을 들고 사라졌다. 에번스는 다른 일꾼에게 시선을 돌렸다.

테일러 소령을 찾아와. 당장 수술장으로 오라고 전해라. 그리고 내 반바지에 허리띠 대신 쓸 끈이나 밧줄 같은 걸 좀 구해줄 수 있겠나?

대령과 일꾼은 함께 수술장으로 뛰어갔고, 지미 비글로는 최선을 다해 대령을 따라잡았다. 대령은 한 손으로 반바지를 잡고 있는데도 전혀 영향을 받지 않는 것처럼 긴 다리로 진흙탕 속을 성큼성큼 뛰어갔다.

수술장은 작은 오두막이었다. 병동과 궤양 천막 중간에 있다는 점이 이곳의 최대 장점이었다. 환자들이 있는 곳에서는 언제나 발생하지만 지금은 거의 손을 쓸 수 없는 위생 문제와 환자들을 분리해둘 수 있기 때문이었다. 캔버스 천이 아니라 야자잎을 엮은 것으로 지붕을 덮었기 때문에 비교적 건조한 상태를 유지할 수 있었다. 이곳에 있는 장비들은 어린이들이나 상상할 법한 수술장비 같았다. 대나무로 만든 도구들, 빈 반합과 등유 깡통들, 일본인들에게서 훔쳐온 고물들(트럭에서 빼온 유리병, 칼, 튜브)은 마법 같은 상상력의 개가였다. 양철통을 구부려서 만든 반사판에는 양초를 여러 개 붙여두었고, 소독기는 등유를 넣어두던 깡통으로 만든 것이었다. 수술대는 대나무 탁자고, 수술도구는 자동차 엔진에서 훔쳐온 강철을 갈아 만든 것이었다. 그는 쥐들이 기어다니며 타넘는 것을 막기 위해 이 도구들을 수술대 위의 슈트케이스에 넣어두었다.

내가 할 수 있는 일이 무엇일까? 도리고는 도구들을 소독할 준비를 하면서 속으로 생각했다. 어떻게 해야 할지 알 수 없었다. 도대체 무슨 생각을 하는 겁니까? 언젠가 스퀴지 테일러가 그에게 한 말이었다. 도리고는 그때 나카무라가 어떤 포로를 처벌하는 것을 막으려고 카드놀이를 하고 온 참이었다. 그는 테일러에게 고백하듯 대답했다. 그냥 무조건 앞으로 나아가서 풍차를 향해 달려들자는 생각밖에 없네. 테일러는 웃었지만 도리고의 말은 진심이었다. 우리가 살아갈 수 있는 것은 순전히 환상에 대한 믿음 덕분이야, 스퀴지. 그는 이렇게 설명했다. 그가 그때까지 했던 모든 말 중에서 최대한 설명에 가까운 말이었다. 매번 우리를 끝장내는 건 현실에 대한 믿음이지.

그는 매일 상상으로 현실을 엮어냈다. 그가 자신의 상상을 믿을수록 효과가 있는 것 같았다. 하지만 지금은 어떻게 해야 앞으로 나아갈 수 있을까? 수술대에서 떨어진 곳, 오두막의 한쪽 끝에서 그는 손을 깨끗이 씻기 시작했다. 대나무 파이프에서 꾸준히 흘러나오는 물로 기름진 피를 씻어냈다. 이 대나무 파이프 또한 근처 개울에서 물을 끌어오기 위해 여러 사람이 힘을 합쳐 임시로 설치한 것이었다. 그러고 보니 그 물에 콜레라균이 들어 있었는지도 모른다는 생각이 이제야 들었다. 모든 것에 독이 들어 있는 것 같았다. 어떤 때는 아무리 노력해도 상황이 나빠지기만 해서 더 많은 사람이 죽어나가는 것처럼 보이기도 했다. 도리고 에번스는 지미 비글로를 불러 귀한 증류수가 담긴 깡통을 들고 탁자 옆으로 오게 한 뒤 증류수를 자신의 손에 천천히 부으라고 지시했다.

그렇게 손을 씻으면서 도리고 에번스는 마음과 몸을 차분히 가라앉히려고 애썼다.

지금 그는 공황상태에 빠져들고 있었다. 그것을 알기 때문에 마음을 가라앉히며 수술 전 소독 절차에 마음을 맡기려고 애썼다. 손가락 하나하나를 철저히 씻어야 해. 난 해낼 수 있어. 그는 속으로 되뇌었다. 손톱 밑도 깨끗이 씻어야 해. 그는 자신이 해낼 수 있다는 믿음이 전혀 없었지만, 다른 사람들은 그가 해낼 수 있다고 믿었다. 만약 그가 자신을 믿는 그들을 믿는다면 마음을 다잡을 수 있을지도 몰랐다. 손목을 씻는 것도 잊으면 안 돼. 생각하면 전부 우스운 일이지만, 살기 위해서는 무엇보다도 자신이 살 수 있다는 우스꽝스러운 믿음이 필요한 법이야. 그는 자신을 타일렀다.

일꾼들이 잭 레인보우를 데리고 나타났다. 레인보우는 이제 조용했다. 그들이 레인보우를 수술대에 눕히고 있는데 스퀴지 테일러가 들어왔다. 그를 찾아온 일꾼은 색색의 천을 매듭지어 조잡한 밧줄처럼 만들어놓은 것도 조금 구해왔다. 그가 그것을 대령에게 내밀었다.

이게 내 허리띠인가?

사리*였던 것 같습니다. 옛날에는요.

대령은 빙긋 웃었다.

모처럼 사리로 바지를 묶어보는 것도 좋은 일이지. 자. 그는 계속 손을 씻으며 팔꿈치로 자신의 반바지를 가리켰다.

일꾼은 임시변통으로 만든 그 끈을 반바지에 두르고 한쪽 옆구리에서 매듭을 지었다. 그 덕분에 키가 큰 의사의 좁은 엉덩이가 해적 같은 모습이 되었다.

스퀴지는 원래 멜버른 출신인 유명한 범죄자†의 별명이었다. 테일러가 스퀴지라고 불리게 된 것은 그의 어두운 매력과 성姓 때문인데, 기민하면서도 연약해 보이는 촉촉한 캥거루 같은 눈과 연필처럼 가느다란 콧수염이 그 매력을 더 강조해주었다. 그러나 한때 말쑥했던 스퀴지 테일러도 이제는 몹시 말라서, 예전과는 달리 악당처럼 보였다. 그리고 그것이 그의 별명을 한층 더 어울리는 것으로 만들어주었다. 이국적인 외모와 달리, 그는 애들레이드 교외의 의사라는 평범한 이력을 갖고 있었다. 그동안 에번스를 보조하며 배운 것을 제외하면, 그가 수

* 인도 여성들이 입는 비단이나 무명으로 만든 옷.

† 조지프 시어도어 레슬리 (스퀴지) 테일러(1888~1927).

술에 대해 아는 것은 의대 시절에 배운 지식과 남들에게서 들은 이야기뿐이었다.

대령님?

절단한다. 도리고 에번스가 자신의 손에서 눈을 들지 않은 채 말했다. 또.

도리고. 스퀴지 테일러가 말했다. 절단한 부위를 보셨습니까?

나도 알아.

자를 것이 남아 있지 않습니다.

도리고의 두 손이 서로를 부숴버릴 것처럼 꽉 쥐었다. 반드시 손을 깨끗하게 씻어야 했다.

나도 알아. 자네는…… 도리고 에번스는 뭔가 말을 하려다가 머뭇거렸다.

그가 양손을 더욱 세게 비틀었다. 할 수 있을까?

젠장, 지미. 그가 쏘아붙였다. 이 망할 물은 위스키보다 더 귀해. 관개용수가 아니란 말이다. 천천히 부으라고 했잖아.

더 자르면 쇼크로 죽을 겁니다. 도리고.

자르지 않아도 죽을 거야. 괴저 때문에. 고관절을…… 고관절을 절단한다면 가능성이 있어.

그래요? 스퀴지 테일러가 말했다. 아무리 현대적인 병원에서도 고관절분리수술은 사람을 죽일 뿐입니다. 몸을 너무 많이 자르게 되니까요. 이런 데서 그런 수술은 무의미합니다.

마취제가 얼마나 있지?

충분합니다.

난 고관절수술을 한 번 보조한 적이 있다. 도리고가 말했다. 시드니에서, 36년에. 앵거스 맥네이미 영감이 수술을 맡았지. 최고였어.

환자가 살았습니까?

토착민 여자였는데, 하루 동안 살아 있었다. 이틀이었던 것 같기도 하고. 정확히 기억나지 않아.

그냥 허벅지 아주 위쪽을 자르면 어떻겠습니까. 그러면 가망이 있을 겁니다.

괴저가 너무 많이 올라갔어.

저는 외과의사가 아닙니다만, 그렇게까지 높이 올라가지는 않았어요. 지혈대를 묶어놓은 지점을 자르세요.

허벅지 위쪽이든 고관절이든, 지혈대를 묶을 자리가 남지 않기 때문에 환자는 출혈과다로 죽을 거다. 젠장할 다리가 남아 있지 않아, 스퀴지. 그게 문제라고.

뭔가 둥글고 납작한 것으로 이 부분을 세게 누른다면…… 테일러가 손가락으로 자신의 사타구니를 더듬어 동맥과 살을 만져보며 말했다. 그들의 딜레마가 자리한 부분이었다. 여기 말입니다. 그가 손가락 두 개로 사타구니를 누르면서 말했다. 여기…… 넙다리동맥을 누르면 출혈을 막을 수 있을지도 모릅니다.

그렇지 않을 수도 있어.

그렇죠.

손잡이를 구부러뜨린 숟가락 같은 건 어떨까요? 효과가 있을지도 모릅니다.

그럴지도.

그렇죠.

그거면 될 겁니다. 수술을 할 수 있을 만큼 피를 멈출 수 있으면 좋을 텐데요. 그래도 출혈이 완전히 멈추지는 않겠지만. 절단 부위를 다시 자르고, 동맥을 막은 뒤 봉합할 수 있을 겁니다. 출혈은 계속되겠지만 환자가 죽을 만큼 심하지는 않을 거예요.

그럼 신속하게 수술을 마쳐야겠군.

원래 게으름을 피우는 분도 아니지 않습니까.

잭 레인보우의 비쩍 마른 몸이 살짝 떨렸다. 그의 입에서 작게 쉭쉭거리는 소리가 박동처럼 드나들었다.

좋았어. 도리고 에번스가 손을 털어 물기를 말리면서 말했다. 그는 지미 비글로를 보내 숟가락을 가져오게 한 뒤 대나무 탁자로 돌아갔다.

저 다리를 조금만 더 깎아낼 뿐이다, 잭. 냄새를 풍기는 썩은 살을 잘라내고……

추워요. 잭 레인보우가 말했다.

18

도리고 에번스는 퀭한 얼굴을 바라보았다. 고기에서 떨어지는 국물처럼 잿빛으로 변한 얼굴에 도화선처럼 뻣뻣한 흰 수염이 까끌까끌했다. 주머니쥐처럼 커다란 눈, 사자코, 지저분한 주근깨가 보였다.

담요를 가져와. 도리고 에번스가 말했다.

팰맬 한 개비 있어요, 의사 선생님?

없는 것 같은데, 잭. 나중에 반드시 기분좋게 담배를 피울 수 있게 해주지.

기운을 내는 데는 팰맬만 한 게 없어요.

잭은 웃다가 콜록거리다가 한번 더 몸을 부르르 떨었다.

밴더우드가 직접 만든 마취제를 가지고 나타났다. 지미 비글로는 주방에서 숟가락을 가지고 왔다. 만일의 경우를 위해 수프 국자도 들고 있었다. 양초 여러 개와 등유 램프 두 개에 불이 켜졌지만, 불빛은 오두막 안의 어둠을 더욱 강조해주기만 하는 것 같았다. 일꾼 하나가 손전등의 스위치를 올렸다.

아직은 아니야. 도리고 에번스가 말했다. 여분 배터리가 없으니 내가 켜라고 할 때까지 기다려.

그는 지미 비글로와 스퀴지 테일러에게 탁자 옆에 서서 잭 레인보우의 몸 아래로 손을 넣으라고 했다.

셋에 움직이는 거야.

그들은 잭 레인보우의 몸을 뒤집었다. 스퀴지 테일러가 잭의 척추에 바늘을 밀어넣자 잭은 하수구에서 갑자기 물이 쏟아져나올 때와 비슷한 소리를 냈다. 그들은 마취제가 그의 몸속으로 똑똑 떨어져 들어가게 조절했다. 방울양배추 자루에서 훔쳐온 것 같은 귀가 달리고 몸이 믿을 수 없을 만큼 작은 취사병 워트 쿠니가 주방에서 쓰는 고기용 톱을 가져왔다.

밴더우드의 마취제는 효과가 좋았지만 약효의 강도가 일정하지 않았다. 잭 레인보우의 몸에서 감각이 빠르게 사라졌고, 그들은 주방용 톱과 몇 개 되지 않는 수술도구들을 물에 끓이며 다리를 절단할 준비를 했다. 마침내 모든 준비가 끝나자 도리고 에번스는 이제부터 수술을 시작한다는 신호를 보냈다. 사람들은 마취제 바늘을 빼내고 잭 레인보우를 다시 돌려 눕혔다.

최대한 빨리 수술을 끝낼 거다. 도리고 에번스가 말했다. 일반적인 절차야. 핵심은 출혈을 최소한으로 유지하는 것이다. 환자를 잡아. 그가 지미 비글로와 워트 쿠니를 바라보며 말했다. 그리고 스퀴지 테일러에게 시선을 돌렸다. 숟가락 준비됐나? 테일러는 구부린 숟가락을 들어올려 경례하는 시늉을 했다.

풍차와 싸워보자. 도리고 에번스가 말했다.

그는 깊이 숨을 들이쉬었다. 테일러는 숟가락 머릿부분을 잭 레인보우의 앙상한 배 아랫부분에 부드럽게 대고 점점 힘을 주어 눌렀다.

손전등. 도리고 에번스가 말했다. 지미 비글로가 앞으로 나와서 절단 부위를 손전등으로 비췄다.

병동 전체에서 소음이 들려왔지만, 곧바로 터져나온 잭의 비명이 그 소리를 눌러버렸다. 도리고 에번스가 그의 남은 다리를 자르기 시작한 때문이었다. 죽은 살에서 나는 악취가 너무 강해서 토하지 않는 것이 고작이었다. 하지만 잭 레인보우의 비명은 도리고 에번스에게 옳은 일을 하고 있다는 확신을 주었다. 그는 지금 살이 아직 살아 있는 부위에 칼을 대고 있었다.

일꾼 하나가 수술 오두막 안으로 달려들어왔다.

무슨 일이야? 도리고 에번스가 시선을 들지 않은 채 물었다.

고아나가 다키 가디너를 병동에서 데려갔습니다.

뭐?

우리 힘으로는 막을 수가 없었습니다. 놈들이 가디너의 양팔을 붙잡아 끌고 갔어요. 라인에서 사람 몇이 없어졌다는 것 같습니다. 지금 덴코가 벌어지고 있는데, 가디너에게 벌을 줄 거라고 했습니다.

그건 나중에. 도리고 에번스가 말했다. 그는 수술에 집중하느라 잭 레인보우의 악취나는 다리 조각과 거의 같은 높이에 얼굴을 갖다 대고 있었다.

머나듀 소령님 말씀이 대령님만이 놈들을 막을 수 있다고 하셨습니다.

나중에.

그가 넙다리동맥을 잘라내자 출혈이 심해졌지만 걷잡을 수 없는 정도는 아니었다.

겸자. 도리고 에번스가 말했다. 지금은 내가 어쩔 수 없다. 망할 노랑둥이들 같으니. 겸자! 이 자식들아. 겸자!

그는 넙다리동맥을 집게로 막았지만 살이 물러지면서 혈관이 탁자 위로 피를 뱉어냈다. 피가 계속 박동하듯 흘러나왔다.

더 세게 눌러. 그가 테일러에게 말했다. 그는 지금 저 말도 안 되는 일을 막으러 그 자리에 가 있어야 할 것 같았다. 고장 난 증류기도 생각나고, 타이인 상인들에게서 마취제를 더 사야 한다는 사실도 생각났다. 앞으로는 이런 끔찍한 일이 생기지 않게 처음 절단수술을 할 때 최대한 잘라내야겠다는 생각도 들었다.

그는 넙다리동맥을 다시 겸자로 막았지만, 겸자가 또 떨어져나왔기 때문에 악취나는 죽은 살 속으로 손을 밀어넣어 다시 혈관을 막아야 했다. 그러고 나서 가만히 기다렸다. 이번에는 겸자가 버텨주었다.

됐어. 그가 말했다. 됐어.

그는 살을 좀더 잘라냈다. 일 분도 안 돼서 썩은 살을 모두 잘라낼 수 있었다. 출혈은 있었지만 테일러의 말처럼 심하지는 않았다. 또한 다리도 딱 잘라낼 수 있을 만큼만 남아 있었다. 그는 한 시간 만에 처음으로 조금 긴장을 풀었다.

숟가락을 뗄까요? 테일러가 물었다.

아직은 아냐. 도리고 에번스가 말했다. 그리고 탁자 위의 썩은 살을 가리키며 지미 비글로에게 말했다. 저것 좀 치워, 젠장.

그러고 나서 에번스는 상처를 덮을 수 있을 만큼 피부를 떼어낸 뒤 살아 있는 다리근육을 뼈에서 저며냈다. 뼈를 좀더 높이 잘라내야 시간이 흐르면서 살이 아물어 뼈를 감싸 상처가 뭉툭하고 둥글어지기 때문이었다.

톱. 그가 말했다.

일꾼이 그에게 주방용 고기 톱을 건넸다. 필요한 만큼 힘을 주기가 쉽지 않아서 그는 부드럽게 조금씩 톱을 움직여 허벅지뼈 위쪽에 자국을 냈다. 그러면서 뼈가 쪼개지거나 살에 상처가 더 생기지 않게 주의했다. 곧 손가락 길이만 한 뼛조각이 떨어져나왔다.

세 남자는 이제 수술에 완전히 집중하고 있었다. 도리고 에번스는 밴더우드가 돼지창자로 만든 실로 넙다리동맥을 봉합하기 시작했다. 돼지창자를 깨끗이 씻어 끓인 뒤 실처럼 가늘게 잘라 다시 씻고 끓여 만든 실을 수술 전에 한번 더 끓여서 사용하고 있었다. 진짜 수술용 봉합사에 비하면 조잡했지만 그래도 역할은 해주었다. 하지만 지금 그가 꿰매고 있는 것은 조직과 피가 축축하게 뭉뚱그려진 허공과 같았다. 손전등 불빛이 점점 흐려지고 있었기 때문에 그는 한 땀 한 땀이 정확한 자리에 놓이도록 하는 데 온 힘을 기울였다.

마침내 출혈이 멈췄다.

그가 해낸 것이다. 간신히 동맥을 봉합하는 데 성공했다. 이제 잭 레인보우는 살 것이다. 그는 자신이 숨을 무겁게 몰아쉬고 있음을 깨닫고 빙긋 미소를 지었다. 그리고 자른 뼈 위로 근육과 피부 조각을 덮을 준비를 시작했다. 그는 시선을 들어 스퀴지를 바라보았다.

숟가락을 떼게, 소령. 부드럽게.

스퀴지 테일러가 숟가락을 들어올렸다. 도리고 에번스는 이제 좀더 느긋하고, 좀더 조심스럽게 작업을 계속했다. 잭은 살 것이다. 그가 이 남자의 목숨을 살릴 것이다. 아직 회복 과정이 남았고, 상처가 감염될 가능성도 있었지만, 전망은 밝았다. 그리 많이 밝은 것은 아닐지라도, 그래도 밝은 편이었다. 그는 중년의 잭 레인보우가 뭉툭하게 잘린 다리를 쿠션에 대고 아이들과 함께 있는 모습을 상상하며 최고의 수술 마무리를 위해 정신을 집중했다. 그는 살아서 사랑받을 것이다. 도리고는 자신의 행동이 무의미한 것이 아니었음을, 자신이 실패하지 않았음을 확신했다.

손전등 꺼. 그가 말했다.

수술이 끝났다.

그는 허리를 똑바로 펴고 손으로 문지르며 지미 비글로에게 한쪽 눈을 찡긋했다. 그리고 뭉툭하게 잘린 다리를 다시 돌아보았다. 놀라울 정도로 깔끔한 수술이었다. 그는 자신의 솜씨가 자랑스러웠다. 그가 방금 피부를 덮어 꿰맨 부분에 조금 피가 배어나온 것이 보였지만, 일꾼이 상처를 닦으면서 피도 닦아냈다.

도리고는 담배에 불을 붙이고 반가운 마음으로 연기를 깊이 들이마신 뒤 웃음을 터뜨렸다.

숟가락이 해냈어. 그가 말했다.

겨우 구부린 숟가락 하나였는데 말입니다. 스퀴지가 말했다.

이거야 〈랜싯〉에 실릴 일인걸.

그가 잭을 다시 흘깃 돌아보자 상처에 핏방울 몇 개가 새로이 돋아나 있었다.

왜 상처에 붕대를 대지 않은 거지? 도리고가 다시 피를 닦아내는 워트 쿠니에게 물었다.

마치 질문에 대답이라도 하는 듯이 곧바로 피가 다시 나타났다. 꿰매 붙인 피부가 부풀어오르고, 작게 배어나오던 피가 고집스럽게 좀더 많이 스며나왔다. 그리고 이내 상처의 모든 부위에서 피가 뚝뚝 떨어지기 시작했다. 워트 쿠니가 질린 표정으로 도리고를 올려다보았다.

넙다리동맥을 봉합한 부분이 벌어진 모양입니다. 도리고가 하고 싶지 않은 생각을 스퀴지 테일러가 말로 표현했다. 순간적으로 그는 얼어붙었다.

숟가락! 그가 갑자기 고함을 질렀다.

네? 오두막 안에서 그의 반대편에 있던 지미 비글로가 물었다.

넙다리동맥 봉합이 터졌다. 다시 상처를 열어야 돼.

스퀴지 테일러가 숟가락을 들고 뛰어왔다.

손전등! 지미, 손전등! 시간이 삼십 초밖에 없어.

삼십 초가 지나고 나면, 잭 레인보우의 심장이 그의 몸에 있는 피를 모두 밖으로 비워낼 것이다. 그가 숟가락을 제자리에 대기도 전에 잭 레인보우의 몸이 경련했다.

숟가락!

잭 레인보우의 몸은 계속 경련하고 있었다.

숟가락! 도리고 에번스가 고함을 질렀다.

스퀴지 테일러가 숟가락을 눌렀지만 펄쩍펄쩍 경련하는 몸 때문에 위치를 계속 유지할 수 없었다. 지미 비글로가 손전등을 켜고 자리로 돌아왔다. 하지만 손전등 불빛이 더욱 어두워지더니 완전히 꺼져버렸다.

손전등! 도리고 에번스가 고함을 질렀다. 불빛을 비추라고!

잭 레인보우의 몸은 정신없이 튀어오르고 있었다.

붙잡아! 붙잡아서 눌러! 세게. 숟가락! 세게 눌러! 이 망할 자식을 붙잡아!

있는 힘껏 누르고 있는데도 이 망할 놈이 멈출 생각을 안 해요. 스퀴지 테일러가 고함을 질렀다.

피가 사방으로 튀었다. 대나무도, 그들의 몸도 피투성이였다. 발밑의 검은 진흙 속에 피가 뚝뚝 떨어져 기름진 선들이 생겨났다. 지미 비글로와 워트 쿠니는 좀더 시간이 흐른 뒤에야 잭 레인보우를 단단히 붙들 수 있었지만, 비쩍 말라서 작아진 그 몸은 전기라도 통한 것처럼 여전히 펄쩍펄쩍 경련하고 있었다. 게다가 사방에 묻은 피 때문에 두 사람의 손이 자꾸만 미끄러졌다.

다리. 도리고 에번스가 말했다. 다리를 잡아!

하지만 잡을 다리가 남아 있지 않았다. 그저 피투성이가 돼서 이상하게 움직이는 물체가 있을 뿐이었다. 그 물체는 사람들이 귀찮게 구는 것이 싫은 모양이었다. 그 작은 허벅지 조각이 피 때문에 워낙 미끌거려서 작업을 하기가 몹시 힘들었다. 불빛도 어둡고 사방에 피가 튀어 혼란스러운 와중에 도리고 에번스는 그 무엇도 선명히 볼 수 없었다. 경련이 점점 잦아들다가 멈추자 그는 살을 꿰맨 봉합 부위를 간신히 찾아냈다. 하지만 그가 넙다리동맥에 접근하기 위해 실을 잘라내자 잭 레인보우가 다시 경련하기 시작했다. 스퀴지의 숟가락이 피에 미끄러졌고, 핏줄기가 잭 레인보우의 멀쩡한 발까지 닿는 호선을 그리며 세차게 튀었다.

그는 엉망이 된 잭의 상처를 손가락으로 정신없이 더듬고 있었다. 펄쩍펄쩍 튀어오르는 미끄러운 상처를 더듬고 더듬어 어떻게든 봉합할 수 있는 부분을 찾으려고 했지만 바늘을 꽂아넣을 수 있는 부위를 도무지 찾을 수 없었다. 실을 지탱할 수 있는 부분이 전혀 없었다. 동맥벽은 젖은 압지 같았다. 피가 계속 울컥울컥 쏟아져나오고 잭 레인보우의 몸이 연달아 격렬한 발작을 일으키는 가운데, 도리고 에번스는 자신이 할 수 있는 일이 하나도 없음을 깨닫고 점점 더 참담해졌다. 틀림없이 방법이 있을 거야. 그는 속으로 생각했다. 생각해내! 생각해내! 잘 봐!

잭 레인보우의 몸이 한 번씩 경련할 때마다 피가 작은 분수처럼 뿜어져나왔다. 마치 그의 몸이 자의로 피를 죄다 뿜어내고 있는 것 같았다. 도리고 에번스는 동맥을 최대한 윗부분에서 봉합하려고 애썼지만, 피는 여전히 콸콸 쏟아졌고, 스퀴지 테일러는 피를 멈추지 못했다. 사방으로 피가 튀는 가운데 그는 뭐든 시간을 좀 벌 수 있는 방법을 필사적으로 생각해내려고 했지만 속수무책이었다. 봉합을 계속하고 있는

데도 피는 울컥울컥 쏟아지고, 불빛도 없었다. 그리고 실은 자리를 지키지 못하고 자꾸만 떨어져나왔다.

더 세게 눌러. 그가 스퀴지 테일러에게 고함을 질렀다. 피를 좀 멈춰보란 말이야.

하지만 스퀴지 테일러가 아무리 힘을 주어 눌러도 피는 계속 쏟아져 도리고 에번스의 손과 팔 위로 흘러넘치고, 그들이 무슨 수를 써도 도망칠 수 없는 이곳 아시아의 진흙과 아시아의 늪으로 흘러내렸다. 이 아시아의 지옥이 그들 모두를 계속 끌어당기고 있었다.

경련하던 몸이 이제는 부들부들 떨리기 시작했다. 도리고 에번스는 뭉툭한 상처 속으로 더 깊이 손을 집어넣었다. 그 바람에 살이 찢어져 떨어져나갔다. 그러다 바늘이 뼈에 닿았다. 그는 생각을 하려고 애썼다. 어떻게든 방법을 찾아내려고 애썼다. 포기하지 않으려고 애썼다. 그때 잭이 몇 마디 말하는 소리가 들렸다. 말이라기보다는 헉헉거리는 숨소리에 더 가까운 소리였다.

큰형님?

잭?

제가 죽는 건가요?

그럴 것 같다.

추워요. 그가 말했다. 미치게 추워요.

도리고 에번스는 계속 꾸준히 잭의 상처를 봉합하려 애썼다. 대나무로 만든 임시 수술대 아래에서 그의 맨발은 피투성이 진흙 속에 발목까지 잠겨 있었다. 차분해 보이는 겉모습은, 속이 가장 들끓고 있을 때 그가 내보이는 모습이었다. 기묘한 버릇이라는 것은 그도 알고 있었다.

그는 계속 동맥을 더듬어 찾으면서 무엇이든 매달릴 것을 찾고 싶어서 자기도 모르게 진흙 속의 발가락을 움츠렸다.

그러다 마침내 성공했다. 그는 자신의 노력으로 잭이 살아날 수 있도록 최대한 주의를 기울여 섬세하게 손을 움직였다. 마침내 작업이 끝나고 고개를 들었을 때, 그는 잭이 벌써 몇 분 전에 세상을 떠났음을 알았다. 아무도 그에게 차마 말하지 못한 사실이었다.

19

고타 대령은 조선인 부사관이 그 어느 때보다 짜증스러웠다. 그 경비병의 모든 점이 믿음직스럽지 못한 것 같았다. 심지어 그의 부자연스러운 걸음걸이와 지독히 느리게 돌아서는 모습조차 왠지 가짜처럼 보였다. 고타 대령은 어지럽게 헝클어져 있는 침목들과 바위, 흙, 쇳덩어리, 알몸으로 바퀴벌레처럼 일하는 노예들을 위아래로 훑어보면서 왜 조선인들을 최전선에 세울 수 없는지 알 수 있었다.

그는 공사현장에 쌓아둔 둑과 대피선, 바위언덕을 깎아서 내놓은 길, 검은 구름을 떠받치고 있는 회색 석회암 절벽, 정글 협곡을 웅장하게 가로지른 채 우기의 홍수 속에서 무지개처럼 휘어진 티크 다리를 시찰하는 동안 내내 아까 길에서 죽이지 않은 포로를 생각했다. 조선인 부사관이 자신의 이상한 행동을 목격한 것도 생각났다. 그런데 지금도 아까 그 하이쿠 구절의 올바른 순서가 기억나지 않았다. 조선인 부사관이 부자연스러운 미소를 지으며 그의 비위를 맞추려고 애쓰는 것, 고타가 무슨 말을 하든 우스꽝스러울 정도로 맞장구를 치는 것, 공사가 아주 효율적으로 이루어지고 있다고 자랑하는 것이 엄청나게 짜증스러웠다. 고타 대령은 그가 늘어놓는 모든 찬사 뒤에는 경멸이, 그에게 동조하는 모든 말 뒤에는 조롱이, 모든 자랑 뒤에는 건방진 우월감이 있다고 확신했다. 그는 못해도 저 조선인 부사관을 당황하게 만들 수 있을 것이고, 잘하면 그의 심사를 건드릴 수도 있겠다 싶은 생각에, 아무 이유 없이 포로들의 인원 점검을 지시했다.

그런데 놀랍게도 포로의 수가 아홉 명이 모자랐다. 포로 아홉 명이 사라진 것이다. 이런 결과에 깜짝 놀라서 삼십 분 뒤에 다시 한번 세어 보니 이번에는 신기하게도 여덟 명이 다시 나타나 있었다. 뾰족한 얼굴의 고타 대령은 숨어 있다가 나타난 여덟 명에게 앞으로 나와 벌을 받을 것과 나머지 한 사람의 신원과 행방을 밝힐 것을 지시했다.

하지만 아무도 앞으로 나서지 않자 그는 이 작업조의 책임자인 포로 부사관을 찾아내서 본보기 삼아 엄벌에 처하라고 지시했다. 얼마간 혼란이 이어진 뒤, 사라진 나머지 한 명이 바로 포로 부사관이며 그는 라인에 있지 않고 캠프에 돌아가 있음이 밝혀졌다.

그날 오후 늦게 캠프로 돌아온 고타 대령은 나카무라를 심하게 질책했다. 하이쿠 구절을 잊어버리는 바람에 포로의 목을 벨 수 없었다는 사실이 수치스러워서 더욱 화가 치밀었다. 그것도 조선인 경비병 앞에서 그런 일이 벌어지다니. 고타가 화풀이를 한 뒤, 이번에는 나카무라 소령이 심한 굴욕감을 견디지 못하고 이름조차 기억할 수 없는 그 조선인 부사관을 찾아내 몇 번 세게 빰을 때려서 그 포로의 이름을 알아냈다. 그 포로는 다른 곳도 아니고 하필이면 병동에 숨어 있는 모양이었다. 그는 포로들을 모두 모은 뒤 그 앞에서 그 포로를 처벌할 것을 지시했다.

한편 고아나는 빰을 맞은 것에는 개의치 않았지만, 나카무라의 지시가 별로 마음에 들지 않았다. 포로 가디너와 좋은 거래관계를 유지하고 있었고, 그의 협의라는 것이 그가 보기에는 무엇보다 무의미했기 때문이다. 가디너가 가끔 불러대는 노래나 휘파람 소리가 거슬리기는 해도, 그는 때로 유용한 존재였다. 겨우 며칠 전만 해도 가디너에게서 모든 부사관에게 줄 신선한 쇠고기를 얻은 적이 있었다. 하지만 어쩔 수 없었다. 안타까운 일이지만, 이번에 매를 맞은 뒤에도 가디너와 자신은 여전히 서로에게 필요한 존재가 될 수 있을 것 같았다. 그런 식으로 일상은 멈추지 않고 이어지는 법이었다. 사람이 온 세상을 상대로 전쟁을 벌일 수는 있지만, 승자는 언제나 세상이었다. 그러니 어쩌겠는가?

가디너는 고아나가 가라고 했던 곳, 그러니까 병동에서 발견되었다. 그가 혼자 힘으로 걸을 수 없는 상태였으므로, 고아나는 함께 간 경비병 두 명에게 포로를 사열장으로 끌어내라고 지시했다.

20

날이 저물어가면서 기온이 내려갔다. 사람들은 적어도 지금은 일을 하지 않아도 된다는 생각을 했다. 시간이 얼마나 걸릴지 몰라도 그 동안에는 쉴 수 있을 것이다. 휴식은 언제나 반가운 일이었다. 그들의 세상에서는 먹을 것을 제외하고 가장 반가운 것이 휴식이었다. 하지만 그들은 이 자리에 있고 싶지 않았다.

그들은 사열장 한복판에 서 있었다. 가벼운 임무를 맡고 있던 백여 명의 포로들. 그들은 우기의 비가 내리는 초저녁에 사열장으로 불려와 다키 가디너가 아무 죄도 없이 고아나에게 얻어맞는 모습을 지켜보고 있었다. 가디너는 비에 젖은 원숭이들을 불쌍히 여기는 사람인데. 라인에서 돌아온 포로들이 경비병에게 이끌려 이 우울한 모임에 합류하면서 그들의 수가 서서히 늘어났다.

고아나가 힘이 빠지자 다른 경비병 두 명이 대신 나섰다. 과일 냄새와 비슷한 축축한 향내가 순간적으로 정글에서 훅 끼쳐왔다. 셰리주가 생각나는 냄새라서 포로들은 가족과 함께 보낸 크리스마스와 어머니가 만드신 과자를 떠올렸다. 경비병 한 명이 다키의 뺨을 좌우로 갈겨대는 동안 다른 경비병은 그의 몸통에 주먹질을 했다. 포로들 몇 명은 구운 호박과 구운 양고기와 서양자두 푸딩을 먹고 입가심으로 맥주를 마시던 행복한 기억을 떠올리려고 애썼다. 그들 모두 엿새 뒤나 칠십 년 뒤 세상을 떠날 때까지 다키가 구타당하던 기억을 안고 가겠지만, 지금 이 순간에는 그들이 어찌 할 수 없는 일로 보였기 때문에 더이상 의식에 담아둘 수 없었다. 그저 바위가 떨어지거나 폭풍이 불어오는 것과 같은 일로 보였다. 그냥 존재하는 일. 그러니 다른 일들을 생각하며 이 순간을 넘기는 방법이 최선이었다.

양머리 모턴은 자신이 금지된 행동을 하는 것을 아무도 알아차리지 못하게 천천히 조심스럽게 발가락으로 진흙을 움켜쥐고 콘크리트로 집의 기초를 놓는 시늉을 했다. 전쟁 전에 노동일을 할 때 가끔 하던 일이었다. 지미 비글로는 엄지손가락 끝으로 집게손가락의 측면을 쓰다듬었다. 이 부드러운 손길 덕분에 그는 여자의 손가락이 자신의 엉덩이를 더듬으며 속삭이는 침대에 있는 듯한 기분이 될 수 있었다. 여자가 입을 맞추려고 자신을 끌어당길 때 연한 솜털 같은 그녀의 콧수염에 감탄했던 기억이 났다.

십 분이 더 흐른 뒤 휴식을 끝낸 고아나가 포로들의 생각이 다른 곳에 가 있는 것을 느꼈는지 모두에게 여섯 걸음씩 앞으로 나오라고 지시했다. 이제 따귀를 때리는 소리와 주먹질하는 소리가 비록 둔탁하기는 해도 제대로 느껴졌다. 거의 벌거벗은 남자가 제복 차림의 경비병들에게 구타당하는 광경에서 눈을 돌릴 길이 없었다. 축축하게 젖은 채 잔뜩 부어오른 남자의 얼굴은 경비병의 주먹이나 대나무 작대기로 한 대씩 맞을 때마다 이상하게 깜짝 놀란 것 같은 표정을 지었다.

살려줘! 다키 가디너가 신음했다. 살려줘!

어쩌면 그가 끊어지는 목소리로 지르는 소리가 그냥 이렇게 들리는 것 같기도 했다. 다키가 내뱉는 이상하고 힘겨운 숨소리에는 쌕쌕거리는 소리, 피가 꼬르륵거리는 소리가 섞여 있었다. 가끔 끙 하는 소리도 들렸다. 그의 몸이 이 구타를 이기고 살아남으려고 내는 소리였다. 이제는 어떤 소리도 완전히 차단할 수 없었다. 그래도 그들은 소리를 차단했다.

도마뱀 브랜쿠시는 메이지의 얼굴을 떠올리려고 애썼다. 그는 매일 토끼 헨드릭스가 연필로 그려준 스케치를 사랑스러운 듯이 바라보았지만, 그 그림을 넘어 실제 그녀의 모습을 떠올리려고 하면 모든 것이 안개처럼 흐릿해졌다. 메이 웨스트의 환상만 점점 강렬해지고, 메이지의 모습은 점점 힘을 잃었다. 그래도 구타가 계속되는 동안 그는 노력을 멈추지 않았다. 지금 눈앞에서 벌어지는 일이 아닌 다른 것, 무엇이든 좋으니 다른 어떤 것을 믿을 수 있어야만 자신도 살아갈 수 있음을 깨달았기 때문이었다.

그래서 그들은 보면서도 보지 않았고, 들으면서도 듣지 않았고, 알면서도, 모든 것을 알면서도 알지 않으려고 애썼다. 그래도 가끔은 술수에 넘어가 그들이 신선한 도구로, 그러니까 고아나가 찾아온 작은 티크 통나무 같은 것으로 다키 가디너의 머리를 때리는 장면이나 그가 자기 팔뚝만큼 굵은 대나무 작대기로 다키 가디너의 몸을 후려치는 모습을 볼 수밖에 없었다. 마치 그의 몸이 아주 더러운 카펫이라도 되는 것 같았다. 한 대, 또 한 대, 매질이 괴물처럼 변해버린 얼굴에 떨어졌다. 그것은 괴물의 가면이었다.

포로들은 쫄쫄 굶은 상태였다. 그래서 그들은 점점 저녁식사를 생각하기 시작했다. 아무리 빈약하다 해도 진짜로 먹을 수 있는 음식이 아직 그들을 기다리고 있었고, 이 매질 때문에 그들은 음식을 먹는 기쁨을 누리지 못하고 있었다. 그들은 고작 작은 주먹밥 하나만으로 하루를 버티며 일을 했다. 더위와 빗속에서 노동을 했다. 바위를 깨고, 흙을 나르고, 거대한 티크나무와 대나무를 잘라 옮겼다. 일터까지 7마일(11km)을 왕복해서 걸었다. 그런데 매질이 끝나거나 다키가 죽을 때까지 그들은 저녁을 먹을 수 없었다. 그들의 비밀스러운 소망 하나는, 어느 쪽이 되었든 이 일이 빨리 끝났으면 하는 것이었다.

더 많은 사람들이 비틀거리며 라인에서 돌아왔다. 포로들의 숫자는 이백을 넘어서고, 삼백을 넘어섰다. 그들은 다른 사람들과 마찬가지로 사람들이 한 남자를 진흙 속에서 만신창이로 만드는 모습을 계속 지켜봐야 했다. 어느 누구도 이 일의 방향을 바꾸기 위해 할 수 있는 일이 없었다.

그들은 경비병들을 몰아내고, 고아나와 다른 두 경비병을 붙잡아 늘씬하게 두들겨패서 머리를 부숴버리고 싶었다. 질척한 회색 뇌수가 질질 새어나올 때까지. 그러고는 놈들을 나무에 묶어놓고 놈들의 총검으로 배를 쑤셔대고, 아직 살아 있는 놈들의 몸에서 뻘겋고 퍼런 창자를 꺼내 목걸이처럼 목에 걸어주고 싶었다. 자기들이 경비병들을 얼마나 증오하는지 조금이라도 알려줄 수 있게. 포로들은 이런 생각을 했지만, 곧 그런 생각을 할 수는 없다는 생각이 들었다. 공허하고 비쩍 마른 그들의 얼굴은 구타가 계속될수록 더욱더 공허하고 수척해지기만 했다. 그때 인간이 아닌 그들, 인간이 될 수 없는 그들의 귀에 친숙한 목소리로 외치는 소리가 들렸다.

뵤키病氣!

고개를 돌려 도리고 에번스가 뛰어오는 것을 본 그들의 마음이 순간적으로 들떴다. 살이 헌 발목이 잘린 대나무 그루터기를 스치는 순간, 도리고 에번스는 더욱 크게 소리질렀다.

뵤키! 뵤키!

하지만 고아나는 오스트레일리아인 지휘관을 완전히 무시했다. 다른 경비병 하나가 그를 포로들 맨 앞줄로 밀어넣었다. 마침 사열장 맞은편에서 나카무라 소령이 후쿠하라 중위를 데리고 성큼성큼 걸어오고 있었다. 처벌이 제대로 이루어지고 있는지 검사하기 위해서였다.

도리고 에번스는 줄에서 벗어나 일본군 장교들에게 처벌을 중지해 달라고 애원했다. 몇몇 사람은 나카무라가 살짝 고개를 숙여 에번스 대령의 계급을 인정해주는 것을 보았다. 하지만 대령이 그 인사를 받아주지 않았기 때문에 일본인들은 조금 심기가 상한 것 같았다.

그의 목소리가 들렸다. 이 사람은 심하게 아픕니다. 휴식을 취하면서 치료를 받아야 해요. 구타를 당하는 게 아니라.

그의 등뒤에서는 구타가 계속되었다.

21

나카무라는 발꿈치를 축으로 몸을 살짝 흔들면서 그의 말을 들었다. 몸이 가렵고, 입안이 바짝 말랐다. 화가 나고 짜증이 났다. 샤부가 필요했다. 딱 한 알만이라도. 포로가 두들겨맞는 것을 봐도 즐겁지 않았다. 하지만 이런 놈들을 어떻게 다뤄야 한단 말인가? 어떻게? 착하고 점잖은 부모님이 그를 착하고 점잖은 사람으로 길러주었다. 그가 자신이 명령한 이 고통스러운 광경을 보며 고통을 느끼는 것 또한 그가 근본적으로 얼마나 착하고 점잖은 사람인지를 증명해주었다. 그렇지 않고서야 그가 고통을 느낄 이유가 없지 않은가? 하지만 바로 그가 착한 사람이기 때문에, 착한 사람이 되기 위해서는 순종과 공손함을 보이며 고통스러운 의무를 수행해야 한다는 사실을 알기 때문에, 그는 이 처벌을 지시할 수 있었다.

이 구타는 더 나은 선善을 위해 필요한 일이었다. 그들이 맡은 구간의 철도를 완성하기 위해 해야 하는 일이 밤새 헤아릴 수 없을 만큼 늘어나버렸다. 그런데 오늘 포로들이 유난히 말을 듣지 않았고, 경비병들 역시 그걸 감지한 뒤 동요했기 때문에 포로 한 명을 처벌함으로써 경비병들에게 그들의 권위를 다시 정립할 기회를 주고, 모든 포로에게 신성한 의무를 일깨워줄 수 있었다.

고타 대령이 포로들의 자리 이탈을 발견한 사람이라는 문제도 있었다. 그로 인해 나카무라는 물론 그의 지휘를 받는 모든 기술자와 경비병이 굴욕을 당한 꼴이었다. 이 처벌은 죄가 아니라 명예를 위한 것이었다. 어디에도 선택의 여지는 없었다. 사람은 천황 폐하와 (이것 역시 천황 폐하의 의지의 구현이었다) 철도를 위해 존재했다. 그것이 아니라면 살 이유는 물론 죽을 이유도 존재하지 않았다.

오스트레일리안 대령이 또 치료 이야기를 하고 있다고 후쿠하라가 전해주었다. 무슨 치료? 나카무라는 생각했다. 중앙사령부는 그들에게 아무것도 보내주지 않았다. 기계도, 음식도, 물론 의약품도. 그저 낡고 부서진 수작업 도구 몇 개와 아무것도 없는 이 초록색 사막에서 기적을 만들어내라는 불가능한 지시뿐이었다. 그리고 조선인들. 쓸모없는 조선인들. 그들을 최전선에 병사로 배치하지 않는 것이 당연했다. 놈들에게는 심지어 오스트레일리아인 포로들을 감시하는 일조차 믿고 맡길 수 없었다. 그도 약이 필요했다. 샤부가 필요했다. 그가 정해진 시간 안에 자신이 맡은 구간의 공사를 완성하지 못한다면, 수치심 때문에 자살하는 것 외에는 도리가 없을 터였다. 그는 자살하고 싶지 않았지만, 천황 폐하를 실망시킨 몸으로 고향에 돌아갈 수는 없었다. 그는 그런 인간이 아니었다. 앞으로 몇 시간 동안 반드시 해야 하는 일을 완수하려면 샤부가 조금 있어야 했다.

구타가 계속되는 동안 나카무라는 조선인 부사관이 매질에 힘을 덜

신는 것 같다는 사실을 눈치챘다. 그의 목표의식 부재에 나카무라는 참을 수 없을 만큼 짜증이 났다. 조선인들은, 그래, 조선인들이었다. 그러니 저렇게 일을 제대로 하지 않는 것이다. 어쩌면 그 역시 지쳤을 수도 있지만, 그런 것은 변명이 되지 못했다. 나카무라는 처벌을 지시했고, 그것은 정당하며 꼭 필요한 지시였다. 그런데 저 경비병은 그 지시를 진지하게 수행하지 않는 것 같았다.

후쿠하라가 오스트레일리아 대령의 말을 계속 통역했다. 저 포로는 아무 죄도 없고, 몸이 아파서 경비병이 병동으로 돌려보냈다는 내용이었다. 나카무라는 지독한 가려움증에 시달리며 그 자리에 서서 시간을 낭비했다. 조선인이 포로를 깃털로 간질이듯 다루는 모습을 지켜보았다. 포로는 비틀거렸지만 아직 경비병의 약한 매질을 어찌어찌 몸으로 받아냈다. 포로가 휘청거리면서 일부러 몸을 흔들어 대나무 작대기의 타격을 받아내는 것처럼 보였다. 조선인 경비병은 이 희극을 끝내려는 시도를 전혀 하지 않았다. 포로는 처벌을 우스갯거리로 만들고 있었다. 나카무라는 화가 치솟아서 가려움증이 더욱더 심해졌다. 샤부 알약이 꼭 있어야 했다. 이렇게 어리석고 멍청한 일을 지켜보며 얼마나 더 오래 기다려야 하는 건가?

오스트레일리아 대령은 방법을 바꿔서 권위의 손상이라는 주제를 내세워 매질을 중단시키려 하는 것 같았다. 대령인 자신이 조선인 부사관에게 말을 걸었을 때 그가 자신을 철저히 무시함으로써 자신의 계급과 명예를 모욕했다고 주장한다는 말을 후쿠하라가 통역해주었다.

나카무라는 후쿠하라를 향해 몸을 홱 돌렸다. 그는 이제 처벌을 끝낼 생각이었다. 비록 형편없는 쇼에 불과했지만, 소기의 성과는 거둔 것 같았다. 하지만 나카무라가 몸을 돌리는 순간 그의 왼발이 항상 풀려서 뒤로 질질 끌리는 각반 끈을 밟는 바람에 오른쪽 부츠가 뒤틀리고 말았다. 게다가 왼발을 바로잡으려다가 오른쪽 부츠를 잘못 디뎌서 진흙 속에 철퍼덕 넘어져버렸다.

아무도 입을 열지 않았다. 순간적으로 매질이 멈췄지만, 나카무라 소령이 일어서자 서둘러 재개되었다. 바지의 다리 한 짝에 진흙이 묻고, 셔츠도 더러워져 있었다.

나카무라는 적과 아군의 얼굴들을 똑같이 훑어보면서 자신이 굴욕스럽게 넘어지는 꼴을 모두 보았음을 예리하게 의식했다. 포로들. 조선인들. 일본인 동료 장교들. 더이상 견딜 수 없었다. 피곤했다. 새벽 세시에 일어나서 계속 돌아다니고 있었다. 아직도 할일이 많은데 벌써 날이 저물고 있었고, 철로공사는 그 어느 때보다 일정에 뒤져 있었다. 진흙투성이가 되어 굴욕감과 분노에 휩싸인 나카무라는 포로들이 던져둔 공구 더미를 보았다. 머릿속이 갑자기 맑아졌다. 그는 참아줄 수 없는 오스트레일리아 대령의 주장을 이해했다. 장교로서 자신이 모욕당한 것 같았다. 그래서 오스트레일리아 대령의 문제와 자신의 문제를 모두 해결하는 방법이 무엇인지 알 것 같았다.

그는 공구 더미로 가서 곡괭이 자루를 하나 골라 손으로 무게를 가늠해본 뒤 야구 방망이처럼 휘두르며 오스트레일리아 대령을 그대로 지나쳐 포로를 때리고 있는 조선인 부사관에게 다가갔다. 그리고 지시를 내리기 위해 그를 불렀다. 나카무라는 양발을 단단히 딛고, 곡괭이 자루를 들어 사무라이의 칼처럼 휘둘러서 그의 왼쪽 콩팥 부위를 강하게 때렸다.

조선인은 신음하며 휘청거리다가 거의 쓰러질 뻔했지만, 힘겹게 몸을 세워 차렷자세를 취했다. 나카무라는 곡괭이 자루를 머리 위로 들어올려 조선인의 목을 향해 힘차게 휘둘렀다. 그리고 마무리로 곡괭이 자루를 반대방향으로 휘둘러 그의 옆통수를 때렸다. 고아나는 한쪽 무릎을 꿇으며 쓰러졌다. 나카무라는 그에게 일본어로 고함을 지른 뒤 그의 머리를 향해 곡괭이 자루를 던져버리고 도리고 에번스에게 돌아가 인사했다. 도리고 에번스는 자기도 모르게 마주 고개를 숙였다.

나카무라가 조용히 말했다. 후쿠하라가 그 말을 오스트레일리아 대령에게 통역해주었다. 오스트레일리아 대령에게 건방지게 군 경비병에게 벌을 주었으니 포로의 처벌도 계속할 수 있게 되었다고.

그들 앞에서 고아나가 다시 일어나 곡괭이 자루를 잡더니 휘청거리며 다키 가디너를 향해 몇 걸음 걸어가서 몸의 균형을 잡고 곡괭이 자루를 높이 들어올렸다가 조금 전과는 달리 온 힘을 다해 포로의 등을 내리쳤다. 다키 가디너는 무릎을 털썩 꿇으며 쓰러졌다가 다시 일어나려고 했지만 고아나가 그의 얼굴에 전력을 다한 발차기를 먹였다.

오스트레일리아 대령이 다시 항의를 시작하자 나카무라는 손을 흔들어 통역을 물려버렸다.

이것은 잘못이 있고 없고의 문제가 아니오. 그가 지친 듯이 말했다.

다키 가디너의 움직임은 이제 더이상 우아하지 않았다. 그의 비쩍 마르고 벌거벗은 몸은 자세를 회복해서 다음 타격을 피하기 위해 움직이려 했지만, 점점 타이밍이 들쭉날쭉 어긋나기 시작했다. 그가 다시 일어서자 한 경비병의 대나무 작대기가 그의 뺨을 후려쳤다. 그의 머리가 옆으로 휙 돌아가면서 그는 헉하는 소리와 함께 비틀비틀 뒷걸음질을 쳤지만 그래도 넘어지지 않으려고 애를 썼다. 하지만 몸이 제대로 말을 듣지 않았기 때문에 그는 발을 헛디뎌 넘어지고 말았다.

경비병들이 돌아가며 가디너를 발로 차는 동안, 나카무라는 잇사의 하이쿠를 중얼거렸다. 후쿠하라가 의문이 담긴 얼굴로 그를 바라보았다.

그래, 통역해라. 나카무라가 말했다.

후쿠하라는 계속 그를 바라보기만 했다.

저자는 시를 좋아해. 나카무라가 말했다.

일본어로는 아주 아름다운 시입니다. 후쿠하라가 대답했다.

통역해.

영어로는 아닐 것 같습니다.

통역해.

후쿠하라는 바지 옆선을 손으로 매끈하게 펴면서 오스트레일리아 대령에게 시선을 돌렸다. 그리고 목이 훨씬 더 길어 보이도록 몸을 똑바로 편 뒤 시를 통역하기 시작했다.

> 고통의 세상
> 벚꽃이 피면
> 그 세상도 꽃을 피운다.

22

도리고 에번스는 나카무라를 바라보았다. 나카무라는 자신의 허벅지를 격렬하게 긁고 있었다. 도리고 에번스는 지금 이 순간 수십만 명의 사람이 엄청난 고통을 당하고 있는 유일한 이유인 철도, 바위를 깎고 둑을 쌓아서 낸 그 터무니없는 길, 시체가 깔린 길, 땅을 파내고 흙을 다지고 바위를 폭파시키면서 더 많은 시체가 깔린 길, 대나무로 받침대를 세우고 휘청거리는 다리를 만들고 티크로 침목을 놓으며 또 더 많은 시체가 깔린 길, 헤아릴 수 없이 많은 대못과 무정한 쇳덩이로 이루어진 길, 시체가 쌓이고 쌓이고 쌓이고 또 쌓인 길, 그 철도를 짓기 위해, 그 철도가 존재하기 위해, 다키 가디너의 처벌이 꼭 이루어져야 한다는 것을 이해했다. 그 순간 그는 나카무라의 무서운 의지에 감탄했다. 매질을 당하는 다키 가디너 때문에 절망하는 것보다 더 감탄했다. 그 음산한 힘, 의심의 여지를 허락하지 않고 명예를 위해 올곧게 복종하는 태도. 도리고 에번스는 거기에 도전할 수 있는 생기를 자신에게서 찾을 수 없었다.

나카무라가 금욕주의자의 것처럼 낡은 옷을 입고 굳은 얼굴로 고아나를 후려치는 모습, 방금 커다란 소리로 지시를 내리는 모습은, 이제 도리고 에번스의 눈에 이상하게 보이지 않았다. 그는 전날 밤 함께 카드놀이를 했던 인간 장교였다. 오늘 아침에 사람들의 목숨을 놓고 그와 거래를 했던, 냉혹하지만 실용적인 지휘자가 아니라 개인과 집단과 국가를 휘어잡아 그들의 본성과 판단력을 거슬러가며 휘고 뒤틀어서 무심한 숙명론으로 모든 것을 파괴해버리는 무서운 힘이었다.

고아나는 허리를 숙여 다키 가디너를 들어올리더니 어깨부터 바닥으로 메다꽂은 뒤 다시 일어섰다. 기묘한 침묵이 흘렀다. 마치 매질이 끝나기라도 한 것 같았다. 하지만 다키가 균형을 잡자마자 세 경비병이 다시 대나무 작대기와 곡괭이 자루를 들고 달려들어 그가 쓰러질 때까지 매질을 했다. 이렇게 해서 매질을 하다가 다키가 쓰러지면 발길질을 한 뒤 그를 질질 끌어 일으켜세우고 다시 매질을 하는 과정이 반복되기 시작했다.

고아나가 다키 가디너를 일으켜세운 뒤 매질을 해서 다시 쓰러뜨리고 그 틈에 재빨리 손등으로 그를 두 차례 또 때리는 모습을 지켜보면서, 도리고 에번스는 무시무시한 진동이 땅을 뒤흔드는 것 같은 느낌을 받았다. 그들은 그 진동과 함께 흔들리는 것 외에는 도리가 없는 것 같았다. 그 무서운 진동이 바로 이 생의 진실이었다.

그만 멈춰요. 도리고 에번스가 말했다. 이건 잘못된 일입니다. 저 친구는 환자예요. 심하게 아프단 말입니다.

하지만 이 주장은 먹히지 않았다. 나카무라는 그저 한 손을 들어올리고, 전과는 달리 상냥한 목소리로 그에게 말을 걸었다.

나카무라 소령님 말씀이, 키니네를 여분으로 갖고 계시답니다. 후쿠하라가 말했다. 환자들이 일할 수 있게 도와줄 약이죠. 천황 폐하의 뜻이 정해졌으니, 철도공사에 그것이 필요합니다.

진동은 계속되었다. 점점 크게, 점점 크게.

도리고 에번스는 나카무라도 도우려고 애쓰고 있지만 자신이 지시한 매질에 대해서는 할 수 있는 일이 없다는 점을 이해했다. 키니네는 다른 사람들에게 도움이 될 것이다. 나카무라는 자신이 도울 수 있는 사람을 도울 것이고, 키니네는 거기에 도움이 될 것이다. 하지만 그가 지금의 진동을 멈출 수는 없었다. 다키 가디너를 도와줄 수는 없었다. 철로가 이것을 요구했다. 나카무라는 이 점을 이해했다. 도리고 에번스도 받아들일 수밖에 없었다. 그 역시 철로와 관련되어 있었다. 나카무라도 마찬가지였다. 다키 가디너도 마찬가지였다. 그의 역할은 바로 잔혹하게 구타당하는 것. 그리고 그들 모두는 각각 자기 나름의 방식으로 이 무서운 진동에 응답해야 했다.

다키 가디너가 자신을 보호하려고 애쓰면서 팔다리를 경련하듯 홱홱 움직였다. 하지만 이제 경비병들은 그 몸짓을 빗줄기나 대나무나 바위처럼 무시해버리거나 자르거나 부러뜨려야 할 자연의 장애물로 여겼다. 그의 몸부림이 멎자 그들은 비로소 그를 일으켜세우지 않고 내버려두었다. 그의 비명이 이제는 길고 느리게 쌕쌕거리는 소리로 변했다. 그리고 그들의 음산한 작업은 이제 중간 템포로 느려져서 단순노동 같은 성질을 띠었다.

그 광경을 지켜보는 도리고 에번스의 마음속에서 뭔가가 변하고 있었다. 삼백 명의 사람들이 자신이 아는 사람을 세 명이 망가뜨리는 모습을 지켜보면서 꼼짝도 하지 않고 있었다. 그들은 계속 이렇게 지켜보면서 아무것도 하지 않을 것이다. 어찌 된 영문인지는 모르겠지만 그들은 지금 벌어지고 있는 일에 동의했고, 저 진동에 박자를 맞추고 있었다. 도리고는 가장 먼저 박자를 맞췄다. 너무 늦게 도착해서 한 일이 거의 없으면서 지금 일어나고 있는 일에 동의한 것이다. 어쩌다 이렇게 됐는지 알 수 없었다. 그냥 이렇게 됐다는 것만 알 뿐이었다.

순간적으로 그는 무서운 세상의 진실을 본 것 같았다. 끔찍한 공포에서 도망칠 길이 없고, 폭력이 영원한 세상. 세상이 창조한 문명보다 폭력이 더 위대하고 유일한 진실이며, 폭력만이 진실한 신이기 때문에 인간이 숭배하는 어떤 신보다 폭력이 더 위대한 곳. 마치 인간은 폭력의 세력이 영원히 유지되도록 폭력을 전달하기 위해서만 존재하는 것 같았다. 세상은 변하지 않았으므로 폭력은 항상 존재했으며 앞으로도 결코 뿌리 뽑히지 않을 것이다. 사람들은 시간이 끝나는 날까지 다른 사람들의 부츠와 주먹과 끔찍한 행동 아래에서 죽어갈 것이다. 인류의 모든 역사는 폭력의 역사였다.

하지만 이런 감정은 너무나 기묘하고 압도적이어서 계속 붙들고 있을 수 없었다. 그래서 도리고 에번스의 머릿속에서 이런 감정이 잠시 허우적거리다가 사라져버렸다. 뒤에서는 나카무라가 자리를 뜨고 있었다. 나카무라 역시 너무 혼란스럽고 동요가 심해서 자신의 생각을 붙드는 건 고사하고 이해할 수도 없었다. 그보다 좀더 마음이 놓이는 편안한 생각들, 임무와 천황 폐하와 일본국과 내일의 철로공사라는 더 현실적인 걱정들이 그 자리를 대신 차지했다. 그리고 쳇바퀴를 돌리는 다람쥐처럼 자신에게 할당된 역할을 얌전히 수행하자는 생각을 하기 시작했다.

십 분도 안 돼서 그는 매질을 완전히 잊어버렸다. 한 시간 뒤, 사열장을 다시 지나가다가 포로들이 여전히 차렷 자세로 서 있는 것을 보았을 때에야 그는 처벌이 아직 끝나지 않았음을 깨달았다. 밤이 되었으므로 경비병 두 명이 더 투입되어 램프를 들고 불을 밝히고 있었으며, 매를 맞던 포로는 그나마 걸치고 있던 천 쪼가리마저 잃어버리고 알몸이 되어 있었다. 처벌을 시행중인 세 경비병의 제복은 빗물과 진흙과 피로 검게 보였다. 포로는 이제 저항하거나 매질을 피하려 하지 않고 사료 포대처럼 가만히 받아들이기만 했다. 경비병들은 막대기로 그를 때리다가 잠시 쉬는 틈에는 낡은 공을 차듯 그에게 발길질을 했다. 하기야 이제 포로는 인간의 몰골이 아니라 뒤틀릴 대로 뒤틀린 부자연스러운 모습을 하고 있었다.

나카무라가 보기에 매질이 이미 그친 뒤라면 좋았겠지만, 지금은 끼어들지 않는 편이 최선인 것 같았다. 샤부 세 알로 기운을 차린 그는 도모카와 상등병을 찾으러 가는 길이었다. 강가의 캠프에 가서 타이인 수상 상인에게서 메콩 위스키를 한 병 사오라고 지시하기 위해서였다. 약간의 샤부와 위스키야말로 딱 필요한 물건이지. 나카무라는 속으로 생각했다.

그렇게 진동은 계속되었고, 다른 경비병들이 지쳐서 매질을 그만두었을 때도 고아나는 부지런히 명령에 따라 박자에 맞춰 곡괭이 자루로 계속 다키 가디너를 때렸다.

그의 이 진동에는 단 한 가지 결말밖에 없었다.

23

다키 가디너는 눈을 뜨고 깜박거렸다. 빗방울이 얼굴에 떨어졌다. 손을 진흙 속으로 밀어넣자 계속 아래로 가라앉았다. 그는 똥 속에서 헤엄치고 있었다. 다시 일어서려고 했지만 그럴 수 없었다. 점점 똥이 많아졌다. 그는 자신을 보호하기 위해 몸을 둥글게 구부리려고 애썼다. 하지만 소용이 없어서 그는 계속 더러운 구멍 속으로 가라앉기만 할 뿐이었다. 눈을 감으면 다시 그곳으로 돌아가 매를 맞았다. 눈을 뜨면 똥 속에서 어떻게든 가라앉지 않고 빠져나오려고 애쓰고 있었다. 사방이 너무나 미끄럽고 어두운데 손으로 잡고 버틸 수 있는 곳이 하나도 없었다. 그나마 그런 곳을 찾아냈을 때는 밖으로 빠져나갈 기운이 없었다. 그의 몸이 마음대로 움직이지 않았다. 아무데나 마음 내키는 대로 그의 몸을 비틀어대는 발길질과 매질에만 반응했다. 거기에 얼마나 있었는지 알 수 없었다. 영원처럼 오랜 시간이 흐른 것 같다가도, 전혀 시간이 흐르지 않은 것 같기도 했다. 한번은 어머니의 목소리가 들렸다. 숨쉬기가 힘들었다. 부드러운 빗방울이 몇 방울 더 느껴지고, 갈색 진흙 위에 선홍색 기름이 흐르는 것이 보이고, 자신을 부르는 어머니의 목소리가 또 들렸다. 하지만 어머니가 뭐라고 하는지 확실히 알아들을 수 없었다. 어머니가 집으로 오라고 자신을 부르는 건가? 아니면 그냥 바닷소리? 세상이 있고, 그가 있고, 그 둘을 이어주는 실이 계속, 계속 늘어나고 있었다. 그는 그 실 위로 기어오르려고 했다. 어머니가 부르고 있는 집을 향해 필사적으로 몸을 움직이려고 했다. 어머니를 부르려고 했지만, 바다로 향하는 길고 긴 강물 속에서 그의 마음은 입을 잃어가고 있었다. 그는 다시 눈을 깜박거렸다. 원숭이 한 마리가 하얀 이빨을 드러내며 꺅꺅 날카롭게 울었다. 산줄기 위에서 달이 미소지었다. 모든 것이 물컹물컹해서 그는 계속 가라앉고 있었다. 바닷소리가 들렸다. 아냐. 그가 말했다. 아니, 말한 것 같았다. 아냐, 바다가 아니야. 아냐! 아냐!

24

그는 그날 밤 늦게 발견되었다. 변소에서 머리를 아래로 한 채 둥둥 떠 있었다. 비가 휘저어놓은 똥이 가득한 길고 깊은 참호가 바로 그들의 공동변소였다. 병동에 있던 그가 어찌어찌 그곳까지 질질 기어간 모양이었다. 매질이 마침내 끝났을 때 사람들은 엉망이 된 그를 병동에 데려다놓았다. 그가 변소에 도착해서 쭈그려 앉다가 균형을 잃고 빠져버린 듯했다. 그런데 거기서 빠져나올 힘이 없어 그대로 익사해버린 것이다.

변소에는 항상 똥이 있지. 지미 비글로가 말했다. 그는 몸에 밧줄을 묶고 똥물 속으로 내려가 직접 시체를 꺼내오겠다고 자원해서 나선 참이었다. 됐어. 허벅지까지 똥물에 잠긴 그가 위에서 밧줄을 잡고 있는 사람들에게 소리쳤다. 됐어!

그는 다른 밧줄로 시체를 묶으면서 시체에게 말을 걸었다.

야, 이 멍청해빠진 자식, 다키. 다른 멍청이들처럼 침대에서 그냥 똥 싸는 것도 못하냐? 망할 담요를 제대로 접는 것도 못해?

사람들이 다키 가디너의 시체를 끌어올리는 동안, 지미 비글로는 등유 램프의 불빛으로 그를 언뜻 보았다. 구더기로 뒤덮인 그의 시체는 기괴할 정도로 멍이 들고 부서지고 더러워 보였다. 어찌나 더럽고 엉망인지 순간적으로 다키일 리 없다는 생각이 들 정도였다.

그들은 시체를 병동으로 가져갔다. 양머리 모턴은 등유 깡통에 채운 물과 광부답게 몹시 거칠면서 몹시 부드러운 손으로 검게 변한 시체에서 더러운 것을 씻어내고 다음날 장례를 치를 준비를 했다.

죽을 만한 날이었다. 그날이 특별한 날이라서 그런 생각을 한 것이 아니었다. 오히려 특별한 날이 아니기 때문이었다. 이제는 매일매일이 죽을 만한 날이었다. 그들을 압박하던 유일한 의문, 그러니까 다음 차례가 누구일까 하는 의문의 답이 이거였다. 죽은 사람이 내가 아니라는 감사의 마음이 그들의 뱃속을 갉아먹었다. 굶주림과 두려움과 고독도 그들의 뱃속을 갉아먹었다. 그 의문이 다시 기운을 차리고 도저히 거부할 수 없는 모습으로 되돌아올 때까지. 그들이 내놓을 수 있는 유일한 답은, 서로 의지해야 한다는 것이었다. 앞으로 영원히 그들은 '나'가 아니라 '우리'였다.

25

다음날 아침 수탉 맥니스는 십 분 동안의 암기를 위해 『나의 투쟁』을 찾으려고 자신의 배낭 깊숙한 곳을 뒤졌다. 그는 한밤중에 자다가 깨어났다. 한 가지 생각, 그러니까 자신이 앞으로 나서서 일을 하지 않고 숨자는 생각을 한 사람이 바로 자신이라고 밝혔다면, 가디너는 죽지 않았을 것이라는 생각이 그를 괴롭혔다. 하지만 그렇게 했다면 자신이 대신 죽었을 것이라는 생각도 들었다. 그렇지 않을 수도 있었지만. 어쩌면 두 사람이 모두 죽었을 수도 있었다. 그는 일본인들의 행동을 예측하는 것은 불가능하다고 속으로 되뇌었다. 그리고 가디너는 자신의 조를 책임진 부사관이고 병자였기 때문에 어차피 무사할 수 없었다고 자신을 달랬다.

수탉 맥니스가 전날 공사장에 서 있을 때, 일본인들이 죄를 지은 포로들은 앞으로 나서라고 다그쳤을 때, 그의 머릿속에서 가장 시끄럽게 들린 소리는 일본인들의 고함소리가 아니라 오리알 껍질을 잡고 있다가 들켰을 때 가디너가 터뜨린 웃음소리였다. 앞으로 나서서 사실을 밝힐 수도 있었던 그 순간에 수탉의 머릿속에는 가디너가 자신에게서 훔쳐간 검은 오리알에 대한 생각뿐이었다. 가디너는 그 오리알 껍질을 이용해서 수탉을 조롱하기까지 했다. 전날 아침 가디너에게 당한 굴욕이 나중에 가디너가 구타당한 기억보다 더 고통스러운 감정으로 그에게 남았다. 그래, 나는 저런 놈을 도와주지 않겠다. 수탉 맥니스는 이렇게 생각했다. 하지만 그를 죽일 생각은 아니었다.

그래, 그럴 생각은 아니었어. 그는 혼자 중얼거렸다. 그럴 생각은 아니었어.

빨간색 턱수염을 쪽쪽 빨면서 배낭 안을 뒤지던 그의 손에 맨 밑바닥에 있는 반합이 닿았다. 곧 컵처럼 구부러지고 축축한 『나의 투쟁』도 만져졌다. 그가 책을 막 꺼내려는데, 그동안 온갖 시련을 겪으면서도 어찌어찌 보관하고 있던 예장용 군복의 셔츠가 손을 스쳤다. 그는 항상 그 셔츠를 깔끔하게 접어두었는데, 지금은 불룩 부풀어 있었다. 그는 책을 손에서 놓고 주위를 더듬어 배낭 속에서 오리알 하나를 꺼냈다. 아랫입술이 아래로 툭 벌어졌다. 오리알을 발견하고 느낀 안도감은 곧 말로 표현할 수 없는 경악에 압도되었다. 그는 오리알이 반드시 감춰야 하는 엄청난 수치라도 되듯이 재빨리 오리알을 배낭 안에 넣고 『나의 투쟁』을 꺼냈다.

아무리 애써도 한 구절도 외울 수 없었다.

26

수십 년 뒤 지미 비글로는 아이들에게 항상 옷을 그렇게 밖을 향해 접어야 한다고 우겼다. 그리고 호바트에 있는 집에서 서랍장의 서랍을 열어 옷이 그렇게 접혀 있는지 확인하곤 했다. 접힌 부분이 바깥쪽으로 나오게. 아이들이 옷을 그렇게 접지 않는다고 해서 그가 아이들을 때리며 혼낸 적은 없었다. 대신 그는 아이들에게 애원하고 간청하다가, 명령하고 다그치다가, 나중에는 화가 나서 자기가 직접 아이들 옷을 다시 접어 정리했다. 그동안 아이들은 불안한 표정으로 옆에 서 있었다. 그는 도저히 설명할 수도 없고 이름도 붙일 수 없는 두려움을 느끼곤 했다. 그리고 아이들 역시 평생 그런 혼란을 안고 살아야 했다. 사랑이자 두려움인 그 감정은 단순히 서랍을 여닫는 일이나 아버지의 분노와 중얼거림을 넘어서는 것이었다. 그는 아이들이 이해하지 못한다는 것을 알고 있었다. 도대체 이걸 왜 몰라? 어떻게 모를 수가 있어? 저놈들이 뭘 이해해야 하는지 이렇게 뻔한데. 언제 모든 것이 변할지 아무도 모르는 법이었다. 기분도, 결정도, 담요도.

인생도.

아이들은 그런 것을 하나도 몰랐다. 그저 자기들이 무슨 짓을 하든, 아버지는 결코 자기들을 해치지 않으리라는 것을 알 뿐이었다. 기껏해야 아이들을 무릎 위에 엎어놓고 엉덩이 위로 손을 들어올린 채 가만히 있기만 할 것이다. 때로는 아버지의 무릎과 허벅지가 덜덜 떨리는 것이 느껴졌다. 그럴 때 몰래 위를 쳐다보면 아버지의 손도 부들거리고 눈에는 눈물이 글썽했다. 아버지가 어린 자식들의 연한 빰을 갑자기 후려치는 개머리판으로부터 자식들을 지키려고 필사적으로 애쓰고 있다는 것을, 이 냉혹한 세상이 조심성 없고 분별없고 준비되지 않은 자에게 얼마나 끔찍한 일을 예비해두었는지 경고하려고 애쓰고 있다는 것을, 아무리 애써도 미리 대비할 수 없는 온갖 일에 대해 자식들을 대비시키려고 애쓰고 있다는 것을 아이들이 어떻게 알 수 있었을까? 그들이 아는 것은 하나뿐이었다. 아버지는 절대 자신들을 해칠 사람이 아니라는 것.

그가 몸을 계속 앞뒤로 흔들다가 됐다 하고 말하며 갑자기 아이들을 무릎에서 밀어내 제 발로 서게 만들면, 아이들은 그것이 무슨 뜻인지 알아차렸다. 아버지는 눈을 피하며 손사래를 쳐서 아이들을 쫓아버릴 터였다.

이거면 됐다. 알았지? 그냥, 그냥 다음에는 접은 부분이 밖으로 나오게 옷을 접어. 밖으로. 항상 밖으로. 알았지?

그러면 아이들은 햇빛이 비치는 밖으로 뛰어나갔다.

그는 혹시 자신이 사랑을 위한 시간이나 공간을 만들지 못한 것이 아닌가 하는 생각이 들었다. 그는 그 틀에 자신을 맞추려고 했지만, 사랑이 훨훨 날아가버렸다. 어쩌면 그는 거칠게 원을 그리며 빙빙 도는 사랑 대신 예측이 가능한 일을, 단단히 얽힌 팔을 푸는 대신 담요 접기를 선택한 건지도 몰랐다. 이유가 무엇인지는 자신도 알 수 없었다.

하지만 때로는 그냥 그것이 존재했다. 어린 조디가 시선을 들더니 활짝 웃으며 아버지에게 손을 흔드는 모습을 열린 창문을 통해 물끄러미 바라보면서, 그는 스프링클러가 다이아몬드 형으로 물을 뿌리는 뒤뜰의 갈색 잔디밭에서 사랑이 노니는 모습에 충격을 받았다. 자신이 살아서 이것을 경험할 수 있을 만큼, 사랑하고 사랑받을 수 있을 만큼, 운이 좋았다는 사실에 충격을 받았다. 그는 햇빛 속에서 뛰노는 아이들을 지켜보며 부끄러웠고, 경이로웠다. 항상 햇빛이 밝았다.

27

그럼 라인은 어떻게 되었느냐고? 세계적인 일본제국을 세우겠다는 꿈이 방사능에 날아가버린 뒤 철로 건설은 이제 목적도 없고 지원도 받지 못하는 일이 되어버렸다. 일본인 기술자들과 경비병들은 수감되거나 본국으로 송환되었고, 라인을 유지하기 위해 남아 있던 노예들은 해방되었다. 전쟁이 끝나고 몇 주도 되지 않아 라인은 자신의 종말을 반기기 시작했다. 먼저 타이인들이 라인을 버리고 가버렸고, 영국인들이 라인을 해체했으며, 부족민들이 그 잔해를 가져다 팔았다.

시간이 더 흐르자 라인은 휘어지고 틀어지기 시작했다. 양옆에 쌓은 둑과 다리가 물에 쓸려가고, 바위를 깎아서 낸 길이 다시 메워졌다. 방치는 변형으로 이어졌다. 한때 죽음이 은밀히 활보하던 곳에 생명이 돌아왔다.

라인은 비와 햇빛을 환영했다. 많은 사람들이 묻힌 묘지의 머리뼈와 넙다리뼈와 부러진 곡괭이 자루 사이에서 씨앗이 싹을 틔우고, 레일을 고정하는 대못과 빗장뼈 옆에서 나란히 덩굴손이 자라나서 티크 침목과 정강이뼈, 어깨뼈, 등뼈, 종아리뼈, 넙다리뼈 주위로 불쑥불쑥 튀어나왔다.

라인은 노예들이 흙과 돌멩이를 운반해서 쌓아놓은 둑에 잡초가 파고드는 것을 환영했고, 노예들이 나무를 잘라 운반해서 세웠으나 이제는 무너진 다리를 흰개미들이 파고드는 것을 환영했으며, 노예들이 길게 늘어서서 어깨에 지고 옮긴 철로용 쇳덩이에 녹이 스는 것을 환영했다. 라인은 썩어가는 폐허를 환영했다.

결국 남은 것이라고는 더위와 비구름, 벌레와 새와 동물과 식물밖에 없었다. 그들은 과거를 알지도 못하고 신경쓰지도 않았다. 인간은 많은 것 중 하나에 불과하며, 이 모든 것은 살기를 갈망한다. 그리고 삶의 가장 고귀한 형태는 자유다. 인간이 인간답게, 구름이 구름답게, 대나무가 대나무답게 사는 것.

수십 년이 흘렀다. 과거의 기억이 중요하다고 믿는 사람들이 라인의 일부를 조금씩 발굴해냈고, 그렇게 발굴된 구간들은 시간이 흐르면서 묘하게 부활해서 어디와도 연결되지 않은 동떨어진 선이 되었다. 관광지이자 신성한 장소이자 국가적인 장소였다.

라인은 망가졌다. 모든 선은 궁극적으로 그렇게 되게 마련이다. 모든 노고가 허사로 돌아갔고, 아무것도 남지 않았다. 사람들은 계속 의미와 희망을 갈망했지만, 과거 기록은 오로지 혼란만이 가득한 흐릿한 이야기에 불과하다.

한도 없이 이어져 땅에 묻힌 그 거대한 폐허로부터 고독하고 한결같은 정글만이 멀리멀리 뻗어나갔다. 제국의 꿈과 죽은 사람들이 남긴 것은 길게 자란 풀밭뿐이었다.

이슬의 세상은
이슬의 세상일 뿐,
그래도.

잇사

1

신주쿠 라쇼몽의 들쭉날쭉한 꼭대기에 참깨씨처럼 흩어져 있던 까마귀들은 누군가가 던진 돌멩이에 깜짝 놀라서 도쿄의 하늘로 날아올랐다. 도쿄는 아직 잿더미가 된 과거를 콘크리트로 덮어버리기 전이었다. 그들의 날갯짓 아래 도시는 사실상 존재하지 않는 것이나 마찬가지였다. 얼마 전까지만 해도 이 까마귀들은 불길에 휩쓸린 도시에 흔하게 널려 있던 시커먼 시체들로 만찬을 즐겼다. 하지만 지금 하늘을 날고 있는 그들 아래에 펼쳐진 것은 불에 타고 엉망으로 뒤집어진 광활한 평원뿐이었다. 괴상한 토끼굴과 미로처럼 생긴 건물들 안에서는 미망인들과 고아들, 망가지고 불구가 된 전직 군인들, 미친 자들, 죽어가는 사람들, 절망에 빠진 사람들이 정처없이 돌아다녔다. 그런 그들 앞을 가끔 미군 지프가 지나갔다. 1946년의 지독한 겨울에 재건작업은 기껏해야 천막이나 달개집, 양철로 지은 임시 주거를 마련하는 데 그쳤다. 그런 곳에 웅크리고 있는 사람들은 그나마 운이 좋은 편이었다. 다른 사람들은 지하철역, 기차역, 폐허 속에 만들어진 굴 같은 곳에서 견뎌내야 했다.

까마귀들에게 돌을 던진 남자 나카무라 덴지는 전에 일본제국군의 제2철도연대에 소속된 소령이었다. 그는 지금 폭격으로 부서진 건물 잔해와 무너진 철제 빔으로 아무렇게나 만든 아치형 터널 밑에서 지독한 비를 피하는 중이었다. 폭격중에 뒷골목에 우연히 아치 모양이 만들어진 것을 사람들이 적절하게 손을 봐서 만든 것이 바로 이 터널이었다. 이 폐허 더미는 그들의 위대한 도시로 들어가는 웅대한 출입구였지만, 이 혼란스러운 터널을 통해 신주쿠의 파괴된 환락가를 드나드는 이 지역 사람들은 이곳을 신주쿠 라쇼몽이라고 불렀다. 여우, 쥐, 매춘부, 도둑 등이 신주쿠 라쇼몽에서 가장 흔히 볼 수 있는 주민들이었으며, 그들은 이곳에 생겨난 굴이나 반쯤 무너진 방에서 살았다. 이 흔들거리는 출입구에서도 언뜻 볼 수 있는 후지산은 백오십 년 전 위대한 호쿠사이*가 그림으로 남길 때와 마찬가지로 그들의 세상 위에 우뚝 서 있었다. 전경을 드러낸 후지산은 항상 변하는 것 같으면서도 결코 변하지 않았고, 정적인 모습을 유지하는 불멸의 존재였다.

하지만 지금 후지산이 굽어보는 세상은 지독할 정도로 죽음과 가까워서, 매일 사람들이 죽어나갔다. 그래도 사람들은 계속 살아가야 했

---

* 가츠시카 호쿠사이(葛飾北斎, 1760~1849). 일본 에도시대에 활약한 목판화가로 우키요에의 대표 작가.

다. 거리에는 카스토리,* 그러니까 굶주림과 절망에 빠진 사람들이 마시는 싸고 치명적인 술이나 군대 창고에서 훔쳐온 샤부에 취해 제정신이 아닌 사람들이 가득했다. 두 가지 모두에 취한 사람들도 있었다. 나카무라는 가난 때문에 샤부 중독에서 벗어났다. 그리고 다시는 샤부를 찾지 않을 작정이었다. 굶주린 개들이 크고 위협적인 무리를 이루어, 예전에는 도로였지만 지금은 푹 꺼져버린 길을 돌아다녔다. 그보다 더 굶주린 아이들은 거리를 돌아다니며 소매치기를 하거나 구걸을 하거나 포주 노릇을 했다.

전부 늑대들이야. 나카무라는 속으로 생각했다.

천천히 시선을 움직이다가 잽싸게 화다닥 움직이는 그들을 보며 나카무라는 으스스해졌다. 그들은 약하면서 동시에 위협적이었다. 비쩍 마른 예닐곱 살짜리처럼 보였지만, 대개는 십대에 접어든 아이들이었다. 여자들은 어디서나 자신을 팔았다. 미국 악마들에게 몸을 파는 일만은 거부함으로써 수입 감소와 더불어 묘한 명예를 지키는 여자들도 몇 명 있기는 했지만, 대부분은 길거리 매춘부의 삶이 가져다주는 풍요를 즐겼다. 어느 날 밤 나카무라는 그런 여자와 시간을 보낸 뒤 그녀의 직업에 화가 났다. 자신의 삶이 거기에 비치는 것 같아서였다. 그래서 그는 여자에게 어떻게 미국인들과 어울릴 수 있느냐고 물었다. 그녀는 미소짓는 빨간 입술로 방금 불을 붙인 러키스트라이크 담배를 물고 그에게 물었다.

지금은 우리 모두 길거리 매춘부 아닌가요?

---

* 지게미로 만든 막소주.

두 달 반 전에 전역한 나카무라는 이렇게 폐허가 된 사람들과 도시 속에서 살았다. 그들 가운데에서 그는 아무것도 아니었고, 그 점이 오히려 반가웠다. 그의 유일한 무기인 쇠지레는 아슬아슬하게나마 삶을 이어나갈 수 있게 해주는 수단이자, 호신용 무기였다. 그는 몇 분마다 한 번씩 가려운 몸에서 떼어낸 이들을 그 쇠지레에 대고 눌렀다. 쇠지레를 이용해 그는 파괴된 건물 골조에서, 예전에는 도쿄였지만 지금은 진흙탕과 잿더미로 변해버린 곳에서 부서진 목재들을 꺼냈다. 그리고 그것들을 최대한 분해해 목탄 제조업자들에게 팔았다. 한때 제국의 위대한 수도였던 곳의 까맣게 탄 잔해를 손으로 만지작거리면서, 나카무라는 어딜 가면 된장국이나 밥 한 그릇을 먹을 수 있을지 생각하곤 했다. 그렇게 폐허를 뒤지다보면 때로 뜻밖의 횡재를 하기도 했다. 전날만 해도 그는 쥐들조차 미처 찾아내지 못할 만큼 폐허 속에 깊이 묻혀 있던 상한 도토리 몇 개를 파냈다. 하지만 그 도토리를 먹은 뒤 지금까지 아무것도 먹지 못했다.

그는 굶주린 배를 생각하지 않으려고 구겨진 채 바닥에 떨어져 있던 신문지를 집어들었다. 며칠 전의 것이었다. 그는 기사 몇 개를 읽으면서도 한마디도 이해하지 못했지만, 갑자기 한 기사가 눈에 들어오면서 머리가 하얗게 타오르는 것 같았다. 그는 주의깊게, 필사적으로 그 기사를 읽었다. 미국인들이 예전 전쟁포로수용소에서 일한 사람들에게 전쟁범죄 혐의로 체포영장을 발부했다는 내용이었다. 기사 말미에는 수배된 용의자들의 명단이 있었다. 그 명단의 중간쯤에서 그는 오랫동안 두려워하던 사실과 맞닥뜨렸다. 그의 이름이 B급 전쟁범죄 용의자로 언급되어 있었다.

나카무라는 또 몸이 가려워졌다. 그는 전범이 아닌데, 진짜 전범인 미국인들이 그의 인생을 거짓으로 꾸며낸 뒤 그를 죽여버릴 터였다. 속에서 분노가 솟아오르기 시작했다. 하지만 그 분노 밑에서 하루하루 살아남아야 하는 현실을 강조해주는 것은 둔탁하지만 한시도 사라지지 않는 두려움, 운명이 자신을 찾아다니고 있음을 아는 짐승의 두려움이었다. 미국인들이 전범으로 여겨지는 사람들을 얼마나 무서울 정도로 유능하게 찾아내는지 나카무라도 들은 적이 있었다. 그들의 커다랗고 시끄러운 몸이 사방에 있는 것 같았다. 그들은 특히 전쟁포로와 관련된 일을 했던 사람들을 우선적으로 추적중이라고 했다. 나카무라는 잡히지도 처형당하지도 않고 반드시 살아남겠다고 결심을 다졌다. 그의 명예를 위해서였다. 가려움이 점점 격렬해졌기 때문에 그는 바지 속으로 손을 넣어 사타구니를 찢어발길 것처럼 긁어댔다. 그러고는 살점과 털과 이가 뒤섞인 딱지를 떼어내 땅바닥에 던져버렸다.

날씨가 좋아지기를 기다리면서 나카무라는 지긋지긋한 초록색 페인트가 칠해진 쇠지레를 손가락으로 어루만지며 손에 아직 남아 있던 이 몇 마리를 손톱과 쇠지레 사이에 넣고 눌러버렸다. 그는 자신의 처지를 생각해보았다. 목재를 찾아다니는 것만으로는 살아남기가 힘들었다. 목재에 박힌 못을 뽑아내느라 쇠지레는 벌써 반쯤 이가 나갔고, 그의 뺨은 이틀 전 갑자기 그의 몸을 덮친 깔쭉깔쭉한 빔에 찍혀 욱신거렸다. 도저히 피할 길 없는 무서운 추위는 허기를 더욱 부채질했고, 이제는 미국인들까지 그를 뒤쫓고 있었다. 나카무라는 신문의 명단 속에 있는 자신의 이름을 다시 바라보면서, 적어도 며칠 전부터 미국인들이 자신의 뒤를 쫓고 있었음을 깨닫고 경악했다. 그들은 체계적으로 단서를 추적해서 잘못된 정보를 제거하고 다른 용의자들에게 다가가고 있었다. 그에게도 시시각각 다가오고 있을 터였다. 그만큼 교수대에서 맞이할 죽음 또한 가까워지는 셈이었다. 살아남으려면 어떻게든 해야 한다는 것을 나카무라는 깨달았다. 무엇이 됐든 방도를 생각해보아야 한다는 뜻이었다. 하지만 그의 반항적인 정신이 뒤로 물러나 극도의 절망과 패배감에 자리를 내주었다. 그가 무엇을 할 수 있을까? 무엇을? 명예를 지키려면 다른 사람들처럼 자살을 택하는 수밖에 없을 것이라는 생각이 들었다.

그가 그렇게 직접 운명을 손에 쥐고 명예롭게 죽자는 결심을 다지고 있을 때, 위쪽에서 고함소리가 작게 들려왔다. 그 고함소리의 정체를 알고 싶다는 호기심이 한도 없이 그의 존재를 가득 채워버렸기 때문에 자신의 비참한 운명을 생각하기보다는 무엇이든 행동에 나서는 편이 더 나을 것 같았다.

그는 움푹한 공간에서 기어나와 빗속에 서서 열심히 귀를 기울이며 천천히 고개를 돌렸다. 그때 여자가 이를 악물고 소리치는 소리가 들렸다. 위쪽 어딘가, 그러니까 라쇼몽의 왼쪽을 구성하고 있는 폐허 더미 속에서 들려오는 소리였다.

폐허에서 움직이는 것치고는 최대한 조용히 나카무라는 헐거워진 벽돌과 건물 잔해가 커다란 언덕처럼 쌓여 이루어진 아치형 굴의 왼쪽을 기어올라갔다. 손으로는 쇠지레를 단단히 잡고 있었다. 폐허 속에 주먹만 한 크기의 작은 구멍이 뚫려 있는 것이 눈에 들어왔다. 그 안을 들여다보니 폭격을 맞은 방의 잔해가 보였다. 반대편 벽의 윗부분이 사라진 틈새로 들어온 빛이 방을 밝히고 있었다. 나카무라는 이 방이 예전에는 깔끔하고 쾌적한 곳이었을 것 같은 생각이 들었다. 하지만 지금은 국화가 그려진 벽지 위에 때와 검댕이 두텁게 묻어 있고, 방 전체는 짐승들이 사는 굴 같은 것으로 변해버린 듯싶었다. 썩어가는 다다미 잔해와 쿠션 몇 개가 모여 침대를 이루었다. 그 옆에는 다리가 세 개뿐이라서 깨진 벽돌을 괴어둔 탁자 하나, 탁자 위의 더러운 거울 하나가 있었다.

여자가 이를 악물고 외치는 소리가 다시 들려왔다. 이번에는 아주 가까웠다. 나카무라가 여자의 목소리가 들리는 쪽으로 몸을 돌리자 방의 저쪽 구석을 들여다볼 수 있었다. 그곳에 거리의 매춘부와 소년이 서 있었다. 아마도 열여섯 살이나 열일곱 살쯤 되어 보이는 소년은 긴 부엌칼을 들고 있었다. 두 사람 발치에 군복을 입고 쓰러져 있는 미군은 목이 베어져 있었는데, 상처가 난 지 얼마 되지 않았는지 아직도 조금씩 피가 솟구치는 중이었다. 매춘부는 소년을 나무라면서 왜 미군을 죽였느냐고 다그치고 있었다. 하지만 슬픈 기색은 없고 오로지 화를 낼 뿐이었다.

나카무라는 두 사람의 눈이 미치지 않는 곳에 숨어서 재빨리 모든 상황을 파악했다. 하지만 그의 시선을 끈 것은 이 극적인 상황이 아니었다. 지금 이 상황에 대해 그는 조금도 관심이 없었다. 하지만 임시로 벽돌을 괴어둔 탁자 위에 만두 두 개와 미국 초콜릿 한 개가 있었다.

2

나카무라는 소리 없이 조심스레 구멍에서 떨어져 라쇼몽의 정상을 넘어 그 방의 벽에 난 구멍을 향해 빙 둘러 기어갔다. 그가 지붕을 덮은 헐거운 철판 위로 천천히 고개를 들어올렸을 때, 매춘부는 죽은 남자의 주머니를 뒤지는 중이었다. 그녀가 미군의 시체를 굴려 모로 눕히자 시체가 낮게 중얼거렸다. 그녀는 화들짝 놀라서 뒷걸음질을 쳤지만, 그저 그의 허파에서 공기가 억지로 빠져나오는 소리였음을 깨닫고 다시 그의 옷을 뒤지기 시작했다. 그의 뒷주머니에서 그녀는 돌돌 말아놓은 미국 달러 묶음을 찾아냈다.

하지만 나카무라의 신경이 쏠린 것은 오로지 만두뿐이었다. 그는 자신이 만주국에서 근무할 때 그곳 사람들이 항상 만두를 먹던 것, 그리고 자신은 그것을 무시하던 것을 떠올렸다. 그 기억을 떠올리며 이제 만두를 맛볼 수 있을지도 모른다고 생각하자 입에 군침이 고였다.

오로지 만두를 먹고 싶다는 생각만으로 가득찬 나카무라는 단단히 각오를 하고 구멍 안으로 몸을 던졌다. 몸을 굴려 방안으로 들어간 그는 벌떡 일어서면서 쇠지레를 휘둘렀다. 순간적으로 모두들 죽은 미국인의 시체를 사이에 두고 서로를 빤히 바라보기만 했다. 매춘부는 값비싼 꽃무늬 셔츠와 통이 넓은 바지에 반짝거리는 검은색 게다를 신고 미국 달러 뭉치를 들고 있었다. 그리고 소년의 손에는 부엌칼이, 나카무라의 손에는 쇠지레가 있었다.

소년이 크게 소리를 지르며 나카무라에게 달려들었다. 나카무라는 두려움과 동시에 경험에서 우러나온 차분함을 느끼며 기분이 들떠서 좀더 튼튼하게 균형을 잡기 위해 살짝 다리를 굽혔다. 그리고 칼을 휘두르듯 쇠지레를 휘둘렀다. 쇠지레는 위를 향해 크게 호선을 그리며 올라가더니 부드럽고 질척거리는 소리를 내며 소년의 머리를 때렸다. 망치로 수

박을 때리는 것 같은 그 소리가 아주, 아주 오랫동안 허공에 남아 있는 것 같았다. 영원처럼 길면서 동시에 짧은 한순간처럼 느껴진 그때, 격렬하게 달려들던 소년의 힘이 다했다. 나카무라가 보기에는 시간이 묘하게 끊어진 것 같은 순간이 지난 뒤 소년이 소리 없이 털썩 쓰러졌다.

나카무라와 매춘부 모두 아무 말도 하지 않았다. 소년의 몸이 격하게 경련하고 있었지만, 두 사람 모두 그가 죽었음을 확신했다. 핏물이 번지기 시작하고, 경련이 느려지다가 멈추고, 나카무라는 소년의 더러운 긴 머리카락 주위에서 이들이 갑자기 당황하기라도 한 것처럼 우글거리는 것을 보았다. 방안을 채운 축축한 먼지의 서늘한 냄새가 강렬하게 느껴졌다.

매춘부가 울먹이기 시작했다. 나카무라는 두 걸음 만에 세 다리 탁자로 다가가 만두 두 개를 모두 침이 고인 입속에 쑤셔넣었다. 그는 여자에게서 한시도 시선을 떼지 않은 채 그것을 게걸스레 먹어치웠다. 새로운 생각이 떠올랐다.

그는 쇠지레로 여자의 손에 들린 달러 뭉치를 가리켰다. 여자는 덜덜 떨리는 손으로 그것을 그에게 건네주었다. 그는 돈을 주머니에 넣은 뒤 쇠지레를 뻗어 그 끝으로 여자의 꽃무늬 셔츠 아랫단을 들어올렸다. 여자가 천천히 쇠지레에서 시선을 들어 그의 눈을 바라보다가 고개 숙여 인사하며 한 걸음 뒤로 물러났다. 그리고 옷을 벗기 시작했다.

알몸이 된 그녀는 안짱다리였다. 불쾌할 정도로 가느다란 허벅지에는 미나리아재비처럼 누렇고 작은 상처가 가득했다. 사타구니의 부드러운 털과 그 아래의 딱지투성이 하얀 피부가 대조를 이루었다. 젖가슴은 가슴이라기보다 살짝 부푼 것에 불과했으며, 피부색은 병자 같았다.

나카무라는 이제 씻지 않아 땀냄새가 나는 그녀의 체취를 느낄 수 있었다. 마치 겨울이 끝날 무렵 외양간에 있는 암소 같았다.

그녀는 세 다리 탁자로 다가가서 더러운 다다미 위에 누웠다. 양발이 마치 그를 가리키는 듯했다. 짧고 가쁜 여자의 숨소리가 들렸다. 여자가 역겨웠다. 미국의 악마들에게 몸을 팔다가 이제는 저 더러운 몸을 그에게 내밀다니. 그는 여자의 옷을 들고 초코바를 주머니에 챙긴 뒤 이 굴을 기어나가려다가 잠시 걸음을 멈추고 두 시체를 바라보았다.

미군은 이미 아무것도 아니었다. 일본인 소년은 얼굴에 여드름이 가득했다. 살인을 너무 대단하게 생각했어. 나카무라는 속으로 생각했다. 어쩌면 후회와 죄책감을 느껴야 하는 건지도 모른다. 만주국에 처음 갔을 때는 그도 그런 것을 느꼈다. 하지만 곧 죽은 자를 사람으로 생각하지 않게 되었다. 그는 그들 중 아무라도 기억해내려고 애썼다. 죽은 자는 그냥 죽은 자지. 그뿐이야. 그는 속으로 생각했다. 그래도 두 시체 중 하나가 미국인이라…… 조심하지 않으면 그에게 골치 아픈 일이 생길 수도 있었다. 그렇지 않아도 이미 수배자 신세인데.

크게 번진 검은 피 웅덩이를 밟지 않으려고 주의하면서 나카무라는 미군 옆에 쪼그리고 앉았다. 나카무라가 전역했을 때 사람들이 이를 잡기 위해 뿌려준 DDT 냄새가 그에게서 났다. 그가 보기에 이 미국인은 다른 종에 속하는 것 같았다. 이렇게 덩치가 크고 생김새가 이상하다니. 정글에서 만난 오스트레일리아인들과는 전혀 달랐다. 그들은 확실히 죽어버린 이 덩치 큰 미국인과는 달랐다.

그는 시체에 손이나 몸이 닿지 않게 조심하면서 쇠지레 끝을 기술적으로 움직여 반쯤 주먹을 쥔 미군의 손안으로 집어넣은 뒤, 손을 가슴

위에 놓아주었다. 그러고는 잠시 생각해본 뒤, 쇠지레를 미군의 손안에서 빙글빙글 돌리다가 손가락을 향해 세게 밀고는 피 웅덩이 속에 쇠지레를 던져버렸다. 저 매춘부가 입을 다물고 자취를 감추기만 한다면, 미군들과 경찰은 뻔한 결론을 내릴 것이다. 포주가 저 미군을 털려다가 싸움이 벌어져서 둘 다 목숨을 잃었다고.

그는 몸을 돌려 이 굴의 입구 역할을 하는 가슴 높이의 구멍으로 다가갔다. 그때 뒤에서 여자가 일어서는 소리가 들렸다. 나카무라는 그녀에게 전혀 신경쓰지 않았지만, 여자가 그의 발목을 붙잡고 늘어지려 하자 손을 떼어내기 위해 여자에게 두 번 발길질을 하는 수밖에 없었다. 여자는 미군의 시체 위로 널브러졌다.

그가 밖으로 나와 폐허 위를 미끄러지듯 내려가는데 뒤에서 고함소리가 들렸다. 매춘부가 피가 묻어 미끌거리는 작은 가슴을 팔로 가린 채 구멍 밖으로 몸을 내밀고는, 미군이 자신을 강간하려던 순간에 남동생이 도착해서 누나를 지키려고 했을 뿐이라는 내용의 말을 떠들어댔다. 나카무라는 여자의 말을 제대로 듣지 않았다. 그러고 싶은 생각도 없었다. 그는 재빨리 구멍으로 돌아와서 여자의 어깨를 움켜쥐고 울먹이는 머리에 벽돌을 들이댔다.

다 잊어. 나카무라가 말했다. 저놈도 잊고, 네 남동생도 잊고, 나도 잊어.

매춘부는 좀더 큰 소리로 울어댔다. 그는 벽돌로 그녀의 입을 밀어버렸다.

잊으면 살 거야. 그가 성난 목소리로 말했다.

그는 여자를 다시 구멍 속으로 밀어넣고, 신주쿠 라쇼몽을 서둘러

내려와 시내로 향했다.

매춘부에게서 빼앗은 미국 돈 50달러로 그는 가짜 신분증을 살 수 있었다. 그녀의 옷을 다른 길거리 매춘부에게 팔아 마련한 돈으로는 고베행 기차표를 샀다. 창문이 모두 날아가버린 삼등칸에서 그는 혹독한 겨울 밤바람을 맞으며 전직 철도연대 소령 나카무라 덴지라는 과거를 버리고 전직 일본제국군 이등병 기무라 요시오라는 미래를 향해 나아갔다.

고베의 사정도 도쿄보다 나을 것이 없었다. 이 도시에도 역시 구덩이와 진흙탕, 산처럼 쌓인 벽돌들과 철사처럼 비틀린 강철밖에 없었다. 이 난장판 속에서 일본인들은 바퀴벌레처럼 기어다녔다. 나카무라는 그 죽은 미국인과 죽은 소년과는 이제 상관없는 사람이 된 것 같았다. 여러 달 동안 그는 좀도둑질과 암시장 거래로 있는 힘을 다해 근근이 살아갔다. 하지만 도통 안전하다는 느낌이 들지 않았다. 한번은 전쟁포로수용소에 있던 키 큰 오스트레일리아 장교 한 명을 멀리서 본 것 같았다. 나카무라는 너무나 무서워서 일주일이 지난 뒤에도 밤에만 간신히 길거리로 나설 수 있었다.

그는 전범재판 소식을 열심히 챙겨보기 시작했다. 여러 번 탈주한 전쟁포로를 구타한 일본인 병사가 유죄판결을 받고 교수형을 당했다는 소식이 신문에 실렸다. 나카무라는 상상도 할 수 없는 일이었다.

겨우 한 번 때린 걸로?

그는 일본 군대에서 항상 구타를 당했다. 그 역시 의무적으로 다른 병사들을 때려야 했다. 훈련병 시절에는 구타를 당하다가 두 번 기절했고, 한 번 고막이 터졌다. 상관의 속옷을 빨면서 '열심히 하는 태도를 보이지 않았다'는 이유로 야구방망이로 엉덩이를 얻어맞기도 했다. 신병 시절에는 지시를 잘못 들었다는 이유로 장교 세 명에게 무차별 폭행을 당했다. 연병장에 하루종일 차렷 자세로 서 있으라는 지시를 따르다가 쓰러지자, 그들은 명령불복종이라며 그에게 달려들어 의식을 잃을 때까지 폭행했다.

그런데 겨우 한 번 때린 것이 전쟁범죄라고? 전쟁포로가 도대체 뭔데? 생포된 장교는 자살해야 한다고 야전복무규정에 분명히 나와 있지 않던가? 전쟁포로가 도대체 뭐야? 아무것도 아니었다, 전쟁포로는. 염치도 없고 명예도 없는 인간. 그러니까 사람이 아닌 존재.

겨우 한 번 때린 걸로?

그는 좋은 장교였다. 다른 장교들은 때로 그에게 대부분의 규율위반을 그저 따귀만으로 처벌하느냐며 질책하기도 했다.

자네는 너무 착해. 나카무라가 품행불량을 이유로 도모카와 상등병의 따귀를 때린 뒤 고타 대령이 이렇게 말하던 것이 기억났다. 겨우 따귀로 끝내는 건가? 나라면 저놈이 결코 잊지 못하게 몽둥이질을 했을 거야.

나카무라는 맑은 고베 하늘을 향해 소리를 지르고 싶어졌다. 전쟁포로가 뭐야? 뭐냐고?

3

최상민은 어둠 속에서 대나무 의자에 앉아 있었다. 그것은 유죄판결을 받은 그에게 허락된 사치였다. 예전 전쟁포로 몇 명이 방콕에서 김이를 발견하고는 유곽 꼭대기 층에서 그를 던져버렸다는 이야기를 들었다. 그가 보기에는 합리적인 처사였다. 김이가 죽음을 향해 자신을 내던지는 그들에게 침을 뱉어주었다면 좋았을 텐데. 김이도 최상민과 마찬가지로 경비병으로 일했으며, 전쟁포로들을 죽였다. 그리고 전쟁이 끝난 지금, 그들이 그를 죽였다. 완벽히 이해할 수 있는 일 같았다. 지금 그의 상황과는 달랐다. 그는 복수심을 정의로운 절차로 포장한 오스트레일리아인들의 위선을 경멸했다. 그들 역시 언제나 그를 죽이고 싶어했다는 것을 그는 내심 알고 있었다. 그런 주제에 왜 이런 가식을 떠는가?

그에게는 시계가 없었다. 벽시계도 없었다. 이 밤이 앞으로 얼마나 남았는지 자신의 직감으로 짐작하는 수밖에 없었다. 하지만 그의 직감은 더이상 작동하지 않는 것 같았다. 밤이 한없이 이어지는 것 같았는데, 벌써 그에게서 달음질쳐 물러나고 있었다. 창이감옥은 저녁이 되자 문을 걸어잠갔다. 그뒤로 두 시간쯤 흐른 것 같았다. 그가 잘 생각해보았다면, 자정이 가까운 시간인 것 같다는 결론에 이르렀을지도 모른다. 하지만 그는 생각하지 않았다. 사실 아무 생각도 하지 않았다. 최상민은 생각조차 할 수 없는 곳을 헤매고 있었다. 그의 마음은 두 가지 감정 사이를 일정한 박자로 오갔다. 하나는 공황상태였다. 미친 듯이 터져나오는 기침처럼 이 감정이 그를 덮치면 그는 탈출할 길을 찾으려고 또다시 감방 안을 정신없이 서성거렸지만 결국 도망칠 길이 없음을 깨달을 뿐이었다. 이 감방에서도 임박한 죽음에서도 도망칠 수 없었다.

그러고 나면 그의 감정은 분노로 바뀌었다. 자신의 운명이나 탈출할 수 없다는 사실에 대한 분노가 아니라, 자신을 괴롭히는 어떤 사실에 대한 분노였다. 그는 일본군의 일원으로 갇혀 있으므로, 매달 50엔의 봉급이 그에게 계속 지급되어야 마땅했다. 하지만 이 년 전 전쟁이 끝나기 전부터 그는 봉급을 구경한 적이 없었다. 그가 분노하는 것은 돈에 대한 계산이나 탐욕 때문이 아니라, 부당한 일을 당했다는 생각 때문이었다. 그가 이 자리에 있는 유일한 이유가 바로 그 50엔이었다. 그런데 왜 그 돈을 못 받고 있는 건가?

앞으로 다시는 그 어떤 돈도 받을 수 없으리라는 사실을 내심 알고 있기 때문에 그 50엔을 생각하는 것은 부조리한 일이었다. 그래도 그 돈을 강탈당한 것 같았다. 그러다가 갑자기 다시 공황상태가 찾아오면 그는 또 감방 안을 서성거리며 손가락으로 벽을 쓸어보고, 손으로 감방 철창과 문을 만지며 밀어보았다. 그렇게 탈출구를 찾아 헤매다가 다시 탈출이 불가능하다는 것을 깨달으면 그는 50엔을 받지 못한 분노로 속을 끓였다.

그의 재판은 오스트레일리아 군사법정에서 이틀 동안 열렸다. 그가 직접 신문을 받을 때를 제외하고는 모든 절차가 영어로 진행되었기 때문에 그는 거의 한마디도 이해하지 못했다. 재판 말미에 (바람에 휘날린 촛불 같은 얼굴에 무덤 파는 인부 같은 목소리를 지닌) 판사가 처음으로 최상민을 똑바로 바라보며 뭐라고 말했다. 통역은 판사의 입술에만 굳건히 시선을 고정한 채 최상민의 귓가에서 일본어 문장들을 더듬더듬 속삭였다.

통역은 이렇게 말했다. 제출된 증거…… 진술서의…… 모순적인 내용 때문에…… 오스트레일리아 제국군 프랭크 가디너 부사관의……

살해에 가담한 혐의는…… 기각한다. 통역은 좀더 편안한 말투로 바꿔서 말을 덧붙였다. 이건 아주 좋은 소식이야. 아주 좋아요.

그러더니 또 더듬더듬 통역을 시작했다.

워트 쿠니 이등병의 살해를 지시한…… 혐의는…… 인정되며…… 이보다 경미한 다른 혐의 여러 개…… 음식과 의료용품을 배포하지 않음으로써 피할 수도 있었던 고통과 죽음을 초래한 것을 포함한 학대 혐의도 이와 같다. B급 전범 혐의에 대해 유죄로 판명…… 되었으므로…… 피고는…… 교수형으로…… 처형…… 처형될 것이다.

이번에는 통역이 자기만의 한마디를 덧붙이지 않았다.

그뒤로도 말이 이어졌지만 최상민은 이제 아무것도 듣지 않고 있었다. 법정에서 신문당할 때 최상민은 조선인 부사관인 자신이 포로의 살해를 지시하는 것은 불가능한 일이었음을 설명하려고 애썼지만 오스트레일리아인 변호사들은 고타 대령이라는 일본인 장교의 조사 내용을 근거로 그가 지시한 적이 있다고 말했다. 고타의 진술 때문에 벌써 조선인과 대만인 경비병 여러 명이 유죄판결을 받은 적이 있었다. 최상민은 또한 고타 대령이 나중에 무혐의로 석방되었다는 얘기까지 들었다. 최상민은 쿠니를 처형하라는 지시가 내려왔다는 그 시점에 쿠니는 이미 캠프 안에 없었음을 지적했다. 하지만 뒤죽박죽 뒤섞이고 불완전한 캠프 기록은 그의 말을 뒷받침해주지 못했다.

선고가 내려진 뒤, 그의 변호를 맡은 오스트레일리아인이 선처를 호소하는 탄원서를 내자고 그에게 간청했다. 변호사는 무기력한 남자였지만, 습기에 젖어 번들거리는 눈은 최상민에게 메스를 연상시켰다. 최상민은 외국 땅에서 죽겠다고 마음을 다졌으므로 고통을 길게 늘일 필요가 없다고 보았다. 최상민뿐만 아니라, 창이감옥에 B급이나 C급 전범으로 수감된 다른 조선인들과 대만인들이 알아차린 사실이 하나 있었다. 승리자인 연합군이 일본 귀족들과 연줄이 있는 장교들은 많이 석방하는 반면, 조선인과 대만인처럼 신분이 낮은 사람들은 희생양 삼아 교수형에 처한다는 것. 최상민은 나카무라 소령을 생각했다. 그는 지금까지 체포된 적이 없고, 앞으로도 결코 체포되지 않을 터였다. 고타 대령은 다시 자유의 몸이 되었다. 두 사람 모두 어딘가에서 미군을 위해 일하고 있을 가능성이 높았다.

그래봤자죠. 최상민이 말했다.

뭐라고요? 변호사가 물었다. 그의 젖은 눈동자가 이리저리 움직였다.

그래봤자라고요. 최상민이 말했다. 이것은 그냥 숙명을 받아들이겠다는 자신의 생각을 표현하기 위해 한 말이었지만, 변호사는 처형을 면하고 감형을 받을 수 있게 노력하자는 자신의 제안에 대한 동의로 이 말을 받아들였다. 변호사는 탄원서를 제출했고, 최상민의 목숨과 고통은 넉 달 더 연장되었다.

최상민은 창이감옥에 수감된 다른 사람들은 자신과 다른 태도로 운명을 바라보며 그에 따라 과거를 지어내고 있음을 알아차렸다. 어떤 사람들은 혐의를 정면으로 부정했지만 그래도 교수대에 오르거나 장기간의 징역형을 선고받았다. 어떤 사람들은 책임을 인정하면서도 오스트레일리아 법정의 권위를 인정하려 들지 않았다. 그들 역시 교수대에 오르거나 제각각 징역형을 선고받았다. 또 어떤 사람들은 자신의 책임을 부정하며 자기들처럼 계급이 낮은 경비병이나 병사가 천황의 의지는 말할 것도 없고 일본군의 명령체계를 거부하는 것은 불가능한 일이었다고 주장했다. 자기들끼리 있을 때 그들은 소박한 의문을 품었다. 우리의 행동이 모두 천황의 의지를 따른 것에 불과하다면, 천황은 왜 아직도 자유의 몸인가? 미국인들은 왜 천황을 지지하면서 우리는 교수대에 세우는가? 우리는 그저 천황의 도구였을 뿐인데.

하지만 내심 그들은 천황이 교수대에 서는 일은 결코 없을 것임을 알고 있었다. 예전에 천황을 위해 남을 때리고 고문하고 죽였듯이, 책임을 인정하지 않는 사람들도 이제 천황을 위해 교수대에 서게 될 터였다. 책임을 인정한 사람이나 혐의를 전면 부인한 사람이나 책임을 인정하지 않는 사람이나 교수대에서는 모두 똑같았다. 교수대의 바닥이 꺼지면 그들의 몸은 아래로 떨어져 대롱거렸고, 다리는 움찔거렸다. 똥구멍에서 똥이 나오는 것도, 갑자기 부풀어오른 음경에서 오줌과 정액이 뿜어져나오는 것도 똑같았다.

최상민은 자신의 재판이 진행되는 동안 그때까지 어렴풋하게만 알고 있던 많은 것을 배웠다. 제네바협약, 명령체계, 일본군의 구조 등등. 그는 자신이 두려워하고 증오했던 오스트레일리아인들이 묘한 방식으로 자신을 존중해주었음을 깨달았다. 그들은 그를 고아나라고 불렀다. 최상민은 그들의 증오심 속에 자신이 그토록 크게 자리잡고 있음을 알고 기분이 나쁘지 않았다.

일본인들에게서 감지했던 것과 똑같은 경멸을 오스트레일리아인들에게서도 감지했기 때문이다. 그는 조선에 살던 어린 시절처럼 자신이 다시 아무것도 아닌 존재가 되었음을 이해했다. 어렸을 때 그는 일본어 대신 조선어로 소곤거리다가 붙잡혀서 교실 뒤에 서서 벌을 받은 적이 있었다. 일본인 가정에서 그 집 애완동물보다 못한 취급을 받으며 일할 때도 그는 아무것도 아닌 존재였다. 일본군대에서 경비병으로 일할 때도 그는 가장 낮은 일본인 병사보다 더 낮은 존재였다. 지금의 자신보다 김이의 마지막이 더 나았다. 그런데 그가 아는 사람들 중 자신이나 김이보다 훨씬 더 지독한 짓을 한 자들은 목숨을 건졌다. 어떻게? 왜? 그 무엇도 말이 되지 않았다.

반면 오스트레일리아인 포로들을 때린 것은 정말 말이 되는 일이었다. 비록 짧은 순간이었지만, 그는 자신보다 훨씬 덩치가 큰 오스트레일리아 병사들을 때리며 자신이 뭐라도 된 것 같은 기분이 들었다. 그때 그는 마음 내키는 대로 그들의 따귀를 때릴 수도 있고, 주먹질을 할 수도 있고, 지팡이나 곡괭이 자루나 철봉을 휘두를 수도 있었다. 그래서 그는 뭔가 중요한 사람이 되었다. 비록 오스트레일리아인들이 구겨지듯 쓰러져 신음할 때만 느낄 수 있는 기분이라 해도. 그는 자신에게 맞아 죽은 사람도 몇 명 있다는 것을 어렴풋이 알고 있었다. 하지만 그들은 자신이 아니라도 어차피 죽었을 것이다. 그때의 그곳은 그런 곳이었다. 아무리 생각해보아도 그때 있었던 일들을 이 이상 더 잘 설명할 수 없었다. 지금 그가 후회하는 것은, 그들을 더 많이 죽이지 못했다는 점뿐이었다. 사람을 죽이면서 더 즐거워할 걸 그랬다는 생각이 들었다. 살생의 큰 부분을 차지하는 삶에서도 더 즐거움을 찾을 것을.

재판중에 오스트레일리아인들이 자기들끼리 떠드는 동안, 최상민은 자신의 감정이 증오를 넘어선 어떤 것임을 문득 깨달았다. 그것은 자신은 한 번도 가져보지 못했지만, 자신보다 위에 있던 일본인들은 항상 가지고 있던, 삶에 대한 확신이었다. 그가 오스트레일리아인들의 삶과 죽음을 좌우할 수 있는 힘을 쥐게 되었을 때, 처음에는 그저 자라면서 겪은 일본식 방법이 그것이었기 때문에 폭력을 휘둘렀다. 자신이 보기에 행동이 굼뜨거나 게으름을 피우는 것 같은 사람에게 매질을 하는 것은 전혀 특별한 일이 아니었다.

부산에서 그는 일본제국군 이등병들과 똑같이 엄격한 군사훈련을 받았다. 다만 부대원이 모두 일본인이 아니라 조선인이며, 끝내 정식 군인이 되지 못했다는 점이 다를 뿐이었다. 그들의 임무는 겁쟁이라 자살을 하지 못하고 항복한 적병들을 지키는 것이었다. 그는 행군, 사격, 총검술 외에 '빈타'도 배웠다. 일본인들이 아무리 사소한 잘못을 저지른 자에게도 고집스럽게 적용하는, 뺨 때리기 기술이 빈타였다. 잘못을 저지른 사람은 한 명뿐이라 해도 전원이 뺨을 맞았다. 훈련교관들은 매일 조선인 훈련생들을 서로 마주보게 두 줄로 세워놓고 맞은편 훈련생을 때리게 했다. 그들은 오른손으로는 왼쪽 뺨을, 왼손으로는 오른쪽 뺨을 서로 번갈아가며 때렸다. 빈타가 멈추는 것은 상대의 얼굴이 심하게 부어올랐을 때뿐이었다. 명령에는 무조건 복종해야 했다. 빈타와 명령복종, 이것이 최상민의 삶이었다. 오른손으로는 왼쪽 뺨을, 왼손으로는 오른쪽 뺨을. 그는 도망쳐서 집으로 돌아가고 싶은 마음이 간절했지만, 그랬다가는 일본인 관리들이 가족들을 못살게 굴 터였다. 게다가 조금 있으면 매달 50엔의 봉급을 받을 수 있었다.

그는 자신과 마주보고 선 훈련생에게 뺨을 때릴 때 사정을 봐주면 자신 역시 사정을 봐주겠다고 속삭였던 것을 떠올렸다. 하지만 그들의 잔꾀는 일본인 장교에게 금방 발각되었다. 그는 신병들이 동경하는 미남이었다. 최상민은 심지어 그의 걸음걸이와, 누군가가 말을 걸었을 때 절도 있게 천천히 고개를 돌리는 동작을 흉내낼 정도였다. 그 장교가 최상민의 귓가에서 고함을 질러댔다.

시늉만 하겠다는 거냐? 그가 소리쳤다. 그럼 이것도 아프지 않은 척 해봐라.

그는 짤막한 철봉으로 최상민의 양쪽 콩팥을 세게 후려쳤다. 그뒤로 여러 날 동안 피오줌이 나올 정도였다. 다음날 아침 훈련생들이 다시 줄을 서서 뺨을 때리는 시간이 왔을 때 최상민은 언제나 속에서 들끓던 절망적인 분노를 담아 상대를 때렸다. 오른손으로는 왼쪽 뺨을, 왼손으로는 오른쪽 뺨을.

작고 비쩍 마른 열여섯 살짜리 조선인 소년인 그가 처음 멀고 먼 정글로 보내졌을 때는 덩치도 키도 크고 나이도 많은 오스트레일리아인들에게 겁을 집어먹었다. 그들은 등판이 널찍하고, 팔뚝이 굵고, 허벅지에 털이 부숭부숭 난 오랑우탄들이었다. 그들은 항상 휘파람을 불고 노래를 했다. 그의 경험상 조선인과 일본인은 남들 앞에서 잘 하지 않는 행동이었다. 그는 묘하게 쾌활한 그들의 모습이 싫었다. 그래서 그들을 처벌할 때 필요 이상으로 엄격하게 굴었다. 자신이 그들보다 나은 사람이라는 인상을 주고, 그들에게 더이상 쾌활하게 굴면 안 된다는 점을 확실히 가르쳐주기 위해서였다. 얼마쯤 지나자 그들이 쪼그라들기 시작했다. 팔뚝과 다리가 앙상해지고, 휘파람도 줄어들었다. 가끔 노래를 부를 뿐이었다.

사실 포로들은 그런 벌을 받아도 싼 놈들이었다. 그들은 일을 하지 않으려고 했으며, 그것이 불가능할 때는 게으름을 피우며 형편없이 일했다. 비록 빈도가 줄어들었다 해도, 그가 주위에 있을 때 가끔 휘파람을 불거나 노래를 부르는 것도 여전했다. 그들은 먹을 것, 공구, 돈 등 모든 것을 훔쳤다. 일을 형편없게 한 뒤에는 그것을 승리로 여겼다. 뼈와 가죽만 남은 그들은 일을 하면서 모든 것을 포기해버리고 철로에서 그냥 죽어버렸다. 일하러 걸어가다가 죽기도 하고 일터에서 걸어서 돌아오다가 죽기도 했다. 잠자다 죽기도 하고, 먹을 것을 기다리다가 죽기도 했다. 때로는 매를 맞다 죽는 놈도 있었다.

놈들이 죽으면 최상민은 그들과 세상에게 화가 났다. 식량이나 약이 없는 것이 그의 잘못이 아니기 때문에 화가 났다. 말라리아나 콜레라가 돌아다니는 것은 그의 잘못이 아니었다. 그들이 노예인 것도 그의 잘못이 아니었다. 세상에는 숙명이라는 것이 있었고, 그때 그 자리에 있는 것이 그들과 그의 숙명이었다. 그곳에서 죽는 것은 그들의 숙명, 이곳에서 죽는 것은 그의 숙명이었다. 매일 일본인 기술자들에게 필요한 숫자만큼 사람을 공급해서 그들이 일본인 기술자들의 지시대로 일하게 하는 것이 그의 임무였다. 그래서 그는 맡은 일을 했다. 먹을 것도 약도 없었지만 라인은 계속 건설해야만 했다. 그러다 결국 그들과 그 모두는 언제나 짐작하던 결말을 맞았다. 하지만 그가 맡은 임무를 수행했기 때문에 그들이 맡은 구간의 라인이 건설되었다. 최상민은 이것이 자랑스러웠다. 그것은 그의 짧은 인생에서 처음으로 느낀 성취감이었다. 그가 이런 일을 해낸 것이 기분좋았다.

그가 완전히 이성을 잃은 순간들이 가장 황홀했다. 어둠과 무지로 가득한 자신의 세상 속에서 그는 자유를 느꼈다. 평생 처음으로 살아 있는 것 같았다. 그의 모든 증오와 두려움, 분노와 자존심, 승리와 영광이 그가 남을 해치는 순간에 하나로 집중되었다. 아니, 지금 생각해보니 그런 것 같았다. 그 짧은 기간 동안 자신의 삶에 뭔가 의미가 생긴 것 같았다. 그리고 그런 순간에 그는 증오심에서 벗어날 수 있었다.

철로를 완성하라고 기술자들이 압박을 가했지만, 자신이 포로들을 후려갈기면 갈길수록 그들이 점점 인간 이하의 존재가 되어가는 모습을 지켜보는 데서 그는 즐거움과 흥미를 느꼈다. 포로들은 이제 휘파람을 불거나 노래를 부르는 일이 거의 없었고, 그는 점점 대단한 인간이 된 것 같다는 확신을 얻었다. 발길질과 주먹질을 계속하는 한 그는 해방감을 느낄 수 있었다. 일본제국군이 뉴기니에서 오스트레일리아인과 미국인의 살을 먹었다는 이야기를 들은 적이 있었다. 그는 그것이 단순히 굶주림 때문만은 아니었을 것이라고 생각했다. 하지만 지금 와서 이런 이야기들을 자기변호랍시고 꺼내놓을 수는 없었다. 오스트레일리아인들과 메스처럼 날카로운 눈빛의 변호사들, 또는 촛농이 떨어지는 양초처럼 생긴 판사들에게는 이런 이야기가 아무런 의미도 없을 터였다. 경비병일 때 그는 짐승처럼 살고, 짐승처럼 행동하고, 짐승처럼 이해하고, 짐승처럼 생각했기 때문이다. 이제 그는 그런 짐승 같은 모습이야말로 자신에게 허락된 유일한 인간적인 모습이었음을 이해했다.

자신이 원래 짐승 같은 인간임을 알게 되었다고 해서 부끄럽지는 않았다. 다만 그 때문에 이런 지경에 이르게 된 것이 당혹스러울 따름이었다. 통역을 통해 교수형이 선고되었다는 말을 들었을 때도 그는 짐승처럼 감내했다. 전혀 이해가 가지 않았지만, 자신이 한때 자유를 누렸고 이제 마지막이 다가왔음을 멍하니 인식했다.

양초 심지 같은 판사의 눈이 불꽃을 깜박거리며 그를 내려다보았다. 그는 이미 죽어 있음이 분명한 눈으로 판사를 올려다보았다. 그는 고개를 앞뒤로 흔들면서 뭔가 커다랗고 무시무시한 것이 자신에게 닥쳐오는 것을 느꼈다. 자신의 봉급 50엔에 대해 묻고 싶었지만 그는 아무 말도 하지 않았다. 그리고 지금 또다시 그는 감방 안을 서성거리며 도망칠 길을 찾고 있었다. 하지만 탈출구는 없었다. 지금까지 한 번도 없었다.

4

그들은 빠르고 이상하게 죽어갔다. 자동차 충돌사고로, 자살로, 몸을 가눌 수 없는 질병으로. 문제를 지니고 태어나는 아이들도 너무 많은 것 같았다. 장애가 있거나, 지능이 떨어지거나, 그냥 이상한 아이들이었다. 결혼생활이 휘청거리는 사람도 너무 많았다. 결혼생활을 지속하는 사람도 스스로 잘못된 것을 바로잡을 능력이 있어서라기보다는 사회적 관습과 규칙 때문인 경우가 가끔 있었다. 잘못된 문제라는 것이 어떤 사람들에게는 감당할 수 없을 만큼 컸다. 그들은 스스로 도시를 떠나거나, 아니면 다른 사람들과 함께 도시에 머무르며 술을 지나치게 마셔대거나, 아니면 황소 허버트처럼 약간 미쳐버렸다. 허버트는 술 때문에 운전면허를 잃어버리고는 술을 마시고 싶어지면 말을 타고 시내로 나갔다. 아내와 동반자살을 하기로 하고 함께 독을 마셨으나 아내만 죽고 자신은 살아난 뒤로는 술을 마시고 싶어질 때가 아주 많았다. 그들은 말이 없어지거나, 말이 너무 많아졌다. 수탉 맥니스처럼. 살이 엄청 쩌버린 그는 맹장수술 자국을 자랑하듯 보여주며 일본인들이 총검으로 찌른 자국이라고 계속 떠들어댔다. 놈들이 퍽도 그랬겠다, 수탉

아. 어느 날 브로드메도우스 RSL*에서 그의 수다를 우연히 듣게 된 갈리폴리 폰케슬러가 말했다.

신경쓰지 마. 수탉 맥니스가 말했다. 저 자식 케스야. 옛날부터 빨갱이였지만 그래도 괜찮은 녀석이야. 날 찌른 놈은 퓨마라고 불리던 경비병인데, 전쟁이 끝난 뒤에 내가 그 나쁜 자식에 대해 증언했어.

그들은 술을 마셨다. 마시고 또 마셔서 나중에는 아무리 마셔도 취할 수 없게 되어버렸다. 그들이 전역할 때 돌팔이 군의관은 그들과 가족들에게 그 일에 대해 이야기하지 말라고 말했다. 그런 이야기는 좋지 않다는 것이었다. 애당초 영웅적인 이야기도 아니었다. 그것은 코코다 전투†도, 랭커스터 전투기로 루르 지방을 폭격한 것 같은 업적도 아니었다. 그것은 독일 전함 티르피츠나 콜디츠 성‡이나 토브루크§와도 다른 이야기였다. 그럼 그건 뭐였지? 노랑둥이의 노예로 산 이야기였다. 호프앤드앵커 주점에서 만났을 때 첨 파히가 한 말이 바로 이거였다.

딱히 자랑할 이야기는 아니지. 양머리 모턴이 말했다.

웃기는 놈들이었다. 사라진 놈들도 있었다. 로니 오언은 이탈리아 여자와 결혼했는데, 그녀는 양머리 모턴의 아내인 샐리에게 결혼하고 이 년이 지나서야 남편이 전에 군인이었음을 알았다고 말했다. 그런 식이었다.

보녹스 베이커는 오랫동안 아무 말도 안 하다가 어느 날 밤 엽총을

---

* Returned and Services League. 오스트레일리아의 전현직 군인들을 지원하는 기관.

† 1942년에 오스트레일리아 정찰대가 일본군의 보급로를 교란시킨 전투.

‡ 이차대전 때 동부 독일에서 최고 기밀 포로수용소로 사용되었던 곳.

§ 리비아의 항구도시로 이차대전 때의 격전지.

들고 오븐으로 갔대. 지미 비글로가 말했다. 그대로 방아쇠를 당겼다는 군. 피가 잔뜩 묻은 치즈 강판의 뒷판 같은 꼴이었대. 그러고 나서 그는 다시 조용해졌다. 그런 식이었다.

도마뱀 브랜쿠시는 불쌍하게 됐어. 양머리 모턴이 말했다. 그의 이야기는 너무 슬퍼서 아무도 입에 올릴 수 없었다. 그는 여러 수용소를 전전하면서도 연필로 스케치한 아내의 얼굴을 가지고 다녔다. 일본으로 가는 지옥선에서도 그랬고, 나가사키의 미츠비시 조선소에서 노예처럼 일할 때도 그 그림에 매달렸다. 그 조선소는 폭격에 맞아 사라져버렸지만 그는 어떻게든 살아남았다. 물에 띄워둔 장작처럼 강물을 가득 메운 시체들을 지나쳐 산 위로 무사히 올라간 덕분이었다. 살아남은 사람들은 살갗이 해초처럼 길게 쭉쭉 벗겨지는데도 도망치느라 정신이 없었다. 그는 시꺼멓게 변해서 걷거나 자전거를 타거나 달리고 있는 사람들을 휘청거리며 계속 지나갔다. 파란 불꽃과 검은 빗물이 날뛰는 지옥에서 고통에 몸부림치는 일본인들을 모두 지나쳤다. 그가 기억하는 전쟁포로들처럼 일본인들도 죽어가며 어머니를 불렀다. 그렇게 걷는 동안 내내 그는 곤경에 빠진 인간들의 냄새가 나던 시리아의 어느 마을에서 토끼 헨드릭스가 그려준 그림 속의 아내 메이지를 떠올리려고 애썼다.

그는 아내가 지금 이곳과 상관없는 유일한 존재라고 상상했다. 그녀가 멀리 그곳에 있는 한, 그는 죽지도 미치지도 않을 터였다. 그녀가 그곳에 있는 한, 세상은 괜찮은 곳이었다. 미국 항공모함을 타고 마닐라로 가는 길에 그는 미국 해군들에게 그 엽서 그림을 보여주었다. 다들 그에게 행운아라고 했다. 그는 멜버른을 통과하는 배편으로 마침내 프리맨틀에 도착해 집으로 전화를 걸었다.

데이브와 메이지의 집입니다. 어떤 남자가 말했다. 저는 데이브이고요.

도마뱀 브랜쿠시는 전화를 끊었다. 배가 증기를 내뿜으며 프리맨틀을 떠난 날 밤에 그가 뱃전 뒤로 넘어가는 모습이 사람들 눈에 띄었다. 그뒤로 그는 어디서도 발견되지 않았다.

갑자기 맥주가 불을 붙이는 연료가 된 것 같았다. 그들은 술을 마시지 않았을 때의 기분이 되려고 술을 마셨다. 전쟁 전 술을 마시지 않던 시절의 기분이 되려고. 그날 밤 그들은 사나우면서도 온전했지만, 아직 예전 모습으로 돌아가지는 못했다. 그들은 자기들이 겪은 모든 일에 대해 웃음을 터뜨렸다. 그렇게 웃을 때면 전쟁은 아무것도 아니었다. 죽은 사람들은 모두 그들의 마음속에 살아 있었고, 그들이 겪은 모든 일은 몸속에서 펄쩍펄쩍 뛰고 있는 그것일 뿐이었다. 그것이 워낙 강하게 펄떡거렸기 때문에 그들은 그 느낌을 누그러뜨리기 위해 또 재빨리 술을 마셔야 했다.

그날 밤에는 도마뱀 브랜쿠시가 그들 안에 살아 있었다. 어린 워트쿠니가 그들 안에 살아 있었다. 얘비 버로스와 잭 레인보우와 타이니 미들턴이 그들 안에 살아 있었다. 그 많은 죽은 사람들이. 양머리 모턴은 죽어 마땅한 더러운 자식 수탉 맥니스조차 가끔 다정하게 회상할 때가 있다고 말했다. 허수아비한테서 사왔나 싶을 만큼 단이 해진 모직 바지를 입고 나타난 갈리폴리 폰케슬러가 다키 가디너를 언급하자 지미 비글로가 노래를 시작했다.

매일 모든 면에서 조금씩 나아졌다.

그들은 그날 밤 호프앤드앵커 주점의 불가에 빙 둘러 서 있었다. 바지 뒤편이 뜨겁게 달아올라서 맥주를 향해 다시 달려가게 될 때까지. 마흔여덟 명인가 마흔일곱 명이었다. 시간은 잘 모르겠지만, 대단한 밤은 아니었다. 따뜻한 실내에 있으니 기분이 좋았다. 전역 이후에 이렇게 모두가 한자리에 모인 것은 처음이었다. 지미 비글로는 말이 별로 없었다. 그가 다시 돌아와서 맞이한 결혼생활은 그가 떠날 때의 결혼생활과 달랐다. 아니면, 그가 다른 사람이 되어 돌아온 것일 수도 있었다.

난 최선을 다하고 있어. 지미가 중간에 말했다.

아이들이 있었다. 그는 아이 넷을 낳았으며, 가정적인 남자라고 불렸다. 하지만 사실은 아니었다. 그냥 아이가 넷인 남자일 뿐이었다. 다키 가디너에 대해서는 아무도 더이상 말을 꺼내지 않았다. 갈리폴리 폰케슬러만이 니키타리스를 입에 담았다.

그래. 양머리 모턴이 말했다. 망할 니키타리스의 생선식당. 만날 그 이야기뿐이었어, 그 자식.

5

지미 비글로는 아무 말도 하지 않았다. 노력은 하고 있었다. 그것이 중요하지 않은가. 하지만 그는 말이 없었다. 음악가가 되겠다는 꿈, 근사한 사람이 되겠다는 꿈은 잘 풀리지 않았다. 그는 아연공장에서 창고지기로 일했다. 그가 좋아하던 빅밴드 음악은 이제 유행하지 않았다. 새로운 음악인 비밥과 현대적인 재즈는 그에게 음악이 아니었다. 교통

체증의 소음을 음악인 척하는 변덕스러운 소리일 뿐이었다. 그런 음악에 맞춰 춤을 추거나 사랑에 빠지는 것은 불가능하지. 지미는 이렇게 생각했다. 앨 보울리*의 음악과는 달랐다. 베니 굿맨이나 듀크의 음악과도 달랐다. 음악의 종말이었다. 지미 비글로 같은 사람에게는 희망의 종말이기도 했다. 빅밴드들이 완전히 사라지지는 않았다 해도, 모두 활동을 접고 있었다.

그가 믿었던 것들이 바다로 밀려가 영원히 사라지고 있었다. 고향에 돌아오면 그런 것들을 보게 될 줄 알았는데. 그것들이 곧 자신의 삶이 되기를 바랐는데. 그런데 알고 보니 그것들은 일전 한 푼의 가치도 없었다. 그는 이제 자신의 삶과 잘 맞지 않았다. 그의 삶은 부서지고 있었고, 그에게 잘 맞았던 직장과 가정도 무너지는 것 같았다. 그는 덜시와, 아내와, 비밥과 스윙과 잘해보고 싶었지만 모두 끝장이었다. 잘해보고 싶었지만 그럴 수가 없었어. 그는 속으로 생각했다.

하지만 그들이 주점에서 나와 엘리자베스 거리를 걸어 니키타리스의 생선식당으로 향한 것은 그런 이유 때문이 아니었다. 잘못된 것을 바로잡기 위해서가 아니었다. 자정이 다 된 시각이기 때문이었다. 주점이 문을 닫을 시간이 한참 지났고, 그들은 모두 술에 취해 쫓겨났으며, 달리 할일이 없었다.

호바트의 봄에 흔히 볼 수 있는 밤이었다. 차갑기 그지없고, 산에는 눈이 심하게 내리고, 항구는 들썩거리고, 진눈깨비가 창문을 후려치거나 긁어대고, 양철 지붕은 문이 잠겨 집에 들어가지 못하는 주정뱅이들

---

* 1930년대에 영국과 미국에서 활동한 모잠비크 태생의 재즈 가수.

같은 밤.

그들은 쿵쿵거리며 엘리자베스 거리를 걸어 니키타리스의 생선식당으로 갔다. 맨 앞에서 성큼성큼 걷고 있는 갈리폴리 폰케슬러의 해진 바지를 따라갔다. 거리 저편을 향해 박격포를 발사한다 해도 맞을 사람이 한 명도 없었다. 생선식당은 캠프에서 상상했던 그 모습이 아니었다. 사람들이 사방에 있고, 튀김 냄새와 연기가 올라오고, 다키의 여자친구가 거기 앉아 그들이 들어와서 반드시 해야 할 일을 하기를 기다리고 있을 줄 알았지만, 전혀 그렇지 않았다.

수녀원처럼 꽉 닫혔네. 양머리 모턴이 말했다.

니키타리스는 닫혀 있었다. 문은 잠기고, 식당 내부는 생기가 없었으며, 식당 앞 긴 수조를 밝히는 전구를 빼고는 모든 불이 꺼져 있었다. 물고기들이 유리 안에서 계속 빙글빙글 헤엄쳤다. 납작한 물고기 두어 마리, 트럼피터 한 마리, 실버트레벌리 두 마리, 쥐치 한 마리. 수족관 안에서 빤히 바라보고 있는 그 녀석들을 제외하면, 매끄러운 밤거리는 텅 비어 있었다.

뭐, 놈들이 딱히 불행한 것 같지는 않은데. 양머리 모턴이 말했다.

어쩌면 캠프에 있을 때 우리도 그랬는지 모르지. 지미 비글로가 말했다.

그들은 주머니에 손을 찔러넣고, 추위를 물리치려고 어깨를 으쓱거리고, 양발로 번갈아 체중을 옮기며 서 있었다. 한밤의 기차가 오기를, 아니면 떠나기를 기다리는 사람들처럼.

주정뱅이 무리만큼 대책 없는 인간들도 없지. 갈리폴리 폰케슬러가 말했다. 병아리들도 마냥 가만히 있지는 않아.

지미 비글로는 자신이 외양만 번드르르할 뿐 속에는 아무것도 없는 사람이 된 것 같았다. 감정이 잘 느껴지지 않았다. 뭐든 느껴보고 싶었지만, 그건 원한다고 되는 일이 아니었다. 그는 돌멩이 하나를 들어 손바닥 안에서 굴려보았다. 시선을 들어 상점 진열창을 바라보았다. 커다란 판유리 전면에 온통 아름다운 글자로 '니키타리스 생선식당'이라고 적혀 있었다. 아주 화려하고 멋졌다. 그는 손을 어깨 뒤로 당겼다가 느닷없이 진열창을 향해 있는 힘껏 돌을 던졌다.

유리에 빠직 금이 가는 소리가 들렸다. 단번에 유리가 깨지지는 않았다. 시간의 흐름처럼 긴 금이 한숨 같은 소리를 내며 서서히 벌어졌다. 지미 비글로는 누가 입꼬리를 베어놓기라도 한 것처럼 입을 크게 벌리고 히죽거렸다.

이내 모두 돌을 던지기 시작했다. 창문이 깨져서 무너지자 그들은 안으로 들어갔다. 갈리폴리 폰케슬러는 과일나무를 키우는 사람답게 임기응변에 능해서 튀김 프라이팬을 들고 물고기를 퍼냈다. 몇 번 고생한 끝에 그들은 걸레 빠는 양동이 두 개에 물고기를 모두 담고는 물을 흘리지 않으려고 조심하면서 부두로 걸어가기 시작했다.

항구 안쪽까지 아주 깊숙하게 뚫고 들어온 커다란 파도 위로 어선들 몇 척이 흔들리고 있었다. 후미 너머에서는 바람이 냉혹하게 몰아쳤다. 컨스티튜션 부두 가장자리에 선 양머리 모턴이 머리를 양동이 속에 집어넣고 고함을 질러댔다.

망할, 너희는 자유야!

그리고 양동이를 살짝 기울였다.

물고기들이 파도 소리 속으로 떨어졌다.

6

다음날 밤 호프앤드앵커에서 그들은 신나게 그 이야기를 해댔지만, 점점 창피함에 휩싸였다. 결국 지미 비글로가 니키타리스를 만나러 가서 진열창 수리를 도와줘야 한다고 말했다. 아직 이른 시간이라 식당에는 불이 켜져 있었다. 진열창에는 새 유리가 끼워져 있었지만, 아직 글자는 없었다.

안에서 나이 든 여자들 몇 명이 튀김 프라이팬을 다루고 있고, 청년 한 명이 생선장수 같은 차림새로 진열대를 닦고 있었다. 양머리 모턴은 니키타리스 씨가 있느냐고 물었다. 청년은 사라졌다가 자그마한 노인과 함께 돌아왔다. 몸은 시들었지만, 석공으로 일하던 젊은 시절의 조용한 단호함은 조금도 손상되지 않은 모습이었다. 머리는 은발이고, 피부는 표백을 하려다가 실패하는 바람에 남은 얼룩 같은 색이었다. 검은 눈 주위에는 습기 찬 공허함이 있었다. 그에게서는 담배와 아니스 냄새가 났다.

니키타리스 씨. 지미 비글로가 말했다.

무슨 일이오? 노인이 말했다. 외국어 억양이 아주 심했다. 지치고 짜증스러운 목소리였다. 오늘 많이 놀랄 일이 있었소. 왜 나를 보자고 한 거요?

니키타리스 씨. 지미 비글로가 말했다. 저희는……

그냥 저기 있는 여자한테 주문이나 해요.

저희는……

파피티스 부인이오. 그가 마디가 툭툭 불거진 손가락으로 여자를 가리키며 말했다. 저 여자가 알아서 해줄 거요.

저희는 사과를 하러 왔습니다. 지미 비글로가 말했다.

저희한테 친구가 있었습니다. 양머리 모턴이 말을 시작했다. 이번에는 그리스 출신의 노인 니키타리스가 아무 말도 하지 않았다. 양머리 모턴이 이야기하는 동안, 허리가 어찌나 굽었는지 눈을 마주치기가 힘든 그의 눈은 하얗고 까만 타일이 깔린 바닥을 방황했다.

이야기가 끝난 뒤, 지미 비글로는 니키타리스 노인에게 깨진 유리값과 물고기 값, 기타 손해를 변상하고 싶다고 말했다.

노인은 금방 대답하지 않았다. 그의 눈이 주위를 둘러보고, 머리가 이리저리 방황하며 앞에 선 사람들을 한 명씩 바라본 뒤 그가 살짝 고개를 끄덕였다.

그 친구가 당신들의 짝패였다고?

모든 이민자가 그렇듯이, 그는 새로운 조국의 언어에서 가장 오래되고 가장 진실한 단어를 찾아내는 틀림없는 본능을 지니고 있는 것 같았다. 그가 말한 '짝패'라는 단어는 '친구'라는 말의 이율배반적인 무게에서 자유로운 것 같았다.

그랬습니다. 양머리 모턴이 말했다. 우리 짝패였어요.

양머리 모턴이 지갑을 꺼냈다. 저희가 얼마를 변상하면 될까요, 니키타리스 씨?

내 이름은 마르코스요. 노인이 말했다. 그냥 마르코라고 불러요.

니키타리스 씨, 저희가 댁의 진열창을 깼습니다.

노인이 부들거리는 늙은 손을 내밀어 지갑을 잡았다. 지갑이 함께 흔들렸다.

아니오. 그가 말했다. 집어넣어요.

그는 배가 고프냐고 묻더니 대답도 기다리지 않고, 손님 대접을 하겠다고 강권했다.

앉아서 먹어요. 노인이 말했다. 먹기 좋소, 젊은이들.

그들은 어찌 해야 할지 몰라서 서로를 바라보았다.

댁들은 내 손님이야. 노인이 의자 하나를 빼내더니 지미 비글로의 어깨에 손을 얹었다. 자, 앉아요. 그가 말했다. 꼭 먹고 가.

그래서 그들은 앉았다.

포도주 좋아하시오? 나한테 적포도주가 좀 있는데, 좋아하려나 모르겠군. 원래 손님한테 내놓으면 안 되는 것이니, 크게 법석을 피우지는 않으리다. 그냥 마시고 싶은 만큼 마셔요, 젊은이들.

그는 튀김 프라이팬이 있는 곳으로 가서 철망 그릇에 튀김을 가득 담아 가져왔다.

플레이크가 좋소, 아니면 쿠타가 좋소? 어떤 사람들은 상어를 좋아하지만 내 말을 들어요. 쿠타는 뼈가 많고 단단하지만 달콤해. 아주 달콤하지. 꼭 먹어요. 노인이 말했다. 먹기 좋소.

그는 피시앤드칩스를 가져오더니 카운터 뒤에서 작은 유리잔 몇 개에 적포도주를 채워 내왔다. 그러고는 그들과 함께 앉았다. 그는 그들이 음식을 먹는 동안 그들의 이야기를 들어주었다. 이야기가 시들해지자, 그는 겨울 날씨가 이러면 여름에 살구 농사가 잘 된다는 이야기를 했다. 그러다가 자신이 살아온 이야기를 시작했다. 고향인 립소스섬은 아름다운 곳이지만 그곳의 삶은 녹록지 않았다는 이야기, 죽은 아내 이야기, 젊었을 때 창창한 앞날을 꿈꿨다는 이야기. 부자가 돼서 행복하게 사는 앞날. 사람들이 이 가게에 오면 기분이 좋아진다고 말한다는 이야기. 그 말이 진심이어야 할 텐데.

정말 그러면 좋겠다고 생각해요. 그가 말했다. 그런 게 인생이지.

자녀 분들이 있습니까? 지미 비글로가 물었다.

딸이 셋이오. 노인이 대답했다. 착한 아이들이지. 착한 가족들이야. 아들도 하나 있소. 착한 아들. 착한……

노인은 잠시 알아들을 수 없는 말을 더듬거렸다. 그의 얼굴이 휘청거리며 이상하게 일그러지는 것 같았다. 그는 마디가 툭툭 불거진 손을 얼굴까지 들어올렸다. 가을날 거센 바람에 흔들리는, 가지치기를 한 늙은 살구나무 같은 손이었다. 그 손으로 얼굴을 떠받쳐 다시 자신 있는 표정을 만들어내려는 것 같았다.

그 녀석은 1943년에 뉴기니에서 죽었소. 노인이 말했다. 부건빌섬에서.

가게가 천천히 비어갔다. 직원들은 청소를 하고 문을 잠근 뒤 퇴근했다. 바깥 거리도 점차 조용해져서 아주 가끔 자동차 한 대가 철벅 소리를 내며 물웅덩이를 지나갈 뿐이었다. 가게 안에서 그들은 계속 노인에게 많은 이야기를 했다. 주점들도 모두 문을 닫을 만큼 늦은 시간까지 계속. 그래도 그들은 개의치 않고 계속 앉아 있었다. 낚시에 대해, 음식에 대해, 바람에 대해, 석조건축에 대해 이야기했다. 토마토 농사에 대해, 양계에 대해, 양고기를 굽는 법에 대해, 가재와 가리비 잡는 법에 대해 이야기했다. 우스갯소리도 늘어놓았다. 그들이 늘어놓는 이야기의 의미 따위는 아무것도 아니었다. 이야기들의 흐름이 무엇보다 중요했다. 금방 바스라질 것처럼 연약하지만 아름다운 꿈 그 자체.

튀긴 생선과 감자튀김과 값싼 적포도주가 속에 들어가서 얼마나 근사하게 느껴지는지 설명하기가 힘들었다. 맛이 딱 좋았다. 노인은 그들에게 직접 커피를 끓여주었다. 작은 잔에 걸쭉하게 담긴 검고 달콤한 커피. 딸이 만든 호두 페이스트리도 주었다. 모든 것이 기묘하면서도 그들을 환대하는 듯했다. 소박한 의자들은 편안했고, 이곳도 그들에게 딱 맞는 곳 같았으며, 사람들은 착했다. 이 밤이 지속되는 한 이 세상에서 자신이 있고 싶은 곳은 여기뿐이라고 지미 비글로는 생각했다.

7

1948년 가을 시드니에서 더글러스 DC-3 수송기의 계단을 내려오면서 도리고 에번스는 자신을 기다리는 그녀의 모습에 경악과 감탄을 동시에 느꼈다. 일본과 독일이 항복한 것은 1945년인지 몰라도, 도리고 에번스는 한동안 그것을 받아들이려 하지 않았다. 그는 용감하게 전쟁을 계속하려 했다. 그래서 역경이든 음모든 극단적인 정책이든 모험이든 닥치는 대로 뛰어들었다. 하지만 그런 일이 점점 줄어드는 것은 불가피한 일이었다. 오랜 세월이 지난 뒤, 그는 자신이 비록 삼 년 반 동안 전쟁포로였다 해도 전쟁중에 근본적으로는 자유로웠음을 흔쾌히 인정할 수 없었다.

그래서 도리고 에번스는 귀국을 최대한 미뤘지만, 십구 개월 동안 동남아시아 전역의 다양한 군 관련 기관에서 병사들의 본국 송환부터 전몰자 묘지 마련과 전후 재건작업에 이르기까지 온갖 일을 하고 나자,

더이상 핑곗거리가 없어져서 결국 전통적인 군인의 길을 걸을 것인지 민간인으로 돌아갈 것인지 결정해야 했다. 민간인으로 돌아가는 것이 무엇을 의미할지 전혀 알 수 없었지만, 갑자기 그 생활이 매력적으로 보였다. 군대는 예전처럼 패배와 승리와 활기가 있는 거친 하이킹 같은 것이 아니었다. 그 활기라니! 무엇이든 기존의 것들을 계속 쫙쫙 찢어 버리고, 모든 단단한 것을 녹여 허공으로 날려보내는 곳이 아니었다. 부, 명예, 성공, 지나친 찬사 등 나중에 다가온 것들은, 그가 민간인 생활에서 발견하게 될 무의미함을 가중시킬 뿐인 것 같았다. 그는 자신의 삶에 의미를 부여한 것이 죽음임을 결코 스스로 인정할 수 없었다.

역경은 우리에게서 최고의 것을 이끌어내지요. 이것은 DC-3기가 돌풍을 뚫고 시드니를 향해 다소 덜컹덜컹 선회하며 내려가는 동안 그의 옆에 앉아 있던 땅딸막한 전몰자묘지위원회 장교가 한 말이었다. 우리를 지치게 만드는 것은 평범한 일상이에요.

그는 알지도 못하는 사람들 몇 명이 모여 있는 곳을 향해 활주로를 걸어가면서 그녀를 만나지 않고 보낸 지난 칠 년 동안 수많은 역경과 마주해서 극복해왔듯이 새로운 민간인 생활과도 마주하기로 마음을 다졌다. 매력과 용감함으로, 세월이 곧 오래전의 어리석은 짓들을 씻어갈 것이라는 확신으로 마주하자고. 세월은 거의 모든 것을 그렇게 씻어가는 듯했다. 그에게는 그렇게 보였다.

돌진. 그는 얼굴을 움직여 매력적으로 보일 것 같은 미소를 지어내며 혼자 속삭였다. 풍차를 향해 가자.

전통적인 미인이 장갑을 낀 손을 전통적인 방식으로 움직여 손을 흔들어주고 있었다. 그것이 전통적인 영광의 감정, 그러니까 기쁨, 황홀함, 안도 등을 전달하기 위한 동작임을 그는 알고 있었다. 아마 사랑도 있을 터였다. 그동안 정절을 지킨 보상을 받게 되었다는 건가. 그는 두려웠다. 이런 감정 중 어느 것도 그에게는 별로 의미가 없었다. 그는 그런 감정들 밖에 존재했기 때문에. 처음 몇 마디가 지나간 뒤 그녀의 목소리를 알아차렸지만, 아시아에서 푹푹 찌는 곰팡내를 맡고 온 탓인지 여름 날씨가 온화하고 공허하고 왠지 실망스러운 것 같았다. 그녀와 입맞춤을 한 뒤에도 그는 여전히 그녀의 이름이 기억나지 않았다. 그녀의 입술은 건조하고 실망스러운 것 같았다. 먼지와 키스한 기분. 마침내, 다행스럽게도, 이름이 생각났다.

엘라. 그가 말했다.

그래, 이거였어. 그는 속으로 생각했다. 잔뜩 녹슨 것 같은 느낌이 났다.

오…… 엘라.

오, 엘라. 그는 좀더 부드럽게 말했다. 그녀의 이름을 여러 번 되뇌면, 그 이름과 자신과 그녀를 의미 있게 만들어주는 말들이 저절로 굴러나올지도 모른다는 희망을 품었건만, 그런 일은 일어나지 않았다. 엘라 랜즈베리는 가만히 웃기만 했다.

아무 말도 하지 마세요, 당신. 그녀가 말했다. 진심이 아닌 말은 하지 마요. 난 진심이 아닌 남자를 견딜 수 없어요.

하지만 나는 처음부터 끝까지 거짓인 사람이오. 그가 말했다. 난 거짓뿐이에요.

그녀는 벌써 빙긋 웃고 있었다. 모든 것을 안다는 듯한, 아무것도 모른다는 듯한 그 지루한 미소. 그는 그 미소가 점점 불쾌해졌다. 예상 밖으로 건조했던 입술은 모든 것이 준비되어 있으니 그는 아무것도 걱정할 필요 없다고 말하고 있었다. 자신이 그녀의 젖가슴에 입을 맞추고 싶어서 1941년에 그녀에게 청혼했던 기억이 이제야 떠올랐다. 그가 기억하는 한, 전쟁터로 출발하기 전 그가 엘라와 마지막으로 휴가를 보낸 날 밤의 일이었다. 그는 자꾸만 에이미가 생각나는 것을 어쩔 수 없었다. 왜 청혼하지 않느냐는 엘라의 끊임없는 질문에서 조금 풀려나고 싶어서, 끊임없이 떠오르는 에이미 생각과 그로 인해 느껴지는 죄책감에서 도망치고 싶어서, 그는 엘라의 가슴골 사이로 이어지는 복잡한 미로 속에서 길을 찾으려고 애썼다. 그러기 위해서는 그가 그녀에게 최고의 수수께끼를 내놓아야 했다. 엘라, 나와 결혼해주겠소?

그의 속내를 그녀가 몰랐을까? 정말로?

그녀의 젖가슴 속에 얼굴을 묻어도 모든 것을 잊을 수는 없었다. 엘라의 모든 것이 점점 고통스럽게 에이미를 연상시킬 뿐이었다. 그때는 그것이 수치스러웠는데, 지금은 그때보다 더했다.

내가 그래서 당신을 사랑해요, 올윈. 그녀가 말했다.

올윈? 순간적으로 그는 올윈이 누구인지 전혀 알 수 없었다. 그러다 그것이 자신임을 깨달았다. 그 이름 역시 녹이 잔뜩 슨 것 같았다.

당신은 절대로 가짜가 아니니까요.

그러고 나서 그녀는 나름의 방식으로 그를 끌어안았다. 도망칠 수 없게 숨통을 막는 그 포옹으로, 그가 그뒤 며칠 동안 만난 사람들도 모두 두 사람이 결혼할 것이라고 의문의 여지 없이 믿어버렸다. 칠 년 전 전쟁이 드리운 그림자 속에서 그의 해외출병을 앞두고 급하게 이루어진 약혼이 이제 서둘러 결론에 다다를 것이며, 그 일을 다시 곰곰이 생각해볼 여지는 없다고 모두들 확신했다. 지난 칠 년 동안 그는 여러 생을 겪어낸 반면, 그녀의 삶은 그가 보기에 거의 알아보기 힘든 그의 허상을 향해 온전히 바쳐진 것 같았다. 그는 때로 속에서 분노와 반항심을 느꼈지만 자신조차 잘 알 수 없는 피로에 지쳐 있었으므로, 자신의 개인적이고 불합리하며 분명히 잘못된 대상을 향한 두려움보다는, 훨씬 더 포괄적이고 일반적인 의지가 마련해주는 삶을 그대로 따라가는 편이 훨씬 더 편할 것 같았다. 어쨌든 그가 느끼기에 그의 정신은 무시무시한 일들이 벌어지는 포로수용소 같았다. 그는 거기에 필요 이상의 의미를 부여하고 싶지 않았다. 그는 임박한 결혼식 때문에 들뜬 주위의 많은 사람들이 자신보다 훨씬 정신이 멀쩡하다는 사실을 인정했으며, 그들의 그 멀쩡함에 자신을 맡겼다. 갈수록 이상해지는 자신의 생각과 그들의 멀쩡함은 정말 어울리지 않았지만, 그는 그들이 자신을 새롭고 더 나은 곳으로 이끌어줄지도 모른다는 희망을 품었다. 타고난 성격 중 일부인 아이 같은 측면 때문에, 그는 무엇이든 새롭고 잘 알려지지 않은 것이 주는 흥분에 필연적으로 끌렸다. 그것이 무서운 일이라면 특히 더했다. 그런데 엘라 랜즈베리와 결혼할 것이라는 생각만큼 그에게 겁을 주는 일이 없었으므로, 그는 삼 주 뒤 술에 취해 멍한 상태로 그녀가 골라준 새 정장을 입고 결혼했다. 그리고 그뒤로 영원히 세인트폴 성당에서 치러진 그 결혼식만큼 부자연스러움을 느끼며 살았다.

키스도 하기 전에 그는 다시 한번 자신의 이름을 잊었다. 그녀의 분 냄새에 망연한 기분이었다. 그러다 간신히 이름이 생각났다. 올윈, 그래, 그거야. 나, 올윈은. 그는 이렇게 말하고 나서 고개를 돌려 그녀를 바라보았다. 화려하게 화장을 하고, 레이스와 오렌지꽃에 에워싸인 얼굴이었지만, 그의 눈에 보이는 것은 항상 조금 마음에 들지 않는다고 생각했던 이상한 코와 조붓한 얼굴, 높이 아치를 그린 가느다란 눈썹뿐이었다. 그녀에게서 매력이라고는 조금도 느껴지지 않았다. 엘라, 당신을 받아들입니다. 그가 조금 더 부드러운 목소리로 말했다. 그러자 곧 엘라 에번스가 될 엘라 랜즈베리는 입술을 살짝 벌리며 미소를 지을 뿐 아무 말도 하지 않았다.

난 올윈이 아닙니다. 그는 피로연에서 이렇게 말하고 싶었다. 난 완전히 가짜예요. 하지만 그는 칠 년간 헤어져 있으면서도 사랑이 사라지지 않았다는 둥, 그 기간의 삶이 신화에 나오는 율리시스와 그 부하들의 세월과 맞먹었다는 둥 거짓말을 늘어놓았다. 그와 진짜로 닮은 신화 속 영웅은 사실 숫양뿐이지만(사람들이 크게 웃었다), 엘라는 자신의 진정한 페넬로페이며 자신의 이타카에 마침내 돌아온 것이 몹시 기쁘다고 그가 말하자 박수갈채가 쏟아졌다.

그뒤로도 평생 동안 그는 주변 상황과 사람들의 기대에 두 손을 들고, 이런 기묘한 압박들을 의무라고 부르게 되었다. 결혼생활에 대해, 처음에는 남편으로서 나중에는 아버지로서 실패한 것에 대해, 죄책감을 느끼면 느낄수록 그는 대외적으로 좋은 면만 보이려고 필사적으로 노력했다. 좋은 일, 의무, 쉽게 도망칠 수 없는 상황에서 가장 편안히 도망칠 수 있게 해주는 일, 이런 것들은 다른 사람들이 기대하는 일과도 일치했다. 나쁘고 못된 것은 자신이라는 생각을 그가 한 것은, 아내가 아닌 사람과 처음으로 잤을 때였다. 아내의 절친한 친구인 조운 뉴스테드, 사람을 홀리는 촉촉한 입술과 의뭉스러운 미소를 지닌 여자. 그는 신혼여행에서 돌아온 한 달 뒤 그녀와 잤다. 모두들 편리하게도 어딘가로 사라져버린 어느 날의 오후, 소렌토의 오두막에서 벌어진 일이었다.

그러나 모든 경험은 아치
그 너머에서 가보지 못한 나라가 빛나네……

그는 정사가 끝난 뒤 손가락으로 모기장을 훑으며 그녀에게 이 시를 속삭이고는 다시 그녀를 향해 돌아누웠다. 그리고 고개를 푹 숙여 아랫입술 끝으로 그녀의 검은 젖꼭지를 물고 젖가슴에 부드러운 숨결을 보내면서 계속 테니슨의 시를 읊었다.

……내가 움직이면 그 가장자리는 빛이 바래지
영원히 영원히.

그날 저녁 바비큐 파티가 열렸다. 쿨가디 찬장*에 넣어둔 고기가 더위 때문에 상하기 시작한 탓이었다. 고기배급제도는 바로 얼마 전에 종료되었지만, 그들은 아직도 좋은 고기를 그냥 버리는 것이 아까웠다. 어쩌면 그가 술을 너무 많이 마신 건지, 아니면 술을 덜 마신 건지, 나중에 생각해도 잘 알 수 없었지만, 어쨌든 머리가 빙빙 돌고 뱃속에는 못이 가득찬 것 같았다. 자신과 엘라 사이에 뭔가 커다랗고 잘못된 것이 숨어 있어서 자신의 몸이 팽팽하게 부어 있는 것 같기도 했다. 그는

* 1890년대에 오스트레일리아의 작은 광산촌 쿨가디에서 발명된, 음식을 차게 보관하는 장치.

이제부터 엘라에게 아무것도 숨기고 싶지 않았지만, 조운 뉴스테드는 도리고가 자신의 절친한 친구에게 주의를 기울이는 것을 질투했다. 난 지금 뭘 하는 거지? 그는 속으로 생각했다. 아내에게 들키고 싶은 건가?

큼직한 스테이크가 지독하게 뜨거운 석탄불 위에서 익어갔다. 하지만 그가 고기를 잘라보았더니 속은 아직 제대로 익지 않았다. 그 순간 그는 과거로 돌아가 있었다. 우기와 속도전이 한창일 때, 그날의 두번째 회진을 위해 캠프를 가로질러가던 순간으로. 궤양 오두막이 가까워지자 살이 썩어가는 냄새가 도리고를 에워쌌다. 그 썩은 고기 냄새가 워낙 지독해서 지미 비글로가 가끔 밖으로 나가 토하던 것도 기억났다.

8

유죄판결을 받은 뒤 최상민은 창이감옥의 P동으로 옮겨졌다. 그곳에서는 일본인이든 조선인이든 대만인이든 모든 사형수가 평등한 존재로 함께 살고 있었다. 영어로 'CD'라고 표시돼 있는, 흙빛 갈색 제복이 지급되었다. 그 두 글자는 사형수를 뜻한다고 했다. 최상민은 그곳의 모든 CD가 하루하루를 꽉꽉 채우려고 필사적으로 애쓰는 것을 알아차렸다. 모두들 장차 다가올 일에 대해 지나치게 우울해하지도 걱정하지도 않는 것 같았다. 그도 조금 기분이 나아졌다. 또다른 무언가가 수의처럼 그를 서서히 감싸고 있는데도 그랬다. 마치 평생 느끼던 두려움과 열등감이 사라져버린 것 같았다. 그런 것들은 이제 그에게 아무런 의미도 없었다. 이번에는 그가 목숨을 잃을 차례이기 때문이었다.

아침마다 그들은 감방에서 나와 명령에 따라 세수를 하고 아무것도 없는 하루를 또 시작했다. 그들은 감방 한복판, 햇빛이 들어와 푹푹 찌는 곳에, 셔츠도 안 입고 앉아서 바둑이나 장기를 두거나, 몇 권 되지도 않는 책과 잡지를 다시 읽었다. 그냥 혼자 앉아 있는 사람도 있었다. 몇 주마다 한 번씩, 은테 안경 뒤에서 번들거리는 올챙이 같은 눈동자를 천천히 이리저리 굴리는 인도인 장교가 사형집행 통지문을 들고 왔다. 죄수들은 두려움으로 얼어붙은 채 이번에는 누가 죽을지 말없이 기다렸다. 그러다 자신이 아니라 옆 사람의 이름이 불리면 더할 나위 없이 안도했다.

장교가 세번째로 찾아왔을 때, 최상민은 자신이 죽을 차례가 되었음을 깨달았다. 느낌으로 안 것이 아니었다. 그 순간에는 느낌이 아예 존재하지 않는 것 같았다. 그렇다고 자신에게 건네진 서류를 보고 안 것도 아니었다. 그는 서류를 들고 있었지만 그 서류의 내용과 자신의 생명을 연관지어 생각할 수 없었다.

그는 시선을 들어 P동을 둘러보았다. 손에 든 것은 기껏해야 종이였고 그는 사람이었다. 최상민이 생각하기에 사람은 중요한 존재였다. 사람은 수많은 것들, 수많은 변화들로 가득하다고 최상민은 말하고 싶었다. 좋은 사람이든 나쁜 사람이든 사람은 굉장한 존재였다. 변화의 가능성도 없고 아무 의미도 없는 이 종이가 그의 안에서 움직이며 변화하는 모든 것, 좋은 것과 나쁜 것과 굉장한 것에 종지부를 찍을 수 있다는 것이 있을 수 없는 일 같았다.

하지만 그것이 사실이었다.

다른 사람들이 드러내는 커다란 안도감, 타오르는 불꽃처럼 느껴지는 그 자신의 안도감을 통해 그는 자신이 다음날 아침에 처형될 것이라는 사실을 마침내 이해했다.

죽음이 예정된 네 남자에게 일본식 식사 한 끼와 담배가 제공되었다. 불교 승려도 왔다. 최상민은 종교에 대해 그다지 생각해본 적이 없었지만, 역시 별로 생각해본 적이 없는 아버지가 예전에 천도교 신자라고 말했던 것이 기억나서 불교 승려가 나타난 것에 화가 났다.

최상민은 쌀밥, 된장국, 튀김을 내려다보았다. 어머니가 담근 매콤한 김치가 너무나 간절했다. 밍밍한 일본음식은 싫었다. 하지만 지금 그에게 싫은 감정과 분노는 좋을 것이 없었다. 그는 최후의 한 끼를 먹을 수 없었다. 그가 이것을 먹으면 정말로 최후의 한 끼가 될 것 같았다. 먹지 않으면, 최후의 한 끼를 먹을 때까지 죽지 않을 것이다. 어쩌면 그가 언제를 최후의 한 끼로 삼을지 동의할 때까지 계속 식사가 들어올지도 모를 일이었다. 이번 식사는 그가 동의한 최후의 한 끼가 아니었다. 최후의 한 끼는 그의 죽음이 불가피하다는 사실에 동의한다는 표시였다. 하지만 그는 자신의 죽음에 동의하지 않았다.

그는 담배를 피우며 아무 말도 하지 않았다. 다른 사형수들은 사랑하는 사람들에 대해 이야기했다. 그는 그들의 이야기에도, 자신의 목숨이 우주적인 힘으로 저항하고 있는 듯한 종이 쪼가리에도 동의하지 않았다.

그는 식사가 끝난 뒤 간수들이 저울을 가져와 내려놓고 그에게 그 위에 올라서라고 손짓할 때도 아무 말도 하지 않았다. 그들은 최상민의 몸무게를 쟀다. 그의 키도 쟀다. 다른 사람들에게서 이미 들은 이야기가 있기 때문에 그는 이유를 알고 있었다. 그들이 그 이유를 어떻게 아는지는 수수께끼였다. 그들은 마치 어머니의 젖을 먹을 때부터 교수대에 대해 알고 있었다는 듯이 그에게 이야기해주었다.

그들의 말에 따르면, 사형집행인이 그의 키와 몸무게에 딱 맞게 밧줄 길이를 조정한다고 했다. 그가 최대의 힘으로 정확하게 떨어져 목이 부러지게 만들기 위해서였다. 그러고 나서 사형집행인은 최상민과 똑같은 무게의 모래주머니를 만들어 밧줄에 묶은 뒤 밤새 그대로 내버려둔다고 했다. 모래주머니가 대롱거리며 밧줄이 늘어나면, 그다음날 최상민이 교수대의 구멍을 통해 떨어질 때 밧줄이 다시 튀어오르는 현상이 일어나지 않는다는 것이다. 그렇게 밧줄이 튀지 않으면 그는 떨어지는 즉시 목이 부러질 터였다.

그는 처형 전날 밤에 놀라울 정도로 침착한 태도를 보여준 일본군 장교를 기억했다. 간수들이 몸무게를 재러 왔을 때, 그는 자신의 죽음은 일본을 위한 것이며, 천황을 위해 전쟁포로들이 열심히 일하게 만든 것이 부끄럽지 않고, 조국이 전쟁에 패했으므로 군인으로서 자신이 죽어야 하는 것을 이해한다고 엉터리 영어로 그들에게 말했다.

최상민은 그런 명확함과 확신을 갈망했다. 일본인은 그런 것을 갖고 있었다. 적어도 그가 느끼기에는 그랬다. 그리고 이제는 자신이 주먹과 군홧발로 전쟁포로들을 두드려패면서 감지했던 것, 즉 그런 것이 오스트레일리아인에게도 있다는 사실을 알 수 있었다. 모두들 그런 것을 갖고 있었다. 세상의 모든 사람이 그런 것을 갖고 있었다. 아마도 그만 예외인 듯 싶었다.

처형장은 최상민이 다른 사형수 세 명과 함께 앉아서 기다리고 있는 복도 뒤편에 있었다. 처형 날짜가 아직 정해지지 않은 CD들은 사형이 집행되는 날 이 건물 안에서 조용히 기다리며, 사형수들이 처형대로 올라가는 소리와 최후의 발언을 하는 소리를 들을 수 있었다. 그 일본군 장교는 천황 폐하 만세!라고 외쳤다. 그러고 나서 처형대 바닥의 구멍이 찰칵 열리는 소리가 나더니 거의 연이어서 둔탁하게 쿵 하는 소리가 들렸다.

하지만 조선인인 내게 그런 태도가 무슨 소용이지? 최상민은 속으로 생각했다. 그는 지금껏 무엇이든 조국을 위해 해본 적이 없었다. 조국도 그에게 아무것도 해주지 않았다. 그에게는 특별한 신념도 없었다. 그는 부모를 생각하며, 자신이 죽었다는 소식을 듣고 그들이 슬퍼하는 모습을 상상했다. 그 순간 매달 50엔의 봉급 외에는, 자신이 죽어야 하는 그럴듯한 이유를 단 하나도 부모에게 내놓을 수 없음을 깨달았다.

그들이 죽음의 대기실에서 기다리는 동안, 포로수용소 경비병이었던 모가미 겐지가 노래를 불렀다. 그들은 같은 포로수용소에서 잠시 함께 일한 적이 있었다. 사람들은 그를 퓨마라고 불렀지만, 사실은 아무도 해친 적이 없는 그도 이제 죽을 운명이었다. 최상민은 오스트레일리아인의 노래를 자신이 제지한 일을 떠올렸다. 하지만 모가미 겐지가 노래할 때는 손을 쓸 수 없었다. 어떤 일본군 장교가 혼자 왈츠를 추었고, 그다음에 그들은 감방으로 끌려갔다.

그는 잠을 이룰 수 없었다. 자신이 너무나 생생하게 살아서 깨어 있는 것 같은 느낌이 고통스러울 정도였다. 자신의 삶을 단 일 초도 놓치지 않고 모두 맛보고 알고 싶었다. 여기서 도망칠 수 없다는 두려움과 50엔의 봉급을 받지 못한 것에 대한 분노 사이를 정신없이 오가는 생각을 막기 위해, 그는 다른 사람들이 처형당할 때 어떤 태도를 보였는지 떠올려보려고 했다.

위대한 조선 만세! 한 조선인은 처형장까지 운명의 열세 걸음을 걸어가며 이렇게 외쳤다.

위대한 조선이라니 무슨 소리야? 최상민은 이렇게 생각했다. 내 50엔은 어디 있어? 난 조선인이 아니야. 난 일본인도 아니야. 난 식민지 백성이야. 내 50엔은 어디 있어? 어디 있냐고.

농부인 그의 아버지는 그를 학교에 보내고 싶어했지만 먹고 살기가 힘든 형편이라서, 그는 소학교에서 삼 년 동안 일본 신화와 역사를 약간 배운 뒤 어떤 조선인 가정에 하인으로 들어가야 했다. 그 집에서는 그에게 숙식과 매달 2엔의 봉급, 그리고 정기적인 매질을 제공했다. 그때 그의 나이는 여덟 살이었다. 열두 살 때 그는 일본인 가정의 하인이 되었다. 그들은 그에게 숙식과 매달 6엔의 봉급, 그리고 가끔 한번씩의 매질을 제공했다. 열다섯 살 때 그는 일본인들이 제국 내의 다른 지역에 있는 포로수용소에서 경비병으로 일할 사람들을 뽑는다는 얘기를 들었다. 봉급은 매달 50엔이었다. 열세 살이던 여동생은 일본인들에게 비슷한 돈을 받고 정신대가 되어 만주국으로 갔다. 병원에서 병사들을 돌보는 일을 하게 될 거라며 몹시 기뻐했다. 동생은 글을 전혀 몰랐으므로, 그는 그뒤로 동생의 소식을 전혀 듣지 못했다. 지금은 동생처럼 떠난 여자들이 실제로 무슨 일을 했는지 알기 때문에, 그는 동생에 대해 생각하지 않으려고 했다. 그래도 생각이 날 때는 동생 자신을 위해서라도 동생이 이미 죽었기를 바랐다.

그에게는 이름이 많았다. 조선 이름은 최상민, 부산에서 일본인들이 그에게 억지로 지어준 이름은 산야 아키라, 지금 이곳의 간수들이 그를 부르는 오스트레일리아 이름은 고아나. 생각해보니 그는 자신이 정말로 어떤 사람인지 전혀 알지 못했다. 다른 사형수들 중에는 조선과 일본에 대해, 전쟁, 역사, 종교, 정의에 대해 확고한 생각을 지닌 사람들이 있었다. 최상민은 그런 것에 대해서도 아무 생각이 없음을 깨달았다. 하지만 다른 사람들의 생각이 그에게는 아무 생각도 없는 것보다 더 나아 보이지 않았다. 그들이 스스로 생각해낸 것이 아니라, 구호와 방송, 연설, 군대 규율집 등이 가르쳐준 생각이기 때문이었다. 그들 역시 일본군 훈련소에서 그와 마찬가지로 한없는 구타를 견디며 머릿속에 집어넣은 생각이기 때문이었다. 부산에서 그들은 그의 목소리가 너무 작다는 이유로, 자세가 틀렸다는 이유로 그의 빰을 때렸다. 너무 조선인처럼 군다는 이유로도 빰을 때렸고, 남의 빰을 있는 힘껏 때리는 법을 가르쳐주기 위해서도 빰을 때렸다. 최상민은 그것이 너무 싫었다. 도망쳐서 집으로 돌아가고 싶었다. 하지만 그랬다가는 자신뿐만 아니라 가족들까지 벌을 받게 될 것임을 알고 있었다. 그들은 그를 강한 일본군 병사로 만들기 위해 때린다고 말했지만, 그는 자신이 일본군 병사가 될 리 없다는 것을 알고 있었다. 그는 간수가 되어 인간이 아닌 인간들을 감시할 것이다. 죽음보다 항복을 택한 인간들을.

사형수로 죽음을 기다리면서 최상민은 자기만의 생각을 갖고 싶은 마음이 간절해졌다. 그는 그 긴긴 밤에 어떤 생각이 마침내 자신을 찾아와 눈을 뜨게 해주기를 바랐다. 그러면 평화를 이해하고 알 수 있게 될 것 같았다. 그는 천황을 믿었던 그 일본군 장교나 조선을 믿었던 조선인 경비병처럼 되고 싶었다. 어쩌면 50엔보다 더 많은 것을 요구해야 할 것 같기도 했다. 하지만 아무 생각도 떠오르지 않았고, 너무나 빨리 아침이 왔다.

감방이 밝아오기 시작하자 그는 조용히 있고 싶었다. 어렸을 때 일본인 가정에서 일하며 처음 알게 된 그 감정이 필요했다. 그 일본인 가정의 아버지는 스코틀랜드에서 공부한 기술자였다. 그는 트위드 옷을 입었으며, 영국인들처럼 애완견을 길렀다. 그 개는 최상민보다 훨씬 더 좋은 음식에 길들여져서, 일본인 가족들의 식탁에 오른 온갖 좋은 음식들을 먹었다. 그 집 식구들은 개를 사랑했으므로, 최상민이 매일 해야 하는 일 중에는 개를 산책시키는 것도 포함되었다. 눈이 커다란 그 개는 최상민을 볼 때 고개를 홱홱 움직이며 그가 다시 막대기를 던져주기를 기다렸다. 어느 날 개는 최상민과 함께 시장에 심부름을 갔다. 최상민은 뒷골목의 지름길로 가다가 길에 떨어져 있던 낡은 벽돌에 발을 찧었다. 그가 불끈 화를 내며 벽돌을 집어들었을 때, 개는 완벽한 신뢰와 애정이 담긴 눈으로 그를 바라보았다. 그리고 고개를 좌우로 홱홱 움직이며 최상민이 공이나 막대기를 던질 때처럼 벽돌을 던져주기를 기다렸다. 최상민은 벽돌로 개의 머리를 몇 번이나 세게 내리쳤다. 손에 피와 연골이 묻어서 검붉고 끈적해졌다.

그는 개의 시체를 백정에게 10엔에 팔고는 일본인 주인집으로 걸어서 돌아갔다. 공기에서 달콤한 냄새가 나고, 얼굴에 닿는 부드러운 바람은 서늘해서 기분좋았다. 거리에서 지나치는 모든 사람이 상냥하게 미소짓는 것 같았다. 그는 엄청난 안정감과 충족감을 느꼈다. 그 기분을 한 번만 다시 느낄 수 있다면. 다른 생명을 죽이면서 기묘한 힘과 자유를 느낀 그 짜릿한 순간을 다시 겪을 수만 있다면. 하지만 감방 안에는 그가 죽일 수 있는 것이 하나도 없었고, 오히려 곧 다른 사람들이 그의 죽음에서 쾌감을 느낄 터였다. 전에 그가 일본인 기술자의 개를 죽였을 때처럼. 감방이 점점 밝아졌다. 처음에는 양손이, 그다음에는 허벅지가, 그다음에는 발이 또렷이 눈에 보였다. 갑자기 뱃속에 두려움이 뭉치는 것이 느껴졌다. 그가 다시는 아침햇빛 속에서 자신의 모습을 보는 일이 없을 것임을 알았으니까.

그는 자신을 처형장으로 데려가려고 온 간수들에게 저항했다. 감방 안에서 바퀴벌레를 발견했기 때문에 그것을 죽이고 싶었는데 그럴 시간이 없었다. 간수들이 그의 양 손목을 등뒤에서 묶은 뒤, 의사가 불려왔다. 의사가 통역을 통해 최상민에게 진정제를 원하느냐고 물었다. 최상민은 악을 질러댔다. 지금도 바퀴벌레가 보였다. 그를 진정시키기 위해 페노바르비탈 네 알이 주어졌지만, 그의 몸이 너무 흥분해 있어서 그는 곧바로 약을 토해냈다. 의사가 그에게 모르핀 주사를 놓기 전에, 그는 군화 발꿈치로 바퀴벌레를 밟아 죽이는 데 성공했다. 욕지기와 약간의 현기증을 느끼면서 그는 P동을 벗어나 처형장까지 짧은 거리를 걸어갔다. 병사 두 명이 양 옆에서 그를 부축했다. 모든 것이 너무나 빠르게 진행되었다. 마당으로 나가자 모래주머니 두 개가 벽에 기대어 있는 것이 보였다. 사람이 십여 명쯤 되는 것 같았다. 더 많은 것 같기도 했다. 처형대 위에 여섯 명이 있고, 대부분은 아래에 있었다. 그들은 그를 데리고 짚자리가 깔린 경사로를 통해 처형대 위로 올라갔다. 밧줄이 그가 생각했던 것보다 훨씬 굵은 것이 충격적이었다. 배에서 쓰는 굵은 밧줄이 생각났다. 커다랗고 강력한 매듭에서 기쁨에 찬 잔혹성이 느껴졌다. 나도 안다. 넌 나를 갈망하는군. 그는 밧줄을 향해 이렇게 말하고 싫어졌다. 그의 머릿속은 차분했다. 심지어 어렴풋한 기쁨마저 느껴졌다. 하지만 얼굴은 움찔거리고 있었다. 아주 많은 사람이 있는데도 이야기 소리는 전혀 들리지 않고, 얼굴의 움찔거림은 도무지 멈출 줄을 몰랐다. 그의 옆으로 아마 5미터쯤 떨어진 곳의 바닥이 열려 있었다. 이미 한 번 사용된 그 공간에 팽팽한 밧줄이 매달려 있었다. 그는 시야에서 벗어난 그 밧줄 끝에 모가미 겐지가 매달려 있음을 깨달았다.

누군가가 그에게 하고 싶은 말이 있느냐고 물었다. 그는 위를 쳐다보았다. 어딘가에서 종소리가 몇시인지 알 수 없는 시간을 알렸다. 그는 한 가지 생각나는 것이 있다고 말하고 싶었다. 누군가가 조용히 웃었다. 그는 군인들과 기자들을 내려다보았다. 아무 생각도 나지 않았다. 그는 봉급으로 50엔을 받았다. 그것은 후하다고 할 수 없는 액수였다. 생각할 것이 되지 않았다. 50엔은 아무것도 아니었다. 곧 아래로 꺼지게 될 그의 앞쪽 바닥에 그가 발을 놓아야 할 정확한 자리가 분필로 표시되어 있었다. 50엔! 그는 이렇게 말하고 싶었다. 군인들은 계속 그의 팔을 잡고 있었다. 하얀 분필 자국이 하얀 돌 같았다. 그가 고개를 숙이자 두건이 그 위로 훅 떨어졌다. 그는 눈을 감았다가 다시 떴다. 지난 몇 달 동안은 시간이 한없이 느리게 흘렀는데, 지금은 모든 것이 너무 빨리 진행되고 있었다. 얼굴에 닿은 캔버스 천이 느껴지고, 그 두건이 가져온 어둠이 눈을 감았을 때의 어둠보다 더 무서운 것 같아서 그는 다시 눈을 감았다. 아침인데도 벌써 더웠다. 두건 안쪽은 숨이 막혔다. 올가미가 머리 위로 떨어지는 것이 느껴지는 순간, 그는 누가 양 발목을 하나로 모아 묶고 있음을 깨달았다. 그는 사람들에게 조금만 천천히 하라고, 잠깐 기다리라고 말하려고 했지만, 거세게 결정적으로 밀리는 느낌과 함께 올가미가 죄어들었다. 그가 낼 수 있는 소리는 자기도 모르게 나온 헉하는 소리뿐이었다. 숨을 쉬기가 힘들었다. 얼굴이 제멋대로 펄떡거렸다. 심지어 사람들의 얼굴에 침을 뱉어줄 수도 없었다. 김이처럼 하고 싶었는데. 양팔을 붙잡은 병사들이 그를 끌고 앞으로 두 걸음을 걸었다. 그는 이제 자신이 분필로 표시한 선 위에 서 있음을 깨달았다. 발밑의 바닥이 갑자기 사라지면서 바닥문이 쾅 하고 아래로 떨어지는 소리가 들린 순간, 그가 마지막으로 생각한 것은 코를 긁고 싶다는 것이었다. 멈춰! 그는 고함을 지르려고 했다. 내 50엔을……

9

세월이 흘렀다. 그는 가와바타 이쿠코라는 간호사를 만났다. 전쟁 막바지 고베 폭격 때 부모를 잃은 아가씨였다. 전쟁이 끝난 뒤에는 남동생이 굶어죽었다. 고베 역시 무너진 건물 잔해만 가득한 황무지가 되었고, 이쿠코의 사연은 지극히 흔한 것이었다. 그래서 그녀는 다른 많은 사람들과 마찬가지로, 자신의 사연을 이야기하지 않는 편이 낫다는 것을 알게 되었다.

이쿠코의 피부에는 윤기가 흘렀고, 오른쪽 뺨에 커다란 모반이 있었다. 나카무라는 이 두 가지 점에 스스로도 설명할 수 없을 만큼, 인정하기 싫을 만큼 마음이 끌렸다. 그녀의 나른한 미소는 그에게 색정적인 동시에 짜증스러웠다. 그녀는 그와 말다툼이 벌어지면 그 미소로 싸움을 끝내려고 했다. 그에게는 마음에 드는 방법이었지만, 동시에 그녀가 어리석고 약한 사람이라는 사실이 거기서 드러난다는 생각을 가끔 했다.

이쿠코를 통해 나카무라는 병원에 일자리를 얻었다. 처음에는 잡일꾼이었지만, 나중에는 창고 담당 직원이 되었다. 그는 암시장을 떠나게 된 것이 반가웠다. 암시장 거래는 돈을 아주 많이 벌 수 있는 일도, 특별히 안전한 일도 아니었기 때문이다. 그는 항상 자신의 정체가 들통나서 미국인들 손에 넘겨질까봐 두려워했다. 그래서 새 직장에서도 다른 사람들을 피했다. 하지만 그와 같은 행동을 하는 사람이 많았기 때문에, 나카무라가 보기에는 남의 이해나 친분을 바라지 않는 사람이 이토록 많은 이유를 다들 잘 알고 있는 것 같았다. 그는 이쿠코의 집에 들어가 살게 되었다. 사람의 온기가 그리운 만큼 사람을 피해야 하는 생활방식 또한 지키기 위한 결정이었다. 이쿠코는 건강했으며 살림을 잘했다. 그는 이렇게 참한 여자를 만난 것을 감사하게 생각했다.

사람을 피하는 생활을 하면서도, 그는 병원의 사토 카메야라는 의사와 바둑을 두는 습관이 생겼다. 세월이 흐르면서 습관은 신뢰가 되었고, 신뢰는 조용한 우정이 되었다. 오이타 출신인 사토는 환자들에게 헌신적이었으며, 조용하고 겸손한 남자였다. 그리고 다른 의사들과 달리 하얀 가운을 절대 입지 않는 괴팍한 버릇이 있었다. 사토의 바둑 실력은 나카무라보다 훨씬 좋았다. 어느 날 저녁 나카무라는 사토에게 바둑을 잘 두는 비결을 물었다.

그건 이렇습니다, 기무라 씨. 사토가 말했다. 모든 일에는 패턴과 구조가 있어요. 우리가 그걸 알아보지 못할 뿐이죠. 그러니 그 패턴과 구조를 찾아내서, 그 안에서 그것의 일부가 되어 움직이면 됩니다.

늙은 군인인 나카무라가 자신의 대답을 전혀 이해하지 못했음이 사토의 눈에는 훤히 보였다. 그래서 그는 손가락 두 개로 나카무라의 배 한쪽을 가볍게 찌르며 말을 이었다.

만약 내가 맹장수술을 할 생각이라면 이쪽으로 들어갈 겁니다. 규슈대학에서 배운 패턴과 구조에 따라 근육을 분리하면서요. 그러면 환자에게 가장 안전하고 부담이 적은 방법으로 염증이 생긴 맹장을 제거할 수 있습니다.

이것이 발단이 되어 두 사람은 규슈 의대에 대해 이야기하게 되었다. 그곳은 일본 최고의 의대 중 하나였다. 나카무라는 신문에서 몇몇 의사가 미국 공군병사들을 마취제도 없이 생체해부한 혐의로 재판을 받고 수감되었다는 기사를 본 기억이 났다. 당시 그는 이 기사에 분노를 느꼈으므로, 사토에게 그 이야기를 하면서 분개한 목소리로 열렬히 말을 맺었다.

미국 놈들은 거짓말쟁이에요!

사토는 바둑판에서 시선을 들었다가 다시 내리더니, 검은 돌 하나를 놓았다.

난 거기 있었어요, 기무라 씨. 사토가 말했다.

나카무라는 사토를 빤히 바라보았다. 결국 그 겸손한 의사가 눈을 들어 묘하게 강렬한 시선으로 그를 마주보았다.

전쟁 말기에 나는 거기서 이시야마 후쿠조리 교수 밑에서 인턴 과정을 밟고 있었습니다. 어느 날 감시병동에서 미국 공군 한 명을 데려오라고 하더군요. 키가 아주 크고, 코가 아주 뾰족하고, 머리는 빨간색으로 곱슬거렸습니다. 일본군에게 사로잡힐 때 총상을 입었는데, 그래도 나를 믿고 있었지요. 내가 들것을 가리켰더니 그가 스스로 그 위에 올라가 누웠습니다. 내가 받은 지시는 그를 수술실이 아니라 해부학과의 해부실로 데려오라는 거였어요.

나카무라는 흥미가 일었다.

그래서요?

그는 거기에 도착해서도 나를 믿었습니다. 나는 해부대를 가리켰지요. 방에는 의사 여러 명, 간호사들, 인턴들이 북적거렸습니다. 장교들도 몇 명 있었고요. 이시야마 교수는 아직 도착하기 전이었습니다. 미국인은 자기 발로 일어서서 스스로 해부대에 누웠습니다. 그러고는 내게 한쪽 눈을 찡긋했어요. 미국인들의 윙크라는 것 아시죠? 그는 윙크를 하고 미소를 지었습니다. 마치 내가 그에게 장난을 치기라도 한 것처럼.

그러고 나서 마취를 하고 이시야마 교수가 상처를 수술했겠군요. 나카무라가 말했다.

사토는 또다른 바둑돌을 손바닥에 쥐고 그 둥글고 볼록한 돌을 엄지로 문질렀다. 마치 눈 먼 검은 눈을 마사지하는 것 같았다.

아뇨. 사토가 말했다. 잡일꾼 두 명이 가죽끈으로 그의 팔다리와 몸통과 머리를 해부대에 묶었습니다. 그동안 이시야마가 도착해서 다른 사람들에게 말을 하기 시작했죠. 죽지 않은 대상을 해부하면 중요한 과학적 데이터를 얻을 수 있으며, 그것이 앞으로 다가올 커다란 전투들에서 우리 병사들에게 도움이 될 것이라고 말했습니다. 이건 쉬운 일이 아니지만, 모든 위대한 과학적 업적에는 희생과 헌신이 필요하다고 했죠. 이 방법을 통해 의사와 과학자들이 천황 폐하의 종으로서 가치를 입증할 수 있다는 말도 했습니다.

나카무라는 바둑판을 바라보았지만, 그의 머릿속에 이미 바둑에 관한 생각은 없었다.

난 그 자리에 있게 된 것을 자랑스럽게 생각했습니다. 사토가 말했다.

사토의 말을 나카무라는 모두 완벽하게 이해할 수 있었다. 사실 다른 상황에서 다른 방식으로 표현된 같은 주장이 그의 성인기 전체를 결정했기 때문이다. 비록 그가 미처 생각하지는 못했지만, 사토의 이야기에서 친숙하게 느껴지는 패턴과 리듬은 이시야마 교수가 비록 마취제를 사용하지 않았다 해도 그의 행동은 올바르고 윤리적인 것임을 나카무라에게 확인해주었다.

그때도 미국인은 저항하지 않았습니다. 사토가 말을 이었다. 그는 이제부터 자신에게 무슨 일이 벌어질지 꿈에도 몰랐을 거예요. 이시야마 교수가 시작하기 전에 우리는 모두 환자를 향해 고개 숙여 인사했습니다. 마치 평범한 수술을 하려는 것처럼. 어쩌면 그래서 그가 마음을 놓았는지도 모르죠. 이시야마 교수는 먼저 그의 복부를 절개해서 간을 일부 떼어낸 뒤 상처를 봉합했습니다. 그다음에는 방광을 제거하고, 위도 일부 떼어냈죠. 처음에는 똑똑하고 생기 있는 청년이던 그 미국인은 이제 늙고 약해 보였습니다. 입에 재갈이 물려 있었지만, 그는 곧 비명조차 지를 수 없게 되었어요. 마지막으로 이시야마 교수가 심장을 떼어냈습니다. 아직도 뛰고 있었죠. 교수가 그것을 저울에 올리자 추가 흔들렸습니다.

사토의 이야기가 튀어나온 바위 위로 솟구쳤다 흘러가는 강물처럼 나카무라를 휩쓸었다. 처음에는 주위에서 방울방울 떨어지다가 왈칵 쏟아지듯 흘러 그를 뒤덮어버렸다. 하지만 그의 마음속에서는 아무것도 움직이지 않았다. 사토의 이야기는 미국인들의 말이 모두 사실이며 나카무라 자신이 틀렸다는 뜻이었지만, 그런 일이 벌어지게 된 이유를 충분히 납득할 수 있었으므로, 그는 의식이 있는 사람을 산 채로 난도질했다는 이 이야기가 전혀 놀랍지 않았다.

기분이 이상했죠. 하지만 처음에는 그 일을 그리 크게 생각하지 않았습니다. 사토가 말을 이었다. 어차피 우리는 전쟁중이었으니까요. 그런데 그뒤로 며칠 동안 다른 미군 병사들을 상대로 몇 차례 같은 수술이 벌어졌습니다. 한 명은 세로칸*을 잘랐고, 다른 한 명은 안면신경 뿌리를 잘랐어요. 내가 마지막으로 참관한 수술에서는 미군 병사의 두개골 네 군데에 구멍을 뚫고 뇌에 칼을 삽입한 뒤 어떤 일이 벌어지는지 관찰했습니다.

두 사람은 병원 직원용으로 만들어진 작은 정원에서 바둑을 두는 중이었다. 계절은 봄이었다. 사토의 말이 멈추자 초저녁 새들의 노랫소리가 들렸다. 단풍나무 한 그루가 마지막 햇살을 어둠과 빛이 교차하는 은은한 줄무늬로 바꿔놓았다.

종전 후에 이시야마 교수는 감옥에서 목을 매 자살했습니다. 사토가 말했다. 그들은 다른 의사들을 잡아 사형을 선고했다가, 감형하더니 결국은 모두 풀어주었습니다. 한동안 나도 재판을 받을지 모른다는 생각이 들었지만, 지금은 이미 오래전의 일이 됐지요. 미국인들은 그 일이

* 가슴안에서 양쪽 허파를 둘러싸는 가슴팍 사이의 부분.

잊히길 원하고, 우리도 그건 마찬가지입니다.

사토는 자신이 읽던 신문을 나카무라에게 밀어주었다.

이걸 보세요. 그가 말했다.

그는 사진이 딸린 작은 기사를 가리켰다. 일본 혈액은행의 창립자인 나이토 료이치 씨의 자선활동에 관한 기사였다. 혈액을 사고파는 일을 하는 일본 혈액은행은 성공적인 기업이었다.

내 동료들 중에 만주국에서 나이토 씨와 함께 일한 사람들이 있습니다. 나이토 씨는 그곳에서 비슷한 일을 한 우리나라 최고 과학자들의 지도자 중 한 사람이었어요. 생체해부 말입니다. 그 밖에 다른 많은 일들도. 죄수들에게 생물학 무기를 시험하는 일. 탄저균, 가래톳페스트. 그렇게 들었어요. 죄수들에게 화염방사기와 수류탄도 시험했다더군요. 최고위급의 지원을 받은 대규모 작전이었습니다. 지금 나이토 씨는 대단히 존경받는 인물이에요. 왜냐고요? 우리 정부도 미국도 과거를 파헤치고 싶어하지 않으니까요. 미국은 우리의 생물학전 연구에 관심이 있습니다. 소련과의 전쟁을 대비하는 데 도움이 되거든요. 우리는 그런 무기들을 중국인에게 시험했습니다. 그 사람들은 그걸 조선인에게 쓰고 싶어해요. 교수형을 당하는 건 운이 없거나 중요하지 않은 사람들뿐입니다. 아니면 조선인이거나. 미국은 이제 우리와 거래를 원해요.

우리도 전쟁의 피해자입니다. 나카무라가 말했다.

사토는 아무 말도 하지 않았다. 나카무라는 일본 민족과 마찬가지로 자신 역시 억울하게 비난받는 훌륭한 사람이라는 생각을 마음 깊이 품고 있었다. 그래, 피해자였다. 자신도, 이쿠코도, 처형당한 그의 동료들도, 일본 자체도. 이런 감정은 그에게 일어난 모든 일을 이해할 수 있게 해주었다. 심지어 비밀과 회피로 가득한 삶, 위조 신분증을 사용하며 점점 타인을 멀리해야 하는 불행한 삶에 모종의 위엄을 부여해주는 것 같기도 했다. 하지만 사토의 이야기는 그를 들뜨게 했다. 비록 아련하게나마 신성한 해방을 맛볼 수 있다는 가능성이 그 안에 존재하는 것 같았다.

지진이 끝날 때가 가까워지면 이상한 소리가 나는 것 알아요? 사토가 물었다. 저물어가는 햇빛 속에서 그의 지친 얼굴이 점점 어둑해졌다. 그가 말을 이었다. 땅의 정신없는 흔들림이 멈추면, 모든 것이, 그러니까 벽에 걸린 그림, 거울, 창문, 고리에 걸어둔 열쇠 등 모든 것이 부르르 떨면서 이상한 소리를 냅니다. 밖에서는 당신이 친숙하게 알던 모든 것이 영원히 사라져버렸을지도 모르고요.

그거야 당연하죠. 나카무라가 말했다.

마치 세상이 그 어렴풋한 소리를 내는 것 같죠?

맞습니다. 나카무라가 말했다.

해부실 천칭의 스테인리스 접시가 미국인의 심장 때문에 떨릴 때가 꼭 그랬습니다. 마치 세상이 떠는 것 같았어요.

사토가 얼굴을 움직여 기묘한 미소를 지어 보였다.

그 사람이 왜 날 믿었는지 압니까?

이시야마 교수 말입니까?

아뇨, 그 미국 공군병사요.

모릅니다.

그 사람은 내가 하얀 가운을 입었으니 자기를 도와줄 거라고 생각했습니다.

10

나카무라와 사토가 다시 사토의 과거를 입에 올리는 일은 없었다. 하지만 그의 이야기의 어떤 점이 나카무라의 신경을 건드리기 시작했다. 그뒤로 몇 달 동안 두 사람이 바둑을 두는 횟수가 차츰 줄어들었다. 예전에 그토록 흥미롭고 기분좋은 말동무처럼 보이던 사토가 이제는 왠지 둔하고 지루해 보였다. 그와 바둑을 두는 것이 나카무라에게는 즐거운 일이라기보다 견뎌야 할 부담이 되었다. 그는 또한 설명할 수 없는 묘한 일이긴 해도, 사토 역시 자신에게 같은 감정을 느끼고 있음을 감지했다. 사토는 이제 창고관리실에 들러 나카무라와 함께 담배를 피우는 일을 그만두었고, 나카무라는 병원 안에서 사토가 있을 만한 곳을 자기도 모르게 피해다녔다. 그러다 결국 바둑을 두는 일도 완전히 그만두었다.

사토와 거리가 멀어지면서 나카무라는 다른 사람들과 점차 가까워졌다. 그리고 인간으로서 좀더 진실해질 수 있는 힘을 자신 안에서 발견했다. 그는 자신과 비슷한 사람들, 그러니까 단지 임무를 수행했을 뿐이므로 결코 부끄럽게 생각하지 말자고 마음을 다진, 긍지 높고 선한 사람들이 많다는 것을 알게 되었다. 그들 역시 스스로를 전쟁의 피해자로 보았다. 그는 사람들이 겉으로 밝히는 정체와 실상이 언제나 다르고, 사람들의 겉모습과 속내가 다르고, 모두들 드러내놓고 이야기할 수 있는 일들만 기억하는 시대가 이제 끝났음을 깨달았다. 아직 수감되어 있던 전범들이 모두 석방된 뒤, 나카무라는 속임수를 포기하고 진실을 인정함으로써 명예로운 삶을 사는 것이 최선이라는 결론을 내리고는 본명을 되찾았다. 그리고 이듬해에 이쿠코와 결혼했다.

두 사람은 딸 둘을 낳았다. 아이들은 건강하게 자라서 온화한 아버지를 깊이 사랑하게 되었다. 둘째 딸 후유코가 여섯 살 때 스쿨버스에 치여 하마터면 죽을 뻔한 적이 있었다. 하지만 후유코는 그때를 생각할 때마다 밤낮으로 자신의 침대 옆에 앉아서 고개를 숙이고 있던 아버지의 모습만 떠오를 뿐이었다. 딸들에게 아버지는 거의 다른 세상 사람처럼 보였다. 단추의 셔츠를 밀려서 잠그고, 허리띠 매는 것을 잊어버리고, 거미나 모기조차 해치지 않으려고 조심하는 아버지는 파리채를 휘둘러 녀석들을 죽이는 대신 녀석들을 잡아 밖으로 데리고 나가곤 했다.

착한 사람으로 변신한 자신의 모습에서 이상함을 느끼는 것은 나카무라 본인뿐이었다. 이것은 위선인가? 속죄인가? 죄책감 때문인가? 수치심 때문인가? 나의 변신은 의도적인가 무의식적인가? 거짓인가 진심인가? 그는 솔직히 많은 죽음을 목격했다. 때로는 일부 죽음에 자신 또한 관여했음을 생각하며, 거의 야만적인 자부심을 느끼기도 했다. 그는 그 자부심을 부인할 수 없었으며, 그것이 모순적이라는 생각 또한 조금도 하지 않았다. 그는 그들의 죽음에 전혀 책임을 느끼지 않았다. 세월이 흐르면서 자신의 범죄에 대한 기억도 흐려지자, 그의 머리는 그런 기억 대신 정상참작을 가능하게 해주는 착한 기억들에 자양분을 공급해주었다. 세월이 흐르면서 그는 전쟁의 기억이 자신을 그리 괴롭히지 않는다는 사실만이 괴로울 뿐이었다.

낙관주의보다는 호기심 때문에, 나카무라는 1959년 봄 일본 혈액은행에 입사지원서를 넣었다. 놀랍게도 면접을 보자는 연락이 왔다. 그는 어느 겨울 아침 일찍 오사카행 기차를 탔다. 일본 혈액은행 본부에 도착한 뒤, 그는 거의 점심때까지 기다리다가 예상과는 달리 회의실이 아닌 커다란 중역 사무실로 안내되었다. 그는 자리에 앉아서 또 기다려야 했다. 사무실에는 아무도 없었다. 십오 분 뒤 등뒤의 문이 열리고, 누군가가 그에게 뒤를 돌아보지 말고 그대로 앉아 있으라고 말했다. 그리고 그의 목덜미를 초승달 모양으로 스치고 지나가는 손가락이 느껴졌다. 그다음에 남자의 목소리가 등뒤에서 시를 읊기 시작했다.

바다에 가면 물에 잠긴 시체
산에 가면 풀이 자라는 시체……

물론 나카무라는 이 「바다에 가면」이라는 오래된 시를 알고 있었다. 전쟁중에 라디오에서 전투 소식을 알릴 때마다 이 시에 곡을 붙인 노래가 먼저 흘러나와서 아주 유명해졌기 때문이다. 그런데 이 노래로 시작하는 소식은 항상 일본군 병사들이 항복이라는 수치 대신 명예로운 죽음을 맞았다는 내용이었다. 나카무라는 마치 암호를 대듯이 이 시의 마지막 두 행을 읊었다.

천황 폐하의 곁에서 죽는다면
죽음이 편안하리.

목에 또 손이 닿는 것이 느껴졌다.

아주 좋은 목이군. 훌륭한 목이야. 등뒤의 남자가 말했다.

나카무라는 고개를 돌려 쳐다보았다. 하얗게 센 머리카락을 뾰족뾰족하게 다듬고, 몸은 예전보다 우람했다. 하지만, 그 얼굴은 비록 예전보다 조금 더 처진 채 미소를 짓고 있어도 여전히 상어 지느러미 같았다.

자네의 목을 꼭 봐야 했네. 자네가 내가 생각한 그 사람이 맞는지 확인해야 했거든. 알겠나. 난 결코 잊지 않아.

의문을 담은 나카무라의 시선을 보고 고타가 설명했다.

옛날 만주국에서 같이 일하던 동료들 몇 명이 나더러 여기서 좋은 일을 할 수 있을 것 같다고 하더군.

그 이후 나카무라의 면접은 그저 형식적인 것이었다. 마치 이미 오래전에 모든 것이 결정된 것 같았다. 그가 자리를 뜨려는데 고타가 새로운 일자리에 취직하게 된 것을 축하해주었다. 그날 저녁 집으로 돌아온 나카무라는, 이쿠코에게 낮의 일을 이야기하다 하마터면 끅끅 울음을 터뜨릴 뻔했다.

그런 호의를 베풀어주실 줄 어찌 짐작이나 했겠소? 그는 이쿠코에게 이렇게 말했다.

***

수십 년이 흐른 뒤, 일본의 젊은 민족주의 언론인 오오토모 타로는 대동아전쟁에서 일본이 수행한 역할에 대해 그동안 쌓인 많은 오해를 바로잡고 싶어서 저명한 군인인 고타 시로를 인터뷰하러 갔다. 고타는 이제 백다섯 살 노인이었다. 그는 고타가 1950년대 말에 몇몇 선禪 잡지에 기고한 글들을 읽어보았다. 일본 무사도의 심오한 영적인 기반에 대해 논한 글이었다. 고타는 일본인들이 선의 영향으로 삶과 죽음 사이에는 궁극적으로 아무 차이가 없음을 깨달을 수 있었다는 점 덕분에, 물질적으로는 부족한 부분이 있었음에도 불구하고 군사적으로 막강해졌다고 주장했다. 하지만 오오토모 타로가 고타의 백다섯 살 생일을 축하하기 위해 지역 공무원들과 TV 촬영팀을 대동하고 찾아갔을 때, 고타의 집에는 아무도 없었다.

오오토모 타로는 젊고 열성적이었으므로, 고타의 장녀인 료코를 찾아가서 자신이 선의로 찾아왔음을 설득해야겠다고 고집을 피웠다. 그녀를 통해 늙은 군인 고타와 연결될 수 있을지도 모른다는 희망 때문이었다. 하지만 료코는 아버지가 낯선 사람들과 이야기하는 걸 싫어하실 뿐만 아니라, 특히 전쟁과 군복무 시절 이야기를 꺼리신다며 오오토모 타로의 부탁을 거절했다. 그의 이야기가 잘못 전달되기 쉽기 때문이라는 것이 이유였다. 그녀는 나이 많은 아버지가 살아 있는 부처가 되려고 노력중이라고 오오토모 타로에게 말했다.

오오토모가 보기에는 료코가 아버지에게 거의 관심이 없음이 분명했다. 그래서 그는 그녀를 무시하는 편이 최선이라는 결론을 내리고, 민족주의자인 친구들과 함께 고타의 백다섯 살 생일 축하를 기획하기 시작했다. 그들은 존경과 품위가 넘치는 행사를 통해 참전군인들을 기릴 뿐만 아니라, 20세기에 일본이 벌였던 전쟁의 영적 기반이 오해에 둘러싸여 있음을 널리 알리고 싶었다. 하지만 오오토모가 고타를 만나러 갈 때마다 집에는 아무도 없는 것 같았다.

료코의 태도와 문을 두드려도 대답하지 않는 고타의 묘한 반응이 왠지 거슬리기 시작한 오오토모 타로는, 어느 날 밤 학창시절의 친구이자 현직 경찰관인 하시모토 다케시와 술을 마시며 그간의 일을 이야기해주었다.

하시모토는 뭔가 냄새가 난다는 생각이 들었다. 그래서 힘들게 복지 기록을 확인해본 결과 료코가 아버지의 대리인 역할을 하고 있음을 발견했다. 두 달 전, 고타의 계좌에서 200만 엔이 인출된 기록이 있었다. 하시모토는 고타의 아파트를 수색해도 좋다는 허락을 얻어냈다. 시내에서 예전에 인기를 끌던 지역에 있는 아파트였으나, 몇 년 전부터는 점점 황폐해진 곳이었다. 일층 위의 외벽에는 위에서 벗겨져 떨어지는 회칠 조각들을 받을 수 있게 대충 조립한 철창들이 고정되어 있었다. 승강기 문이 좀처럼 열리지 않았기 때문에 하시모토는 동료 세 명과 함께 칠층까지 계단으로 올라가는 수밖에 없었다.

시집이 꽂힌 책꽂이가 벽을 따라 죽 놓여 있는 아파트 안에서, 하시모토는 미라가 된 노인의 시신이 침대에 누워 있는 것을 발견했다. 냄새는 전혀 나지 않았다. 아마 몇 년 전, 어쩌면 수십 년 전에 죽은 모양이었다. 하시모토 다케시는 왼손을 뻗어 아주 천천히 꽃무늬 이불을 들어올렸다. 시체가 서서히 썩어가며 흘러나온 액체가 요에 진하고 어두운 얼룩으로 남아 있었다. 마치 후광 같은 이 얼룩의 한가운데에, 양피지처럼 변한 피부가 뼈를 덮고 있는 고타 시로의 시신이 누워 있었다.

지금은 죽었지만 살아 있는 부처가 되려 했다는 이 노인의 침대 옆 탁자에는 바쇼의 위대한 기행문인 『오쿠로 가는 좁은 길』 한 권이 놓여 있었다. 하시모토는 그 낡은 책을 들어 마른 풀잎으로 표시된 페이지를 펼쳤다.

하루하루, 한 달 한 달은 영원의 여행자들이다. 그는 책 속의 구절을 읽었다. 흘러가는 한 해 한 해도 그렇다.

11

그것은 그의 상관인 존 머나듀가 마땅히 맡아야 하는 일이었지만, 존 머나듀는 그 일에 열의가 없었다. 사실 그는 라인에서도 오스트레일리아로 돌아온 뒤에도, 어떤 일에든 열의를 보인 적이 없는 인물이었다. 도리고 에번스는 보녹스 베이커에게서 온 편지를 통해, 아무도 잭 레인보우의 미망인을 만나러 가지 않았으며, 존 머나듀가 그녀에게 전달할 레인보우의 훈장을 갖고 있으면서도 도무지 나설 생각이 없는 것 같다는 사실을 알았다. 그래서 신혼여행에서 돌아온 몇 달 뒤, 자신의 결혼생활이 결코 바람직한 상태가 아니라는 사실을 확실히 알게 된 도리고 에번스는, ANA항공의 비행기를 타고 호바트로 갔다. 존 머나듀는 니키타리스의 생선식당에서 두 집 떨어진 주점에 있었다.

정글에 있을 때 존 머나듀는 자신이 결코 지도자감이 아님을 깨달았다. 큰형님 같은 사람에게는 자연스러운 일이었지만, 존 머나듀 자신은 아니었다. 이상한 일이었다. 아버지에게서 너는 지도자라는 말을 들은 적이 있고, 지도력은 오로지 성격에 좌우되는 것이기 때문이었다. 허친스스쿨*에서도 그는 지도자라는 말을 들었다. 오로지 지도자감들만이 허친스스쿨에 입학할 수 있기 때문이었다. 사람들은 그에게 지도자가 그의 타고난 운명이라고 말했다. 허친스스쿨의 모든 남학생이 그렇듯이, 그도 타고난 지도자였기 때문이다. 세상이 계속 그에게 그렇게 말했기 때문에 존 머나듀는 장교 학교로 직행했다. 그가 그때까지 받은

* 통학과 기숙사 생활이 가능한 오스트레일리아의 남학교. 유치원 이전의 어린 나이부터 12학년까지 다닐 수 있다.

교육과 연출, 부정할 수 없는 성격과 바꿀 수 없는 운명 때문이었다. 존 머나듀는 사람들의 말이 모두 자명한 진실이며 자신은 지도자라고 믿었다. 라인에 도착할 때까지는 그랬다. 하지만 거기서 그는 자신이 가장 먼저 관심을 갖는 분야는 남을 돕는 일이 아니라 자신의 목숨을 구하는 일이며, 성격에 대해서는 아버지의 말씀이 옳았지만 아들에 대해서는 아버지가 잘못된 판단을 하셨음을 알게 되었다.

존 머나듀는 권위를 이해했다. 그래서 그날 잘생긴 얼굴과 인생을 고스란히 간직한 채 니키타리스의 생선식당에서 두 집 떨어진 주점에서 가시를 발라낸 쿠타 살 1파운드(450g)를 앞에 놓고 앉아 있다가, 자신에게는 권위가 전혀 없음을 깨달았다. 도리고 에번스 같은 사람이 어떻게 권위를 갖게 되었는지 궁금했다. 그는 못생겼다고 해도 될 만한 외모에다 비열한 바람둥이이며, 군중 속에 숨어 혼자 노는 인간이고, 모든 종류의 권위를 거들떠보지도 않는 인간인데. 그가 관심을 두는 권위란, 하느님의 모욕적인 은총 덕분에 자신이 휘두르는 권위뿐이었다. 그런 그가 존 머나듀를 위해 대신 해주고 있는 일은 별로 중요하지 않은 사소한 행동 같았다.

죄송합니다. 존 머나듀가 도리고 에번스에게 말했다. 전에 레스 휘틀 부인을 만나러 간 적이 있는데, 그뒤로 다시는 같은 일을 할 수 없었습니다. 레스를 기억하십니까?

기억하지. 〈워털루 다리〉에서 로버트 테일러 역할을 꽤 멋지게 해낸 친구잖아. 하필이면 잭 레인보우의 상대역이었지, 안 그런가?

저는 기억이 안 납니다. 그 친구가 어떻게 죽었는지 들으셨습니까?

아니.

그 친구는 나중에 일본의 수용소로 옮겨졌습니다. 세토내해 밑의 석탄광산에서 노예처럼 일했죠. 굶주리면서요. 전쟁이 끝난 뒤 양키들이 그곳의 포로수용소에 낙하산으로 물품을 떨어뜨려주었습니다. 미국해방군이 먹을 것이 가득 든 44갤런(167*l*)짜리 강철 드럼통을 떨어뜨린 겁니다. 그 통들이 팔랑팔랑 내려왔죠. 한 놈이 말했습니다. 여름날의 민들레처럼 부드럽구나. 다들 들떠 있었습니다. 곧 44갤런들이 드럼통이 지붕을 부수고 닿는 것을 무엇이든 박살내면서 떨어지기 시작했습니다. 그중에 허시 초코바가 가득한 드럼통 한 개가 레스의 몸 위로 떨어졌습니다. 레스는 납작하게 깔려서 죽었습니다.

그는 도리고 에번스에게 구두상자 하나를 넘겼다. 그 안에서 훈장 몇 개가 이리저리 굴러다니고 있었다. 상자 뚜껑에는 잭 레인보우 부인의 이름과 주소가 테이프로 붙어 있었다.

그건 무슨 개죽음입니까? 존 머나듀가 말했다. 그의 시선은 구두상자에 고정돼 있었다. 굶어죽게 생긴 놈이 음식에 깔려 죽다니요. 그것도 아군이 보낸 음식에. 허시 초코바 때문에. 세상에, 도리고, 망할 허시 초코바였습니다. 말씀 좀 해보세요.

자네는 뭐라고 했나?

반드시 해야 하는 말을 했죠. 거짓말 말입니다. 레스의 부인은 아주 품위 있는 여자였습니다. 작고 땅딸막했지만 품위가 있었어요. 제 거짓말을 가만히 듣더니 한참 동안 아무 말도 하지 않았습니다. 그러고는 이렇게 말하더군요. 난 그 사람을 잘 몰랐어요. 그게 슬프네요. 그 사람을 좀더 잘 알았다면 좋을 텐데.

잭 레인보우 부인은 호바트를 굽어보는 산의 중간쯤에 있는 숲속 마을 네이카에서 몇 킬로미터 떨어진 곳에 살았다. 도리고 에번스가 그곳까지 가는 길을 묻는 소리를 옆에서 들은 바텐더가 자그마한 남자를 소개해주었다. 캐스케이드 양조장 트럭을 운전하는 사람인데, 배달 때문에 그쪽으로 가는 길이라고 했다. 바텐더는 그가 도리고를 그곳까지 데려다주고, 두 시간 뒤 돌아오는 길에 다시 태워줄 수 있을 것이라고 말했다.

호바트를 벗어난 지 얼마 되지 않아 눈이 내리기 시작했다. 트럭의 와이퍼 한 짝이 부르르 떨며 깨끗이 닦아놓은 유리창의 작은 일부를 통해 겨울 풍경이 보였다. 유칼리나무와 커다란 나무고사리가 방금 내린 눈을 무겁게 이고 도로를 향해 기울어져 있었다. 다른 것들은 모두 하얀 눈 속으로 사라져버렸다. 도리고 에번스의 머릿속도 그렇게 변해가는 것 같았다. 그는 한 손을 내밀어 손가락으로 공기를 밀면서, 자신이 그 넙다리동맥의 출혈을 막을 수 있는 다른 방법이 있었는지 생각해보려고 애썼다. 그의 손가락이 춥고 하얀 허공을 밀쳐댔다. 아무것도 잡히지 않았다.

춥죠? 그가 손가락을 움직이는 것을 보고 양조장 운전기사가 말했다. 그래서 내가 이것을 낀 겁니다. 그는 운전대에서 털장갑을 낀 한 손을 들었다. 이걸 안 끼면 젠장맞을 동상에 걸려 죽기 십상이거든요. 망할 남극의 스콧,* 그게 바로 납니다.

그들은 펀트리를 지나고 네이카를 지나서 산속으로 올라갔다. 산을 넘어 반대편으로 내려가는 길에서 양조장 운전기사는 도리고 에번스를

---

* 로버트 팰컨 스콧은 두 차례 남극 탐험을 했고, 1911년 남극점에서 돌아오다 조난해 사망했다.

내려주었다. 초록색 이끼를 턱수염처럼 매단 기둥 두 개에 망가진 문이 매달려 있는 농가 앞이었다. 눈 덮인 길가에 서 있는 농가는 황폐해 보였다. 하얀 눈에 뒤따라오는 적막함 때문에 집이 폐가가 된 것이 아닌가 하는 느낌이 들었다. 울타리는 기울어지고, 몇 군데는 아예 무너져 있었다. 헛간도 낡아 보였다. 자그마한 건조장도 내려앉은 듯했다.

부인은 콘크리트로 지은 자그마한 헛간에서 버터를 젓고 있었다. 소용돌이치는 빨간 히비스커스 무늬가 있는 면 치마에, 집에서 짠 낡은 털실 스웨터 차림이었다. 스웨터의 한쪽 팔꿈치는 올이 풀어져 있었다. 맨 살이 드러난 다리는 멍이 들었으며, 제모도 되어 있지 않았다. 얼굴에는 깨어진 희망밖에 없는 듯했다. 입가의 주름은 흔들리다가 잔주름으로 이어졌다.

그는 자신의 이름과 소속연대를 밝혔다. 그리고 더 말을 잇기도 전에 그녀가 그를 데리고 부엌으로 들어갔다. 중앙의 화덕에 불이 지글거리며 타고 있어서 따뜻했다. 부엌을 지나 들어간 거실은 춥고 어두웠다. 그녀는 도리고를 '선생님'이라고 불렀다. 그가 그러실 필요 없다고 했더니, 그녀는 '에번스 씨'로 호칭을 바꿨다. 그는 지나치게 빵빵하고 눅눅한 안락의자에 앉았다.

복도 저편의 열린 문간을 통해 밝은 크림색 에나멜이 칠해진 징두리 판벽이 천장까지 이어져 있는 것이 보였다. 철제 침대 앞에도 역시 징두리판벽이 있었다. 그녀가 그 방에서 잭과 조금이라도 행복한 시간을 보낸 기억이 있어야 할 텐데. 도리고는 오늘 같은 겨울밤에 두 사람이 함께 있는 모습을 상상해보았다. 침실에서 따뜻하게 붙어 앉아서 점점 사그라드는 벽난로의 불길을 지켜보는 모습. 아마 잭은 뻘뻘 담배를 피우고 있었을 것이다.

12

우린 아이가 다섯이에요. 부인이 말했다. 아들 둘, 딸 셋. 어린 그웨니는 제 아버지를 빼다 박았지요. 막내 테리는 잭이 떠난 뒤에 태어나서 아빠 얼굴을 한 번도 못 봤답니다.

오랫동안 침묵이 흘렀다. 도리고 에번스는 수술을 하면서 사람들이 정말로 하고 싶은 말을 할 때까지 기다리는 법을 배웠다.

저는 혼자 있는 걸 견딜 수 없었어요. 마침내 부인이 말했다. 외로움을 엄청 무서워하거든요. 남편이 전쟁터로 간 뒤에 저는 아이들을 모두 데리고 잤습니다. 부인은 그 기억을 떠올리며 미소지었다. 한 침대에서 여섯 명이 몽땅. 웃기죠?

주전자가 휘파람 소리를 내자 부인은 부엌으로 사라졌다. 그는 부인에게 군복 외투를 맡긴 것을 후회했다. 부인은 금이 간 초록색 에나멜 주전자에 우린 차와 커다란 크림 케이크의 남은 조각을 가지고 돌아왔다.

눈이 내리니 아주 조용하네요. 부인이 말했다. 눈은 커다란 담요 같아요. 그래서 저는 아이들을 옆에 두는 걸 좋아한답니다. 하지만 어린 녀석들은 오늘 시누이 집에 갔고, 큰애들은 학교에 갔어요. 부인은 잠시 말을 멈췄다가 다시 이었다. 잭은 눈을 아주 좋아하지만, 오, 하느님, 저는 가끔 느낄 수 있어요.

부인이 그에게 케이크를 권하자 그는 사양했다. 부인은 케이크 접시를 사이드테이블로 옮겨놓고, 가장자리에 떨어진 부스러기를 집게손가락으로 모으며 잠시 고개를 들지 않다가 입을 열었다.

사랑을 믿으세요, 에번스 씨?

뜻밖의 질문이었다. 그는 대답할 필요가 없음을 알아차렸다.

에번스 씨는 그걸 해내신 것 같아서요. 남이 주는 걸 기다리지 않고 직접 해내신 것 같아서.

부인은 말을 멈추고 도리고의 말을 기다리는 것 같았다. 짧은 논평이나 평가 같은 것. 하지만 도리고 에번스가 아무 말도 하지 않자, 부인은 좀더 대담해졌는지 말을 이었다.

저는 그렇게 생각해요, 에번스 씨.

도리고라고 부르세요.

도리고. 정말로 그렇게 생각해요. 잭과 저도 그렇게 할 수 있을 거라고 생각했어요.

부인은 의자에 앉더니 그에게 담배를 피워도 되느냐고 물었다. 잭과 함께 있을 때는 증기기차처럼 연기를 내뿜는 일은 절대 하지 않았지만, 지금은 이게 그 사람 같아서 조금 도움이 되는 것 같아요. 그 사람은 여기 없으니까요.

팰맬이죠? 부인이 밝은 빨간색 담뱃갑에서 담배 한 개비를 꺼내며 말했다. 잭은 싸구려 우드바인은 안 피워요. 그 거친 말버릇을 보상하려면 조금 멋진 담배가 필요하니까요. 잭은 항상 어설프게 잘난 척을 했어요. 팰맬과 술, 거기에 풍만한 여자까지, 이러고도 행복하지 않으면 바보 아냐? 이렇게 말하곤 했죠.

부인은 담배를 한 모금 빨고 재떨이에 내려놓은 뒤 빤히 바라보았다. 그렇게 시선을 들지 않은 채 그녀가 말했다. 사랑을 믿으세요, 에번스 씨?

부인은 담배 끝을 재떨이에 비볐다.

믿으세요?

이 산과 눈 너머에 헤아릴 수 없이 많은 사람들이 사는 세상이 있었다. 도리고는 각자 도시에서, 더위와 불빛 속에서 살아가는 사람들이 보이는 듯했다. 그런 도시들로부터 아주 멀리 떨어진 이 외딴집을 생각해보았다. 비록 아주 잠깐 동안이었다 해도 한때는 이 집이 이 부인과 잭에게 두 사람만의 우주였을 것이라는 생각이 들었다. 순간적으로 자신과 에이미가 자기들의 방이라고 생각했던 킹오브콘월의 그 방에 다시 돌아가 있는 것 같은 느낌이 들었다. 바다와 태양과 그림자가 있고, 베란다로 통하는 유리문에서는 하얀 페인트가 떨어져나오고, 자물쇠에는 녹이 슬어 있고, 늦은 오후에는 산들바람이 불고, 밤에는 파도가 부서지는 소리가 들리던 곳. 그 방 역시 한때는 우주의 중심처럼 보였던 것을 그는 기억했다.

저는 안 믿어요. 부인이 말했다. 안 믿어요. 사랑이라는 건 너무 하찮은 단어예요. 안 그래요, 에번스 씨? 펀트리에서 피아노를 가르치는 친구가 있어요. 아주 음악적인 친구예요. 저는 음치지만요. 그런데 어느 날 그 친구가 저한테 모든 방에 음이 있다는 얘기를 하는 거예요. 그 음을 찾아내기만 하면 된다면서. 그러더니 새가 지저귀는 것 같은 소리로 높은 음, 낮은 음을 내기 시작했어요. 그러다 갑자기 한 음이 우리한테 되돌아왔죠. 벽에서 메아리쳐 돌아오고 바닥에서 솟아나서 완벽한 울림으로 방을 가득 채운 거예요. 그 소리가 얼마나 아름답던지. 마치 서양자두 한 개를 던졌더니 과수원이 통째로 제게 돌아온 것 같았어요. 아마 믿기 힘드실 거예요, 에번스 씨. 음과 방이라는, 완전히 다른 두 가지 것들이 서로를 그렇게 발견하다니. 그 소리는…… 딱 들어맞는 것 같았어요. 좀 웃기는 얘긴가요? 우리가 말하는 사랑이 그런 뜻일까요, 에번스 씨? 제게 되돌아오는 음일까요? 제가 원하지 않을 때에도 저를 찾아내주는 음일까요? 어느 날 제가 누군가를 발견하면, 그 사람의 모든 것이 묘한 울림으로 제게 되돌아오는 걸까요? 근사한 일이에요. 아름다워요. 제 설명이 좀 이상하죠? 제가 말을 잘 못해요. 하지만 우리가 바로 그랬어요. 잭과 저 말이에요. 우린 서로를 잘 몰랐어요. 제가 그 사람의 모든 점을 좋아했던 건지도 잘 모르겠어요. 그 사람도 아마 저의 어떤 점에는 짜증도 내고 그랬을 거예요. 하지만 저는 방이었고 그 사람은 음이었어요. 그런데 그 사람이 가버렸네요. 이제 모든 것이 조용해요.

저는 잭과 함께 있었습니다. 그가 입을 열었다. 마지막 순간에요. 잭은 팰맬을 무척 피우고 싶어했습니다.

13

매트리스는 여기저기가 뭉쳐 있었고, 움푹 패인 한복판에는 노스호바트의 낡은 축구 점퍼가 서투르게 덧대어 있었다. 그는 옆으로 돌아누우면서 몸이 그 구덩이의 윤곽을 에둘러놓이게 했다. 그 계곡과 평원,

비탈길과 패인 곳과 협곡을 에두르게. 매트리스의 형태에 맞춰 자세를 잡은 그는 그녀를 향해 몸을 기울이며 그녀의 무릎 아래로 자신의 무릎을 밀어올렸다. 허벅지가 그녀의 허벅지 아래로 들어가고, 한쪽 팔꿈치는 그녀의 엉덩이를 짚은 채로 그는 한 손으로 그녀를 감싸 끌어안았다. 두 사람 모두 마음에 걸리던 것들을 전혀 헷갈리지 않고 말로 한참 털어놓은 덕분에 깊은 안도감이 느껴지는 것 같았다. 그녀는 혼자 있는 것을 견디지 못했다. 어쩌면 두 사람이 함께 누워 있는 것은 온기 때문인 것 같았다. 어쩌면 두 사람이 서로를 끌어안은 것은 침묵에 대항하기 위해서인 것 같았다. 소리가 되돌아올 것이라는 희망을 안고서. 두 사람 모두 옆에 누운 사람이 그 희망의 무용함을 알고 있음을 알고 있었다. 양철지붕을 스치기 시작한 진눈깨비 소리가 들렸다. 그녀와 함께 따뜻함을 느끼는 것만으로 충분했다. 어쩌면 이것이 인생의 전부인 것 같기도 했다. 그는 엄청나게 늙어버린 것 같았다. 돌아오는 7월이면 그는 서른네 살이 될 터였다. 두 사람은 진입로 꼭대기에서 양조장 트럭이 경적을 울려댈 때까지 아무 말 없이 서로를 안고 있었다.

그가 떠난 뒤 그녀는 훈장들을 부엌 화덕의 불길 속으로 슬쩍 쏟았다. 며칠 뒤 화덕의 재를 긁어내서 닭장 마당에 쏟아버리던 그녀는 화덕 안 받침대에 눌어붙어 있는 것이 무엇인지 순간적으로 알 수 없었다. 십구 년 뒤인 1967년에 대화재가 그곳을 휩쓸면서 제 앞길에 있는 모든 것을 가져가버렸다. 이제 그녀의 아들이 홉 농사를 지으며 살고 있던 그곳, 통나무로 지은 그녀의 집과 벽돌로 새로 지은 아들의 집, 그녀와 잭의 사진, 이 모든 것이 불길 속으로 사라졌다. 그리고 옛날 닭장이 있던 곳에 반쯤 묻힌 옛 훈장의 흔적 위로 새로운 재가 쌓였다. 더 많은 세월이 흐른 뒤에는, 그곳에서 물고사리, 층층나무, 도금양이 자라났다. 그래서 나중에는 한때 잭의 꿈이었던 자리가 숲으로 변했고, 숲은 이파리와 나무껍질과 가지를 떨어뜨렸다. 또 더 많은 세월이 흐른 뒤에는 화재의 흔적인 재도 겹겹이 쌓인 부엽토와 토탄과 새로운 삶 아래로 사라져버렸다.

그녀는 자기보다 나이가 어린 남자와 결혼했다. 그는 그녀에게 자상했고 그녀도 그에게 상냥했지만, 잭 레인보우와 함께 살 때와는 달랐다. 남편이 트랙터 사고로 죽었기 때문에 그녀는 이번에도 남편보다 오래 살아남았다.

삶의 마지막에 거의 다다른 그녀는 잭의 생김새가 더이상 기억나지 않는다는 사실을 깨달았다. 그의 목소리도, 체취도, 자신을 안고 어루만지던 손길도, 밖에 눈이 내릴 때 천천히 팰맬을 피우던 모습도 역시 기억나지 않았다. 가끔 잠에 빠져드는 순간에 잭의 팰맬 연기 냄새가 나는 것 같을 때가 있었다. 가끔 방이 웅웅 울리던 기억도 났다. 하지만 그 냄새나 느낌이나 소리를 붙들 수 없었다. 잠이 그녀를 더 깊고 더 먼 곳으로 데려가버렸다. 그녀는 노력했지만 한동안, 아주 짧은 기간 동안 자신이 외롭거나 춥지 않았다는 사실 외에는 아무것도 기억나지 않았다.

트럭이 산길을 내려가는 동안 도리고 에번스는 낯선 사람들끼리 가끔 그러듯이 운전기사와 이야기를 나누며 자신이 이곳을 찾아온 이유를 간단히 설명했다.

두 사람한테는 뭔가가 있었어요. 그가 말했다. 그 친구는 죽었고 나는 살았지만, 그 친구는 내가 지금도 결코 알 수 없는 뭔가를 갖고 있었습니다.

그게 뭔데요?

아내와 부부 사이였죠. 도리고 에번스가 말했다.

부부라. 운전기사가 말했다. 우리 어머니와 아버지도 부부였습니다. 나와 마누라는, 뭐, 하루하루가 디데이고요.

그는 아슬아슬한 커브길에서 트럭의 속도를 거의 기어가는 수준으로 떨어뜨리기 위해 두 번 클러치를 밟고, 브레이크를 밟은 채 거의 일어서다시피 했다. 길은 숲 사이로 꿈틀꿈틀 뻗어 있었다. 다시 곧게 뻗은 길이 나오자 운전기사는 기어를 이단으로 올리고 계속 이야기를 이어갔다.

하지만 부부? 에유, 그건 아니죠. 마누라는 좋은 여자지만, 사랑?

사랑이죠. 도리고 에번스가 말했다. 그래요, 사랑일 겁니다.

운전기사는 1~2마일 동안 곰곰이 생각해보다가 입을 열었다.

어쩌면 많은 사람들이 결코 사랑을 모른 채 살다 가는지도 몰라요.

도리고 에번스는 이런 생각을 해본 적이 한 번도 없었다.

그런지도 모르죠.

어쩌면 우리의 얼굴, 인생, 운명, 행복과 불행이 그냥 우리에게 주어지는 건지도 모릅니다. 어떤 사람은 많이 받고, 어떤 놈은 아무것도 못 받고. 사랑도 똑같아요. 맥주잔 크기가 다양한 것과 같습니다. 맥주가 많든 적든 마시고 나면 똑같이 사라져버리죠. 우리는 그걸 아는 것 같지만 사실은 모릅니다. 우리가 어떻게 해볼 수 없는 문제일 수도 있고요. 담을 쌓거나 집을 지을 때처럼 사랑을 하는 사람은 없습니다. 사랑은 감기 같은 거예요. 사랑 때문에 비참해지지만 곧 증세가 사라지죠.

그렇지 않은 척하는 건 곧 지옥으로 이어진 길이에요.

그게 전부입니까?

마누라가 하는 말입니다. 운전기사가 말했다. 어디서 오셨다고 했죠?

본토에서요.

그런 것 같았습니다. 운전기사가 말했다. 그가 보기에는 이 새로운 정보가 지나치게 사적이었던 대화를 설명해주는 동시에 종지부를 찍는 것 같았다.

멜버른행 오후 비행기가 허공을 선회하며 기체를 안정시키는 동안 도리고 에번스는 창문을 통해 완벽한 푸른 하늘을 배경으로 눈을 이고 서 있는 산을 보았다. 이런 게 세상이야. 그는 속으로 생각했다. 그냥 이런 거야. 곧 산이 하얀 구름 속으로 사라지고, 그의 생각도 그뒤를 따라갔다. 그는 한 손을 내밀고 손가락으로 공기를 밀었다. 아직 늦기 전에 그 넙다리동맥을 찾을 수 있기라도 한 것처럼.

여기서 냉기가 흘러나오는 걸 느낄 수 있을 거예요. 커다란 프로펠러 엔진의 굉음 속에 존재하는 친밀한 고치 같은 공간 안에서 유쾌한 목소리가 들렸다. 고개를 돌린 도리고 에번스는 매력적인 여자가 옆자리에 앉아 있음을 처음으로 깨달았다. 옥수수색과 파란색의 지그재그 블라우스 옷깃 사이로, 아주 하얗게 부풀어오른 젖가슴 사이의 골이 시작되는 지점이 드러나 있었다.

그렇죠. 그가 말했다.

어디로 가세요? 여자가 물었다.

그는 미소를 지었다.

손이 얼어붙을 것처럼 추워 보이네요. 여자가 말했다.

그런 거죠. 그는 이렇게 말하면서 밖으로 내밀어져 있는 자신의 손가락을 갑자기 의식했다. 손가락은 텅 비고 추운 하얀 공간 속을, 아무것도 없는 허공을 밀어대고 있었다.

이 세상에서
우리는 지옥의 지붕을 걷는다,
꽃을 응시하면서.

잇사

1

몇 주 전부터 나카무라 덴지는 이상하게 목이 쉬어 있었다. 회계 직원을 새로 뽑기 위해 면접을 오랜 시간 동안 지켜보고 난 뒤, 뻣뻣해진 목을 문지르던 그의 손에 묘하게 부풀어오른 부분이 만져졌다. 그는 별로 신경쓰지 않았다. 사실 신경쓸 여유가 없기도 했다. 인사과에서 그가 맡은 일로 그 어느 때보다 분주했고, 상급 관리자로 승진할 길목에 들어서 있었으므로 건강 따위를 생각할 여유가 없었다.

하지만 목이 점점 더 아파왔다. 음식을 삼킬 때조차 고통을 느끼기 시작한 다음부터 그는 식사량을 최소한으로 줄이고 주로 된장국만 먹는 식으로 식사를 마쳤다. 기침을 하며 피를 토하기 시작한 뒤에야 비로소 그는 고집을 꺾고 의사를 찾았다. 명확한 진단 결과가 나왔다. 나카무라의 병은 후두암이었다.

종양은 수술로 제거되었다. 그 때문에 목소리가 조금 달라졌지만, 나카무라는 의연히 받아들였다. 그는 자신이 어려움을 이기고 살아남은 생존자라고 생각했기 때문에 갈대처럼 가늘어진 새 목소리를 영광된 배지처럼 여겼다. 자신이 믿을 수 없을 만큼 굉장한 축복을 받은 것 같았다. 하지만 석 달 뒤 목을 쓸어보던 손가락에 작은 멍울이 만져졌다. 단단하고 낯설었다. 그는 그 멍울에 대한 생각을 머릿속에서 지워버렸지만, 혹이 점점 자라서 다시 수술을 받아야 했다. 이번에는 방사선치료도 병행되었기 때문에 그는 기운이 없었으며, 실제 나이보다 훨씬 더 늙어 보였다. 침샘이 전부 다 타버려서 수분이 많은 식품만, 그것도 힘들게 삼킬 수 있었다. 이런 시련을 겪으면서 그는 이쿠코가 얼마나 대단한 여성인지 깨달았다. 그녀는 그를 보살피는 일에 온전히 헌신하면서도 항상 경쾌하고 유쾌한 모습을 유지했으며, 바싹 말라서 악취를 풍기는 그의 몸을 전혀 꺼리지 않는 것 같았다. 온몸을 헤집어놓은 치료에서 회복하는 동안 그는 아내의 몸에서 항상 신선하고 기분좋은 냄새가 난다는 것, 피부에 여전히 윤기가 흐른다는 것을 점점 의식하게 되었다. 마치 그녀의 몸에 선한 것이 모두 모여 있는 것 같았다. 때로는 그녀의 몸에서 뿜어져나오는 건강한 느낌에 압도당할 지경이었다. 특히 그녀의 얼굴에서 떠날 줄 모르는 나른한 미소가 최고였다.

매일 아침 출근하기 전에 그녀는 일부러 두 시간 일찍 일어나 그에게 필요한 모든 일을 돌봐주었다. 그는 그녀의 현실적인 성격에 감탄했지만, 그가 사랑한 것은 단순히 그녀의 손길과 존재뿐이었다. 얼마쯤 시간이 흐른 뒤 그는 그녀가 옆에 앉아서 손등으로 뺨을 부드럽게 쓰다듬어주기만 한다면 못할 일이 없을 것 같았다. 그녀는 스스로 말하는 것처럼 아무것도 하지 않는 것은 순전히 시간을 낭비하는 짓이라고 생각하는 사람이었지만, 그렇게 아무것도 하지 않는 순간이 나카무라의 삶에서는 가장 중요한 일이었다. 그럴 때면 그는 두려운 것이 없었다. 통증도 잠깐이나마 참을 만한 것 같았다. 어떻게 그 오랜 세월 동안 아내가 이토록 착한 사람이라는 사실을 모르고 살았는지 궁금할 지경이었다.

그뿐만이 아니었다. 아내의 선한 성정 덕분에 그도 점점 좋은 사람이 되어가고 있었다. 그는 금욕적이고 유머러스한 태도로 자신의 병을 견뎠다. 일부러 시간을 내서 자기보다 더 많이 아픈 사람들을 만났으며, 심지어 노인들에게 식사를 가져다주는 봉사활동을 하기도 했다. 또한 식구들, 친구들, 이웃들은 물론 낯선 사람들에게까지도 전보다 더 친절하고 사려 깊은 태도를 보여주었다. 나카무라 덴지는 자신에게 이렇게 착한 부분이 있었다는 사실에 말문이 막혔다. 난 착한 사람이야. 그는 이런 결론을 내렸다. 이것이 암과 맞선 그에게 엄청난 편안함과 차분함을 가져다주었기 때문에 그를 아는 모든 사람이 감탄을 금치 못했다.

2

이 무렵, 그러니까 나카무라 덴지가 약해지긴 했지만 다시 건강을 회복하면서 자신이 정말 축복받은 사람임을 깨달은 그 시기에, 도모카와 아키가 보낸 편지가 도착했다. 그는 철로공사를 하던 시절 그의 소대원이었다. 몇 년 전부터 상관의 소식을 수소문한 도모카와는 이 편지가 부디 나카무라에게 닿기를 바란다고 썼다.

나카무라는 항상 도모카와의 편협하고 비굴한 성격이 짜증스러웠다. 하지만 지금은 그를 완전히 다른 시각으로 바라보았다. 그는 자신과 많은 일을 함께 겪은, 훌륭하고 착한 남자였다. 나카무라는 도모카와의 충성심에 감동받았다. 아내의 착한 성격, 매일 저녁 옆에 앉아 말동무가 되어주는 딸들의 상냥함과 궤를 같이하는 특징인 것 같았다. 그러니 그도 이런 호의에 보답할 필요가 있었다. 신주쿠 라쇼몽에서 전범용의자들의 이름 중에 자신의 이름을 발견한 그날 이후로 나카무라는 예전 전우들과는 반드시 접촉을 피하는 것을 규칙으로 삼았다. 그리고 지금까지는 어쩌다가 우연히 고타와 함께 일하게 된 것만 제외하고는 그 규칙을 지켜왔다.

하지만 지금 생각해보니 그런 태도는 어리석고 이기적인 것이었다. 연합국들이 보복을 하려고 애쓰던 것은 이미 오래전의 일이었다. 북쪽에 있는 홋카이도섬에 살고 있는 도모카와는 옛 전우들을 많이 찾아내서 그들의 다양한 운명에 대해 알고 있는 것 같았다. 그뿐만 아니라, 옛 연대에 함께 소속되어 있던 기술자들 중 일부가 이제 타이라고 불리는 옛 시암 땅에 가본 적도 있다고 했다. 거기서 그들이 본 것은 1944년 시암-버마 철로를 끝까지 달린 첫번째 기관차가 껍데기만 남아 녹슬어가고 있는 광경이었다. 기술자들은 그 기관차를 복구중이며, 그것을 일본으로 가져와 야스쿠니신사에 전시해서 자신들의 위대한 업적을 기리는 것이 궁극적인 목표라고 했다.

이런 놀라운 일들을 알게 된 나카무라 덴지는 자신이 살아오면서 받은 많은 축복 덕분에 이제 더이상 두려워할 필요가 없다는 사실을 깨달았다. 두려움이 사라졌으므로, 이제는 자부심을 느끼고 싶었다. 다른 사람들이 느끼는 자부심을 함께 느끼고 싶었다. 도모카와의 편지 덕분에 그는 신주쿠 라쇼몽의 그날 이후로 그를 억압하던 두려움이라는 굴레에서 마침내 벗어날 수 있었다. 나카무라는 비록 몸이 아프지만 저멀리 북쪽의 추운 도시인 삿포로까지 가서 옛 전우를 한번 만나야겠다고 결심했다.

그가 삿포로에 도착한 때는 한겨울이라서, 이 도시에서 매년 열리는 눈 축제 준비가 한창이었다. 나카무라는 일본 영화와 텔레비전에서 큰 인기를 얻은 괴수들이 1966년 눈 축제의 테마라는 사실을 텔레비전을 통해 알고 있었다. 그는 삿포로 공항에서 도모카와의 아파트까지 택시를 타고 가면서 거대한 얼음조각상들을 만드는 데 일손을 보태고 있는 자위대 군인들을 보았다.

운전기사는 굳이 조각상들 이름을 일일이 말해주었다. 불을 뿜는 거북 가메라, 고질라, 자이언트 로보, 이마가 엄청나게 넓고 윗니가 튀어나와 있는 레드 코브라, 거대한 송충이인 모스라, 거대한 머리와 촉수를 지닌 기요틴 황제. 나카무라에게는 모두 아무 의미도 없는 이름들이었지만, 일본인들의 놀라운 솜씨는 감탄스러웠다. 거기에는 일본인들의 불굴의 정신이 깃들어 있었다.

도모카와는 정부가 지은 고층 아파트 단지에 살고 있었는데, 나카무라는 단지 안에서 길을 잃었다. 그가 집을 제대로 찾았을 때는 이미 피로와 추위에 탈진한 상태였다. 그래도 도모카와라니! 그를 다시 만날 수 있다니! 그는 전보다 살이 찌고, 머리가 벗어져 있었다. 나카무라가 보기에는 키도 작아진 것 같았다. 그래도 여전히 머리가 무를 닮은 도모카와였다. 비록 기미 때문에 무가 조금 얼룩덜룩해져서 나카무라가 어렴풋이 파충류를 떠올리기는 했지만. 여전히 조금 짜증스러운 성격이기는 해도 도모카와는 과거의 상관을 보고 기뻐서 어쩔 줄 몰랐다. 그가 아주 꾸밈없이 솔직한 태도를 보여주었기 때문에, 나카무라는 예전에 짜증스럽다고 생각했던 면들을 귀엽다 못해 매력적이라고까지 생각해줄 결심이었다.

도모카와의 아내는 남편보다 훨씬 더 키가 작았고, 부정교합이 심해서 가끔 말을 한다기보다 단어를 먹어버리는 것 같은 인상을 주었다. 그래도, 아니 그 때문에, 그녀는 자신감이 넘쳤다. 조금 지나친 듯해서 나카무라는 호감이 가지 않았지만, 그는 지나치게 친밀하게 구는 그녀의 태도를 호의와 상냥함의 증거로 생각하기로 했다. 그리고 그런 특징들 덕분에 도모카와 부인이 특별한 존재로 두드러진다고 마음을 정했다.

정말 재능이 넘치는 분이라고 들었어요, 대장님. 도모카와 부인이 거실로 그를 안내하며 말했다. 서양식으로 꾸며진 거실에는 크고 부드러운 안락의자 두 개가 갖춰져 있었다. 군인, 사업가, 그리고 우리의 호쿠사이!

나카무라 덴지는 당황스러운 마음을 웃음으로 얼버무렸다. 그녀가 그를 그 불멸의 화가와 혼동한 건지, 아니면 또 단어를 먹어버린 건지 알 수 없었다. 하지만 그녀는 혼동한 것이 아니었다.

지금도 그림을 그리시나요, 대장님?

그녀는 군용 엽서를 들어 나카무라에게 건넸다. 1943년 철로에서 근무하던 시절의 도모카와를 그린 작은 그림이 거기 있었다. 도모카와 부인은 나카무라가 그것을 그린 줄 아는 것이 분명했다. 엽서 뒷면에 인사말과 함께 도모카와가 건강히 잘 지내고 있다는 짤막한 소식이 나카무라의 필적으로 적혀 있기 때문이었다.

밖의 날씨는 눈을 품은 먹구름 때문에 아주 어두웠다.

죄송합니다만…… 나카무라가 말했다. 조금 쉬고 싶군요.

그는 앉아도 되느냐고 물었다. 서양식 안락의자는 정신적으로 조잡하고 물리적으로도 불편했다. 거기에 앉아 있으면 마치 괴물이 자신을 끌어안고 질식시키는 것 같았다. 여행으로 인해 그는 상상도 할 수 없을 만큼 피곤했다. 게다가 여행을 하는 동안 멍해 보이지 않으려고 모르핀 양을 최소한으로 줄였는데도 모르핀이 보통 때보다 더 영향을 미치고 있는 것 같았다.

남들과 떨어져 붕 뜬 것 같은 느낌이 아주 나쁘지만은 않았지만, 그와 동시에 방안의 모든 소리, 모든 냄새, 심지어 공기의 움직임까지 강렬하게 느껴졌다. 가구들은 생물이었다. 심지어 못된 안락의자도 그에게는 살아 있는 것처럼 보였다. 모든 것을 이해할 수 있을 것 같았지만, 그렇게 이해한 것들을 말로 옮기려고 할 때마다 머릿속이 텅 비어버렸다. 갑자기 집에 가고 싶다는 생각이 들었다. 하지만 도모카와 부부에게 제대로 예의를 차리기 전에는 집에 갈 수 없다는 것을 알고 있었다. 그는 계속 눈을 감고 있으면서도 주위의 세상이 모두 살아 있음을 의식했다. 한 번도 느껴본 적이 없는 감각이었다. 그가 마침내 이 기쁨을 향해 마음을 열려는 순간, 그는 자신이 죽어가고 있음을 깨달았다.

3

도리고 에번스는 중년이 되어 살이 붙으면서 뚱뚱한 돈키호테 같은 모습이 되었다. 마치 누군가가 그를 모든 면에서 지나치게 꾸며놓은 것 같았다. 엘라가 자주 하는 말에 따르면, 소리를 11까지 키워놓은 것 같은 모습이었다. 함께 있을 때면 굉장한 존재감을 과시하면서도 묘하게 한발 물러서서 의문을 던지는 것 같은 기묘한 눈빛을 하고 있었다. 그의 추종자들은 그것조차 매력으로 보았다. 심지어 우아하다고 말하는 사람들도 있었다. 하지만 그를 깎아내리는 사람들에게는 그저 남들의 속을 긁어놓는 그의 또다른 특징 중 하나일 뿐이었다. 그의 남자다운 단호함은 아직 남아 있었다. 큰 키와 중년에 이르러 구부정해진 체형으로 인해 그것이 자주 엄숙함으로 오해받는다는 사실은 그도 알고 있었다. 그리고 그런 착각이 가져다주는 가면 효과를 다행한 일로 받아들였다.

전쟁 이후 수십 년 동안 그는 자신의 정신이 잠들어 있는 것 같았다. 연달아서, 때로는 동시에 불륜을 저지르고, 성질을 폭발시키고, 무의미한 연민을 베풀고, 무모한 수술을 하면서 겪는 충격과 위험으로 정신을 깨워보려고 애썼지만 아무 소용이 없었다. 그의 정신은 계속 꿈나라를 헤맸다. 그는 현실을 찬양했으며, 의사로서 다른 사람들에게도 현실감각을 가지라고 잔소리했다. 자신도 그 말을 실천하려고 애썼다. 하지만 사실은 현실이 존재하는지 의심스러웠다. 신성한 태양왕이 정점에 존재하던 파라오 시대의 노예처럼 살았던 경험 때문에, 그는 비현실이 삶에서 가장 커다란 힘을 쥐고 있다는 생각을 하게 되었다. 지금 자신의 삶 역시 하나의 거대한 비현실이었다. 이 안에서는 중요하지 않은 모든 것, 즉 직업적인 포부, 출세욕, 사무실의 크기나 벽지 색깔, 자신만의 주차공간 같은 것들에 엄청난 의미가 부여되었으며, 중요한 모든 것, 즉 즐거움, 기쁨, 우정, 사랑 같은 것들은 왠지 부차적인 것으로 취급되었다. 그래서 대개는 인생이 지루해졌고, 전체적으로 이상해졌다.

그는 이제 폐쇄된 곳, 군중, 전차, 기차 등 그를 안쪽으로 밀어붙이면서 빛을 차단하는 것들을 두려워하지 않았다. 하지만 그 밖의 많은 것들이 빛을 피하려는 시도로 보였다. 이미 너무 많은 것을 보았으므로 하루하루, 한 해 한 해 시간을 가득 채우는 것들이 이제는 무섭지 않았다. 때로는 그것들이 인생의 큰 부분을 차지하는 것 같았지만 상관없었다. 이제는 그것들이 따분할 뿐이었다. 그래도 지루한 일들을 견딜 수는 있었다. 실제로 그는 헤아릴 수 없이 많은 추모 만찬, 기금모금을 위한 조찬, 자선행사, 셰리주 파티, 머리가 빙빙 돌고 끔찍한 디너파티라는 지루한 일들을 견뎌냈다. 나중에는 병원과 대학 이사회, 수많은 자선단체, 클럽, 그를 초청하려고 애쓰는 사교모임 등의 회의에서도 역시 견뎌냈다.

모든 것이 지루했다. 엘라도 지루했다. 엘라의 친구들도 지루했다. 집에 오면 피곤해서 두통이 생겼다. 자기 자신도 지루했다. 일상적인 수술도 갈수록 지루해졌다. 사실 모든 수술이 그렇게 되어야 마땅하다는 것을 아는데도 그랬다. 합병증은 일상적이지 않은 수술에서 발생했다. 그런 수술에서는 뭔가 일이 잘못되고, 생명이 갑자기 사라져버리곤 했다. 가끔은 생명을 구하기도 했지만. 불륜 상대들과의 섹스도 지루했다. 그래서 더욱 열심히 불륜을 저지르게 된 것 같았다. 자신을 마비시킨 마법의 주문을 깨뜨리고 기묘한 잠에 빠진 영혼을 깨워줄 누군가가 어딘가에 틀림없이 있을 거라고 생각했으니까. 가끔 그를 오해한 여자가 그와의 미래를 꿈꾸기도 했다. 그러면 그는 로맨스라는 병에 걸린 그녀의 어리석음을 재빨리 깨우쳐주었다. 그러고 나니 사람들은 그가 오로지 육체적인 쾌락만을 좇는다고 생각했다. 사실 그는 쾌락에 전혀 관심이 없는데도.

그가 앞으로 나아갈수록 풍차는 뒷걸음질을 쳤다. 그는 그리스인들이 생각한 처벌, 즉 자신이 가장 원하는 일에 끊임없이 실패하는 상황을 떠올렸다. 시시포스가 바위를 절벽 꼭대기까지 굴려올리는 데 성공하더라도, 바위는 다시 굴러내려가버린다. 따라서 그는 다시 아래로 내려가 다음날 똑같은 일을 반복해야 한다. 인간에게 신들의 음식을 가져다준 탄탈로스는 영원히 굶주림과 갈증에 시달리며, 호수 안에 서서 자신이 물을 마시려고 허리를 굽힐 때마다 물이 뒤로 물러나고, 먹을 것을 따려고 손을 뻗을 때마다 열매가 매달린 가지가 간신히 손이 닿지 않는 높이까지 올라가버리는 꼴을 지켜보아야 한다. 어쩌면 그런 것이 바로 지옥인지 모른다고 도리고는 결론지었다. 똑같은 실패를 영원히 반복하는 것. 어쩌면 그는 이미 지옥에 와 있는 것 같았다. 독약을 마시고 죽어가면서 죽지 않는 영혼을 발견한 소크라테스처럼, 도리고는 자신의 진실한 사랑이 없는 곳에서, 그러니까 에이미가 아닌 여자들에게서 그 사랑의 대상을 발견했다.

열정의 효과가 사라지기 시작하자 그는 다시 육욕을 연기하기 시작했다. 하지만 꾸밈없는 섹스보다 훨씬 더 황량했다. 우스꽝스럽고 우스웠으며, 도저히 믿을 수 없을 정도였다. 이제 그의 무대가 된 멜버른 사교행사에서 화제로 삼을 수 있는 주제도 확실히 아니었다. 그는 다른 사람들 앞에서 자신을 조롱하고 싶었지만 그것은 불가능한 일이었다.

그는 자신의 내면 깊고 먼 곳에 엄청난 혼란이 꾸벅꾸벅 졸고 있음을 알고 있었다. 그가 이해할 수도 손을 뻗을 수도 없는 그 혼란은 미처 다 해내지 못한 것들이 만들어낸 공허이기도 했다. 그는 술을 마셨다. 술을 마시지 않을 이유가 없었으니까. 점심때 포도주 몇 잔, 아침에 차를 마시면서 가끔 위스키 한 잔, 저녁식사 전에 네그로니 칵테일 한두 잔(이것은 고베에 점령군으로 있을 때 한 미국인 소령에게서 배운 버릇이었다), 거기에 포도주를 곁들인 뒤 브랜디와 위스키를 마시고, 그 다음에 위스키를 좀더 마시고, 그다음에 또 좀더 마셨다. 이제는 그도 자신의 기분을 예측하거나 통제할 수 없었으며, 가끔 비열하게 굴기도 했다. 겨울의 사자처럼 그는 말과 무관심, 엘라의 애정과 성실함에 대한 분노로 그녀를 상처입혔다. 장인의 장례를 마친 뒤 이렇다 할 이유도 없이 그녀에게 소리를 질러대기도 했다. 그는 그녀를 사랑하고 싶었다. 그녀를 사랑할 수 있기를 바랐다. 자신이 그녀를 사랑하긴 하지만, 남편이 아내를 사랑하는 마음은 아닌 것 같아 걱정스러웠다. 그는 그녀에게 상처를 줘서 자신과 똑같은 것을 깨닫게 만들고 싶었다. 자신이 그녀에게 맞는 사람이 아님을 인식시키고, 어쩌면 자신의 잠을 깨워줄지도 모르는 반응을 그녀에게서 이끌어내고 싶었다. 그는 대단원을 기다렸지만, 그런 것은 결코 찾아오지 않았다. 그의 영혼이 동면에서 깨어나기보다는 그녀의 상처, 그녀의 고통, 그녀의 눈물, 그녀의 슬픔만 더 깊어질 뿐이었다.

4

엘라는 사랑이 없는 삶을 상상도 할 수 없었다. 그녀는 부모에게 사랑받았으며, 자신 역시 부모를 깊이 사랑했다. 사랑은 곧 그녀 자신이었다. 그리고 그 사랑은 자신을 쏟아부을 대상을 찾아다녔다. 그녀는 병원에서 도리고가 겪는 문제들에 귀를 기울였고, 그가 환자를 잃었을 때는 함께 슬퍼했다. 멍청한 관료들과 그가 힘겨운 싸움을 벌일 때는 그에게 공감했다. 그는 관료들 때문에 자신뿐만 아니라 오스트레일리아의 의료계도 죽어버릴 것이라고 말했다. 그는 또한 자신의 방식을 탐탁지 않게 생각하는 다른 의사들과도 대립했다.

그녀는 나이를 먹으면서 눈부시게 매력적인 중년 여성이 되었다. 염색한 새까만 머리는 예전보다 더 눈에 띄었고, 피부는 가무잡잡했으며, 다른 여자들은 그녀의 우아하고 차분하며 세련된 모습에 감탄했다. 상냥한 마음씨와 낙천적인 성격도 부러움의 대상이었다. 풍만한 몸매 때문인지 빛나는 안색 때문인지는 모르겠지만, 그녀의 활기 넘치는 외모만으로는 나이를 짐작할 수 없었다. 남자들은 그녀의 외모, 움직임, 여름에 가무잡잡한 맨살이 드러난 다리, 남자들의 이야기를 주의깊게 들으며 미소짓는 표정을 좋아했다. 그녀의 아름다움에 유일한 흠이 있다면, 살짝 위로 들린 코였다. 그 코 때문에 어떤 각도에서 보면 그녀의 얼굴이 거의 캐리커처처럼 보였다. 하지만 대부분의 사람들은 그것을 잘 알아차리지 못했다. 반면 도리고는 세월이 흐를수록 그것을 점점 더 의식하게 돼서, 나중에는 아침에 막 일어났을 때나 퇴근해서 돌아왔을 때 가끔 오로지 그 코만 보였다.

그녀는 도리고와 그가 살아온 인생을 철저히 믿었기 때문에 그의 생각을 마치 자신의 생각처럼 고스란히 말할 정도였다. 하지만 그것이 도리고에게는 항상 갑갑하게만 느껴졌다. 망할 관료들 같으니. 그 사람들 때문에 죽는 건 환자들만이 아니에요. 그녀는 이렇게 말하곤 했다. 일부 멍청한 의사들의 무지에 대해 자세히 말할 때도 있었다.

그런 말을 들으면서 그의 눈에 보이는 것은 오로지 끝이 살짝 들린 그녀의 코뿐이었다. 예전에는 대단히 아름답게 보였던 그녀의 얼굴이 이제는 그 코 때문에 조금 우스꽝스럽게 보였다. 그녀가 사실은 그리 미인이 아니라는 생각이 들었다. 오히려 좀 이상하게 생긴 편이었다. 그녀가 한 달 전이나 일주일 전에 그가 했던 말을 그대로 되풀이할 때마다, 그는 그 말의 진부함과 그녀의 의리에 놀라움을 금치 못했다. 이제 보니 진부하고 멍청하기만 한 그의 말을 저토록 충실하게 되풀이하다니. 하지만 만약 그녀가 그의 말이 진부하고 우스꽝스럽다는 말을 감히 입에 담았다면, 그는 불같이 화를 냈을 것이다. 그는 그녀가 자신에게 동의해주기를 바랐다. 하지만 그녀의 무조건적인 동의를 얻은 뒤에는 그것을 경멸했다.

그녀는 자식들의 의견에도 맞장구를 쳐서 또 도리고의 성질을 돋웠다.

부모라면 부모 노릇을 제대로 해야지. 그는 그녀에게 이렇게 말하곤 했다. 아이들은 제대로 살아야 하고.

이 말을 하고 나서 그는 자신의 갑갑한 마음을 숨기려고 했다. 그녀의 코에만 시선이 쏠리는 것을 막으려고 눈을 돌리기도 했다.

하지만 난 당신 의견에 찬성하는 걸요. 그녀는 이렇게 말하곤 했다. 정말 당신 생각하고 똑같아요. 부모가 부모 노릇을 하지 않는다면, 우리가 뭣 때문에 있는 거겠어요?

도리고, 자식들, 그녀의 친구들, 그녀의 친정 식구들, 이 모두가 그녀에게는 세상을 짐작하는 도구였다. 그들이 있어야 세상이 훨씬 더 크고 놀라운 곳이 되었다. 도리고에게 자신과 같은 사랑을 바랐다 해도, 그 희망이 좌절되어 실망했다 해도, 그녀는 사랑의 부재가 그를 사랑하지 않을 이유가 되지는 않는다고 생각했다. 하지만 그녀가 그를 사랑하는 것이 바로 문제였다. 그녀의 사랑에는 이유가 없었으며, 그 사랑이 이성에 굴복하는 일도 결코 일어나지 않았다. 그녀의 사랑은 보답을 간절히 바라기는 했어도, 상대에게 다그치듯 요구하지는 않았다.

하지만 밤에 그가 집에 없을 때면, 그녀는 잠을 이루지 못했다. 자신과 그를 생각하며 감당할 수 없는 슬픔을 느꼈다. 그녀가 남을 잘 믿는 사람이긴 해도, 멍청한 것과는 거리가 멀었다. 그의 말과 그의 의견을 앵무새처럼 따라 하는 것은 자기만의 생각이 없어서가 아니라, 남을 통해 세상을 살고자 하는 것이 그녀의 천성이기 때문이었다. 사랑이 없다면 이 세상이 무엇일까? 그냥 물건, 빛, 어둠의 집합체일 뿐이다.

망할 관료들. 멍청한 의사들. 아, 그 가엾고 가엾은 사람. 그녀는 이렇게 말하곤 했다. 몇 번이나, 몇 번이나. 그러고는 이유를 알 수 없는 울음을 터뜨렸다. 그녀는 더이상 울 수 없을 때까지 울었다.

5

나카무라 덴지는 몇 분 동안 아무 말이 없었다. 그는 전쟁에 나가기 전 자신이 신봉했던 일본을 떠올리려고 애썼다. 그가 기억하기로 강하고 선한 정신을 지닌 아름답고 기품 있는 일본. 그가 순수한 마음으로 온 영혼을 바쳐 섬긴 나라. 하지만 전쟁포로가 그린 자신의 초상화에 대한 기억과 그날 시암에서 자기 부하들이 했던 일에 대한 기억 중에 거슬리는 것이 있었다. 이유는 도무지 알 수 없었다. 기억을 떠올리려고 애쓴 탓인지 아니면 모르핀 탓인지 그는 방금 전까지 생각하던 것을 잊어버렸다. 생각나는 것은 자신의 시야가 닿지 않는 곳에서 얼어붙은 괴수들이 도시 위로 불쑥 솟아 있다는 사실뿐이었다. 그는 그 얼어붙은 괴수들을 지나 도모카와를 만나러 왔다. 공항으로 갈 때도 그 얼어붙은 괴수들 아래를 지나갈 터였다. 그는 도모카와가 자신에게 말을 걸고 있음을 깨닫고 정신을 집중하려고 애썼지만, 그 괴수들이 지금 이 방안에 있는 것 같았다.

아시죠? 도모카와가 말하고 있었다. 하지만 도모카와가 괴수 가메라처럼 보였다. 처음에 저는 놈들에게 전범으로 잡힐까봐 겁에 질렸습니다. 이 무슨 웃기지도 않은 일인가! 이런 생각이 들었어요. 놈들은 그저 우리가 연합군 포로들한테 무슨 짓을 했는지에만 관심이 있었으니까요.

나카무라는 도모카와의 목소리를 들을 수 있었지만, 눈으로는 불꽃을 뿜어내는 거대거북을 보고 있었다.

우리가 만주국에서 중국놈 새끼들한테 한 짓을 생각하면…… 거북이 유황 입김을 내뿜으며 말했다. 거기 여자들하고도 재미를 좀 봤지요!

나카무라는 이제 완전히 정신이 깨어서 불안한 표정으로 주위를 둘러보았다. 하지만 도모카와 부인은 말소리가 들리지 않는 부엌에 가 있었다.

뭐, 전부 기억하시죠? 거대거북이 계속 말을 이었다. 나카무라는 이 거북이 사실은 도모카와라고 자신을 일깨워야 했다. 그러니까 제 생각에 그 전쟁포로들은 편안히 잘 지낸 편이에요. 게다가 우리랑 같이 철로공사를 그만큼 해낸 것에 자부심을 느껴야 마땅하지요. 그런데 우리가 중국놈 새끼들한테 한 짓이 아니라 그 일 때문에 목을 매달려고 하다니! 정말이지 어떤 논리로도 말이 안 되는 일이죠. 제 생각은 그래요, 어쨌든.

도모카와 부인이 먹을 것을 들고 방으로 돌아왔다. 그리고 갑자기 인간의 모습을 되찾은 도모카와는 화제를 바꿨다. 하지만 나카무라는 도모카와가 방금 한 말에 상식적인 지혜가 들어 있다는 생각을 계속 하고 있었다. 그들은 십오 개월 만에 철로를 건설했다. 영국인들은 그보다 다섯 배의 시간을 들여도 해낼 수 없다고 말한 일이었다. 그는 목을 문질렀다. 새로운 혹이 그날도 조금 더 커져 있었다. 아니, 나카무라가 느끼기에는 그런 것 같았다. 매일, 매시간, 매분 혹이 몸속에서 자신을 야금야금 먹어치우는 것 같았다. 물론 그것을 느끼지 않으려고 애를 써보기는 했다. 노력하면 혹에 대한 생각을 지우고, 대신 점점 더 관심이 가는 주제, 즉 전쟁에 대해 정신을 집중할 수 있었다. 전쟁 역시 그의 안에서 점점 덩치를 불리고 있기 때문이었다.

그들은 정글에서 질병, 굶주림, 연합군의 공습과 싸웠다. 병든 사람들을 일하게 만드는 것은 쉬운 일이 아니었지만, 만약 그들이 거의 존재하지 않는 건강한 포로들에게만 의존했다면 철로를 건설할 수 있었겠는가. 그는 자신이 어쩌면 수백 명의 노무자와 전쟁포로의 죽음에 대한 책임을 지고 기소될 수도 있었음을 알고 있었다. 과연 몇 명의 죽음이 그의 책임일까? 그는 짐작도 할 수 없었다.

하지만 교통수단이 움직이기 힘들고 질병과 죽음이 매일 동무처럼 함께하는 정글에서, 그는 사심 없이 명예를 지키기 위해 헌신적으로 임무를 수행했다. 철로는 일본 정신의 승리였다. 그들은 우월한 기술력을 지닌 유럽인들이 감히 시도해보지도 못한 일에서 일본 정신이 승리를 거둘 수 있음을 보여주었다. 철로용 쇠를 만들어낼 능력이 없었으므로, 그들은 제국 전역에서 전략적으로 중요하지 않은 곳, 즉 자바, 싱가포르, 말라야의 철로를 해체해 시암으로 옮겼다. 중장비가 없었으므로, 그들은 정신력이 빚어내는 기적에 의존했다. 죽음을 막는 것은 그의 능력 밖이었다. 천황 폐하를 위해 반드시 철로를 건설해야 했고, 다른 방법으로는 철로를 건설할 길이 없었으니까. 그는 자신과 도모카와의 동료들이 맞이한 숭고한 죽음을 슬프게 기억했다. 정글에서 병으로 죽은 사람들과 나중에 미국인들의 손에 교수형을 당한 사람들의 죽음을 모두.

그의 생각은 그들의 죽음에서 급속도로 멀어져 유년시절을 향해 돌진했다. 그는 말로 표현되지 않는 자연의 질서에 순응하며 살았던 어린 시절의 삶으로 돌아가려고 애썼지만, 그 시절은 이미 과거가 되었음을, 지난 세월 동안 어디선가 어린 시절의 자신과 결별했음을 알고 있었다. 다시 이쿠코의 목소리가 들리고, 짜증스러울 정도로 멍청한 미소가 보였다. 그는 수치심에 사로잡혔다. 그 수치심은 또한 공포이기도 했다. 그가 옳은 일이라고, 진실이라고 생각했던 것들이 모두 잘못된 일이며 거짓이었다. 그 자신도 마찬가지였다. 어떻게 그럴 수 있지? 어쩌다 인생이 이리되었을까? 그는 임박한 죽음이 두려워지기 시작했다. 죽음

자체가 두려운 것이 아니라, 자신이 원하는 대로 제대로 살아본 적이 없다는 생각이 들었기 때문이다. 나카무라 덴지는 어쩌다 이렇게 되었는지 이해할 수 없었다.

아내와 딸들이 사랑하는 그의 착한 성격, 모기의 목숨을 구해주었던 그 착한 성격 속 어딘가에는, 아무리 괴롭고 의심스러워도 제국과 천황 폐하를 향해 흔들림 없이 헌신하게 했던 선의善意 또한 존재하고 있음을 알 수 있었다. 이 선의는, 출근하기 두 시간 전에 일어나 참을성 있게 그를 보살피고 손가락으로 빰을 쓸어주는 이쿠코의 것과 달랐다. 이것은 다른 종류의 선의였다. 그리고 천황 폐하는 지금도 미래에도 그 선의의 화신이었다. 그 선의와 천황 폐하를 위해서 나카무라는 다른 이들이 피를 흘리게 했고, 자신의 피 또한 기꺼이 흘리려고 했다. 그는 이 우주적 선의를 위한 봉사를 통해서 자신이 일개 인간이 아니라 여럿이며, 무시무시한 일들을 해낼 수 있음을 알게 되었다고 혼잣말을 했다. 궁극적인 선을 위한 행동이라는 사실을 미리 알지 못했다면, 무시무시하다 못해 사악하다고까지 생각했을 만한 일들이었다. 그가 무엇보다 사랑하는 것이 바로 시詩인데, 천황 폐하는 그 자체로서 시였다. 어쩌면 가장 위대한 시인지도 모른다는 생각이 들었다. 그 시는 우주를 모두 포함했으며, 모든 도덕과 고통을 초월했다. 위대한 예술이 모두 그렇듯이, 천황 폐하라는 시 또한 선과 악 너머에 있었다.

하지만 어찌 된 영문인지, 자세히 생각하지 않으려고 했지만, 이 시가 공포와 괴물과 시체로 변해버렸다. 그리고 그는 연민을 억누르고, 잔인한 장난을 치며 솔직히 기쁨을 느낄 수 있는 능력이 자신 안에 거의 무한히 존재하고 있음을 알게 되었다. 그가 잔인한 장난에 기쁨을 느낄 수 있는 것은, 우주적 선의 앞에서 일개 인간의 목숨은 아무런 가치도 없기 때문이었다. 그는 도모카와의 숨막히는 안락의자에 먹히면서 순간적으로 의문이 들었다. 만약 이 모든 것이 무시무시하기 짝이 없는 악을 숨기는 가면이었다면 어쩌지?

너무 끔찍한 생각이라서 계속 이어나갈 수 없었다. 정신이 맑은 순간이 점점 드물어지는 와중에, 나카무라는 자신의 눈앞에 다가온 것이 몸속에서 벌어지는 삶과 죽음 사이의 싸움이 아님을 깨달았다. 자신을 착한 사람으로 생각하는 그의 꿈, 그리고 얼음괴수와 기어다니는 시체들이 등장하는 악몽이 그의 눈앞에서 곧 싸움을 벌일 참이었다. 시암의 정글, 신주쿠 라쇼몽의 폐허, 일본 혈액은행에서 그에게 큰 도움이 되었던 바로 그 강철 의지로, 그는 이제부터 자신의 일생을 착한 남자의 일생으로 생각해야겠다고 다짐했다.

갑자기 마음이 차분해졌다. 그는 언제나 제국과 천황 폐하를 위해 자신의 힘을 사용했다. 자식들에게 자신이 평화롭고 우아하게 망자들의 세계로 간다고 말해주고 싶었다. 망자들의 세계에서는 부모와 전우들이 그를 기다리고 있을 터였다. 하지만 자신이 착한 사람이라는 생각을 유지하기가 점점 힘들어졌다. 이쿠코의 손이 몸에 닿았을 때, 나이에 비해 여전히 아름다움을 간직한 그녀의 피부를 보았을 때, 살짝 멍청해 보이는 그녀의 미소를 보았을 때, 그 생각이 완전히 무너질 뻔했다. 그는 그녀의 선의가 자신에게는 없는 종류의 것임을 본능적으로 이해했다. 그는 천황 폐하의 의지, 질서, 권위 같은 것들과 상관없이 존재하는 좋은 기억들을 떠올리려고 애썼다. 그 기억을 바탕으로 선의의 다른 개념들을 구축하면, 그것이 훌륭한 삶의 증거가 될지도 모른다는 생각이 들었다. 오스트레일리아인 의사에게 키니네를 준 것이 기억났다. 폭력적인 구타에 절망하던 기억도 났다. 하지만 이런 기억들은 해골만 남은 인간들이 비를 맞으며 진흙 속을 기어가던 모습과 뒤섞인 절망에 자리를 내주었다. 도모카와의 아파트에 나타난 괴수들 가운데에 그 기어다니는 시체들이 마구 나타나기 시작했다. 그들은 그칠 줄 모르는 빗줄기와 지옥의 불길 속을 기어다니고 있었다. 나카무라 덴지는 죽음을 눈앞에 둔 지금의 자신과 마찬가지로, 저 끔찍한 육체 속의 인간들도 죽음을 반가워하지 않았음을 깨달았다.

그 포로 화가 기억하세요? 도모카와가 물었다. 소령님이 그린 그림이 아니라고 말했는데도, 집사람은 들으려고 하질 않아요. 오스트레일리아인이 그린 건데. 그 부사관과 자주 어울리던 친구였죠. 밤에 노래를 부르던 놈 말에요. 놈들이 우리에 대해 얼마나 끔찍한 얘기들을 해댔는지! 그렇게 노래를 불렀으면서. 그러니 그렇게까지 힘들었을 리가 없어요.

우린 어떻게 살아온 건가. 나카무라는 속으로 생각했다.

제 인생에서 그때가 가장 행복했어요. 도모카와가 말했다.

나카무라의 생각 너머에서 눈雪이 세상을 묵직하게, 한없이 휩쓸어 모든 것을 지워버렸다. 곧 그는 죽을 것이고, 그 모든 선과 악도 무無가 될 것이다. 괴수들은 녹아서 검은 바다로 흘러갈 것이다. 순간적으로 DDT 냄새가 나는 것 같았다. 많은 것들이 눈에 보였다. 사토가 바둑판에서 시선을 들고 뭔가를 말하려고 하는 모습, 죽은 소년의 몸에서 도망치는 이들, 인간이라고 할 수 없는 남자가 정글 속 공터의 진흙 바닥으로 무너지는 모습. 그는 살아오면서 운명을 속였다는 생각에 마음이 충만해졌다. 몸이 갑자기 경련하면서 그는 퍼뜩 깨어났다. 자신이 얼마나 잠들어 있었는지 알 수 없었다.

잉어초밥 어떠세요, 대장님? 도모카와 부인이 반쯤은 말하는 것 같고, 반쯤은 단어를 먹어버리는 것 같은 그 묘한 말투로 물었다.

나카무라는 아무런 감정도 느끼지 못했지만 그의 몸은 잘게 떨렸다. 그는 미국인의 심장을 올렸을 때 잘게 떨렸다던 병원 천칭을 상상하고 있었다.

시장에서 사온 거예요. 조금 짭짤하지만, 저희는 원래 잉어초밥을 좀 짜게 먹는 편이라서요.

나카무라는 고개를 저었다.

이듬해 봄, 도모카와 부부는 나카무라 부인에게서 남편의 죽음을 알리는 카드를 받았다. 그녀는 그가 마지막에 미쳐 날뛰었다는 얘기, 편협하게 성질을 부렸다는 얘기, 자신을 보살피는 아내와 딸들을 지독히 못살게 굴었다는 얘기를 하지 않았다. 그의 뺨을 쓰다듬거나 그냥 빙긋 웃는 아주 사소한 일들조차 그에게는 빌미가 되었다. 나카무라 부인은 이런 이야기 대신, 그가 세상을 떠나기 전날 밤 자신의 마지막이 빠르게 다가오고 있음을 알고 아마추어 시인이었던 자신의 특기를 살려 전통에 따라 스스로 임종 시를 짓기로 했다고 썼다.

마지막까지 겸손한 사람이었습니다. 나카무라 부인의 카드 속 편지는 이렇게 이어졌다. 몇 시간 동안 애를 썼지만, 병으로 많이 약해진 상태라서 히야카의 임종 시를 능가하기에는 역부족이라는 결론을 내렸습니다. 자신이 느끼는 모든 것을 히야카의 시가 훨씬 더 아름답게 표현했다고 하더군요. 나카무라 부인은 남편이 작년 겨울 삿포로를 방문한 것이 그에게 영감을 준 것 같아서 그의 시를 동봉했다는 말을 덧붙였다. 그리고 나카무라가 가족들이 지켜보는 가운데 숨을 거뒀다는 말로 편지를 끝맺었다. 남편은 심지어 동물들의 고통조차 참아 넘기지 못하는 상냥한 남자였습니다. 그리고 자신이 훌륭한 인생이라는 축복을 받은 행운아라는 사실도 알고 있지요.

도모카와 부인은 임종 시가 적혀 있는 종이를 들어 남편에게 읽어주었다.

겨울 얼음이
녹아 맑은 물이 되고
내 마음도 맑다.

6

가끔 그 사람이 세상에서 가장 외로운 남자라는 생각이 듭니다. 엘라 에번스는 어느 날 저녁 외과대학 집행위원회 만찬에서 이렇게 단언했다. 모두들 웃음을 터뜨렸다. 그 도리가요? 다들 이런 생각을 하고 있는 것 같았다. 누구에게나 좋은 친구고, 모든 여자가 남몰래 갈망하는 남자인데요?

하지만 그는 그녀가 자신의 실체를 안다는 사실을 알고 있었다. 결혼생활을 하면서도 그는 외로웠고, 자식들과 함께 있을 때도 외로웠고,

수술실에서도 외로웠다. 그가 참여하고 있는 수많은 의학 모임, 스포츠 모임, 자선단체, 참전군인 단체에서도 외로웠고, 수많은 전쟁포로들이 모인 자리에서 연설할 때도 외로웠다. 기운이 다 빠져버린 공허가 그를 에워쌌다. 뚫을 수 없는 공허가 사교성 좋기로 유명한 이 남자를 감싸고 있었다. 그는 벌써 다른 세상에 가서 살고 있는 듯했다. 한없는 꿈 또는 끝나지 않는 악몽을 풀었다 되감기를 영원히 반복하면서. 꿈과 악몽 중 어느 쪽인지는 알 수 없었지만, 어쨌든 그는 거기서 영원히 탈출할 수 없을 터였다. 그는 다시 불을 켤 수 없게 된 등대였다. 꿈속에서 그는 부엌에서 자신을 부르는 어머니 목소리를 듣곤 했다. 아들, 이리 와라, 아들. 하지만 안으로 들어가면 춥고 어두울 뿐이었다. 부엌에는 검게 탄 들보들과 재가 가득했으며 가스 냄새가 났다. 집에는 아무도 없었다.

하지만 도리고 에번스는 자신의 결혼생활을 황무지로 생각하지 않았다. 전혀 아니었다. 우선 자신의 결혼생활을 실패로 보거나 자신이 엘라를 사랑한 적이 없다고 생각해서는 안 될 것 같았다. 또한 계획된 결혼이라는 점을 감안하면(비록 그 계획이 그들의 것이었지만) 두 사람은 사랑을 기반으로 움직이고 있었다. 엘라를 처음 만났을 당시에는 누구나 결혼을 아주 중요하게 생각하던 시기였기 때문에 그는 장래의 신붓감이라는 기준으로만 엘라를 바라보았다. 젊은 그가 생각하기에 사랑은 대략 결혼을 시적인 말로 꾸민 것에 불과했다. 엘라는 확실히 장래가 유망한 남자의 아내로서 완벽한 여자 같았다. 사랑이 넘치고, 그의 출세를 그 자신보다 더 바란다는 점이 그러했다. 엘라는 관습에 순종했으며, 문학의 틀에 갇혀 있는 사람이었다. 그는 이 모든 것을 사랑이라고 보았다. 비록 결혼 직후부터 그것만으로는 부족하다는 생각이 들기 시작했지만, 그래도 그는 그것이 틀림없는 사랑이라고 생각했다.

엘라가 임신을 해서 몸이 둥글둥글하게 변하고 피부에 윤기가 흐르게 되었을 때, 풍만해진 젖가슴과 색이 짙어진 젖꼭지는 그에게 놀라움을 안겨주었다. 또한 그녀가 뜻밖의 생각을 드러내고, 낯선 분위기를 풍기며 전혀 지루하지 않은 사람이 되었기 때문에 그는 그녀를 몹시 사랑했다. 그가 워낙 바람을 피워대서 그녀가 그와 함께 침대에 드는 것을 더이상 견딜 수 없게 되기 전에는, 그가 그녀의 등에 달라붙어서 그녀의 체취를 맡으며 다른 곳에서는 느낄 수 없는 평화를 느끼곤 했다. 그는 자신에게는 섹스가 곧 바람을 의미하지 않는다는 사실을, 누군가와 함께 단순히 잠을 자는 것이 곧 바람을 피우는 일이라는 사실을 그녀에게 굳이 설명하지 않았다. 자신이 그런 의미의 바람을 피운 적은 한 번도 없다는 사실 또한 말해주지 않았다.

그는 세 자녀(제시카, 메리, 스튜어트)에게서 멀어질수록 그들을 더 깊이 사랑했다. 그가 자녀들을 대하는 태도는 선량한 방임이었다. 아이들 사이에서 자신과 엘라의 관계가 재연될 줄은 미처 짐작하지 못했다. 그는 아이들이 서로에게 내보이는 적의와 차가움을 견딜 수 없었다. 가슴이 아파서 그런 관계가 영원히 이어지지 않기를 바랐다. 자신이 엘라를 대할 때처럼 아이들이 서로를 잔혹하고 냉혹하게 대하는 것이 눈에 띄면, 그러지 말라고 애원하기도 했다. 그는 자신이 아버지 노릇에 잘 맞지 않는 사람임을 인정했지만 그 길에서 벗어나지는 않았다. 그는 언제나 길에서 벗어나지 않는 사람이었기 때문이다. 이것이 곧 그가 자기만의 내밀한 공포에 굴복했음을 의미하는 건가 하는 생각이 들었다.

그와 엘라는 다른 사람들과 함께 있을 때 가장 사이가 좋았다. 그럴 때는 서로에게 감탄하곤 했다. 심지어 어느 저녁식사 자리에서 엘라가 말하는 모습을 보면서 너무나 사랑스러운 사람이라고 생각한 적도 있었다. 너무나 사랑스러웠다! 그는 자신과 함께 살아가는 그녀에게 감탄하면서 동시에 연민을 느꼈다. 전쟁과 포로수용소가 그를 놓아줄 생각을 하지 않는다고 그녀가 친구들에게 아주 진지한 표정으로 말하는 것을 그가 들은 적이 있었다. 그녀는 그를 비극적인 존재로 만들고 싶은 것 같았다. 하지만 이미 많은 비극을 직접 목격한 그는 화가 났다. 자기 남편까지 비극으로 만들려고 하다니, 저렇게 철이 없을 수가. 자신을 꼭 저렇게 신파극의 주인공으로 만들고 싶을까. 그녀가 그의 변한 모습에 그저 욕을 퍼붓는 편이 차라리 나을 것 같았다. 하지만 엘라가 '나쁜 자식' 같은 단도직입적인 말을 할 리가 없었다. 게다가 그녀는 나름대로 그를 사랑했기 때문에, 그가 자포자기 상태에 빠진 뒤로도 한참 동안 그를 포기하려 하지 않았다. 그녀는 머리를 프랑스 가수 프랑수아즈 아르디처럼 자르고, 자주색 소브라니 담배를 피웠다. 그렇게 시크하게 거리를 두는 것 같은 태도를 취하면 자신이 그에게 유혹적으로 보일지도 모른다고 생각한 모양이었다. 하지만 그가 항상 가장 끌리는 그녀의 특징이라고 생각했던 연약한 모습은 그대로 남았다. 다만 그가 질색하는, 향내 나는 연기가 그 연약함을 점점 짙게 에워쌀 뿐이었다.

원하는 게 뭐예요? 엘라는 입술에서 소브라니를 떼어내며 이렇게 묻곤 했다. 이것은 사실 대답이 없는 질문이었다. 그가 원하는 것이 없다거나 차분함을 원한다거나 당신을 원한다거나 우리를 원한다는 식으로 거짓말을 하면, 그녀는 이렇게 말했다. 진심으로 원하는 게 뭐예요, 올윈? 말해봐요, 네? 뭐예요?

글쎄, 뭘까? 그는 오히려 질문을 던졌다.

그냥 그 여자들의 몸과 섹스, 그거예요? 그녀가 말했다. 그러면 그는 그녀가 분노했을 때보다 이 차분한 태도에 훨씬 더 상처를 받았다. 그냥 몸을 풀고 싶은 거예요? 그녀가 말했다. 그래요?

그녀의 차분함, 천박하고 솔직한 말, 짐작도 할 수 없는 슬픔…… 그가 그녀를 이렇게 만든 건가?

당신이 원하는 게 그런 것뿐이에요? 엘라가 소브라니 연기를 다시 내뿜으며 말했다. 그래요?

그런 걸까? 그 연기가 얼마나 싫었는지. 그는 자신이 그녀를 거친 여자로 만든 것 같아서 겁이 났다. 절대로 거친 여자가 아니었는데. 그는 평범한 개인이라면 평생 감옥에 갇혀 있어야 마땅할 죄를 문명이 매일 저지르는 것이 세상이 돌아가는 방식이라는 생각을 했다. 사람들은 이 사실을 무시하고 그런 일들을 시국이나 정치나 전쟁이라고 부르거나, 아니면 문명과는 전혀 상관없는 공간을 만들어 거기에 사생활이라는 이름을 붙이는 방식으로 이런 세상을 받아들인다. 그 사생활이 문명과 멀어질수록, 사생활이 비밀스러워질수록, 사람들은 더 커다란 자유를 느낀다. 하지만 그것은 실제가 아니다. 우리는 결코 세상에서 자유로워질 수 없다. 삶을 공유하는 것은 곧 죄책감을 공유하는 것이다. 그 어느 것도 그가 느끼는 감정을 씻어내지 못했다. 그는 시선을 들어 엘라를 바라보았다.

그래요? 엘라가 말했다.

그렇지 않아. 그가 말했다.

그의 대답은 두 사람 모두의 귀에 과장되고 믿을 수 없게 들렸다. 아니, 빈약하게 들린다는 점이 더 심각했다. 그녀는 그저 고개만 흔들었다. 그녀는 그를 이렇게 다그치면서도 항상 빈약한 진실보다 강렬한 거짓말을 원했다.

엘라는 중년이 되어 예전과 달리 솔직한 태도를 취하면서, 진한 향수도 쓰기 시작했다. 소브라니의 퀴퀴한 연기와 향수 냄새가 한데 얽힌 향내가 때로는 짜릿하다 못해 에로틱하게 느껴지기도 했지만, 대개는 그냥 퀴퀴하고 갑갑하게 느껴졌다. 자선단체에 보낼 수밖에 없는 낡은 옷이 가득한 옷장 같았다. 그런데 그런 기분이 느껴질 때가 점점 더 늘어났다. 그녀가 그 향수를 쓰지 않고, 소브라니도 피우지 않고, 머리도 프랑수아즈 아르디처럼 자르지 않기를 그가 얼마나 바랐는지 모른다. 그녀의 이 새로운 모습들은 모두 그들의 집 곳곳에서 욱신거리는 그녀의 고통스럽고 거대한 슬픔, 그녀의 자존심, 그녀의 용감함을 재료 삼아 만들어낸 가면 같았다. 그가 그녀를 이렇게 딱딱한 여자로 만들어버렸다. 그러지 말았어야 하는데.

7

엘라와 함께 살기 시작한 초기에 그는 에이미를 자주 생각했다. 자신이 에이미와 함께 경험한 것이 무엇이었는지 궁금했지만 짐작이 가지 않았다. 그것은 사랑을 초월한 힘인 것 같았다. 그의 기억 속에서 에이미와의 첫 만남은 그리 대단하지 않았다. 그날 그는 그녀가 입술 위에 찍은 애교점이 먼지에 가려진 것을 알아차렸다. 그녀는 예쁘지 않았지만, 먼지가 날아다니는 빛줄기 속에 서 있는 그녀의 모습은 눈부셨다. 그는 그녀와 나눈 기묘한 대화를 생각했다. 매혹적인 대화는 아니었지만 은근히 즐거웠다. 그다음날 그가 카툴루스 시집을 사려고 서점에 다시 갔을 때, 가장 기억에 남은 것은 그녀가 아니라 그 책이었다. 빨간 동백꽃을 꽂은 여자와의 우연한 만남은 신기하기는 해도 곧 잊어버릴 일이었다.

만약 그가 종전 직후 몇 년 동안 그녀를 잊어버리지 않았다 해도, 에이미는 이제 그의 머릿속에서 슬슬 뒤로 물러나고 있었다. 예전에 한동안 에이미가 그의 유일하고 확실한 존재이유였던 만큼, 지금은 그녀의 기억이 확실히 희미해졌다. 치명적인 기억에서 벗어나기 위해 애쓰는 과정에서 그는 과거를 자꾸 생각해봤자 더 커다란 상실감을 느끼게 될 뿐이라는 사실을 깨닫고는 엄청난 슬픔을 느꼈다. 어떤 몸짓, 냄새, 미소를 붙잡고 늘어지는 것은 그것을 데스마스크처럼 고정된 틀에 넣고 굳히는 것과 같았다. 그런데 그 마스크는 그가 손을 대자마자 다시 먼지가 되어 부서져버렸다. 세월이 흘러 에이미의 추억이 그렇게 산산이 부서지는 동안, 엘라는 그의 가장 막강한 동맹이자 가장 믿음직한 조언자가 되었다. 그가 분노하면 그녀가 그를 달래주었고, 그가 장애물에 부딪히면 그녀가 그를 격려해주었다. 그렇게 인생의 고비와 시련 속에서 사건을 겪을 때마다 조금씩 조금씩 에이미의 기억이 땅에 묻혔기 때문에, 나중에는 그녀에 대해 별로 기억나는 것이 없게 되었다. 어떤 때는 몇 주가 흐른 뒤에야 자신이 그동안 그녀를 한 번도 생각하지 않았음을 깨달았다. 그러다 그 몇 주가 몇 달이 되고, 몇 달이 한데 모였다. 그동안 그는 그녀를 딱히 생각하지 않게 되었다. 그의 몸에서 음식,

수건, 식기, 컵, 같은 목적을 향해 함께 살아가는 삶 등 작은 것들을 함께 나누는 사람들 특유의 기묘한 냄새, 다른 것들을 담요처럼 덮어버리는 냄새가 나기 시작했다. 예전에 그가 그토록 혐오했던, 키스 멀베이니의 냄새였다.

그렇게 그와 엘라 사이에 경험이라는 공모가 자라났다. 아이들을 기르는 것, 현실적이고도 다정하게 서로를 뒷받침해주는 것, 함께 보낸 세월, 수십 년 동안 쌓인 두 사람만의 대화와 친밀한 관계가 아니면 알 수 없는 사소한 일들, 그러니까 잠에서 깨었을 때 서로에게서 느껴지는 체취와 아이가 아플 때 상대의 떨리는 숨소리, 서로가 앓은 병, 슬픔과 관심, 서로 기대하지도 않고 말해본 적도 없는 애정 같은 것들, 이 모든 것이 사랑보다 더 중요하고 더 확실하며 더 강하게 두 사람을 묶어주는 것 같았다. 사랑이 뭔지는 잘 모르겠지만. 그는 엘라에게 묶여 있었다. 하지만 바로 그 때문에, 도리고 에번스는 무엇보다 완전하고 확실한 고독을 느꼈다. 그 고독의 메아리가 어찌나 큰지 그는 징징 울려대는 그 적막을 깨고 싶어서 자꾸만 새로운 여자를 만났다. 생기가 새어나갈 때도 그는 돈키호테 같은 바람둥이 행각에 힘을 기울였다. 어디에도 진심이라는 것이 없다면, 여러 면에서 그것이 위험한 일이라면, 더 좋았다. 하지만 그래봤자 고독의 비명이 멈추기는커녕 오히려 더 커지기만 했다.

오래전의 유성우로 지금 존재하는 커다란 호수를 설명할 수 있는 것처럼, 에이미의 부재가 모든 것의 원인이었다. 그가 그녀를 생각하지 않을 때도 그랬다. 가끔은 특별히 그런 순간에 그녀의 부재가 더 영향을 미치기도 했다. 그는 애들레이드에 가는 것을 단호히 거부했다. 자신의 직업이나 참전군인들과 관련된 행사가 그곳에서 열릴 때도 가지 않았다. 정원 가꾸기에는 도통 관심이 없어서 엘라와 정원사에게만 맡겨두던 그가 딱 한 번 정원에 관심을 보인 것은 투락의 새집으로 이사를 갔을 때였다. 그는 엘라가 불같이 화를 내는데도 크고 몹시 아름답게 자란 빨간 동백나무를 뽑아버렸다. 그가 끊임없이 바람을 피우는 것은, 좀 기묘한 방법이긴 해도, 에이미의 기억에 대해 정조를 지키는 행동이기도 했다. 마치 끊임없이 엘라를 배신함으로써 에이미를 기리는 것 같은 모양새였다. 그는 이런 식으로 생각하지 않았으므로, 누가 이런 말을 했다면 경악을 금치 못했을 것이다. 하지만 그 세월 동안 그가 만난 여자들은 누구도 그에게 특별한 의미가 되지 못했다.

그렇게 여자들은 화를 내고, 어리둥절해하고, 충격을 받아 그의 곁을 떠났다. 그의 결혼생활은 계속 이어졌다. 그는 일을 계속했고, 그의 지위도 높아졌다. 그는 여러 부서, 연구검토, 국가 보건조사계획 등을 이끌었으며, 사람들의 선의가 그들의 지위와는 반비례 관계인 경우가 많다는 사실을 발견했다. 어느 만찬 모임에서 연사가 스스로 빛나는 경력을 쌓아왔다고 넘치도록 자화자찬하는 것을 듣고 그는 황당해졌다. 그 느낌은 곧 사라졌지만, 당혹스러운 실망감으로 변했다. 그는 자주 출장을 다녀야 했다. 지루하게 한참 기다리다가 자기처럼 성공으로 인한 현기증을 앓고 있는 사람들과 불필요한 회의를 하는 식의 여행이었다. 은자의 집처럼 사방이 막혀 있고 불쾌한 화학약품 냄새가 미약하지만 끈질기게 남아 있는 호텔 방에서 잠을 이루지 못하고 뒤척이면서 그는 자신의 흥미를 끄는 사람이 왜 점점 줄어드는지 생각해보았다. 그의 명성이 계속 높아지는 것은 그 자신도 이해할 수 없는 일이었다. 신문에 프로필이 실리고, 텔레비전에 출연해서 인터뷰를 하고, 각종 모임에 패널로 나가고, 피할 수 없는 사교모임에서 말이 통하지 않아 지루함을 느끼는 생활이 너무나 단조로웠다. 그런 생활이 한없이 이어질 것 같았다. 세상은 이런 거야. 원래 그래. 그는 이런 생각을 하곤 했다.

어느 날 저녁 그는 응급 맹장수술을 위해 병원으로 호출되었다. 젊은 환자의 이름은 에이미 개스코인이었다.

아미, 아망트, 아무르.* 그는 손을 닦으면서 혼자 중얼거렸다.

그가 그 단어들을 읊조리는 모습을 이미 몇 번이나 봐서 익숙한 수간호사가 옆 세면대에서 웃음을 터뜨리며, 그게 무슨 시냐고 물었다. 도리고 에번스는 그녀와 함께 수술실로 걸어들어가면서, 자신이 의식적으로 에이미를 생각한 것이 몇 년 만에 처음임을 깨달았다.

잊어버렸어요. 그가 말했다.

그는 태양의 빛을 훔쳐 지상으로 떨어졌다. 그는 잠시 수술대에 등을 돌리고 마음을 다스려야 했다. 메스가 떨리고 있는 것을 수술팀의 다른 사람들에게 들키지 않기 위해서.

8

이 기간 동안 도리고 에번스는 형인 톰과 새로이 친해졌다. 엘라나 자식들과 함께 있을 때에도, 아니 어떤 때는 특히 그들과 함께 있기 때

* ami, amante, amour. 각각 '친구' '연인' '사랑'을 뜻하는 프랑스어.

문에 느껴지는 고독을 형과의 교류가 어느 정도 덜어주었다. 그는 처음에는 한 달에 한 번씩 형에게 전화를 하다가, 얼마 뒤에는 매년 한겨울에 시드니를 찾아가기 시작했고, 나중에 명성이 높아진 뒤에는 그보다 더 자주 시드니를 찾았다. 이렇게 톰과 시간을 보내면서 그는 형제들이 간혹 느낄 수 있는 특별한 친밀함을 느꼈다. 대개 아무 말도 하지 않고 가만히 있어도 되는 편안한 시간이었다. 어색하게 굴거나 실수를 저질러도 전혀 상관이 없고, 영혼을 함께 공유한 것 같은 신비롭고 낯선 느낌은 아주 사소하기 짝이 없는 대화를 통해 표현되었다. 두 사람이 혈연 외에는 공유하는 것이 거의 없는 것이나 마찬가지인데도, 도리고 에번스는 톰과 함께 있을 때 자신이 큰 그림의 일부에 불과하다는 생각이 점점 강해졌다. 형은 그와 달랐지만, 역시 그 그림의 일부로서 그를 보완해주는 존재였다. 따라서 두 사람의 만남은 서로 자아를 내세우는 시간이라기보다 서로의 자아를 향해 반가이 녹아들어가는 시간이었다.

아버지는 어머니가 돌아가신 뒤 겨우 몇 년을 더 사시다가 1936년에 심장발작으로 돌아가셨다. 일곱 남매의 막내인 도리고는 형이나 누나들과 별로 교류가 없었다. 그의 형제들은 대공황 이전의 몇 년 동안 일자리를 찾아 오스트레일리아 전역으로 뿔뿔이 흩어진 상태였다. 누나 넷은 빅토리아주 서부의 양모공장으로 갔다. 도리고 에번스는 누나들과 데면데면한 관계였지만, 그들이 삶에 지쳐 하나둘 세상을 떠난 1950년대 내내 그들의 장례식에 참석했다. 누나들의 자식들과 남편들은 낯선 타인일 뿐이었다. 그래도 그는 그들이 자신을 찾아오면 모두 도와주었다. 가장 마지막에 세상을 떠난 큰누나 마시는 십 년이 넘도록 전적으로 도리고에게 의지하다가 1962년에 이름이 밝혀지지 않은 암으로 멜버른에서 세상을 떠났다. 도리고의 큰형 앨버트는 퀸즐랜드 북쪽에서 사탕수수 자르는 일을 하다가 1956년 설탕정제공장의 폭발사고로 목숨을 잃었다. 톰은 시드니에서 자식 없이 아내와 단둘이 살면서 광대한 레드펀철도 조차장에서 인부로 일했다. 은퇴한 뒤에는 뒷마당의 채소를 가꾸고 동네 주점에서 다트놀이를 하며 세월을 보냈다.

1967년 2월에, 엘라는 아이들과 함께 얼마 전 태즈메이니아로 이사간 언니 집에서 일주일 동안 휴가를 보내기로 했다. 도리고가 나 몰라라 하는 사이에 결혼생활의 가장 좋은 추억을 만들겠다는 핑계로 마련된 이 휴가는 가족으로서 마지막으로 남은 자취 같은 것이었다. 엘라는 이런 상황에 맞춰 휴가를 계획했고, 도리고도 동의했으며, 가족들은 모두 이 가족들과의 시간을 일종의 처벌로 생각하며 몹시 싫어했다.

그래서 호바트행 비행기를 타기로 되어 있던 토요일에, 그는 톰이 심장발작을 일으켰다는 전화를 받고 복잡한 심정이 되었다. 마음 한구석은 동요하고 있었지만, 다른 한구석은 태즈메이니아에 가는 것을 적어도 하루나 이틀 정도는 늦출 수 있는 좋은 핑계가 생겼다는 생각을 하고 있었다. 그는 그날 저녁 시드니행 비행기표를 간신히 구할 수 있었지만, 그가 도착한 일요일에 톰은 진정제에 완전히 취해 있어서 제대로 대화를 할 수 있는 상태가 아니었다. 도리고는 월요일에야 비로소 형과 어느 정도 이야기를 나눌 수 있었다.

톰은 켄트 호텔에서 과녁 한복판을 막 명중시키려던 참에 심장발작이 일어났다고 말했다.

과녁을 명중시켜?

확실했어. 톰이 말했다. 그래도 그렇게 쓰러지다니 정말 창피해서…… 손에 다트를 쥐고 바닥에 오줌이 고여 있는 곳으로 쓰러졌다니까. 토마토밭처럼 남들 눈에 잘 안 띄는 곳이면 좀 좋아?

형은 여느 때와 달리 말이 많았다. 도리고는 곧 자기도 모르게 태즈메이니아에서 형과 함께 보낸 어린 시절의 추억에 깊이 빠져들었다. 톰은 클리블랜드 마을 타령을 한도 없이 늘어놓았다. 도리고가 이미 아는 것도 있었지만 처음 듣는 이야기가 많았다. 더기 예이츠의 이름이 나오자, 톰은 더기가 기차보다 빨리 뛸 수 있다고 자주 자랑했다는 이야기를 꺼냈다. 그래서 그 말을 증명해보라고 했더니 녀석이 길고 하얀 팬티만 남기고 옷을 다 벗은 다음, 호바트 급행을 따라 클리블랜드의 페퍼민트검과 꽃아카시아 사이로 론서스턴 거리를 뛰었어. 기차가 기적을 울리면서 코나라역을 향해 모퉁이를 돌아 사라진 뒤에야, 더기는 완전히 지쳐서 바닥으로 쓰러져 결국 패배를 인정했지.

더기는 무슨 일에든 푹 빠졌지. 도리고가 말했다.

늙어서도 여전히 독무를 췄어. 톰이 말했다. 나중엔 라이랜드 P76을 수집했고. 남에게 쉽사리 내줄 수 있는 차가 아니지. 배를 깔고 엎드린 자세로 그 친구를 땅에 묻었기 때문에 모두들 영원히 그 친구 엉덩이에 입을 맞추는 꼴이 될 거다. 하지만 나는 더기가 그 길고 하얀 속옷 차림으로 나무들 사이를 뛰던 모습을 항상 생각해. 그거야말로 인생 아니냐? 더 빨리 뛸 수 있을 것 같고, 자기가 더 잘난 것 같고 그렇지만 결국 인생은 매번 우리를 바보로 만들어버리지. 우리를 땅속으로 흘려 넣고는, 저는 기적소리를 울리면서 칙칙폭폭 도망가버려. 아주 존나 신이 나서.

두 사람은 웃음을 터뜨렸다.

더기가 재키 매과이어의 사촌이었던 건 아냐? 톰이 말했다.

도리고는 몰랐다. 그는 톰과 재키 매과이어를 위해 로즈 아주머니의 고민상담 칼럼과 시를 읽어주었던 기억을 정겹게 회상했다.

우리 재키. 톰이 말했다. 좋은 친구였어. 최고였지. 세상 물정에도 밝고. 마누라가 흑인이었던 건 아냐?

도리고는 순간적으로 재키 매과이어의 아내가 전혀 생각나지 않았다. 하지만 오랫동안 잠자고 있던 기억, 어떤 의미에서는 그가 생각하던 것보다 훨씬 더 그에게 고민을 안겨주고 그를 변화시킨 기억이 머릿속에서 밀고 올라왔다. 태즈메이니아 사람들이 흔히 내세우곤 하는, 스페인 귀족 혈통 운운하는 말은 어렴풋이 기억나는데, 재키의 아내가 토착민이었다는 사실은 알지 못했다. 이런 생각을 하다보니 옛날부터 항상 물어보고 싶던 의문이 떠올랐다.

그래, 그 옛날 그 여자가 사라지기 직전에 형이 그 여자랑 같이 있는 걸 봤어.

재키 매과이어 부인 말이야?

형이 그 여자랑 키스하고 있었어.

키스? 어디서?

세인트앤드루스 여관 뒤편의 낡은 닭장 뒤편에서.

키스 안 했어.

두 사람이 같이 있는 걸 봤어. 그 여자가 형을 붙잡고 있었고.

난 토끼 사냥을 하고 돌아오는 길이었어. 그 여자는 빨래를 너는 중이었고. 마침 별로 할일이 없던 참이라 내가 그 여자를 도와준 거야. 지금 생각해보니 확실히 그 여자 상태가 안 좋았던 것 같기는 하네. 하지만 그때는 그런 느낌이 없었어. 그냥 이야기를 했을 뿐이야. 식구들 얘기, 사람들 얘기. 그러다 내가 아무한테도 하지 않은 이야기를 시작했지. 내가 전쟁터에서 보았던 것들. 그러다보니 견딜 수가 없어졌어. 기억나. 숨이 가빠지더니 제대로 말도 할 수 없게 되더라고. 어쩔 줄 모르는 나를 그 여자가 아이처럼 안아줬어. 그게 전부야. 대략.

형이 그 여자 목에 얼굴을 묻고 있었어.

난 그때 울고 있었어, 도리. 울었다고, 젠장.

그 여자는 어떻게 된 거야, 형? 왜 사라졌어? 그 여자가 어떻게 됐는지 항상 궁금해.

재키가 그 여자를 좀 때리는 버릇이 있었어. 마누라를 사랑했지만, 여자가 스무 살이나 어리다보니 재키랑 같이 사는 걸 행복하게 생각하지 않았고, 재키도 그걸 알았거든. 뭐, 어쩔 수 있나. 로즈 아주머니는 도움이 안 돼. 재키는 좋은 친구였지만, 술에 손을 대면 마누라를 혼내는 거야. 내가 아는 건 그 정도야. 여자가 어디로 갔는지는 전혀 몰랐지. 오랫동안. 그러다 여기 시드니로 그 여자가 편지를 보냈어. 처음에 멜버른으로 갔다가 나중에 뉴질랜드로 갔대. 거기 오타고에서 벽돌공이랑 결혼했다는데, 남편 얘기는 그게 전부였어. 사실 편지에 이렇다 할 내용이 있었던 것도 아니야. 그 여자 딸이 쓴 쪽지가 그 안에 같이 들어 있었는데, 자기가 죽고 나면 이 편지를 나한테 부치라고 어머니가 말했다는 거야. 그게 다야. 아마 다른 사람들도 그 편지를 읽을 것 같아서 재키나 여기 태시에 있는 자기 식구들 얘기는 한마디도 안 한 것 같아.

두 사람의 대화는 클리블랜드에서 두 사람이 함께 뛰었던 축구경기,

조 파이크의 화물차, 캐머런 대령의 부하가 라이플총을 들고 톰의 개를 찾아 부엌까지 들어왔던 날의 일로 계속 이어졌다. 그때 그 남자가 개가 캐머런 대령의 양을 죽였기 때문에 쫓아왔다고 말하자, 톰이 침실에서 라이플총을 들고 나오며 그 개를 쏘면 내가 당신을 쏘겠다고 말했었다.

톰은 점점 지치는 모양이었다. 도리고는 형이 편한 자세를 잡을 수 있게 해주고, 뛰어난 사람들이 보살피고 있으니 걱정 말라고 말한 뒤 작별인사를 하고 밖으로 나왔다. 그가 복도로 나왔을 때 뒤에서 늙고 갈라진 목소리가 들려왔다.

루스!

도리고 에번스는 걸음을 멈추고 뒤를 돌아보았다. 병동의 초록색 불빛 속에서 형이 가파른 비탈길 같은 베개에서 몸을 일으키려고 애쓰고 있었다. 그의 모습이 갑자기 낯선 사람 같았다. 어린 동생의 마음속에 톰은 그 순간까지도 젊은 활기와 힘의 상징으로 남아 있었는데, 침대 위의 남자는 아주 나이가 많고 병든 사람일 뿐이었다.

그녀의 이름이 루스였어.

도리고 에번스는 그 자리에 서서 자신의 형이기도 한 낯선 남자를 빤히 바라보았다. 톰의 말이 무슨 뜻인지, 그가 무엇을 원하는지 잘 알 수 없었다. 그는 다시 병실로 들어가 톰의 침대 옆에 앉았다. 톰은 말할 준비를 하느라 입술을 빨아들였다가 놓아주었다. 도리고는 기다렸다. 톰은 힘없이 늘어져 있던 몸을 조금 단단히 일으켜세운 뒤, 동생이 아니라 멀리 있는 벽을 바라보며 입을 열었다.

재키 매과이어 부인 말이야. 그녀의 이름이 루스였어, 도리. 루스. 루스는 아기를 낳았지.

여기서 그는 말을 멈췄다. 도리고는 아무 말도 하지 않았다. 톰은 끙끙거리고 콜록거리며 다시 베개에서 몸을 끌어올렸다.

그래, 아기. 1920년 7월에. 그녀의 세번째 아기였어. 그걸 어떻게 비밀로 했는지 모르겠지만, 하여튼 그녀는 그 사실을 숨겼다. 재키는 일자리를 구하느라 본토에 나가 있을 때야. 아마 다이아맨티나에서 일자리를 얻었던 것 같아. 거기에 친구가 있었거든. 재키는 그 아기에 대해 끝까지 몰랐지. 클리블랜드에서는 아무도 몰랐어. 루스가 항상 헐렁한 옷만 입고 다녔으니까. 너도 기억할 거다, 그 동네가 어떤 덴지. 파리같이 화려한 도시도 아니고 온통 중년들만 사는 곳이었으니, 무슨 옷을 입어도 상관이 없었어. 그래서 루스가 성공할 수 있었을 거야. 그녀는 론서스턴에서 아기를 낳았다. 아들이었는데, 곧 호바트로 보냈지. 그날 내가 전쟁 때문에, 말하자면, 무너졌을 때, 아까 말했듯이 루스가 날 안아줬어. 그러고는 그 아기에 대해 이야기해주었지. 그 아기가 어떻게 됐는지 자기도 방금 알았다면서.

왜, 형?

물기가 고인 톰의 눈이 날카로워지고, 쇠약한 몸에 힘이 들어갔다. 도리고가 어렸을 때 그토록 감탄하며 바라보던 형의 모습이 일부 돌아온 것 같았다.

내가 그 아기의 망할 아버지였거든. 그래서 그런 거야.

톰이 마침내 고개를 돌려 동생을 바라보았다. 그의 눈이 도리고의 눈을 파고들었다. 눈동자가 이상하게 작고 텅 비어 있었다. 낡은 신문지에 성냥불로 불을 붙여 까맣게 태워버린 두 개의 구멍 같았다.

가디너라는 사람이 그 아이를 키우고 있다고 했다. 잘사는 집이라고 했어. 루스는 동요했지. 나도 그랬고. 하지만 뭘 어쩔 수 있겠니? 아기가 보살핌을 받고 있기는 한데, 보살피는 사람이 우리는 아니었지. 우리가 아기를 되찾아오려고 했다가는 수많은 사람들의 삶이 결딴날 텐데. 아기의 삶도, 가디너 부부의 삶도, 루스의 삶도, 내 삶도, 재키의 삶도. 그래, 그런 짓을 할 수는 없었다. 그냥 견디며 사는 수밖에. 전쟁이 끝난 뒤에 어떤 호바트 출신을 우연히 만났는데, 그 가족을 안다는 거야. 그 집에서는 아기를 프랭크라고 부르는 것 같더라. 전쟁 때 죽었대. 내 유일한 아들이고 난 그애를 만나본 적도 없는데. 네가 있던 타일랜드의 그 망할 포로수용소에서 죽었대.

9

시드니는 베트남에서 휴가를 온 미군 병사들 천지였다. 오후 늦은 시간이라 도시는 찌는 듯이 더웠다. 도리고 에번스는 더위와 미군 병사들도 피하고 톰에게서 방금 들은 이야기도 소화할 겸, 산책에 나서기로 했다. 그는 항상 환자들에게 걷기가 최고의 약이라고 권하곤 했다.

그는 병원에서부터 서큘러 선착장까지 걸었다. 그런데 그곳도 지나치게 북적거리고 있었기 때문에 그는 그들을 피해 자기도 모르게 시드니 하버브리지를 건너고 있었다. 키리빌리에 있는 의사 친구를 만나러 갈 생각이었다. 한가로이 걸어다니는 관광객들 틈에 끼어 걷는 것이 기분좋았다. 다리 위의 인도는 널찍했고, 거기서 바라다보이는 시드니의 모습은 시원하고 든든했다.

그는 다리 중간에서 걸음을 멈췄다. 가벼운 동풍이 바다에서 서늘하게 불어왔다. 그는 저멀리 아래쪽에서 하얗고 파란 파도를 토해내는 수면을 물끄러미 바라보았다. 가까운 곳에 불그스름한 황토색 타워크레인이 새 오페라하우스의 거대한 벌거숭이 돛을 지키는 파수병처럼 서 있었다. 그 건물의 복잡한 골격을 보며 도리고는 마른 고무나무 이파리의 고운 레이스 같은 잎맥을 떠올렸다. 그 너머에서는 늦은 오후의 태양이 도시에 빛과 그림자의 띠를 그려내고 있었다. 그가 난간에서 몸을 떼고 다시 걷기 시작했을 때, 저멀리서 언뜻 그녀가 보였다. 살짝 기울어진 그림자의 띠에서 빛 띠의 속으로 막 나오는 참이었다.

잠시 뒤 그녀가 다시 눈에 들어왔다. 다리의 북쪽 끝을 떠받치는 커다란 아치형의 사암 탑문을 지나 그를 향해 다가오고 있었다. 사방에서 걷고 있는 사람들 틈에서 그녀의 머리가 파도를 따라 움직이듯이 출렁거렸다. 그는 널찍한 인도 바깥쪽에 있었다. 다리의 거대한 철제 구조가 그림자를 드리운 곳이었다. 그의 온 존재가 인도 안쪽에서부터 그에게 가까워지는 이 낯선 사람에게 집중되었다. 햇빛을 받으며 걷는 유령 같던 그녀는 곧 시야에서 다시 사라졌다.

그가 군중 속에서 세번째로 그녀를 발견했을 때는 그녀가 더 가까이 다가와 있었다. 세련된 선글라스와 엉덩이에 하얀 띠가 둘러진 검푸른색의 민소매 원피스 차림이었다. 어린 여자아이 두 명과 함께였는데, 아이들이 각각 그녀의 손을 잡고 있었다. 리벳으로 고정한 철 갈비뼈처럼 생긴 다리 위에서 자동차들 소음이 울리고 있어서 아이들이 재잘거리며 웃는 모습, 그녀가 대답하는 모습을 눈으로만 볼 수 있을 뿐이었다. 하지만 소리가 귀에 들리지 않아도 그는 알 수 있었다. 그녀는 유령이 아니었다.

그녀가 죽은 줄 알고 있었는데, 지금 그녀가 그를 향해 걸어오고 있었다. 예전보다 확연히 나이를 먹은 모습이었지만, 그가 보기에는 세월이 그녀의 아름다움을 줄여놓기보다는 오히려 더 강화해놓은 것 같았다. 세월이 그녀에게서 뭔가를 빼앗아가기보다는, 그녀의 진정한 모습을 겉으로 드러내놓은 것 같았다.

에이미.

심연 같은 그간의 세월, 역사적인 전쟁, 유명한 발명품, 헤아릴 수 없이 많은 공포, 기적적인 경이, 이 모든 것이 아무것도 아니었음을 그는 깨달았다. 폭탄, 냉전, 쿠바, 트랜지스터라디오도 그녀의 우쭐거리는 걸음걸이, 그 불완전한 모습, 해방을 갈망하는 젖가슴, 제대로 잘 숨겨진 두 눈에는 아무런 영향을 미치지 못했다. 예전보다 밝게 탈색한 머리카락이 원래 머리색보다 더 잘 어울리는 것 같고, 아마도 조금 마른 것 같은 그녀의 몸은 그녀를 더욱 신비로운 존재로 만들어주었으며, 약간 수척해서 이목구비가 뚜렷해진 얼굴은 힘들게 얻어낸 침착함으로 가득 찬 것 같았다.

애들레이드의 서점에서 먼지가 둥둥 떠 있는 빛줄기들 사이로 그녀를 처음 본 날로부터 이십오 년도 넘는 세월이 흐른 지금, 그녀의 변한 모습이 자신에게 거의 아무 의미가 없다는 사실에 그는 충격을 받았다. 영원히 잃어버렸다고 생각한 수많은 감정이 처음처럼 강렬하게 되돌아왔다.

걸음을 멈출까, 아니면 그냥 스쳐지나갈까? 그녀의 이름을 부를까,

아니면 아무 말도 하지 말까? 결정을 내려야 했다. 이미 알고 있는 삶과 미지의 삶을 가늠해볼 시간이 너무 짧았다. 지금 그가 누리고 있는 삶, 과거 두 사람의 삶, 상상도 할 수 없는 지금 그녀의 삶. 아이들의 얼굴에서 틀림없이 그녀를 닮은 구석을 발견할 수 있을 만큼 아이들의 얼굴이 똑똑히 잘 보였다. 그녀와 닮지 않은 부분들을 발견했을 때는 생각했던 것보다 훨씬 더 고통스러웠다. 어쩌면 그녀는 행복한 결혼생활을 하고 있는지도 모른다. 그는 숨을 쉬기가 힘들었다. 그가 그녀를 향해 계속 걸어가는 동안 수많은 정신나간 생각들이 머릿속을 지나가서 미칠 것 같았다. 그는 자신이 그녀의 삶에 난입해서 혼란을 야기할 수는 없다고 속으로 되뇌었다. 모두 잃어버린 것은 아니라고, 그녀와 다시 시작할 수도 있다고 속으로 되뇌었다.

그녀가 점점 가까워졌다. 머릿속은 점점 빠르게 팽팽 돌지만, 그는 걸음을 늦추려고 애썼다. 뱃속이 요동치고 균형을 잡기도 힘들었다. 이제 그녀의 윗입술에서 두드러지는 특징인 작은 점을 볼 수 있을 만큼 거리가 가까웠다. 이제는 그녀가 예전과 똑같이 아름답다는 생각은 들지 않았다. 아예 그녀가 아름답다는 생각이 들지 않는 것 같기도 했다. 다만 그녀를 원할 뿐이었다. 그녀의 목걸이가 반짝이며 걷잡을 수 없는 기억의 반란을 일으켰다. 그녀가 날 보았을까? 그는 그녀의 이름을 부를 생각이었다. 그래, 부르자! 그런데 그때 등뒤로 풍성한 햇빛을 받으며 그녀가 엄지와 집게손가락으로 원피스를 살짝 잡고 가슴골 위로 끌어올리는 것이 보였다. 어쩌면 일순간 그는 그 초월적인 햇빛 속에서 그녀가 그를 환영하며 자신의 품과 삶 속으로 반갑게 맞아줄 거라고 기대했는지도 모른다.

하지만 태초에 있는 것은 빛뿐이다.

뭔가 말을 하려던 그는 그녀와 자신이 한마디 말도 없이 지나쳐갔음을 깨달았다. 그는 계속 앞만 바라보며 그늘 속을 걸었다. 그가 잘못 생각했다. 그녀, 그, 그들, 사랑, 특히 사랑을 완전히 잘못 생각했다. 세월도 잘못 생각했다. 믿을 수 없지만 믿어야 했다. 그녀의 죽음, 그의 삶, 그들, 모든 것, 모든 것이 틀렸다. 그가 저지른 실수의 무게가 너무나 크고 너무나 압도적이라서 그는 맞서 싸울 수 없었다. 돌아서서 그녀의 이름을 부르며 다시 뛰어갈 수 없었다. 다리 끝에 다다른 뒤에야 그는 마침내 용기를 내어 뒤를 돌아보았다.

에이미의 모습은 어디에서도 보이지 않았다.

그는 사람들이 사방에서 북적거리는 인도 한복판에 서 있었다. 마치 그 자신이 도시의 또다른 장애물, 도로 중앙의 안전지대, 쓰레기통, 하나의 육체가 되기라도 한 것처럼. 그는 롯의 아내를 생각했다. 그 이야기는 완전히 새빨간 거짓말이었다. 사람이 소금기둥이 되는 것은 뒤돌아보지 않았을 때다. 그는 그녀를 불러세웠어야 했다. 이제는 결코 그럴 수 없었다. 그렇게 계속 걷지 말았어야 하는데, 걷고 말았다.

그는 그 순간 결정을 내린 건가? 그녀도? 선택의 여지가 있기는 했나? 아니면 인생이 그저 사람들을 휙 쓸어다가 한데 붙여주기도 하고 떼어놓기도 하는 건가?

주위에, 뒤에, 저 너머에 사람들이 있었다. 그들은 사방으로 움직였다. 빛 속에서 멋대로 날아다니는 입자들, 오래전에 잃어버린 것들. 강철과 돌 속으로, 구름 한 점 없는 파란 하늘에서 오르락내리락하는 열기와 태양과 바다 속으로, 황토색 크레인과 천둥 같은 소리를 내는 고

속도로 속으로 모든 것이 사라져버렸음을 그는 알고 있었다.

그는 잠시 더 그 자리에 서 있었다. 하늘로 솟아오른 강철 반원과 포효하는 자동차들 한복판에 선 하찮은 존재였다. 하늘은 파랗고 물은 반짝였다. 그는 생각했다. 사랑하는 사람을 잃으면 세상이 얼마나 공허해지는가.

그는 다시 돌아서서 계속 걸었다. 모든 길 위에서 길도 없이. 그는 그녀가 죽은 줄 알았다. 하지만 이제야 알 수 있었다. 그녀는 살았고, 죽은 것은 그였다.

10

다리 위에서 그렇게 엇갈려 지나친 뒤, 에이미는 서큘러 선착장에서 두 조카에게 아이스크림을 사주고, 맨리에 있는 언니 집으로 돌아가기 위해 여객선에 올랐다. 오랫동안 그녀는 그가 죽은 줄 알았다. 그가 전쟁중에 죽지 않았다는 사실을 안 것은 최근이었다. 그의 명성이 점점 높아진 덕분이었다. 왜, 왜. 그녀는 여객선의 뒤쪽 갑판에 앉아 물살이 뒤로 밀려나는 것을 보며 또다시 생각했다. 살아 있었다면 왜 날 찾으러 오지 않았을까? 왜? 그녀는 언니 집에 도착해서도 계속 생각했다. 왜? 침대에 누워서도 계속 생각했다. 몹시 피곤했다. 약속을 깬 그를 용서할 수 없었다.

그가 그녀가 폭발사고로 죽었다고 알고 있을 것이라는 생각은 미처 하지 못했다. 그녀는 그와 처음으로 함께 갔던 바닷가에서 다음날 아침

캐브리올레 자동차를 몰고 돌아온 뒤에야 사고를 알게 되었는데. 그녀는 키스에게서 그가 죽었다는 말을 듣고 슬픔을 이기지 못해 도리고를 생각하러 바닷가로 갔다가 그곳에서 밤을 보내고 온 참이었다.

몇 년 전부터 그녀는 가끔 도리고를 찾아나서는 상상을 했다. 실제로 그럴 뻔한 적도 여러 번이었다. 심지어 그의 전화번호를 알아내서 적어두기까지 했다. 하지만 실제로 행동한 적은 없었다. 그와 연락하는 생각을 할 때마다 압도당하는 느낌이었다. 나는 그에게 무엇을 원하는 걸까? 만약 그가 내게 원하는 것이 있다면 무엇일까? 가끔은 자신이 그에게 강렬한 기억으로 남아 있을지조차 확신할 수 없었다. 어쨌든 그녀가 그에게 무슨 말을 할 것인가? 그가 죽은 줄 알았다고?

키스가 죽은 뒤 유산을 받아서 편안하게 살았다는 이야기를 그에게 어떻게 할까? 전쟁이 끝나고 한참 뒤 돈을 유지하기보다는 잃는 일에 더 재주가 있었던 마권업자와 재혼해서 재미있게 살았다는 이야기는? 두번째 남편은 재산을 날린 뒤 미국으로 사라졌다는 이야기를 들었다. 그것으로 끝이었다. 남자가 한두 명 더 있기는 했지만 짧은 만남에 불과했다. 별로 대수롭지 않은 만남. 그것이 사랑이 아니었다고, 마권업자와도 사랑이 아니었다고 그에게 어떻게 말할까? 그보다 더 가벼운 것, 모자나 옷이나 구름 같은 것이었다고. 구름을 기억하는 사람이 어디 있느냐고.

그에게 편지를 쓰거나 전화를 걸기 직전까지 갈 때마다 그녀의 앞에 커다란 장애물이 나타났다. 한 번도 그녀를 찾지 않고, 약속과 달리 전쟁이 끝난 뒤 그녀를 다시 찾아오지 않은 그가 그녀를 거절할 것이라는 장애물. 이제는 두 사람의 처지가 완전히 달라져 있었다. 그는 유명한 도리고 에번스가 되어 계속 유명해지는 중이었지만, 그녀는 아래로 자꾸만 가라앉는 하찮은 사람이었다. 게다가 병에 걸렸다는 진단까지 나왔다. 그에게 이런 이야기를 어떻게 할까?

언니가 두번째로 그녀를 불렀다.

응. 그녀가 말했다. 일 분만.

너무나 피곤했다. 그에 대해 많은 것을 잊고 살았지만, 분명히 그였다. 그는 죽지 않았고, 그녀도 아직 죽지 않았다. 그것으로 충분했다. 그녀는 목걸이를 벗어 손가락으로 진주알을 굴렸다. 많은 감정이 느껴졌다. 그녀는 목걸이를 내려놓았다. 그는 유명한 사람이 되었다. 그가 단순한 사람 이상의 존재가 되어가는 것을 그녀는 알 수 있었다.

반면 그녀는 곧 아무것도 아닌 존재가 될 것이다. 극단적인 치료법은 있었다. 하지만 그녀의 암치료를 맡은 의사는 근본적으로 소용없는 치료라고 말했다. 그녀는 두 군데서 청소 일을 하면서 어떻게든 살아가려고 안간힘을 썼다. 하지만 언니가 보살펴주겠다고 나선 뒤로는 일을 그만둔 상태였다. 그녀의 꿈은 이미 오래전에 빛을 잃었다.

이제 그녀는 석양에서, 몇 명 안 되지만 그녀가 사랑하는 친구들에게서, 도시의 아름다움 속에서 즐거움을 찾았다. 이른 아침의 따스함, 거센 비가 내린 뒤 아스팔트와 건물에서 나는 냄새, 바닷가에서 매일 벌어지는 여름 축제, 햇빛 화창한 오후에 다리에서 바라본 풍경, 가끔 나타나 조카들의 응석을 받아주는 낯선 사람들, 여름 저녁에 떠오르는 추억의 기분좋은 고독 같은 것들 속에서. 가끔 그녀는 행복했다.

바닷가의 그 방과 달과 그가 가끔 생각났다. 어둠 속에 동동 떠 있던 초록색 시곗바늘과 파도 부서지는 소리, 그전에도 그후로도 경험한 적이 없는 감정.

그녀는 그와 연락하지 않기로 했다. 그에게는 그의 삶이 있고, 그녀에게도 그녀의 삶이 있었다. 이 둘이 합쳐지는 것은 꿈에서도 불가능했다. 꿈꿀 수 없는 일은 실천할 수 없는 법이다.

십팔 개월 뒤, 그러니까 처음 선고받은 시기보다 육 개월 뒤에, 그녀는 근교의 묘지에 묻혔다. 이렇다 할 특징이 없는 무덤들이 즐비한 넓은 땅에서 역시 이렇다 할 특징이 없는 자리를 차지했다. 이제 다시는 아무도 그녀를 볼 수 없을 것이고, 세월이 흐르면 조카들의 기억조차 희미해질 것이다. 그리하여 조카들 본인과 마찬가지로 마침내 완전히 사라져버릴 것이다. 남는 것은, 지상의 긴 밤에서 반짝이는 것은, 그녀가 함께 묻어달라 부탁했던 진주 목걸이뿐일 것이다.

11

그날 밤 도리고 에번스는 비행기를 타고 멜버른으로 갔다. 그리고 다음날 거기서 아침 비행기를 타고 호바트로 갔다. 707기의 단조로운 엔진 소리에 눌려 기묘한 망각상태에 빠진 그는 편안한 림보에 와 있는 듯했다. 호바트 공항으로 하강하는 비행기를 거센 바람과 섬 남쪽에 난 산불에서 올라온 짙은 연기가 방해했다. 비행기는 격렬하게 끓고 있는 냄비 속의 완두콩 한 알처럼 허공에서 요동쳤다. 그들은 돌풍에 실려와 사방을 후려치는 열기와 재냄새 속으로 착륙했다.

프레디 시무어가 그를 마중하러 나와 있었다. 외과대학의 태즈메이니아 분교를 운영하는 그는 평가가 엇갈리는 외과의였으며, 1948년식 낡은 초록색 포드머큐리를 모는 괴팍한 일면도 지니고 있었다. 자동차는 프레디처럼 나이를 부정하기라도 하듯 흠잡을 데 없이 관리된 모습이었다. 그날 호바트의 한 호텔에서 외과대학이 도리고를 위해 오찬을 주최하기로 예정되어 있었다. 오찬이 끝나면 도리고는 호바트 바로 외곽에 있는 펀트리로 갈 예정이었다. 그림 같은 산속 숲에 있는 그 마을에 엘라의 언니가 살았다. 지금은 그의 가족도 그곳에 가 있었다. 그는 공항 공중전화로 엘라에게 전화를 걸었다. 엘라는 언니가 차를 몰고 나가 오후 중반까지 집을 비울 예정이라고 알렸다. 어차피 날씨가 너무 더워서 아이들과 함께 집에 틀어박혀 있는 것 말고는 할 수 있는 일도 없었다. 엘라는 거대한 유칼립투스 나무 그늘에 들어가면 기분좋게 시원하다며, 그보다 더 좋은 곳은 없다고 말했다.

오찬은 도리고의 예상보다 기분좋게 진행되었다. 적어도 복잡한 마음속을 잠시 잊을 수는 있었다. 하지만 그들이 막 시가를 피우며 셰리주를 마시려는 순간, 산불이 크게 악화되어 산 바로 남쪽의 마을들이 위험하다는 소식이 전해졌다. 그 마을들 중에 펀트리가 있었다.

도리고 에번스는 호텔 내의 전화로 엘라의 언니에게 전화를 걸었지만 연결이 되지 않았다. 교환원은 산속 주택들의 전화가 거의 끊겨 있는 상태라고 말했다. 도리고 에번스는 프레디 시무어를 바라보았다. 이제 막 담배에 불을 붙이고 짧고 빠르게 연기를 빨아들이는 그의 산호색 양 뺨이 잘게 떨렸다. 도리고는 프레디에게 자동차를 좀 빌려달라고 말했다.

난 자네를 사랑하네, 에번스. 늙은 의사 프레디가 연기를 내뿜으며 말했다. 아들이나 마찬가지야. 그러니 아들답게 자네가 내 차를 지금 모습 그대로 돌려주지 않는다 해도, 나는 아버지답게 용서하겠네.

펀트리는 시내에서 차로 이십 분 거리에 있었다. 바람은 이제 사납게 변해 있었고, 열기는 숨이 막힐 정도였다. 포드머큐리에 올라타면서 그는 백미러에 비친 자신의 얼굴을 보고 화들짝 놀랐다. 차 밖에서 검은 눈송이처럼 마구 소용돌이치며 휘몰아치는 재가 백미러를 검게 뒤덮고 있었다.

포드머큐리는 달리는 느낌이 도로와 사이가 별로 가깝지 않은 양동이 같았지만, 8기통 엔진의 힘이 든든했다. 평소에는 장엄한 모습인 산이 보이지 않았다. 아주 짙은 연기가 장막처럼 드리워져 있었기 때문에 몇 분 되지 않아 도리고의 시야는 겨우 몇 미터로 떨어졌다. 그는 헤드라이트를 켰다. 가끔 어둠 속에서 다른 자동차가 나타나 도시로 들어가는 탈출구를 찾아 헤맸다. 차 안에 탄 사람들은 전에 전쟁에서 벗어날 탈출구를 찾아 헤매던 시리아의 마을 사람들과 비슷했다. 어떤 자동차들은 검게 그을려 있었다. 심지어 앞유리창이 없는 자동차도 한 대 있었다. 페인트가 크고 검은 물집처럼 부푼 차도 보였다. 도리고는 호바트의 외곽 근교 마을에서 높고 울창한 숲으로 들어갔다. 숲 사이로 난 도로가 지금은 깊고 구불구불한 참호 같았다.

모퉁이를 돌자 경찰이 도로를 차단해놓은 것이 보였다. 경찰관 한 명이 도리고의 1948년식 포드머큐리에 고개를 들이밀고 돌아가라고 말했다.

저 위는 죽음의 지역이에요. 그가 엄지손가락으로 뒤편 펀트리 쪽을 휙 가리키며 말했다.

도리고는 엘라와 아이들의 인상착의를 설명한 뒤, 그들이 이리로 빠져나갔는지 물었다. 두 시간 전부터 이곳을 지키고 있었다는 젊은 경찰관은 그런 사람들을 보지 못했다고 말했다. 아마 더 일찍 도망쳤을 거예요.

도리고 에번스는 자신이 전화를 걸었을 때로부터 아마 한 시간 반쯤 시간이 있었을 테니 엘라와 아이들이 도망쳤을지도 모른다는 결론을 내렸다. 하지만 마을에 아무런 위협이 없을 때 엘라가 집을 나섰을 것 같지는 않았다. 게다가 그녀에게는 차가 없었다. 도리고는 식구들이 도망쳤기를 바랐지만, 그들이 도망치지 않았다는 가정하에 움직여야 한다고 생각했다.

경찰관은 불길이 후온에서부터 올라오고 있다고 말을 이었다. 동쪽에서 밀려오고 있다는 것이었다. 불길 본체에서 최대 20마일(32km)까지 떨어진 곳에서 불덩이들이 환하게 이글거린다는 이상한 이야기까지 나돌고 있어요. 경찰관이 말하는 동안, 이글거리는 불덩이가 보닛 위로 떨어졌다. 마치 경찰관의 말을 증명하려는 것 같았다.

저 위로 올라가는 건 미친 짓입니다. 경찰관이 말했다.

내 가족들이 저기에 있어요. 도리고 에번스가 기어를 일단으로 바꾸며 말했다. 그러니 올라가지 않는 게 미친 짓입니다.

이 말과 함께 그는 경찰관에게 물러서달라고 정중히 요청했다. 경찰관이 거부하자, 그는 클러치를 콱 밟고 도로 차단막을 그대로 뚫고 지나가며 프레디 시무어에게 미안하다는 말을 중얼거렸다. 그뒤로도 여러 번 그는 프레디에게 사과해야 했다.

0.5마일(800m)도 채 못 가서 불길이 그를 에워쌌지만, 불길의 본체라고 하기에는 그리 맹렬하지 않았다. 하지만 사실 도리고 에번스는 불

길의 본체가 어떻게 생겼는지도 전혀 알지 못했다. 엘라의 언니 집에 한 번도 가본 적이 없으므로 그 집의 위치 또한 전혀 알지 못했다. 주소는 갖고 있었지만 도로 표지판이 전혀 보이지 않았다. 도로도 불타는 나뭇가지들, 가끔 불이 붙은 채 버려진 자동차, 비처럼 쏟아지는 불덩이, 짙은 연기 때문에 혼란스럽기 그지없었다. 도리고는 거의 이십 년 전 캐스케이드 양조장 트럭을 타고 지나갔던 그 길에서, 걷는 것과 크게 다르지 않은 속도로 움직였다. 전에 눈을 맞으며 사랑을 짐작해보려고 애썼던 그 길에서, 지금 그는 가족들을 찾기 위해 짙은 연기를 뚫고 필사적으로 각 주택의 진입로와 도로변을 살폈다. 그동안 내내 경적을 울려댔다. 하지만 아무도 보이지 않았다. 모두 이곳을 떠나거나 죽은 것 같았다. 하늘도 보이지 않았다. 가끔 지옥 같은 빨간 불빛을 뒤에서 받은 검푸른 구름이 거세게 뭉클뭉클 피어오르는 것이 언뜻 보일 뿐이었다. 그는 정신을 집중한 채 계속 차를 몰았다. 귀를 창문에 바짝 대고, 혹시 무슨 소리라도 들릴까 싶어서 창문을 살짝 내려놓았다.

그때 사람 소리가 들린 것 같았지만, 다른 소리들이 시끄러웠기 때문에 그는 나무들이 폭발하면서 수액이 증발하는 소리였겠거니 했다. 그런데 그 소리가 다시 들려왔다. 조금 전보다 희미했지만 다른 소리였다. 그는 차를 세우고 밖으로 나갔다.

12

엘라 에번스의 언니네 집에서 다섯 집 떨어진 곳이 폭발해 불길로 화한 뒤, 엘라는 세 아이 제스, 메리, 스튜이를 찾았다. 아이들은 이제 물이 찔끔찔끔 새어나오기만 하는 뒷마당 스프링클러 근처에서 놀고 있었다. 그녀는 아이들에게 호바트까지 걸어가야 한다고 말했다.

호바트요? 거기까지 얼마나 가야 하는데요? 제시가 물었다.

엘라는 대답할 말이 없었다. 7마일(11km)? 10마일(16km)? 그녀는 겁이 났다.

당장 나가야 돼. 그녀가 말했다.

아이들은 수영복과 플라스틱 샌들만 몸에 걸친 차림이었다. 스튜이는 아예 팬티 차림이었다. 불길이 펄쩍펄쩍 사방으로 옮겨다녔다. 엘라는 크리스마스 선물로 받은 45회전 레코드플레이어를 꼭 가져가야겠다고 우기는 제스와 말다툼을 벌일 여유가 없었다. 희한하게도 그 레코드플레이어는 호스와 비닐 샤워캡이 달린 헤어드라이어로도 쓸 수 있었으므로, 제스는 산불에 머리가 타지 않게 그것을 머리에 쓰기로 했다. 그녀는 또한 자신이 갖고 있는 유일한 45회전 레코드도 가져가기로 했다. 이모가 준 진 피트니의 오래된 싱글판이었다.

그들은 재빨리 도로를 걸었다. 불에 탄 이파리와 검게 그슬린 고사리 이파리들이 하늘에서 떨어져내리면 얼굴이나 머리카락에 닿지 않게 손으로 밀어냈다. 그들은 가장자리가 녹아서 뚝뚝 흘러내리는 아스팔트, 수많은 나비들처럼 허공을 떠다니는 빨간 불덩이를 별로 놀라지도 않고 빤히 바라보았다. 불덩이들이 바람에 휘말려 솟아올랐다가 떨어지곤 했다. 그들은 피아노 선생님인 맥휴 부인의 집 앞을 지나갔다. 말뚝을 박아 만든 울타리가 불에 타고 있어서 함께 가자고 부인을 소리쳐 불렀지만, 부인은 불길이 집으로 번지는 것을 막기 위해 도끼를 들고 울타리를 후려치느라 여념이 없어서 그들에게는 신경을 쓰지 않았다.

처음에는 모든 것이 마법처럼 짜릿했다. 어머니가 겁에 질려 있는 모습에 세 아이는 기분이 좋아졌을 뿐만 아니라, 심지어 우월감마저 느꼈다. 다른 세상, 어른들의 세상으로 넘어온 것 같았다. 이곳에서는 모든 것의 무게가 달라졌고, 사람들이 진심을 말했으며, 사람들의 행동에도 의미가 있었다. 지금까지는 아무런 의미가 없었던 각자의 목숨 또한 서로에게 중요해졌다. 그날은 그들이 처음으로 죽음을 맛본 순간이었다. 그들은 그 순간을 결코 잊지 못했다.

족히 1마일(1.6km) 정도 산길을 내려갔을 무렵, 짜릿한 흥분이 점차 사라지고 두려움이 자라기 시작했다. 집을 나설 때는 상당히 멀어 보였던 불길의 본체가 아주 가까웠다. 살갗을 태우는 불덩이들 때문에 스튜이가 울음을 터뜨렸다. 스튜이는 불길이 왜 끝나지 않느냐고 불평을 늘어놓았다. 불꽃이 하늘을 가득 채우고 공기를 먹어치웠으니 근거 없는 이야기도 아니었다. 튼튼하고 안전해 보이는 벽돌집이 나타났다. 지금까지 지나온 비막이판을 댄 집들과는 달랐다. 그 집들은 불길이 도달하기 훨씬 전에 이미 처마를 날름거리는 작은 불꽃에 연기를 피워 올리고 있었다.

엘라는 벽돌집의 출입문으로 가서 초인종을 눌렀다. 익살스러운 소리가 울렸다. 문은 딱 대화를 나눌 수 있을 만큼만 열렸다. 그 좁은 틈을 통해 엘라는 가장자리를 검은색으로 두른 하얀 모직 정장 차림의 노부인을 보았다. 금방이라도 자선단체 오찬에 참석할 것 같은 차림새였다. 초록색 면 원피스와 고무 슬리퍼밖에는 걸친 것이 없는 엘라는 이미 검댕이 섞인 시커먼 땀으로 범벅이 된 상태였다. 노부인이 엘라를 자신과 같은 계급의 사람으로 보지 않는다는 것을 분명히 알 수 있었다. 거의 벌거벗다시피 한 더러운 아이들 또한 골치 아프게 생각하는 것 같았다. 엘라는 몸을 피할 수 있게 해달라고 부탁할 생각이었지만, 막상 입을 열었을 때는 그냥 아이들이 마실 물만 부탁하고 말았다. 그것도 두 번이나 부탁해야 했다. 노부인은 아무 말 없이 문을 열고 그들을 집 뒤편의 깔끔한 부엌으로 안내했다. 그리고 낡은 플라스틱 컵을 하나 꺼냈다.

자요. 그녀가 컵 가장자리를 엄지와 둥글게 구부린 손가락으로 꼬집듯이 잡고 내밀며 말했다. 수도꼭지는 저쪽이에요.

아이들은 그냥 나가자고 했다. 그들도 저 아줌마의 눈치를 아는 탓이었다. 불이 무서운 마음보다는 저 아줌마와 이 집이 싫다는 마음이 더 컸다. 하지만 노부인의 속물적인 모습 때문에 오히려 엘라는 이곳에 머무르기로 결정했다. 스튜이가 화상으로 울고 있었으므로, 엘라는 불꽃으로부터 아이를 보호할 수 있게 이 집 아이들이 옛날에 입던 옷을 좀 빌려줄 수 있느냐고 물었다.

여자가 벽장을 열었다. 그 안의 선반마다 깔끔하게 다림질한 아이들 옷이 차곡차곡 쌓여 있는 것이 보였다. 품질이 좋은 옷이었다. 사내아이 옷이 대부분이었다. 장뇌 냄새가 났다. 엘라는 그 냄새를 맡을 때마다 항상 시간을 초월한 듯한 느낌을 받았다. 그것은 결코 변하지 않는 장소와 물건들을 연상시키는 반가운 냄새였다. 노부인이 돌아서서 엘라에게 접힌 옷을 건넸다. 엘라는 손목을 잽싸게 움직여 옷을 펼쳤다.

여자아이들이 입는 낡은 빨간색 원피스였다.

감사합니다. 엘라가 말했다.

이렇게 무자비한 굴욕을 안겨주는 곳을 안전한 피난처로 생각할 수는 없었다. 그녀는 아들에게 빨간 누더기 원피스를 입힌 뒤 아이들을 데리고 다시 불길 속으로 나아갔다. 이것이 옳은 일일 뿐만 아니라 현명한 일이기도 하다고 믿었다.

다시 거리로 나와 보니 이제는 불길의 방향을 짐작조차 할 수 없었다. 바람이 앞뒤에서 불어오고 불이 사방에서 타올랐다. 빨간 불덩이들이 회오리바람에 휘말린 것처럼 소용돌이치며 자신에게 닿는 모든 것을 불꽃으로 바꿔놓았다. 계속 불길을 피해 도망치고 있었는데, 지금은 사방에서 불이 타오르고 있었다.

갇혔어. 스튜이가 이렇게 말하고는 다시 울음을 터뜨렸다.

그만해. 엘라가 그를 꽉 붙들고 말했다. 우린 호바트로 가야 돼. 엄마 뒤에 서서 서로 손을 잡아. 무슨 일이 있어도 손을 놓으면 안 돼.

그렇게 서로 손을 잡은 그들은 희망과 두려움을 안은 채 가느다란 대열을 이루어 바람과 연기와 불길 속으로 계속 나아갔다. 메리가 물집이 잡힌 발 때문에 울기 시작했다.

호바트에 가서 발을 치료하면 돼. 엘라가 말했다.

사방에서 나무와 집들이 타고 있었다. 앞에도 불길이 있었다. 엘라는 계속 아이들을 재촉했다. 그녀가 스튜이를 품에 안았고, 메리는 뒤에서 양손으로 각각 엄마의 원피스 자락과 제스를 붙잡고 따라왔다. 서로 손을 놓치기라도 하면 무슨 일이 벌어질지 몰라 모두들 두려움에 질려 있었다. 불길과 바람의 소음 속에서 우지끈하는 소리가 나더니, 앞에서 나무 하나가 불덩이가 되어 도로로 쓰러졌다. 엘라는 그 불길을 에둘러

가는 길을 찾아내서 계속 걸었다. 불타는 나무를 지나고, 불타는 자동차를 지나고, 쓰러져서 불타는 전신주를 지나갔다. 전깃줄들이 털실처럼 사방으로 뻗어 있었다. 하지만 뒤보다 앞쪽의 불길이 점점 더 거세어졌고, 메리의 발에는 심한 물집이 잡혔다. 열기를 견딜 수가 없었다. 갑자기 엘라가 걸음을 멈추고 아이들에게 돌아섰다.

우리 돌아가야 돼, 얘들아. 빨리. 젠장, 꾸물거리면 안 돼.

엘라는 거친 말을 하는 법이 없었으므로, 아이들은 뭔가가 변했음을 깨달았다.

얼른. 엘라가 계속 말했다. 빨리!

그럼 호바트는? 그때까지 아무 말이 없던 제스가 물었다. 호바트에 도착하면 괜찮다고 했잖아요. 숨이 가쁜 목소리였다. 거기 가야 돼!

제스가 손을 밀쳐내고 다른 식구들을 지나 불길 속으로 향했다. 엘라는 아이를 붙잡아 뺨을 때렸다.

이쪽으로 계속 가면 구운 고기가 되어버릴 거야. 어디든 불길을 피할 곳을 찾아야 돼.

제스가 악을 쓰기 시작하자 엘라는 또 뺨을 때렸다. 제스가 눈물을 터뜨리며 레코드플레이어를 떨어뜨렸다. 기계는 바닥에 부딪혀 산산조각났다. 연기 때문에 목이 아파서 숨을 쉬기가 힘들었다. 눈에서는 눈물이, 코에서는 콧물이 줄줄 흘렀다. 앞을 봐도 몇 발자국 거리밖에 보이지 않았다. 그들은 오로지 가끔 나타나는 진입로 초입이나 길이 굽어진 곳, 표지판 등을 통해 위치를 알 수 있을 뿐이었다.

정원은 없고 늙은 사과나무 한 그루만 있는 집이 나타났다. 죽어버린 잔디밭 한가운데에 석면으로 지은 헛간이 있었다. 거기에는 탈 것이 하나도 없었고, 불길은 그들의 뒤에서 포효하며 솟아올랐다. 죽은 잔디밭에는 탈 것이 전혀 없는데도 작은 불길들이 나타나 타고 있었다.

여기야. 엘라가 석면 헛간의 문을 열며 말했다. 하지만 속으로는 여긴가? 우리 모두 여기서 죽는 건가? 하는 생각을 하고 있었다.

그들은 숨조차 쉬기 힘든 사나운 열기 속에서도 서로를 꽉 붙들고 헛간 안에 옹기종기 모여 앉았다. 불길이 세상의 모든 공기를 먹어버리고 있는 것 같았다. 머리 위에서 제트 여객기가 폭발하는 것 같은 소리가 났다. 길이가 족히 1야드(91cm)는 되어 보이는 징그러운 불꽃이 굶주린 짐승처럼 문 아래에서 날름거렸다. 제스는 비명을 지르며 뒤로 펄쩍 뛰어 도망치다가 유리병이 가득한 선반에 부딪혔다.

제스! 엘라가 소리쳤다.

그녀는 선반을 붙잡았다. 미네랄 테레빈유와 메틸알코올 속에 붓이 들어 있는 유리병들이 선반에 가득했다. 그녀는 선반에 매달린 채 아이들에게 움직이지 말라고 말했다.

무슨 일이 있어도 이 선반이나 나한테 부딪히지 마. 진을 봐. 엘라가 말했다.

제스는 레코드플레이어에 달린 헤어드라이어용 비닐 캡을 여전히 쓰고 있었다. 비닐 캡에는 불꽃 때문에 검은 구멍이 숭숭 나 있었다. 제스가 지금껏 품에 안고 있던 진 피트니의 싱글판을 어둠 속에서 들어 올렸다. 열기 때문에 레코드가 푸딩 그릇처럼 휘어져 축축 늘어졌다.

진을 봐, 얘들아. 엘라가 말했다. 진을 봐.

몇 분 뒤 공기는 그 어느 때보다도 뜨거워졌지만 바깥의 소음이 잦아들었다. 문 아래에서 혀를 날름거리던 불꽃도 사라졌다. 이상한 소리가 들렸다. 엘라는 아주 천천히 문을 열었다. 아무도 움직이지 않았다. 그들은 함께 밖을 내다보았다.

뭐가 어떻게 된 건지 도무지 알 수 없었다. 집이 보이지 않았다. 연기를 피워올리는 집의 잔해 옆에는 사과나무가 여전히 서 있었다. 약간 그슬린 것을 제외하면 멀쩡한 모습이었다. 하지만 도로 건너편의 숲은 맹렬하게 타고 있었다.

이상한 소리가 또 들려왔다. 이번에는 그것이 점점 멀어지는 자동차의 경적 소리임을 알 수 있었다. 엘라는 스튜이를 들어 품에 안고 딸들과 함께 뛰어나가며 불길 속을 향해 고함을 질러댔다. 하지만 차는 이미 저멀리 도로의 연기 속으로 사라지고 있었다. 엘라와 아이들은 더욱 크게 소리를 질렀다.

그러자 차가 멈췄다. 1948년식 초록색 포드머큐리였다. 아이들은 그 순간을 영원히 잊지 못했다. 운전석 문이 열리더니 한 남자가 내렸다. 그가 돌아섰을 때, 그들은 아버지가 자신들을 찾으러왔음을 깨달았다.

그들은 서로를 향해 연기와 열기와 불꽃 속을 달렸다. 마침내 그들이 만났을 때 도리고는 스튜이를 한 팔로 휙 붙잡아 엉덩이 언저리에 올려놓고, 다른 손을 활짝 펴서 엘라의 머리를 감싸고는 자신의 얼굴을 향해 힘차게 잡아당겼다. 그는 그녀를 끌어안고, 아이들은 부모를 모두 끌어안았다. 마치 한데 엉켜서 썩은 나무를 지탱하는 뿌리 같은 모습이었다. 그가 곧 엘라를 놓아준 뒤, 모두 함께 자동차를 향해 뛰었다. 세 아이는 평생 아버지가 어머니에게 이만큼 애정을 표현하는 것을 본 적이 없었다.

13

호바트까지 거침없이 나아가고 있는 불길 속으로 들어가기보다는 이미 일부가 화재로 타버린 숲으로 더 깊이 들어가는 편이 최선이라는 결론을 내린 도리고는 가족들이 도망쳐온 방향으로 차를 몰았다. 몇몇 집들과 숲 일부가 남아 있었지만, 엘라와 아이들이 집에 들어오는 것을 꺼리고 아들들의 옷도 내주지 않았던 노부인의 집이 있던 자리에는 연기를 피워올리는 양철과 재와 벌거벗은 굴뚝만 있을 뿐이었다. 맥휴 부인이 집을 구하려고 울타리를 도끼로 부수던 자리에는 연기가 자욱해서 집과 울타리가 정확히 어디 있었는지 구분하기 힘들었다.

차를 달리다보니 묘한 밤이 되었다. 모퉁이를 돌자 검은 하늘이 빨갛게 타오르는 거대한 화벽에 자리를 내주었다. 아마도 0.5마일쯤 떨어진 곳에서 불길이 높이높이 치솟고 있었다. 다른 방향에서 포효하며 몰려온 새로운 불길이었다. 이것이 작은 불길 여러 개와 합류해서 지옥도를 만들어내고 있는 것 같았다. 불이 타는 소리가 모든 것을 압도했다. 그들은 계속 차를 몰면서 그 광경을 물끄러미 바라보았다. 마침내 엘라가 마법에 홀린 것 같은 침묵을 깼다.

여기가 최전선이에요. 그녀가 말했다.

도리고는 브레이크를 밟고 거칠게 유턴을 시도하다가 처음에는 포드머큐리를 어딘가에 들이박았지만 곧 방금 온 길로 다시 들어갔다. 바닥에 떨어진 전선들과 불길에 휩싸인 자동차들을 지나 그는 귀신에 홀린 사람처럼 차를 몰았다. 하지만 몇 분도 되지 않아 불길이 그들을 따라잡았기 때문에 이제 차 양편이 모두 화벽에 에워싸여 있었다. 도리고는 사방에서 불길에 휩싸여 떨어지는 나뭇가지들을 피하고, 폭발하는 집들을 지나갔다. 장애물이 전혀 없는 도로가 나오면 최대한 속도를 올렸다가, 어쩔 수 없을 때는 방향을 틀며 속도를 줄이기를 반복했다. 크기가 전차만 하고 색은 가스불처럼 새파란 불덩이 하나가 마법의 불처럼 도로에 나타나 그들을 향해 굴러왔다. 도리고는 포드머큐리의 방향을 휙 돌려서 그 불덩이를 피한 다음 다시 직진하려다가, 연기 속에서 불길에 휩싸여 나타난 잔가지와 울타리 말뚝 같은 것들을 무시하고 그냥 나아가는 수밖에 없다는 결론을 내렸다. 뭔가가 자동차를 때리고 튀어나갔다. 도리고는 끙 하고 기합을 넣으며 기어를 조작하고, 커다란 운전대를 좌우로 돌렸다. 부글거리는 검은 아스팔트 위에서 타이어가 비명을 질러댔지만, 포효하는 불길과 찢어지는 소리를 내는 바람 소리의 불협화음 때문에 아주 가끔만 그 소리를 들을 수 있을 뿐이었다. 머리 위에서 나뭇가지들이 이상한 기관총 같은 소리를 내며 터져나갔다.

언덕을 넘어서자 거대한 나무 한 그루가 100야드(91m)쯤 떨어진 곳에 쓰러져 도로를 막은 채 불타고 있었다. 불길이 나무줄기를 따라 높이 확 치솟았다가 불타는 왕관처럼 어느 집 깔끔한 앞마당에 떨어져 잠시 모닥불처럼 타오르더니 불타는 집과 합류했다. 도리고는 무릎을 문에 쐐기처럼 박고서 있는 힘껏 브레이크를 밟았다. 포드머큐리가 옆으로 핑 돌면서 그 나무를 향해 곧장 미끄러지다가 겨우 몇 미터 앞에서 간신히 멈춰 섰다.

아무도 입을 열지 않았다.

핸들을 잡은 손에 땀이 차고 숨이 가빴다. 도리고 에번스는 여러 가지 방안을 생각해보았지만 모두 신통치 않았다. 도로는 양방향이 모두 완전히 끊어져 있었다. 앞에는 불타는 나무가 있고, 뒤에서는 불길이 점점 번지는 중이었다. 그는 셔츠와 바지에 손을 닦았다. 여기에 갇힌 셈이었다. 그는 뒷자리의 아이들을 바라보았다. 속이 뒤집힐 것 같았다. 아이들은 시커멓게 검댕이 묻은 얼굴로 눈만 크고 하얗게 뜬 채 서로를 꼭 붙들고 있었다.

꽉 잡아라. 그가 말했다.

그는 기어를 후진으로 바꾸고 가까이까지 다가온 불길을 향해 후진하다가 속도를 냈다. 아까 왕관 같은 불길이 떨어진 마당의 울타리를 들이받을 수 있을 만큼 속도가 나왔다. 모닥불을 향해 똑바로 달려드는 거나 다름없었다. 그는 몸을 숙이라고 고함을 질러대면서 클러치에서 발을 떼고 가속페달을 꾹 밟았다.

풍차를 향해 달려드는 거야.

8기통 엔진이 포효하고, 태핏이 철컹거리고, 차는 집과 가장 가까이에서 불타고 있는 덤불과 충돌했다. 불길이 가장 큰 곳이었지만, 도리고가 도박을 하는 심정으로 가지가 가장 작을 거라고 결론을 내린 곳이었다. 순간적으로 불길과 시끄러운 소리뿐이었다. 엔진은 비명을 질러대고, 거센 열기가 유리와 강철마저 뚫고 들어올 것 같고, 숨을 쉬기도 힘들었다. 모든 것이 탁한 빨간색이었다. 불길이 탁탁 타오르고, 가지가 딱딱 부러지고, 차체가 우그러지고 뒤틀리면서 금속이 긁히며 신음했다. 타이어는 마찰력을 잃고 미끄러지다가 다시 정상이 되었다. 운전석 뒤편의 창문이 터졌다. 불꽃과 불덩이와 불타는 잔가지 몇 개가 차 안으로 날아들어오자 엘라와 아이들은 비명을 질러댔고, 아이들은 뒷좌석에서 반대편으로 몰렸다. 무시무시한 일이 초 동안 차가 거의 멈추는가 싶더니 차대 밑에 뭔가가 걸렸다. 그리고 순식간에 불길이 뒤에 있었다. 그들은 낡아빠진 또다른 울타리를 향해 질주하는 중이었다. 도리고가 그 울타리마저 들이박고 지나가자 나무가 터지면서 눈보라처럼 흩날렸다. 앞유리창에 하얀 구름이 낀 것 같았다. 그는 엘라에게 그것을 발로 차라고 고함을 질러댔고, 부서진 나무조각들이 떨어져나간 뒤 앞을 보니 차는 쓰러진 나무를 지나 호바트로 이어진 도로에 다시 올라와 있었다. 그는 한 손으로 운전대를 조작하면서, 다른 손으로는 뒷좌석에서 불타고 있는 나뭇가지들을 붙잡으려고 몸을 기울였다. 그가 항상 다치지 않게 열심히 보호하는 손, 수술할 때 쓰는 손이었다. 그는 나뭇가지들을 박살난 창문 밖으로 내던졌다.

초록색 페인트가 검게 변하고 물집이 잡힌 1948년식 포드머큐리가 끽 하고 미끄러지는 소리를 내며 불타는 산을 내려가는 동안, 엘라는 도리고를 바라보았다. 그의 왼손 손가락에는 벌써 물집이 잡혀서 작은 풍선만큼 부풀어 있었다. 화상이 워낙 심해서 그는 나중에 피부이식수술을 받았다. 정말 알 수 없는 남자야. 엘라는 속으로 생각했다. 정말 모르겠어. 그녀는 자신이 그에 대해 아무것도 모른다는 사실을 깨달았다. 자신의 결혼생활이 시작하기도 전에 끝났다는 것도 알 수 있었다. 하지만 두 사람 모두 이런 상황을 바꿀 힘이 없었다. 타이어 세 개와 점점 부서져가는 타이어 테 하나를 매단 포드머큐리는 긴 곡선도로를 쾌속하게 달렸다. 마침내 연기 속에서 경찰이 설치한 도로 차단막이 언뜻 보였다. 그곳은 안전한 피난처였다.

프레디 시무어가 다시는 당신을 점심식사에 초대하지 않을 것 같네요. 엘라 에번스가 말했다.

뒷좌석의 세 아이는 검댕을 잔뜩 묻힌 채 조용히 앉아서 주위의 모든 것을 받아들였다. 숨이 막힐 것 같은 방부제 냄새, 바람과 불길의 포효, 거칠게 흔들리는 차, 열기, 난도질된 고기처럼 생살이 드러난 감정, 사랑하지만 사랑하지 않으며 함께 살아온 두 사람의 고통과 절망, 함께 살면서도 함께 하지 못하는 삶, 애정과 질병과 비극과 농담과 수고로 이루어진 음모, 결혼생활, 기묘하고 무서운 인간 존재의 한없음.

가족.

14

늙으면 후회뿐이지. 조디 비글로의 아버지가 옛날에 이렇게 말한 적이 있었다. 그녀의 아버지가. 아버지 지미 비글로는 한 번도 '아빠'가 아니었다. 그는 그녀의 삶뿐만 아니라 그 자신의 삶에서도 대부분 부재하는 것 같았다. 그는 우편물을 분류하는 일을 했으며, 그 이상 올라가는 일에는 결코 관심이 없는 듯했다. 고등학교 시절 어느 날 그녀는 앤잭 기념일에 대한 숙제를 하느라 아버지에게 전쟁 때의 경험을 물었다. 아버지는 말해줄 것이 별로 없다고 말했다. 그래도 그녀가 고집을 부리자 아버지는 자기 방으로 들어가 낡은 나팔을 가지고 나왔다. 그는 입에 무는 부분을 한 번 닦고는 나팔로 방귀 뀌는 것 같은 소리를 몇 번 내서 그녀를 웃게 만들었다. 그러고 나서야 진짜 음을 몇 개 연주했다. 아버지는 나팔을 툭 내려놓고 기침을 하더니 크게 숨을 들이쉬고 고개를 들어올렸다. 딸인 조디가 한 번도 보지 못한, 완전히 군인 같은 태도였다. 아버지가 장례식 때 나팔로 연주하는 곡을 불었다.

그게 다예요?

내가 아는 건 이게 전부야. 아버지가 말했다. 대충 이것만 알면 되기도 하고.

그런 걸 학교 숙제로 할 수는 없어요, 아빠.

그렇지.

좀 외롭게 들려요. 조디가 말했다.

지미 비글로는 잠시 생각해보다가 그런 것 같기는 한데 한 번도 그런 생각을 해본 적이 없다고 말했다. 오히려 정반대의 느낌을 받았다는 것이다.

조디는 전쟁포로에 대한 책을 몇 권 찾아본 적이 있었다.

정말 힘들었을 것 같아요. 딸이 말했다.

힘들어? 아버지가 대답했다. 꼭 그렇지는 않았어. 그냥 고생만 하면 됐으니 운이 좋았지.

그 음악은 뭐예요? 그녀가 물었다.

그게 수수께끼야. 아버지가 한참 뒤에 말했다. 수수께끼가 클수록 의미가 커지지.

조디의 어머니는 조디가 열아홉 살 때 백혈병으로 세상을 떠났다. 지미 비글로는 그뒤로 이십팔 년을 더 살았다. 그는 자신의 삶을 별로 진지하게 받아들이지 않았으며, 세상이 기본적으로 웃기는 곳이라는 생각을 하게 되었다. 그는 다른 사람들과 함께 있는 시간을 즐겼으며, 자신의 삶에서, 또는 삶을 바라보는 자신의 시각에서, 다른 사람들과 함께 감탄할 만한 일들을 많이 찾아냈다. 주위에서 온통 추억을 파는 산업이 성장하고 있었지만, 그의 기억은 점점 줄어들었다. 우스갯소리 몇 개, 이야기 몇 개, 다키 가디너가 준 오리알의 맛, 희망. 선의. 그는 어린 워트 쿠니를 땅에 묻으러 갔을 때의 일을 기억했다. 워트가 모두를 사랑했던 것을 기억했다. 워트가 아무리 늦더라도 마지막 한 사람까지 모두 취사실에 오기를 기다리며 항상 음식을 남겨두던 것을 기억했다. 아무리 먹을 것이 모자라도 반드시 모두가 무엇이든 먹을 수 있게 해주던 것을 기억했다. 워트의 무덤을 바라보며 아무도 먼저 흙을 던지려 하지 않았다. 그는 워트 쿠니가 스리파고다패스 구간까지 북쪽으로 행군하다가 죽었다는 것을 기억하지 못했다. 그 행군 동안 일어난 만행들도 전혀 기억하지 못했다. 그에게 그런 일들은 그 당시의 진실을 보여주는 것이 아니었다.

아들들이 그의 기억을 고쳐주는 일이 점점 더 빈번해졌다. 아들들이 알긴 뭘 알아서? 지미 비글로보다는 훨씬 많이 아는 것 같았다. 역사가, 기자, 다큐멘터리 제작자, 심지어 망할 가족들조차 자주 바뀌는 그의 설명에 드러난 오류, 앞뒤가 맞지 않는 부분, 누가 봐도 명백한 모순 등을 지적했다. 그는 망할 브리태니커 백과사전이 아니었다. 그저 그곳에서 그 일들을 실제로 겪었을 뿐이었다. 그가 카세트플레이어로 〈노래 없이〉를 들을 때면, 그 노래도 수수께끼가 되었다. 나무 그루터기 위에 서서 노래하는 남자의 모습이 순간적으로 보였기 때문이다. 다른 때라면 느끼지 못할 그 모든 것이 느껴졌다. 다른 때라면 이해하지 못할 그 모든 것들을 이해할 수 있었다. 그의 말과 기억은 아무것도 아니었다. 모든 것이 그의 안에 있었다. 다른 사람들 눈에는 안 보이는 건가? 그냥 그를 가만히 내버려두면 안 되나?

그의 머리는 포로수용소의 기억을 서서히 증류해서 아름답게 다듬었다. 마치 그가 노예이던 시절의 굴욕감을 한 방울씩 짜내는 것 같았다. 가장 먼저 그는 그때의 끔찍함을 잊었다. 나중에는 일본인들의 폭력을 잊었다. 노인이 된 뒤 그는 자기가 기억하는 한 폭력은 없었다고 정직하게 말할 수 있었다. 그런 기억을 되살릴 수도 있는 것들, 그러니까 책이나 다큐멘터리나 역사학자 같은 것들을 그는 피해다녔다. 그다음에 사라진 것은 병과 비참한 죽음에 대한 기억, 콜레라와 각기병과 펠라그라의 기억이었다. 심지어 진흙탕도 기억에서 사라졌고, 나중에는 굶주림의 기억마저 사라졌다. 마침내 어느 날 오후 그는 전쟁포로 시절의 기억이 하나도 남지 않았음을 깨달았다. 그의 정신은 여전히 또렷했다. 자신이 한때 태아였음을 알 듯이, 예전에 전쟁포로였음을 분명히 알고 있었다. 하지만 그 시절에 겪은 일들은 하나도 남아 있지 않았다. 남은 것은 인간의 선의에 대한, 뒤집어질 수 없는 믿음이었다. 아름답고 부정할 수 없는 생각이었다. 아흔네 살에 그는 비로소 자유로워졌다.

그후 그는 바람 속에서, 빗소리 속에서 커다란 기쁨을 찾았다. 더운 날 동이 틀 때의 느낌에 경탄했다. 낯선 사람들의 미소에 마음이 들떴다. 그는 습관과 우정을 열심히 지키며, 그것들이야말로 대안의 유일한 대안이라고 생각했다. 그는 선명한 초록색, 파란색, 빨간색의 장미앵무 한 무리를 길렀다. 새들은 그가 마당에 놓아둔 물과 먹이를 먹으려고 날아들었다. 그다음에는 굴뚝새와 불한당처럼 구는 꿀빨이새가 날아왔다. 소문을 떠들어대는 빨간 꼬리 새들도 날아오고 가끔 진홍색 울새들도 왔다. 밝은 파란색 굴뚝새들은 어둠침침한 색의 암컷들을 거느리고 왔다. 몸에서 은은한 빛이 나고 성격이 까다로운 공작비둘기, 쿠쿠

슈라이크,* 동박새, 재잘거리는 보석새도 있었다. 그는 때로 베란다의 긴 나무의자에 앉아서 새들이 먹이를 먹고, 몸을 씻고, 휴식을 취하고, 부리로 몸을 치장하고, 노는 모습을 몇 시간 동안 지켜보았다. 그들의 비행과 아름다움이라는 수수께끼 속에서, 제멋대로 나타났다 사라지는 그들의 모습 속에서 그는 자신의 인생을 본 것 같았다.

그가 말년에 살던 집에서 새들에게 먹이를 주기 위해 계단 꼭대기까지 올라갔다가 떨어져 세상을 떠난 뒤, 조디는 아버지의 옷장 속에서 옛날 그 나팔을 발견했다. 낡고 더럽고 심하게 우그러져 있었다. 또한 제대로 된 끈 대신 매듭을 지은 빨간 천이 달려 있었다. 그녀는 그것을 차고 세일로 팔았다.

가끔 뜻하지 않은 순간에 그녀는 아버지의 웃음소리를 떠올렸다. 슈퍼마켓에서 주방세제를 찾다가, 치과 대기실에서 연예인들이 나오는 잡지를 보다가. 그럴 때면 아버지가 딸을 차마 때리지 못하고 딸의 머리 위에서 손을 부들부들 떨던 것이 기억났다. 아버지의 목소리가 들리는 것 같았다.

내가 아는 건 이게 전부야. 대충 이것만 알면 되기도 하고.

그녀가 또다시 아버지에게 묻는 목소리도 들렸다. 그 음악은 뭐예요?

그러면 주위의 세상, 그러니까 슈퍼마켓의 진열대와 치과 대기실의 안락의자, 차고 세일 때 자신이 탁자 두 개에 늘어놓았던 아버지의 낡은 잡동사니들과 함께 목소리가 들려왔다. 그거 5달러에 팔아요? 그녀

* 오스트레일리아에 사는 할미새사촌과의 새.

가 낡아빠진 나팔을 건넬 때, 나팔은 아무런 대답 없이 가늘게 떨기만 했다.

좋았어. 그녀는 낯선 사람이 가져갈 때 나팔이 이렇게 말한 것 같았다. 아니면 그녀가 한 말이었을까? 좋았어.

15

도리고 에번스는 새벽 세시에 파라마타의 교차로를 통과하고 있었다. 이 시각과 장소, 그리고 그의 음주측정검사 결과는 나중에 결코 대중에게 공개되지 않았다. 어쨌든 그 순간 그는 처음으로 자신이 공중을 날고 있음을 깨달았다. 갑자기 허공으로 던져져 다시는 땅으로 돌아가지 않을 것 같았다. 한 차에 가득 올라탄 주정뱅이 청년들이 훔친 스바루 임브레자를 몰고 경찰의 추적을 피해 도망치면서 빨간불을 무시하고 달리다가 도리고 에번스의 낡은 벤틀리를 곧바로 들이받은 탓이었다. 이 사고로 두 차량이 모두 망가지고, 청년 두 명이 죽었으며, 오스트레일리아의 가장 위대한 전쟁영웅이 중상을 입었다. 자동차 앞유리창으로 튕겨나가면서 입은 상처였다.

그는 사흘 동안 사경을 헤매며 평생 가장 놀라운 꿈에 사로잡혔다. 빛이 흘러넘치는 교회에 그가 에이미와 함께 앉아 있었다. 눈이 멀 것 같이 밝고 아름다운 빛이었다. 그는 아장거리는 걸음으로 서성거리며 초월적인 망각의 세계를 드나들다가 여자들의 품에 안겼다. 그는 공중을 날면서 에이미의 벌거벗은 등에서 나던 체취를 느꼈고, 계속 높이높이 솟아올랐다. 그동안 온 나라는 미리 그를 애도할 준비를 하면서 동시에 청년들의 타락에 대해 논란을 벌이고 있었다. 사람들은 이전 세대의 숭고한 영웅들과 지금 세대의 비열하고 살인적인 범죄성을 비교했다. 정작 그는 자신의 삶이 이제 막 시작했음을 깨닫고 기가 막혔다. 이미 오래전에 깨끗이 개간된 멀고 먼 티크 정글에서, 이제는 존재하지 않는 시암이라는 나라에서, 더이상 살아 있지 않은 남자가 마침내 잠들었다.

16

도리고 에번스는 무서운 죽음의 꿈에서 깨어났다. 그리고 자신이 너무 지친 나머지, 사열을 위해 사람들이 모이는 동안 깜박 졸았음을 깨달았다. 거의 자정이 다 된 시각이었다. 그는 자기 앞에 모여 있는 남자들 칠백 명에게 다시 돌아서서 시암의 정글 속으로 100마일(160km)을 더 들어가야 나오는 다른 캠프까지 갈 사람 백 명을 뽑아야 한다고 설명했다. 뽑힌 사람들은 아침 사열이 끝난 뒤 곧장 출발할 예정이었다. 인원수를 몇 번이나 점검했는데도 어찌 된 일인지 숫자가 맞지 않았다. 라인에서 사람들이 계속 휘청거리며 들어오고 있어서 혼란이 더했다. 부사관들은 자리에 있는 사람과 없는 사람을 가리고, 자리에 없는 사람들의 사유를 파악하려고 애썼다. (이렇게 늦은 시각에도 군복을 흠잡을 데 없이 차려입고 있는) 후쿠하라와 경비병들 사이에서 열띤 갑론을박이 벌어지고, 오스트레일리아인 부사관 한 명이 돌아가며 뺨을 맞았다. 그렇게 약간의 혼란을 겪은 뒤 다시 인원수 점검이 시작되었다.

나카무라 소령이 한 시간 전 후쿠하라와 함께 그를 찾아와 스리파고다패스 구간 근처에 있는 캠프까지 행군할 사람 백 명을 선발하라고 지시했다.

도리고 에번스는 이 사람들 중 누구에게도 추가 요구를 할 수 없다고 주장했다. 이 캠프에 그런 행군을 해낼 수 있는 포로는 단 한 명도 없습니다.

나카무라 소령은 반드시 백 명을 마련해야 한다고 우겼다.

포로들의 처우를 개선해주지 않는다면, 모두 죽을 겁니다. 도리고 에번스가 말했다.

나카무라 소령은 도리고가 거부한다면 자신이 백 명을 직접 고르겠다고 말했다.

모두 죽을 겁니다. 도리고 에번스가 말했다.

후쿠하라 중위가 이 말을 통역하자, 나카무라 소령은 잘 들은 뒤 뭐라고 말을 했다. 중위가 도리고 에번스에게 시선을 돌렸다.

나카무라 소령님은 그것 아주 잘됐다고 말씀하십니다. 후쿠하라 중위가 말했다. 일본군 쌀 많이 절약한다고.

에번스는 만약 나카무라에게 선택권을 준다면 그가 아무나 멋대로 뽑아낼 것임을 알아차렸다. 그중에는 병이 가장 심한 환자들도 포함될 것이다. 아니, 그런 사람들이 뽑혀나갈 확률이 가장 높을 수도 있었다. 그들이야말로 나카무라에게 가장 쓸모가 없는 존재들이었으니까. 그러면 그들 모두 죽을 터였다. 하지만 만약 도리고가 사람들을 선택한다면 가장 건강한 사람들, 살아남을 확률이 가장 높은 사람들을 고를 수 있었다. 그래도 대부분이 죽을 터였다. 죽음의 대리인의 요구를 거부할 것인지, 아니면 그의 시종이 될 것인지 선택하는 것은 그의 몫이었다.

그동안 사열이 계속되었다. 가벼운 임무나 취사실이나 병동을 맡은 사람들이 계속 불려나오는 동안 다른 사람들은 아픈 몸으로 굶주린 채 서 있었다. 가끔 탈진해서 쓰러지는 사람들은 그냥 진흙 바닥에 내버려 두었다. 포로들은 일본 군인들이 길게 줄을 지어 사열장 저편을 따라 나 있는 거친 길을 행진하는 것을 지켜보았다. 비 때문에 막히지 않을 때면, 철로공사를 위한 운송로 역할을 하는 길이었다.

일본군 병사들은 힘든 정글을 헤치며 수백 마일이나 가야 하는 버마 전선으로 가는 중이었다. 그들은 더럽고 기진맥진한 모습이었지만, 그래도 밤을 향해 계속 나아갔다. 그저 끙끙거리는 신음만 내면서 진흙 속에 굴대까지 푹 빠진 대포를 밀고 끌었다. 아파 보이는 사람도 있었고, 아직 학교에 다녀야 할 만큼 어린 사람이 많았다. 모두 비참한 모습이었다.

도리고 에번스가 일본군 부대를 이렇게 가까이에서 본 것은 여러 달 만에 처음이었다. 자바에서 그는 그들을 존경하게 되었다. 그들은 오스트레일리아의 정보장교들이 말했던 근시안적인 어릿광대가 아니라 만만치 않은 군인들이었다. 하지만 무시무시한 일들이 벌어지고 있는 또 다른 전선으로 가기 위해 하루종일 행군한 것으로도 모자라 밤늦은 시각까지 계속 걷고 있는 이 일본군 병사들은 더럽고 탈진하고 망가진 전쟁포로들 못지않게 전쟁에 지쳐 있는 것 같았다. 도리고는 내풍 램프를 들고 있는 한 병사와 눈이 마주쳤다. 아이 같은 얼굴의 병사는 연약해 보였다. 기껏해야 열일곱 살을 넘지 않았을 것 같았다. 그가 오스트레일리아군의 장교인 도리고 에번스에게서 무엇을 보았는지 도리고는 짐작도 할 수 없었다. 하지만 확실히 증오나 악마를 보지는 않았을 터였다. 병사는 휘청거리다가 걸음을 멈추면서도 도리고에게서 계속 시선을 떼지 않았다. 어쩌면 그가 뭔가를 보았을 수도 있고, 너무 지쳐서 아무것도 보지 못했을 수도 있었다. 도리고 에번스는 그를 한 팔로 끌어안고 싶은 충동을 견딜 수 없었다.

갑자기 한 일본군 부사관이 넋을 잃고 있는 그 병사를 보고 성큼성큼 다가가 대나무 회초리로 얼굴을 잔혹하게 후려쳤다. 병사는 즉시 몸을 똑바로 세우고 고함치듯 사과의 말을 몇 마디 한 뒤 다시 똑바로 앞쪽의 정글만 바라보았다. 포로들이 지금의 비참한 처지를 이해하지 못하듯이, 이 병사 역시 자신이 맞은 이유나 목적을 이해하지 못하고 있음이 도리고 에번스의 눈에는 분명히 보였다. 그의 고향은 어디쯤일까? 도리고는 생각했다. 농촌일까? 도시일까? 아마 그는 어떤 장소, 어떤 계곡, 어떤 거리, 골목을 꿈에서 볼 터였다. 햇빛과 바람이 사람들을 어루만지고, 비가 기운을 북돋워주는 곳. 그를 아끼며 그와 함께 웃는 사람들이 있는 곳. 부패의 악취가 풍기고 초록색이 숨통을 막는 이곳, 모든 것을 증오하며 증오를 가르쳐 세상이 모든 것을 증오하게 만드는 잔혹한 사람들과 고통이 있는 이곳과는 멀리 떨어진 곳. 그 소년병이 터벅터벅 멀어지는 동안, 도리고는 회초리에 맞은 그의 얼굴에서 피가 나는 것을 보았다. 그의 소박한 군복은 곰팡이가 슬고, 더럽고, 찢어져 있었으며, 그는 철저히 무심했다. 하지만 램프를 든 이 순한 눈의 소년도 명령을 받으면 잔혹한 살인을 저지르고 또한 남의 손에 목숨을 잃을 것이다.

그토록 야만적으로 그를 후려쳤던 일본군 부사관은 잠시 쉬고 있었다. 대열이 정글의 어둠 속으로 줄지어 나아가는 것을 지켜보면서 그는 담배에 불을 붙여 한 모금 빨아들였다. 다른 부사관이 다가오자 그는 빙긋 웃는 얼굴로 농담을 던지며 담배를 건넸다. 어둠이 소년들의 대열을 집어삼키는 동안, 도리고 에번스는 마치 전쟁 그 자체가 눈앞을 지나가고 있는 것 같은 기분이었다.

행렬이 정글 속으로 사라진 뒤 폭우가 내렸다. 하늘은 시커먼 색이었고, 등유 램프 몇 개와 경비병들의 횃불을 빼면 빛이 전혀 없었다. 들리는 소리라고는 근처 티크나무들에서 비가 콸콸 쏟아지는 소리, 빗물이 이리저리 흐르는 소리뿐이었다. 도리고 에번스에게는 빗줄기가 튼튼하게 살아서 움직이는 생물 같았다. 캠프가 자리잡은 커다란 티크 정글과 빗줄기가 하나로 합쳐져서, 끝도 없고 정체도 알 수 없는 감옥이 되어 그들 모두를 서서히 죽이고 있는 것 같았다.

마침내 모든 포로가 확인되었다. 도리고 에번스는 램프와 함께 시선을 들었다. 지금까지 겪은 고통 때문에 자신이 풀이 죽은 것처럼 보일까봐 걱정스러웠다. 이들에게 그런 모습을 보여줄 수는 없었다. 그보다 훨씬 심한 짓을 해야 하는 처지였으니까. 그는 포로 칠백 명을 바라보았다. 자신이 안아주고, 보살피고, 구슬리고, 애원하고, 현혹시키고, 조직해서 살려놓은 사람들이었다. 항상 자신의 몸보다 먼저 챙긴 사람들이었다. 대부분 반바지 행세를 하는 천 쪼가리로 중요 부위만 가리는 일본식 옷차림을 하고 있었다. 기름기 섞인 램프 불빛에 드러난 그들의 해골 같은 몸에 그는 순간적으로 겁을 먹었다. 많은 포로들이 말라리아에 걸려 덜덜 떨고 있었고, 선 채로 똥을 지리는 사람들도 있었다. 이들

중에서 정글 속으로 100마일(160km)을 더 걸어 미지의 세계로, 죽음의 길로 나아갈 사람들 백 명을 골라내는 것이 그의 임무였다.

도리고 에번스는 아래를 내려다보았다. 아무것도 보이지 않았지만, 생존에 필수적인 단 하나의 물건, 즉 군화가 있는 사람이 거의 없다는 사실이 생각났다. 그는 등불을 발목 높이로 들고 첫번째 줄 앞을 천천히 걸으며 포로들의 맨발을 살펴보았다. 심하게 감염된 발, 각기병으로 부은 발, 살이 썩은 부위가 워낙 넓어서 거의 뼈가 보일 만큼 구덩이가 파인 채 악취를 풍기는 발.

그는 어떤 발 앞에서 멈춰 섰다. 심하게 썩은 상처를 치료하지 않아 종아리 바깥쪽에만 성한 피부가 얇은 띠처럼 남아 있고, 다리의 나머지 부분은 전부 회색빛이 도는 불쾌한 고름으로 변해 있었다. 무너져가는 힘줄과 근막이 드러나고, 근육에는 터널같은 구멍들이 뻥 뚫려 있었다. 구멍들 사이로 보이는 정강이뼈는 마치 개가 갉아놓은 것 같았다. 그 뼈 역시 썩어서 조각조각 깨지는 중이었다. 고개를 들자 창백하고 쇠약한 아이의 얼굴이 보였다. 그래, 첨 파히를 보낼 수는 없었다.

사열이 끝나면 병동으로 가라. 도리고 에번스가 말했다.

그다음에 서 있는 것은 해리 다울링이었다. 도리고는 석 달 전 그의 맹장을 성공적으로 떼어냈다. 이런 상황에서 그런 개가를 거둔 것이 그는 자랑스러웠다. 그래서 지금 다울링은 최악의 상태가 아닌 것 같았다. 신발도 있었고, 궤양도 심하지 않았다. 도리고는 그를 올려다보며 그의 어깨를 한 손으로 짚었다.

해리. 그가 최대한 부드러운 목소리로, 마치 아이를 깨우듯 말했다.

나는 썩은 고기를 먹는 괴물이 되었구나.

그다음에 서 있는 것은 레이 헤일이었다. 콜레라에 걸린 것을 간신히 살려놓은 환자였다. 도리고는 그의 어깨에도 손을 올려놓았다.

레이. 그가 말했다.

그대는 죽음의 만찬에 참여할지니.

레이. 그가 말했다.

무서운 카론, 무섭고 더러운 자.

도리고는 자신이 살리려고 애썼던 사람들의 줄을 이렇게 계속 왔다갔다하며 그들의 어깨를 잡고 이름을 불러 가장 잘 이겨낼 것 같은 사람들에게 죽음의 선고를 내렸다. 죽지 않을 가능성이 가장 높은 사람들, 그럼에도 결국 죽을 가능성이 높은 사람들이었다.

모두 끝난 뒤, 도리고 에번스는 뒤로 물러서서 수치스러운 마음에 고개를 떨어뜨렸다. 자신 때문에 그토록 많은 고통을 겪었던 잭 레인보우, 오랫동안 고통을 겪으며 죽어가는 것을 지켜볼 수밖에 없었던 다키 가디너가 생각났다. 그런데 이번에는 이 백 명의 사람들.

그가 시선을 들자 자신이 죽음의 선고를 내린 사람들이 그를 둥글게 에워싸고 서 있었다. 그들이 그에게 저주를 퍼붓고, 돌아서서 욕설을 내뱉을 것 같았다. 그것이 죽음의 행군이 될 것임을 모두 알고 있었으니까. 지미 비글로가 앞으로 나섰다.

건강하세요, 대령님. 그가 이렇게 말하면서 손을 내밀어 악수를 청했다. 그동안 해주신 모든 것 감사합니다.

자네도 조심하게, 지미. 도리고 에번스가 말했다.

그렇게 백 명의 남자들이 한 명씩 차례로 그와 악수하며 감사의 인사를 했다.

인사가 끝나자, 그는 사열장 한편의 정글로 걸어들어가 울었다.

17

환자분께 얼마나 의식이 있는지는 저희도 모릅니다. 간호사가 말했다. 그녀는 병동의 네온등 아래에서 그의 새까만 눈이 스스로 살아서 번들거리는 것을 본 적이 있었다. 하지만 제가 말하는 소리는 들리는 것 같아요. 그녀가 말했다. 그런 것 같습니다.

몸이 망가진 상태였지만, 그는 자신에게 좋은 방이 배정되었음을 알 수 있었다. 뿌리들이 공중으로 뻗어 있고 초록색 이파리들이 무성한, 거대한 무화과나무들이 내다보이는 방이었다. 하지만 그는 편안하지 않았다. 자신이 있을 곳이 아닌 것 같았다. 이곳은 자신이 태어난 섬이 아니었다. 동틀 무렵 울어대는 새들의 소리가 달랐다. 초록앵무와 붉은 볏앵무의 날카롭고 즐거운 소리. 더 부드럽고, 작고, 복잡하게 떨리는 새소리, 고향 섬에서 들을 수 있던 굴뚝새와 꿀빨이새와 동박새의 노랫소리가 아니었다. 회색 딱새의 매혹적인 소리가 아니었다. 지금 그가 함께 날아다니며 노래하고 싶은 모든 새들. 여자의 오목한 허리에서 백랍색 바다를 지나 떠오르는 달까지 구불구불 이어진 길이 아니었다.

그는 속삭였다. 나의 목표는 이대로……

> 석양 너머로 항해하는 것, 그리고 서쪽 하늘
>
> 모든 별들 너머로 내가 죽을 때까지.

뭐라고 하시는 거지? 어떤 간호사가 물었다.

헛소리를 하시는 거야. 다른 간호사가 말했다. 의사 선생님을 불러야겠어. 모르핀 때문이거나, 마지막이 왔기 때문이거나, 둘 다일 수도 있으니까. 아무 말도 안 하는 사람도 있고, 숨쉬기를 포기하는 사람도 있고, 헛소리를 하는 사람도 있지.

정치가, 기자, 라디오 DJ 등이 한 번도 제대로 이해한 적이 없는 남자에 대해 점점 더 굉장한 찬사들을 앞다퉈 내놓는 사이, 그는 어느 하루의 일을 꿈에서 보고 있었다. 다키 가디너와 잭 레인보우, 타이니 미들턴이 나오는 꿈. 믹 그린, 재키 미러스키, 날품팔이 놀런이 나오는 꿈. 어린 레니가 맬리의 엄마에게 돌아가는 꿈. 백 명의 남자들이 그와 악수를 하는 꿈. 그 밖의 또다른 사람들 천 명이 나오는 꿈. 이름을 기억하는 사람도 있고 잊어버린 사람도 있었다. 얼굴들의 바다. 아미, 아망트, 아무르.

삶이 삶 위에 쌓여 있다. 그가 중얼거렸다. 한마디 한마디가 이제는 계시였다. 마치 그를 위해 쓰인 것 같은 말. 시가 곧 그의 인생이고, 그의 인생이 곧 시였다.

> 남은 것이 거의 없지만 모든 시간이 구원받았다
> 그 영원한 침묵으로부터, 그보다 더한 것으로부터,

그보다 더한 것으로부터…… 그보다 더한 것으로부터…… 그동안 몇 줄을 잊어버렸기 때문에 이 시가 무엇이고, 시인은 누구인지 알 수 없었다. 그만큼 시는 완전히 그가 되어 있었다. 이 잿빛 영혼은…… 그는 낙담한 채 생각했다. 아냐, 시가 기억나는 건가? 그래, 맞아……

이 잿빛 영혼은 갈망한다
지식을 따라가기를, 침몰하는 별처럼,
인간이 생각할 수 있는 극단의 한계 너머까지.

그는 부끄러움과 상실감을 느꼈다. 자신의 삶에는 언제나 부끄러움과 상실감뿐인 것 같았다. 마치 이제 불이 꺼지고, 어머니가 그를 부르는 것 같았다. 아들! 얘야! 하지만 어머니가 보이지 않았다. 그는 지옥으로 돌아가는 중이었다. 결코 탈출할 수 없는 지옥으로.

리넷 메이슨의 잠든 얼굴이 기억났다. 떠나기 전 자신이 마셨던 글렌피딕 위스키 미니어처가 생각났다. 토끼 헨드릭스가 그린 다키 가디너의 그림이 생각났다. 다키가 앉아 있는 화려한 안락의자 사이로 작은 은빛 물고기들이 헤엄치고, 그 의자가 놓인 시리아의 마을에서는 애비 버로스와 그의 뾰족뾰족한 머리가 시리아의 흙먼지 속으로 녹아들기 직전이었다. 그 그림이 살아남아 한없이 복제되는 현실이 잘 이해되지 않았다. 애비 버로스는 죽었고, 이제는 그의 삶에 미래와 의미를 부여할 수 없었다. 파란색 제복 차림의 누군가가 그를 내려다보며 서 있었다. 도리고는 미안하다고 그에게 말하고 싶었지만, 입을 열면 침만 흘러나올 뿐이었다.

어쨌든 그는 점점 더 빠른 속도로 소용돌이치는 사람들, 물건들, 장소들 속으로 내동댕이쳐지고 있었다. 등부터 끌려가기도 하고 빙글빙글 돌기도 하면서, 이미 잊었거나 반쯤 잊은 것들, 이야기들, 시구들, 얼굴들, 잘못 이해했던 몸짓들, 퇴짜를 놓았던 사랑, 빨간 동백꽃, 우는 남자, 나무로 지은 교회 안, 여자들, 그가 태양에게서 훔쳐온 빛 등등이 점점 자라서 슬퍼하며 춤추는 폭풍 속으로 깊게 깊게 빠져들어갔다.

또다른 시가 생각났다. 그 시의 전체 모습이 보였지만, 보고 싶지도 알고 싶지도 않았다. 카론의 불타는 눈이 자신의 눈을 빤히 들여다보는 것이 보였지만, 그는 카론을 보고 싶지 않았다. 동전이 자신의 입에 억지로 물려지는 맛이 나고, 자신이 허공으로 변해가는 것을 느꼈다……

……그리고 마침내 그는 그 의미를 이해했다.

병원의 수단인 일꾼이 목격한 그의 마지막 말은 이러했다.

전진하라, 제군들. 창턱으로 돌격하라.

올가미가 그의 목을 더 단단하게 죄는 것이 느껴졌다. 그는 숨을 몰아쉬며 한쪽 다리를 침대 밖으로 내던졌다. 다리는 일이 초 동안 경련하며 침대의 강철 골격을 쿵쿵 때리다가 그대로 멈췄다.

18

긴 밤이 차오르면서, 반의 반쪽짜리 달이 검은 발판들을 딛고 계속 천천히 떠올랐다. 수많은 신음과 코 고는 소리로 밤이 앓는 소리를 냈다. 보녹스 베이커는 다키 가디너가 빠져 죽었다는 소식을 듣고 장교 막사에 이르렀다. 도리고 에번스는 등유 램프 불빛에 의지해서 일기에 그것을 살인이라고 적었다. 그 말로는 부족한 것 같았다. 부족하지 않은 것이 뭐가 있을까? 그는 일기장 옆에 놓여 있는 자그마한 면도용 거울을 보았다. 자신의 무서운 모습이 언뜻 보였다. 헝클어지고 하얗게 센 머리카락, 불길이 타오르는 사나운 눈, 목에 걸려 있는 더러운 천 조각. 그는 저승의 뱃사공이 되어버린 것인가? 그는 거울의 위아래를 뒤집었다. 자정이 다 된 시각이었으므로, 또 하루를 살아내려면 몇 시간이라도 자두려고 노력해야 한다는 것을 알고 있었다. 새벽 사열에서 그 백 명을 가장 먼저 맞아주며, 그들이 떠나기 전에 행운을 빌어주고 싶었다.

그날 아침 트럭으로 우편 행낭이 도착해 있었다. 구 개월 만에 처음 온 우편 행낭이었다. 언제나 그렇듯이 편지들은 제멋대로였다. 한꺼번에 여러 통을 받은 사람도 있지만, 아예 받지 못한 사람이 많았다. 엘라가 도리고 에번스에게 보낸 편지가 한 통 있었다. 그는 하루가 끝나는 지금 이 시각까지 기다렸다가 편지를 읽을 작정이었다. 그래야 편지를 읽으며 엄청난 기쁨을 느끼고 잠들어 그 편지로 가득찬 꿈을 꿀 테니까. 하지만 아침 사열 전에 편지가 손에 건네지는 순간 고향이 너무나 그리워져서 그는 곧바로 봉투를 찢어 편지를 읽었다. 거기에는 믿을 수 없는 소식이 적혀 있었다. 하루종일 그 이야기가 머리를 떠나지 않았다.

하루가 끝난 지금 편지를 다시 읽어도 그 소식을 받아들일 수 없었다.

편지는 육 개월 전에 보낸 것이었다. 여러 장이나 되는 편지에서 엘라는 도리고의 소식을, 아니 아예 그의 부대 전체의 소식을 일 년 넘게 듣지 못했지만, 그가 살아 있음을 안다고 말했다. 편지에는 그녀의 일상, 멜버른의 평범한 일상이 시시콜콜 적혀 있었다. 이런 것은 그도 믿을 수 있었다. 하지만 집에서 온 편지와 카드의 문장 하나하나를 잡아먹을 듯이 파고드는 다른 사람들과 달리, 도리고 에번스의 머릿속에 들어와 자리를 잡은 소식은 딱 하나뿐이었다. 편지에 동봉된 신문기사 조각. 제목은 '애들레이드 호텔의 비극'이었다. 킹오브콘월 호텔의 주방에서 가스가 폭발해 건물이 전소되고, 많은 존경을 받는 술집 주인 키스 멀베이니 씨를 비롯해 네 명이 목숨을 잃었다고 했다. 또한 손님 두 명과 멀베이니 부인 등 실종자 세 명 역시 사망한 것으로 추정된다는 내용이었다.

도리고 에번스는 그 신문기사를 세 번, 네 번 읽었다. 밖에는 비가 내리고 있었다. 그는 추워서 군용 담요를 단단히 덮고, 등유 램프의 불빛에 의지해서 엘라의 편지를 한번 더 읽었다.

엘라는 이렇게 썼다. 높은 자리에 있는 아버지 친구분이 내 부탁으로 애들레이드 검시관실 쪽에 알아봤는데, 이미 실종자들의 죽음이 공식적으로 확인되었지만 사람들의 감정과 사회 분위기 등을 생각해서 신문에 내지 않았다고 해요. 치열로 신원확인을 하는 수밖에 없었다는군요. 무섭죠? 키스 멀베이니 부인은 이제 확실한 사망자 명단에 들어 있어요. 정말 유감이에요, 도리. 당신이 그 고모부님 부부를 정말 좋아했는데. 이런 비극을 보면 내가 정말 운이 좋다는 생각이 들어요.

키스 멀베이니 부인?

한동안 그는 신문기사 내용과 마찬가지로 그 이름을 이해할 수 없었다.

키스 멀베이니 부인.

그에게 그녀는 그저 에이미였다. 그는 그것이 거짓말임을 짐작도 하지 못했다. 그것은 엘라가 평생 그에게 했던 단 한 번의 거짓말이었다.

그는 연료를 절약하기 위해 등유 램프를 끄고 몽당양초에 불을 붙였다. 그리고 꿋꿋이 타오르는 불꽃을 한참 동안 지켜보았다. 연기가 작고 검게 점점 가늘어져, 박동하듯 커졌다 작아지기를 반복하는 촛불 빛무리 속에서 장난치듯 오르락내리락했다. 그는 그 빛, 그 검은 연기를 바라보았다. 마치 두 개의 세계가 존재하는 것 같았다. 지금 이 세상과 숨겨진 세상. 멋대로 허공을 떠다니며 뱅뱅 돌기도 하고, 은은히 빛나기도 하고, 서로 부딪혀서 튀어나오기도 하는 입자들과 그런 충돌의 결과로 태어나는 새로운 세상들로 이루어진, 그 숨겨진 세상이 진짜 세상이었다. 한 사람의 감정이 항상 삶의 무게와 같은 것은 아니다. 때로는 이렇다 할 가치가 없을 때도 있다. 그는 그저 불꽃만 빤히 바라보았다.

에이미, 아망트, 아무르. 그는 속삭였다. 마치 이 단어들이 오르락내리락하는 검은 연기인 것처럼. 양초가 자신의 인생이고 그녀는 불꽃인 것처럼.

그는 우연히 자기 것이 된 침상에 누웠다.

얼마 뒤 그는 그동안 읽고 있던 책을 찾아 펼쳤다. 결말이 좋게 끝날 것이라고 기대하던, 그렇게 되기를 바라던 로맨스 소설이었다. 남녀 주인공이 사랑을 발견하고, 평화와 기쁨과 구원과 이해의 이야기로 끝난

다면 좋을 텐데.

사랑은 두 몸에 깃든 하나의 영혼이다. 그는 이 구절을 읽고 책장을 넘겼다.

그런데 아무것도 없었다. 누군가가 마지막 몇 장을 뜯어 화장지로 쓰거나 담배를 말아 피운 모양이었다. 희망도 기쁨도 이해도 없었다. 마지막 페이지가 없었다. 그의 인생이라는 책이 그대로 끊어져버렸다. 그의 발아래에는 진흙이, 머리 위에는 더러운 하늘이 있을 뿐이었다. 앞으로 그는 평화도 희망도 누리지 못할 것이다. 도리고 에번스는 사랑 이야기가 영원히, 영원히 계속되리라는 것을 깨달았다. 그것은 끝이 없는 세계였다.

그는 지옥 속에 살게 될 것이다. 사랑 또한 지옥이므로.

그는 책을 내려놓았다. 잠이 오지 않아서 침상에서 일어나 막사 끝까지 나갔다. 그 너머에는 비가 억수같이 내리고 있었다. 달이 보이지 않았다. 그는 등유 램프에 다시 불을 붙이고, 캠프 반대편 끝에 있는 대나무 소변기로 가서 볼일을 보았다. 돌아오는 길에 진흙탕 길가의 압도적인 어둠 속에서 진홍색 꽃 한 송이가 자라난 것을 보았다. 그는 허리를 숙여 그 작은 기적에 등불을 비췄다. 그리고 일어서서 폭포처럼 쏟아지는 빗속에 고개를 숙이고 서 있었다. 한참 동안. 그러고는 다시 고개를 들고 가던 길을 갔다.

먼 북으로 가는 좁은 길

1판 1쇄 2018년 1월 5일
1판 5쇄 2018년 9월 28일

지은이 리처드 플래너건 | 옮긴이 김승욱 | 펴낸이 염현숙
책임편집 송지선 | 편집 허정은 김영옥 고원효
디자인 고은이 최미영 | 저작권 한문숙 김지영
마케팅 정민호 이숙재 정현민 김도윤 안남영 | 홍보 김희숙 김상만 이천희
제작 강신은 김동욱 임현식 | 제작처 한영문화사

펴낸곳 (주)문학동네
출판등록 1993년 10월 22일 제406-2003-000045호
주소 10881 경기도 파주시 회동길 210
전자우편 editor@munhak.com | 대표전화 031)955-8888 | 팩스 031)955-8855
문의전화 031)955-3578(마케팅), 031)955-2686(편집)
문학동네카페 http://cafe.naver.com/mhdn
문학동네트위터 http://twitter.com/munhakdongne

ISBN 978-89-546-4991-9 03840

www.munhak.com